화향

화홍(花紅) 2부 1

초판 1쇄 찍은 날 | 2010년 9월 1일
초판 6쇄 펴낸 날 | 2017년 9월 8일

지은이 | 이지환
펴낸이 | 서경석

편집책임 | 조윤희

펴낸곳 | 도서출판 청어람
등록번호 | 제1081-1-89호
등록일자 | 1999. 5. 31
어람번호 | 제5-0271호

주소 | 경기도 부천시 부일로 483번길 40 서경B/D 3F (우) 14640
전화 | 032-656-4452 팩스 | 032-656-4453
http://www.chungeoram.com
E-mail | chungeoram@chungeoram.com

ⓒ 이지환, 2010

ISBN 978-89-251-2274-8 04810
ISBN 978-89-251-2270-0 (SET)

※ 파본은 본사나 구입하신 서점에서 교환하여 드립니다.
※ 저자와 협의하여 인지를 붙이지 않습니다.
※ 이 책은 도서출판 청어람과 저작자의 계약에 의해 출판된 것이므로,
   무단 전재 및 유포 · 공유를 금합니다.

화홍

2부 1 花紅
연정만리(戀情萬里)

目次

제1장 연둣이는 앙큼쟁이 · 7 | 제2장 월하(月下)의 정인들 · 45
제3장 미행(微行) · 89 | 제4장 천생연분 · 127
제5장 초야지정(初夜之情) · 167 | 제6장 막무가내 우겨다짐 · 197
제7장 그물에 걸렸구나 · 233 | 제8장 눈정 들어 속병 되니 · 284
제9장 닿지 못하여…… · 319 | 제10장 가슴앓이 · 346
제11장 스침 · 384 | 제12장 연분은 어디에? · 420
제13장 서러운 절연(絕緣) · 449 | 제14장 아름다운 이별 · 492

第二券
제1장 만만찮은 연적(戀敵) | 제2장 악연의 끝 | 제3장 단도직입(單刀直入)
제4장 아직 남은 불티 | 제5장 그림자를 밟으며 | 제6장 지척(咫尺)이되 만 리(萬里)로다
제7장 멀디먼 마음 | 제8장 악한 끝이란…… | 제9장 운명의 붉은 실
제10장 대리청정(代理聽政) | 외전 | 끝머리

―이 이야기는 『단국실록』 익종 조, 〈가례(嘉禮)〉 편(篇)에서 채록, 재구성한 것입니다.

제1장 연돌이는 앙큼쟁이

 아차차. 연희 아씨가 도망쳤구나.
 이른 새벽, 동이 틀 무렵에 살그머니 초당을 빠져나갔다. 개나리 봇짐을 등에 두른 채 남복하고 휭하니 달려나가 버렸다. 다람쥐처럼 날쌔게 쪼르르 성문을 넘었다. 소저가 방에 없더라 알려진 것은 조반 즈음. 간이 떨어질 정도로 놀란 둘째 황규찬이 말을 달렸다. 간신히 여우고개쯤 해서 잡아챘다.
 놀이 발갛게 물들 시각이었다. 오라비는 누이 모습을 보고 기가 막혀 한숨을 푹 쉬었다.
 얼굴에는 거멓게 숯검댕을 묻히고, 무명옷에 짚신 서너 꿰미 등에 매달았다. 패랭이를 쓴 모양이 참으로 귀여운 미동(美童)이다. 어디를 보아도 계집아이라 하는 눈치를 챌 수 없을 만치 감쪽같은 변장이었다. 서당 댕기는 바우 놈 호패까지 빼앗아 지니고 있었으니 성문 지키는 군졸들이 아씨의 말을 믿고서 그저 보내줄 만도 하다 싶었다.

"요 꾀주머니는 어찌 그리 민첩하니? 기가 막혀 도통 말이 아니 나온다."

"흥, 죽어도 궐에 아니 들어갈 것이라 하였거늘 아버님께서 소녀더러 간택에 들어가라 하신 것부터 잘못이지요. 소녀는 죽어도 혼인 아니 한다 하였어요, 무어."

황규찬은 다시 한 번 땅이 꺼져라 숨을 내쉬었다. 한마디도 잘못하였다 하지 않고 또박또박 말꼬리 잡고 덤비는 것이라. 눈 치켜뜨고 달려드는 누이가 맹랑하고 더없이 또롱하였다.

"너는 어찌 그리도 철이 없느냐? 몇 달 전, 김씨 가문에서 혼인하자 매파를 보냈을 적에는 실성하여 미친 양하여 사람들 기함시키어 혼사를 파장내고 말아. 집안 망신을 다 시키더니 인제 또 그리하니?"

"혼인하기 싫어 그런 것이지요. 오라버님도 김씨 총각 그가 용렬하다 하면서 혼사 작파난 것을 잘하였다 하셔놓고선?"

조 맹랑한 입. 규찬은 눈을 흘겼다. 연희 아씨는 오라비의 노염을 마냥 모른 척 굴었다.

"홋호호. 들어가 보았자 망신은 똑같을 것이랍니다. 저가 어렸을 적부터 칼싸움이며 활쏘기며 개구멍 빠져나가 나돌아다니는 것 모다 오라버님들이 가르쳐 주신 것이니 그 뒷책임도 오라버님들이 지셔야지! 제서 고삐는 내가 잡을라오."

규찬은 한마디도 지지 않는 누이동생의 말에 한숨을 폭 쉬었다. 요렇게 귀엽고 당돌하고 담대한 계집아이가 있나? 뭇 사내보다 무술 솜씨 월등히 뛰어나고 기상 당당한 아이 아닌가? 조롱 같은 궐에 들어가 눈 내리깔고 입 봉한 채 벙어리 신세. 살얼음판 걷듯이 살아간다 생각하니 도무지 그림이 그려지지 않았다. 집안 발칵 뒤집은 행적이 괘씸하면서도 한편으로는 연민스러웠다. 안타까움이 더 커지는 것이었다. 오죽하면 조것이 이렇게 도망까지 쳤을까? 겉으로는 철없는 누이를 호령하며 나무랐다. 하지만은 속으로는 집에 돌아가서 아버님께 경을 칠 것이 분명한 터로 누이를 위해 온몸으로 바람막이가 되어주어야겠다고 다짐해 보았다.

단국의 도성 중경.
권문세가의 저택이 모여 있는 성동. 번화한 아흔아홉 칸 집. 도승지, 이조판서를 거쳐 우의정에 오른 황이의 저택이다.
이렇듯이 억지로 오라비에게 잡혀오고야 만 연희 아씨. 얼굴의 검댕이를 씻고 치마저고리로 갈아입은 다음에 사랑채로 끌려갔다. 부친 황이가 쯧쯧 혀를 찼다. 윗목에 꿇어앉는 막내 고명딸을 바라보며 한숨을 폭 쉬었다. 주상전하의 첫째가는 총신(寵臣)이며 명재상으로 이름난 그이다. 허나 오직 한 사람, 괄괄한 기상이며 제멋대로 튀어 오르는 총명이며 야무진 입담을 가진 요 막내딸에게만은 도무지 이길 도리가 없었다.
연노랑색 저고리. 다홍빛 비단 치마에 어린 얼굴이 수선화같이 곱고 깨끗하다. 명민하게 빛나는 새카만 눈이 초롱초롱 반짝였다.

숱 많고 짙은 눈썹이 다소 고집이 셀 것이며 기승스럽게 보이기는 하다. 하지만 그 형용이 오히려 유순한 다른 소녀들보다 몇 배나 강한 매력으로 작용하였다. 엄한 우의정도 상글거리며 아비 홀리려 드는 애교 살살 부리는 어린 딸만 앞에 두면은 도대체 노염을 오래 둘 수가 없었다.

"참으로 네가 연희라 하지 않고 연돌이라 자처한다더니 하는 짓이 이름에 딱 맞도다. 뭐, 통인이라 재성까지 전갈지고 간다 하였다고? 호패는 어찌하여 성문을 넘었더냐?"

"바우 놈 것을 뺏었지요. 그놈이 저가 다섯 냥을 주었더니 당장에 좋아라 빌려주던걸요?"

"무어라, 닷 냥? 그런 큰 돈이 계집아이 주제에 어디 있었더냐?"

"투전을 하였…… 아, 아니옵니다! 저가 그저 꽁쳐 두었던 돈이야요."

아차차, 실수! 입을 막으며 부인하였지만 모를 것이냐? 윗목에 앉은 오라비들이며 어미 아비 모다 눈을 흘겼다. 남복한 채 개구멍 넘나들며 시정거리 싸돌아다니며 맹랑하게 논다 하였다. 요것이 겁도 없지. 닭싸움에 투전까지 하였던 게야. 아니 보면 모를 것이더냐? 대체 저것이 무엇이 되려고 계집아이 주제에 저렇게 험하게 노는 것이냐?

황이가 노여워 이, 이! 하며 서안 위의 필갑을 집어들었다. 냅다 왈칵 노염 따라 내던지려 하였다. 연희 아씨 상긋상긋 웃으며 어리광이다.

"아버님, 그것 나더러 맞아라 던지시려고요? 이마 터지면 탑전에 못 나아가지요? 간택 가야 하는데, 어찌할까요?"
 기 하나 죽지 않고 대차게 덤비는 딸아이 앞에서 아비가 그만 기가 막혔다. 헛헛 어이없는 웃음 따라 손에 힘을 풀고 말았다. 연희 아씨, 아비의 마음이 약해진 것을 간파하고 다시 한 번 애교 부리며 어리광 부렸다.
 "아버님, 제발 부탁하옵기 그만 단념하시와요. 못났다 말괄량이다 험한 소문 장하옵고 부덕 하나 없다 널리 퍼진 참이니 도대체 송구하와 간택에 참여 아니 한다 하시면은 되지 않사옵니까? 상감마마께서는 내외척이며 인척의 발호함을 제일 경계하시는 바라 들었습니다. 벌써 정승인 아버님께서 부원군이 되어보았자 지금보다 못하였으면 못하였지 나을 것이 없을 것입니다. 그러니 제발 그냥 소녀를 놓아주시어요. 네에? 아버님."
 "참으로 나도 그러고 싶다. 이것아, 너 같은 개구멍받이를 감히 빈궁마마라 하여 궐에다 입궐시키고서 이 아비가 무슨 망신을 당하라고? 배운 바 하나 없고 잘하는 것 없으며 도대체 천둥벌거숭이가 바로 너거늘! 실로 딸자식 잘못 가르쳤다 온 동네에서 망신을 다 당하는 참인데 말이야. 간택 참여까지 시켜 또 망신을 자처하라고? 참말 염치가 없다 욕까지 들어야 한다더냐? 나도 제발 너를 도망시키고 싶어, 이것아!"
 왈칵 부리는 아비의 노염에 연희 아씨는 입을 삐죽였다. 아무리 저가 그렇게 궂게 놀아도 말이다. 내놓고 못마땅하다, 못났다 하니 은근히 기분이 나쁘다 이 말이었다.
 "흥, 그래요, 아버님. 좋습니다. 이미 소녀가 말괄량이라 소문 장하고 아무것도 못하는 천하 멍충이임을 다 안다고요. 헌데 소녀더러 굳이 궐에 들어가라 왜 하시노? 대체 누가 그리 시키던가요? 가서 한 대 따귀라도 갈겨주리라."

사내도 하기 어려운 괄괄한 입담. 겁도 없이 당당하고 야무졌다. 연희 아씨의 골부림에 황이가 푸욱 어깨를 떨어뜨렸다. 버럭 역정을 내었다.

"네 뺨을 치거라!"

"네에? 그것이 무슨 말씀이셔요?"

"좋다. 이왕 말이 나왔으니 하여보자. 연전에 세자저하께서 이 누옥(陋屋)에 하거하여 계실 적에 네가 먼저 소녀를 색시 삼아 데려가소서 하였다는데 그것이 사실인지 그것만 말하여라. 그것이 헛말일지면은 이 아비가 목이 잘려도 너를 간택에 참여케 하지 않을 것이다. 만일 그 말이 사실이면 모든 화(禍)는 네 그 경솔한 입에서 시작된 사단이다. 네가 다 책임지거라. 사실이냐?"

댓발은 튀어나온 연희 아씨 입이 갑자기 쑤욱 들어갔다. 부끄러운 빛이 차올랐다. 당당하던 얼굴이 삽시간에 발갛게 달아올랐다. 진실이 무엇이냐? 모든 사람 눈이 연희 아씨 입에 가서 꽂혔다. 연희 아씨. 그제야 풀이 죽어 손가락으로 옷고름을 뱅뱅 돌렸다.

"음음음. 그것은 사실이야요."

"그럴 줄 알았다. 저 방정! 감히 제까짓 것이 무엄하게 빈궁마마 자처하며 소꿉놀이할 적에 알아보았다? 그런 터에 지금서 저가 혼자 살겠다고 도망을 가? 무에 저런 뻔뻔한 것이 다 있느냐?"

"음, 음. 아버님더러 굳이 소녀를 간택에 참여케 하라 명하신 분이 세자저하이십니까?"
 "암만! 내가 하도 창피하여 사양을 아니 한 줄 아느냐? 도통 집의 딸년은 모자라고 미거하여 도무지 빈궁마마 올릴 자격이 없습니다. 맹랑한 고것이 간택령 내리자마자 도망부터 쳤나이다 미리 고변하였다! 그랬더니……."
 아까 대전에서 당한 망신을 생각하자 다시 골이 나기 시작하였다. 황이가 홧김에 빈 장죽을 쩍쩍 빨았다. 있는 대로 말썽만 부리는 딸년을 향하여 눈총을 쏘았다.
 "아이고, 망신, 망신! 그 많은 사람들 앞에서 저하께서 싱긋이 웃으시더라. 우상의 따님이 심히 당돌하고 맹랑하신지라 이미 수년 전에 저가 먼저 청혼하기 소녀가 자라면 색시 삼아 데리고 가주소서 하였으니 내가 이날 그 약조를 지킬 것이오 이러셨다. 등에 땀이 나고 눈이 캄캄해 앞으로 꼬꾸라질 것 같더구나. 이렇듯이 아비를 대망신시켜 놓고! 안팎으로 우세시켜 놓은 터에 지금 네가 혼자 살겠다고 도망을 가? 이 고얀!"
 버럭버럭 고함질이 지창을 울렸다. 윗목의 오라비들 또한 하나같이 기가 막히어 입을 쩍 벌리었다. 누이동생 철없는 맹랑함에, 끝 갈 데 모를 당돌함에 눈을 흘기었다. 아버님께 경을 칠 누이가 가엾다 싶었다. 어찌하든 도와주려고 하였는데 말이야. 저가 먼저 조 방정맞은 입으로 화(禍)를 부른 것이 아니냐? 이런 터에 또 간택 아니 나간다고 도망을 치다니, 도대체 정신이 있는 것이야 없는 것이야? 도와주기는커녕 오라비 셋 황규수, 규찬, 규옥 모두 다 연희 아씨 머리통을 꽉 쥐어박고 싶어 주먹이 근질근질하였다.

말없고 점잖은 안방마님 또한 듣자 하니 기가 막히었다. 딸년 하는 짓이 하도 같잖고 민망하다. 어찌 그리 당돌하니? 조것이 기어코 일을 저질렀구나 이런 눈으로 연희 아씨 향해 한숨을 쉬며 눈을 흘겼다. 방 안 사람 모다의 말없는 눈총에 연희 소저 입을 삐죽였다.

"아, 가요! 가면 될 것 아닙니까? 그리 말씀하시니 내가 심히 신의가 없는 것 같구먼. 흥, 철없는 어린 계집아이 데리고 여보 빈궁, 하시며 소꿉놀이 하셨음은 알지만요. 한참 지난 후에 이렇듯이 어릴 적 맹세 책임져라 다그칠 줄은 몰랐도다. 에그, 여하튼 좁쌀이라니까."

마지막 말은 예 아니 계신 세자저하더러 들어라 하는 말이 분명한데.

보령 스물넷이나 먹은 어엿한 대장부이시다. 참말 어질고 영명하다, 늠름하고 씩씩하구나 궐 안팎으로 칭찬이 자자한 이 면(冕) 그분더러 열여덟 먹은 말괄량이 소저가 좁쌀이라 대놓고 비웃는 것이 아니냐?

"조, 조 고약한 입버릇! 감히 동궁마마더러 좁쌀이라?"

기가 막히다 못해 코에 김이 나올 정도가 되었다. 황이가 버럭버럭 다시 고함을 쳤다. 허나 아씨 역시 한마디도 지지 않았다.

"좁쌀이니 좁쌀이라 그리하지요! 흥, 장성 나가서 오랑캐랑 싸웁시다 하였거늘 나는 용상에 앉아 지시만 하련다 이리 빼지를 않나, 한 냥만 주시오 하였더니 줌치 끌러놓고 한 푼 두 푼 동전 세어주는 분이랍니다? 그것이 지엄한 세자저하 처신이오? 어질고 영명하다, 씩씩하다 칭찬하지만은 그것이 말짱 거짓이라. 세상서 유도 찾기 어려울 정도로 쫀쫀하고 답답한 이가 바로 동궁마마이시지요! 그런 터이니 이토록 늦게 간택령도 내리지. 보령 스물넷이나 먹은 터로 인제야 혼인한다 나서는 것 좀 보아? 뉘가 거북이 띠 아니랄까 봐?"

"조것이 아주 죽으려고 작정을 하였도다. 저 방자하고 고약한 것을 그나마 곱다고 하시는 동궁마마 심사를 내가 도무지 모르겠거늘. 당장 입 닥치고 아니 나가련? 조심하지 않으면 이날 아비가 아주 혼구멍을 낼 참이다!"

아비가 내려놓았던 필갑을 다시 내던질 품으로 겨냥을 하였다. 냉큼 일어나 쪼르르 다람쥐만 양 내빼는 연희 아씨. 혀를 날름하여 저를 나무란 아비를 향해 한 방 먹였다. 탁하니 문 닫고 줄행랑치는 맹랑한 뒤통수를 향해 황이가 기어코 손에 든 것을 내던졌다. 허사로 돌아간 필갑이 바닥에 떼구루루 굴렀다. 그가 혀를 쯧쯧 찼다.

"밤잠이 아니 오는구나. 저런 것을 꼴에 빈궁마마 후보라고 궐에 입궐을 시키면 참말 우리 가문더러 염치가 없다 하지를 않겠나 이 말이야. 흥, 도대체 부인께서는 무엇 하였소? 딸년이라 하나 있는 저것을 못 다루어 오늘날 일을 이 지경으로 만들었냔 말이야."

"아이고. 귀엽다 그저 애지중지 품에 끼고 버릇 가르친 분이 대감 아니십니까?"

하도 답답하니 황이는 괜히 애꿎은 노염을 내보였다. 얌전한 정경부인 듣고 있으려니 은근히 억울하였다. 한마디 낮은 목소리로 종알거렸다. 하나뿐인 막내 고명딸이라고, 기막히게 영리하다고, 배포 크고 씩씩하다고 어린 시절부터 사랑채에 끼고 앉아 사내 모양 글 가르치고 무술 가르친 이가 대체 누구냐? 황이의 신경질은 인제 애꿎은 아들들에게도 돌아갔다.

"너들이 오라비라면서 말이야. 조것 단속을 좀 하였어야지. 인제 혼인할 나이가 아니냔 말이다!"

"연희 성질이 어디 보통이어야지 말입니다. 잘못 건드렸다가 호되게 당한 꼴이 한두 번이 아닙니다. 그게 다 아버님께서 너무 기를 세워주신 탓이란 말이지요."

큰아들 규수가 부친의 눈치를 보며 어름어름 대꾸하였다. 규찬과 규옥 두 아들이 형의 말에 지당하다 고개를 끄덕였다.

"일가친척 통 털어 집안에 하나뿐인 계집아이라, 증조부님께서도 장중보옥. 조부모님께서 연희에게 큰소리 한 번 내는 것조차 질색하시니 감히 이 집안에 누가 있어 조것 성질머리를 누르겠습니까? 그래도 제 말에 책임을 지는 인품이니 맡겨두시지요. 영리하고 발랄하여 윗전에 나아가면 실수는 아니 할 것입니다. 아버님 망신은 아니 시킬 터이니 너무 근심 마소서."

"여염집 일이 아니지 않느냔 말이야. 빈궁마마 간택의 일이다. 만에 하나 저것이 탑전에 나아가 집안에서 하던 대로 건방이라도 떨어보아라. 온 집안 대망신에다 난리가 날 것이다."

사랑채 앉은 어른들이 다 저를 향해 망신이다, 기가 막히다 어찌하면 좋으냐 걱정걱정. 헌데 이 맹랑한 아씨 거동 보시오. 바람 소리 나게 초당에 돌아온 연희 아씨. 어쩐지 들뜬 듯한 목소리로 유모를 부르고 있는 참이었다.

"유모, 유모. 나 좀 보아!"

"예, 예! 갑니다요. 가요, 아씨. 또 왜 이렇게 숨넘어가게 이 유모를 찾으시오? 어인 일입니까?"

"새로 지은 빨강 치마에 노랑 저고리 입어볼 것이다. 유모. 내가 장만하여 두라고 하였던 그 옷 꺼내보시오."

평생 가야 고운 옷 따윈 입기 즐겨하지 않고, 몸단장 하자 하면 골만 부리던 아씨 아니냐. 어찌 이날서는 이토록 수선이냐? 신이 나서 의롱 속의 옷들 다 풀어헤치었다. 면경 앞에 서서 요리조리 몸에 대어보았다. 아씨의 수선떠는 모습 앞에서 유모 정씨가 입을 삐죽였다.

"흥, 지난번 김씨 집안 매파 만날 적에는 한여름에 솜옷 꺼내어 입고 미친 척을 하여 사람 우세를 시키더만요. 이날서는 또 무슨 꿍꿍이로 새 옷 가져오너라 난리를 하시는고? 아씨, 이번서는 참말 순순하게 궐에 들어가실 것이지요? 또 엉뚱한 일을 꾸미는 참은 아니지요?"

아씨가 영롱하게 빛나는 까만 눈을 들었다. 밉살맞은 말만 하는 유모를 향하여 새초롬이 노려보았다.

"아니, 유모. 지금껏 나를 무엇으로 보았소? 내가 겨우 판서 김씨 집안, 종부도 아니고 셋째 며느리로 낮추어 혼인할 여아로 보았나? 그것도 그 도령 겨우 진사시 합격한 터로 올라보았자 정승 판서도 못 될 인재라. 그런 보잘것없는 인간한테 나를 보낼 생각을 하신 아버님이 잘못하였지!"

연희 아씨 다시 생각하여도 분하고 모욕이라. 숨을 새큰거리었다. 댈 사람을 내게다 대어야지 말이야. 어디서 그 하찮은 인간을 신랑감이라 하여 내미는 것이야?

"안즉도 나를 그리 모르오? 천하를 주마, 중전 되어다오 약조하신 터로, 온갖 부귀영화 다 줄 분이 이미 계시는데 미쳤다고 그 미천한 집안으로 혼인할 것인가? 기대려 보시오! 이미 쌀이 익어 밥이 다 된 참이니 유모도 얼마 후에 나를 따라 궐에 들어가 살 것이오. 훗날 내가 중전 되면 유모도 지밀상궁 한자리 시켜줄 것이야. 나중에 고맙다 절하지 말고 지금부터 잘하시오? 훗호호."

초당 뜨락에까지 자신만만한 소저의 웃음소리가 울려 퍼졌다.

으응? 이것이 무슨 해괴하고 방자한 말이더냐? 지엄한 세자빈마마 자리가 마치 제 주머니 물건처럼 쉽사리 연희 아씨 입에서 나오는구나. 이것이 필시 무슨 곡절이 있기는 있는 것이다.

"아이고, 아씨. 그런 말씀 함부로 마옵시오! 저가 간이 졸아 못 살 것이다. 지엄한 빈궁마마라 아씨 마음대로 되어지는 것이 아닐진대 이토록 자신만만하시니, 어찌 근심되지 않을 것인가?"

하늘은 청명. 황금빛 달은 둥실둥실. 꽃향기는 난만하고 처녀 총각 물올랐네. 약조하고 때 기다려, 드디어 그날이 되었구나. 간택은 겉볼 허례일 뿐 이미 정분나서 가례만을 기다리는 오랜 정인(情人)들의 마음은 급하고 설렐 뿐. 연희 아씨, 빙긋이 미소 물고 자신만만 단언하였다.

"유모는 안즉도 이 연돌이 수단을 잘 모르는군. 수년 전에 이 집에 와 계실 적부터 동궁마마야 이 손안의 새란 말이야. 한 번 두고 봅시다? 훗호호. 나 밤서 욕간할 것이야. 할머니 줌치에서 사향 좀 훔쳐 내오지, 응? 유모, 곱게 꾸며주시오? 항시 선머슴아 같다고 놀린 그분 눈을 아주 휘둥그레 만들어줄 것이야."

상긋 웃으며 눈꼬리에 애교 물고 아양 떠는 연희 아씨. 그 매혹이 보통이 아니었다. 연돌이라 자처하며 선머슴아같이 놀던 궂은 가락은 하나도 없다. 물씬 곱게 피는 방향(芳香)이 더없이 아름답고나. 대체 아씨가 뉘를 향해 이런 요염을 준비하는 것이냐. 심히 궁금하다.

각설하고, 유모 정씨 눈을 흘기면서도 아씨가 하도 날치니 마지못해 방을 나섰다. 주무시는 노부인마님 향낭을 뒤지어 사향을 훔쳐 내왔다. 발각이 되면 저나 소저나 경을 칠 일이지만은 어쩔 수가 없다. 연희 아씨 괄괄한 성미 잘못 건드렸다간 두고두고 들들 볶일 것임을 잘 아는 터라 울며 겨자를 먹는 것이다. 참으로 이상한지고, 괴이한지고. 초당 깊이 지내는 아씨가 뉘를 홀리려 이리 향물 욕간에 지분 단장을 하겠다 난리를 부리는고?

그로부터 이틀 후 이른 아침, 지엄한 주상전하께서 거하시는 성덕궁.

아침부터 궐내가 부산하고 시끌시끌하였다. 세자저하의 안곁을 맞이하려 간택령 내린 것은 석 달 전의 일. 전국의 양가 미혼 처자란 처자 다 사주단자 올리어 그중서도 일차 뽑힌 육십여 명의 소녀들이 대궐에 들어와 초간택 참여하는 날이 밝아왔다.

보위 오르실 세자저하의 안곁을 맞이하는 일은 실로 종사의 중요한 일이라 할 것이다. 게다가 저하께서는 이미 보령 스물넷이나 먹은 늙다리 총각이었다. 사직의 문제가 될 만치 늦은 혼사였다. 법도대로 할 것이면 벌써 너덧 해 전에 이미 빈궁마마를 맞이하였어야 하였다. 헌데 어쩐지 그동안 도통 빈궁을 뽑을 것이니 간택령 내려라 하는 하교가 없으셨다. 그런데 드디어 하교가 내리시니 마침내 아름다운 가례의 시절이 돌아왔구나.

날이 밝아 때가 되니 거대한 광희문이 열리었다. 초간택에 오르게 된 아씨들이 고이 단장하고 구종 딸리어 유모며 모친을 대동한 채 하나둘 꽃가마 타고 도착하는구나. 궐문 앞에는 커다란 무쇠 솥이 있다. 소녀들은 모두 그 앞에서 가마를 세우고 나와 그 솥을 밟고 궐문을 들어섰다. 사직의 안주인을 간택하는 궐 안의 법도가 그러한 것이다.

오정이 다 되어가니 궐문이 닫힐 즈음이다. 인제 그만 시각이 다 된 고로 문 닫아라 하는 참이다. 안에서 내관 한 사람이 급한 걸음으로 나왔다.

"어지간히 가마들이 다 왔다가 돌아가는 터인데 이제 더는 오실 처자가 없을 것입니다? 대체 뉘를 보자 하여 이리 확인을 하시는 고?"

군졸의 말에는 대꾸도 아니 하고 명부를 넘기며 내관이 쯧쯧 혀를 찼다. 그때였다. 늦은 그 시각에 한가로이 급할 것 없다는 듯이 어슬렁어슬렁 나타나는 외가마가 한 채 있었다. 겨우 구종 넷이 메고, 유모 한 사람이 수행하였다. 가마 문이 열리고 장옷을 팔에 걸친 아씨가 내려섰다. 눈을 든 동궁 내관 얼굴이 갑자기 밝아졌다. 급히 나아가 막 솥을 밟고 내려서는 아씨에게 읍하였다.

"아씨, 강녕하시옵니까? 연전에 뵈옵고 처음이옵니다? 쇤네를 기억하시옵니까?"

"어찌 모를 것인가? 동궁의 이 내관이 아니오? 소녀는 강녕합

니다."

"시각이 늦은 고로 급히 듭사이다. 이제 막 궐문이 닫힐 참입니다. 그저 조바심하여 기대리신 터이라. 쇤네는 돌아가 아뢸 것입니다. 부대 초간택에 재간택 잘 넘기시사 다시 뵈옵기를 바라옵니다."

궐문 지키는 군졸들이 쑥덕거렸다. 도도하게 고개 치켜들고 유유자적 제집에나 온 듯이 상궁의 안내를 받아 들어가는 아씨의 뒷모습을 바라보았다.

"당차고 대담하여라. 대궐 들어서며 저리 도도하게 고개 치켜드신 처자도 처음이구먼. 동궁 내관이 부러 기다렸다가 읍하여 반길 정도이니 어떤 분이신고? 실로 궁금하네그려. 대체 뉘집 처자이신가?"

"안즉도 모르는가? 우상 대감의 따님이 아니신가?"

"무어라? 개구멍 넘나들며 칼싸움이나 한다는 바로 그?"

"뉘가 아니래나? 아비는 금상의 총신. 집안은 명가이되 그 여식은 개망나니라 소문난 터거든. 실로 그런 처자가 간택받아 입궐까지 하였다 함은 만고에 없는 변일세."

옆에 서 있던 늙수그레한 군졸이 혀를 쯧쯧 찼다. 입방정을 떠는 젊은 병정들을 향하여 눈을 흘겼다.

"도통 천지분간을 못하는 말들을 하고 있구먼. 이보게들, 저하께서 관례 치르고 시정으로 출궁하시어 기숙하신 집안이 대체 어디던가? 바로 우상 대감의 사저라. 그때서부터 저하께서 오직 저 아씨를 빈궁마마로 점을 찍어두고 보신 지가 오래인데, 지금 누구를 흉잡고 있는가?"

연돌이는 앙큼쟁이 21

"아이고, 참말이오? 참말 저하께서 저 소저를 기다리신 것입니까?"

"암만. 동궁 내관이 발을 동동 구르며 기다리기 오래였거늘! 행여 저 처자가 아니 들어올까 저하께서 아침부터 안절부절못하시었다네. 답답하여 내관까지 직접 보내신 것이야. 그런 처지인데 어찌 아니 도도하시겠어? 이미 빈궁마마 다 되어 형식상 간택 참여하실 참인데 무에가 급하고 무에가 답답하여 아침에 들어오겠나? 유유자적 느지막이 오시어도 저만 기다리고 있는데? 필시 그 처자 아니 오시었으면 밤이 늦도록 궐문 닫아라 하는 하명이 없으셨을걸?"

"기가 막히다! 아니, 어질고 영명하며 흠이라 없으시다 안팎으로 소문난 분이 우리 동궁마마이신데요. 무에가 아쉬워서 저런 개차반, 말괄량이를 빈궁으로 삼으신다 나서시는고? 참으로 모를 일일레라."

궐문 앞에서 그렇게 군졸들이 영문을 도통 모르겠다는 듯이 고개를 갸웃하고들 있다. 초간택 참여하는 소저들이 모인 대청 방에서는 중신들이 서로 치하하며 환담 중이었다.

"그동안 저하께서 학문에만 관심 두시고 도통 여인의 일에는 눈길을 아니 돌리시어 실로 신은 말은 못하였되 근심이 많았나이다. 저하께서 빨리 성가하시어 후사를 두심은 왕가의 혈통이 이어지는 것이며 사직이 반석이 되는 일이지요. 저하께서 마음을 돌리시어 간택령을 내리게 되었으니 실로 경사입니다. 헛허허."

종실의 큰 어른이시며 주상전하의 숙부이신 진성대군 말씀이다. 중신들과 앉아 초간택 참여하는 처녀들을 주렴 너머로 바라보며 흐뭇하게 웃고 있다.

그렇게 대궐 안팎으로 간택의 일로 시끄러운 이날, 혼인의 당사자인 세자저하께서는 무엇 하시노? 아우인 용원대군과 막내 재원대군을 데리고 북문 가까이 있는 활터에서 활을 쏘고 있었다.

세자는 사대에 서서 강하게 시위를 당기어 삼십 보 밖에 있는 과녁을 노려보고 있는 중이었다. 매처럼 날카로운 눈매에 집중하여 활을 당기고 있는 품이 평상시 어질고 유(柔)한 모습과는 영판 다른 느낌이다. 칠 척이 넘는 헌칠한 키에 어깨가 넓었고 칼같이 짙은 검미 아래, 맑은 눈은 물처럼 잔잔하다. 약관이니 그저 턱을 덮을 정도인 검은 수염 사이로 입술이 처녀의 그것처럼 붉다.

휘는 면(冕). 자는 명호. 아호는 원보라 하였다. 금상 대왕의 원자로 태어나 다섯 살에 세자로 책봉되었다. 심히 영명하고 민첩하여 총애를 한 몸에 받고 계시도다. 모두가 기대하는 군왕지재이시다.

보령 이미 스물넷, 따지자면은 심히 혼사 늦은 노총각인 셈이다. 그런 분이 드디어 안곁을 맞이할 참이니 어찌 마음이 설레지 않으랴? 허나 활시위를 당기는 모습은 그저 담담하였다. 집중하여 잡념 따윈 하나 없는 표정이다. 강하게 당긴 활에서 피융 소리를 내며 화살이 날아갔다. 어김없이 정과녁을 뚫었다. 내관이 붉은 깃발을 들어 세자저하의 화살이 명중하였음을 알렸다.

"아이고, 오늘도 이 아우가 졌소이다. 동궁서 학문 열심이시라 소문은 장하더니 말이야. 글은 아니 읽으시고 활만 쏘셨나? 어찌 이리도 양보 한 번 없이 백발백중이시오? 금일 주석(酒席)은 남궁에서 이 아우가 베풀 터이니 훗날을 기약하오지이다."

옆에 서 있던 두 살 아래 용원대군 제가 고개를 설레설레 저었다. 이날은 반드시 이 아우가 이길 것이니 두고 봅시다 장담하였다. 헌데 또다시 진 참이라 약이 올랐다. 어찌 이리 빈구석이 하나도 없나? 유엽전 스무 발 쏘기를 하였는데 얄미운 형님 저하. 손에 녹이 슬어 내가 질 것이다 말은 은근히 겸손하였다. 허나 사대에 서서 쏘기 시작하니 백발백중. 유난히 승부욕 강한 용원대군은 진 것이 영판 억울하였다. 벌써 땡볕처럼 얼굴이 붉다.

"재원 너도 쏘아보련? 용원이 연습을 많이 시켰다 하는데 이날서 솜씨를 좀 볼 것이다."

장형이신 세자저하, 뒤에 선 막내 재원대군(휘)을 돌아보며 하명하시었다. 저하께서는 모후이신 중전마마를 많이 닮아 어질고 온유한 인상이 다소 강하다 할 것이면, 나란히 선 둘째 용원과 막내 재원은 부왕마마의 억세고 날카로운 모습이 더 많이 드러난 얼굴이다. 그러나 같은 핏줄이 어디 가겠는가? 똑같이 쾌활하고 총명하며 강인한 기질이었다. 나란히 서 있는 것만으로도 눈부신 미장부들이다.

늠름한 왕자마마들의 활쏘기 놀음을 지켜보고 있는 궁녀들이 하나같이 감탄하여 가슴이 콩닥콩닥. 몰래 곁눈질하며 한숨 쉬고 있는 것도 모르고 동궁마마께서는 팔짱을 낀 채 막내 재원대군의 활 쏘는 솜씨를 지켜보고 있다. 우리 막내가 다 컸도다 호탕하게 웃으신다.

"일신(日新) 우일신(又日新)이라 하더니 재원 네가 날마다 그 솜씨가 정교해지는구나. 궐 안에서 명궁이라는 칭호는 네가 들을 것이다. 아바마마께서 활 쏘는 기술이 기막히고 아름다우시되 그 내림이 너에게 다 갔구나. 훗날 다시 한 번 붙어보자구나."

 장형의 격려에 막내 재원대군 기쁜 빛이 역력하였다. 허나 말은 겸손하였다.

 "저하께 대면 조족지혈(鳥足之血)이옵니다. 안즉은 연습이 부족하와 이렇게 손이 떨린답니다. 나중서 이 아우도 사냥터 한번 데려가 주십시오?"

 "그리하자구나. 용원이 북문 바깥에서 기막힌 사냥터를 발견하였다 하니 다 같이 한번 궐을 나서보자구나. 그때는 공부벌레도 불러라. 언제고 상원 그놈을 이리 데려와서 호연지기를 키워줄 것이다."

 "핫하하, 이 아우가 이미 왔나이다. 저만 빼놓고 세 분이 활터에 나갔다 하여 급히 왔더니 이미 파장인 듯하옵니다. 공부벌레라고 너무 놀리지 마옵소서. 실상 이 아우도 검술은 다소 하옵니다."

 언제 나타났는지 셋째 상원대군 선이 빙글거리며 다가왔다. 옆에 떨어져 있는 부러진 나뭇가지를 집어 들어 칼처럼 잡고 세자저하 향해 겨누며 장난을 걸었다.

 "되었다. 어디서 감히 형님 저하를 겨누느냐? 파리 한 마리도 못 죽이는 녀석이."

 용원대군이 깡말라 학같이 여윈 상원대군의 어깨를 툭하고 건드렸다. 그 작은 충격에도 비틀하는 상원대군. 이제 그 쭉정이 칼을 용원대군에게 돌리며 장난을 걸었다. 둘째와 셋째는 세 살 차이인데 상원대군은 또한 주상전하 맏따님인 숙정공주와 오누이 쌍둥이기도 하였다. 일다경 상관으로 먼저 태어난 숙정은 여아이지만 건강하고 활달하였다. 헌데 아우인 상원은 어렸을 적부터 병약하며 학문에만 집착하고 뜻을 두어 도무지 글방 바깥으로 나오지 않았다. 하여 별명이 서귀(書鬼)였다. 너무 학문에만 침잠하다가 몸을 상할까 봐 형제들이며 부모인 두 분 지존마마를 걱정시키고 있는 형편이었다.

"그만들 하거라. 너희 둘은 만나면은 어찌 이렇게 서로가 으르렁거리기만 하니? 핫하하. 상원이 병약하다 걱정만 하지 말고 용원 네가 이놈을 데리고 사냥이며 활터에 자주 나오도록 하여라. 부왕전하께서 상원 너 때문에 항시 근심하시느니라. 그런데 너는 기별도 없이 어찌 나왔느냐?"

상원대군이 글방에서 나오는 것은 아주 드문 일이었다. 내관이 공손하게 받쳐 드리는 면건으로 얼굴의 땀을 닦으며 자애롭게 물었다.

"형님마마 가례 때문에 난리이니 도통 시끄러워 견딜 수가 없나이다. 기가 막힌 일이지만, 우리 형제 혼사 전부가 오직 세자저하 어린 신부 장성하기에 달린 터가 아니겠습니까? 핫하하. 저하, 그 말괄량이가 도망가다가 여우고개쯤 하여 제 오라비에게 잡히어왔단 말을 들으셨나이까?"

"잡혔다 하니 고것이 별수를 쓴다 해도 오늘 궐엔 기어코 들어왔겠구나. 핫하하. 가자, 용원. 네가 술자리를 베푼다 하였으니 그 약속을 지키렴. 너는 나에게 감사하여야 할 것이다? 내가 병판더러 그 집 딸은 용원이 점찍었으니 이번엔 아니 들어오도록 하라 한 터이다. 정분난 남씨 처자. 다행히 유순하다니 좋을 것이다만, 실은 톡 쏘는 맛에다 다소 고집도 있어야 휘어잡는 맛이 진진한 법. 밤에 몰래 궐문 뛰어넘어 꽃 같은 처자를 구경이나 하자구나. 오늘은 필시 상원 너도 참여하라. 알겠느냐?"

"아이고 저하. 이 재원은 사내 아니오? 이 아우도 데려갑시오."

이제 겨우 열넷인 막내 재원의 말에 형들이 모두 다 왁다그르 웃음 지었다. 용원대군이 툭하고 막내의 어깨를 쳤다.

"이놈 좀 보아라? 지난번에 기생집 데려간다 하였더니 천리만리 꽁무니 빼놓고서는?"

"그, 그때는 형님께서 저더러 동기(童妓) 머리 얹어주라 강요하셨기에 그랬지요, 무어. 어마마마께서 제일 싫어하시는 일을 저가 감히 어찌합니까?"

"뭐라? 용원 이놈 너 아니 되겠다. 너 방탕한 것으로도 모자라서 막내까정도 혼탁한 물을 들이려 하였단 말이냐?"

장형인 세자가 다소간 노염 어린 눈빛으로 힐난하였다. 그러나 용원대군, 마냥 태연하였다. 먼 산만 바라본다.

"사내대장부란 모름지기 뭇 계집의 요염 앞에서도 흔들리지 않는 부동심(不動心)을 가져야 하는 법. 순진한 요놈더러 그 일을 가르치려 하였지요. 너무 탓하지 마십시오, 크흠!"

말이나 못하면? 너 참 잘났도다! 세 형제 모두 다 용원대군을 향하여 눈을 부라렸다. 방탕하고 기상 괄괄하여 무작정 제 뜻대로 하고 살며, 사고란 사고는 다 치고 다니는 둘째라. 끝까지 저 잘못하였다는 말은 아니 하는 저 뻔뻔함이란 대체 어디서 온 것이냐?

"내 분명히 말한다만, 너 언젠가는 그렇게 제멋대로 살다가 큰 코 한 번 다칠 날이 올 것이다."

"큰 코를 다치건 큰 입을 다치건 저는 상관 아니 합니다. 크흠! 대장부로 태어나서 바람처럼 훨훨 자유롭게 사는 것도 멋이랍니다."

홀쩍 말 등에 올라타며 호기롭게 뇌까린다. 씨알도 먹히지 않는 아우를 바라보며 세자는 눈을 부라렸다.

"언제고 네 고 버릇을 내가 아니 고칠 줄 아니? 천성대로 사는 것이야 어찌할 수 없다만, 도리는 지켜야지."

"도리야 지킵니다. 허니 거칠 것 없는 이 용원이 정분난 계집 놓아두고 형님마마 가례를 올리기만을 기다리며 이태나 참고 있지요. 크흠."

말로야 저 이를 이길 수가 없지. 세자저하 어찌할 수 없이 웃고 만다. 내관의 도움을 받아 마술(馬術)에 서투른 상원대군이 말에 올라타는 것을 지켜보다 말 배를 걷어찼다.

"돌아가자. 학강에 늦었다."

왕자마마들께서 타신 말 네 필이 호위밀들을 거느리고 바람처럼 달려가기 시작하였다. 말 달려가며 세자는 힐끗 눈길을 돌렸다. 멀리 활터 북쪽으로 거뭇거뭇 보이는 구중심처 내궐 쪽이었다.

'저곳에 고 말괄량이 연희가 들어왔다 이 말이렷다?'

싱긋 붉은 입술 사이로 미소가 머금어졌다. 기어코 네가 내 뜻을 거역하고 도망을 쳤다 이 말이지? 오기 서린 혼잣말이었다.

'어디 한번 두고 보자구나. 네가 이기나 내가 이기나.'

몰래몰래 둘만 아는 애틋함. 첩첩하니 맺어진 정분. 처녀 총각 사이에 벌어진 알뜰한 줄다리기는 벌써 세 해. 어여쁨은 갈수록 더해 지되, 고집도 따라 더 세어지니 더없이 난감하다.
 '이 마당까지 와서 네가 어찌할지 두고 보겠노라. 무작정 빙빙 돌아 피하려 한다만은 내가 그냥 둘 줄 아니?'
 남궁에는 동궁에 거처하시는 세자저하를 뺀 다른 형제 세 분이 같이 거처하였다. 용원대군의 거처인 운헌각에서 오랜만에 모인 왕자들을 위하여 주석이 벌어졌다.
 "궐내 궁녀들 사이에 난리가 났소이다. 호탕하신 듯한데도 눈길 한 번 함부로 아니 주시는 형님마마께서 대체 뉘를 낙점하시는가 말이오. 아무도 이미 팔 년 전에 세자저하 이미 빈궁마마 간택을 끝내신 것을 모르리라. 게다가 그 처자 천하에 짝이 없는 말괄량이라 함은 더더욱이나 모를 것이야. 핫하하. 부덕 높으신 어마마마께서 고것을 잘 보아주실까요? 형님 저하, 걱정 아니 되시오?"
 "기상이 세고 사내만 양 활달하여 개구멍받이 짓을 하긴 하되, 품성이 곱고 심히 총명하며 명랑한데다 사리판단 대차게 잘하는 아이니라. 후에 아기씨 낳으면 매섭게 잘 키울 것이고 윗전 잘 뫼시어 내전 화락하게 만들 게다. 어마마마께서도 눈이 밝으신 분이니, 연희의 속내 아름다움을 잘 보실 터이니 그 걱정은 하지 않아. 문제는 고것이 궐이라 하여도 분명 제멋대로 다시 도망칠까 봐 두려운 것이지."
 세자는 막내가 꿇어앉아 따라 드리는 연엽주 한 잔 받았다. 느긋하니 대꾸하였다.
 "삼간택에 오르면 그것이 기겁하여 월담할 것이 분명하다. 놓치면 윗전들 노염 살 터이고, 아무리 내가 원한다 하더라도 일이 깨어진 바라 되돌리기 힘이 들 것이다. 그를 방비해야 할 참이야."

"참으로 희한하옵니다. 빈궁마마 되신다 하면은 평생 호강하고 팔자 핀다 난리라 별별 수단 요염 떨어 눈에 들려 애를 쓸 터인데 말이지요. 그 처자는 어찌 그럴까요? 이 아우가 보아도 세자 형님께서는 장부다운 기상 아름다우시며 앞으로 보위 오르실 분이니, 모든 것을 다 갖추신 분이 아닙니까? 이런 형님마마를 싫다 도망을 친다니, 어찌 그럴까요?"

"하하하. 연희 성품이 그렇듯 자유롭거든. 예전에 그 아이가 나에게 별명을 지어주었는데 좁쌀이란다. 좁쌀."

네 형제 입술에서 똑같이 웃음이 터졌다. 상원대군이 싱긋 웃으며 드문 농을 하였다.

"칠 척이나 되는 좁쌀은 저가 처음 보옵니다."

"그게 말이다. 연희 고것 소원이 씩씩한 병정 되어 장성에서 오랑캐 막는 일이라 하더구나. 동궁마마 소원은 무엇이오? 하길래 내가 용상에 앉아 정무 볼 것이다 하니 입을 삐죽이며 장부답지 못하다 놀림하며 그렇게 별명을 붙였지. 그토록 활달한 기상을 가진 여아이니 새장같이 좁고 법도 지엄하여 항시 조심하여야 하며, 때로는 술수 난무하고 파벌 생기여 여인네들 성총 다투는 이 궐 생리가 영 마음에 아니 든다 이 말이지. 내가 연희를 데려는 오되, 마음에 걸림은 오직 그것이다. 그 아이는 도통 이런 답답함을 못 견딜 것이 분명하거든. 예에 빈궁으로 들어와 행복하지 않다 하면 그것을 내가 어찌 위로하여 줄 것인지 요량이 아니 생긴단다."

목청은 예사롭되 분명 근심이다. 헌칠한 세자의 이마에 어둔 그늘이 설풋 내렸다.

이십여 일 후에 삼간택에 오른 처자가 결정되었다.
우의정 황이의 따님 연희 소저. 대제학 심우정의 외손녀이며 신위영 수장인 최무질의 셋째 딸 문이 소저. 처사 윤태부의 따님 설리 아씨였다. 세 분 다 아름답고 향기로우며 매혹이 가득한 소녀들이다. 교태전 넓은 방 안이 삽시간에 가득 핀 꽃밭이 된 듯하였다.
세 소저 각기 다른 매혹의 꽃봉오리였다. 조신하고 부드러워 참으로 잘 배운 양갓집 규수라 절로 감탄을 사는 이는 문이 소저이며 총명하고 방글거리는 미소가 밝고 귀염성있어 친밀함이 넘치는 이는 설리 아씨. 연희 소저, 짙은 눈썹이며 고집스런 얼굴에 눈빛만 초롱초롱. 남장하고 개구멍 드나들며 검술 연습에 두 손바닥 굳은 살 박였다 소문 장한 바로 그 소녀이다. 눈치는 빨라, 아리땁고 순후하기만 한 두 소저와는 달리 이미 낮은 평가를 받고 있음을 알고 있었다.
눈부신 보료 위에 앉으신 중전마마. 그 옆에 두 따님 숙정, 숙경 두 공주마마 앉으시었다. 좌측에는 늙으시어 기력이 한결 쇠약하나 빈궁마마 보는 일이라 굳이 오신 창빈 윤씨마마 계시고, 우측으로는 진성대군 부인, 효성군 부인까정 벌려 앉으시었다. 어려운 윗전들이 저들을 바라보고 있으니 처자들은 가슴이 떨리고 긴장되어 정신이 하나도 없다.
오직 연희 아씨만 눈을 똑바로 뜨고 둘레둘레. 사저로 내려가서 어머니며 유모에게 중궁전 풍광이 어떻더라 재잘거릴 이야깃거리를 마음에 새긴다. 그 표정에 어린 호기심이 중전마마 시선을 끌었다. 빙긋이 웃으시며 고운 목청으로 하문하시었다.

"거기 소저들. 말 한 번 해보렴. 중궁에 들어와 후에 돌이키면 무엇이 제일 먼저 생각날 것 같으뇨?"

"넓고 번잡하여 참으로 별세상이옵니다."

설리 아씨가 방글거리며 대답하였다. 문이 소저도 공손하게 고개 숙인 채 작은 목소리로 대답한다.

"지엄한 중궁이라 감히 고개 들고 돌아보지 못하나, 머릿속에 새겨지기를 화려하고 위엄 가득 차 높으신 자리를 실감하옵니다."

중전마마 눈빛이 연희 소저에게로 향하였다. 아씨는 방긋 웃으며 솔직하게 말하였다.

"감히 아뢰기 황공하오나 심히 검박하고 생각보다 볼 것이 없나이다. 다만 따스한 기운이 가득 차 참으로 사람 사는 곳이다 싶습니다. 이야말로 부덕이 넘치고 어지신 중전마마 성품과 꼭 닮았다 할 것이옵니다. 소녀가 감히 중궁전 들어와 미리 짐작키는 심히 화려하고 번잡하며 호사할 것이라 생각하였습니다. 허나 인제 실제로 보오니, 감히 아뢰되 넓기는 모르나 치장이야 소녀 외가댁 할머님 안방보다 못하옵니다."

"호호. 참으로 솔직하고 발랄하구나. 하여서?"

"대부분 사람들은 궐 안 일이 그저 별세계라 여깁니다. 만날 호사만 하리라 짐작하나 이 방에 들어오니 실상 윗전이 될수록 몸을 낮추고 검소하여야, 백성이 편안하다 함을 알고 그를 의무로 삼아야 하는 것이다 마음에 느껴지옵니다. 이것을 배우라 함이시지요?"

"깜찍하구나."

중전마마께서 빙그레 미소 지으며 한마디 하시었다. 대차게 생긴 턱을 하는 것이다? 눈에 보이지 않는 것까지 볼 줄 아는 지혜로움이라. 그것을 솔직하니 표현하는 당돌함이 은근히 대견하였다. 구김살없이 씩씩하고 명민한 눈빛이 처음부터 밟혔다. 또록하니 하답하는 뜻 또한 귀여웠다.

"네가 우상의 따님이지? 여인의 몸으로 검술 연습도 장하고 남복하여 시정거리 나돌아다니기를 잘한다더니 말태도 활발하고 대담하기 이를 데 없구나. 고집 세어 세자가 골치를 앓는다더니 이제 그 일 짐작하겠노라. 여인 된 몸으로 부덕 쌓는 일은 싫어하면서 사내들 하는 일에만 관심이 많은가?"

"솔직히 말하라 하심이니 미움삼도 무릅쓰고 말씀 올리옵니다. 소녀 위로 오라비만 셋이랍니다. 어려서 노는 양도 나무칼 휘두르고 죽마 타고 놀았사옵더니 그것이 더 성품에 맞았나이다. 또한 부친께서 여아라 하여 무조건 침선이며 부엌 일만 함도 부당하니 능력이 있으면 무엇이든 다함도 좋을 것이라 하시어 오라비와 똑같이 소녀를 가르치시니 글 읽을 적에도 뒤지지 않고 무술 연습도 남 뒤지지 않는다 하는데 도통 침선이며 요리며 이런 것은 손에 익지 않더이다. 딱 여인으로 소박감이라 이번도 실상은 간택에 참여함이 어불성설이니, 부디 헤아리사 부덕 높고 여인 공규 높으시며 어지신 처자 잘 간택하시어 빈궁마마 올리시면 소녀는 그저 따르고 물러날 것이옵니다."

연희 소저 말에 그 속을 내가 아오, 하듯이 슬며시 웃는 분이 숙정공주 마마였다. 감추어진 일이되 공주도 오라비들 따라다니며 여인 부덕보다 딴 일에 관심 많았다. 명문 청송 심씨 가문에 하가는 결정이 되었으되 아무것도 못하는 말괄량이라. 서원위로 결정된 심온복 그분이 심히 걱정 중이었다. 다른 것은 모르되 제발 밥물 올리는 일만은 알아오소서, 서간 보내어 당부하는 중이었다. 공주께서 활달한 어조로 말을 받았다.

"이 공주가 생각할 사, 그대가 필히 궐에 들어와야 할 것 같소이다. 사가 여염집 처자이면 반드시 그 부덕 필요하나 궐은 나인 많고 궂은일 보살피는 이 따로 있으니 그대가 굳이 그 일 하지 않아도 흠이 아니지 않소?"

그러나 연희 소저는 그 말에는 찬성하지 않는다 솔직히 표하였다. 고개 돌려 공주를 향하여 담박하게 대꾸하였다.

"허나 일을 시키려면 시키는 자가 알아야 제대로 시킨다고 합니다. 도통 모르면 이용만 당하니 그는 꼭 옳은 말씀은 아닌 줄 아옵니다, 공주마마."

"태어나서부터 잘하는 이가 어디 있느뇨? 다 배워서 하는 것이다. 옛날부터 여우하고는 살아도 곰하고는 못 산다 하였다. 머리 영명하면 다 요령 생기는 법이야."

중전마마께서 말씀하시는 도중이다. 바깥에서 상궁이 아뢰었다.

"중전마마, 세자저하 듭시었나이다."

삼간택이다. 신랑이 되실 저하께서 신붓감으로 낙점된 세 처자를 최종적으로 선보러 나오는 자리였다.

잘나셨다지? 늠름하다지? 학문도 높고 인품 또한 높다지? 콩닥 콩닥 두근두근. 세 처자 가슴이 방망이질 쳤다. 중전마마께서 미소 지으시며 분부하시었다.

"저하를 뫼시어라."

발이 쳐진 윗방 문이 열리고 붉은 용포에 익선관으로 성장하신 세자저하께서 내관의 안내를 받아 듭시었다. 먼저 무릎 꿇어 어마마마께 인사드리고 난 후 방석에 좌정하였다.

"감축하오, 동궁. 장성하사 혼인하여 내전을 채움은 당연한 도리. 이날 날이 되어 곱디고운 세 소저를 모시었거니, 한 분을 낙점하시구려. 이 어미가 안결으로 모시시라."

"황감하옵니다. 어마마마. 소자가 야합도 아닐진대, 어찌 겉볼 용색의 고운 바를 힐끗 보아 마음대로 사직의 작은 주인을 낙점하겠는지요. 종실과 윗전이 정하여주신 대로 따를 것입니다. 가르침을 주시옵소서."

"우리 세자께서 점잖으시고 생각이 깊으시니 이 모후도 어렵거니. 다만 세자의 뜻이 그러할진대 어찌 존중치 않으리."

미소 지으며 중전마마께서 하답하시었다. 시선을 돌려 고개 숙인 소저들에게 말씀을 내리었다.

"소저들은 듣거라. 이 자리에 나섬이 심히 불편하고 힘드나 어찌 할 수가 없다. 이 나라 사직을 담당하실 세자의 정궁을 찾는 일이니 소홀할 수 없음을 이해하여라. 이 중전이 속으로 보건대 세 분 다 어여쁘고 귀여워 모다 며느리 삼고 싶도다. 한 분은 주상전하와 세자저하 의향 따라 빈궁이 되실 터이나 다른 두 분은 궐 안 관례에 따라 후궁이 되실 것이니 그를 가납하겠느냐?"

 중전마마 물음이 사뭇 짓궂었다. 발을 친 윗방의 저하, 속으로 쩟쩟 혀를 다셨다. 능청맞은 큰아들의 속을 환히 뚫어봄이라. 모후마마의 장난스런 눈빛은 발 뒤편 아들에게로 가 있었다. 세 소저들로 하여금 참으로 난처하고 속내 심사 울렁거리게 하는 하문이다. 제일 먼저 문이 아씨가 살포시 고개 숙였다. 설리 아씨도 따라 고개 끄덕였다.

 "법도가 지엄하니 오직 순명하나이다."

 "어찌하여 너는 대답을 아니 하노?"

 중전마마 이하 모든 사람의 눈길이 입 꼭 다물고 있는 연희 소저에게로 향하였다. 너 참말 말 안 하고 고집 피우련? 발 뒤의 세자저하 속이 타고. 그 마음을 아는지 모르는지, 연희 소저가 고집스런 입매를 굳히었다.

 "소녀로서는 다만 그 일만은 순명치 못하리라 하옵니다."

 "당돌하구나. 네가 빈궁 되어도 다른 처자 후궁 못 두겠다 그 말이며 네가 후궁첩지 받는다 하여도 무엄히 거부한다 그 말이더냐?"

 "망극하옵니다. 허나 항시 소녀의 아비께서 말씀하시기를 수신제가치국평천하라 하였사옵니다. 수신(修身)의 근본이 스스로에게 성실함이며 제가(齊家)의 근본이 부부지연 맺어 서로 성심으로 은애함이 아니겠는지요? 그는 오직 한 분 안해와 남편 되는 분이 서로 사모하며 그리워하고 성실한 데서 비롯된다 하셨나이다."

 졸졸졸, 말도 잘하여라. 연희 아씨는 기 하나 죽지 않고 그 어려운 자리에서 제 속의 뜻을 가리지 않고 펼쳐 놓았다. 꼭 일부러 하는 양, 누구더러 들어라 오금이라도 박는 눈치였다.

"소녀의 사가 두 분 부모님, 혼인한 지 벌써 삼십 년이 넘되 부부 지연 맺으실 적 그 성심 아직도 가지시고 은애하심 크십니다. 항시 바라보기 다정함을 보고 배운지라 소녀도 오직 부부가 그리해야 하는 줄로만 아옵니다. 잉첩 두면 부처도 돌아앉고 여인네 투기함이 사나이 큰일 발목 많이 잡는 것은 역사를 보면 아옵습니다. 소녀 빈궁 되어도 세자저하께서 다른 처자 찾는 꼴은 절대로 못 보옵고 제가 또한 빈궁마마 성총 빼앗는 못된 잉첩이 되기도 싫음이라. 차라리 소녀더러 죽어라 하옵시지, 그를 가납하라 말씀은 마옵소서."

"요것, 요것? 방자하고 기막히도다. 허면 지금은 후궁 아니 들인다 하여도 훗날에 세자가 다른 여인네 볼 때면 어찌하겠느냐?"

"……부덕 쌓아야 하니 가납을 하기는 할 것이되, 속이 문드러질 것입니다. 아마도 세자저하를 심히 괴롭힐 것이옵니다. 그러니 제발 이 소녀더러 빈궁 되라 하시지도 말며 후궁 들어가라 마시고, 그저 궐 밖에 내쫓아주소서."

중전마마 이하 모든 궐 안 여인들이 입을 쩍 벌리었다. 연희 소저 확 까놓아 솔직하고 당돌한 말 듣고 있는 발 뒤의 세자저하 얼굴도 딱딱하게 굳어졌다. 조것조것, 기어코 사고를 치고 말았구나. 입버릇이 제법 방정맞고 당돌한 줄은 애저녁부터 알았지만 말야. 저토록 건방지게 어마마마 앞에서까정 까불 줄은 몰랐도다.

형님마마 따라서 중궁에 든 용원대군도 문 뒤에 숨어 연희 아씨 하는 말을 다 들었다. 동궁 돌아와 정좌한 세자 옆에 앉아 슬슬 약을 올렸다. 쯧쯧 쓴 입맛을 다시는 형님을 바라보며 실실 웃었다.

"어찌할 것이오? 빈궁 맞는 일은 물 건너갔소이다. 아이고, 당돌한 것. 어마마마 앞에서 그토록이나 방자하고 대담한 하답을 할 줄 어찌 알았남? 필시 노여움 타서 내쫓길 것이오."

"이놈. 모르는 소리 말아라. 어마마마 가례 초입에 어떤 일 겪으시었는지 너는 못 들었느냐? 을사의 화가 실상 부왕마마께서 사춘기 어린 날에 잉첩에 홀려 미혹하시어 일어난 일이 아니냐. 하여 우리더러 후궁 두고 방탕함을 늘 경계하심이었다. 연희의 말이 바로 어마마마 속내이니, 노염은커녕 기특하게 생각하실 게다. 그나저나, 오늘 밤에 세 처자 어디서 묵느냐?"

"숙정의 거처라 하였소이다. 무엇 하려구요?"

"무엇 하긴 무엇 해? 필시 개구멍 넘어가려는 고놈을 잡아야지. 이 밤에 딱 눌러두어야 고것이 딴 맘을 먹지 못할 게다."

"설마 점잖으신 체면에 서궁 월담하시려는 것은 아니지요?"

"못할 것도 없지. 연돌이 고놈 성질머리라 필시 이 밤에 도망치려 할 것이 분명하다. 동궁까지 제법 머니, 너는 말을 준비하여라. 서궁 담 중 서쪽이 낮으니 필시 그리로 도망칠 게야. 말 등에 큼직한 자루 두엇 준비하고 헛간 쪽에 군졸들 얼씬도 못하게 딴 데 돌려라."

"내 참, 세자 형님 맞으시오? 법도 어김 없고 군자라 소문났거늘, 지금 무엇 하자는 수작이오? 연돌이 놈 보쌈하려는 것입니까?"

세자저하 씨익 웃었다. 모르는 척 서책을 들추며 중얼거렸다.

"너가 잘하는 염렵(艶獵). 나도 해보련다. 왜? 점찍어 오래도록 잘 키워둔 꽃이니, 내 몫이지."

이러는데 밖에서 세자저하, 주상께서 찾으신다 기별하는 전갈 들었다. 세자는 아우와 의논할 적 짓고 있던 짓궂고 열기 어린 표정 지우고 침착하게 의관정제하였다. 어진 낯빛 순후히 하고 대전으로 나갔다.

"동궁은 앉거라. 안팎으로 네 일이 번잡하여 일이 많도다. 심사가 어떠하노?"

"오직 종실 어른들과 부왕마마 정하시는 대로 소자는 순명하니이다."

"허면 어떤 처자가 빈궁 되든 상관없다 그 말이냐?"

하문하시는 용안이 다소 짓궂다. 재간 때 인상이 순후하고 부덕 있어 보이는 문이 소저를 의중에 두시었다. 중궁 들어가 슬쩍 입 밖으로 어지를 꺼냈다. 헌데 뜻밖에도 모후이신 중전이 살짝 귀띔하였다.

"세자가 이미 오래전에 우상의 고집 세고 맹랑한 딸을 마음에 두고 있었답니다. 오직 그 처자를 빈궁 삼아주소서 하였습니다."

들자 하니 우상 따님 그 소저, 겨우 열여덟. 사저에 공부하러 나갔을 적에 만난 조막만 한 열 살 계집아이를 심중에 두고 자라기만을 기다렸단다. 그런 말을 미리 들으신 터라 시침 떼는 아드님이 우습기도 하고 또 한편으로는 몹시도 의뭉스럽도다 싶기도 한 터였다.

"이 나라 사직을 이어받을 너 세자의 빈궁이 어떤 처자가 되는가 하는 것은 이 나라 종사의 앞날과도 관계 깊다. 오직 열정만으로 설레어서는 아니 될 것이다. 명일 빈궁 간택이 끝날 터인데, 너는 그것을 받아들이고 뉘가 빈궁 되든 존중하고 아끼며 받아들이도록 하여라."

"그리하겠나이다. 하온데 전하, 소자가 감히 한 말씀 소청 올리어도 되겠는지요?"

"세자가 말한 것을 짐이 언제고 거절한 적 있더뇨? 말하여라. 무엇이냐?"

"이제 삼간택이 끝나 세 처자 보았사온데, 빈궁이 정하여지면 남은 두 처자는, 당연히 후궁으로 들어온다 합니다. 소자가 그를 받아들이지 아니하면 안 되는지요? 소자, 잉첩 두어 서로간 투기하여 내전 시끄러움이 싫사옵고 밤마다 다른 방에서 지냄도 면구스러우니 오직 빈궁 한 분만 간택하여 주옵소서."

"말이 묘하구나. 그는 이해하다 치면, 네가 속내로 정하여 둔 처자, 혹여 빈궁 아니 되면 그냥 궐 밖 내어보내 다른 사내에게 혼인하여도 상관없다 그 말이더냐?"

세자마마, 망설이지 않고 딱 부러지게 대답하였다.

"지체는 낮으나 한 가문의 정실이 될지니, 후궁이 됨보다는 나을 것입니다. 차라리 그렇게 배려하여 줌이 소자의 마지막 예의라 생각되어지옵니다. 소자의 청을 반드시 들어주시옵소서."

"빈궁의 일은 세자의 뜻이 그러할진대 윤허하노라. 이제 보니 세자 너의 정이 의외로 깊구나. 속내로 배려함이 많으니 당연히 사내로서 아름다운 일이로다. 헛허, 공부하라 내려보냈더니 은애하는 속병만 들어 왔도다. 물러가라. 가서 종실과 내명부의 결정을 기다려라."

세자저하 대전 밖으로 걸어나오는데 속으로 어쩐지 맥이 탁 풀리는 기분이었다. 부왕마마 말씀이 연희를 빈궁 삼아주신다는 말씀이신지, 고것이 기승스럽고 맹랑하니 유순한 딴 처자 간택하셨다는 것인지 도통 분간이 아니 되는 터였기 때문이다.

'어마마마께서 이 세자 속내 분명히 알고 계시며 눈이 밝으신 연희의 볼수록 귀염성있고 명민하며 줏대 분명한 속내 보실 것이니 틀림없이 이 세자 눈이 밝다 하실 것이다. 연희 고것. 맹랑한 고것, 빈궁 되어도 걱정이다. 그 말괄량이가 어찌할 것인지 눈에 뻔히 보여. 밤마다 궐 밖 같이 나가 미행하자 조를 것이며, 검술 상대 되어달라고 덤비면은 그것을 어찌하리? 휴우…… 내가 저를 은애하고 그리워하기는 하여도 그토록 자유분방하고 귀여운 아이를 이 답답한 궐 안에 잡아놓으려는 것이 과연 잘하는 일일까?'

동궁으로 돌아오는 세자저하의 얼굴빛은 다소 착잡한 것이었다.

보령 스물넷. 이미 늦어도 한참 늦은 가례이다. 이날 되도록 동궁마마께서 곁눈 돌려 궁녀들 염태 보았다는 말은 없었다. 주상전하 곁에서 정사(政事) 익히시고 학문 부지런히 하시며 시간나면 곧잘 말달려 무술이며 격구하시고. 그저 곧게 당신 나아갈 길만 가실 뿐이다. 여인네에 대해서는 더더구나 덤덤하신 터였다. 하여 사람들 모다 뉘가 세자저하 곁이 될까 참으로 궁금해하던 차였다. 헌데 세자께서 실은 이미 오래전부터 맹랑한 연희 소저 마음에 두고 연치 차기만을 기다린 것이라니! 이런 놀랄 데가 있나.

동궁에서는 용원대군이 기다리고 있었다.

"숙정이 왔다 갔소이다. 어마마마께서 연희를 낙점하셨다 합니다. 맹랑하기가 참으로 기막히나 거짓이 없어 마음에 드셨답니다. 대차니 굳은 단심 가지고 세자를 잘 보필할 것이며 윗전으로 궐내 대사 시원시원하니 잘 처리할 것으로 보였도다. 흡족하다 칭찬하셨답니다. 다만 세자저하께서 어질고 유하시니 그 처자 고집을 이길까 걱정 한마디 하셨답니다."

"너무 강하면 부러지는 법이니라. 내가 지난 몇 년 동안 오직 연구한 것이 강한 고집을 대함에 부드러운 유함으로 다루는 것이라, 그는 걱정할 필요 없다. 그보다 너는 내가 하란 것 준비하였느냐?"

"하였소이다. 이르게 수라상 받으시고 슬슬 나가보시지요? 빈궁마마 되실 분을 세자저하께서 보쌈하였단 말은 고금에도 없을지라, 여하튼 연희가, 아니, 빈궁마마께선 여러모로 형님마마 고생시키오이다. 하하하."

세자께서 아우랑 더불어 자루 들고 꽃 따러가는 것을 차비하는 그 시각. 서궁 숙정공주 마마 거처에서 저녁상 받아들고 있는 연희 아씨 역시 머릿속으로 열심히 도망갈 궁리를 하고 있는 중이다.

"보시오, 나는 도망가오. 나는 빈궁 아니 될 것이니 두 분이서 잘 의논하여 아모나 그 영광 차지하소. 아침에 일어나니 없어졌더라 이 말만 하시오. 응?"

살금살금 일어나 방문 연 기척에 같은 방에 주무시는 설리 소저가 잠에서 깼다. 연희 아씨는 눈을 동그랗게 뜬 처자에게 쉿! 하고 입을 막았다.

"내 재주가 개구멍 넘어 월담하는 것이니 걱정 마시오. 이미 삼경이 넘었으니 전부 잠든지라 그대만 눈감으면 되는 일이오. 그럼 잘사시오."

연희 아씨는 치마 말기 단단히 움켜쥐고 살금살금 바깥으로 나갔다. 미리 보아둔 서쪽 담벼락 쪽을 향하여 그늘만 골라 다가갔다. 나무 우거진 사이로 잘 보이지는 않으나 화담이 다소 퇴락하여 낮아진 곳이 있었다. 넘기 좋도록 등걸만 남은 둥치까지 발아래에 있구나. 담 끄트머리에 손을 걸고 발끝에 힘을 주었다. 몸을 날려 담을 넘은 적이 많아 쉬울 것이라 생각하였는데 긴치마가 영 거추장스럽고 걸리었다. 마음대로 넘어가지가 않는다. 끙끙대며 간신히 몸을 걸쳐 발끝에 힘을 주고 담을 타고 넘는데 담벼락 기왓장에 걸쳐진 손을 누가 시원하게 쑤욱 잡아당겨 끌어올려 주었다.

도대체 뉘가? 하는 생각을 할 새도 없이 연희 소저 얼떨결에 담을 넘고 말았다. 곧바로 무슨 부대 자루 같은 것이 얼굴서부터 뒤집어씌워졌다. 그러더니 바둥거리는 몸이 풀썩 거꾸로 둘러메어졌다.

"인제 되었다. 가자."

바동거리는 부대 자루를 풀썩 말 잔등에 내팽개치고 훌쩍 뒤에 올라탄 사내가 한 팔로 푸덕거리는 몸을 꼭 옥죄었다. 얼음 뚝뚝 떨어지는 목소리로 위협하였다.

"소리 질러도 소용없다. 지엄한 궐에서 도망치려 했음이니 중죄이다. 그대만 망신이니라."

낮고 강한 사내의 목소리. 흉악한 빛은 없고 오히려 억누른 웃음이 배였다. 맹랑하도다 하는 빛이 깔려 있었다. 이미 그 목청 귀에 익었다. 부대 자루 속의 소저 문득 홀로 배시시 웃었다. 세자저하?

연돌이는 앙큼쟁이

말이 두 마리인지 말발굽 소리가 여럿이라, 이윽고 한참 가다가 말이 멈추었다. 게서부터는 아마도 말이 갈 수가 없는 곳인가 보다. 사내는 번쩍 부대를 거꾸로 둘러메고 걸어갔다.
"새벽에 다시 오리요. 밖에서 문을 잠글 터이니 오직 형님마마 하실 요량에 달린 것이오. 용원은 오늘 한 일, 본 것 없고 들은 것 없소이다."
끼익 문이 닫혔다.

제2장 월하(月下)의 정인들

사내는 헛간에 들어가서 부대 자루를 바닥에 툭 놓아주었다.
"나와. 자루 주둥이 풀렸으니 괜히 엄살 피우지 말고!"
연희 소저 바동거리며 꿈틀거렸다. 부대 자루에서 배시시 고개 내밀었다. 가마니 짝에 걸터앉은 세자저하를 향해 눈을 흘겼다. 이미 준비한 터라 헛간 문 앞에 횃불이 둘 타고 있었다.
"좁아서 빡빡하니 나오기가 힘이 든단 말이어요! 손 좀 잡아주면 뉘가 덧나나?"
"혼인도 아니 한 처자 손잡았다 무슨 동티가 날 것인고? 이미 그대가 나하고 혼인하기 싫어 도망친 것이니 나는 그리 못해."
"요사이 손잡았다고 다 혼인하오? 저잣거리 나가보면 서로 눈길

주고받고 보리밭 들어갔다 나오는 것들, 탑돌이 하다가 으슥한 그늘 찾는 이들 한둘이 아닙디다, 뭐! 아, 아니어요! 내가 그렇다는 것은 아니지만요."

연희 소저는 무섭게 노려보는 세자저하의 시선을 급히 피하며 손을 훼훼 저었다. 그 소동 때문에 풀려진 저고리 고름 새로이 매고 흐트러진 머리 손으로 쓱쓱 다듬었다. 빼뚤어지고 망가진 댕기 다시 맬까 하지만 뒷머리라 손이 아니 닿았다.

"댕기 좀 다시 풀어주셔요, 마마."

앞에 와서 땅바닥에 턱 앉으며 명령하는 연희 소저를 향해 세자저하 한숨을 한 번 쉬었다. 말없이 댕기를 풀어주었다. 대강 뒷머리 새로이 땋고는 댕기 이리 주셔요! 하고 턱하니 손을 내미니 손안에다 풀어 쥐고 있던 댕기를 건네주었다.

"뭐라고요? 좀 크게 말씀하시어요."

"그 댕기, 내가 보내준 것인 줄 넌 알고나 있니?"

"알고 있으니 매고 왔지! 지난 단오절에 그네 뛰면서 언덕에 서 계신 것 보았답니다. 어찌 아니 들어오시었소? 나는 저하, 그날 오실 줄을 알았소이다."

"정경부인께 내가 간다 하였을 적에 네가 평주 외가댁에 가버린 것을 내가 잊은 줄 아니?"

"아, 우연이지 고의는 아니라! 서간이라도 한 줄 남기실 일이지 휑하니 그냥 가셨소이까? 댕기 주면 뭣 하여요? 내 동무는 정표라고 옥지환도 받았더라."

"옥지환 아니 주었어도, 작년 네 생일에 내가 금입사 은장도 노리개 주었었다?"

"그 칼 들고 뉘 찌르라고? 장난감도 그리 앙증맞은 것이 없을 것이다. 하도 귀물(貴物)이니 누가 보아도 예사 것이 아니라 오데 한 번 달고 나갈 수가 있어야지. 그냥 방물장수한테서 산 양 은가락지 하나만 주지? 그럼 내가 항시 낄 것이 아니어요? 그리고 선물을 남한테 들려 보내나? 자기가 직접 가져와야지. 나중에 혼인도 내관더러 대신하라 하오."

이것이 무슨 말이냐? 지엄하신 세자저하 맞대놓고 톡톡 쏘는 연희 아씨 말투가 어찌 이리 맹랑하고 어려워하는 기색이 하나도 없는 것이냐? 세자저하 역시 맞받아치며 응수하지만, 노여운 기색은 없다. 오히려 정분난 처자더러 자기 아니 돌아본다 하는 나무람과 원망이었다.

"그래서 내가 서소문 통 저잣거리 나간다고 했는데도 동무랑 같이 나오니? 그 동무 혼인 꾸밈 산다고 침모에 유모에 달고 나와 하루 종일 육의전 헤매고 다녀 숨바꼭질시킨 이가 누구니? 그때 상원이 하도 걸어 병난 줄 모를 것이다! 흥, 그리고서 내가 큰맘 먹고 말야, 비단전 가서 치마감 끊어준다 하니 왜 거절한 것이야?"

"뉘가 사주었다고 말할 것이오? 대국서 들어온 비단이 좋긴 한데, 저하께서 사주었다 하면 난리날까 봐 그랬지. 허면 그때 제가 사드린 약과 뉘 주었소?"

"뉘 주긴, 내가 먹었지. 너는 그럼 내가 준 하귤이랑 파초 실과 어찌하였어?"

"할머니 드렸소."

연희 아씨 대답에 세자마마 혀를 찼다.
"흥! 그것 보아. 도대체가 귀한 줄을 모른다니까! 밤에 홀로 먹어라 내가 그리 당부하였건만."
"그럴라 하였지! 내가 얼마나 아끼고 아끼어 며칠을 아니 먹었는데…… 헌데 할머니 초당 건너오시어 문득 향기 좋다 하시는데 어찌 감추겠소이까? 할 수 없이 내어드렸지."
"바닥에 있던 서찰 보았니?"
"보았소이다."
"왜 회답을 아니 하여주는 것이야? 기다리다가 목이 늘어진 것 아니더냐, 내가!"
애타하는 심정이 그대로 묻어 있었다. 연희 아씨 한숨을 폭 쉬었다. 옷고름 손가락 사이로 뱅뱅 돌리며 웅얼거렸다. 매사 당당한 아씨치고는 놀랄 정도로 어눌하고 자신없는 목소리였다.
"궐이 싫소. 답답하고 미칠 것입니다. 맹랑한 나는 아니 어울리오. 쓰긴 썼는데 답답하고 울적하여 찢어버렸소이다. 저하 심사 내가 아는데, 내 심사도 저하 아실 것이다. 어찌하여야 좋을지 모르겠소이다."
"혼인하자 먼저 말한 이는 바로 너 아니니? 내가 너 때문에 홀아비로 늙어 죽어지면 너라고 편안할 것 같으니?"
"보위 오르실 분이 어찌 혼인 아니 할 것이오? 말도 아니 되는 소리다."
사뭇 놀라 부인하는 척하는 아씨의 말에 세자는 흥하고 눈을 흘겼다. 잔말 말라 버럭 소리 질렀다.

"여하튼 나는 너하고 혼인한단 말이다. 사내의 진심을 이리도 희롱함이냐?"

"보소서. 개구멍 넘나들며 검술이나 하러 다니고 남장하여 저잣거리 싸돌아다니는 소녀가 빈궁 되면 그는 저하 낯이 깎이는 일이오. 남들이 전부 염치없다 손가락질을 할 것이라. 삼간택 오른 두 처자, 참으로 아름답고 어질고 뛰어나니 세자저하한테 딱 맞는 짝입디다. 이미 중전마마께옵서 소녀더러 심히 맹랑하다 역정내시었습니다. 궐 밖으로 쫓아내달라 청하였소이다. 그냥…… 소녀 잊으소서. 이미 우리는 소꿉장난 하던 그때가 아님은 서로 잘 알지 않습니까?"

"너하고 아니면은 나는 혼인 아니 한대두. 대체 몇 번을 맹세해야 하노?"

"조롱 같은 궐 속에 사는 빈궁 되면 소녀는 말라서 죽소이다."

몸이 달았다. 세자는 연희 아씨 손을 부여잡고 살살 꼬시었다. 천금같이 약조한다 맹세하였다.

"내가 미행 자주 데리고 나갈 것이다. 사냥터도 같이 가고 내전에 무술 수련장도 만들어줄게. 동소문 밖에 별저도 따로 지어줄 것이니 답답하면 그리로 내려가서 지내면 되지 않니? 또한 내가 부왕마마 대신하여 지방 순시할 적이 많으니 그때마다 반드시 널 데리고 갈 것이니라. 빈궁 되어주면 내가 절대로 한눈 아니 팔고 후궁 아니 들일 것이다. 오직 일편단심인 줄 네가 더 잘 알지 않니?"

"일편단심으로 치자면야 소녀도 똑같소이다. 속적삼 고름에 마마 이름 써서 품고 다니는 소녀, 아시면서?"

"너만 그런 줄 아니? 나도 그러하구먼. 네가 그전에 그리하자 하여서 내가 얼마나 침선 나인이며 내관들에게 우세스러웠는지 아느냐? 차마 속의대마다 네 이름 수놓아달라는 말은 못하여 글방에다 연화(蓮花)가 핀 그림 족자 걸어놓았느니라."

참으로 점입가경이구나. 가만히 듣자 하니 요것, 동궁마마와 말괄량이 연희 아씨가 서로 은애함이 깊기로 보통 아니다. 그동안 남들 눈치 살피며 몰래 은근히 연분나서 진진한 사연이 한두 가지가 아니로구나.

헛간 지푸라기 위에 무릎 세우고 쪼그리고 앉아 세자저하께 등 돌려 외면한 채 톡톡 쏘는 연희 아씨. 가마니 우에 앉아서 그 탐스런 뒷머리채며 영리한 뒤통수만 바라보면서 진득하니 어르기도 하고 꼬시기도 하고 짜증내기도 하는 세자마마. 답답하기는 둘 다 마찬가지!

닫힌 문 밖에 앉은 채 안의 동정 살피는 용원대군 또한 속으로 답답이! 하고 있는 줄을 어찌 알랴?

'아이고, 답답이! 형님마마는 어찌 저러하시는가? 연희, 아차차! 아니, 빈궁마마와 정분이 깊어도 보통이 아니지 않냔 말이야. 지난 삼 년 동안 쌓은 사연이 그토록 많은 터인데 그냥 콱 한 번 세게 나가시지 않고서…… 답답이, 답답이! 저러니 장가를 못 가지. 쯧쯧쯧.'

바깥의 아우가 소리없이 격려하는 것을 듣기라도 하였나? 세자저하가 불쑥 손을 내밀었다. 연희 아씨가 궁금하여 돌아보았다.

"무엇이옵니까?"

"가락지이니라. 옥지환 달라며? 옥가락지는 아니되 칠보단장 금가락지니라."

"그런 귀물 어찌하여 나를 주시오? 새로이 간택될 빈궁마마 주시오."

"그이가 바로 너니라. 어마마마께서 네가 마음에 든다고 낙점하셨단다. 당차고 결기 강하며 담대하니 물렁하고 답답한 내 곁에서 보필을 잘할 것이다 하셨단다."

저하께서 그렇게 확언하여 꼬시는 말에도 연희 아씨는 끝내 도도하니 고개를 흔들었다. 허나 묘하지? 등을 돌리고 있으니 세자저하는 아씨 얼굴에 안도한 빛이 흐르는 것을 미처 보지 못하였다. 참말 이상타. 이만하면 항복할 만한데 아씨는 끝까지 버틴다.

"소녀는 빈궁이 아니 된다 하였소이다."

"끼어!"

"싫어요! 내가 왜 낄 것입니까? 내가 미쳤다고 조롱 같은 궐서 말라죽을 것입니까?"

"싫어하여도 끼게 할 것이니라! 억지로라도 끼게 할 것이야!"

마침내 저하의 어진 목청에도 슬슬 도는 노화가 묻었다. 동궁마마 성정 또한 겉으로는 어질고 유하시되 은근히 강골(强骨)이었다. 앞으로 보위 오르실 분의 도도한 자존심이다. 어렸을 적부터 떠받들음만 받고 자라신 터이며 못 이룬 것 없이 마음대로 하고 사셨던 분이다. 감히 당신을 상대로 끝까지 반항하고 대들고 대차게 덤비는 사람은 연희 아씨 말고는 없었다. 참는 데도 한계가 있는 법. 격한 자존심이 터지기 일보 직전이 되었다.

참말 연희 아씨는 앙큼도 하지. 곧 죽어도 겁날 것 없다. 나는 당당하다. 톡톡 쏘는 목청이 사내 자존심을 탁탁 건드리는 것이다. 이 아씨가 지금 저하를 상대로 왜 이런 짓을 하고 있는가 심히 궁금하구나.

"소녀는 아니 낀다 하였나이다. 흥, 내가 억지로 무엇을 시키면 은 죽어도 아니 하는 성미인 줄 뉘보다 잘 아시면서? 게다가 내 손가락 어찌 알고 가락지를 끼라 하시노? 맞지도 않을 것인데."

"내가 왜 몰라? 내 새끼손가락하고 같지 않니? 이리 돌아앉아 끼어봐. 맞는지 아니 맞는지 내기를 하자구나. 아니 맞으면 네 뜻대로 간택 없던 일로 하고, 맞으면 운명이니 네가 순순히 빈궁 되어주기로 하는 것이다. 어떠냐? 그리하련?"

내기라면 잠자다가도 벌떡 일어나는 연희 아씨이다. 이번에는 냉큼 걸려들었다. 몸을 돌이켜 세자저하 가까이 다가와서 손가락을 내밀었다. 동궁마마는 손에 들고 있던 금가락지를 연희 아씨 투명한 손가락에 끼워보았다. 아씨에게 맞춘 듯이 쏘옥 들어갔다. 소저가 입을 쑥 내밀었다.

"아이고, 헐렁하옵니다! 인제 소녀가 이겼지…… 옴마야!"

저가 이겼다 잘난 체를 하려던 참이었다. 갑자기 세자저하가 연희 아씨 몸을 억센 팔로 꽉 안아버렸다. 호랑이처럼 덤벼들어 지푸라기 깔린 바닥에 바둥거리는 몸을 누이며 당장에 옷고름부터 와드득 뜯어버리었다. 도망가도 사내에게 당한 흔적이라 부끄럽고 민망하여 갈 데 없게 만들어 버린 것이다.

항시 어질고 부드러웠던 그 손이 그 밤에는 어찌 그리 단호하고 난폭한가? 무거운 자신의 몸으로 내리눌러 놓은 채 아씨의 속적삼 찢어발기고 단단히 묶인 치마고까지 더듬었다. 앙탈하고 난리를 치는 연희 아씨 내려다보는 눈빛에 웃음이 반이다. 귓전에 대고 나지막이 딱 한마디만 하였다.

"밖에는 용원이 있다. 우리 이런 꼴을 그이에게 보이랴?"

연희 소저, 두 손으로 입을 막으며 딱 포기를 하고 말았다. 그제야 잠잠해진 아씨를 내려다보며 세자마마께서 싱긋 웃었다.

이것은 바로 한 폭의 농염한 미인도였다. 탐스러이 부풀어 치마말기에 반쯤 억눌린 수밀도는 한참 피가 끓는 청년의 침을 삼키게 할 정도로 요염하였다. 찢겨진 속적삼에 속치마까지 들쳐지어 드러난 속 살갗은 빛나는 은덩이라 할 것이다. 은밀한 속고의까지 반 벗겨진 민망한 자태는 차마 똑바로 바라보기 힘들 정도로 어여쁘고 고운 자태였다. 날로 잡아먹어도 비린내 하나 나지 않을 것처럼 야들탱탱 열여덟 소녀의 어여쁜 나신이었다.

헌데 요 당찬 연희 아씨 좀 보라지? 일이 이 정도까지 이르렀는데도 조금도 기가 죽은 표정이 아니었다. 눈빛이 반짝반짝하면서 당돌하게 세자저하 눈길을 맞받는 품이 새삼 당돌하였다. 어디 할테면 해보라 이런 도전적인 눈빛이다.

세자저하 그 당돌한 아씨의 눈빛 마주 받으며 빙긋이 웃었다. 요것이 실로 맹랑하거든?

"하지만 그래 보았자 너도 숫처녀이니 어디 사내의 알몸 구경을 해보았을 것이냐? 정말 어디 한번 해보랴?"

눈 하나 깜박하지 않고 일을 시작하였다. 천천히 당신 의대를 벗으시는데 건장한 알몸이 드러나는구나. 군살 하나 없이 떡 벌어진 사내의 날가슴 바라보면서도 눈 하나 깜짝 않던 대담한 연희 아씨, 저하께서 바지 허리띠 푸는 손까지 보다가 게서 그만 딱 고개 돌리고 눈을 감아버렸다.

설마? 설마!

점잖고 법도 어긋남 없다 소문 자자하신 분이 일을 이 지경까지 몰아갈 줄이야 생각이라도 해보았나. 그저 위협쯤이나 하실 것이다 이리만 짐작하였을 뿐이다. 헌데 이 밉살스럽고 징글맞은 분이 끝까지 가버리겠다 작심을 단단히 한 것이 분명하였다. 두 손으로 눈을 가린 채 다가올 일을 기다리는 듯, 두려워하는 듯 외면하고 있는 연희 아씨를 번쩍 안아 들었다. 지푸라기 깔린 맨바닥에 용포를 이불인 양 깔고 그 위에 누이셨다. 삶은 달걀껍질 벗기듯이 훌렁훌렁 연희 아씨 남은 의대를 벗기어 던져 버리는구나. 아이고, 조금도 망설임없이 바둥거리는 여체 위로 냉큼 타고 올랐다.

"열두 칸 신방의 비단금침은 아니나 용포 깔았도다. 이는 너를 언제고 중전 만들어 이 강토를 호령하게 만들어주겠다는 약조이니라. 나와 혼인하여다오. 천하를 주마!"

"천하 싫소. 오직 세자저하만 필요하오. 그냥 세자저하 말고 그 옛날 소녀더러 여보, 빈궁 하고 불러준 범이 도련님 그분만 주시오."

매끄러운 제 몸 위로 겹쳐 타고 오른 사내에게 싫다 않고 달디단 입술 벌리어주며 연희 아씨 종알거렸다. 세자저하께서도 빙긋이 웃는다. 귀여운 말을 하는 고운 입술을 한참 빨아 마신 후에 어여쁜 수밀도 위 오뚝하니 솟은 발간 젖꼭지 어루만지며 중얼거렸다.

"멍충이! 이미 그 범이는 늘상 네 사내였음을 몰랐더냐? 일편단심으로 은애하느니라. 우리 정분이라 옛날부터 한결같으니 내가 네 그물에 칭칭 걸린 매 신세였다 함은 네가 더 잘 알지 않느냐? 이리 사모하여 죽고 못 사는 처지에 한동안 나를 거역만 한 이유는 대체 무엇인고? 그동안 내가 아주 너 때문에 속이 타서 죽는 줄 알았도다!"

"애달은 것은 소녀도 마찬가지라! 저 같은 말괄량이 다 잊으시고 금세 명문대가 어여쁜 처자 만나 정분날까 봐 내가 얼마나 간을 졸였는데? 달거리 시작하면 궐로 데려간다 약조하셔 놓고 이리 굼뜨시니 저하께서 소녀를 잊어버린 줄 알았지요."

"흥, 잊어버린 터인데 내가 미쳤다고 네 이름 속깃에 수놓아 다녔을까? 요것이 그동안 나를 애달게 하고 약 올린 것은 생각도 아니하고 나만 무정타 돌려치는 것이다? 고 입 다물고 다리를 벌려라. 이 밤서 내가 널 가지고야 말 것이니라! 네 스스로 날 기쁘게 맞이하여 다오. 이러고 싶은 것을 내가 몇 년이나 참아왔던 것을 네가 더 잘 알지?"

젊은 두 몸이 그러고서 겹쳐진 채 하나가 되었다. 새빨간 홍도화처럼 짙어진 젖꼭지를 한가득 베어 문 채 사내는 마냥 숨이 차다. 듬직한 그 사내의 등을 죽어라 꼭 끌어안고 있는 소녀 또한 곧 이어질 일에 대한 두려움과 기대로 파르르 떨고 있다.

얼마 후, 두툼한 입술로 비명 새어 나오는 입을 막으며 사내는 거친 동작으로 수줍은 열여덟 소녀의 비밀스런 계곡으로 진입을 하였다. 즐거이 늠름하게 어린 연인의 꽃을 따는 세자께서도 동정(童貞)이시다. 오직 한마음으로 이 여인만을 기다린 터라 그 열정과 욕심은 끝이 없다. 강건하고 힘찬 사내를 온몸으로 받아들이는 소녀는 그 밤에 뜨겁게 여인이 되었다.

파과(破瓜)의 그 순간, 연희 아씨는 몸부림치며 그 고통 참으려 애를 쓴다. 저하께서는 그리워했던 그 여인과 하나가 된 감격으로 맹수처럼 포효한다. 이것으로 너는 내 사람이 되는 것이야. 세자저하 연희 아씨 귓전에 믿음직하게 속삭였다.

"평생토록 너는 오직 내 사람인 게다. 연희야, 사모하느니라!"

젊은 세자저하, 난생처음 여인의 꽃을 따고는 혼백이 녹는 희한한 진미에 넋이 반 나갔다. 무거운 몸 아래에 깔려 바동대는 어린 연인의 고통이 안쓰러워 잠시나마 자제하려 애를 써보았다. 하지만은 어디 그것이 마음대로 되는 일이던가? 에라, 모르겠다! 탄력있고 보드라운 옥체 위에서 마치 발정기의 젊은 짐승이 그러하듯 거친 숨을 몰아쉬며 무작정 질주를 하는 것이다. 칡넝쿨처럼 얽힌 채 한 덩어리가 되어 뒹구는 그 모습이 자연을 닮아 싱싱하고 생명력이 넘친다.

때는 별도 잠이 든 삼경.

아무도 모르는 동궁의 헛간에 그렇게 뜨거운 열풍(熱風)이 몰아치고 있었다.

단국의 소지존이신 고귀한 세자저하 아니냐. 고결하고 위엄 높은 빈궁으로 간택된 연희 아씨와 더불어 이렇게 헛간 지푸라기 위, 저하의 용포만 깔고 야합하듯이 한 몸이 된 일이라니. 오직 두 분 당사자와 문밖에서 멀찍이 떨어져 고지기하고 있는 용원대군만 아는 일이다.

'기어코 일이 이렇게 되는 것이군?'
 풀뿌리 하나 입에 넣고 질겅질겅 씹으며 중얼거렸다. 하늘에는 휘영청 밝은 달빛. 꽃바람은 선들선들. 정분나기 딱 좋은 밤이로고!
 '연희가 그러고 보면, 어쩐지 형님마마를 도발한 것 같단 말야? 깜찍하단 말이지! 연희 조것이 수단 하나는 기가 막히는고나. 이 일이 끝나면은 아마 형님 저하는 평생 그물에 걸린 물고기 신세가 될 게야. 아이고, 무서워, 저토록 영리하고 야무지며 수완 좋은 여인이라 나는 무서워. 내가 동궁 형님이 아니어서 정말 다행이로고.'
 이 꽃 저 꽃 마음대로 날아다니며 물릴 만큼 여인네 재미 보고 다녔다. 중경 기방 명기(名妓)라 하는 것은 다 점고하는 풍류잡이 용원대군. 사내 후려잡는 여인네 영리한 술수를 누구보다 잘 아는 터이다. 이 밤에 일어난 일이 어쩐지 우연으로 생긴 것은 아니다 하는 직감이 탁 드는 것이다.
 점잖고 용의주도하며 약간은 굼뜨기조차도 해 보이는 세자이시다. 은근히 영리하고 맹랑한 연희 소저가 그를 건드리고 자극하여 오늘날 일을 이 지경까지 몰아갔다 함을 고지기하는 용원대군 그만은 느낀 것이었다.
 '내가 자리를 마련해 주니 요렇게 연희 요것이 턱하니 그물 던져 단번에 용을 잡는 것 좀 보아? 참, 조것! 아, 아니지. 빈궁마마. 대단도 해! 연치도 어린데 사내 찜 쪄 먹는 수단이 보통 아니야? 저이가 사내로 태어났으면 참으로 한 인물 하였을 것이다. 간택령을 내리자마자 연희 저것이 도망을 쳤네, 아니 들어오네 난리를 친 것이 다 이유가 있는 것이구먼? 가만히 생각하여 보니 제가 맹랑하다 소문이 장하여 윗전에 밉보여 빈궁 못 될까 봐 짐짓 도망친다 괜히 소문을 피워댄 게야.'

용원대군 혀를 쩟쩟 찼다. 크흠 실소를 지으며 턱을 쓰다듬었다. 생각하면 할수록 맹랑한 연희 아씨의 행적이 웃기고도 대견하였다.

'고것이 바로 정말 도망갈까 봐 겁 많은 형님마마더러 미리 궐에서 공작을 하여 소녀를 빈궁으로 낙점하게 만들어놓으시오, 신호를 척하니 보낸 것이거든? 이 밤에 형님마마께서 아무것도 모르고 완력으로 연희 저것을 눕히고 살도장을 찍은 터라 인제 큰일이 났다! 대례 전에 지존인 세자저하께서 빈궁마마를 방도 아니고 헛간 지푸라기 위에서 깔고 뭉갰다 하는 것을 어마마마께서 아시기만 하여 봐. 아이고, 천지날벼락이 터질 것인데…… 이제 형님마마는 평생 연희 저것 손아귀에 든 공처가 신세가 된 것이다. 히힛. 세자 형님은 이런 사정은 꿈에도 모를 것이다? 다른 일에는 영명하시고 위엄이 있으실지 모르나 요런 여인네 술책에는 도통 무지하여 오직 빈궁마마 향한 일편단심뿐이거든? 아이고, 재미있도다. 히히. 헌데 혹시 이 밤에 두 분이 서로 합방을 한 터라 빈궁마마께서 잉태라도 하는 것은 아니더냐? 그야말로 망신이라 세손이 달수도 못 채우고 나왔다고, 해괴하기 이를 데 없다고 구설이 자자할 일이야? 힛히.'

바깥에서 아우가 어리석다 놀림하고 있는 줄은 까마득히 모르는구나. 젊은 동궁마마, 연희 소저 어여쁜 나신에 올라타고 춘몽을 꾸기 여념없다. 아프다 앙탈하는 입을 막은 채 고 어여쁜 순결의 꽃을 똑 따신 후, 난생처음으로 여인의 몸 안에다 파정을 하였다. 부풀은 꽃봉오리 위에 땀에 젖은 얼굴을 묻고 거친 숨을 고르고 있는 중이었다. 얼마 후 고개 들어 빙그레 웃었다. 땀에 젖어 발갛게 달아오른 아씨의 옥돌 같은 얼굴을 부드럽게 쓰다듬으며 하시는 말씀이 이랬다.

"너, 언제 이리 곱게 핀 것이냐? 하는 짓은 철이 없고 만날 사내아이 같다 싶었거늘."

"흥. 그러면서 저더러 정인(情人)이라 말도 잘하시더라? 무어?"

"네가 이리 달콤하고 향기롭게 핀 줄 알았다면은 달거리 시작하자마자 궐로 불러들였을 게다. 연희 네가 안즉 덜 자랐다 오판하여 내가 지난 세월을 허비한 것이 아니니?"

연희 아씨 잘도 능글맞은 말씀을 하시는 저하를 향해 눈을 새하얗게 흘겼다. 명색이 연인이라 하면서도, 내가 이리 매혹적으로 피었다 하는 것을 모르셨나이까? 야속하옵니다 이런 뜻이다.

"흥, 저가 달거리 시작한 지 벌써 세 해가 넘었거늘. 한 번도 그동안은 여인으로 아니 보아주셔 놓고서? 손도 한 번 아니 잡아주시고 입도 한 번 아니 맞춰주신 분이 웬 불평이라? 몰라요! 아이, 또 왜 이러셔요? 아야야, 아프옵니다. 나는 아파 죽겠거늘 또 왜 이러셔요? 아이, 게를 빼면은 저가 아프다니까요!"

연희 아씨 달콤한 비명질이었다. 저하의 뜨거운 입술이 다시 슬슬 예민한 젖꼭지를 물어 삼킨 때문이다.

향그럽게 부풀은 수밀도이며 매끄러운 아랫배이며 쭉 뻗은 예쁜 종아리며 투명한 손가락까지. 어디라 할 것 없이 연희 아씨 옥체는 지금 억세고 더운 사내의 흔적으로 붉다. 아련하게 스며들어 오는 달빛 아래 빛나는 하얀 살갗이 다시금 사내 욕심을 견딜 수 없이 자극하였다. 깨끗한 허벅지 아래로 난생처음 사내 받아들인 증거라 가늘게 남은 핏자국까지 있었으니 젊은 사내의 뜨거운 정염이 활활 타오른다.

"입 다물지 못하겠느냐? 흐흐흐. 연희야. 이리 오너라. 내가 지난 시절 낭비한 값을 해주련다? 흥, 요것이 새삼스레 왜 몸을 사리고 새침이니? 아까서 분명 네가 먼저 나를 끌어당겼었다? 인제 내가 확실히 알았으니 다시 한 번 해주마. 처음 하면 다 아픈 것이라 하였지만 금세 아프지 않게 된다 하였다. 이리 안겨라. 연희야. 내가 단 한 번이되 공부를 확실히 하였으니 이참에는 아주 너를 죽이련다?"

"아이, 이 징글맞은 분 좀 보시오? 이미 한 번 욕심을 채우셨으면 되었지 또 나더러 아프게 저하를 맞이하라고요? 소녀는 딱 까무라치기 일보 직전이요! 무어 사내가 이리 장대하고 아픈 것인가? 저가 아까 용체를 받아들이면서 딱 죽는 줄 알았단 말입니다."

"원래 사내가 다 이런 것이지! 나는 뭐 할 말이 없는 줄 아느냐? 네 그 신기한 보물 주머니는 처음서는 빡빡하더니 나중서는 아주 내 넋을 빼더라? 무에 그리 쫀득하고 찰싹 휘감는 것이 다 있던? 내 혼백이 네 안에서 아주 날아가는 것이야. 나, 게에 다시 들어갈란다? 요것은 인제 내 것이니 내 맘대로 하는 것이지."

늦게 배운 도둑질 재미에 날 새는 줄 모른다. 입맛까지 다시며 세자마마, 아씨 향해 덤벼들었다. 연희 소저 연분홍 해당화 꽃잎은 촉촉다. 이미 광풍 같은 사내에 의해 찢겨진 터이니 아프옵니다! 하며 비명질이 장하였다. 허나 금세 비명 대신 응, 응 하는 애교에 교성이 넘쳐 난다. 하얀 팔 들어 튼실한 사내 목을 넝쿨처럼 휘감고서 소녀를 아주 죽이시오! 앙탈에 난리를 쳤다. 그러나 그 말 못 들은 체 달콤한 여린 샘에 억센 용체 밀어넣고 말 달리는 세자저하, 도무지 정신을 못 차리는 것이다.

한참 혈기왕성한 보령이다. 하룻밤에 몇 번인들 가하지 않으랴? 연희 요것이 만날 개구멍 넘나들며 저잣거리 싸돌아다니는 꼴이라 철이 없다 하였는데 말이야. 헐렁한 남복 속에 감추어진 염태가 비길 데 없이 곱고 물오를 대로 오른 육신의 매혹이 참으로 아름답고 기묘하지 않는가? 참말 기가 막히다 입맛 다셔가며 도무지 혼백을 가누지 못하였다.

새벽 별이 사위어질 무렵까지 이렇게 하여 두 분이 헛간 바닥에서 몸부림치며 무려 서너 번을 나눈 것이다. 기다리다 지친 용원대군이 헛간 문을 두드릴 때에는 벌써 새벽. 두 분 마마 맨바닥에 서로를 부둥켜안고 누워 깜빡 지친 잠이 든 찰나였다.

"인제 그만 나오소서! 암만 해도 인기척이 슬슬 나기 시작하니 빈궁마마께서 빨리 내궁으로 돌아가셔야 할 것 같나이다."

연희 아씨 부스스 일어나 찢어진 치맛자락으로 몸을 가리었다. 바깥에 있는 용원대군더러 부끄러움없이 하는 말이 어디 가서 소녀 새 의대 장만하여 오소서, 이랬다.

"음, 음. 송구하오나 또한 마마 용포도 새로이 가져오셔야 할 것이다. 속히 다녀옵시오."

 아우더러 옷 심부름이라. 세자저하, 점잖은 체면에 면구하니 얼굴이 붉어졌다. 뭐 망신이야 이미 각오한 일. 바닥에 깔린 용포 자락에 물든 선연한 핏자국이라. 쯧쯧 입맛을 다셨다. 연희 아씨 순결의 꽃자리 흔적이라니, 대견하기도 하고 안타깝고 가엾기도 하였다.

 헝클어진 머리타래 손으로 슥슥 가리어 다시 댕기를 맸다. 사방에 마구 흩어진 속고의 속적삼 부스럭거리며 주워 입은 연희 아씨, 돌아앉았다. 속치마 말기를 매고 난 후, 동저고리 바람이신 저하를 곁눈으로 노려보았다. 새침하고 도도하게 톡 쏘았다.

 "인제 속이 시원하시니까? 소녀 신세를 단 하룻밤 새에 망친 것이니 말씀하여 보시오. 이리 함부로 대하시려 절 납치하셨소?"

 "요것이 저는 무관한 일이었다 딱 시침을 떼는 것이다? 말이야 바른대로 하자구나. 우리 둘이 저지른 일이지 내가 홀로 저지른 일이냐? 그래. 네가 굳이 빈궁 아니 된다 끝까지 고집 피울 것이면 이리하려고 아예 작정하였다. 후회 아니 한다! 허니 너도 내게 더 이상 잔말 말아라!"

 세자저하 문득 기가 찼다. 연희 아씨 머리통 하나 쥐어박으며 불퉁하게 튕겼다. 아까 전만 하더라도 말이야. 말로는 죽네 사네 하면서도 저가 먼저 달려들어 같이 장하게 즐거웠던 것이 아니냐?

 인제야 겨우 분간이 되기 시작하였다. 덤벼들기야 저하께서 먼저였지만 솔직히 그 다음부터는 유혹을 당한 것이 아닌가? 헌데 날이 밝아지니 살살 녹던 그 태도가 백팔십도 달라졌다. 억울하게 당하였다 덤비는 꼴이 너무 괘씸하였다. 참으로 분하였다. 뒤통수 한 대 얻어맞은 기분이었다. 더 기함할 일은 연희 아씨 다음 말이다.

당돌한 요것이 딱 저하 턱밑에 다가앉았다. 하나하나 대차게 헤아리기 시작하였다. 줄줄이 꿰는 말은 엊저녁에 저를 꼬시면서 저하께서 하여주마 맹세한 말씀들이다. 하나 틀림이 없이 외어가며 다시 한 번 다짐을 하라 날치는 것이었다.

"앞으로 저하께서 소녀 속 썩이고 후궁 것들 들이면 이 밤의 일 모다 중전마마께 알리어 경을 치게 할 것이어요. 조롱 속에 아니 들어간다 하였던 소녀를 내기하자 기만하시어 이렇게 덤벼들어 욕을 보이신 분이라, 침전도 아니고 하물며 헛간 바닥에서 불량배마냥 깔아뭉갠 터이니 저하의 그 허물은 하늘 끝까지 닿았다 할 것이다. 소녀가 이번은 보아주었지만 다음번에는 국물도 없사와요!"

"뭐, 뭐라? 너, 너어?"

"허고요, 소녀에게 약조하신 바는 금석(金石) 같으니, 소녀를 빈궁 만들어 일생 책임지시되, 저하께서 미행(微行) 나가실 때는 항시 데려가 주셔야 할 것이며 무술 수련장 동궐 후원에다 지어주시오. 음, 맞아! 그것도 있었다. 틈나면 사냥터도 다리고 나가신다고 약조하셨사와요? 당장에 주신다 한 것은 금강석 박은 노리개라, 오늘서 당장 정표로 주시오! 아니 하시면은 저가 지금 당장 중전마마 알현하고 저하께 욕을 보았다 다 일러줄 참이다."

"무에 이런 것이 다 있노? 인제 보아하니 아이고! 너, 애초부터 나를 그물로 잡을 참이었구나?"

황당하여 입만 벌리고 있었다. 똑 부러지게 조목조목 따지는 말을 기가 차서 다 듣고만 있었다. 간신히 정신 차려 세자가 겨우 한 마디 하였다.

아차차. 당하였구나! 이 밤 일 전부 다 이 맹랑하고 앙큼한 연희 아씨에게 어수룩한 자신이 휘감긴 것이었다. 비로소 깨달아졌다. 빈궁마마 잡았다 좋아한 세자저하가 오히려 거꾸로 먹힌 것이었다. 이는 사냥꾼이 사냥감한테 도로 잡혀 먹힌 셈이라. 기가 막히다 못해 두 귀와 콧구멍 사이로 연기가 날 참이 된 동궁마마. 물끄러미 연희 아씨를 내려다보기만 하였다. 속옷고름 배배 틀며 연희 아씨가 톡 쏘았다.

"말로는 색시 삼아 데려간다 하여놓고서, 영 기별이 없으니까 그러하였지, 뭐? 나도 염치는 있구먼요. 나같이 험하게 노는 계집아이를 어떤 가문서 데려갈 것이오? 오직 저하만 믿고 내가 기다리는데 암만 하여도 들어오너라 하는 눈치가 없으니까……."

"허면 내가 안즉 달거리도 아니 한 터에 키도 내 반 토막이요, 여섯 살이나 차이지는 조막만 한 계집아이를 빈궁 삼을 것이니 혼인시켜 주오 하랴? 엉? 나도 답답하지만은 네가 장성할 적까지 기다린 것이지. 아무리 하여도 열대여섯 살은 먹어져야 계집 구실을 할 참이니 내가 아바마마께 혼인 아니 한다 따귀까정 맞아가며 그저 저만 기다린 것인데 말야. 요것은 내 맘도 모르고 요따위 계교나 꾸미고! 무에 요렇게 앙큼한 것이 다 있노? 아이구, 잘하였지! 꾀주머니라 하더니 연희 네가 나를 상대로 이런 짓을 할 줄은 몰랐다."

"흥, 은근히 소녀를 원망함이로다. 허면 지난밤 일을 후회하신다 이 말이십니까?"

연희 아씨 이 대목에서 딱 눈꼬리에 날을 세웠다. 지지 않고 저하께 덤벼드는 품이 서슬 푸르렀다. 그 한마디가 섭섭하여 아씨 눈에 벌써 눈물이 글썽글썽. 세자저하 한편으로 약간 괘씸하기는 하지만 또 마음이 아파 어름어름 한발 물러섰다.

　"누, 누가 후회한다 하였나? 말이 그렇다는 것이지. 음음음. 우리 운명이라 칠 년 전에 머리털 잘라 나누고 부부지간 되기로 천지신명에 맹세하였거늘! 그때부터 너는 내 사람인 줄 네가 더 잘 알지 않니? 눈물 그쳐라. 내가 말을 잘못하였다."

　다정한 말씀에 얼굴 돌려 옷고름으로 눈물 닦는 연희 아씨. 마음속으로 붉은 혀를 날름하였다. 그런 줄도 모르고 순진한 세자저하, 내가 괜히 말을 잘못하여 이것을 울렸다 싶으니 또 속이 짠하고 안타까웠다.

　이런 터이니 동궁마마 보령 높으시고 영명하며 학문 깊다 하면 다 무엇을 하냔 말이다. 열여덟 앙큼한 연희 아씨 수단 하나 당하지 못하고 그저 휘둘리어 천지분간 못하는 참이다. 사내는 이리도 어리석은 존재였다.

　연희 아씨, 이미 궐에 들어오기 전에 조모님 줌치 뒤져 사향 훔쳐다가 욕간까지 하고 들어온 터가 아니냐? 이런 일을 미리 예상하지 않았으면 그런 일을 할 필요가 없는 것이다. 내가 무슨 수를 쓰더라도 이분을 딱 휘어감아 내 사내로 정해 버려야지 이런 야무진 결심 담고 입궐한 터. 순진한 동궁마마가 어찌 여인네 교묘한 그물을 벗어날 것인가?

　하물며 도도하고 야무지고 명랑한 연희 아씨, 성품이 담대하고 강하여 눈물을 흘리는 적이 거의 없었다. 헌데 야릇하지? 이날은 저하께서 별말도 아니 한 터인데 그저 섭섭한 한마디를 가지고 눈물 뚝뚝, 처연하게 가련을 떨어대는구나. 동궁마마 억장을 뒤집고 제 앞에서 설설 기게 만드는구나. 도도한 사내를 무릎 꿇리려면 눈물만큼 강한 것이 없다 하는 것을 딱 꿰고 있지 않으면 이럴 수는 없는 법이다.

"울지 말래두! 장부의 말은 중천금이라 내가 일생 사모하마, 천하 주마 한 것은 단 하나 거짓 없는 참의 맹세니라. 내가 너 아니면은 대체 뉘를 안해로 삼을 것이니? 그저 일편단심 사모하고 기다렸느니라. 울지 말래두. 연희야."

세자저하는 훌쩍이는 아씨를 끌어안았다. 손등으로 똑똑 떨어지는 눈물을 훔쳐주고 꼭 안아주었다. 연희 아씨 훌쩍거리며 동궁마마 품 안에 얼굴을 묻었다. 더듬더듬 수줍은 양 가만가만 제 심중의 말을 털어놓는구나. 사내 간장을 녹이는 것은 당연지사, 하늘도 감동하게 만드는 수줍고도 어여쁜 애소(哀訴)였다.

"저하, 저가요, 저하를 일편단심으로 은애는 하는데요. 저가요…… 타고난 성질이 괄괄하고 그렇잖아요. 그래서요. 답답한 궐 안서 살 자신이 도통 없는 고로 저하께서 하시는 모양 보고서 결정하자 하였거든요. 저하께서 이리 강하게 소녀를 잡아주시지 않으셨다면은, 소녀는 참말로 도망갈라 하였거든요. 인제는 억지로 잡혀 도장이 찍힌 차라 내가 어디 가서 처녀 행세하며 다른 가문으로 혼인을 할 것인가? 제 운명은 오직 저하께 달린 것이라, 평생 소녀를 버리지 마시오, 응?"

"너가 딴 사내하고 혼인하게 뉘가 내버려 둔다니? 이리 오너라, 연희야."

세자께서 연희 아씨를 담쑥 안고 팔에 힘을 주었다. 귀에 대고 다정하게 속삭여 주었다.

"빈궁 되어 산다는 것이 쉬운 일이 아니되 오직 나를 믿고 따르면 될 것이다. 나도 마음 편치 않느니라. 너를 궐 안에 불러들임이 하늘에 날아다니는 새 한 마리 날개 꺾어 조롱 속에 가두는 일이라. 허나 내겐 네가 꼭 필요하느니라. 어질고 부덕 높으신 어마마마께서 부왕마마 곁에 항시 계시어 내전이 화락하니 부왕전하께서 정사 잘 보살피시고 항시 평온하신 것이다. 내게도 그런 편안하고 어여쁜 빈궁이 곁에 있으면 하였느니라. 그게 바로 너니라. 성동 사가에 하가하여 너랑 놀 적부터 눈여겼느니라. 이 속내 네가 더 잘 알지 않니? 그러니 평생 내 곁에 있어다오. 세손 아기도 낳아다오. 응?"

"소녀가 참으로 많이 모자라오. 부인궁으로 돌아가 초례 치르러 올 때까지 그나마 부덕 쌓도록 노력하여 볼 것입니다. 너무 걱정 마소서. 헌데 대군마마는 어찌 아니 오시오?"

"이미 와 있나이다. 문 열고 보따리 던질 터이니 받으소서. 담벼락에 말 매어두었소이다. 급히 돌아가시되 은밀히 숙정더러 귀띔한 바 있으니 따라가소서. 이 아우는 사라지옵니다."

용원대군의 팔목만 불쑥 들어왔다. 의대가 든 보퉁이를 던지고 다시 사라진다. 세자께서 의대 정제하시고 연희 아씨도 어디서 나인 아이 의대 벗겨온 듯한 노랑 저고리에 붉은 치마 급히 갈아입었다. 치마가 길어 질질 끌린다. 세자께서 허허 웃었다.

"그래도 깡똥하니 짧은 것보다는 낫도다."

피 묻은 용포며 연희 소저 찢긴 치마저고리 모다 돌돌 말아 보따리에 싸고 뉘가 볼세라 살금살금 헛간에서 나왔다. 낮은 담 그늘 따라 말 등에 올라타 내궁으로 다시 가니 숙정공주 마마가 문 앞에 서 있었다. 은밀히 용원 오라비 전갈을 받고 자리옷에 장옷만 뒤집어 쓰고 기다린 터다. 살그머니 문 반 틈만 열고 연희 소저 손을 끌었다.

밤 내내 세자저하와 진진하게 연분을 나눈 터다. 아무리 대담하다 한들 처녀로 큰일 치른 후이다. 연희 아씨, 지치고 곤하고 힘들어 공주마마 이부자리 속에 파고들어 금세 잠이 들어버렸다. 이제는 말짱하니 잠이 깬 숙정공주는 빙그레 웃으며 색색 잠들은 연희 아씨를 내려다보았다.

'당돌하고 맹랑하다! 하지만 참으로 솔직하고 꾸밈없이 밝고 쾌활한 분이로다. 그리고 곧고 기상이 맑아. 염태도 처음엔 제일 아니다 싶었는데 보면 볼수록 귀염성이 더하고 꾸밈 하나 없음에도 이 정도로 매혹이니 후에 궐에 들어오시어 가꾸고 꾸미면은 염태 참으로 황홀할 것이라. 세자 오라버님, 눈이 높으시사 어마마마 같은 여인 아니면 취하지 않겠노라 하신 적 여러 번 있으시되 어린 여아 보시고 그렇게 필 것이다 어찌 아셨을까?'

용원 오라버니 말에 의하면 이미 오래전서부터 세자 오라버니께서 정분이 났다 하였다. 그 점잖으신 분이 남몰래 정표도 주고 멀리서나마 은근슬쩍 자주 보러 다니셨다 하였다.

'생각하면 할수록 참으로 잘 고르셨다. 내전이 화락하여야 큰일 하실 터인데 어질고 유하신 듯하나 강하시고 가끔 부왕마마처럼 고집있으신 세자 오라버니와 딱 맞는 짝이시라. 어마마마와 성품이 몹시 다를 것 같은데도 은근히 통하니 고부간 갈등도 없을 것이며 씩씩하니 속내 꽁하게 담지 않아 뒷말 이리저리 하여 부왕전하와 동궁마마 사이 이간질도 아니 할 것이며 활달하니 오라버니 잘 웃기고 즐겁게 하실 것이다. 게다가 사친이신 정승 황이, 사리사욕 없이 충심으로 부왕전하를 뫼신다 소문난 터라 집안도 곧아. 호호. 무척 곤한 모양이지? 빈궁 형님더러 후에 세자 오라버니께서 이 밤에 어찌하셨는지 물어봐야지…… 이 공주도 일 년 후면 하가하여야 할 것이니, 사내들은 여인들을 어찌 다룰까? 서원위 그분도 이 공주를 세자 오라버니 빈궁마마 그리워하는 것처럼 이리 은애하여 주실까?'

맏이인 세자저하께서 가례 아니 올리신 터다. 숙성한 공주마마 정혼만 하여두고 하가는 이듬해나 시킬 작정이다 하였다. 납폐하고 납채까지 하였으니 일은 이미 다 끝나고 혼인하실 상대인 심온복 그분은 이미 서원위라는 부마도위 직급까지 받으신 후이다. 올해 입시할 동지사 꾸밀 적에 그 수장 되신 효성군 할바마마 따라 그 부관으로 시위하여 지금 명국에 가 있다. 엊그제 의주부에서 서간을 보낸 것을 받았다.

아직 그분 낯도 못 보았으나 다정하고 예절 바른 안부편지가 어찌 그리 다정한지. 진하게 연분난 처자에게 보낸 글 같아 가슴이 마구 콩닥였다. 게다가 부중에 들어온 상인에게 샀소이다, 하며 그 봉투 안에 색실 귀걸이까지 넣어 보낸 것이 아니냐?

활달하고 명랑한 빈궁은 벌써 세자저하를 요염으로 칭칭 묶어 분명 어젯밤에 남녀 간의 그 일을 치른 것이 역력하였다. 반드시 물어봐야지. 틀림없이 거침없고 솔직하니 이 궁금증을 풀어줄 것이다. 이런 생각하며 처녀인 숙정공주 은근히 얼굴이 발갛다.

허나 공주가 모르는 것이 있었다. 부왕마마 뵙자시려 대궁 나가던 공주마마, 서원위가 세자저하와 그늘에 숨어 중전마마 닮아 이름난 어질고 고운 염태 눈여겨보고 부마도위 아니 되오! 하던 고집 꺾었음에랴. 중신아비가 누구냐 하면은 바로 세자저하였다. 심온복은 세자저하 동궁에서 강학할 시 곁에서 시립하여 같이 글공부하는 명문대가 글공부 동기 중의 한 명이었다.

숙정공주께서 기가 세고 말괄량이라 세자께서는 너를 뉘가 데려가니? 하며 항시 놀림 반 귀여워하였다. 공주마마가 말썽 필 적마다 너의 그 성깔 꺾을 이를 내가 찾아 평생 혼이 나게 내줄 것이야 하며 을러대곤 하였다. 말이 씨가 되었나 보다. 동궁마마 옆자리에서 공부하는 심온복이 강직하고 괄괄하며 고집도 센 데다 호탕하고 헌칠한 사내대장부였다. 기승스런 공주마마와 만만찮은 적수가 될 듯하였다.

그리하여 하루는 심온복더러 네가 내 누이 데려가라 하셨다. 명가 청송 심씨 가문의 종손이요, 문무겸전하여 한번 큰일 해보고자 뜻이 큰 그는 그 자리에서 일언지하 거절하였다.

"부마도위 되면 겉만 그럴듯하지 아무 일도 못하니 싫소이다!"

"한 번이나 그 낯을 보고 나서 결정하지 그러나? 연분이야 하늘이 정하는 것이라 하였거늘."

그런데도 세자께서 자꾸 권하시니 마음이 슬쩍 흔들렸다. 평생 가야 헛말 아니 하시는 분이 아니더냐? 그런 분이 강권하는 혼처라, 선이나 한 번 보고지고. 감히 당돌하게 아뢰기를 공주마마 옥안이나 한 번 보고 결정하리오! 하고 나섰것다.

은근히 금지옥엽 공주마마라 하여도 제 마음에 아니 들면 싫다 딴죽을 걸 셈이다.

신랑 될 자가 이리 고집을 피우는데 어찌하나. 하는 수 없이 세자 저하가 누이를 일부러 불러놓고 선을 보였다. 처음에는 오만방자. 콧방귀만 팽팽 뀌던 서원위. 아름답다 안팎으로 소문난 성상의 내림으로 고운 매화꽃같이 단아한 공주마마 형용에 넋이 나가 혼백이 오락가락. 눈앞이 어찔어찔. 공명은 장하되 무위도식하는 부마도위 싫소이다. 하던 말 쏙 빼고 넙죽 엎드려 절하였다. 감히 저를 어여삐 여기신다면 가납하여 황공하옵니다. 이렇게 나왔다. 서원위는 약관 스물하나, 열아홉 공주마마와 아주 잘 어울리는 짝이라 할 것이다.

이미 빈궁마마로 간택되었음이 공포되었다. 감히 뉘가 깨울 것인가? 게다가 공주께서 다소간 늦잠 주무시게 하소서 하명하신지라 지나가는 사람 모다 살금살금 발걸음을 죽였다. 이렇듯이 연희 소저, 공주마마 침전 차고 누워 해가 중천에 걸릴 때까지 한잠 잘 주무신 것이다. 안절부절 유모상궁이 곁에서 지키고 있다가 달랑 들어다가 옆방 욕조간에 밀어넣었다.

"어찌 이러오? 정신 좀 차리고 나서 하시오!"

비명 지르는 아씨더러 유모상궁이 혀를 쯧쯧 찼다.

"빈궁마마로 간택되셨나이다. 위엄 갖추소서. 중전마마께서 세 처자 분을 다 뫼시어 중궁전에서 낮것 하라 분부하셨는데 이리 늦 잠을 주무시니 머리 손질하실 시각도 없나이다. 너는 당장 무리죽 받쳐 대령하고 너는 빈궁마마 새 의대 지은 것 대령하라."

상궁이 나인 아이더러 급히 이것저것 명령하는데 연희 아씨 더운 물속에서 아직도 꾸벅꾸벅 졸고 있는 중이었다.

난생처음 사내 알게 된 처녀. 세자저하 늠름한 품에 몇 번이고 안기었다. 그 열정 주고받으며 날밤 꼬박 샌 터였다. 도무지 정신이 없다. 돌이켜 생각하니 곤하고 뿌듯하고 슬프고 희희낙락하기도 하였다. 긴장되기도 하고 후회되기도 하고 또한 기쁘기도 하면서 두렵기도 한 그런 이상한 기분이다. 연희 소저, 이제 헤어지면 초례까지는 근 두어 달을 더 기다려야 하는데 그동안 세자저하 한 번 더 볼 수가 있을까 없을까? 그런 생각만 해보는 참이었다.

나인이 검은 머리타래를 참빗으로 쓱쓱 빗기어 곱게 땋아 금박댕기 물려 단장하였다. 진솔 비단으로 좌악 새로 마련한 의대 일습 안고 들어와 갈아입혀 드리었다. 노랑 저고리에 다홍 스란치마가 맑은 얼굴에 비쳐 곱고 우아한 기품이 더하다. 어제 말괄량이 같은 모습은 순식간에 사라지고 어쩐지 성숙한 여인태가 물씬하였다. 금박 물린 화려한 원삼 위에 영롱한 보석 박힌 족두리. 버선에 꽃신까지 새것이다.

유모상궁 안내를 받아 빈궁마마 가마 타고 중궁으로 가는구나. 그 형용 물끄러미 바라보던 욕간 담당 무수리 하나가 제 동무 귀를 끌어다 소곤거리었다.

"이것 보아라. 너, 이제 빈궁마마 되신 저 처자, 어젯밤에 담 넘어 도망간 것 아니?"

"에구머니. 그게 사실이냐?"

"내가 소피 보러 나오다 보지 않았더냐? 처자가 치마 말기 움켜쥐고 담 넘는데 누가 번쩍 안아 빼어가더란 말이다. 놀라서 고함지르려다가 도대체 어떤 놈하고 내통하였나 싶어 담에 붙어 내다봤더니 말야. 글쎄, 세자저하께서 용원대군 마마하고 더불어 저 처자를 보쌈하여 둘러메고 동궁 쪽으로 달려가시더라고. 어젯밤에 분명 일이 난 것이다. 욕간시켜 드리면서 보니 몸에…… 아이구, 나는 말 못해야!"

"아이고, 답답해. 진진한 재미 너만 알지 말고 나도 좀 알아!"

"힛히. 분명 정분이 나버렸어야! 머리타래에 검불도 붙어 있고 몸에 사내가 남긴 자국이 많더란 말야. 점잖고 법도 지엄하시다고 소문난 세자저하께서 실은 새 빈궁마마 되신 저 처자한테 홀딱 빠져 곁눈도 아니 돌리고 여태까지 기다렸다가 이번에 냉큼 낚아채 왔다 중궁전 복남이가 그러하였다. 인제는 기어코 살도장까지 찍으셨단 말이지. 참말 복도 많으신 분이지 무어야? 나는 그 빈궁 된 것보다 헌칠하신 동궁마마 품에 안기어 얼마나 좋았을까 그리 싶어야?"

욕간 무수리 년 둘이 짐작하여 눈치챘다 하나, 본 바 없으니 어찌할 것이냐. 소문 돌면 제년들 목숨만 날아갈 것인즉, 입 다물고 눈짓만 한다. 부러움 반, 선망 반. 오직 소원이라 하면 주상전하나 왕

월하(月下)의 정인들 73

자마마들 눈에 뜨이어 손 한 번 잡히는 것. 허나 그것은 하늘의 별 따기였다. 구정물 퍼다 나르며 속닥속닥 빈궁마마 되신 처자와 세자저하 어젯밤 사연 나름대로 각색하여 수다떨기가 바쁜 것이다.

세자저하와 주상전하의 뜻이 일치하니 연희 아씨께서 빈궁으로 간택되었음을 알리었다. 이미 사직의 작은 안주인이시라. 연희 아씨 대하는 다른 두 처자 태도며 상궁들, 나인들 시선이며 태도가 어제와 사뭇 달랐다.

"이것이 내 정표니라. 후에 이것 보며 중궁전을 생각하라."

중전마마께서 어질게 웃으신다. 굳이 사양하는 문이 아씨에게는 홍산호 삼작노리개를, 설리 소저에게는 진주 박힌 금비녀를 선물로 내리시었다. 연희 아씨, 이제 빈궁마마 되신 분에게 고개를 돌리었다.

"납폐할 시에 온갖 예물이 내려갈 것이나, 이는 시어미가 된 이 중전이 그대 빈궁에게 정표로 내리는 첫 물건이다. 허니 소중하게 간직하여라. 친영만 치르지 않았다 뿐이지 빈궁은 이 나라 왕실의 작은 안주인이요, 사직의 기둥이 되실 세자저하 단 한 분인 정궁이다. 또한 앞으로 태어날 세손의 모후가 될 귀한 몸이니라. 항시 그 지엄하고 무서운 책무 잊지 말아야 할 것이다."

"명심하겠나이다."

"타고난 아름다운 성품 잘 간직하고 여인의 부덕 쌓아 세자의 고운 짝이 되도록 하라. 엄히 이르노니 어떤 집안이든지 그 집안이 흥하는 것은 오직 어떤 며느리가 들어오느냐에 달렸다 한다. 빈궁은 이 나라 왕실의 안녕이 네 손에 달려 있음을 항시 기억하라. 언제나 노력하여 화락하며 평안한 내전을 만들 수 있도록 노력하여라. 이리 가까이 오려무나. 내가 끼워주마."

연희 소저 속으로 아차아차 싶었다. 이미 손가락에 세자저하께서 끼워주신 황금 가락지 있으니 어찌하리요? 허나 중전마마 하명이시니 할 수 없었다. 한 무릎 다가가 얌전히 손을 내밀었다. 중전마마께서 연희 아씨 가락지를 내려다보며 빙긋이 웃었다.

"네 이 가락지가 심히 귀물이구나. 무척 곱구나? 대체 누가 준 것일꼬?"

"말씀 올리기 다소 면구하나이다. 난처하옵니다."

"호호호. 지엄한 빈궁이 설마 정분난 사내가 있는 것은 아닐 테고, 연유가 심히 궁금하도다? 말 못할 것이면 그만두어라. 이미 짐작하느니라. 옥지환 가지거라. 마음이 깨끗지 못하면은 이 가락지도 빛을 잃으니 항시 이 옥 같은 빛이 넘치도록 네 속내 잘 닦도록 하라는 뜻이니라."

중전마마께서 옥지환을 들어 연희 아씨 장지에 끼워주시었다. 이미 세자저하의 금가락지가 무명지에 앉아 있음이었다.

중전마마께서 별다른 말씀 없이 넘어가는 이유가 있다. 실상 그 금가락지가 중전마마 패물함에서 나온 것이기 때문이다.

혼기는 찼는데 이것 근심이로고. 세자가 도통 여인에게 관심을 두지 않았다. 혼인하거라 하여도 내내 벙긋이 웃고 만다.

"안즉은 소자가 성가하기까지는 미거하옵니다. 지혜며 학문이 더없이 모자랍니다. 조금만 더 기대려 주십시오."

아드님이나 한군데도 어긋남 없고 곧아 어려웠다. 말씀이 없으시고 매사 모든 행동이 믿음직하니 신임함이 큰 터. 빈틈없고 제 앞가림을 잘하는 이라, 부모라 한들 무조건 그의 뜻을 무시하고 고집대로 할 수가 없었다. 허나 동궁의 안결을 간택하는 일은 여염집 일도 아니고 사직의 존망과도 관계되는 중대한 일임에랴. 동궁의 혼사를 어찌할까? 윗전 두 분을 몹시도 근심시키던 어느 날이었다.

한가한 때를 골라 모후를 뵈옵니다 하고 세자가 내전에 들어왔다. 점잖은 터이나 모후마마를 대함에 있어서는, 쾌활하고 때로는 능청맞고 솔직한 그가 어쩐지 그날은 기색이 달랐다. 무엇 그리 할 말이 어려운지 찻잔만 매만질 뿐 차마 입을 열지 못하였다.

"그래. 우리 동궁께서 심히 망설이시니, 필시 긴한 청이 있는 겝니다. 무슨 볼일이 있어 이리 중궁에 드시어 망설이시오?"

"소자의 혼인 문제로 두 분 전하께서 근심함이 크신 줄 아옵니다만은, 어마마마. 소자가 그 일로 간청이 드릴 일이 하나 있나이다."

"그래요? 어허. 놀랍구려. 우리 동궁께서는 그런 일에 아예 관심도 없는 줄로 이 어미는 알았거니, 심중에 이미 맺어둔 셈속이 있는 게지요?"

누가 의뭉하다 하지 않으랴? 슬며시 드러내는 속내 안에 이미 다부지게 맺은 연분이 담겨 있었다. 지어미로 삼고자 한 처자 있으니 그를 빈궁 삼도록 도와주소서, 간청하였다. 이 세상 사람 전부 믿지 못하되, 아드님이신 동궁마마의 안목만은 믿을 수 있음이다. 그날 중전께서 내어주신 것이 그 가락지였다. 어디 네가 점찍은 아이가 뉘인지 보자꾸나 하신 뜻이다.

재간택 시, 궐내 중인(衆人)들이 앉아 소저들 놓고서 하문하고 대답하는 양을 가만히 바라보시었다. 수선화인 양 깔끔한 첫인상이다. 꾸미지는 않았으나 빛나는 총명이며 용모였다. 짙은 눈썹에 고집은 다소 있어 보였으나 유난히 똘똘하고 생기 넘치는 여아가 당장 눈에 밟혔다. 조금도 기죽지 않고 요리조리 고개 돌려 구경하는 품이 그냥 귀여웠다. 법도 지엄한 궐 안에서 제 모양, 제 속내 드러내어 조리있게 말하는 것도 천생 고귀한 윗전이로고. 태생이 귀골이구나 싶었다. 중전다마 곁에서 배행하던 상원대군이 슬며시 말씀 올렸다. 저 여아가 바로 동궁형님께서 보신 연희로소이다, 고변하였다.

"동궁이 참으로 눈이 높구나. 허나 누가 들으면 도둑이라 하지 않겠나? 제가 정분난 것이 열대여섯이라 치자면 이제 겨우 열 살 먹은 어린아이를 빈궁 삼겠다 한 것이니 말이야. 훗호호."

"안즉 피기도 전인데도 천하에서 가장 귀한 꽃을 알아보는 눈이 있으시니 그것을 일러 매눈이라 하지 않겠나이까?"

"인제 보아하니 나만 몰랐다 뿐이지 너희 형제는 모두 동궁의 연분을 알고 있었던 게야? 그렇지?"

재우쳐 묻자오시니 말없고 속 깊은 상원대군이 빙긋이 웃기만 하였다.

"저하께서도 장성한 사내 아니옵니까? 뻗치는 춘정을 마냥 가다듬으시고 그저 기다리시는 정이라, 깊고 깊은 터였나이다. 성동으로 동궁의 내관 놈이 꽈나 말 달린 줄 아옵니다. 허나 그저 모른 척해 주옵소서. 동궁마마께서 마냥 점잖으시다 소문난 터인데 한참 연치 아래인 연분 두어두고 행여 그이가 마음 변할까 꽁꽁 속앓이를 하였다는 것이 알려지면 망신이 아니겠나이까?"
그러고서 모자지간 한번 웃은 터였다.

여하튼 탈도 많고 사연도 많은 삼간택이 끝났다.
빈궁마마로 낙점되신 연희 아씨, 교태전에 듭신 상감마마와 중전 마마께 큰절 드리어 첫인사를 마쳤다.
듣기로는 천방지축 말괄량이라 하였다. 허나 명가규수라 무엇인가 달랐다. 치맛자락 고이 부여잡고 절하는 자태가 얌전하고 어여뻤다. 빈궁으로서의 위엄을 잃지 말 것이며 세자에게 내조의 공을 다하라는 상감마마의 하교말씀에 옥구슬 구르듯이 낭랑한 목소리로 '분부 명심하와 소녀, 노력할 것입니다' 하답하는 자태도 영리하였다.
우리 상감마마, 내리사랑이었다. 하물며 가장 신임하시며 사랑하는 세자의 짝이자 첫 며느리를 맞이하는 일이니 즐거움이 넘치셨다. 빈궁마마 하는 꼴이 그저 귀엽고 살뜰하고 곱게만 보이신다.
"세자가 어질고 하나의 틈도 없는 군자 중의 군자라 하는데, 이제 명민하고 잘 배운 우리 빈궁을 맞이하여 내전을 화락하게 채움이라. 이 어찌 경사 중의 경사가 아니겠는가? 아니 그렇소? 중전?"
"신첩의 마음도 그러하옵니다, 마마. 우리 동궁께서 보령 높아지시니, 짝을 맞춤이 가장 큰 근심거리였는데, 이날 주상의 홍복이 크시니 이리 고운 빈궁을 맞이하게 되었나이다. 그야말로 천생연분. 탄생하시어 지금까지 우리 세자께서 한 번도 어미인 신첩의 마음을 어지럽힌 적이 없는 터였나이다. 오직 하나, 늦은 혼사만이 작은 근심이라 하였거늘, 아름다운 인연을 미리 마련한 터로 그리 늦장을 부린 모양입니다. 홋호호."

"누가 아니라 하여? 짐이 저더러 혼인 아니 하니? 하고 역정을 낼 적에도 그저 빙그레 웃고 말더니 말이야. 세자가 보기보단 엉큼한 것이다? 핫하하."

윗전 두 분마마의 흐뭇한 웃음소리가 교태전의 방문을 넘었다. 악의없이 주고받는 윗전마마들의 반 놀림, 반 구박 사이로 내외하되 법도였다. 신랑이 되실 동궁마마와 빈궁마마 연희 아씨, 옥주렴을 사이에 두고 어여쁘게 맞절을 하였다.

지난밤 둘이 부둥켜안고 헛간 바닥에 뒹굴며 갈 데까지 다 갔거늘. 겉으로 알려진 바라 할 것이면 도리에 어긋남 없고 더없이 점잖은 세자저하와 빈궁마마 연희 아씨. 순진한 처녀 총각으로서는 입에 담지도 못할 질탕한 애욕을 흠씬 즐긴 후다. 누가 입 열어 말한 적 있나? 아무도 모르는 그 일, 우린 모르오. 시침 뚝 따고 개 닭 보듯이 덤덤하였다. 윗전이 시키는 대로 그냥저냥 선보아 마지못해 혼인하오 하는 얼굴로 서로 뚱한 시선 마주치고는 그만이었다.

'저, 저 앙큼쟁이 좀 보아? 아주 시침 똑 따고 얌전빼고 앉았고나. 연희 조것! 참. 꼬리 아홉은 달린 구미호라 할 것이니 조것이 저리 귀염성있게 계집아이 티를 낼 줄 알다니. 제 말대로 여인네가 다 되긴 된 것이야.'

세자저하, 점잖은 얼굴 안으로 홀로 킬킬거리는 중이었다. 가증스럽게 얌전한 척 앙큼 떨고 있는 연희 아씨 바라보며 속으로 혼잣

말을 하였다.
 연희 아씨, 아씨대로 눈은 방바닥에 깔고 시침을 뚝 땄다. 천생 저를 처음 보는 듯 무심하기 이를 데 없이 바라보는 님이 또 한없이 야속하였다. 입 삐죽 내밀어 속으로 종알거리는 중이었다.
 '아이고, 저 엉큼 좀 보아라? 그저 나는 관심없되 효도하는 셈치고 마지못해 혼인하오 그런 얼굴이로세? 저분이 정말 내가 잡은 어젯밤 그분 맞는 것이야? 흥, 죽네 사네 날 부여잡고 한 번만 더, 이러면서 그저 애원하던 이는 오데 가시고 저리 목석같은 군자 한 사람이 앉아 있노? 저러니 사람들이 까맣게 속는 것이야. 흥.'
 당사자인 빈궁마마와 세자저하, 안 보는 척하면서 서로에게 눈을 흘기고 있었다. 속으로 다시 만나면 두고 보자 이렇게 벼르면서…….

 빈궁마마께서 친영 때까지 머물 창희궁으로 들어가기 전, 가문의 사당에 빈궁마마로 간택된 사실을 고하기 위하여 잠시 사저로 다시 돌아가게 되었다.
 궐에 들어올 때는 초라한 외가마에 유모만 달랑 뒤따르게 하고 들어왔다. 나가는 때는 이미 빈궁마마가 아니냐? 그 행렬이 심히 장하고 번잡하였다.
 무명수건 질끈 동여맨 여덟 명 가마잡이가 맨 화려한 꽃가마 타시었다. 앞뒤에는 내금위 군졸 수십여 명이 호위하는 가운에 가마 좌우로 상궁 여럿이 말을 타고 따르는구나. 내명부 주인이신 중전마마께서 가문에 서간을 보내시는 것을 안은 글월비자부터 시작하여 이제부터 궐 안 법도 가르칠 선생인 지밀상궁. 혼인 시 의대며 금침 마를 침선장이며 항시 곁에서 시중드실 궁녀 나인들에다가 건강 보살필 약방 의녀까지, 게다가 허드렛일을 할 무수리 너덧 따르지, 혼인 준비꾸미로 버들고리에 가득 찬 온갖 물목들이 한두 개가 아니다. 그것을 짊어진 짐꾼들이며 끌고 가는 우마차가 수십 대였다.

느릿하고 길기만 빈궁마마 가마 행차가 성덕궁 문을 빠져나가 대로로 멀어져 간다. 세자저하께서는 그 모양을 궁성 누루에 올라 팔짱을 낀 채 바라보시었다.

친영은 두 달 후인 팔월 스무하룻날로 정하여졌다.

두 달 동안 서슬 푸른 상궁들의 감시를 받으며 살 빈궁마마였다. 점잖은 동궁마마가 다시 근접이라도 할 수 있으려나? 두 연인은 말 그대로 생이별이었다.

하물며 어여쁜 정인의 첫꽃을 따고 난 후, 난생처음 그 희한하고 기막힌 꿀물 맛본 후다. 젊은 동궁마마 심화가 오죽할까? 멀어져 가는 가마행렬 눈으로 따라가는 동궁마마 낯빛은 마냥 근심이었다.

'걱정이도다. 저것이 별궁 생활을 잘 견뎌내야 할 터인데. 보암직하니 연희 가마 따라나서는 상궁들이 하나같이 깐깐하고 융통성 없는 이들이구나. 연희를 빡빡 말라 죽이려들 것이다. 내 낯 보아 참아보고, 하여보겠소! 하기는 하였으되 제 타고난 품성을 죽이고 꾹 참아야 하니 얼마나 힘들까? 저것이 못 참아 또 한 번 도망 소동 벌였다간 조하가 뒤집어질 터이니 참으로 고민이로다. 대례 치르기도 전에 빈궁을 폐서인 하라 말이 나오면 어떡하지?'

멀리 서서 가마 끝만 바라보며 속 깊은 동궁마마가 저를 깊이 근심하는 지금. 꽃가마 타고 돌아가는 연희 아씨 마음도 마냥 심란하다.

앙앙불락. 깐깐하게 생겨가지고는 바늘 끝 하나 들어가지 않을 것 같은 상궁들이 줄줄이 에워싸고 있는데 이제 내 사는 즐거움은 다 끝났다 싶었다. 그저 밤낮으로 저 가시 같은 인간들이 눈을 홉뜨고서는 빈궁마마 흠을 잡아보리요! 그런 시선이니 어찌 편안하냔 말이다.

이제 남복 입고 개구멍 빠져나감도 다 그만이고 저잣거리 돌아다니며 엿가락 사먹고 콩떡 사먹는 일도 끝이로다. 개구쟁이 잡이다가 함께 언덕에서 연 날리고 말놀음하던 것도 그만이구나. 검술 연습이니 격권도 인연이 다하였으며 말 타고 사냥 나감도 영영 끝일지라. 내 어찌 답답하여 살거나?

'휴우, 미칠 것이로다! 내가 세자저하를 깊이 사모하여 빈궁이 되기는 하였지만은 헤쳐 나갈 일이 첩첩하구나. 대례 날까지 저 늙은 멍청이들이 무조건 그리하지 마옵소서! 이리하시어야 하옵니다. 하며 일일이 간섭할 터이니 숨을 못 쉴 것이다. 내가 여하튼 저하께 약조하기를 죽은 양하며 참아는 볼 것이오 하였지만…… 아이고, 머리털이 다 빠질 것 같구나.'

연희 아씨가 가마 안에서 천만 번 한숨 쉬고 있을 즈음, 가마는 성동 우의정 사저 솟을대문 앞에 도착하였다.

황씨 일가가 모두 모여 빈궁마마 회거만을 고대하고 있는 중이었다. 노을이 강에 걸릴 즈음 행차가 사저에 이르렀다. 사친이신 우의

정께서 허리 굽혀 가마 문을 열어드렸다. 도도하게 고개 들고 나오신 빈궁마마 앞에 모든 황씨 가문 일족 사내들이 먼저 흙바닥에 화문석 깔고 무릎 꿇어 인사드리었다. 인제 구십이신 증조부까지 모두 다 예가 극진하였다.

황씨 문중이 비록 명가이되 왕후가 탄생하기는 처음이다. 하물며 그 빈궁 되신 분이 온 일가 골칫거리였던 말괄량이 연희 아씨라니! 이는 아무도 짐작치 못하던 일이었다. 그야말로 화가 복이 된 것이라 할 것이다.

조부께서 빈궁마마 앞세우고 사당으로 올라간다. 향불 피우고, 조상 제위께 여아 연희가 망극하게도 이 나라 사직의 안주인 되실 분으로 간택되었음을 고변드리었다.

대례 날까지 조상 제위께서는 마마 안위 보살피사 아무 일도 없이 무사히 궐에 돌아가실 수 있도록 하여달라 간청하시었다. 그것이 끝나자 빈궁마마 안방으로 들어가시고 따로 말 달려온 전령이 빈궁마마 사친 되시는 우의정 황이에게 이날부로 지평 부원군 되시었고 모친이신 남씨는 외명부 제1품 부부인이 되었음을 교서 내려 전하였다.

안방 들어가신 빈궁마마, 조모님께서 늘 앉으시던 아랫목 상석 보료에 좌정하시었다. 그 앞에서 황씨 일문 여인들이 바깥에서 남정네들 하듯이 전부 고개 숙여 큰절 드리니 의젓하게 반절로 그 예를 받으셨다.

궐의 상궁이 옆에 붙어 이럴 땐 이리합시오, 저럴 땐 저리합시오 일일이 지엄하게 가르쳐 드리었다. 어린 빈궁마마, 속으로 이를 북

북 갈되 겉으로는 아무 기색 없이 참으로 미리 수십 번은 하여본 것 같은 얼굴로 하나도 예에 벗어난 것 없이 모든 절차를 치렀다.

"곤하시니 주무시오소서."

사가에서 지내는 마지막 밤이다.

초당으로 돌아와 연희 아씨 입이 찢어져라 하품하였다. 아무리 무쇠로 만들어진 사람이라 하여도 하루 종일 시달린 터라 쓰러지지 않은 것만도 대단한 일이지. 궐 안 소주방 나인이 나와 장만하여 주칠 소반에 받쳐진 저녁진지 받으시었다. 후에 욕간을 하시는데 욕간통 안에서 병든 병아리처럼 꼬박꼬박 졸고 있구나. 인제는 자라는 말에 좋아라 옷고름을 푸는 빈궁마마께 상궁이 엄하게 말하였다.

"유모더러 들어와 의대 벗겨라 하소서. 지엄하신 지존마마께서는 스스로 하시어서는 아니 됩니다. 머리도 빗겨 드리고 욕간도 나인 아이가 따로 있으니 글로 시키시는 것이오, 빈궁마마."

"나는 손이 없소, 발이 없소? 궐 안 여인들 모다 병신이오? 전부 남이 하여주게?"

이 대목에서 마침내 상궁과 빈궁마마 기(氣)싸움이 탁 시작된 것이다. 연희 아씨, 눈을 동그랗게 뜨고 중궁전에서 내려보낸 깐깐한 상궁을 노려보았다.

"보시오. 내가 심히 부덕없고 개구멍받이라 함은 마마님도 아실 것이니 탁 까놓고 말하는데 작작이 하오, 응? 중전마마께서도 이미 이 빈궁이 당돌하고 맹랑함을 알고 계시고, 세자저하 마찬가지로 이 연희가 답답한 것은 딱 질색이라 글로 빈궁 아니 되오! 한 줄 아시니 이는 흠이 아니로세. 내 분명히 말하여두는데, 마마님이 나를 다루어 무척 빡빡이 굴면 내가 다시 도망가 버릴 것이오! 첫날이라 내가 솔직히 사정하오. 내가 영 경우없지는 않으니 웬만한 것은 시키는 대로는 하겠으니, 그대도 다소간 융통성있게 날 대하여주시오. 그래야 서로간 사이가 좋을 것이오. 우리, 이왕이면 잘 지내어 보는 것이 서로에게 좋지 않겠소이까?"

칠월 퍼런 땡초처럼 매섭게 쏘아붙였다. 연희 아씨 상궁이 보거나 말거나 돌아앉아 옷고름을 풀었다. 머릿속에는 한시 빨리 편안한 이부자리 속에 들어가 네 활개 치며 잠이 들고 싶은 생각뿐이었다. 야멸차게 한 방 맞은 상궁이 맹랑한 연희 아씨 뒷등을 멍하니 바라보았다. 문득 빙긋이 웃었다.

중전마마께서 지밀인 조 상궁을 내려보낼 적에 부르시어 하명하시었다.

"빈궁 아기가 괄괄하고 기상이 다소 강하여 그 성정 바로잡는 그대가 힘들 것이다. 허나 내가 그 아이 가만히 보아하니 줏대가 있고 기본이 맑아 허튼 일은 아니 할 것이니 그다지 걱정은 아니 하니라. 너무 옥죄어 강제로 말고 차근차근 사리분별 따라 하여주면 따르나 강하게 누르면 튕기느니라. 그 아이 자유분방한 그 기상을 나는 어여쁘게 보느니, 너무 지나침은 깎아야 할 것이나 그 본성은 그 아이 특질이라 놓아두라. 이 중전은 그 아이가 오직 세자의 은애함 하나 때문에 답답한 궐에 들어옴을 알고 있으니 새 아기가 궐 안에서 제 집처럼 행복하기를 바라노라. 내 뜻을 잘 알고 그 아이 잘 다루어 어여쁘고 훌륭한 빈궁 만들어 뫼시고 다시 들어오라."

이부자리 속에 한 발 넣으며 연희 아씨 다시 고개를 돌렸다.
"흥! 그래 보았자 대궐도 사람 사는 곳이 분명할지니 기본은 같아야 할 것이로다. 보시오, 마마님. 허면 한 가지만 물어봅시다. 궐 안 법도 지엄하니, 제 손으로 하는 것 하나 없다 할진대, 허면 세자저하께서도 의대 하나 당신 손으로 아니 갈아입으시오?"
"당연하옵지요! 세자저하야 더더구나 아니 하셔야지요! 지엄하신 분이 어찌 천한 일을 손수 하시겠느뇨? 내관들이 하는 일이 그것이옵니다. 헌데 어찌 그런 질문을 하시나이까?"
"혹여 아릿다운 나인들이 감히 세자저하의 의대를 갈아입히고 벗기나 하여서 물었소이다! 아니, 왜 놀라오?"
연희 아씨 기가 차서 말을 잇지 못하는 상궁을 바라보며 눈을 데굴데굴 굴렸다. 다 알면서 왜 그러오? 하는 낯빛이다. 짓궂게 반짝반짝 빛나는 눈동자이다.
"내가 그런 말을 하면 아니 되오? 말이야 바른말이지, 실상 빈궁 될 내가 무엇이 제일 궁금하겠소?"
"무엇이 그리 궁금하시나이까?"
"세자저하께서 나 말고 혹시 다른 여인 이미 보아 뒷방 두신 것은 아닌지, 그것이오. 아니라 합디다만, 눈으로 보지 못한 내가 어찌 알겠소이까? 참으로 궁금하여서 말이오. 그리고 저하 의대를 남이 벗겨준다 하여 하는 말이오. 혹여 예쁜 궁녀가 벗겨주면은 젊으나 젊은 마마, 춘정이 갑자기 끓어올라 그것 손목 잡아 눕히실 게 아니오? 내가 다소 투기가 난 참이오. 내관이 시중을 든다 하니 그건 마음에 드는구먼. 다소간 안심이오만, 흥. 알 것이 무엇이더냐?

나더러는 그렇게 해놓고 실상은 궁녀 시중 받으시는지. 흥, 분명 말로는 나는 처음이라 서툴다 하면서도 냉큼 끌어당기는 솜씨가 보통은 아니었지. 내 기필코 그 곡절을 알아낼 참이다. 자, 나는 자오. 심히 곤하니 내일은 늦잠 잘 것이오."

 좔좔 내려쏟는 이야기가 점입가경. 듣고 있는 조 상궁 기가 찼다. 냉큼 이불 속에 쏙 들어가 눈감고 색색 주무시는구나. 빈궁마마 얼굴을 가만히 내려다보았다. 촛불을 끄고 이불귀 여며 드린 다음 조용히 사잇문을 열고 나서는데 여전히 기가 막히었다.

 '참말 사내가 따로 없도다! 거침없고 솔직하며 망설임이 없어. 저 걸쭉한 입담 보라지? 누가 열여덟에 혼인도 아니 한 처자라 할 것인가? 그 어질고 씩씩하시며 영명하신 세자저하, 아무리 염태 꽃 같은 궁녀들 보아도 눈 한 번 아니 주신 바, 왜 그러나 하였더니 모다 이 빈궁마마 탓이라. 활달하고 제 주장 분명하고 명랑하니 속내 맑으시사 그를 어여삐 보는 눈이었도다. 요염하고 유순하며 하잡는 대로 다 하여지이다 하는 것들이 어디 눈에 차겠는고? 팔자가 기막히어 빈궁마마 타고난 복이라. 여늬 요량으로 치면야 딱 소박감인 바, 세자저하께서 일편단심, 어릴 때부터 보아오셨다 하더니 그 아름다움과 순수함이 매혹의 이유라. 아이고, 이것 보아! 나도 벌써 빈궁마마 편들고 귀여워지기 시작하니 참으로 기이한 일이라. 여하튼 천복을 마냥 차고앉으신 분이구면. 어진 가문, 고명딸에 고이 태어난 복도 장하건만, 이제는 천하에서 제일 잘난 서방님 복까지 얻으시었다 그 말이라. 여하튼 이분이 중전마마가 되시면 내전이 참으로 볼만할 것이다.'

월하(月下)의 정인들

조 상궁 가만히 하늘의 반월을 바라보며 슬며시 웃었다. 어질고 조용하시며 점잖으시나 은근히 강골(强骨)이며 빈틈 하나 없어 속내 무서운 세자저하가 아닌가? 티없이 맑고 명랑한 빈궁마마가 살살 녹는 애교를 부리며 그분 곁에 서 있는 것을 상상하자 그것만으로 이미 그림처럼 아름다웠던 것이다.

"천복. 천복. 인연은 하늘이 정하시는 것이라 하였다. 대차고 명민하며 대범하시니 저분 팔자라, 중전마마 되시어 이 나라 만 리 강토를 호령하실 분으로 태어나신 것이로구나."

제3장 미행(微行)

　　　　　창희궁이 빈궁마마를 위한 〈부인궁〉으로 결정되었다.
　연희 아씨가 그곳으로 들어간 지 벌써 달포. 맵고 시고 어려운 궐 안 법도 배우느라고 진이 빠졌다. 조롱 안의 매 신세. 대꼬챙이처럼 시퍼렇게 날이 선 상궁들에게 밤낮으로 시달렸다. 며칠 지나지 않았는데도 씩씩하고 명랑한 아씨 얼굴이 뜨물처럼 허옇게 질려가는 중이었다.
　허나 이왕 한 약조이다. 오직 세자저하 얼굴을 보아, 죽도록 참아보자구나 결심하였다. 연희 아씨, 주먹을 움켜쥐었다. 사람이 한 번 죽지 두 번 죽니? 그래, 좋다! 이를 앙다물고 대차게 법도란 것과 드잡이질 하려 하였다.

'그래, 한번 해보자구나. 법도야, 네가 죽니? 내가 죽니?'

아무리 어렵다 한들 포기할 수는 없다. 요 고비를 못 넘기면 간신히 사로잡은 용 동궁마마, 은애하는 제 사내를 놓칠 참이니 어떡해? 견뎌야지. 어찌하든 견뎌내야지.

그래도 힘든 것은 힘든 것. 밤마다 머리를 빗으며 유모더러 푸념질이다.

"보시오. 유모, 내가 마음고생 심하여 머리카락이 한 줌씩 빠지는구려."

툴툴거리며 하소연. 징징거리는 얼굴이 울상이다. 그냥 콱 도망가 버려? 손바닥 뒤집듯이 하루에도 몇 번이고 마음이 변하는구나.

한편 그날, 세자저하는 부왕마마를 모시고 성균관 경연에 참석하시었다.

대제학을 비롯하여 성균관 진감들과 문답을 주고받는 제강을 하는 날이다. 이른 아침부터 세자저하 이하 왕자마마 네 분 모두 궐을 나섰다.

스스로 무척 학문을 즐기시고 논쟁함을 좋아하시었다. 주상께서도 윗자리에 앉으시어 지켜보신다. 동궁마마께서 거침없이 진감들과 더불어 강학과 논쟁에 참가하신 모습을 구경하시었다. 시원시원하니 묻고 답하고 되받아치는 모습이 아름답구나. 아드님의 깊은 학문 진척을 알게 됨이라, 저절로 만족하시어 용안에 벙긋이 미소가 어리었다.

사직 이을 동궁이어서가 아니라 주상께서는 아드님으로 세자저하를 심히 아끼시었다. 자라면서 지금까지 단 한 번도 청하시는 것을 거절하신 적이 없다. 다른 대군 왕자들과는 달리 걱정이나 꾸지람을 내린 적도 한 번 없으시다. 천지간 외로운 상감마마. 어렸을 적부터 홀홀단신이던 주상께서 보령 늦어 스물넷이나 되어서야 얻으신 첫 아기씨가 아닌가 이 말이다. 다시없을 안곁으로, 더없이 은애하는 정궁의 몸에서 태어난 원자였다. 하여 세자에 대한 귀애함은 어려서부터 심히 컸던 터였다.

게다가 그 동궁마마께서는 어려서부터 성품이 순후하고 어질었다. 작은 병 하나 앓은 적 없을 만큼 강건하다. 주상 당신을 닮아 기골 장대한 데에다가 하나를 가르치면 열을 알아듣는 총명함이 넘치었다. 매사가 부왕전하에게는 심히 흡족하였다.

외모로 볼 것이면 모후이신 중전마마와 흡사한 면이 많았다. 허나 찬찬하게 보아지면, 단호한 턱 선이나 다소 고집스럽게 보이는 헌칠한 이마는 부왕전하 판박이었다. 씩씩하고 잘난 모습이 용포 아니 입고 그저 미복하사, 자주색 도포에 헌 갓 썼으나 성균관 넓은 대청에 모인 많은 젊은 선비 중에서도 번뜩 눈에 뜨이는 터. 그야말로 군계일학이다.

외유내강이라더니, 겉으로는 유하고 순후하나 안으로 은근히 고집 세고 결단력도 있었다. 학문 깊은 것만치 씩씩한 기상도 있었다. 전하와 더불어 사냥터에 나갈 적이면 백발백중. 활쏘기는 신궁(神弓)이며, 말 달리어 사냥하는 품이 예전 주상전하 젊었을 적 모습과 똑같다 다들 감탄 감탄하였다. 이런저런 생각을 하시며 바라보시는데, 마냥 웃음이시다. 오직 세자 저 아이만이 주상 당신의 의지이고 뒷걸이다 싶어 더없이 든든하시었다.

'기특한지고! 어렸을 적부터 글 읽기 좋아하더니 말야. 저리 학문 깊어지고 늠름하도다. 후사가 걱정없음이야. 그 언제부터 슬슬 정사(政事)에 있어서도 슬쩍 돌려 물어보노라면 흔들림없이 판단하고 곧게 나아가니, 참으로 동궁은 짐의 기쁨이로다.'

깨물어 안 아픈 손가락이 없다 하였다. 허나 길고 짧은 것은 있다 하였다. 다소는 편협한 주상전하의 사랑은 동궁마마에 대하여 많이 쏠리었다. 두 분 전하의 슬하 네 분 왕자마마께서는 성품은 다들 각각이었다.

'용원은 격하고 거칠며 호탕함만이 넘쳐 걱정이지. 상원은 선하고 점잖되, 유약하며 오로지 학문만이 전부이니 호쾌함이 모자라거든. 재원은 막내라 어리광이 있어 마음에 다소 부족하도다. 하지만 동궁이 있어 장형으로 짐이 원하는 바를 겸전(兼全)하였도다. 더없이 어질고 사리 깊어 아우들의 귀감이 되며 넘치듯 매사 성실하고 속이 깊으니 짐이 어찌 의지하고 의논하지 않겠더뇨? 어이구, 저것 보아. 제법이라! 대제학조차도 동궁이 돌려치는 말엔 말문이 막히는구먼. 헛허. 희재로고.'

거의 서너 시진이 가까운 논쟁이 끝났다. 세자저하 흔들림없이 상대를 압도하여 그 학문 깊이 드러내었다. 허나 얼굴에 자랑스러운 빛 하나 없고 그저 겸손하다. 무릎을 꿇고 상대가 되어준 학사, 진감들과 서로 맞절하고 물러나시는데, 수런수런 세자저하 칭찬이 대청에 물결처럼 일었다.

이후 왕자들께서 학사들과 나란히 대제학의 천기도설 강학과 해

설에 참가하였다. 글씨 쓰기에 문장하는 차례였다. 종이를 펼쳐 놓고 찬찬히 먹을 갈던 세자저하, 슬며시 일어나 대청을 나갔다.

"답답하더냐? 어찌 나왔느냐?"

이미 시간 늦어 환궁하실 참이다. 연을 타기 위하여 섬돌을 내려서던 상감마마. 세자께서 홀로 서 계시는 것을 보고는 손짓하여 불렀다. 자애롭게 물으셨다.

"아바마마를 배웅하자 하여 잠시 나왔나이다. 먼저 환궁하소서. 소자들은 후에 들어가렵니다. 아우들을 잘 데리고 들어갈 터이니 걱정 마시고 먼저 들어가옵소서."

"눈치 빠르고 민첩하니 어찌 너는 이리도 항시 빈틈이 없느냐?"

주상전하 대견하여 벙싯 웃으시며 칭찬하시었다.

"헛허. 그래, 먼저 가마. 후에 들어오라. 금일 경연이 아주 좋았도다. 세자 너의 학문이 깊어지니 짐이 심히 기껍도다. 네가 밤낮으로 노력한다 하는 말이 헛소문이 아니라. 헌데 다소간 심란하지야? 친영 날이 얼마 남지 않았지 않느냐?"

"어찌 소자의 깊은 심회를 아시나이까? 전하, 도대체 모르시는 것이 없으시니 소자가 다소간 뜨끔하옵니다."

전하께서 젊은 동궁마마를 건너다보시며 싱긋 웃었다. 오직 사내끼리 통하는 웃음이었다. 어여쁜 이를 은애하여 빈궁으로 간택하여 두고 친영 날만 기다리는 터라, 젊으나 젊은 사내인 세자의 심사를 부왕께서 어찌 모를 것인가? 돌아 내려가시며 슬쩍 한마디 하시었다.

"황씨 그 처자 맹랑하다 하는데 엄한 법도 공부 진력이나 아니

낼까 모르겠도다? 우상이 심지 굳어 따님 교육 특별하게 시켰다니 볼만할 것이야. 금일이 힘들었으니 내일 조하에 참여치 말아라. 오후에나 같이 활터나 나가지고. 세자는 들어가라."

두 손을 앞에 가지런히 모으고 주상전하께서 연을 타고 위풍당당한 행렬 지어 환궁하시는 모습을 배웅하였다. 행렬이 모퉁이로 사라질 때까지 뒷모습을 지키고 서 있다가 돌아서는 동궁마마. 문득 입가에 빙긋이 엷은 웃음이 물렸다.

내일 조하에 참석 말라 하셨으니, 이 밤에도 다시는 아니 찾으신다 말이다. 특별히 그런 말을 하시는 이유가 무엇이냐? 답답하게 있지 말고 말 달려 이 밤에 한번 보고 오너라 하시는 말씀이었다. 호방한 성품에 풍류를 즐기는 분이시다. 은애하는 처자를 두고 법도라 하여 보지도 못하고 그저 끙끙 앓지 말으렴. 수단 부려 멀리서라도 한번 보고 오너라 하신 충고이시다. 그를 모르면 멍청이였다. 돌아서며 세자는 옆에 시립한 내관에게 손짓하였다. 귀엣말을 몇 마디 하였다.

"알아들었느냐? 또 멍청하게 전하여 헛일 만들지 말고 반드시 얼굴 보아 전하라. 알겠느냐?"

"예, 저하. 허면 쇤네 급히 떠나옵니다요. 나중에 사단이 나면, 쇤네는 아모 죄도 없으니 마마께서 방패막음 되어주셔야 하옵니다."

"이 세상에 너와 나만 아는 일인데 무슨 동티가 난다고 이러느냐? 이놈이 꼴에 은근히 같잖으니, 필시 심부름 값으로 돈냥이나 달라는 소리렷다? 옜다, 가다가 주막에서 목이나 축이거라."

동궁마마 내관에게 은전 몇 푼을 쥐어주었다. 내관 얼굴 주름이 환하게 펴졌다. 급한 걸음으로 사라지는데 방향이 어딘지는 세자저하만이 알고 있다.

경연이 전부 끝났다. 특히 문장이 좋은 상원대군이 대제학에게 큰 칭찬을 받았다. 그러고 나서 성균관 학사들과 나란히 왕자들은 똑같이 검소한 상에 한잔 술 놓인 저녁상을 받았다.

밥과 국, 소채 두 그릇에 떡 한 그릇, 방자고기 세 점, 청어 비웃 꽁지 한 마리가 전부였다. 그나마 방자고기 세 점은 주상전하께서 소 두어 마리를 하사하신 덕분이다. 허나 왕자들 어느 누구도 박한 찬에 불평없었다. 달게 그 상을 비우시고 거친 청주 한 잔 들이키신 다음에 일어서시었다.

섬돌 내려서던 동궁마마께서 돌아서시었다. 성균관 진감 한 분을 손으로 불러 조용히 말씀하셨다.

"분부 계시옵니까, 저하?"

"내가 오늘 학사들과 밤 것을 같이하였기로 검소한 상차림에 감명은 받았으나 다소간 불만이오. 한창 때이시며 낮밤으로 학문 정진하는 학사들이 아니오? 이런 상으로 연명하다가는 몸이 축나지는 아니 한가 걱정이 되오이다. 무엇이 부족하여 상차림이 이토록 부실하오?"

"망극하옵니다, 저하. 갈수록 학사 수는 늘어가는데 살림이 예전과 똑같아 그것까지 신경이 못 간 줄 아옵니다. 참으로 부끄럽사옵니다."

"사람이 늘면 따라서 그 쓰임도 알아 커져야 함인데 호조에서 왜 이리도 무심한 줄 모르겠소. 내가 귀띔을 할 것이니 아마 후에 좋은 소식이 있을 것이오. 허고 당장에 급한 것은 동궁서 다소간 보조할 터인즉, 앞으로는 더 잘 먹이오. 이곳의 선비들은 이 나라 사직의 인재요 기둥이니 그만큼 귀한 이들이 아니오? 대우를 잘하여주어야 할 것이오."

"성은이 망극하옵니다, 저하."

"아바마마께서는 늘 이곳의 인재들에게 커다란 관심을 가지고 계시오. 황은의 성덕을 잘 알고 학문에 매진하시오. 이후의 뒷바라지는 고가 아바마마께 여쭈어 잘 풀어드릴 것이오."

세 대군, 말 등에 이미 올라 있었다. 세자저하께서 말에 오르기만을 기다리고 있었다. 호위밀들과 내관들을 뒤에 거느리고 말머리를 돌려 나란히 성균관을 빠져나가시는 모습이 아름다워라. 문득 동궁마마, 빙긋이 웃으며 세 아우더러 손짓하였다.

"먼저들 돌아가라. 나는 잠시 거리로 미행이나 할 것이다. 용원은 아우들 잘 살피어 무사히 데리고 환궁하도록 하라."

"저하, 호종도 없이 홀로 말씀이니까? 그는 허락지 못하리라. 혹여 안위에 탈이 나면 어찌하리오? 이 아우가 뫼시옵니다."

"되었다! 별일없을 것이니라. 상원이 심히 곤하여 보이니 빨리 가서 누이라. 재원은 용원 형님 놓치지 않고 빨리 따라갈 수 있겠느냐?"

"걱정 마옵소서. 이 아우도 말은 곧잘 타옵니다. 다녀오소서. 명일 뵈오리다."

이타저타 무슨 말도 아니 들으리라 그런 얼굴이다. 세자께서 바삐 말고삐를 당기었다. 냉큼 세 아우만 남겨놓고 오른쪽 길로 달려가 버리었다. 세 아우, 멍하니 그 모습만 바라보았다. 눈치는 빠른 터이니, 용원대군이 입맛을 쯧쯧 다셨다.

"저리 급하시니 뉘를 보러 가시는지 알 만하다. 필시 몰래 부인궁으로 가시는 게다. 아이고, 그동안 잘도 참으신다 하였더니 기어코 오늘 또 일이 나누나."

"궁 담 안 깊이 계신 빈궁마마를 어찌 보신다고 가시옵니까? 담 밖에서 빙빙 돌다 돌아오실 것이다."

"모르는 소리 말아라. 창희궁이야 어렸을 적부터 형님마마 놀이터였다. 남들은 모르는 개구멍까지 다 알고 있으니 월담할 게다. 지엄하신 체면에 개구멍을 빠져 들어가지는 않으실 터이나 필시 우리가 모르는 통로가 있음이야. 허기는 보통 정분이어야지? 일주야라도 못 보면 온몸에 두드러기가 일어난다 하였지. 너는 모를 것이다. 형님마마, 어린 빈궁마마더러 소꿉장난 상대가 되시었는데, 범이 도련님 이러시고, 저하께서는 여보, 연희 아씨 이러셨단다. 그 연분이 어디 한두 해여야지? 가자! 우린 아모것도 못 보았느니라."

용원대군의 추측은 당연지사 맞았다. 세자저하 단걸음으로 말을 달려 창희궁에 도착하였다.

마음으로는 당당하게 궁문 차고 들어가 조롱 속의 새 신세인 연희 아씨를 냉큼 낚아채서 말 등에 태우고 나오고 싶었다. 하지만은 법도란 것이 있지 않는가?

빈틈없고 어김없다 소문난 체면에 월담을 할 수도 없는 노릇. 창칼 비껴들고 궁문 지키는 병정들을 저만치 바라보며 높다란 궐 담을 끼고 한참 돌았다. 엉뚱하게도 창희궁 옆에 있는 은숙궁 곁문으로 다가갔다. 그 집의 주인은 태상대왕의 후궁이신 창빈마마이시다. 상궁 오씨가 기다리고 있었다. 말에서 내리는 세자저하를 바라보며 빙긋이 웃음 지었다. 인자한 눈매에 미소를 가득 담고 읍을 하였다.

부왕전하도 말할 것 없거니와, 세자저하의 출산 뒷시중을 들고 마냥 안아 키우다시피 한 분이 은숙궁 창빈마마이시다. 항시 곁에서 배행하며 세자저하께서 자라시던 것을 보아온 상궁 오씨였다. 마치 사가의 할미처럼 반가움과 다정함이 넘치는 눈빛이었다.

"오랜만에 저하를 뵈옵니다. 강녕하시옵니까?"

"무탈하오. 은숙궁 할마마마께서는 어떠하시오?"

"마마께서도 평안하시옵니다."

"조만간 아우들과 한 번 할마마마를 뵈러 나올 것이오. 헌데 빈궁이 인사를 드리러 왔소이까?"

"지금 두 분 마마께서 함께 밤 수라를 받으시는 줄 아옵니다."

세자저하께서 내관을 보낸 곳은 은숙궁이었다. 세자저하 말이라면 팥으로 메주를 쑨다 하여도 믿는 인자한 할마마마께 부탁을 한 것이다. 부인궁에서 말라 죽어가는 빈궁을 살려주시오. 저가 보러 가게 은숙궁으로 불러내 주십시오 간청하였다.

"내가 게서 기다린다고 빈궁더러 기별하여 주오. 그러면 알 것이오."

"아뢰겠나이다."

그 말만 남기고 저하, 모른 척하고 은숙궁 대문을 떠났다. 근처

주막에 말을 내렸다. 밤마실 나온 떠꺼머리총각인 양 막걸리 한 상 받으시어 홀로 자음자작. 시간을 끌었다. 늘 둘이 몰래 만나던 그곳, 선남선녀들이 모여들어 선유락 즐기는 환구정 근처이다. 나무 등걸에 말고삐를 매어놓고 둥실 떠오른 달빛 강물에 어리는 광경을 보는 척하였다. 그러다가 고개를 돌려 은숙궁 쪽을 바라보니 불빛이 두 번 깜빡깜빡 하였다.

'옳거니! 우리 연돌이가 나오는구나.'

빙긋이 웃음지었다. 말 등에 훌쩍 올라타 높은 담 앞으로 다가갔다. 삐걱, 궂은일하는 이들 드나드는 작은 사잇문이 열리었다. 어린 사내아이 모양 동저고리에 무명 바지를 입고 패랭이 훔쳐 쓴 연희 아씨가 살금살금 나온다. 요리조리 고개 빼어 살피다가 흠 하는 헛기침 소리에 냉큼 다다다 달려왔다. 세자저하가 타신 말 등에 폴짝 올라타며 가옵소서! 하고 살짝 소곤거렸다. 궁에서 한참 멀어지자 비로소 연돌이, 네 활개를 치며 큰소리를 탕탕 쳤다.

"아이고. 바깥 공기는 달기도 하여라. 저 안에서 내가 꼭 죽는 줄로만 알았거늘. 아! 이제 살 것만 같소이다. 저하, 저잣거리로 가옵소, 응? 가서 나 콩떡 사주고 흑돗(흑돼지) 통구이에 막걸리도 사주지. 투전도 한 번 하옵소서. 나 그것 잘하여요. 내가 할마마마께 손이 발이 되도록 빌어서 간신히 빠져나온 터이니 오늘 진진한 재미다 보고 갈 것이야."

세자저하 빙긋이 웃었다. 한 팔로 제 몸 앞에 앉은 빈궁마마 허리를 꽉 죄었다.

"내내 보고 싶었느니라. 네가 진득하니 앉아 공부 잘하고 있다 하는 소리 들은지라 오늘 상으로 네 청 다 들어주마. 헌데 너는 어찌 나 보고 싶다 하는 말을 아니 하는 것이니?"

"꼭 말을 하여야 하는 것이오? 눈치로 다 아시면서. 혹여 그새 마음 변하시어 어여쁜 딴 계집 보고 다니신 것이 아니옵지요?"

눈날을 세우고 앙탈하는 빈궁마마. 여차하면 할퀴어 버리겠다고 작심을 한 얼굴이었다. 동궁마마 혀를 끌끌 찼다.

"말을 하여도 꼭! 내 눈에 여인네로 보이는 이는 너뿐인 줄 네가 더 잘 아는 터에 어찌 또 이리 강짜에다 터무니없이 투기를 하느냐? 어찌하여 주면 그 섭섭한 속내 풀리겠니?"

연희 아씨 고개 돌려 방긋 웃었다. 꽃봉오리가 벌어지는 듯 마냥 고운 얼굴이다. 둘의 마음이 똑같이 설레었다. 그저 바라보기만 하여도 좋은 터, 말도 없이 사랑스러운 웃음만 오갔다. 연돌이, 행여 축은 나지 않았는지 그리운 님의 모습을 찬찬히 바라보았다. 망설이지 않고 세자저하 헌칠하신 용안 아래에 옥돌 같은 제 낯을 가져다 대었다.

"입 맞춰주시오, 마마. 실상 나는요, 그 생각이라. 나는 마마 품에 안기면은 참 좋아. 마마 냄새도 좋고…… 아, 으음…… 음……."

귀엽고 사랑스럽기 그지없다. 부끄러운 말을 잘도 하는 당돌한 입술을 꼭 물어 삼켜 버리었다. 세자저하 말고삐 잡은 손에 힘을 주었다. 말은 길 따라 달그림자 쫓아 그저 흘러가고, 말 등에 겹쳐 올라탄 두 마마, 숨 막히도록 달큼한 입술 나누는데 아이고, 부끄러워라. 열사흘 달이 휘영청 밝기만 하구나!

향기로운 타액 삼키니 이것이 바로 감로주라, 머릿속으로 뜨뜻한 열기가 스물스물 피어올랐다. 솔직히 동궁마마, 딱 기분 같아서는 이대로 말머리 돌려 어디 으슥한 나무그늘 밑으로 숨어들고 싶다. 그대로 어여쁜 빈궁마마 옷을 날름 벗기고 한 번 더 귀한 꽃 따고 싶었다. 허나 이미 헛간에서 야합하듯 살도장을 찍은 전과가 있으니 그리는 못할레라.

솔직히 열정이 깨고 나서 민망하였다. 생각하기를 귀한 지어미를 대접함이 다소간 하찮게 느껴지어 더없이 미안한 터였다. 다음에는 반드시 대례를 치르고 난 후, 정식으로 새 비단 금침 위에서 용잠 빼어주고 속고름 풀리라 다짐한 터였다. 사내 욕심이 난다 하여 고운 이를 허구한 날 들판에서 누일 수는 없는 일인 것이다.

빈궁마마 영리하고 앙큼하니 세자저하의 속내를 모를 것인가? 한편으로는 답답히 하면서도 또 한편으로는 빈궁마마 되실 자신을 대함이 심히 정중한지라 절로 존경하는 마음이 더 생기었다. 섭섭함 반, 감사함 반. 어느 것이 연희 아씨 진짜 속내인지 저도 모른다.

들끓는 열기를 억지로 지우며, 다시 만난 것만으로도 마냥 좋아 사뭇 설레며 콩닥이는 젊은 가슴들. 그렇게 말을 타고 길을 넘어 아직도 사람들이 들끓는 종로통 밤 저잣거리로 나가시는구나.

다람쥐만 양 재빨리 연희 아씨가 말 등에서 뛰어내렸다. 말고삐를 잡아끌고 시중들러 다가오는 구종에게 넘기었다.

"보시오, 귀한 우리 선비님 말이오. 콩이랑 여물 잘 먹이고 푹 쉬게 하여주시오."

엽전 두 냥 주고 돌아서니 세자저하, 뒷짐 지고 기다리시다가 연돌이 이리 오너라 하였다. 항시 담벼락 아래 앉아 떡 파는 노파에게 콩떡 찰떡 사먹은 터였다. 오늘 밤 모처럼 연돌이 얼굴이 보이니 떡전 노파가 반색하였다. 엽전 건네주니 팥떡, 콩떡에다 약과 두 개. 덤이니 귀 떨어진 수리치떡까지 얹어주었다. 등걸에 나란히 걸터앉아 저분저분 다 주워 먹던 연희 아씨. 쪼르르 달려가 세자저하 좋아하시는 감주 한 사발을 사들고 왔다.

"제가 야행 나간다 하니 은숙궁 할마마마께서 은전 석 냥 주셨지."

돈이 어디서 났노? 묻는 말에 자랑삼아 뻐기었다. 동궁마마, 조것이 또! 하며 눈을 흘기었다.

"요것이 기운이 넘치니 알 만하다. 투전하려고 그러지야?"

"손이 근질근질하오이다. 저가 얼마나 참았는데. 헌데요, 밤마다 너무 무료하여 저가 부인궁 상궁마다 투전을 가르쳤거든요. 요사이 밤마다 끼리끼리 모여 앉아 투전하여 저가 돈냥이나 땄소이다. 헷헤."

무에 이런 것이 다 있노? 기가 찬 동궁마마 물끄러미 연돌이를 내려다보기만 하였다. 부덕 쌓고 법도 공부하라고 부인궁에 집어넣어 놓았더니 말이야. 공부 대신 상궁 나인 꼬시어서 투전이나 하고 있어? 이것이 소문나 봐라. 당장에 빈궁마마 폐하라는 말이 나오지 않을 것이더냐?

"참으로 기가 막히다. 빈궁 될 처자가 밤마다 상궁 나인들을 끼고 앉아 투전판을 벌여? 무에 요런 맹랑한 것이 다 있노?"

"심심하니까 그러하지욧! 내훈 읽고 효경 읽고 밤마다 법도 공부하는데 눈앞이 어질어질하단 말이여욧! 저도 살아야 할 것이 아니니까?"

"너 동궁 들어와서도 투전할 것이니?"

"음. 그때는 중궁전 어마마마와 상궁들부터 가르쳐 드려야지. 고게 참 재미가 있거든요. 아니, 남정네들은 허구한 날 술 퍼먹고 기생집 가고 노름판 벌이고 제멋대로 즐기면서, 여인들이 방에 앉아 얌전하게 투전판 한번 벌이는 것이 그리도 못마땅하시오?"

"말이 나왔으니 하는 말인데, 좋다. 남정네들이 그리하여 네가 그리한다 치자면 말이다. 나는 술도 아니 먹고 기생집도 아니 가고 투전도 아니 하거든? 허니 나의 안해인 너 역시 투전 벌일 일은 없겠다?"

그 대목에서 의기양양하던 연돌이 입이 딱 막히었다. 빈궁마마. 천하에서 제일 재미없고 깐깐하신 좁쌀 세자저하 빙긋이 웃는 낯을 노려보았다.

"참말이오?"

"내가 그리한 것 한 번이라도 보았더냐? 소문으로 들은 적도 없을 것이다?"

"쳇! 요렇게 빈틈이 없으시니 내가 무엇을 어찌할 것이더냐? 몰라욧! 오늘 밤은 연돌이 즐겁게 하여주신다 하였으니 내 멋대로 할 것이야."

"핫하하. 요것이 제가 불리하니 입을 막으려 드는구먼."

너가 까불어보았자 내 손안의 새이니라. 세자저하 빙긋이 웃으시며 감주 사발을 들이켰다. 유난히 달고 시원하였다.

"다 드시었지요? 이제는 허면 닭싸움하는 데 가옵시오."

세자저하 손에 남은 콩떡 하나 마저 넘기는 참이다. 목이 말라 캑캑하는데도 아랑곳없이 연돌이가 기운차게 발딱거렸다. 무작정 손을 잡아끌고 가니 동궁마마 어찌하랴? 끈에 매달린 돌멩이처럼 질질 끌려갔다.
 장안의 한량들이 다 모인 가운데 사나운 두 마리 투계(鬪鷄)가 꽁지를 세우고 퍼득거리고 있었다. 깃털 세우고 빳빳이 노려보며 싸움 붙기 직전이었다. 한참 판돈아비가 돈 거시오! 하고 빙빙 돌며 거품을 물고 있었다. 빈궁마마. 턱하니 제것인 양 동궁마마 허리춤에 달린 전낭을 끌어당기며 손을 내밀었다.
 "무엇이냐?"
 "아. 돈 걸어야지! 은전 두 냥만 주옵소서."
 "허어, 이놈. 장히 배포도 크다! 한 판에 이십 냥이나 걸라고?"
 세자저하, 눈을 흘겼다. 연돌이도 따라 눈을 흘겼다. 귓전에 대고 종알거렸다.
 "승산이 있으니 걸지. 보시오. 저 작은 놈 눈빛이 예사롭지 않고요. 몸에 난 상처를 보아하니 산전수전 다 겪은 놈이올시다. 큰 놈은 덩치만 믿고 방탕하니 필시 작은 놈이 이길 것이오. 닭 싸움판에서 굴러먹던 이놈 눈을 믿어봅시오. 히잉, 은 두 냥만······."
 "따면 값을 것이지만, 지면 어찌할 것인데?"
 "저가 꼭 값을게요."
 "어찌하여서?"
 전낭 풀어 한 냥 두 냥 세어 건네었다. 세자저하 빈틈없고 깐깐한 성품답게 따졌다. 연돌이 새치름하게 눈을 흘겼다.

"나중에 빈궁 앞으로 내탕금이 나오면 갚지요."

"금전을 산처럼 쌓아놓는다고 해도 너처럼 마구 호탕하게 굴면 단박에 없어질 것이다. 이는 빌려주는 것이야? 반드시 나중에 갚아야 할 것이다?"

"쳇. 참말 좀스럽소. 이 강토의 소(小)주인이시라, 비길 데 없이 부귀영화 누리시는 분이 어찌 이리 돈냥 한두 푼에 발발 떠시는고?"

"왕다운 노릇 하라고 그 영화 누리는 것이다. 철없는 빈궁 도박판 금전 대어주라고 동궁 살림이 거한 줄 아니?"

딱 부러지게 잘라 말씀하시는 품이 평상시 어질고 유하신 모습과는 판이하였다. 연돌이 작은 손바닥에 은전 두 개 얹어주시고 나서 엄히 다짐하였다.

"이것으로 마지막이니라. 훗날 다시 한 번 나더러 돈내기 한다 금전 달라기만 하여봐?"

"흥. 그럼 어찌할 것인데?"

"부원군 댁에 기별하여 내라 하여야지. 빈궁 투전하게 금전 좀 달라 사람 내려보낼 것이야. 궐 살림을 빈궁 투전하고 닭싸움하면서 거덜낼 수는 없지 않느냐."

"에그, 좁쌀! 참으로 좁쌀이라니까!"

토닥토닥 입싸움. 눈을 흘기면서도 거한 판돈 얻었으니 연돌이 신이 났다. 돌아오는 판돈아비에게 은전 두 개를 턱하니 내어놓았다.

"모 아니면 도라! 보시오, 우리는 이십 냥 걸겠소이다! 저 작고 검은 놈으로 하여주시오!"

새카만 눈이 반짝반짝, 신이 나서 어쩔 줄 모르는 연돌이. 뒤통수 바라보며 세자저하 쯧쯧 혀를 찼다. 이야말로 닭싸움이며 내기 씨름판이며 시정잡배들 다 모인 투전판을 쓸고 다닌 품이 딱 드러나는 것이다. 계집아이 주제에 남복하여 요리조리 쓸고 다녔던 것은 알았다. 한량들과 어울리어 노는 꼴에 이골이 박힌 터였다. 저것이 내가 아니 본 사이 얼마나 시장판 쓸고 다닌 줄 알 만하구나. 연돌이 빈궁마마, 신이 나서 폴딱폴딱 뛰는 모양을 보며 다시금 동궁마마 한숨을 푹푹 쉬었다.

'저런 생기발랄한 아이를 빈궁 삼아 궐로 데려오는 참이라 며칠 만에 말라죽는다 난리치면 내가 어찌하지?'

지아비 되실 세자저하, 걱정이 되어 뒷짐 지고 서서 영리한 뒤통수 바라보며 고민 중이다. 그도 모르고 말괄량이 빈궁마마 연돌이는 그저 신이 났다.

기어코 닭싸움이 벌어졌구나! 독이 오른 두 마리 투계가 하늘로 치솟았다. 투계하면 또 단국의 함경부에서 키우는 토종하고 저 명국에서 들어온 놈의 잡종인 우두리가 유명하였다. 목이 뱀처럼 길고 동작이 매우 민첩한 놈인데 이번에 붙은 두 놈이 다 우두리였다.

싸움을 잘하게 하려고 미꾸라지와 달걀, 또는 뱀을 먹이고 싫다 하는 고추장을 한 바가지씩 섞어 퍼먹인 놈들이다. 퍼드득 퍼드득 두 놈이 날갯짓을 치며 서로를 공격하였다. 닭들의 사생결단하는 싸움질에 먼지가 자욱하다. 희부옇게 눈앞을 가리고 이겨라 이겨라 고함치는 사람들로 인하여 귀가 절로 따가웠다. 서로 주둥이로 쪼고, 발로 차면서 싸우는데, 앞치기로구나. 야무진 작은 놈이 턱치기로 달려든다.

두 마리 중 한 마리가 주저앉거나 주둥이가 땅에 닿으면 진다. 연희 아씨 눈이 정확하였다. 작고 검은 놈이 결국에는 눈을 쪼아 덩치만 큰 붉은 놈을 이기었다. 판돈 건 이 중 연돌이가 제일이니, 돌아온 돈은 무려 팔십 냥이 넘었다.

호기롭게 연돌이가 다시 돌아온 은전 두 개를 세자저하에게 갚았다. 나머지는 냉큼 제 전낭에 집어넣는다. 보란 듯이 묵직한 전낭을 휘둘렸다. 쨜랑대는 은전 소리를 들으며 해죽해죽 웃었다.

"이제 주막 가오. 나 게서 막걸리 한잔 마실 것이야."

"잘한다! 아주 네가 오늘 밤에 별의별 짓을 다 하려는구나."

기가 막힌 세자저하 헛허 웃고 말았다. 또다시 연돌이 손에 이끌려 졸졸 딸려갔다.

아직도 번화한 주가에 들러 잘 차린 막걸리 한상 받았다. 벌건 화롯불에서 익어가는 듯 통구이에다 기름 냄새 풍기는 메밀장떡에다가 맛난 무 석박지까지 하여서 입맛이 절로 도는구나. 연희 아씨, 먼저 세자저하부터 따라 드리고 저도 냉큼 한 잔 척 걸쳤다. 커어! 소리가 절로 나왔다. 저하께서 어이없어 눈을 흘기는 것도 본 척 만 척, 단숨에 한 잔, 또 한 잔. 이것 아니 되겠다 싶어 저하께서 술병을 집어 뒤로 감추었다.

"이놈이 아주 작정을 하였구나. 그만 하지 못하겠니?"

"에이, 겨우 이것 가지고 무엇 그리 놀라시오? 저가요, 한날 집의 제사 지내려고 담갔던 청주 한 동이를 다 훔쳐먹은 적도 있거늘. 그래도 까딱없었사와요."

"뭐라? 너, 참말…… 아이고, 아주 두주불사라, 너 아니 되겠다. 이날로 딱 그만 하여야 할 것이다. 들어가서도 이런 짓을 하여봐. 너나 나나 영영 생이별할 일 날 것이다."

"쳇. 누가 남 눈앞에서 그러는가? 몰래 눈치채이지 않게 하지."

연돌이 갑자기 저하 귓가로 입술을 가져왔다.

"동궁에도 주고(酒庫)가 있소이까?"

"있지."

"어딘데요?"

"낸들 아니? 나인이 가져다주니 있는 줄 알지."

"술 못 드신다면서요?"

세자저하 점잖게 술잔 들어 입술을 축였다.

"사내대장부가 못하는 것이 어디 있니? 마실 줄이야 알지만 아니 마신다 그 말이지. 내 지금껏 자랑이라 하면 취하게 마신 적 없고 실수한 적 없으며, 아바마마께서 허락하신 자리에서만 술잔을 들었다는 것이다."

"흥! 잘난 척."

연돌이 도도하게 콧방귀를 뀌었다. 어떻게 믿나? 그딴 잘난 척하는 말. 세자는 빙긋 웃으며 연희 아씨 술 대접을 채워주었다.

"내 오늘 밤은 네 딱한 사정 보아준다만은 담에는 어림도 없다. 자, 마시거라. 상이니라. 진득하게 공부 잘한다 하니 기특하구나."

연희 아씨 은애하는 님에게서 칭찬을 받으니 기분이 더없이 좋아졌다. 닭싸움도 이겼겠다, 그리운 분은 옆에 계시겠다, 더 이상 무엇이 부러울 것이냐?

호기롭게 술 대접을 들어 단번에 털어넣었다. 가는 정이 있으면 오는 정도 있어야지. 저하께도 술 한 잔 드려야지. 빈 대접에 남은 술 찌꺼기를 버린다고 잔을 털었다. 헌데 공교롭지. 남은 술 방울이 옆에 앉은 한 놈 바지 자락에 튕길 것이 무엇이더냐?

"이 버릇없는 놈이 감히 어디다 행패 부리노? 그렇지 않아도 전낭 털려 심히 분한데 이제 이 어린것까지 감히 시비를 붙는다 이 말이냐?"

너덧 모인 일행이었다. 양반집 자제인 듯 비단 도포에 옥관자 두른 갓을 쓴 사내들이었다. 보암직하기에 불량기가 줄줄 흐르고 방탕함이 넘쳐 났다. 망신인 줄도 모르고 동저고리에 가슴 풀어헤치고 주모와 수작하는 놈에, 비뚜름하게 갓을 등에 밀어놓고 술 엎질러 가며 횡설수설하는 모양이 이미 갈 데까지 간 터였다.

연돌이의 작은 실수에 냅다 호령질부터 하는 놈 역시 술에 취한 듯 혀가 꼬부라졌다. 안색이 신경질적이고 다소간 간악하여 보이는 사내였다. 깜짝 놀란 연돌이 살펴보니 참으로 술 방울이 바지 끝에 몇 방울 튕겼다. 공손하게 포권하여 사죄하였다.

"죄송하옵니다. 쇤네가 못 보았나이다. 용서하여 주옵소서."

그 패거리 역시 투계놀음에 참여하였다. 붉은 놈에 걸었다가 전대들을 모두 다 잃어 통분하고 열불나서 술잔 기울이는 참이었다. 어럽쇼? 가만히 보아하니 요 어린놈은 아까 저들이 돈 잃은 그 판에서 팔십 냥이나 딴 그놈이 아니냐? 옳다, 되었다. 이놈을 윽박질러 기어코 그 돈 빼앗아 분을 풀리라. 작정한 사내는 다시 한 번 냅다

고래고래 호령질이었다.

"이 맹랑하고 고약한 놈 좀 보소. 상것이 양반께 실수한 터이면 당장 박살이 나도 시원찮거늘 어디서 꿇어 엎드리지 않고 무엄하게 포권을 한다더냐?"

"보시오, 그쪽 선비께서 노염 푸시오. 일부러도 아니고 실수한 것인데 어찌 이리 모지시오? 이 몸 낯을 보아 한 번 넘어가 주시오. 아이가 아직 어려 사리분별을 못하여 실수한 것인데 이토록 독하게 고함질부터 하시니 참으로 당황스럽소이다. 가자, 연돌아."

세자저하 눈치를 보니 이놈들이 시비를 걸라 단단히 작정한 품이었다. 예에 더 있다가 무슨 봉변을 당할지 모르겠다 딱 직감하였다. 싸움이 나면 저하의 무술 솜씨야 한몫하니 굳이 못 이길 것이야 없다. 하지만은 그럴 수는 없는 노릇이다. 시비가 커질 것이고 순검하는 포교라도 뜨면 낭패가 나는 것이다.

부인궁에서 조용히 법도 공부하고 계셔야 할 빈궁마마께서 세자저하와 몰래 만나는 것도 망신이다. 하물며 남장까지 하고 나와 밤 저잣거리에서 투전하고 놀다가 사내들과 싸움질까지 하였다 이런 소문이 퍼지면…… 참으로 난처한 일이었다. 혼인도 하기 전에 빈궁마마 폐서인하라는 말이 나올 터였다. 그래서 그저 조용히 물러나고자 하였다.

연희 아씨 손을 잡고 재빨리 일어서서 그 자리를 피하려 하였다. 허나 그 사내들이 가만 두고 볼 리 없었다.

"허, 그 양반 참으로 경우 없도다! 거기와 내가 언제 보았다고 제 낯 보아 봐달라 하는가? 수하 버릇 잘 가르치지 못하여 양반 집 자제더러 수모를 준 것이니 이는 상전 탓이라! 이놈을 경치지 아니할 터이니 허면 그 선비가 내 가랑이 사이로 지나가시오! 아니 하면 저 어린놈을 발가벗겨 몽둥이찜질 시원하게 할 것이다!"

"참으로 심하고 무도하시구먼!"

듣자 하니 울컥 노화가 치밀었다. 세자저하 몸을 돌이켜 엄중하게 꾸짖었다.

"일부러 한 일이 아니거늘. 이미 정중히 사과하였기로 굳이 사람을 수모 주고 지독한 요구를 하는 그이, 심히 방자하구나. 조용히 물러갈 참이니 예서 그만 끝내도록 하오. 더 이상 말이 커지다간 참으로 이 몸도 참지 못할 것이다."

단단하게 한 번 호령하고 노엽지만 꾹 참고 돌아섰다. 바로 그 순간, 그놈이 일부러 저하의 다리를 걸었다. 하마터면 엎어질 뻔하였다. 흙바닥에 용체 넘어져 상하시는 것은 두 번째 치고, 단 한 번도 이런 막가는 대접을 받은 적이 없으신 세자저하 순간적으로 피가 끓어올랐다.

원체 어질고 순후하게 성품을 다스리신다. 하여 자존심 강하고 도도한 성품이 드러나지는 않았다. 하지만 주상전하 핏줄이니 그 혈통의 성정이 어디 갈 것인가? 부왕의 오만하시고 격하며 급하신 성품을 고대로 타고난 터였다. 겉으로는 조용하되 고귀하고 도도한 자존심은 모후이신 중전마마가 더 강하지 않는가? 세자저하 바로 그 두 분 내림이니 두 분 지존마마만 더하였으면 더하였지 못하지는 않았다. 게다가 지금까지 저하, 늘상 우러름과 받드심만을 받아 온 분이 아닌가? 이런 대접에 어찌 노엽지 않을 것인가? 썩 돌아서서 큰소리로 호령하시었다.

"참으로 무도하구먼! 좋이 끝내자 하였거늘 일부러 다리 걸어 사람을 수모 주는 이유가 대체 무엇이오? 그대들이 잘한 것도 하나 없음이오. 나의 수하를 핍박함도 부당하다 하였거늘, 다만 실수함이 있어 꾹 참고 시비 피하려 함인데 굳이 이리하는 것은 일부러 우리들에게 무엇인가 바라는 것이 있음이라. 그대들이 진정 원하는 것이 무엇이오?"

"나의 요구를 못 들었느뇨? 바지가랑이 사이로 기어 지나가라 하였다, 아니면 이 어린놈 법대로 처리하여 발가벗겨 몽둥이찜질할 것이니 알아서 하라."

패거리들까지 달려들어 어느새 연희 소저를 휘어잡고 머리통을 마구 주먹으로 쥐어박았다. 금세 옷 벗기어 몽둥이찜질을 할 것처럼 을러대는구나. 아이쿠, 일났다! 세자저하 머리끝까지 열불나서 눈에 아무것도 아니 보였다. 성질 같아서는 당장 달려들어 사내들을 내동댕이치고 싶었다. 연희 아씨 함부로 건드리는 저 무엄한 손모가지를 칼로 뎅겅 잘라 본보기를 보이고 싶으시다.

허나 혹여 저놈들이 연희 아씨 옷이라도 벗길 참이면 참으로 큰일이라. 남장한 처자라는 것이 밝혀질 터인즉 이는 더 문제였다. 세자저하, 주먹을 움켜쥐고 잠시 헤아렸다. 짧은 순간, 긴 긴 생각, 치열한 갈등. 그는 천천히 숨을 내뱉었다.

"보시오, 그 아이는 놓아주오. 감히 누가 함부로 손을 대는가? 그대가 굳이 나를 수모 줄 작정을 한 터인데, 말대로 하겠소. 그 아이만은 놓아주오!"

연희 아씨 머리채 휘어잡고 협박하는 일당들을 엄히 쏘아보니 일당들이 찔끔하였다. 눈빛이 퍼렇고 형형하게 드러난 노염과 위엄이 참으로 범인(凡人)은 아닌지라. 술 취하여 억지 부리고 행패 부리려 작심한 터나 어쩐지 으스스하니 저들이 심히 무엇인가 잘못한 생각이 드는 것이다.

"으핫하하. 용렬하도다! 수하 어린것 하나 때문에 가랑이 아래를 기어 지나가겠단 그 말이더냐? 거 참 좋은 구경이오. 우리 집 복술이 짝이 난 것이라! 선비 체면에 참으로 웃기는 양반이로고! 이보소. 그 고약한 놈 놓아주소! 오늘 이 선비가 내 다리 아래 기는 꼴 좀 구경하며 열불이나 풀어보겠노라!"

머리채 휘어잡힌 연희 아씨 발을 동동 구르며 아니 되시오! 하고 소리 질렀다. 말이 되는 소리를 하여야지. 허나 세자저하 꾹 입술 악다물며 허리를 굽혔다. 방자하게 선 그 악적 다리 아래 사이를 무릎 꿇어 기어 지나가신다.

참으로 망극하고 망극할세라! 도무지 일어나서는 아니 되는 일이 일어난 것이로다! 이 나라 강토의 지엄한 소주인이신 세자저하이시다. 그런 분이 한갓 간악한 시정잡배 다리 아래 기어 지나가심이니 그 망극함, 그 분함과 수치가 오죽할 것이냐? 수모당한 당사자인 세자저하는 오히려 담담하였다. 그것을 보고 있던 연희 아씨가 기함하여 그만 입에 거품 물고 넘어져 버리었다.

저가 고집을 피워 세자저하를 이리로 끌고 나온 터였다. 이 모든 것은 연희 아씨 자신의 실수였다. 세자저하께서 그것을 가려주시고 덮어주시려다가 이리 망극한 수모를 당하심이니 어찌 민망하고 통

분치 않겠는가? 분함과 망극함에 버들버들 떨며 넘어가는 연희 아씨를 달랑 품에 안았다. 뒤에서 비웃거나 말거나 조용히 어둠 속으로 사라졌다.

'참으로 이상하다. 분명 오데서 한 번 보았던 낯익은 얼굴인데…….'
아까부터 고개를 갸웃갸웃하며 세자저하와 일행이 시비를 붙던 광경을 바라보던 한 사내가 있었다. 한동안 연돌이 안고 세자께서 사라진 쪽을 바라보며 생각에 골몰하였다. 그러다가 갑자기 털썩 바닥에 주저앉았다. 바지 아래로 오줌이 질질 흘러나왔다.
"자네는 갑자기 왜 그러노?"
"세, 세…… 세…… 아이고, 아이고!"
"정신 차리게나. 오랜만에 기막힌 구경하였구먼. 돈 잃은 분심 싹 가시었네그려. 건방진 놈 멋지게 곯려먹지 않았으이? 오늘 밤, 참으로 유쾌하니 속이 시원하구먼. 허, 이 친구가 어찌 이러나? 정신 차리게! 이보소, 정신 차리오!"
"……세, 세, 자…… 세…… 세…… 아이고! 우린 다 죽었다!"
말을 하여야 하는데 도무지 이을 수가 없었다. 이가 딱딱 떨리고 눈앞이 캄캄하며 말이 이 사이로 줄줄 새어 나왔다. 사시나무처럼 덜덜 떨며 질질 오줌을 지리는 이 사내는 예조판서 이규광의 셋째 아들이었다.
곧은 학자로 이름난 아비와는 달리 방탕함이 넘치는 대갓집 한량이다. 어울리면 아니 되는 불량스런 친구들과 어울려 이렇듯이 사납게 도성 밤거리를 휩쓸고 다니는 터였다. 헌데 그런 이가 어떻게 세자저하를 알아보았을까? 이유가 있었다.

　명문대가의 소생이니 동궁제강을 하는 학동으로 그의 중형(仲兄)이 천거되었다. 두 해 전인가, 세자저하의 탄신날을 맞이하여 북문 활터에서 활쏘기 대회를 열었다. 그도 중형을 따라 흥겨운 그 잔치에 참여하였던 것이다.

　귀한 분이 허물없이 자리를 옮기시며 일일이 손님들에게 술 한 잔을 내려주셨다. 그때 동궁마마의 모습을 처음 뵈었다. 단국의 반악이라 칭송받는 주상전하의 용모를 꼭 빼어닮으셨다. 늠름한 기상을 가진 그분이 사대에 서서 백발백중 활쏘기 솜씨를 뽐내시는 모습이 참으로 군왕지자라. 존경심이 절로 났다.

　비록 저가 눈이 어둡고 시일이 지났다 하여도 그분의 걸출하신 모습을 쉬이 잊을 것은 아니다. 이 밤은 시정의 선비인 양 헌 도포 입고 찢어진 갓 쓴 채로 미복(微服)하시었다. 얼핏 보면 아니신 듯하나 그 엄하고 아름다은 기품과 타고난 위엄은 가려질 수 없는 법이었다. 분명 시동 아이를 앞에 놓고 막걸리 상(床) 받아 약주하시던 그 선비는 세자저하가 분명할지라!

　아이쿠! 큰일 났다. 이를 어찌할거나?

　빈궁마마로 간택되신 연희 아씨가 말괄량이라 함은 장안의 삼척동자도 다 아는 소문. 계집아이 주제에 허구한 날 남복(男服)하고 도성 밤거리를 제집인 양 휘젓는다 하였다.

　아이고, 아이고, 내가 죽었다.

　필시 저가 머리채를 잡았던 그 시동 아이는 빈궁마마께서 변복하신 것이 분명하고나.

　은애하는 처자가 능멸당함은 더없이 노여웠으되, 부인궁 들어간 빈궁마마와 세자저하께서 몰래 밤거리 나와 만났다는 것이 알려지면 더 큰일일 듯싶었겠지. 그분이 조용히 물러나려 하였던 것은 필시 남복하시고 도망쳐 나온 빈궁마마 허물을 가림이라. 이 밤, 두 분의 행적이 알려질까 봐 지아비 되시는 세자저하께서 꾹 참고 지나간 것이겠다. 단지 그 이유 하나로 수모당하는 억울함과 분함을 꾹 참으신 게다. 지엄한 지존께서 무릎 꿇고 시비거는 잡배의 가랑이 사이를 기었다.

　아이고, 아이고, 내가 죽을 줄도 모르고 겁도 없이 이 무엄한 손바닥으로 존귀하신 빈궁마마 머리채 휘어잡고 세자저하께서도 아니 건드신 옥안까지 후려친 것이 아니더뇨? 아무리 눈이 어두워도 그렇지 애꿎은 사람에게 시비건 것도 모자라, 세자저하인 줄도 모르고 모질게 수모 주었구나. 참말 삼족이 멸할 죄였다. 이 사람, 이규광의 아들 이대진은 딱 그만 죽고 싶었다.

　"그, 그 선비…… 내가, 내가 아오. 세, 세자…… 저하이시…… 오. 아이고, 아이고 우리는 인제 죽었소이다!"

　간신히 한마디. 이대진이 벌벌 기며 혼백 빠진 얼굴로 도망을 갔다. 갑자기 주막이 찬물 끼얹은 듯이 조용하였다. 하물며 세자저하더러 가랑이 사이로 기어가라 호령하였던 자 또한 넋이 빠졌다. 털썩 흙바닥에 주저앉아 버렸다.

　맞다, 맞아. 아까 그 시동, 분명히 빈궁마마 남복하심이라. 동자가 곱상하니 어여쁘다 하였더니 필시 빈궁마마 변복하시고 같이 미행 나오신 것이다. 여아치고는 말괄량이라 소문 장하였지. 틀림없이 그분들이다.

이리 소곤, 저리 소곤. 우왕좌왕. 괜한 불꽃 튕기어 동티 당할까 주위의 사람들이 모두 다 슬근슬근 도망가 버렸다. 인제 주가에는 오직 그들 세자저하 수모 주고 괜한 행패부린 일행만이 남았을 뿐이다. 난데없이 조용해지니 어쩐 일인가 싶어 주모가 나왔다. 비워진 상을 챙겨 들며 좌우를 살피었다.

"아이고, 그 선비 점잖도다. 술값은 놓고 가셨도다? 홋호…… 나리들, 어찌 이러하시오? 술 한 상 더 가져오리오?"

"에라이! 이판사판이다. 술 가져오시오! 죽을 땐 죽더라도 먹고나 죽자 이 말이라. 무슨 얼어죽을 놈의 세자? 그 친구 참으로 웃기도다. 술 먹어 취한 터라 눈이 어두워 잘못 본 것이지 무어야. 그 친구 도량이 좁아 어찌하겠노? 자라 보고 놀란 가슴 솥뚜껑 보고도 놀란다 하더니 딱 그 짝이라. 어이. 이리들 오게. 헛소리로 술맛 가시지 말고 한 잔 더 먹세그려!"

호방한 척 술상을 청하였다. 억지로 실실 웃으며 모여들기는 하였다. 허나 그 얼굴들이 다 굳었다. 오직 하나 마음속으로 그 선비가 제발 세자저하 아니기를 빌 뿐. 자기들이 함부로 쥐어박은 그 시동이 빈궁마마 아니기를 기원할 뿐이다.

허면 지금, 바들바들 떨다가 기함한 연희 아씨를 안고 사라지신 세자저하는 어찌하고 계실꼬?

"이제 정신이 드느냐?"

다정한 옥음이 귀를 간질였다. 눈을 뜨니 별이 반짝반짝. 깜빡 정신을 잃은 연희 아씨 빈궁마마는 나무 그늘 아래 누워 있었다. 세자저하께서 개울물을 뜨다가 이마에 떨어뜨리고 있는 참이다. 연희 아씨는 님의 손길을 홱 뿌리치며 발딱 일어섰다.

"그놈들, 내가 죽일 것이오! 엉엉엉. 마마더러 가, 가랑이 밑을…… 끅끅, 지나게 하다니! 고약한 그놈들. 내가 다 죽일 것이오! 엉엉, 어찌 그리하셨소? 왜 그런 짓 하시었소? 내가 딱 죽는 꼴 볼라고 그리하셨소이까? 마마께서 그런, 그런…… 꺽꺽꺽."

제 성질을 이기지 못한 연희 아씨, 다시 자지러지며 넘어간다. 종주먹을 움켜쥐고 세자저하 넓은 가슴을 쿵쿵 쥐어박다가 쥐어뜯다가 울다가 발을 동동 구르며 난리를 쳤다.

"세상에 저하더러 그런 기막히고 무엄한 일을 당하게 하다니 저가 딱 죽을 것이오! 엉엉엉! 아이고, 어머니, 어머니. 나는 못 살 것이다. 나는 못 살 것이다. 어찌 그리하셨냔 말이오? 응? 그냥 호령하시어 본보기를 보이시지 왜 그리 못난 일을 하시었소이까? 그만 나는 딱 죽어버릴 것이오! 어머니!"

팔짝팔짝 뛰다가 고래고래 소리 지르다가 분함을 참지 못하여 다시 땅바닥을 데굴데굴 굴렀다. 눈뜨고 다시는 님의 얼굴을 볼 염치도 면목도 없었다. 저하께서 그 굴욕을 감수함은 오로지 저를 위하고 제 허물 가려주려 하신 일이었다. 한편으로는 감격하나 더없이 민망하고 분하고 화가 났다. 무엄한 그 악적 놈들을 호령도 하지 못하고 조용히 물러섬도 괄괄하고 드센 연돌이 성정에는 있을 수 없는 노릇이었다. 하나를 받으면 열을 돌려주는 그 성질을 이기지 못하여 연희 아씨 미치고 환장하는 것이었다. 분하고 민망하고 염치 없어 그저 눈물만 난다.

세자저하께서 연희 아씨 눈물을 손으로 닦아주었다. 빙그레 웃으시며 되었느니라, 그만 하렴, 조용히 분부하시었다.

"네 요 괄괄한 성질대로 할 것이면 큰 사단 났을 것이다. 그놈들 하는 양을 보아하니 아차 하면 큰일을 낼 것 같았느니라. 그리라도 하여 빠져나와야지 어찌하겠느냐? 그만 하여라. 나는 그 일은 이미 잊었느니라."

훌쩍훌쩍 분하여 흐느꼈다. 고함을 빽빽 질렀다.

"몰라요, 몰라! 저하께서는 어지시니 참으시되 나는 오늘 밤 그 원수를 갚지 않고는 못 살 것이오!"

"참지 않으면 어찌하겠니? 다시 가서 내가 남복한 빈궁이노라, 감히 나를 욕보였으니 목을 자르리라 호령하여야겠니?"

"그리하여야지요! 내 일이 문제가 아니라 감히 이 강토의 소주인이신 저하를 욕보인 놈들이니 능지처참을 하여야지요!"

"큰일 날 소리. 부인궁에서 부덕 쌓고 법도 공부하는 빈궁이 남복하여 도성 밤거리를 활개 치고 다녔다는 소문이 나고 싶으니? 너 당장에 폐하여질 일이니라. 쯧쯧쯧. 어찌 너는 항시 이리 생각이 짧은 게냐?"

동궁마마, 철없이 날뛰는 연희 아씨더러 엄하게 눈을 흘겼다. 아직도 글썽글썽, 눈에 가득한 눈물을 다정하게 지워주신다. 차분하게 사정을 가려주시었다.

"내가 이런 탓으로 네가 남복하고 시정거리 돌아다닌 것이 마땅치 않았던 게다. 무슨 일이 어찌 일어날지 알고 그러한 게야? 쯧쯧. 항시 조심하여야지. 만약에 너 혼자였으면 어찌할 뻔하였느냐? 염치없고 난폭한 불한당들한테 걸리어 봉변당하고 옷이라도 벗기어지는 망신을 당하였으면 끝장이 나는 게다. 아무리 그리워하여도 너나 나는 평생 다시는 못 보는 신세라. 내가 까짓 한 번 무릎 꿇으면 그만이지. 그래서 그리하였다. 일어나거라, 연희야. 돌아가야 한다. 어허, 엄살 부리지 말고 일어나래도."

가슴 치며 대굴대굴 구르는 연희 아씨 손목을 잡아 일으켰다. 머리 쓰다듬어 주고 볼에 흐르는 눈물 닦아주시는 세자저하 손길이 마냥 따뜻하고 믿음직스러웠다. 그 품에서 한참 훌쩍이며 울던 연희 아씨. 내미는 수건으로 코까지 휑, 풀고 고개를 푹 숙였다. 저하 쪽은 차마 보지 못하고 조용히 말하였다.

"소, 소녀가 생각하였는데…… 저하, 제가 다시는 남복하여 저잣거리 나오자고는 말 아니 할 것이어요. 저는요, 아무리 저를 위하신 것이라 하여도 마마께서 그런 일 앞으로 한 번이라도 더 당하시는 꼴을 보기 싫어요. 저는 딱 죽어버렸으면 좋겠어요. 저 때문에 그런 수모 당하신 것이니 제가 어찌하면 좋아요? 저는, 저는…… 엉엉엉. 어머니!"

아무리 진정하자 하여도 참말 분하고 염치없다. 또 울음보가 터지었다. 빈궁마마, 은숙궁까지 말을 타고 가는 세자저하 등 뒤에 앉아 허리를 꼭 끌어안고서 넓은 잔등에 얼굴을 묻었다. 끝까지 훌쩍훌쩍 울며 가는구나. 제 분에 못 이겨 그저 울고만 가는 빈궁마마. 보이지 않으니 앞에 앉으신 세자저하께서 달 바라보며 빙그레 웃고 계신 줄은 모른다.
　세자저하, 지금 속으로 헤아리는 중이었다. 이 밤의 득(得)과 실(失)이다.
　존귀하신 분이 감히 시정잡배 앞에 무릎을 꿇고 가랑이 사이로 기어 지나간 일은 도저히 있을 수 없는 일이었다. 허나 상대할 수 없는 소인과는 다툼을 피함이 옳은 일이라 하였다. 하나의 작은 분함을 참아 더 큰일을 피하게 되었으니 이는 장부로서 부끄러운 일이 아니라 할 것이다. 그 옛날 고사(古事)를 보아도 쓸데없는 시비를 피하고자 불한당 다리 사이를 기어 지나간 일이 있지 않더냐? 이 밤의 일을 그렇게 따지면 하나도 수치스러운 일이 아니다.
　허나 오늘의 진정한 득은 다른 것이야. 저하, 속으로 다시 한 번 히죽 웃었다. 무조건 제멋대로만 하려는 괄괄하고 기승스런 빈궁마마, 이 일로 손아귀에 꽉 잡게 되었으니 이 어찌 전화위복이 아닐 것이냐?
　'이날의 일은 오늘 저로 인해 당한 수모라 할 것이다. 앞으로 조것이 제멋대로 굴 양이면 이날의 일을 돌이켜 되새기면 필시 고분고분할 것이지. 참으로 하늘이 주신 기가 막힌 기회다 싶어. 인제 저가 까불어보았자 내 앞에서는 다소간 부드러워질 것이며 내 말에 조용히 순명치 않겠더냐? 연희야, 너 인제 큰일 난 것이다.'
　음흉한 세자저하 홀로 그런 꿍꿍이속을 하며 씨익 웃고 계시구나. 물론 빈궁마마야 그런 생각은 꿈에도 하지 못하였고.
　님의 등에 얼굴 묻고 하염없이 울다울다, 은숙궁 은밀한 소문(小門) 앞에 도착하자 억지로 눈물을 닦았다. 세자는 훌쩍 말 등에서 뛰어내리어 빈궁마마를 안아 바닥에 내려주시었다. 그대로 꼭 끌어안고 나지막이 속삭였다.

"연희 웃는 얼굴을 보고 싶도다. 이리 울면 너는 코가 빨개져서 통통한 딸기가 되느니라. 눈물 그치어 들어가야지. 뚝! 어서!"

"눈물이 아니 그치어요, 마마. 훌쩍."

"어찌하면 그치어지겠느냐? 나는 이미 잊어버린 일을 네가 돌이킨들 무슨 소용이 있겠니? 그만 하여라. 실상 오늘 나도 배웠으니 소인배와는 다투는 것이 아니라 피함이 상책이라 하였다. 대례까지 앞으로 보름이나 남았으니, 많이 그리울 것이다. 부덕 쌓고 법도 잘 배워서 귀여운 자태 간직하여 다시 만나자구나. 우리 연희가 많이 보고 싶을 것이다."

"저어, 마마. 한 번만 더 입 맞춰주시면 아니 되어요? 소녀는 오늘 속이 문드러진 터이라 마마께서 안아주시면 속이 다 풀릴 것 같아요."

달빛도 수줍어 차마 새어들지 않는 담벼락 그늘에 등대고 선 정인들. 연희 아씨는 까치발을 하고 은애하는 님의 뜨겁고 격렬한 입술을 맞받았다. 앵도 같은 입술이 터질 정도로 격정적인 흔적을 남기신다. 점잖으신 체면 아랑곳하지 않는 거칠고 정열적인 손이 헐렁한 저고리 안에 파고들었다. 천으로 단단히 묶은 수밀도 위를 어루만지며 혀를 찼다.

"흥, 이것 보아. 이리 단단히 싸매면은 내가 어찌 만지니? 좀 풀어보아."

"아이고, 망측하오! 남복 입는데 젖통이 덜렁대게 하면은 나를 뉘가 사내로 보남?"

"아이고, 이 계집아이 말을 보소? 젖통이라니. 너는 부끄러움도 없더냐?"

"젖통을 젖통이라 하지 무어라 하오? 허면 마마는 이것을 무엇이라 부르는데?"

"탐스럽고 어여쁜 천도(天桃) 연적이라 할 것이다. 아니면은 덩실하니 반 잘라놓은 능금이라고 하지."

"에구머니. 하지 마옵소서!"

연희 아씨가 순식간에 자지러졌다. 꽁꽁 싸맨 천을 풀어헤친다 싶더니만 세자저하, 냉큼 입맛부터 다시었다. 부풀어 터지기 일보 직전인 고운 봉오리를 덥석 삼키었다. 한동안 연희 아씨, 말도 채 잇지 못하고 황홀하여 음음음, 교성만 내질렀다. 풍염한 가슴 골짜기에서 한참 달콤한 꽃잎 따고 난 후 만족하신 동궁마마 고개를 들고 싱긋 웃었다.

"연돌이 요것, 만날 개구멍받이 짓만 하더니 감추어둔 염태 한번 장하도다. 장히 향기롭고 맛나니 내가 하냥 그리워하지. 너, 이리 빨아주면은 좋으냐?"

"간지럽소이다. 홋흐호. 아이고, 이젠 그만 하시어요. 어린애이신가? 왜 남의 젖통을 자꾸만 빨고 계시는지 모르겠도다. 이, 이제 그만 하시어요. 제발, 마마. 아이고!"

"그만 앙탈하여라! 언제는 스스로 저가 내 손 가져다 잘만 움켜쥐게도 하여주더니만 오늘따라 어찌 이리 빼느냐?"

은애하는 그 정(情)이 식은 게다. 은근히 불만스런 얼굴로 세자저하 눈을 흘기었다. 연희 아씨 교태스러운 듯 수줍은 듯 살포시 웃었다. 발개진 작은 얼굴을 넓은 가슴에 폭 묻어버렸다.

"그날은 안이고 어두웠으니까 덜 부끄러워서 그랬지, 뭐…… 오늘은 달이 너무 밝단 말이오. 아이고, 어찌 자꾸만 이러시오? 아이고, 아프오이다! 깨물기는 왜 깨물으시나? 남이 볼 것이다. 들어가야만 하오. 제발, 마마……."

빈궁마마 다시 한 번 자지러지는 신음 소리를 내었다. 다 풀어헤친 저고리 깃을 정돈하여 주시는 세자저하 그 얼굴도 꿀통 차고 앉은 곰인 양 느긋하고 만족스럽다. 빈궁마마 반쯤 돌아서서 옷고름을 다시 묶었다. 눈꼬리일랑 앙큼하게 치켜뜨고 어린양하여 따져 물었다.

"우리 함께 나눈 것이 겨우 한 번이되 요렇게 신첩을 희롱시기, 쥐락펴락 구름에 둥둥 뜬 양 만드시니 이것 필시 유(有)곡절하여요. 소녀 없는 동안 딴 궁녀 보시었지요?"

"너 사정 하나 가려준다고 불한당 가랑이 사이를 기어간 나인데 설마 그러할 것 같으니? 흥, 요것은 시도 때도 없이 강새암으로 나를 후려잡으려 드는고나."

세자저하 주먹 들어 얄미운 말을 골라서 하는 빈궁마마 머리통을 한 대 콩 쥐어박았다. 보드라운 볼을 어루만지며 다정하게 당부하시었다.

"내가 네 거기에 자국 하나 내었느니라. 너는 내 것이로다 도장 찍었으니 너도 만날 내 생각만 하여라. 들어가거라. 나도 돌아가야 하느니라. 보름 후에 다시 보자구나. 그때는 이것으로 끝을 낼 것이 아니니 각오하거라?"

"히힝! 이미 끝까지 가놓고서? 알았사와요, 저하. 허면 이 빈궁이 잘 있다가 그날 뵈오지이다. 소녀 생각 많이 하실 것이시지요?"

"하루가 여삼추이니라. 나는 오직 일편단심이다. 그러니 너도 공부 잘하고 부덕 쌓아 빈궁으로 하나 부족함없다는 말을 듣게 하여다오. 모다 널더러 말괄량이고 여인네 해야 할 일을 배운 바 없어 어찌할까 근심 많으나 내가 알기로 너는 총명이 넘치니 마음만 먹으면 무엇이든 할 줄 내가 아느니라. 연희의 아름다움이 그것이니 참으로 세자저하가 빈궁마마 잘 보았다는 말을 듣게 하여주겠니?"

"노력할 것이오! 소녀가 죽도록 애써볼 것이니 걱정 마옵소서, 허면 저는 들어가오, 마마."

아쉽게 작별하는 두 분 마마. 말로는 들어간다, 어서 들어가라 하는데도 발길이 차마 떨어지지 않는구나. 미적미적 돌아보고 다시 한마디만 더 하고지고, 두 마디만 더 하고지고. 아쉽고 애틋하여 잡은 손을 놓지 못하는데 중천의 달이 푸른 새벽을 걸어간다. 더 이상은 어찌할 수 없어 세자저하, 어린 정인을 문안으로 들여보내고 훌쩍 말을 타고 대궐로 돌아가시었다.

두 분 다 오직 다시 만날 보름 후 친영 날만 기다리고 있었다. 그 밤 이후부터 빈궁마마 연희 아씨 태도가 한결 달라진 이유는 오직 저하만 아신다. 물씬 성숙한 자태를 뽐내시며 의젓하니 위엄을 풍기는 모습이 참으로 타고난 빈궁마마 위엄이구나. 공부시키는 부인궁 상궁들이 깜짝 놀랄 정도로 열심히 법도 배우고 부덕을 쌓으신다.

이는 오직 세자저하의 그 밤 당부하신 한 말씀 덕분이었다. 못하느니라, 하며 퉁명스럽게 비웃어 회초리질하고 가르치는 것보다 빈궁마마의 강한 성정을 헤아리면서 적절하게 가리고 돌리어 격려하신 세자저하를 기쁘게 하기 위함이라. 오직 강함을 이기는 것은 부드러움이다. 태산같이 굳은 마음을 움직이는 길은 채찍이 아니라 따스한 배려이니, 그동안 하도 들들 볶이어 그만 다 작파하고 도망칠 궁리하시던 빈궁마마. 사람이 변한 것만 양 열심히 배우고 익히며 노력하니 모두 다 칭송하기를 타고난 빈궁마마가 여기 있도다 감탄하는 것이었다.

제4장 천생연분

　　　　　　세자가 동궁으로 돌아온 것은 이미 삼경이 넘어 축시 무렵이었다.
　주인께서 환궁하지 않으신 터라 모시는 내관과 궁녀들, 호위밀까지 전부 다 말똥말똥 기다리고 있었다. 저하 혼자를 위하여 그 많은 사람들이 밤을 새웠고나 싶어 미안하였다. 성균관에 따라온 내관더러 기다리지 말고 볼일 보아라 하명하였다. 헌데 그 분부가 전하여지지 않았나 싶어 다소간 역정도 나시었다.
　"허어, 미리 내가 늦게 환궁한다 기별하였기로 장덕이(내관 이름)가 알렸을 터인데 어찌 이리 기다렸더냐?"
　"망극하옵니다, 저하. 기별은 받았사옵지만, 주인께서 아니 환궁하시었는데 어찌 아랫것들이 먼저 잠자리에 들 것입니까? 통촉하시옵소서."

"기특하고나. 내가 무사히 환궁하였으니 너희들도 볼일 보아라. 아지 있는가? 내 의대 내려줌세."

항시 곁에 붙어 보살펴 드리는 유모 권 상궁이 저하의 의대를 받았다. 어쩐지 편안한 옷으로 갈아입는 어진 분 얼굴이 평상시와 달리 불편하시다. 조심스레 여쭈었다. 장덕이 놈이 이르기를 빈궁마마를 뵈러 잠시 나가셨다 하였는데 뜻을 이루지 못하심인가?

"저하, 어찌 신색이 불편하시옵니까?"

"별일 아니오. 다소간 깊이 생각할 일이 있음이랴. 아지는 욕간 준비 좀 하여주오. 내가 곤하여 욕간하고 잠시 눈을 붙일 참이야. 허고 아바마마께서 금일은 조하에 참여치 말라 하였으니 나를 묘시 전에 깨워주오."

시정서 당한 불쾌한 일을 잊어버리랴 하였다. 분심을 씻으시듯이 욕간통 대령하여라 하시어 풍덩 용체 담그시었다. 눈을 지그시 감은 채 오래도록 생각에 잠기시는 세자저하, 문득 맞도다! 홀로이 중얼거렸다.

지난밤 감히 빈궁마마를 위협 삼아 세자저하를 무릎 꿇리고 난리를 친 대소동의 불한당 일당들에서 어디선가 분명 한 번은 본 듯, 은근히 낯이 익은 이 하나가 있었다. 말을 타고 돌아오시는 내내 생각을 하시었는데 눈에 익은 그자를 도통 기억해 낼 수가 없었다.

도대체 내가 어디서 보았을꼬? 대체 그가 누구이던고?

곰곰이 몇 번이고 옛 기억을 돌이켰다. 드디어 그이의 정체를 알아내시었다. 말로는 대범하게 넘기시었다 하시었지만, 빈궁마마 앞에서는 다 잊었다 하였지만은 어찌 그 일이 단번에 잊혀질 일인가? 그 밤에 당한 기막힌 분심이며 모욕감이 스러질 것이더냐?

조용하시지만 도도하신 성정 타고 나신 터이다. 고귀하고 오만한 자존심은 주상전하 그 핏줄인데 어디 갈 것이더냐? 겉으로는 온유하고 어질며 겸손하다 하지만은 곧고 당당한 장부의 기상이라 이 단국에 세자저하 명호도령을 능가할 자가 없음이라. 그 염치없고 제멋대로인 불한당들 버르장머리를 대체 어찌 가르칠 것인가. 비로소 그 인물의 정체를 기억해 내고 고개를 끄덕끄덕하였다. 저하의 안색은 그다지 밝지가 않다.

'암만, 내 기억은 틀림없지. 재작년 내 탄연잔치 그날 활쏘기 시합에서 제 형과 같이 들어온 그이였다. 예조판서의 셋째라 하였지? 아비는 명신(名臣)이고 염직하며 훌륭하다 하는데 아들이 어찌하여 그 모양으로 개차반인가? 참으로 이상하도다. 호부(虎父)에 견자(犬子) 없다 하였는데 예판이면 내가 지극히 존경하는 스승이 아닌가? 헌데 장형이며 중형은 이름난 선비이되 막내는 어찌 그토록 흉험하고 막돼먹은 터인가?'

자리옷 차림으로 침궁에 돌아오신 저하. 지밀상궁이 숙직 내관과 함께 들어와 이부자리 깔아드리고 침수하시기를 서너 번이나 강권하였다. 고개를 흔들었다.

"되었다. 나가거라. 내 금일 일성록을 쓰지 않았노라. 그것만 하고 침수할 터이니 걱정 말고 나가보라."

세자저하께서 글씨를 배우기 시작한 것은 탄생하신 지 겨우 석 돌 되던 해부터였다. 모후이신 중전마마께서 글씨 연습을 하던 치마꼬리 옆에서 놀다가 소자도 할 것이야요 하여 시작한 글씨 연습이다. 그날 밤에 침전에 들어오신 부왕께서 비뚤빼뚤 써놓은 원자의 하늘 천(天) 자를 보시고는 흐뭇하게 웃으셨다. 우리 원자가 글을 좋아하는지라 이 나라 홍복이로다 하시며 몹시도 기뻐하시었다.

"천하명필인 현호 선생은 글씨 연습을 할 때 하루에 천 장을 하여 일가(一家)를 이루었다 하느니라. 짐이 이제 너에게 천자문과 서첩을 내릴 것이니 날마다 글씨를 쓰고 익히어 뜻을 새기거라. 허고 내일 보양청을 설치하라 하명할 것이다. 어질고 훌륭한 스승에게 아름다운 글귀를 익혀 성군이 되어야 하느니라."

왕세자로 책봉된 다섯 살 때부터 스승인 남유만이 세자에게 쓰게 한 것은 날마다 공부하고 익히고 반성한 일성록이었다. 병이 들어 잠시 피접을 나간 때 빼고는 단 하루도 어김없이 기록한 일성록을 펼쳐 놓고 일필휘지, 하루 일을 기록하시다가 저하, 물끄러미 펄럭이는 촛불을 바라보았다.

'괘씸한! 생각하면 할수록 괘씸한지고! 그자들이 하는 양을 보아 하니 명색이 모다 명가 댁 자제들이었다. 헌데 놀아대는 꼬락서니를 보자 하니 겁도 없이 방자하며 도도하기가 하늘을 찌르는지라, 제 아비들 위세 믿고 가문 믿어 그리 돌아다니며 함부로 시비 걸고 부녀자 희롱하고 양민 괴롭히며 방탕한다는 말이다. 같은 선비 대함에도 그토록 안하무인이니 다른 이들을 대함은 보지 않아도 알 것이다.'

세자저하 생각하면 할수록 분김이 돋고 열불이 치밀었다. 다른 것은 몰라도 빈궁마마를 대하던 그들의 행동은 도무지 새기면 새길

수록 노여웠다.

'감히 연희 머리 타래를 휘어잡고 쥐어박기까지 해? 아무리 가라앉히려 하여도 그것은 도대체 용납이 아니 된다 이 말이야. 나도 아까워서 감히 건드리지도 못한 아이거늘, 저들이 뭐라고 감히 그 아이를 핍박해? 내 연희를, 내 빈궁을!'

어질다 소문난 세자저하 입술 사이로 뜻밖에 으드득 이 갈리는 소리가 음산하게 흘러나왔다.

'내 반드시 저들을 따끔히 경계하기는 해야 하되…… 허어, 고민이로다. 이번 한 번으로 그 불한당 짓거리하는 버릇들을 따끔하게 고치고 건실하게 생업에 힘쓰며 참으로 이 나라 인재로서 할 일 하도록 만들어야 할 것인데…… 어찌하면 좋을까? 이렇게 위세 당당한 집 자제들이 겸손하지 못하고 양민들 괴롭히고 방탕하면은 틀림없이 백성들 원망이 높아짐이니 이런 아들들 행태 경계하지 못하는 아비들도 책임이 있는 것이다. 집안 자식 하나 경계하지 못하고 가르치지 못하는 부친들이 나라의 큰일을 담당하는 명신이라 함도 우습도다! 아바마마께 반드시 이 일은 고변하여 이참에 아주 버릇들을 고쳐 주어야지.'

일성록을 다 기록하신 후에 세자저하 잠시간 금침 안에서 눈을 붙이시었다. 허나 평생 늦잠이라 자본 적이 없으시니 내관이 깨우기도 전에 금세 기침한다. 무리죽 받으시고 시강원으로 나아가 책을 읽으셨다. 아침수라 하자마자 용원대군과 약조한 바가 있음이라, 융복 차림을 하고 지밀위를 두엇 딸린 채 격구장으로 나가셨다. 이미 씩씩한 내금위 종사관 너덧이 말을 타고 채를 휘두르고 있었다. 세자저하께서 나오시자 모두 다 훌쩍 말 등에서 뛰어내려 한 무릎 짚고 고두하여 예를 표하였다.

"상관치 마오. 나도 다만 즐기러 왔소이다. 내 말 준비하여라."

용원대군도 간편한 차림으로 나타난 것은 그때였다. 지난번 활쏘기 놀음에 진 터이라 이번에는 격구로 한번 붙어봅시다 하였던 것이다.

헌데 그날따라 동궁마마께서 이상하시다. 말 타고 채를 휘두르시기는 하되 영 마음이 딴 데 가계신지 공 하나도 제대로 잡지 못하였다. 무사들이며 대군까지 모두 고개를 갸웃하였다. 궐내에서 격구로 말하자면 용원대군이며 세자저하를 대적할 사람이 없는 참이었다. 세자저하 실력이라, 공을 허공에서 휘감아 기막힌 마술(馬術) 솜씨 뽐내시며 훨훨 날아다니는 솜씨가 아니더냐? 일당백이라, 말 등에 오르면 욕심 사납게 항시 공을 선점하시는 분이었다. 헌데 그날따라 번번이 빼앗긴다. 다시 잡아채지도 못하고 간신히 공을 잡았다 하여도 집어넣지도 못하고 영 엉뚱한 곳에다 떨어뜨리기 일쑤였다.

"어찌 이러시오? 재미가 없어 공을 치지 못하겠노라. 어젯밤에 너무 양기를 빼앗기신 것이 아니오?"

짓궂은 농을 지분거리는 아우에게 동궁마마 모르는 척 눈을 흘기었다. 끝까지 시침을 뚝 따며 흥하고 먼 산만 바라보았다.

"너 무슨 말을 하는 게냐? 심히 웃기는구나. 잠시 시정 나가 미행하고 돌아온 터로 게서 애먼 양기 이야기가 왜 나오노?"

"흐흐흐. 이 아우까정 속이려 드시나이까? 비록 저가 어제 아무것도 못 보고 아무것도 듣지 못하였되, 오데로 발길하신 것인지는 아오이다. 그러니까 음…… 동궁 헛간 지푸라기 우에서…… 켁켁켁."

행여나 누가 들을세라, 용원대군의 목을 휘감아 주먹으로 입을 막아버렸다.

"네 이놈! 감히 형을 놀리느냐? 언제고 네놈도 혼인하면 나에게 백배로 당하리라."

"쳇, 이번 국혼에 가장 큰 공을 세운 자가 바로 이 용원이 아니오? 말을 끌고 온 이는 대체 누구이며 찢어진 의대 장만해 온 이는 또 누구더뇨? 혈기방장한 아우더러 고지기하라 시켜놓고 그 안에서 벌어진 일이라 실로 너무하신 것 아니옵니까? 흐흐. 이 아우에게 은혜를 갚아야 할지언정 두고두고 괄시하지는 못하리라."

"그놈 한 번 장히도 생색을 내는고나. 알았으니 고 입 다물어라."

"내일 모레가 부원군 댁에 예단이 나가는 날이구려. 부럽소이다, 저하. 나는 언제 혼인할 처자더러 납채하고 고기하여 볼까? 이게 다 형님마마께서 너무 어린 빈궁마마를 간택한 탓이라. 줄줄이 우리 형제 혼사가 다 밀렸으니 이 아우 노총각으로 늙어 죽겠소이다. 흥."

용원대군 괜히 부러워 벅벅 투정질이었다. 세자저하께서 일단 보름 후에 가례를 치르면 당장 날 잡은 숙정부터 하가하여야 할 것이다. 그 담이 자신인데 에고에고, 아무리 염두를 굴려보아도 일 년은 더 기다려야 하는고나. 심란하고 불만스러웠다. 그러다가 내가 보아둔 남씨 처자, 다른 집으로 혼인한다 하면 그야말로 닭 쫓던 강아지라. 어찌하지? 수나 고것이 앙칼지고 만만찮으니 나를 보기 먼지 한 톨로도 아니 보는데, 큰일이다. 그냥 막무가내 확 잡아채 형님마마처럼 눕혀두고 살도장 찍어버릴까?

"이만 돌아가자. 주강 시각이니라. 네 입 여기서 더 못 막으면 무슨 이야기까정 나올지 내 심히 두렵고나. 오후에 아바마마 모시고 활터로 나가야 하니 너도 남궁 가서 학강 끝난 다음에 반드시 잊지 말고 재원과 상원을 데리고 나오라."

"명심하겠나이다. 허면 이 아우, 오후에 뵈올 것입니다."

활달한 아우와 허물없이 농을 주고받는 사이 문득 떠오른 생각이 있었다.

'옳거니!'

세자는 빙긋이 웃으며 훌쩍 말 등에 올라탔다. 손 안 대고 코를 푸는 방법이 최고라 하였것다? 내가 호령하지 않아도 저들이 스스로 끙끙 앓고 지레 말라죽는 방법이 생각났다. 어디 한번 두고 보자, 이놈들!

세자저하 돌아오는 길에 중궁전 들어 어마마마께 문안 인사를 드렸다. 항시 하던 대로 가난한 이들 내어 입히는 의대를 마르고 계시던 모후께서 환하게 웃으시며 동궁마마를 맞이하였다.

"문안 들어온 숙정이 말하기를 낼모레 빈궁께서 댕기풀이를 한다 하는구려. 아무래도 부인궁의 준비가 허전할 참이라, 중궁에서 예물을 보내야겠습니다."

"다정하게 배려해 주신 덕이 하늘에 뻗치니 소자는 더 이상 드릴 말씀이 없사옵고 그저 더없이 황공하옵니다."

빈궁의 이야기가 나오자 저절로 벙싯 웃고 마는 아드님을 바라보신다. 어지간히 좋아하는고나. 중전마마 방긋이 웃었다. 짐짓 놀림하였다.

"세자께서 혼례 늦으시니, 국혼 치르신 다음에 줄줄이 한 해 상관으로 서넛을 치워야 하지 않냔 이 말이야. 당장에 숙정이 하가를 할 것이고, 내년은 노총각이라, 용원도 장가를 들어야 할 것이다. 게다가 숙경도 내후년쯤 하여 하가를 시켜야 할 터. 그 다음으로 상원이라. 궐 안 살림이 남아나지 않겠습니다. 홋호호."

"소자가 불민하와 혼사의 일로 두 분 윗전의 마음을 애타게 하였으니 불효를 꾸짖어주십시오. 허면 나가보렵니다. 주강이 기다리고 있사옵고, 오후에는 아바마마를 뫼시고 활쏘기 나갈 참이니 금일 밤수라는 어마마마 홀로이 하셔야 할 듯하옵니다."

"그러지 아니하여도 주상께서 교태전 나서시며 금일 밤은 비(妃) 홀로 밤것 하시오 하셨소이다. 내 서궁에 나가서 공주들과 함께 할 터이니 걱정마시구려. 호연지기(浩然之氣)를 키우는 일이오. 글을 익히는 일도 좋으나 아바마마 활달한 기상을 배우고 익혀 문무를 겸전(兼全)하여야 할 것입니다."

"명심하와 소자 노력하겠나이다."

동궁으로 돌아온 세자저하. 일단 주강에 참석하기 위하여 의관정제하시고 세수를 하시었다. 지밀상궁이 건네 드리는 면건으로 낯을 닦으시며 옆에 시중들러 서 있는 다른 내관을 돌아보았다.

"너는 빈청에 나가 예관께서 계시는지 보고서 내가 좀 뵙자 한다 말씀드리거라. 오후에 부왕마마 뫼시고 활터 나가야 하니 그사이 잠시 동궁으로 오시라 전하라. 긴요한 일이니 반드시 와주십시오 하여라."

예조판서 이규광이 다가온 동궁마마 가례에 대한 모든 일들 관장하고 있었다. 처음에 세자저하께서 뵙자 청하신 일이 그 일 때문인 줄로만 알았다. 보름 후에 친영이 이루어지면 몇 달을 걸친 간택서부터 대례에 이르기까지 모든 번잡하고 힘든 행사가 모두 끝이 나니 예조의 수장으로 동궁마마 가례에 대한 일익을 하였다 자부할 것이다.

활터로 나가시기 위하여 용포를 벗고 융복으로 갈아입었다. 팔찌를 차고 동개를 꺼내 화살깃을 어루만지다가 예판의 방문을 받았다. 스승이라 읍하여 예를 차리고 난 후, 앉으시오, 하고 자리를 권하였다.

"나의 혼사 일이라 궁금하나 낮이 보이어 물어보기가 좀 면구스럽구려. 그래도 되어가는 일은 알고 있어야 할 것 같아서 말이오. 내일 봉물이 간다 하는데 허면 부원군 사저에 어떤 사람들이 내려가오?"

"영상 대감이 앞장서시고 예조 이하 모두 서른두 명이 봉물을 지고 가옵는데 그중에 재원대군 마마께서도 금침을 지고 가시니이다. 헛허. 반드시 종실 어른 중 한 분이 관장하심이라, 진성대군께서 망극하게도 노구를 이끄시고 앞장서신다 나서시니 이리도 동궁마마 가례에 모든 어른들 기쁨이 크다는 말씀이라. 그 이외 무거운 짐들은 수레 오십여 대로 나가오니 행렬이 다소 번잡할 것이옵니다."

"고생하시구려. 훗날 이 수고를 잊지 않겠소이다. 헌데 말이오.

듣기로 이 동궁의 글공부 동기들이 고맙게도 봉물짐을 진다 하는데 사실이오?"

"그렇사옵니다, 저하."

"예판은 모르시나 경의 아드님이신 한 분이 나와 절친한 친분을 가졌소이다. 특별히 부탁드리건대 그 아드님도 짐을 지면 아니 되겠소?"

"아, 둘째 아이 말이옵니까? 당연히 그 아이도 짐을 지고 가옵니다."

"아, 진재 그 친구가 아니오이다."

의아한 터로 예판이 눈을 둥그렇게 뜨고서 세자저하를 올려다보았다.

"참으로 망극하옵니다, 저하. 신은 도통 이해를 할 수가 없음입니다. 우리 집 둘째 아이가 아니라면 도대체 어떤 아이를 말씀하시는 것인지요?"

"경의 아드님 중 셋째 말이오."

"대진이 그 아이를 말씀하시니까? 아이고, 천부당만부당하신 말씀입니다. 저하. 그 아이, 혼인은 하였으나 아직 아들도 낳은 적이 없으며 성정이 거칠고 방자하여 그 인품이 아비인 제가 보아도 영 아니올시다. 또한 궐에 한 번도 들어온 적이 없어 동궁마마와 어찌 친분이 있다 한 것인지 도무지 신은 이해가 아니 되옵니다."

"궐에서 그 동무를 본 바는 없되, 내가 시정에 내려갔을 적에 만났습니다. 경은 모르시나 그 동무 인품이 보잘것없다 하심은 오해라오. 세상에 누구든 본인만 아는 아름다운 성품과 쓸모가 있는 법이니 그 동무가 나에게 참으로 많은 교훈을 주는 분이오."

커다란 교훈을 주었지. 빈궁의 뻗치는 성질머리를 잡지 못하면 천하의 소지존인 그가 불한당 가랑이 사이로 기어가는 일도 생긴다는 말이지. 소인배와 마주치면 돌아서 가야 함이라. 마주 대적하기보담은 피함이 상책이라 함도 배웠다. 세자저하 시침을 뚝 따고 천연덕스럽게 말을 이었다.

"내일 그 동무로 하여금 진성 할바마마 뒤에 따라 짐을 지게 하오. 또한 이 동궁이 만나고 싶은 네 분 동무가 더 있으니 모다 기별하여 내일 궐에 같이 들어와 봉물짐을 지라 하시오. 이는 나의 명이니 반드시 이행하시오. 그 동무도 내 뜻을 알면 절대로 싫다 하지 않을 것이오."

저하, 그렇게 하명하고는 얼떨떨하여 멍청한 표정을 짓고만 있는 예판더러 나가라 하시었다. 벌써 시간이 촉박하다. 섬돌 아래 내관이 잡고 있는 말 등에 급히 올랐다. 받들어 올리는 활을 등에 매고 말 배를 걷어차 궁술장으로 가는데 짓궂은 미소가 얼굴에 스미어 있었다. 오늘 밤에 날벼락 같은 기별을 받은 그이가 놀라 벌벌 떨며 두려워 잠도 못 자리라는 것을 알고 있었기 때문이다.

'머리가 달린 이라 하면, 저들이 수모를 준 이가 세자인 나이며 겁도 없이 후려갈긴 이가 빈궁인 줄 알 것이다. 스스로 느낄 것이니 엄히 불러 곤장 침보다 더한 벌이라. 아마 내일 궐에 들어옴이 염라대왕 앞에 나서는 것보다 더 두려울 것이야. 재미있군.'

말 등에서 홀로 씩 웃는 세자저하, 평상시 어질고 순후한 인상과는 달리 장난기가 좔좔 흘렀다. 눈을 들어 푸르른 천공을 올려다보는데 눈빛이 시퍼런 칼날이었다.

'머리가 다소 돌아가면은 이 일을 스스로 허물 깨닫고 반성하는 기회로 삼아라 한 뜻을 알 터겠지. 그 고약한 무리의 어제 일에 대해서는 내가 이 정도로 경계하고 넘어간다 하지만 말이지. 명문대가 젊은 자제들이 집안 위세 믿고 방탕하고 오만 무도하여 양민들에게 피해줌은 반드시 경계할 일이라, 부왕전하께서도 이 일은 모르실 것이다. 내, 이 일을 고변하여 반드시 수신제가하지 못하는 중신들을 한 번 크게 경계하리라.'

이미 활터에서는 활쏘기 시합이 시작되고 있었다. 차일 친 그 아래, 주석(酒席)의 배반(杯盤)이 낭자하다. 씩씩한 무장들이 백발백중 과녁을 맞추면 기생들이 지화자 하며 춤추고 노래하며 한잔 술을 권하였다. 이런 흥겨운 일도 없고 장한 구경거리도 없었다.

주상전하께서는 중신들과 지밀위들을 거느리고 융복 차림으로 용상에 앉아 계시었다. 무사들의 장한 활 솜씨를 바라보시고 있었다. 용안에 흐뭇한 미소가 가득 흐른다. 당신께서도 활쏘기를 심히 즐기시니 절로 흥이 겨웁고 손에 불끈 힘이 주어지는 것이다. 씩씩한 용원대군과 재원대군이 무장들 틈에 끼여 말 달려 활쏘기 과녁 맞추기에 참여하였다. 과녁 정중앙을 맞추고 기생에게 술 한잔 받아 마시는 중이다.

세자저하 말에서 내려 감히 부왕전하보다 늦게 도착함을 목례 올려 사죄하고 옆자리에 앉으시었다. 상감마마, 어질게 웃으시며 돌아보시었다.

"곤하였느냐? 헛허허. 오늘은 필시 용원이 세자 너를 이긴다 자신만만하니 두고 볼 일이다. 헌데 잠시간 보았더냐?"

"윤허하시니 어찌 그 기회를 놓치겠는지요? 다소간 심회 풀었나이다. 전하, 활줄을 당겨보시렵니까? 단국의 명궁은 바로 아바마마이시니 소자에게 한 수 가르쳐 주십시오."

"짐의 속내를 헤아리는 이는 세자 너뿐인가 하노라. 저놈들은 하나같이 저들 흥에 겨워 짐더러는 활줄 당겨보란 말도 하지 않는다? 흥."

상감마마, 이제 내가 늙어 저들이 나를 무시하느냐 싶어 약간 섭섭한 마음이었다. 체면과 위엄이 있으니 먼저 나서시어 나도 할란다 말씀은 못하시었다. 부러움 반, 즐거움 반으로 그저 근엄하게 앉아만 계시었는데 저하께서 먼저 권하시자 못 이기는 척 일어나시었다.

"내 활을 다오. 세자와 겨루어볼란다. 헛허허. 좋다. 네가 이기면은 짐이 무엇을 주랴? 짐이 이기면 네 그 보라매를 다오."

승부욕이 강하시다. 아드님이신 세자저하와 내기하시는데 기어코 동궁마마가 제일 아끼는 해동청 보라매를 달라 하신다. 매사냥을 즐기시는데 요 근래 아끼던 매가 병들어 죽은 터라 상심이 크시었던 참이다. 그놈 새끼로 봉 받아 길들인 세자저하의 매 마루가 탐난 모양이었다.

"소자가 지면은 보라매를 드릴 터이니 전하께서 지시면 대전에 놓아두신 단계벼루를 주시옵소서."

"동궁이 그 벼루를 탐내었더냐? 알았으면 예전에 널 주었을 것이다. 헛허허. 좋아. 그리하자구나."

세자께서 탐내하는 벼루는 명국 사신들이 주상전하의 탄연 때 선물로 가져온 천하의 귀물이었다. 싱긋 웃으며 세자는 전하의 뒤로 한 걸음 물러섰다. 내관들이 큰 소리로 장고하였다. 활터의 무사들이 전부 뒤물러 섰다. 두 분 지존마마 내기에 도대체 어떤 분이 이기시나. 한번 돈을 걸어볼까? 웅성웅성. 왁자지껄. 주상전하께서 세자저하와 나란히 사대에 오르시었다.

나란히 선 두 분 마마. 심히 닮으시고 또한 다르시다. 훌쩍 큰 키가 비슷하고 늠름한 대장부 기상이며 헌칠하신 품이 닮으시었다. 허나 훨씬 더 침착하고 조용한 모습은 세자이시고 괄괄하니 격하시고 도도하신 위엄이 더한 분은 주상전하이시다.

삼십 보 넘어 과녁을 세웠다. 먼저 주상전하께서 활줄 세게 당겨 팽팽하니 매기었다. 잠시 숨을 고르시어 과녁 노려보시다 활줄을 가볍게 놓으신다. 매 같은 눈초리가 날카로우시다. 화살은 바람처럼 날아 어김없이 정중앙에 꽂히었다.

"지화자!"

기생들 노랫소리 장하고 무사들이 활줄 튕기어 환호하였다. 보령 높아지시어도 주상전하 당당한 활 솜씨는 조금도 녹슬지 않았다.

그 다음으로 세자가 앞으로 나섰다. 고개를 가볍게 흔들어 잡념 떨쳐 내고 활줄 팽팽히 당겨 과녁 겨누는데 유순하고 어질던 눈빛이 삽시간에 매서워졌다. 누구든 감히 바로 맞받지 못한다는 부왕전하 그 강렬한 눈빛의 판박이었다. 어김없이 저하의 화살도 정과녁을 꿰뚫었다. 유엽전 열 발씩 쏘는 내기라, 마지막 세 발에 있어서 과녁이 백 보 밖으로 물러졌다.

주상께서 먼저 세 발을 연달아 쏘시었다. 허나 한 발만 정과녁을 명중하였고, 한 발은 빗나갔으며 마지막 한 발은 바람에 날려 영 엉뚱한 곳으로 날아가고 말았다. 쯧쯧쯧 안타까워 혀를 찼다. 주상께서 활을 내관에게 넘기시고 면건으로 어수(御手)의 땀을 닦았다. 싱긋 웃으며 세자를 바라보았다.

"이 아비의 팔에 녹이 슬었다. 해동청 빼앗기는 이미 글렀구나. 어디 세자 너의 솜씨를 보자구나. 단계벼루 싸놓아야겠구먼. 헛허."

실살 백 보 바깥에 있는 과녁을 제대로 맞추기란 쉬운 일이 아니다. 세자는 싱긋 웃으며 동개에서 화살 하나 다시 빼냈다. 숨을 멈추고 팽팽하게 활을 매겼다. 사내들도 맞추기 힘든 저 백 보 밖의 과녁까지 명중하는 활 솜씨를 가진 이가 빈궁마마 연희 아씨였다. 가냘픈 팔로 화살 매기어 쏘면 백발백중이니 그 신기(神技)에 가까운 활 솜씨를 몰래 다듬어준 이가 바로 세자저하였다.

피융— 하고 공기를 찢으며 화살이 강하게 날아갔다. 파르르 떨리며 정과녁을 뚫었다. 두 발, 세 발 모두 다 정확하게 명중시킨 세자저하, 손뼉을 치시는 부왕마마께 면구스런 표정으로 고개를 숙이었다. 흐뭇한 용안으로 상감마마, 세자저하를 노려보며 짐짓 호령하시었다.

"세자가 군자라 하더니 실로 고약한 놈이로다. 저의 매를 뺏기기 싫어서 이토록 짐을 우세시키느뇨?"

"망극하옵니다."

"하하하. 장하도다. 세자 네가 진정한 문무겸전(文武兼全)이니라.

암, 군주는 이리 하여야 하는 게지! 예로 가까이 오너라. 짐이 상급으로 어주(御酒) 한 잔 내리노라!"
 부왕께서 황공하옵게도 직접 따라주시는 어주 한 잔 받아 고개 돌리고 마신 후, 세자저하 가만히 부왕마마께 아뢰었다.
 "전하, 잠시간 소자와 산보하옵시려옵니까? 긴히 드릴 말씀이 있나이다."
 "그렇더냐? 알았다. 짐이 세자와 독대할 것이다. 따르지 말라."
 세자저하, 부왕마마를 뫼시고 솔밭 길 잠시 걸으신다. 조용한 어조로 조곤조곤 무엇을 아뢰었다. 주상전하 다소간 노염이 섞인 목청으로 참이더냐, 하문하시었다. 차분하게 일을 말씀드리는 동궁마마, 낯빛이 심히 단호하시다. 앞으로 명문대가 거족인 바, 그 위세만 믿고 오만 무도한 무리를 어떻게 경계하시고 가르치실지 두고 볼 일이다.

 한편 창희궁.
 새벽부터 궐문이 열리고 드나드는 사람으로 부산하였다.
 단국의 풍습일지니. 혼인하는 빈궁마마가 마지막으로 동무들과 함께 즐기며 댕기풀이 하는 날이었다. 친영 사흘 전이었다.
 댕기 풀어 쪽 지고 용잠 꽂는다 함은 천진난만한 소녀 시절은 끝나고 어른이 된다는 뜻이다. 지엄한 법도대로 살아야 할 빈궁마마 인생이 정식으로 시작됨을 의미하는 것이었다. 당찬 연희 아씨인데도 어쩐지 이날은 심희가 깊다. 댕기풀이 잔치 뒷바라지하느라고 부부인(府夫人)이 며느리 둘을 거느리고 사가에서 들어왔다. 대접하는 음식 치레를 아뢰다가 기어코 눈물을 보이었다.

"어머님, 어찌 눈물을 보이십니까? 그러지 마시어요."

"마마, 이 어미가 참으로 이리하면 아니 되는 줄 알고는 있으나…… 부인궁에 듭실 적부터 이미 사가의 인연은 끊어지고 그저 궐 안의 지존이시다 알고 있었으되 옥안을 직접 뵈오니 도무지 마음이 진정되지 않는구면요. 마마를 궐에 들여보내고 이제 무슨 낙으로 살 것이요? 이제는 정말 사가를 떠나시는고나 싶으니 그저 속만 타옵니다."

고명딸 하나 있는 것이 빈궁마마로 간택되었을 적, 부부인의 가슴은 솔직히 기쁘다기보다는 철렁 떨어졌다.

속 모르는 남들이야 호사야 장하고 존귀함이 넘치니 복이 터졌다 부러워하였다. 이 나라 소지존이신 세자저하의 정궁이시라, 훗날 중전마마 되시어 이 강토를 치마폭에 깔고 앉아 호령하시는 분이 될 터이니 그 얼마나 광영인가? 허나 대신 속 끓이는 일은 만 배나 많을 터였다. 마른하늘에 날벼락 떨어지는 일도 어디 한두 가지일 것이냐. 평지풍파 날마다 일어나는 곳이 바로 구중심처 궐이었다.

하물며 빈궁마마 되신 연희 소저, 명민하고 대차되 성품이 새처럼 자유로우시고 야생화 같으신 분이다. 답답한 관습이나 옥죄는 법도 따위는 엿 먹어라 하고 내동댕이치고도 남을 배포였다. 날마다 구설거리에 흥거리이면 어쩌지. 잘못하면 혼인하여 사흘 만에 폐서인되어 쫓겨날 일이 생길지 뉘 아나? 하나뿐인 귀한 고명딸, 새장 속의 새처럼 살 일을 생각하니 눈앞이 아뜩하였다.

"그저 조심 조심하옵시오. 매사 삼가시고 노력하십시오. 오직 이

어미가 윗전 두 분 마마의 인품과 어지신 세자저하 믿고 마마를 보내 드리되 평지풍파가 하도 자주 일어나는 곳이 바로 구중심처 궐 살림이라. 아이고, 마마. 혼례날이 다가올수록 애타는 이 어미 속을 아실 것입니다."

"잘할 것입니다. 소녀를 가르친 아버님 어머님 낯에 누가 되지 않도록은 할 것이니 너무 근심 마시어요, 어머님."

"부부인께서는 괜한 걱정을 마십시오. 우리 빈궁마마께서는 그야말로 영명하시고 지혜가 넘치시니 태생부터가 고귀한 윗전이십니다. 애지중지한 따님을 궐에 들여보내고 노심초사할 어미 마음 압니다만은, 아모 걱정 아니 하셔도 될 만큼 우리 빈궁마마 덕성이 장하시옵니다."

옆에서 법도 가르치는 지밀 조 상궁이 부드러이 말을 보탰다. 바로 그때 바깥에서 기별을 받은 빈궁마마 동무들이 도착하기 시작하였다는 나인의 전갈이 들었다. 꽃가마 타고 장옷들 둘러쓰고 유모 딸린 소녀들이 부인궁으로 몰려들었다. 헤아려 보니 모다 열이 넘었다.

숙정 대공주께서 숙경공주 마마와 더불어 기별도 없이 홀연히 덩을 타고 부인궁으로 납신 것은 그 얼마 후였다. 궐 안의 작은 안주인이신 빈궁이 댕기풀어 쪽 지시고 용잠 꽂는 날이란다. 네가 가서 하여드려라 중전마마께서 하명하신 것이다. 황감할 사, 중궁전에서 보내온 잔치 음식이 가자 여럿에 실려 공주마마를 따라왔다.

"댕기풀이 잔치를 준비할 적에 부인궁에서도 고생하셨을 것이나 아무래도 옹색하리라 하시었나이다. 어마마마께서 직접 보내신 음식이오니 가납하시고 동무들 돌아갈 적에 궐 치레라 한 보따리씩 싸드려라 하시었습니다."

지난번 납폐 시에 받은 온갖 호사찬란한 패물이며 귀한 꾸밈거리 앞에 소녀들이 부러움으로 넘어간다. 금비녀, 옥비녀, 칠보단장비녀, 대삼작노리개, 소삼작노리개, 자만옥, 수정, 칠보단장 금입사 은장도 노리개, 가락지도 수십이다. 그뿐만이냐. 저 멀리 명국에서 건너온 온갖 비단피륙이 치렁치렁 늘어졌다. 그보다 더 고운 생모시, 무명 피륙 동구리며 붉은 옻칠하고 모란꽃 수놓은 자개함 면경에다 꽃신이며…… 참으로 시정서는 보기 힘들고 오직 궐서만 있는 온갖 예물들을 펼쳐 놓고 수다 떨고 우스갯소리하고 선망의 한숨 소리 내쉬는데 그 회포를 다 풀기에는 하루해가 짧다.

떡 벌어지게 잘 차린 상 받아서 먹고 마시고 장난질하였다. 볕이 이슥할 무렵이라, 돌아갈 차비를 하며 소녀들은 전부 다 한 켤레씩 말라온 비단 버선을 빈궁마마께 선사하였다.

숙정공주 마마와 숙경공주께서는 속고의를 내놓았다. 가장 가까운 시누이들이니 속살 닿는 은밀한 의대 한 벌을 장만하여 오신 것이다.

"공주마마들께서 하가하실 적에는 이 빈궁이 필히 속 의대 열 벌씩 장만하여 드릴 테야요. 참으로 고맙고도 감사할지라. 동무들도 혼인할 적에 반드시 이 빈궁에게 소식 전하여주시오. 이 빚을 갚아야 할 것이로다."

동무들이 모다 붓을 들어 한마디씩 무명필에 덕담을 써넣었다. 댕기풀이 글줄쓰기가 끝났다. 조모이신 부부인 노마님이 상궁들과 함께 들어왔다. 빈궁마마 댕기 머리 풀고 빗기어 단단히 쪽 지어주시었다. 그러는 동안 곁에 앉은 부부인의 눈이며 할머니 노안(老顔)에도 눈물이 어렸다.

선머슴같이 굳게 놀아도 순수하고 심성 고우며 고귀한 빈궁마마 천성을 잘 알고 있었다. 이제 조롱같이 답답하고 힘든 궐 속 생활 어찌 감당하실 것인가? 게다가 궐 담이 높으니 아무리 사친이시고 모친이며 조모님이라 하여도 부르지 않으면 못 뵈올 터다. 귀엽고도 당돌하고 어여쁜 한 분 손녀 보내고 어찌 허전해서 지내나 싶은 것이다.

쪽을 진 빈궁마마 어여쁜 낭자머리에다가 숙정공주 마마께서 무릎 꿇고 앉았다. 궐서 예물로 내려보낸 대용잠(大龍簪) 들어 두 손으로 찔러 드리었다. 용잠이란 중전마마 외엔 오직 빈궁마마 한 분만이 가졌다. 공주마마라 하여도 감히 용잠은 꽂지 못하는 법이니 이 나라 사직을 잇는 안주인만이 하시는 고귀한 귀물이기 때문이다.

빈궁마마 손을 들어 쪽진 머리를 살며시 쓰다듬었다. 이제 어엿한 한 사내 지어미이며 여인의 길이 시작되는구나 싶어 마음이 묘해졌다. 하물며 빈궁마마, 사가의 지어미도 아니고 이 나라 보위 오르실 분의 오직 한 분 정궁이 되실 터이다. 무겁디무거운 그 자리의 책무를 어찌 말로 할 것인가. 지엄한 자리의 어려움은 또 어찌 감당하실 것이던가?

"빈궁마마, 이제 대례 치르시면 궐 안에서 이 시누이들 동무하시고 외로움 잊으실 것입니다. 항시 사직의 작은 안주인으로서 지엄한 책무와 위엄 잊지 마시고 세자저하께서 큰일 감당하실 수 있도록 내조 잘하여주십시오. 금세 덩실하니 세손아기씨 출산하시어 윗전마마 사랑받으시길 기원드리옵니다. 이 공주가 어마마마 말씀 전하오니, 걱정은 말고 사친 어른들께 남은 동안 효도 잘하시어 심회 잘 푸시옵고 훗날 궐에서 보자 하시었나이다. 궐 안은 위로 주상전하부터 아래로 마구간 수종까지 모다 빈궁마마 회궐하시어 대례 치르시기만을 기다리고 있나이다. 허면 이 공주들도 다시 뵈오리다."

저녁이 될 무렵에 덩을 타시고 다시 회궐하시는 숙정공주 마마. 빈궁마마께 전하고 돌아서다가 사람 눈치 살피어 살짝 소매를 끌어당기었다. 빈궁마마 저고리 배래에 분명 슬쩍 서간 하나가 스며들었것다?

세자저하, 빈궁마마 댕기풀이에 누이들께서 출궁하여 가보신다 말을 들었나 보다. 연희 주어라, 하시며 숙정공주 마마께 눈만 찡긋하였다. 빈궁마마, 콩닥이는 가슴 안고 방에 들어가 주위를 물리쳤다. 소매에서 서간을 빼어 펼쳤다.

활달하고 기상 아름다우신 필체. 〈정인을 기다리는 마음이라, 장도로 슥슥 베어내었으면〉 이리만 써놓으셨다. 날이면 날마다 너를 그리워하며 날이 빨리 가기를 기원하노라 이 말씀이시다.

방긋 미소 지으며 빈궁마마, 서간을 품에 꼭 안았다. 아담한 볼에 설핏 붉은 물이 들었다. 꼭 세자저하 목소리같이 다정하였다.

'어떤 운명이 기다리고 있는지 몰라도 세자저하, 이 모자라고 부족한 빈궁, 은애하고 기다리시니 그것 하나 보고 갈 것이다.'

그녀의 허물을 가려주느라, 악적 가랑이 사이로 기어 지나가신 세자저하 모습 떠올리며 연희 아씨는 입술을 꼭 깨물었다.

'그것 하나로 이 연희는 평생 살 것이다. 어떤 처자 있어 그토록 깊은 정을 받고 은애함 받을 것이냐? 참으로 세자저하, 이 연희 성심으로 아껴주시고 대접함이 깊으셨다. 후에 저하께서 어찌하셔도 나는 견뎌낼 것이다. 다른 계집 보신다 하여도 그 계집, 이 연희만큼은 아니 사랑하심을 나는 알고 있도다.'

장롱을 열어 꼭꼭 숨겨놓은 버들고리짝을 꺼내었다. 지난 팔 년, 세자저하와 연희 아씨가 서로 깊이 사모하고 은애한 흔적이 담겨 있었다. 연희 아씨 열 살, 세자저하 열여섯일 때이다.

'저하께서는 신실하고 단심이시니, 이 못나고 부족한 계집을 팔 년이나 기다려 주시었다.'

보령 열여섯 되던 해, 세자는 사가에 내려가 백성 사정 배워오라 주상전하께 하명을 받았다. 원래 두 분은 모친이신 중전마마 사가인 현성 부원군 댁으로 내려갈 작정이었다. 헌데 대례 치르실 때부터 늙고 병약하셨던 부원군이 동궁마마 일곱 살에 세상을 버리셨구나. 중전마마 말고는 피붙이가 없는 분이라 양자 들이어 가문을 이은 터였다. 천금이신 동궁마마를 모시기는 도통 어렵다 광산 김씨 일문이 망극하게 사양하였다. 하여 그 당시 도승지로 신임 두텁고 가정사 화락하여 보기 좋다 하신 사친께로 아드님 두 분을 맡기신 터였다.

저하와 빈궁마마 두 분의 인연은 바로 게서 시작되었다.

그때 동궁마마와 용원대군께서는 외사랑에 따로 거처하셨다. 열 살이던 말괄량이 연희가 개구멍으로 남복하고 빠져나가다가 동궁마마에게 들켰다.

눈 동그랗게 치켜뜨고 놀란 기색 하나 없이 '저 좀 담 넘겨주시어요' 하고 깜찍하게 요구하는 소녀가 귀여우셨나 보다. 세자저하, 빙긋이 웃으시고는 연희 아씨를 무등 태워 월담을 하여주시었다. 그리고는 자신은 버젓이 대문으로 나와 약을 바짝 올리었다. 그날 하루 종일 이 어린 계집아이가 남복 입고 빠져나가 무엇 하며 돌아다니나 하듯이 졸졸 따라오시었다.

저잣거리에서 연돌이 사달란 대로 콩떡 사주고 엿가락 사주었다. 언덕에서 풀싸움도 같이 해주시고 장난감 같은 활 만들어주신 분도 세자저하이시다. 친절하고 다정한 소년에게 홀딱 빠진 것이 연희 아씨가 먼저였다. 동궁마마를 귀찮게 한다고 어른들께 꿀밤 쥐어박히면서도 날마다 외사랑에 나와 턱 고이고 글 읽는 모습을 침 흘리며 바라보았다.

참 잘나셨지.
참 늠름하시지.
참 다정도 하시지.
저런 분하고 혼인하면 참 행복하겠다.

마루에 앉아 있으면 곧잘 불러 올렸다. 글 가르쳐 주고 글씨 연습 시켜주고 간간이 서책도 읽어보아라 빌려주셨다. 그 이 년 동안 연희 소저 글 스승이 바로 세자저하였다. 소탈하고 쾌활하시니 연희 아씨가 마당 끝에서 소꿉장난하면은 고개 빼고 바라보다가는 곧잘 내려오시었다. 같이 하자구나 하였다.

"범이 도련님, 진지드시와요."

"어, 고맙소이다. 연희 아씨."

사금파리 위에 감꽃으로 화전 만들면 장히 맛나다, 냠냠. 잘도 젓수시었다. 흙으로 경단 만들어 채송화 꽃잎 따서 올려 드리니 싱긋 웃으시며 '빈궁께서 하여주신 터라 장히 맛나오. 냠냠냠' 칭찬하였다. '인제부텀은 저하, 이 빈궁이 만든 것이니 수라 하옵소서' 그렇게 말하라 시키었다.

하루 외사랑에 나오시던 사친께서 그런 망극한 꼴을 보시었다. 다시는 예에 얼씬도 말라. 세자저하를 귀찮게 하지 말아라 불호령을 받았다. 감히 어디서 네깐 것이 빈궁마마를 자처하느냐고 종아리를 맞은 것도 그날이었다. 대체 계집아이 단속을 어찌하느냐고 어머니에까지 불호령이 떨어졌다. 그날 비로소 연희 아씨는 다시는 세자저하 곁에 가면 아니 되는 줄 똑똑히 알았다.

내가 왜 빈궁 하면 아니 되어요? 하고 눈 똑바로 뜨며 앙칼지게 달려들었다. 눈물 글썽글썽한 딸을 바라보며 사친 황이가 한숨을 푹푹 쉬었다.

"안즉도 모르겠니? 세자저하는 보통 분이 아니니라. 이 나라 사직을 이어받으실 주인이시다. 그분의 안곁이 빈궁마마인데, 그 지엄한 자리를 너같이 배우지도 못한 말괄량이가 어떻게 감당하니? 게다가 세자저하께서 보령 장하시니 환궁하시면은 금세 가례 치르실 터이다. 너같이 조막만 한 어린것을 어떻게 빈궁 삼느냐? 손에 닿지 못할 분이시다. 다시는 외사랑에 나가지 말렷다!"

아직 어려 세자저하 짝이 될 수 없다 함이 얼마나 기가 막히던가? 사흘을 내리 울었다. 억울하고 분하여 울었다. 슬퍼서 속상하여 울었다. 울다울다 병까지 났다.

매일 오던 연희가 아니 오니 궁금증이 나신 모양이었다. 아파 누웠다 하니 걱정이 된 모양이다. 일부러 초당까지 찾아오시었다.

"연희 주러 연 만들었단다. 같이 날리자구나."

작은 손을 잡고 언덕까지 올라갔다. 푸른 하늘에 바람 받으며 연을 날렸다. 해쓱한 얼굴을 한 연희를 바라보며 이제는 왜 아니 놀러 오니? 하였다. 영 섭섭한 얼굴이었다.

"아버님이 절더러 감히 빈궁마마 자처한다고 종아리 때렸사옵니다."

연희 아씨는 냉큼 무정한 아버지의 꾸지람을 일렀다. 눈물 글썽거리며 다정한 분에게 억울함을 하소연하였다.

"저런. 그러하였더냐? 도승지께서 대체 왜 그리하셨을까?"

"저는 아직 어려 마마의 짝이 될 수 없다 합니다. 마마. 나는 그대 범이 도련님하고 혼인하고 싶어요. 다정하고 친절하시니까요. 빈궁은 안 되어도 되는데 범이 도련님은 남 주기 싫어요. 내가 빨리 자랄 터이니 나랑 혼인하여 주실 것이오? 응?"

연희 아씨가 먼저 부끄럼 부리며, 난생처음 달달 떨며 청혼하였다.

"인제 개구멍으로도 아니 나갈라오. 글공부도 열심히 하고 욕도 아니 할 것입니다. 허니 내가 자라면 혼인하여 주오. 내가 활쏘기랑 칼 연습 열심히 하여 마마를 지켜줄 것이다. 허니 나랑 혼인하지 딴 처자랑 혼인하지 마시오, 응?"

빙그레 웃으며 한참 생각에 잠기셨던 세자저하. 영롱하게 반짝이는 눈을 들어 희망에 젖은 얼굴로 올려다보고 있는 연희 아씨 머리를 쓰다듬었다.

"그리하마. 나도 너랑 혼인하지 다른 처자랑은 하기 싫구나. 이토록 귀엽고 솔직하고 맑은 이는 네가 처음이니라."

"참말이오? 약조하시었소. 참말 나랑 혼인하여 주실 것이지요?"

"오냐. 훗날 네가 자라면은 혼인하자구나. 허나 우리가 혼인하기로 하였다는 말은 누구에게도 하지 말거라. 또 종아리 맞을 것이다. 오직 너랑 나랑만 아는 비밀이다. 네가 자라서 달거리할 무렵이면 궐로 불러들일 것이다. 내가 이 약조를 하였으니 너도 절대로 다른 사내를 보면은 아니 된다. 알겠느냐?"

몇 달 후에 저하께서 궐로 돌아가시던 날 얼마나 울었던가? 이리 헤어지면은 이제 영영 못 만날지도 모른다 싶었다. 너랑 혼인하마 약조는 하시었으나 철없는 아이와 하신 약조가 무엇 그리 대수랴? 잠시 놀던 어린 계집아이 따윈 곧 잊으실지도 몰라. 궁 안의 아릿다운 여인들, 성숙한 처녀에게 홀리어 빈궁 삼으면 이대로 인연 끝이지. 세자저하가 보고 싶고 그리워 병이 나고야 말았다.

헌데 그 며칠 후였다.

동궁의 내관이 궐에서 나왔다. 그동안 신세 끼쳤다 하여 망극하게 저하께서 조모님과 모친께 선물을 내려보내시었다. 작은 궁 보따리가 연희 것이다 하며 초당으로 넘어왔다. 작은 자개함이 들어있었다. 조그만 황금 거북이 자물통이 달려 함부로 열 수가 없었다. 내관이 연희 아씨에게 살짝 감추어 온 열쇠를 주었다. 오직 혼자 몰래 열어보라 하였다.

가슴 두근거리며 열었다. 망극하게도 황금비녀 하나와 종이로 싼 세자저하의 머리카락이 한 줌 나왔다.

"저하께서 네 것을 다오 하셨사옵니다."

천 마디 말보다 더 굳은 약조, 말없는 정표였다. 연희 아씨도 가위로 머리 끄트머리 잘라 한지로 싸서 세자저하께 드리었다. 이제 세자저하는 이 연희 것이라 확신하였다.

빈궁마마는 아직도 한지에 돌돌 말려 있는 세자저하 머리카락을 가만히 들어보았다.

'이제 대례 치르고 내전에 들어오시면은 내가 직접 이 머리 손질하고 빗겨 드리어야지.'

지아비의 부드러운 머리카락을 만져 드리는 그런 상상만으로도 얼굴이 발갛게 달아오르고 숨이 찬다. 작년 열일곱 연희 아씨 생일에 세자저하가 선사하신 금입사 은장도 노리개도 있다. 너는 내 것이니라, 하신 직접적인 맹세라. 오직 동궁마마 당신에 대한 정조를 지켜라 하신 말씀이 아니더냐?

추억이 담긴 고리짝을 들여다보는 빈궁마마. 그 낯빛은 다정하기도 하고 슬프기도 하고 애틋하기도 하고 그립기도 하였다.

'오직 한 분, 다정하고 속 깊으시고 어지시며 성실하신 분 믿고 내가 이 자유, 이 본성 버리고 궐로 스스로 걸어 들어감이다.'

두 손으로 가만히 가슴 사이골을 가렸다. 바로 거기, 지난번 저하께서 살짝 잇자국 남기신 바로 거기이다.

'참으로 운도 좋지. 다정하고 귀하시고 오직 나만을 은애하여 주시는 분을 지아비로 평생 섬기게 되었으니 얼마나 다행인가? 내게는 오직 이 나라 주상 되실 세자저하가 아니라 그 옛날, 채송화 꽃밥 지어 올리면 냠냠 젓수시며 연희 아씨가 하여주시니 장히 맛나오 하신 그분 범이 도련님이다. 저하께서 나를 잊어버리시고 다른 처자와 혼인하여 사신다 하여도 나는 평생 혼인 아니 하고 오직 그분 그리워하며 늙어 죽을 것이다 하였거늘, 이 머리카락 잘라 보내시면서 너와 혼인할 것이다 엄히 약조하신 정표 보면서 내가 얼마나 좋아서 울었는지 모를 것이다. 내, 이제 궐에 들어가 오직 세자저하 한 분을 모시면서 무슨 일이든지 다할 것이야. 반드시 세자저하께서 빈궁마마 잘도 택하셨도다 하는 말이 나오도록 최선을 다할 것이야.'

이런 결심으로 인하여 개구멍받이에 말괄량이로 소문난 황씨 가문 연희 처자가 후에 부덕으로 이름난 효정왕후마마가 되시는 것이다. 오직 세자저하 인후한 덕의 내림이니, 어린 소녀와 한 약조라 할지라도 반드시 신의를 지켜 거두어주신 그 일편단심 성실함의 결과일 것이다. 복이란 하늘이 주는 것이 아니라 스스로가 만드는 것임은 바로 예서 볼 수 있으리라.

친영을 치르기 전 마지막 날. 빈궁마마께서는 일가친척들과 인사 나누며 감회에 젖어 있을 즈음이다.

새신랑 세자는 동궁 내원에 덩실하게 수리 단장한 빈궁을 둘러보고 있었다. 내일 신방을 치를 혜원궁에는 새로 장만하여 벌려놓은 화려한 세간이 눈부시다. 기름칠하듯 매끄러운 장지바닥에는 새로

먹인 콩기름 빛이 반들거렸다. 모든 것이 마음에 흡족하여 벙싯 웃으신다.

궐에서 거처하시는 지존이되 세자는 알뜰한 모후마마 닮아 호화사치 즐기지 않고 항시 검소하였다. 허나 오직 한 분, 은애하는 연희에게만은 무엇이든 제일 좋은 것만 주고 싶었다. 천금이 아깝다 하지 않고 고운 기물 세간 장만하라 명하였다. 무엇 하나 빠진 데 없이 번화한 신방치레에 그저 뿌듯하였다. 내일이면 이 방에 덩실하니 고운 연희가 들어오려니, 고운 비단 치맛자락 끌고 앉아 나를 기다리려니…… 점잖은 체면에도 저절로 싱긋싱긋 웃음이 머금어졌다. 등 뒤에서 용원대군이 툴툴거렸다.

"그리 뿌듯하시옵니까? 너무 웃지 마옵소서. 남들이 보면 노총각 흉볼 것이오."

"되었다. 너는 어찌하여 이토록 눈에 쌍심지를 켜고 나에게 딴죽을 거는 것이냐? 이 동궁이 먼저 장가가는 것이 배 아프다는 뜻은 아니겠지?"

"흥. 지체가 있으시지. 세자께서 천하의 말괄량이한테 잡히어 악소리도 못하고 꼼짝없이 그물에 걸린 채 혼인하는 것을 뉘가 알까? 핫하하. 마음에 드시옵니까? 만리 방방곡곡서 모여든 한다 하는 대목들이 있는 솜씨 없는 솜씨 다 부려놓았으니 오죽할까? 게다가 온갖 기물세간 어마마마께서 직접 하여주시고, 솜씨 좋은 숙경이 꽃꽂이까지 하여놓은 신방인데, 내일 밤 벌어질 진진한 재미는…… 아이구, 말로는 못할 것이다. 히히히."

"이 버릇없는 몹쓸 녀석 보았나? 입 다물지 못하겠느냐?"

누가 무어라 하였나? 괜히 발 저리었다. 행여 민망한 이야기를 누가 들을까 주위를 둘레둘레 살피는 세자와는 달리 용원대군은 마냥 태평스러웠다.

"어찌 이 아우 입을 막으시느뇨? 처음부터 그 끝까지 다 알고 있는 사람이 바로 이 용원이라, 그 밤 헛간서 형님마마 새 용포 가져다 드린 이가 뉘오이까? 으음! 지푸라기 위에서……."

"알았다! 알았으니 그만 하여라. 도대체 네가 원하는 것이 무엇이던고? 마루 놈 빼고는 다 줄 것이다. 말하여라."

점잖은 저하가 마침내 얼굴 벌겋게 붉히었다. 사정하듯 아우에게 항복하였다. 용원대군 벙긋이 웃으며 냉큼 제 속내 풀었다.

"부왕께서도 눈독 들이시는 바 알고 있으되, 나도 그놈 가져야겠소. 마루 줍시오. 그냥 달란 것이 아니고 한 삭 후에 내가 한황산에 진성 할아버님 뫼시고 매사냥 가니 그때 빌려주시오. 자운궁 산진이가 엄청나다 하는데 마루랑 붙여볼 것이다. 허락하시겠소?"

"약은 놈 같으니라고! 알았다. 빌려주마. 헌데 진성 할아버님이 어찌 그 먼 데까지 매사냥 가시는고?"

왕자마마 두 분, 나란히 걸어나오며 한가하게 말을 나누었다.

"매사냥은 핑계랍니다. 실은 부왕전하 잃어버린 매 대신 새 놈 찾아 봉받이(매사냥 지휘) 만나러 가오. 그 자락 아래 기막힌 수할치가 있다 하는데 응방(鷹坊)서 기르는 수진이보다 더 기막힌 놈이 수십 마리라오. 진성 할아버님께서 부왕마마를 지극히 아끼시고 보살피시니 아마 생신 때 새 진진이 한 마리를 선사하실 참인가 보더이다. 나도 거기 가서 좋은 놈 하나 챙겨 올라오."

"너, 그 이야기일랑 절대로 빈궁에게는 하지 말아라. 저도 따라 간다고 나를 밤마다 들들 볶아 아예 말라 죽이려 들 것이다. 고것이 매사냥이라면 자다가도 벌떡 일어나지를 않더냐? 참, 연희 가진 산 진이가 보통 놈이 아닌 줄은 너도 모를 게다? 그놈은 내 마루보다 한 수 위니라."

"큰일이오. 진득이 앉아서 윗전 수라상 배행하여야 하실 빈궁마마가 눈 반짝이며 매사냥 이야기나 하고 수할치 노릇이나 하다니…… 하늘로 뻗치는 그 성질을 어찌 저하께서 감당하시어 다스리시겠느뇨? 외소박 맞을까 두렵소이다."

"허어, 웃기는 소리. 걱정 붙들어 매어라. 내가 이미 연희 성질을 딱 잡아 눌러놓았느니라. 그 애가 얼마나 순순해졌는지 보면 놀랄 것이다. 돌아온 상궁이 어마마마께 그리도 어여쁘고 총명하니 잘도 맞춘 듯이 기품 엄연한 여아는 처음 보았다 하지를 않았다더냐? 그 아이 성질 다스려진 줄 내가 벌써 알고 있으니 너는 걱정 말아라."

"어련하시겠소? 천하에서 속고집 세기로 유도 없는 분이 저하이시거늘, 이런 형님마마를 이기는 이가 연돌이 고놈인 줄 내가 아오이다."

용원대군이 콧방귀를 핑 하니 뀌었다. 세자저하, 두고 보렴 자신만만 단언하였다. 아무 일도 없다는 듯이 빙긋 웃었다. 연희 소저의 성질을 다스리려, 망극하게 그 밤 저잣거리에서 악적 가량이 사이 아래로 기어 지나갔다는 말은 곧 죽어도 못할 말이라. 다만 모른 척할 뿐이다.

그 오만 무도한 놈 다섯은 날벼락 같은 동궁마마 봉물 짐 아비가 되라 하신 명에 혼백 빠져 달달거리는 다리 끌고 궐에 들어왔다. 죽을힘을 다하여 간신히 짐을 지기는 졌되 그 길로 넋이 빠져 바보천치가 되고 말았다. 덜덜 떨며 집으로 돌아가 두엇은 시골로 도망가 버리고 나머지는 두문불출. 언제 불호령이 떨어져 제 집안 멸하라 하실까 봐 마누라 치맛자락 안에 숨어 용렬하게 눈치만 보고 있는 참이었다. 대체 왜 그러나 말은 차마 못하고 끙끙 속앓이만 하고 있는 중이었다. 차라리 곤장이라도 치면은 속이야 편하겠는데 도대체 말씀이 없으시니 더 미치고 환장할 노릇일 테지.

두 분이 글방 섬돌 위로 올랐다. 동정을 살펴라 내보낸 내관이 급히 달려 들어왔다. 고두하여 아뢰었다.

"저하, 방금 궐문에서 전갈 들어왔기로 빈궁마마 행차가 대궐에 들어오셨다 하더이다."

"그렇더냐?"

"예. 대전에 나아가 두 분 마마 뵈옵고 회궐 인사드리신 연후에 다시 창희궁으로 나가신다 하옵니다."

"알았다. 허면 뉘와 같이 들어오셨는고?"

"지평 부원군 대감과 세 오라비께서 행렬 앞장서시어 빈궁마마 모시고 궐에 들어오시었답니다. 두 분 마마 알현하옵고 문안 인사드리었습니다. 황씨 일문 여인네들 한 여나믄 명 따라 들어왔는데 중전마마께서 특별히 분부하시기를 빈궁께서 쓸쓸하시니 오늘 밤은 함께 주무시고 내일 대례 치른 후에 궐에서 나가라 하였다 하나이다."

"황공한 일이로다. 어마마마께서 그토록 빈궁께 다정하실 사, 소자가 심히 감읍하다 말씀 올려 드릴 것이다."

세자저하 또 한 번 벙싯 웃었다. 다시 한 번 아우에게 통박을 받았다. 모든 것이 불안하고 제정신이 아닐 연희를 안정되게 보살피어 주시는 중전마마 깊은 마음씀이 어찌 감사하지 않을 것이더냐.

"창희궁 담을 또 한 번 넘으실 것입니까? 넓은 후원에다가 으슥한 헛간도 많으니 더 좋을 것이로다. 이 밤에는 아예 금침을 들고 가옵소…… 아이구, 아얏?"

용원대군, 또 건방지게 깐죽거리다가 불벼락을 맞았다. 기어코 이번에는 형님마마에게 쥐어 박히었다. 세자저하, 단단한 주먹을 들고 아우에게 협박하였다.

"너 또 무엄하게 까불면은 가만두지 않을 것이다. 빈궁이 영리하고 꾀가 많으니 네가 장가들 적에 골탕 먹일 일이 한두 가지가 아닐게다. 새 동서 보아 깐깐하게 구박하라 명할 것이다. 그리하랴?"

"아이쿠, 잘못하였나이다. 한 번만 봐줍시오. 그러지 않아도 쌀쌀맞은 터라, 수나 고것이 그 말 들으면 더더욱이나 나를 바라보지도 않을 것이오."

"뭐라? 그것이 무슨 말이냐?"

곰곰이 헤아리자 하니 무엇인가 이상하였다. 세자저하 눈썹을 치뜨고 아우더러 캐물었다.

"너랑 정분난 남씨 그 처자가 유순하고 어질어 네가 무슨 짓을 하여도 그저 바라보며 방긋이 웃고만 있다 하였지 않으냐? 헌데 어찌 담대하고 거칠 것이 없는 네가 조그만 타박도 겁을 내느냐? 이놈이…… 아이고, 너 이놈! 그러고 보면은 서로 정분났다 함은 거짓이고 실상 네 녀석 혼자서 속앓이하고 있는 것이 아니더냐? 바른대로 말하여라. 너 홀로 속내 두고 있는 것이지?"

 매섭게 흘겨보며 닦달을 하였다. 아니나 다를까. 대담하고 쾌활한 용원대군이 벌겋게 얼굴 붉히며 횡설수설하였다. 세자저하, 아우의 꼴에 일의 추이를 비로소 짐작하였다. 무릎 치며 껄껄 웃었다.

 "이제야 짐작되느니! 아하, 그래서 내가 병판더러 용원이 그 처자랑 마음 두고 있소이다 하니 이상한 낯빛을 하였구나."

 "음음, 그러하였소이까?"

 "암만! 나의 가례 때문에 금혼령 내릴 적에 그 처자가 이미 딴 집하고 은근히 매파 오갔다 하더라. 헌데 금혼령이 내림으로 중단되었다 하더니…… 네가 굳이 나더러 병판에게 그 귀띔을 하옵시오 하기에 하긴 했지만…… 엉? 아이고, 이놈 좀 보소? 이런 무도한 놈이 있나? 너 애꿎은 처자 혼사를 중간서 파토 놓았구나!"

 "허면 속내로 점찍은 처자를 고이 그냥 놓아주리오? 못 먹는 감이라도 찔러는 볼 것이오! 흥, 저가 반드시 나랑 혼인하지 딴 놈하고는 못할 것이다! 내가 저를 두고 본 지가 한두 해가 아니거늘 감히 이 용원을 외면하고 딴 사내와 혼담이 오가? 나는 그 꼴 못 보아!"

 괄괄한 성질답게 주먹으로 바닥 내지르면서 대군이 내뱉었다. 벌겋게 달아오른 얼굴이며 어쩔 줄 몰라 하는 기색이 참으로 낯설었다. 허나 불길 이글거리는 눈동자가 만만찮았다. 세자는 깜짝 놀랐다. 대담하고 기상 넘치는 아우가 이렇게 곤혹스런 얼굴을 한 것을 처음 보았다. 다소간 놀라서 차근히 달랬다.

"말을 해보아라. 서로 정분났다 하는 너의 말만 믿고서 병판에게 경솔히 그 말하여 혼담 깨어지게 한 터가 아니냐. 나에게도 책임이 있다. 이 일을 풀어야 할 것이다. 허면, 참으로 그 처자, 너하고 정분난 것은 아니란 말이더냐?"

"흥! 내가 마음 두었으면 저는 따르는 것이지 제 의사 무엇 하러 물어보리요? 어마마마께 이미 병판 여식, 나랑 정분났소 고변하였소. 그 여아 얻기 소원이면 데려다 주리라 하였으니 그냥 있으면 일은 되오."

"허어, 이런 억지 보았나?"

어찌 그리하는 양이 부왕전하 판박이일까? 동궁마마 아우를 향하여 눈을 흘겼다. 무작정 남의 마음은 생각도 않고 제 하고 잡은 대로 하고말고, 자존심은 강하여 달래고 후려치기보다는 무조건 제 멋대로 상대를 꺾어야 직성이 풀리고 마는 억지스런 저 행태라니.

"너 실로 생각을 잘못하는 것이다. 물론 어마마마께서 그리 하명하시면 그 처자를 데리고 들어는 올 것이다. 허나 만약 그 처자가 억지로 저를 얻은 너를 아니 보고 영 마음 아니 주면 어찌할 것이더냐? 태산을 옮기기는 쉽되 마음 하나 바꾸기는 어려운 것이니라. 그 처자를 언제 보았으며 어찌하여 왕자인 너더러 영 아니라 하는 것이냐?"

"고것이 유모 딸려 강주 외갓집 다녀오는데 그 길을 내가 사냥 나갔소이다. 화살 빗나가 내가 유모 팔을 상하게 한 일이 생겼소. 가마 문을 열더니 당차게 나를 꾸짖습디다? 솔직히 사죄하였소이다 뭐!"

너 거기서 억지 부리고 무도하게 굴었지야? 무언으로 힐난하는 말에 용원대군 펄쩍 뛰며 부인하였다.

"쌀쌀맞기가 얼음이라 나더러 대놓고 그 무사 다시 보기가 심히 두렵소이다! 하며 내 사죄도 아니 받아주는 것이라. 그냥 가선 아니 되겠다 하여 따라가니 병판 집입디다. 어쩐지 그 얼굴이 아니 잊혀지고 눈앞에 삼삼한지라 그 병이 두 해요."

"참말 기가 막히다. 그런 사연이 있는 줄 누가 알았으리. 그러면서 너는 그럼 그동안 거짓으로 서로 정분났다 소문 피운 것이냐?"

"괘씸하여 못 견딜 일이라. 저가 무어라고 감히 나를 거부하고 내 말도 아니 들어주는 것이요? 제가 잘났으면 얼마나 잘났다고? 흥, 내가 반드시 고 앙칼진 것과 혼인하여 두고두고 괴롭힐 것이다! 나하고 이미 정분났다 소문 장하면 저가 용빼는 재주가 있을 것인가? 점잖은 규수가 이미 사내 알아 연분났다 하면은 뉘가 데려갈 것이오? 게다가 정분난 사내가 이 용원이라 하면 감히 누가 덤벼? 수나 그것이 작년에 파혼 한씨 가문 자제와 혼담 있었는데 내가 일부러 그 선비 찾아갔소이다."

"뭐라? 이놈 하는 짓이라니! 뭐 이런 무도한 놈이 다 있노?"

"모르는 척 그 처자는 이미 나와 연분났다 떠벌렸소이다. 흥. 그이가 얼굴 하얗게 변하면서 발발 떨고 있습디다. 용렬한 인간! 그 작자와 혼인하면은 저도 평생 고생이라, 오히려 파토 놓은 나더러 고맙다 하여야지. 흥!"

부왕마마를 가장 많이 닮았다. 격하고 급하며 도도한 자존심이 하늘을 찌르는 용원대군이다. 다시금 그때 일을 떠올리니 그 분함과 자만심 훼손당함과 감히 거절당한 부끄러움이 들끓어 이가 갈렸다.

"고집불통 제 아비를 닮아 도도하기가 말로 할 수 없고, 어질다 소문은 장하나 실은 그게 다 꼴값이오. 저는 사냥한 고기 아니 먹나? 내 손이 피 묻어 싫다게? 내가 형님 저하 대례 치른 후에 곧바로 일을 끝장낼 것이오! 혼인하여 반드시 사냥터 데리고 나가 노루 생피 먹이고야 말 것이다. 두고 보라지!"

세자저하, 기가 차서 혀만 끌끌 찼다. 가만히 듣고 있으니 이것이 문제가 보통이 아니었다.

병판의 여식이 어찌 생긴 여아인지는 몰라도 격하고 도도한 자존심을 심히 건드린 터라 불같은 성격에 가만히 있으면 용원이 아니지. 이를 갈며 벼르고 있는 터라, 성질 싸움이 볼만할 것이다 싶었다. 빈궁마마와 세자저하 사랑 줄다리기와는 비교도 아니 될 만큼 치열하니, 아우인 용원대군 성질머리가 그러한 것이다.

아쉬운 것 하나 없이 내키는 대로 즐기며 사는 형편이다. 진중한 세자와는 달리 더없이 호탕하다. 어여쁜 궁녀들 마음먹은 대로 꺾어가며 뒷방 두어 마냥 즐기고, 지금껏 아니 되는 일 하나 없이 잘 살아온 대군이 아니냐. 처음으로 부딪친 저항이다. 득득 이를 갈며 두고 보자 벼르는 아우 성질에 그 남씨 처자 운명은 참으로 기막힌 것이 될 것이구나 싶었다.

"쯧쯧. 병이다, 병이야. 정말 골병들었도다. 언제는 날더러 연희 그리워하는 병에 들었다 놀리더니 이제 보니 제놈이 진짜 골병이라? 네 그 방자한 성질에 꼭 맞는 임자 만났도다. 나가거라, 이놈아!

이 동궁더러 애꿎은 처자 혼사 망치고 거짓부렁 시키게 만든 괘씸한 녀석이로고! 보기 싫다!"

"빈궁마마 보쌈할 적에 도와준 공은 어찌시려구요? 이 아우를 도와주어야지! 나중에 다시 의논하리오. 반드시 도와주셔야 합니다?"

빚이 있기는 있었다. 아니 도와준다 말은 못하고, 나가는 용원대군 뒷등 바라보는 저하, 다시 한 번 쯧쯧 혀를 찼다. 슬며시 짓궂은 웃음이 물렸다.

'흠. 그래? 그리하였어? 어디 네놈도 골탕 좀 먹어보렴.'

여하튼 날이 저물어간다. 온 나라가 기다리는 경사 중의 큰 경사라! 동궁마마 대례 날이 밝아왔다.

빈궁마마나 세자저하 두 분 다 한잠도 제대로 못 주무시고 기다리고 기다리던 날이다. 새벽부터 약조나 한 듯이 번쩍 눈이 뜨였다. 이 밤에 드디어 그리운 얼굴을 만나지고! 평생 한 이부자리에서 잠이 들고 잠이 깨거니. 은애하며 살아가거니……

가슴 설레며 이날을 기다린 동궁의 두 분 마마 일과는 상관없다. 아침 일찍 용원대군은 효동 병조판서 남준 장군 저택이 내려다보이는 언덕배기에 말 달려 올라가고 있었다. 그 집을 내려다보며 야릇한 미소를 머금고 있었다. 도대체 무슨 생각을 하고 있는 것인가?

초당 쪽을 쏘아보는 그 눈빛이 흡사 사냥감을 노려보고 있는 사냥꾼의 그것이었다. 메고 있던 활을 내려 살 매겨 쏘는데 화살 꼬리에 서찰이 매어져 있었다.

피용하고 날아간 그 화살은 어김없이 초당 기둥에 박히었다. 금세 말 배를 차고 사라진 터, 화살을 누가 쏘았는지는 아무도 모른다.

초당에 갑자기 날아온 화살 때문에 혼비백산한 유모가 놀라 달려 나왔다. 빼어 들고 방으로 들어갔다. 허나 수나 아씨가 펼친 그 서찰 안에는 아무것도 쓰여 있지 않았다. 다만 병판 댁 수나 아씨가 이리 사내와 정분났다 소문만 장하게 만들 목적이니 빈 서찰이되 무슨 상관이랴?

제5장 초야지정(初夜之情)

"우리 빈궁마마. 참으로 아름답고 의젓하시고 고우시더라. 그렇지?"

"세자저하와 딱 천생연분이라. 어찌 그리 잘 어울리더노? 아무도 그분을 남복하고 검술하며 개구멍 넘나들었던 분이라 말하지는 못할 것이다. 참으로 어여쁘시어 나는 궐 안 어떤 여인도 그리 고운 분은 못 보았다?"

"그러게 말야. 삼간택 오른 세 분 처자 중 염태는 제일 떨어진다 하더니 그 말도 거짓인 게야."

종알종알. 속닥속닥.

동궁 무수리 년 둘이 선망과 부러움, 감탄의 수다질 중이었다. 참새만 양 재잘대며 새로이 빈궁마마 처소 앞뜰을 정하게 쓸고 있었다. 노란 은행잎이 가득 떨어진 길을 밟고 제서부터 세자저하께서 듭실 참이다. 다시 한 번 정하게 쓸어라. 마마님의 엄한 하명이 있었다.

"지금껏 빈궁마마께서 꾸미지 않았으니 소문은 그리 난 게야. 하지만 오늘 뵈오니 천상 선녀이시더라?"

"그렇지. 그렇지? 야아야, 우리 동궁마마께서도 어지간히도 좋으셨나 보더만. 아까 내가 대전 무수리 지민이를 만났거든. 그 애가 친영 잔치 배행하였지 않니."

"에구머니 좋겠다. 팔자도 좋아서 대전 담당이라. 그런 좋은 구경도 하는고나."

"저하께서 말이다. 벙긋이 웃음 물고 빈궁마마를 바라보시는데 맞절하시면서까정 입도 다물지 못하시더란다. 우리 동궁마마가 어떤 분이시냐? 엄숙하시고 법도 지엄하시며 허튼소리 단 한 마디도 아니 하시어 참으로 어려우신 분이 아니니. 그런데 빈궁마마 앞에서는 그만 불에 녹은 얼음이라. 이미 한참 전에 정분나서 이제나저제나 하다가 낚아채어 왔다는 소문이 필시 사실인 게다."

"그러니 궐 안 궁녀들이 온갖 교태로 녹여보려 하여도 다 실패하였지 무어야. 하지만 난 일단은 말이지, 우리 동궁마마를 대하면 그저 어렵고 무서워서 눈도 못 들겠더라. 참으로 인자하시고 아랫것들 사정 잘 헤아려 주시는 분인데도 어쩐지 감히 근접지 못하겠더라고."

동무가 고개를 끄덕끄덕하였다. 빗자루를 놓고 저하가 거처하시는 경훈궁 쪽으로 고개를 돌렸다.

"그러게 말이다. 다른 전각 동무들은 우리를 참으로 부러워하지 않니. 주인 잘 만났다고 말이다. 하지만 나도 우리 세자저하가 항상 두렵고 어려워야. 그분 앞에서는 절대로 실수를 하면 아니 될 것 같아서 말이야. 항시 인자하시고 웃는 낯빛이신데도 그렇더란 말이지."

"하지만 인제 좀 달라지실 것이다. 빈궁마마 들어오시어 내전을 덩실 채우시면 아무리 아니라 하여도 다소간 풀어지시고 편안해하시지 않겠니?"

"허기는 그렇지. 헌데 우리 빈궁마마, 신방에 들어가셨더냐?"

"응. 방금 지밀마마님이 뫼시고 들어가셨어. 가체하시고 적의 입으시어 성장하시었을 때는 참으로 의젓하시더라. 인제 귀밑머리 풀고 분세수 하시어 밤옷 입으시니 완전히 노류장화 기생도 못 따라갈 요염이라. 그분 안으시는 우리 세자저하, 참으로 황홀하실 것이다."

해는 넘어간 지 오래, 큰 상 받으신 세자저하 제하 신료들 앞에서 부왕전하께 술잔 올리었다. 이리저리 들려오는 덕담과 축하 인사 받기 바쁘시나 마음은 은근히 급하였다. 몸은 여기 있으되 넋은 신방의 빈궁마마, 귀여운 연희에게로 날아간 지 오래였다. 은근히 속이 타는구나. 어찌 동궁 돌아가서 동뢰하라는 말씀이 없으신가.

그런 세자의 모습을 윗자리에 앉으신 대전마마 빙긋이 웃으며 지켜보고 있다. 항시 빈틈이 없고 느긋하며 서둘지 않는 세자였다. 헌데 금일 기색이 사뭇 다르다. 아니라 하되 은근히 앙앙불락, 급한 기색을 감추지 못함이 눈에 보였다. 너도 사내라, 한시바삐 신방에 들어가고 싶다 이 말이지?

세자저하만 그런 것이 아니다. 얌전하게 앉아 있는 빈궁마마 연희 아씨. 야리야리한 자리옷 위에 화려한 원삼 활옷, 화관 쓰고 널 따란 동궁 안방에 입성하시었다. 제발 빨리 세자저하께서 들어오시어 답답한 화관 벗겨주시고 고름 좀 풀어주시면 좋으련만. 새신랑 들어오기만을 기다리는 빈궁마마 마음도 급하기는 마찬가지였다.

헌데 이 맹랑한 빈궁마마, 어느새 입술이 톡 튀어나와 있었다. 이는 세자저하께서 아니 들어오시어 그런 것이 아니었다. 너무나 시장한 탓이었다.

아침에 무리죽 한 그릇 드시었을 뿐이다. 금세 대수머리 단장한다 시달렸다. 아침진지 받으시는데 아무리 연희 아씨가 담대하여도 그렇지. 큰일 앞에 두고 음식이 입에 넘어가는가? 먹은 둥 마는 둥 이러하였다. 궁궐 상차림은 화려하고 번잡하였지만 둘러앉아 보고 있는 눈은 수십 개라, 빈궁마마 체면에 넙죽 먹을 수가 있나. 결국 상궁이 입에 넣어주는 몇 술을 젓수셨을 뿐이다.

황혼이 물들 즈음, 비로소 친영이 시작되었다. 창희궁 큰 마당, 용상에 앉으신 두 분 윗전마마를 필두로 수백 명의 눈이 지켜보는 가운데서 청색 적의 차려입고 대수머리 단장한 빈궁마마, 수십의 상궁나인 부액 받으며 초례상 앞으로 나아갔다. 칠장복에 면류관으로 성장하고 엄숙한 얼굴을 하신 세자저하 맞이하여 맞절하였다. 합환주 마시고 친영을 끝내었다. 두 마리 말이 끄는 호사스런 덩을 타고 비로소 법궁인 성덕궁 안, 처소인 혜원궁으로 들어갔다.

이제 신방 들어와 옷 갈아입고 앉으니 석진지가 바쳐졌다. 배는 고프지만은 몹시나 긴장되어 또 아니 먹힌다. 먹는 둥 마는 둥 물려라 하였다. 상을 물린 후 초야 위하여 욕간 다시 하고 분세수로 단장하였다. 비단 금침 깔린 방에 좌정하였다. 옥체 편안하여지고 긴장이 풀리니 비로소 시장기가 몹시 돌기 시작하였다.

두 분 마마 신방에서 진진하게 마주 앉으시어 한 잔 술 드시라. 윗목에 주안상 볼품있게 차려져 있다. 홀로 앉은 빈궁마마 목이 자꾸 돌아갔다. 꼴깍꼴깍 침이 넘어간다.

'아이고, 빨리 좀 들어오시면은 얼마나 좋아? 나는 배가 고파 죽겠구먼.'

빈궁은 아무것도 모르는 죄없는 세자저하만 원망하였다.

'보글보글 끓는 저 열구자탕 안주하여 딱 한 잔만 먹고지고. 아이고, 배고파 못 살겠구나. 그냥 저 두텁떡 한 개만 먹어버릴까? 안 돼. 이 방 바라보는 눈이 한두 개여야 말이지. 빈궁께서 첫날밤에 홀로 주안상 끼고 걸신들려 먹어치웠더라 이런 흉이라도 나와봐. 저하 낯이 무엇 될 것이냐? 참아야지, 참아야지.'

배고픔 앞에 장사 없다 하였다. 연희 아씨 너무 서러워 눈물이 찔끔 날 것 같았다. 대궐에 들어가면, 넉넉한 의식주에 호화 사치가 기본이라. 세자저하 한 분 정궁께서 대궐 들어온 첫날부터 굶어죽을 처지라니.

'히힝. 너무 배고프도다. 저 생율 한 개만이라도 좋겠는데……

유과 한 개만 살짝 먹으면은 아니 될까?

아니 돼. 절대로 아니 돼! 참아야 해. 빈궁마마 입술을 꼭 깨물며 고개를 흔들었다. 세자저하를 망신시키는 일은 절대로 하면 아니 되는 것이야.

헌데 어찌 이리 새신랑은 아니 들어오시는가? 혹여 이 밤에 날 소박주고 딴 데서 주무시는가? 배고파 지치고 기다리다 약 올랐다. 마냥 그림같이 앉아 있으려니 다리까정 저려 미치는구나. 빈궁마마 연희 아씨. 입술이 불퉁 튀어나오고 야무진 이맛살이 꼿꼿이 섰다. 세자저하, 오늘 밤에 신방 들어오면 큰일이 날 것이다.

홀로 앉은 빈궁마마, 뱃가죽이 등에 붙어 어지럽다. 대용잠 지른 머리가 아파 딱 죽을 참이다. 눈물이 절로 날 지경이었다. 그때 바깥이 수런수런하였다.

오가는 발소리가 어지럽고 킥킥대며 희롱하는 소리. 놀림 반 웃음소리들은 분명 왕자마마들이렷다? 이놈들 나가라 호통 치는 소리는 새신랑 목소리였다.

스윽 문이 열리었다. 세자께서 신방으로 들어오시었다. 부왕전하께서 내리신 한 잔 술에 낯이 대춧빛이었다. 다소간 취기에 젖은 듯도 하였지만 걸음걸이는 흐트러짐이 없었다. 두 분의 눈이 마주쳤다. 망설이지 않고 동궁마마. 새 각시 눈 내리깔고 곱게 앉은 자리 앞에 털썩 앉았다. 망설이지 않고 곧바로 무거운 화관 내려주었다. 용잠 빼고 활옷 고름을 풀려 하였다.

"병풍 치라 하시어야지욧!"

빈궁마마 목소리에 벌써 날이 섰다. 지금 누구 눈을 즐겁게 하려고 이러시느냐. 빙 두른 곁방마다 들어차서 이 방 안 동정 살피는 짓궂은 눈들이 어디 한둘이냐. 민망스럽게 그 눈들 앞에서 고름을 푸시려 들다니. 하지만 세자저하, 끄떡도 않고 활옷 고름을 끝까지 다 풀어내렸다. 뒤도 돌아보지도 않고 모다 물러가라! 딱 한마디만 하였다.

끅끅 억누른 웃음소리가 새어들어 왔다.

형님마마 참으로 좋으시겠다. 너 이러지 말아라. 저가 뭘 어찌하였다고요! 문구멍 세 개나 내지 않았니. 제가 언제요? 이러고 저러고 서로 머리통 쥐어박는 소리. 끝까정 보고지고! 소리치는 이는 분명 용원대군 목소리였다. 아이고 이만하면 되었으니 돌아가십시다. 점잖은 상원대군 목소리가 뒤를 이었다. 듣자 하니 막내와 셋째가 짓궂은 둘째를 질질 끌고 가는 듯했다. 오가는 발소리가 분주하였다.

원삼 활옷 다 벗기어 얄보드레한 자리옷 차림이 되신 빈궁마마, 드디어 살판이 났다. 이제는 보는 눈 없겠다, 마음껏 응석 부릴 분 오셨겠다, 잡힌 손 홱 뿌리치고 도도하게 세자저하를 노려보았다. 다정은커녕 쌈닭처럼 푸르르푸르르 씩씩대는 새색시의 눈길에 새 신랑이 어리둥절하였다.

"어찌 이리 연희 눈길에 칼날이 섰느냐? 내가 무엇 잘못하였니?"

"잘못하시었지옷!"

"뭐라? 내가 무엇을 어찌하였다고 첫날밤부터 나를 잡으려 드는 것이냐?"

"배고프단 말이여욧! 배 가죽이 등에 붙었사와요. 금강산도 식후

초야지정(初夜之情) 173

경이라 저하께서 날 잡아먹기 전에 나는 저 두텁떡부터 먹을 것이야."

"어이하여 날 보자마자 노화내고 이러는 게야?"

"흥. 하루 종일 먹은 것이라곤 멀건 무리죽 한 그릇이니 내가 쇠로 만든 인간인가? 인정이 있으면 이리는 못할 것이다. 사친께서 날 궐에 보낼 때에는 호의호식은 기본이라 연희가 첫날부터 동궁 들어와 굶어 죽을 것이라고는 생각지도 못하였을 것이다. 아이고, 그리 있지만 마시고 주안상 이리 가지고 오셔요. 바라보며 지금껏 침만 삼키는데 목이 다 아프단 말여요. 저하, 나 그 능금 한 쪽 주시오. 응?"

동궁마마는 기가 차서 허허 웃었다. 줄줄이 쏟아붓는 말을 가만히 듣자 하니 참으로 이것 큰일이 난 것이었다. 연희 아씨가 굶어 죽기 일보 직전이라 한 말이 사실이었다.

저것이 얼마나 배가 고팠으면 저럴까? 신방에 신랑이 들어와서 옷고름을 푸는데도 먹을 타령부터 하는구나. 침 삼키며 음식상을 바라보는 눈이 벌겠다. 안타깝고 불쌍하였다. 또 다소간 미안하여 발끝으로는 활옷 걷어차 구석으로 내던지고 주안상을 당겨왔다.

음식상이 가까이 다가오니 눈에 보이는 것이 없어졌다. 세자께서 저분 들어 빈궁마마 손에 쥐어주었다. 연희 아씨, 침을 꼴깍 삼키었다. 그래도 염치는 있고 순서는 알고 있음에랴. 제일 먼저 세자저하께 술 한 잔 따라 드리었다. 한 잔 마신 새신랑, 그 잔에 찰찰 넘치게 술을 채워 빈궁마마 손에 들려주었다.

"합환주니라. 쭉 마시거라."

"빈속에 술 먹으면 취하여 어찌하라구요? 참 나."

누가 저더러 술꾼 아니랄까 봐 무안이 돌아왔다. 그러면서도 그 술잔은 왜 비워? 단숨에 새신랑이 채워준 술 한 잔 마신 연희 아씨. 이제부터 먹기 바빠 아무것도 아니 보인다. 고 먹음직스러운 두툼 떡 두 개 날름 집어먹고 감주 한 잔 마신 다음 보글보글 끓고 있는 열구자탕에 덤벼들었다. 고기 완자며 도미 살이며 냉큼 국물까지 떠먹고 기름에 지진 것들 또 먹었다. 입가심으로 멀건 딤채 국물 한 보시기까정 다 마시었다.

세자는 마냥 기가 막히었다. 앞뒤 가리지 않고 음식상에 덤벼들어 걸신들린 사람처럼 먹고 있는 빈궁마마 꼴을 보니 불쌍하고 한심하였다. 쯧쯧 혀를 차며 물 대접을 내밀었다.

"체할라, 천천히 먹어야지! 물 마셔가며 먹어라. 고것 참, 어찌 저녁상을 아니 받았어?"

"수라상 받으면 무엇 하오? 새신부이니 눈이 수십 개 붙어 앉아 흠잡을라고 지켜보는데. 게서 널름널름 집어먹을 것인가? 흥, 마마께서는 사내라 그런 것 신경 아니 쓰시고 드셨을 것이고, 예가 집이시니 무어든 편안하시어 가림이 없을 것이다. 허나 나는 무엇이오? 아무리 안주인이라 하여도 동궁은 처음이고 익숙지 못함인데 저하께서 빨리 눈치채어 연희 무엇 먹여라 이리하시면 얼마나 좋아?"

"미안하구나. 내 미처 생각하지 못하였다."

"흥. 이 빈궁 사모하신다 하는 말은 말짱 거짓이지욧?"

따져 묻는 목청이 서슬 푸르렀다. 하지만 믿고 응석을 부리는 어린양도 함뿍 묻었다. 세자저하, 벙싯 웃으며 술 한 잔을 다시 따랐다. 연희 요것이 나만 믿고 궐에 들어온다 하더니 그 말인 참말인 게야. 믿고 의지하는 님을 앞에 두고 어리광을 부리는 것이 눈에 보였다. 대쪽 같고 바늘끝 같은 법도상궁들에게 시달림깨나 받았을 것이다. 이제 번잡하고 긴장되는 행사 다 끝내고 님 앞에 둘만 앉아 있으니 저도 마음 풀어지어 마냥 좋은 게야.

"아이고, 이제 살 것 같도다. 이제 겨우 마마 얼굴이 제대로 보이오. 후우…… 나도 술 한 잔 아니 주시오, 저하?"

"이미 다 마셔놓고 또 달라 하느냐? 옜다. 연희에게 말고 연돌이한테 주는 잔이니라. 허면 이제 시장기 다 가셨느냐?"

빈궁마마 이제야 체면 생각이 났다. 허겁지겁 탐식한 것이 다소 면구스러워지기 시작하였다. 배시시 웃으며 고개를 끄덕였다. 세자저하, 다정하게 손을 뻗어 빈궁마마 얼굴을 살며시 어루만졌다.

"네가 약이 오를 만도 하였도다. 내가 어찌 이를 챙기지 못하였을고? 의례 진지하였을 것이다 무심히 생각하였지. 이제 살 만하면 그 입에 묻은 얼룩 좀 지우거라."

빈궁마마가 혀를 날름 내밀어 입술에 묻은 얼룩을 빨아먹었다. 하는 짓이 꼭 야생 고양이였다. 쯧쯧, 저것! 하고 세자가 눈을 흘겼다. 냉큼 일어나 면경을 올려보니 뺨에도 묻었다. 면건 들어 얼룩을 지우고 있는데 등 뒤에 은근히 새신랑이 다가오는구나. 포개진 두 얼굴이 꼭 같이 벙싯 웃고 있었다. 말 한마디 하지 않았지만, 부딪친 시선을 따라 진진한 정이 가득 묻었다. 두 팔로 덥석 여린 어깨를 아듬으며 은근하게 속삭였다.

"이제 시장기 가셨으니 내가 널 잡아먹어도 되겠느냐? 내, 그 배가 고프구나."

"상 치우고 나서 하여야지."

"요것, 은근히 빼는 고로 내 속을 홀라당 다 태우려고 하는 것이지?"

짐짓 눈을 부라렸다. 고개 돌려 세자를 노려보는 빈궁마마 눈에 요염이 철철 넘쳤다. 손을 뒤로 돌려 단단한 허벅지를 꼬집었다.

"누군 아니 급한가? 하지만 방 안이 하도 엉망이니 그러하지 뭐. 그래도 초야인데 분위기를 좀 잡아야지요. 흥, 신첩을 헛간에서 내려누른 복수를 꼭 하고 말 참이야."

"은근히 협박질이라? 요것. 나도 기다리고 있느니라. 흠흠흠. 나인 들어오라 하지."

"그리하여야지요. 아이고. 생각하니 망신이로고. 아마 바깥에 있는 이들이 다 나가 자빠졌을 것이다. 신방 안의 세자저하께서 그 일도 아니 치르고 빈궁마마랑 마주 앉아 걸신들린 듯이 주안상만 먹고 마셨다고 말이지요."

"흠. 제 꼴이 망신이라 함을 알긴 아는구먼?"

"개골산 구경도 식후경인걸 뭐. 마마, 창을 잠시 열면 아니 되겠나이까?"

소리쳐 나인을 불렀다. 얼떨떨하여 부름받아 방에 들어오는 아랫것들에게 주안상을 치워라 명하였다. 빈궁마마를 위하여 창문을 열어주었다. 휘영청 달이 뜬 밤하늘이 맑고 어디선가 밤새 우는 소리가 들리는구나. 청량한 국화 향내가 흘러들어 왔다. 지밀상궁이 나인 거느리고 방 소제 다시 한 다음 빙 둘러 문 앞으로 열두 폭 병풍을 쳤다.
"좋은 꿈 꾸시옵소서, 마마."
"고생하였네."
나란히 달빛 밝은 후원이 비치는 창 앞에 섰다. 하늘에 뜬 달을 바라보는 연희 아씨 뒤에 앉은 세자저하, 사랑스러운 각시를 끌어안고 같이 달을 바라본다. 빈궁마마 든든한 지아비 가슴에 머리 기대었다. 세자저하 듬직한 팔에 가냘픈 안해 몸을 꼭 가둔 채 겹쳐 핀 꽃잎만 양 하나가 되었다. 한참을 침묵한 채 달빛과 뜨락에 핀 국화와 밤의 청신한 공기를 즐기었다.
말 한마디 아니 하는데도 설레고 다정하고 든든하고 마냥 좋다. 말 그대로 세상 전부를 다 가진 듯만 한지라 만족하였다. 행복의 한숨을 폭 쉬며 빈궁마마 말이 이러하였다.
"꿈만 같사옵니다."
"어찌 그러하오, 빈궁?"
"어릴 적에 저하께서 소꿉놀이하시면서 여보, 빈궁, 이리하시더니…… 그것은 다만 장난질이오 꿈이거니 하였나이다. 소첩 일생이 차마 그리될 것이라 믿지는 않았습니다. 채송화 꽃 올린 흙경단 빚어드리면서 평생 범이 도련님 진지 내가 차려 드릴 것이다 하였거늘, 실상 소녀의 헛된 꿈이지 절대로 일어날 수 없는 망극한 일이라. 허나 저하께서 변함없이 그 어린 철없는 아이와 하신 약조 깨지 않으시고 이리 기다려 주시어 오늘 이 빈궁 맞아들여 주었으니 어찌 감사하고 공경하지 않으리오? 평생 소첩은 마마의 노복이 되겠나이다."

"빈궁이 철났소이다. 노복이라? 천하에 짝을 찾을 수 없이 기상 드높은 연희 아씨 입에서 어찌 그토록 무서운 말이 나옵니까?"

빈궁마마 새카만 눈이 오긋해졌다. 고개 돌려 지아비 세자저하 노려보는 눈이 여차하면 손톱으로 할퀴어 버릴 것이야 이런 빛이었다. 어린 안해 하는 양이 그저 귀엽고 대견하고 사랑스러운 새신랑, 쾌활한 웃음소리를 냈다.

"핫하하. 농이오, 농! 보시오, 빈궁. 내가 깊이 감동한 것은 그대는 거짓이 없고 맑고 곧아. 그는 어떤 염태 고운 여인네에게도 보기 힘든 아름다움이니 이미 그때서부터 노복이 된 이는 이 세자였소이다. 혹여 보지 못한 사이에 이미 나를 잊고 딴 데 보오면 어찌할까 두려워한 것은 나였소이다. 나는 오직 빈궁 그대에게 일편단심이라 이미 약조하였으니 어려운 궐 생활 오직 나를 믿고 헤쳐 가오."

"이 빈궁이 노력할 것입니다."

"두 분 윗전마마 다정하고 어지시오. 아우들 하나같이 빈궁을 존중하고 따를 것이니 법도대로 순리대로 하면은 큰 무리 없을 것이오. 나는 오직 그대가 어서 덩실하니 세손 하나 낳아주면은 원이 없겠소이다. 그야말로 그것이 부왕마마께 효도를 다하는 것이니 우리, 힘을 써봅시다. 응? 지금 당장에."

빈궁마마 절대로 싫다 아니 하지. 몸을 돌이켜 지아비 목에 팔을 감고 눈웃음을 살살 굴렸다. 도발하는 눈빛에 요염이 철철 넘치는 웃음이라, 술 한 잔 하였것다, 기다린 욕심이 치밀어 올라 참을 수가 없구나. 날씬하고 탄력있는 옥체를 와락 끌어안고 도톰한 입술부터 물어 삼키었다. 혀끝을 타고 오가는 마음. 달콤한 밀수나 되는 듯이 서로의 타액을 게걸스레 삼켰다. 어느새 어깨 아래로 흘러내리는 얇은 저고리, 촛불 아래 옥덩이같이 하얀 나신이 반쯤 드러났다. 다소는 수줍은 척, 다소는 앙탈하는 척하면서도 금침으로 이끄는 지아비 손길을 피하지 않았다. 거친 사내의 열정을 지금껏 기다리고 기다린 터였다.

세자저하, 급하게 의대 벗어 던지고 촛불을 손 흔들어 껐다. 창으로 흘러들어 오는 달빛만이 가득한 신방, 열풍이 불기 시작하였다. 원앙금침 속에서 은애하는 지어미 품에 안고 다시 한 번 뜨거운 입맞춤을 나누었다. 매끄럽고 향기 흘리는 옥체를 냉큼 타고 올랐다. 뜨거운 입술이 발그스름한 젖꼭지를 물어 삼키자 새신부 여린 입술 사이로 참지 못한 교성이 흘러나왔다.

"아이고, 신첩을 죽이셔요."

"잔말 말아라. 저도 좋으면서 왜 죽는 소리를 하는 것이니?"

이불 안에서 어디를 어찌했는지 몰라도 다시 한 번 자지러지는 신음 소리가 방 안에 울려 퍼졌다. 겉으로는 점잖다 하는 세자저하. 사모하는 지어미 안고 사랑 놀음질 하는 것에서는 더없이 방탕하였다. 주린 듯 한참 동안 풍만하고 귀여운 젖통을 덥석 움켜쥐고 빨고 더듬고 깨물고 노시더니 이번에는 아래로 내려갔다.

날씬한 다리 하나 들어 귀여운 발가락 끝을 곰실곰실 깨물었다.

염치라고는 모르는 무례한 입술이 종아리를 타고 동그란 무릎을 거쳐 위로, 위로 올라가서는 기어코 촉촉이 젖은 분홍빛 꽃잎을 헤치고 파고드는 것이었다. 이 대목에 이르러서 참다참다 못한 빈궁마마, 두 손으로 입을 가로막으며 터져 나오는 환희의 고함 소리를 삼켜냈다.

이윽고 거세게 파고든 사내를 달콤하게 삼킨 빈궁마마, 첫참부터 사내를 잡으려면 치마폭 아래 요 일에서부터 죽여주어야 한다 하였것다. 어디 한번 유모 재촉하여 사온 서책대로 연습한 별의별 치태를 꺼내볼까나. 모르는 척 허리를 살짝 비틀어보았다. 발정난 고양이처럼 캭캭거리며 끙끙거리며 지아비 귓가에 더운 입김을 불어넣었다.

굼실굼실 난실난실, 요동치는 신방의 금침 안. 죽이니 살리니 툭탁대며 희롱하며 긴긴밤이 가는구나. 죽고 못 사는 정인들이 만나 서로 엮은 첫날밤 그 요상한 사연은 아무도 모른다.

때는 삼경. 소슬하니 맑은 밤하늘로 뜸부기가 날아간다. 툭하니 보라색 국화 꽃잎이 떨어지고 꽃그늘 아래로 귀뚜라미가 귀뚤귀뚤 울었다.

인적이 끊어진 동궁 침방. 정분이라 한참 좋아 그저 바라만 보아도 좋은 새신랑 새각시가 함께 한 넓은 안방. 아직도 희미한 촛불이 타고 있다. 새로 지은 화려한 금침 옆에 앉아 자리옷 차림이신 두 분 마마 머리 맞대고 속닥이고 있었다. 지금 세자저하께서는 빈궁마마 손가락 상처에 약을 바르고 있었다.

"아직도 쓰라리오? 쯧쯧."

"작은 상처일 뿐인데 걱정 마옵시오. 다 나았습니다."

"이것도 내 허물이라 할 것이다. 미처 생각도 못하였거늘 빈궁은 여하튼 재치가 있거든? 그 생각을 미처 못하였으면 아마 쓸데없는 구설이 났을 것이오."

"훗호호. 그때는 마마 피 묻은 용포 들이대지요? 내가 그래서 그것 버리지 말라 하셨소이다. 오데다 간직하셨을까?"

"찢긴 치마, 저고리까지 깊이 간직하였으니 걱정 마오. 음, 불쌍한지고, 호오 하여줄까?"

초야를 치르고 난 후, 금침에 핏자국 하나 없다. 분명 구설이 날 일이었다. 이미 세자저하께서 헛간에 끌고 간 빈궁마마 내리눌러 순결의 꽃봉오리 따신 후다. 요깃은 순백 그대로였다. 빈궁마마께서 종종 사가 시절 남복하여 자주 저잣거리를 출입하였다 하는 소문이 장한 터이다. 그 위에 이런 일이 있으면 못되게스리 음해하는 무리들이 입방아 찧어 가로되 빈궁마마 정조가 심히 의심스럽다 할 것이 분명하였다. 초야 치른 후에 영리한 빈궁마마, 스스로 냉큼 손가락 물어뜯어 피를 낸 것이다.

그것이 안타깝고 가엾어서 안절부절. 세자는 가녀린 손가락을 잡고 호오 따뜻한 입김을 쏘여주었다. 그저 미안하고 귀엽고 애잔하여 윤기나는 머리카락을 몇 번이고 쓰다듬어 주었다.

"우리 연희가 민첩하여 이렇게 나의 허물을 가려주니 얼마나 고마운지 모른단 말야. 자 침수하십시다. 자 어서. 곤하오."

금침 한쪽 깃을 젖히고 재촉하였다. 부끄럼없는 빈궁마마. 살굿

이 눈웃음치며 지아비 곁으로 다가앉았다. 와락 다정하신 저하 목을 끌어안고 금침 위로 넘어뜨려 버렸다. 냉큼 타고 올라 저가 먼저 쪽쪽쪽 입을 맞추었다.

"어어, 연희가 어찌 이러하니? 요것이 방자하게 지아비를 올라탄다 이 말이니?"

말로는 노염을 탄 것이되 은근히 좋아죽는 세자저하. 넓은 가슴을 활짝 벌려 사랑스러운 어린 안해를 꼭 끌어안았다. 말캉한 볼을 맞대고 정색하여 물었다.

"우리 연희가 진정 행복한 것이야?"

"천하에서 이 빈궁만큼 팔자 좋은 여인네가 어디 있을까요? 행복하옵니다. 마냥 행복하옵니다."

소곤거리는 목청에 함박 묻은 정분이었다. 오가는 달금한 입맞춤. 세자저하, 자리옷을 훌러덩 벗겨 내던지고 호랑이가 살찐 사슴을 잡아놓고 어르듯이 희롱하였다. 쪽쪽쪽, 만월 같은 풍염한 젖망울을 빨아 삼키고 난 후 은근슬쩍 방탕한 한량처럼 속삭였다.

"나는 빈궁 그대 요 젖통을 만지는 것이 참 좋아. 이리도 곱고 탐스런 것은 다시없을 것이다."

"젖가슴만 좋으시니까? 어제와는 말씀이 어찌 이리 다를까? 어제는 예가 제일 좋다 하시더니."

앙큼하고 대담한지고! 빈궁마마 머뭇거리지 않고 되받아치는데 점입가경이라. 사내의 손이 어디를 어떻게 하였는지 몰라도 빈궁마마 자지러질 것 같은 웃음 반 교성 소리를 내었다. 늠름한 날가슴 풀어헤친 채 젊은 서자저하, 은애하는 지어미 어루만지며 짓궂게 소곤거리었다.

"물론 예가 제일 좋지. 허나 안복(眼福)은 예가 제일이야. 빨기도 좋고 또 어루만지면 그저 곱기만 하거든. 핫하하. 빈궁, 나, 고기. 요 어여쁜 데 다시 들어갈까?"

슬며시 작은 손을 움직여 벌떡 성이 난 다리 사이로 이끌었다. 은근히 수작하였다.

"이놈이 자꾸만 배가 고프다 하니 또 한 번 꿀을 먹겠노라 보채지 않소? 내 요기에 다시 들어갈 것이야."

"아까 젓수시고 또 보채시느뇨? 참 염치도 없으시다. 흥. 이 빈궁이 따라가기에 그저 숨이 차오이다. 어찌 그리 급하시고 격하시고 도무지 만족을 모르시는가?"

"그대가 사내가 되어 보면은 알 것이다. 먹어도 먹어도 끝이 없음이라. 요 진진한 재미를 내가 어찌 몰랐을꼬? 어허! 왜 가리고 앙탈하는 것이니?"

"아이, 힘이 든단 말이어요. 오늘 새벽에도 신첩을 두 번이나 혼절시켜 놓고서…… 아잉. 그러지 마소서. 신첩이 또 방탕한 논다니가 될 것이다."

짐짓 밀어내는 척하는 손길이 실은 끌어당기는 애교였다. 세자저하 일부러 눈을 부릅떠 호령하였다.

"흥, 자꾸만 빈궁이 금침 안에서 이리 빼면은 나도 자존심이 있다! 그대가 하여달라고 하여도 아니 할 것이야. 며칠 전엔 나의 노복이 되겠노라 하더니 그새 요렇게 방자해지고 제멋대로인가? 내가 다른 궁녀 찾아가도 좋은가?"

"흥! 은근히 협박하심이 아닌가? 이러시면 내가 참지 못하시는 줄 아시면서…… 허지만 제발 이번에는 입으로 받아달라 하시지는 마시어요. 마마가 너무 장대하시니 저가 입이 아프단 말여요."

살포시 눈을 흘기면서 빈궁마마 수줍게 속살거렸다. 세자저하 눈을 흘겼다. 누가 먼저 시키었니? 저가 먼저 달려들어 남의 혼백은 다 빼어놓고서, 이제 와서는 마치 세자 당신이 강요한 것처럼 되감아들다니.

"이래도 아프다, 저래도 아프다 이리하면 나는 어찌할 것인가? 이리 손을 치워봐. 내가 예를 빨아주면은 좀 좋아질 것 같은가? 나는 빈궁, 그대 향기가 참 좋아."

"아이고, 어찌 이리하시는가? 으읏! 마마, 마마. 신첩을 기어코 죽이려 하심이뇨? 아이고, 못 살 것이다. 하지 마옵소서!"

"흥. 하지 말라 하면서 어찌 더 갈구하는 소리를 내는 것이야? 내가 빈궁 그대 신음 소리 들으면 더 달아오르는 것 잘 알면서? 이번엔 그대가 나 올라타서 쓰다듬어 주어. 그대가 그리하여 주면은 그만 혼백이 나갈 것 같아."

헉헉 거친 숨소리가 진한 땀 냄새와 더불어 한가닥 실처럼 얽히었다. 말이 떨어지기가 무섭게 거침없이 용체를 타고 올라 세자저하를 상대로 서투나마 꿀물 녹아내리는 장난질을 하는 빈궁마마. 도대체 거침이 없고 방자한 상것 노류장화였다. 지아비이신 지엄하신 세자저하를 감히 올라타서는 간질이고 빨고 깨물고 쓰다듬으며 살살 녹이는고나. 저는 모두 다 옛적부터 세자저하 상대로 씨름하던 생각으로 그리하는 것이지만 눈부시게 어여쁜 알몸으로 여인이

초야지정(初夜之情) 185

함부로 이리 용체 가지고 놀음질하는데 넋이 아니 빠질 사내가 어디 있는 것이냐?

결국은 동궁마마, 견디다 못하여 몸을 일으키어 고 귀여운 빈궁마마 어여쁜 암말 잡아타고 세차게 달리는구나. 쫄깃하니 죄어드는 속살 맛이 갈수록 희한하다. 넋이 나가도록 쭉쭉 당기는 꽃술이 오직 빈궁마마만 가지는 옥체의 비밀이라. 스물넷의 사내는 타면 탈수록 목이 마르고 알면 알수록 욕심이 나서 도무지 정신을 차리지 못한다.

"여인이 다 이러한 것이야? 나는 그저 환장할 것만 같은데 어찌 이리 희한하노? 용원에게 물어보아야 할 것이로다. 그놈이 어릴 때부터 계집아이 즐겨 따니니 필시 이러하였기 때문에 정신을 못 차린 것일 게야. 연희 너는 어찌 이리도 나를 죽게만 만드니?"

"내가 죽였나? 저하가 나를 죽인 것이지. 그리고 심히 기막히도다. 지어미하고의 밤일을 어찌 아우님께 의논한다던가? 왜요, 그리 여인네들 모다 좋다면야 다른 계집아이 꽃도 꺾어보실려고? 그리하기만 하여봐, 나는 딱 목매고 죽어버릴 것이야!"

"쯧쯧, 말을 하여도 꼭 이리 독하게 하는 것이니? 내가 언제 그런 말 하였더냐? 내 연희니까 어여쁘지 다른 계집아이는 필요없다. 몇 번이나 말하여야 하는 것이니? 이리 오너라, 내가 너의 요 예쁜 것에 입 맞출 것이니라. 내가 오늘 밤은 기필코 너를 울릴 것이니 오늘 내가 사랑 덜하여주었다고 불평하지 말아라."

빈궁마마, 땀 밴 이마 가만히 부딪치며 깔깔 웃었다. 님의 듬직한 가슴에 얼굴 비비며 어린양을 마구 하였다.

"누가 불평하였소? 너무 과하시고 넘치시어 힘들다 하였거늘. 아이, 싫어요. 거기는 만지시면 내가 이상한단 말이어요. 또 이리 젖통 빨으시면 내가 앞으로 저하를 아기씨라 부를 것이야."

"그리하렴? 상관없다. 금침 안에서야 네가 나를 무엇으로 부르던 무슨 상관이 있겠느냐? 허면 나는 너를 무엇이라 부를지 아느냐?"

"무엇이라 하실 것인데, 마마?"

"거머리라 할 것이다. 요것이 어찌 그리 나를 딱 잡고 쪽쪽 빨며 놓아주지를 않는 것이니? 내가 그래서 네 속에만 들어가면 그저 넋이 사라진다 이 말이니라."

속닥속닥 소곤소곤. 앙탈하며 토닥거리면서 주고받는 입씨름이 결국은 모다 희롱이그 사랑 놀음질이다. 같이 더불어 함께 하는 밤이 짧은 것이 오직 한(恨)일 뿐이다. 새벽녘이 되어서야 비로소 두 분 마마 서로의 품에 안기어 깊이 주무시는구나. 얼핏 젖혀진 금침 안을 살펴보자 하니 옥돌같이 매끄러운 나신을 하고 부끄러움없이 세자저하 넓은 가슴에 얽고 색색 단잠 주무시는 빈궁마마이다.

여하튼 초(初) 칠 일 내내 두 분 마마, 아무 데도 아니 나가시고 그저 호젓한 침방에서 도란도란 이야기 나누고 같이 진지상 받으시고 장난질 친다. 틈만 나면 금침 속에서 어울려 나신으로 뒹굴었다.

엄하시고 허튼 말씀일랑은 없는 세자저하, 사람이 달라진 것 같다. 밝고 쾌활하고 능청스러우시다. 애교가 살살 녹고 발랄하신 빈궁마마. 수줍고 의젓한 듯하나 또 눈빛 하나에도 요염이 가득 담겨 있구나. 두 분의 그 아름다우신 모습은 참으로 하늘이 점지하여 준 천생배필이었다.

낮에는 아무도 아니 딸리고 금원에 나가시어 한참을 있다 오시었다. 돌아오신 두 분 모두 용안이 발가니 젖고 숨이 찬 모습이다. 도대체 무엇을 하시었나? 궁금하지만은 물어볼 수가 있느냐? 응응응, 응응응. 눈짓으로 주고받는바. 아마 그리하셨을 것이다 짐작만 하였다. 허나 실은 두 분이 목도(木刀) 잡고 서로 겨누어 검술 시합 하셨음은 오직 하늘만 알고 있는 일이다. 팔목에 사나운 매 앉히고 걸어 돌아 사냥터 나가시어 신나게 꿩사냥 하셨음도 오직 두 분만의 비밀이다.

밤에는 금침 안에서 격렬하게 서로 부둥켜안고 열정을 나누었다. 낮에는 두 분만이 아는 그 장난 계속하니 날이 어찌 흘러간 줄도 모르고 오직 장밋빛 행복만이 가득하였다. 두 젊은 마마 드디어 일주야 만에 두 분만의 꿀 같은 밀월을 끝내었구나.

여드레째 되는 날, 이젠 엄한 법도 따라 빈궁마마 궐 안 새 며느리 되셨음을 알려야 하는 날이 되었다.

먼저 의대 정하게 갖추고 새벽에 일어난 빈궁마마. 중궁전 들어가시어 낱알 모다 골라놓은 쌀 한 그릇 들어 정하게 진지 지어 수라상 맞추어놓은 곳에 놓고 그 상을 머리에 진 나인을 뒤에 딸리고 내전을 나섰다. 바깥에서 기다리던 세자저하와 함께 나란히 종묘로 나가시어 그 진지 올리어 흠향하시고 부부지연 맺었나이다 마침내 고변하였다.

돌아와 빈궁마마께서는 서온돌 들어가시어 중전마마 아침 수라 상 앞에 손을 앞에 모으고 배행하였다. 세자저하께서는 동온돌 들어가 부왕마마 수라상 받으시는 것을 지켜보시었다. 두 분 윗전마마 아침 수라 끝내시고 그 상 그대로 내려주시니 두 분이 지켜보시는 가운데 세자저하, 빈궁마마 그 상 그대로 남겨주신 것으로 아침 진지를 드시었다.

"그래, 좋은 꿈들 많이 꾸었느냐?! 얼굴을 보아하니 빛이 나는지라 세자가 빈궁을 맞이하여 심히 마음 흡족함을 알겠노라. 헛허허. 세손은 언제 보누? 한 열 달 기다리면 되겠느냐?"

주상전하 은근히 놀리시었다. 용체 일으키어 서온돌 들어가신다. 빈궁은 중전마마께서 내리신 찻상을 받고 있었다. 두 분께서 들어오시자 순후하게 손을 앞으로 모으고 앉으실 때까지 기다렸다. 공손히 큰절 올리고는 세자저하와 나란히 윗전 모시어 앉으시었다. 은애하는 젊은 두 분께서 나란히 앉아 계신 것만도 그림이다. 사랑스러운 형용을 지켜보시는 두 분 지존마마. 늠름하신 세자저하 아드님과 빈궁마마 고운 자태 며느님의 그 총명하고 고운 모습을 보며 절로 벙싯 미소 돋는다.

"동궁 저 아이가 탄생할 적에 짐이 이제 우리도 한 식구를 이루었도다 하여 심히 감격하고 즐거웠지 않소? 오늘 다시 생각하니 이리 빈궁 새아기가 들어온 것이 우리 식구가 모두 다 이루어짐이라 싶어. 중전께서 세자를 잘 가르치고 보살피어 늠름하게 제구실하게 만들어준 덕분이라 생각하오. 짐이 항시 감사하고 고마워하는 줄은 잘 아시지요?"

"전하, 어찌 그리 감당하기 힘드신 말씀하시어 신첩을 낯 뜨겁게 하시고 망극하게 만드시나이까? 어찌 이것이 신첩 덕입니까? 오직 전하께서 신첩의 부족한 점 가려주시고 가르치신 덕분입니다. 부왕 전하의 성덕을 본받아 우리 세자저하, 이리 늠름하신 장부되시어 오늘 어여쁘고 총명한 빈궁 맞이하였지요."

중전마마께서 고운 미소 지으며 사양하였다. 고개 돌려 새 며느리 빈궁마마께 당부하였다.

"빈궁은 들거라. 전하께서 이 중전 낯에 금칠하여 주시는 바를 알겠느냐? 사나이 대장부 큰일은 모두 다 안에서 내조함에 따라 비롯된다 은근히 가르치심이니라. 너는 이 가르침 명심하여 세자가 큰일 하옵기에 아무 거리낌 없이 편안하게 하여드리거라."

"명심, 또 명심하여 하명받자올 것입니다."

또렷한 빈궁마마 대답에 두 분 마마 입술에 저절로 미소가 벙긋 머금어졌다. 중전마마께서 칭찬하시었다.

"전하, 빈궁이 참으로 영리하고 곱사옵니다. 며칠 사이 우리 세자께서 한결 더 늠름하고 어른스러워진 듯하여요."

"암만, 나도 그렇게 생각하였거니. 어른을 만들랴 하면 장가를 보내라 하였소이다. 헛허허. 동궁은 들거라. 오직 새아기 빈궁은 너를 보고 이 지엄한 궐에 들어왔도다. 항시 존중하고 부족함없이 잘 이끌고 가르치어 어진 국모가 될 수 있도록 도와주어라. 짐이 너의 모친 중전더러 항시 하는 이야기이다. 천지신명이 외롭고 험한 이 세상에 서로 의지하고 살라 하여 제 짝 보내어 혼인이라 하는 것을 마련하였다 하였느니라. 다른 날 태어나도 죽기는 같이 죽자 맹세함이 부부지연의 근본이니, 항시 성실하게 은애하며 서로 존중함이어야 할 것이니라. 오직 한 분 귀한 이로 여기어야 할 것이니라."

"명심 봉행할 것입니다, 아바마마."

"세자가 누구더냐? 앞으로 이 나라 사직을 감당할 이라, 모든 행동이 이 나라 백성의 귀감이 되어야 할지니 어떤 것도 책잡혀서는 아니 될 것이야. 빈궁도 마찬가지니라. 게다가 너는 장자이니 널 보고 아우들이 배우는 바가 큰 것이니라. 항상 이 부왕의 자랑이 될 것이며 아우들의 귀감이 되어야 한다. 대전으로 나갈 것이니라. 세자는 짐을 따르라."

두 분 마마 대전 나가시었다. 빈궁마마는 하루 종일 중전마마 곁에서 순후하고 낯빛 잔잔하게 가꾸며 앉아 배행하였다. 중전마마의 어진 가르침을 본받으며 중궁전이며 각 궐 사람들 안면 익히시고 절 받으시기 바쁘시다. 세자저하 대례 끝난 터이니 이듬해 삼월에 곧바로 숙정공주 마마 하가시켜야 하니 중전마마 큰며느리 빈궁을 앞에 앉혀두고 그 걱정을 벌써부터 하시었다.

"그 다음엔 용원이 심히 급하다 하고 상원 역시 연치 적다는 말 못하니 또 치워야 하지. 빈궁이 곁에 있으니 매사 의논할 것이라, 든든하구나. 조만간 사친이며 집안 권속 모시어 보게 하여주마. 섭섭하지야?"

"……아니 섭섭하다 함은 거짓일 것입니다. 허나 생각보다는 덜 하옵니다."

나붓하게 두 손을 앞에 모으고 빈궁마마 상냥하게 대답하였다.

생긋 웃으며 걱정 마시라 자랑하였다.

"저하께서 심히 다정하시옵나니, 잘 대하여주십니다. 쓸쓸하다 생각조차 할 겨를이 없사옵니다. 소인이 많이 모자라고 부족한 점 많사오나 최선을 다하여 가르침 받자옵고 부덕을 쌓으려 노력할 것이니 어여삐 보아주시옵소서. 다른 것은 모르되 오직 이 빈궁이 절대로 어마마마께 거짓은 아니 보일 것이며 이 말 저 말 뒷소리는 아니 할 것입니다. 설사 섭섭한 것 있다 하여도 금세 털어버릴지니 이 빈궁이 버릇없다 느껴지셔도 그 하나는 어여쁘도다 보아주시옵소서."

"요 똑 부러지는 것 좀 보아? 홋홋호. 아드님이나 우리 세자가 심히 속이 깊고 총명이 넘치어 항시 어렵거든. 그런 이의 짝이니 오죽할까? 허나 경계하거니, 늘상 속내에 있는 이야기 다 털어놓음도 꼭 능사는 아니니라. 빈궁은 그 점을 잘 가리어야 할 것이다. 곤치 않느냐? 일찍 일어났을 터인데. 돌아가 쉬거라."

모든 것이 살얼음 걷는 듯 어렵고도 긴장한 터다. 어린 빈궁마마 사정 보아주는 말씀이니 어찌 감격하지 않으리? 몇 번 사양하였다. 결국 나부시 절하고 뒷걸음으로 물러났다. 그 자태 바라보시면서 중전마마 벙싯 웃으시었다. 옆자리의 지밀상궁을 바라보시었다.

"말괄량이라 하였지만은 기품이 있고 잘 배운 티가 나니 자네가 수고하였네."

"황공하옵니다. 어찌 쇤네의 덕분일 것입니까? 빈궁마마의 아름다운 천성입니다."

"우리 세자가 유하고 어질며 순후하다 하나 실상은 주상전하보다 더 격하고 고집 센 면이 있지. 내 속으로 낳았다 하나 아주 무서운 사람이거든. 주상전하는 도무지 굽힐 줄 모르고 부러질지언정 휘어지지 못하나 동궁은 그것까정 하는 사람이란 말야. 그 속 심히 깊어 뉘도 알아차리지 못할 이가 바로 우리 동궁일세. 헌데 빈궁은 발랄하고 솔직하며 애교가 넘치고 귀여우니 세자 심사 잘 헤아리면서도 톡톡 튀어 그 모를 속 드러내게 하고 유쾌하게 기분 전환시켜줄 것이니 참으로 다행이야. 서로 다른 성품 가진 이들이 짝으로 만난다 하더니 딱 그 말대로일세. 그래, 이레 동안 둘이서 무엇 하였던고?"

"사냥터에 몰래 나가시어 새매로 꿩 사냥 하옵시고 무술 수련장서 검술 겨루었다 하더이다. 호호. 빈궁마마 고집에 세자저하가 지셨나 보옵니다."

"그것이 오해라니까? 빈궁이 무어라 하더라도 세자가 내키지 않으면 아니 할 것이야. 동궁이 빈궁을 못내 아끼기는 하나 아니다 싶은 것은 단호히 자르는 면모가 무서운 이라네. 빈궁이 다행히 그 눈치를 잘 알아서 하여도 되는 것이다 싶은 것만 고집피우니 세자가 그를 허락함이고 말이야. 그래서 둘이 아무 소리도 나지 않고 금슬이 좋은 것이야. 재미가 있도다. 세자나 빈궁이나 서로 임자 만난 것이야. 아이고, 이제 큰일이 하나 끝나니 몸이 어찌 이리 노곤한고? 잠시 눕고만 싶구먼. 이 몸도 예전만 같지 않구나. 인제 늙었나 보아. 자꾸 꾀만 나고······."

신임받는 지밀상궁이 벙싯 웃었다. 벌써 육십이 넘은 박 상궁이다.

"허나 이 쇤네 눈에는 마마께선 여전히 열다섯, 아무것도 모르고 어린 새만 양 바들바들 떠시면서 이 방 들어오시던 그때만 같으시옵니다? 벌써 근 삼십 년이 되는 일입지요."

"그래그래. 언제 그 세월이 흘렀나 싶으이."

"덩실하니 원자마마를 낳으시사 모든 이들에게 커다란 기쁨을 주시었지요. 그것이 바로 엊그제 일 같사옵니다. 너무 어여쁘신 터라 아기씨마마를 하루 종일 바라보시고 또 바라보시며, 미소 지으셨지요. 망극하게 마마께서 직접 동궁마마를 띠 둘러 등에 업으시고 이 방에서 왔다 갔다 하시면은 주상전하께선 또 잠시간이라도 틈을 내시어 우리 원자 보고지고 하시며 들어오시어 받아 안으시고 둥개둥개 하시던 것이 눈에 선하옵니다."

"자네 말이 맞네. 참으로 사랑받으신 분이 우리 세자인 것은 맞네그려."

"어찌 그리도 어여쁨을 받으신 분이시던가요? 천지간 사랑을 모두 다 듬뿍 받으신 분이 우리 동궁마마라. 소인은 혹여 저하의 가례를 치르시고 다소간 섭섭타 하시는 것은 아닌지 걱정하였나이다."

중전마마 빙그레 웃으시었다. 박 상궁이 내어드리는 베개에 머리 고이시며 눈을 지그시 감았다.

"아들 잃는다 생각하지 말고 딸아이 하나 더 얻는다 생각하면은 오히려 섭섭함보다 즐거움일 것이오. 참으로 돌이켜 보면은 우리 동궁이 복덩이라 할 것이야."

중전마마나 상감마마 모두 다 쓸쓸하니 피붙이 없고 오직 서로만 의지할 사, 천하에서 외로운 처지였다. 주상전하 보령 늦어 겨우 스물넷에 비로소 피와 살을 나눈 아기씨 하나 얻었으니 세자였다. 어찌 그리도 신기하그 어여쁘고 귀여운지…… 바라보고만 있어도 배가 아니 고플 정도였다. 밤새워 고 귀여운 손발 어루만지고 젖 빨리고 응가하시면 기저귀 갈아주는 것만 봐도 즐거웠었지. 중전마마 어진 옥안에 저절로 추억 서린 미소가 머금어졌다.

"전하께서 밝은 성총을 회복하심은 우리 아기씨가 이 부왕을 어찌 볼까 반성하심에서 비롯된 것이 아니겠나? 동궁으로 인하여 이 나라 조하가 밝아지고 사직이 반석이 된 것이라. 복이 많아 또한 그 원자 아기씨, 순후하고 어질며 큰 병 한 번 없이 잘 자라주었어. 하나 들으면 열을 아는 총명함이 넘쳐 부왕마마 자랑이라, 이 중전이 그로 인해 주상전하께 받은 은혜를 만분지 일이라도 갚게 되었네그려. 저토록 애교 넘치고 똘망하니 매섭게 사리분별 잘하는 빈궁 맞아 덩실하니 동궁 채우니 여한이 없도다. 아래로 일이 많이 남았으되 동궁 가례 끝나니 일 반은 치른 것 같아. 아, 이 중전 삼십 년이 그저 부운(浮雲)과도 같네그려."

무엄하다! 갑자기 고변도 없이 문이 벌컥 열리었다. 들어간다 말이 없이 둘째 용원대군이 불쑥 들어왔다. 무엇이 그리 못마땅한가? 불 맞은 산돼지처럼 씩씩거리는데 입이 댓발이나 나왔다. 격한 성질머리에 이 아이가 또 무슨 사단을 낸 것인가. 중전마마가 깜짝 놀라 몸을 일으키시었다.

"너 어찌 그러하느냐? 무슨 일이 있는 것이냐?"

"어마마마, 청이 있삽기로 소자도 당장 장가들어야겠습니다. 해

바뀌기 전에 혼례를 올려주시옵소서!"
"뭐, 뭐라?"
제가 하고 잡은 바가 있으면 무작정 앞뒤 가리지 않고 덤비는 성정이다. 중전마마 기가 차서 막무가내에다 성질 급한 것으로 부왕을 꼭 닮은 둘째 아들을 멍하니 바라보았다.

제6장 막무가내 우격다짐

"빈궁마마, 수라상 올릴까나 하옵니다."
"저하께서 듭시면 같이 할 것이오. 안즉 시장하지 않으니 잠시간 더 기다려 주오."
빈궁마마 서책 넘기며 건성으로 대답하였다.
궐에 들어와 귀찮은 일 중 하나가 바로 이것이었다. 상전의 상을 물려 아랫것들이 밥을 먹으니 맛난 반찬 다 걷어 먹지도 못하였다. 시각이 늦으면 그들 전부가 따라서 굶으니 여간 신경이 쓰이는 일이 아니다. 궐에 들어오면 온갖 호사를 할 것이라 짐작하였는데 실상은 사가보다 못한 것이 수두룩하였다. 그중 하나가 진지상 차려 먹는 일이었다.
스승들이 세자저하를 훈육하실 적에 애써 가르침을 주는 것 중하나이다. 훗날 백성의 어버이가 되실 분이니 오만하여 아래의 사정 생각하지 않으면, 백성이 괴로워진다 하였다. 하여 이런 일상의 일을 통하여 먼저 남의 사정 생각하고 수하 입장 가리는 연습을 하는 것이었다.

　사가에 계실 적에도 세자저하, 항시 진지상 받으면 아무리 어육 반찬이 장하고 귀한 시절 음식이 놓여 있어도 선뜻 저분질을 하지 않았다. 소채 반찬 먼저 드시고 귀한 음식은 반쯤 건드리다 마시고는 상을 물리었다. 연희 저가 곁눈질로 보면 밥톨은 하나도 남기지 않고 싹싹 긁어드신다. 한 숟갈 남긴 연후에 물을 부어 반드시 그릇을 닦으신 듯이 다 드시고는 수저를 놓았다. 하도 신기하여 한 번 여쭈어보았다.

　"동궁마마는 왜 맛난 반찬은 아니 젓수시고 항시 맛없는 것만 드시옵니까? 어찌하여 항시 밥만은 다 비우시오? 밥만 좋아하시어 그러시오? 그리고 어찌하여 항시 끝에는 물을 말아 드시는가요? 저 전골이며 기름진 곰국이 싫으신가요?"

　"다 뜻이 있느니라. 수라는 나 홀로이 먹는 것이 아니고 내 수하가 담에 먹는 법이야. 내가 맛난 것을 다 먹으면은 그들이 무에 먹을 것이 있겠느냐? 그들 사정 생각하여 내가 참음이니라."

　"하지만은 이 맛난 반찬은 다 동궁마마를 위하여 장만한 것인데요?"

　"맛난 것일수록 나누어 먹어야지 않겠느냐? 허고 이 밥은 농부들이 땀 흘려 지은 쌀로 지은 것이니 내가 밥알을 남기면은 그들 노고를 짓밟음이니라. 그는 사람 도리가 아니지. 항시 감사하는 마음으로 밥그릇을 비움이 수고하신 그들에게 대한 예의이니라. 또한 수라간 나갈 때에 그릇이 마르면 설거지하는 이들이 고생하니 물을 부어 그를 방지함이니라. 연희는 내가 이러함이 싫은 것이냐?"

"예, 저는요, 맛난 것 아주 좋아하여요! 저는요, 할머님 드시는 반찬도 제가 뺏어 먹는 적이 많은데요, 마마. 그러면 그것은 아주 나쁜 짓이지요?"

"그렇지. 그는 도리가 아니니라. 맛난 것이 있으면 도리어 할머님이나 어머님 먼저 드리어야지. 그를 냉큼 뺏으면 아니 되느니라. 우리 연희가 후에 궐에 들어와 어진 빈궁이 되려면은 지금 나처럼 이렇게 남 먼저 생각하는 버릇을 가져야 하지 않겠느냐? 앞으로는 날 따라 이리하겠느냐? 네가 잘 따르면은 고운 꽃댕기를 사줄 것이니라."

선연히 떠오르는 옛 생각에 빙그레 웃었다. 그날 이후로 어린 연희 아씨, 세자저하께 칭찬받고 싶었다. 맛없는 반찬부터 먼저 먹고 굴비며 너비아니구이며 맛난 것 앞에서 꾹 참으려 노력하였다. 어른께서 먹어라 강권하실 적에만 먹었다. 밥 한 톨도 아니 남기고 싹싹 긁어 물 말아 다 먹으니 모두 다 착하여졌다 칭찬을 하였다. 하기는 하는데 어찌 이 아이가 갑자기 변하였나 갸우뚱하시었다.

'그때 참으로 저하께서 나를 빈궁 삼으실 것이라 속내로 이미 작정하시었던 것일까? 고 어린 계집아이 무엇을 보고 그리하셨을까?'

세자저하께서 동궁으로 돌아오신 것은 그때였다. 주상전하께서도 신혼인 아드님에게 돌아가서 빈궁이랑 밤것 하여라 하신 것이다. 항시 그러하던 대로 소채 반찬 주로 삼아 빈궁마마가 옆에서 수저에 뜯어 올려 드린 굴비 자반하여 수라 물리시었다. 빈궁마마께서 올린 연잎차 한 잔 받으며 말씀하셨다.
"참 빈궁, 용원이 올 동지 달로 하여 제가 먼저 숙정보다 혼인하겠노라 고집 피운다 하는데 들으시었소?"
"처음 듣는 이야기이옵니다. 내년 봄에 공주마마부텀 먼저 하가시키고 난 연후에나 대군마마의 혼사를 치르실 양이시던걸요?"
"아까 내가 아바마마를 모시고 내전에 들어가니 용원이 어마마마와 다툼을 하고 있더라니까. 심히 저 혼자 격하여 무조건 하여야 하겠다 고집 피웁디다. 어마마마께서 하도 기가 막히시니 일단 나가라 하고는 부왕마마께 남씨 처자 말을 하였으되 당연히 아바마마께서는 아니 된다 하시지요."
"대전마마의 뜻이 그러할진대, 당연히 순명하여 대군께서 고집을 꺾어야지요."
세자저하께서 고개를 저었다. 한 번 고집 부리면 도통 누구도 이기지 못하는 아우의 불뚝 성질에 어디 한두 번 당하였어야지. 부왕께서도 고집 장하다 하지만은 젊으나 젊어 무조건 외골수로 나가는 용원대군만은 못하였다.
"그게 말이야. 용원이 작정하면은 무조건 앞뒤 아니 돌아보는 성질이 다소간 있소. 어마마마께서 농(弄)으로 이르시기를 꼭 아바마마 젊었을 적 성품 고대로라 하오. 용원 저가 주장하기는, 저야 세자가 아니니 번거롭게 금혼령할 것도 없이 그 집안에 매파 보내어 무작정 택일하면은 되지 않느냐 하는데 말이오. 아무리 그러하여도 그렇지, 어디 궐 안 일이 마음대로 할 수가 있는 법인가? 게다가 그 집안에서 따님을 저에게 무조건 준다 하는 것도 아닌데. 쯧쯧쯧."

"그거야 상감마마께서 하명만 하시면은 이루어지는 일이 아니겠나이까?"

"혼사야 당사자의 마음이 합해져야 이루어지는 법이지요. 또한 당장에 혼인하면은 저는 궐에서 나가야 하지 않소? 거처할 집도 새로 지어야 하고, 당장에 보통 큰일이 아니오. 명색이 대군인데 서너 칸 오막살이 짓는 일도 아니고······."

"저하, 대군마마께서 이미 정분나 마음에 두신 처자가 있나이까?"

"제 말은 그러하오. 병판 대감 큰 여식이라 하였소이다. 쯧쯧, 아무리 생각하여도 서둘러 될 일이 아닌데······ 그놈이 그리 천지분간 못하고 성급하오."

세자저하만은 용원대군이 저 혼자 남씨 처자를 외사랑하여 일을 이 지경으로 만든 것을 알고 있다. 난처하였다. 쓴 입맛만 다신다. 빈궁마마 찻잔을 놓고 고개를 갸웃하였다.

"신첩이 생각하기에······ 마마, 허면 혼사일보다 더 중요한 것은 남씨 처자 마음이 아닙니까?"

"빈궁은 이 일에 대하여 내가 모르게 들은 바가 있구려?"

"예. 신첩 댕기풀이 할 적에 그 처자 가까이 사는 동무 있삽기로 얼핏 들었습니다. 그 처자가 대군과 정분났다 하는 소문에 그 집안이 남우세스러워 난리가 났다고요. 조만간에 병판 대감이 그 따님을 망신이라 이리하여 시골로 떼어보낸다 하였나이다. 비구니를 만들어도 절대로 대군마마와 혼인 아니 시킨다 하였다 하옵니다."

"흠. 그래요?"

"도대체 대군마마와 어찌 된 영문이옵니까? 참으로 두 사람이 연분은 났습니까?"

가만히 듣고 있던 동궁마마, 헛웃음을 쳤다. 용원대군이 갑자기 이리 급하게 서두르는 꼴이 짐작되어서였다. 마음에 둔 그 처자가 시골로 간다 하니 영영 못 볼까 겁이 나서 그리 급하게 구는구나. 혹여 머리라도 자르고 정말 비구니나 된다 하면 이야말로 멀쩡한 처자 하나 인생 망친 것이며 저도 사모하는 여인을 졸지에 잃어버리는 꼴이니 그를 어찌 참으랴? 중전마마 힘을 빌려서라도 그 처자를 차지하여야겠다는 고집이 분명하였다. 그렇게라도 하고픈 진진한 마음이니 천하 한량인 용원대군의 상사병이 심히 깊은 것이라 할 것이다. 쉬이 낫지 못할 병인 듯하였다.

"빈궁은 그 처자를 만난 적이 있소?"

"직접 만난 적은 없되 말은 많이 들었습니다. 현숙하고 어질며 부덕이 뛰어나니 탐내는 이가 많다 명성이 있더이다. 신첩 막내 오라버님도 그리로 장가갈까 농하신 것을 들었을 정도였거든요."

"그래요? 초당의 소저가 그리 명성이 높을 정도라구요? 아무리 감추어도 꽃향기는 날아 퍼지는 법이며 벌 나비를 부른다 하더니 딱 그 짝이구려. 그렇게 보면 용원이 눈은 높다 할 것이오. 핫하."

"그러게 말입니다. 여하튼 여러 가문에서 점찍어서, 매파가 서로 다투어 오간다 하였습니다. 헌데 민망한 소문이라, 대군마마와 나니 참으로 망극할 따름이랍니다. 신첩이 듣기로 그 처자의 성미가 무척 고결하답니다. 사내와 몰래 정분날 분은 아니라 하거든요. 도

모지 분간을 못하겠나이다."

"……음음음. 빈궁. 사실은 그 일이 말이요, 내 탓이오."

깜짝 놀란 터로 빈궁마마는 눈을 동그랗게 뜨고 건너다보았다. 세자저하, 다소간 면구스러워 다시 헛기침을 흠흠 하였다.

"빈궁을 간택한답시고 금혼령이 내려졌을 적에 내가 병판더러 용원이 그 처자와 이미 아는 사이라 이번에 그 따님을 궐에 들이지 마시오 하였거든."

"예에? 저하께서 병판 대감더러 그리하시었다고요?"

"음. 아, 용원 그놈이 말이야. 감쪽같이 나를 속이었지 무어야? 서로가 이미 정분났다 그놈이 큰소리쳐서 나는 우리 사이와 같은 줄 알고 믿어 그리하였는데…… 실상 사정은 그것이 아니더군. 용원 이놈이 저 혼자 그 처자를 몰래 보고 마음에 두고 일을 억지로 만든 것이야."

"하고 잡은 대로 무작정 하고야 마는 대군마마답사옵니다."

빈궁마마인들 어디 용원대군 괄괄한 성미를 모르더냐? 냉큼 대꾸하였다. 세자저하도 고개를 끄덕였다.

"그러게나 말이오. 마음에 두었으면 어마마마께 조용히 고변하여 순서대로 매파를 보내어 일을 처리하였으면 좋았을 것을, 그때 이미 그 처자가 여러 가문 자제와 혼담 오간다 하니 제정신이 아니었던 게지. 제가 점찍은 처자를 잃을까 봐 놀란 듯하오. 용원 이놈이 파평 한씨 가문 선비를 만나 이미 그 처자와 저가 정분났으니 혼담 물러라 협박하였다질 않소?"

"기가 막히다! 참으로 대군마마께서 그런 무도한 일까정 하였습니까?"

"용원 그놈 성질머리는 빈궁도 잘 알지 않소? 저는 지체 높고 그 선비보다 잘났으니, 혼담 깨어졌어도 억울할 것은 없지 않느냐고 오히려 되감아듭니다. 여하튼 소문은 그때부터 난 듯하오. 모든 것이 그놈 혼자 꾸민 일인 게요. 병판은 기막히고 그 처자는 억울하고 저는 얻은 것도 하나 없으니 나섰다 해도 이토록 헛수고라. 오늘도 필시 그 처자가 시골로 내려간다 소식 듣고 제정신이 아니어 일으킨 소동인 듯하오이다."

세자저하 쯧쯧 혀를 차며 미련맞은 아우를 동정하였다.

맘에 든 계집을 후려잡아 제 품 안에 넣으려면 그렇게 불맞은 산돼지처럼 무작정 덤빈다고 되는 일인가? 주위 사정 살펴가며 상대 처자 성정도 보아가며 쌀이 익어 밥이 되기를 진득하게 기둘리며 일을 그리되어 가도록 슬슬 몰아야 가야 하는 것이지 말이야. 어찌 그리 성급하고 도도하고 제 맘대로 하는 성격은 부왕전하를 판박이 한 것인가?

두 손으로 저하께서 비운 찻잔을 받아 갈무리하며 빈궁마마는 명랑하게 대꾸하였다. 무슨 재미난 생각을 하는지 새카맣고 영리한 눈이 반짝반짝 빛났다.

"저하, 대군마마의 사정이 딱하니 일을 해결하여야 할 것입니다."

"제 일이니 제가 알아서 하라 하시오. 나이가 그만하면 제 앞가림은 하여야지. 제멋대로 굴다가 코가 석 자나 빠진다는 것을 한 번쯤 경험하는 것도 나쁘지는 않소이다."

항시 앞뒤 살피지 않고 무조건 나아가는 용원대군의 격한 성질머리가 늘 못마땅하였다. 장형 세자저하. 다소간 쌀쌀맞게 대꾸하였다. 한무릎 다가앉은 빈궁마마, 생글생글 웃으며 지아비를 달래었다.

"대군마마께서는 타고난 성정이 다소 격하실 뿐 명민하시고 사리분별은 바르게 하시는 분이시옵니다. 헌데 그분이 일을 이 정도로 헝클어놓았다 함은 남씨 처자에 대한 속내가 이미 보통이 아님을 증명하는 바가 아닙니까? 두 분을 맺어주어야 할 것입니다. 그래야 체면 떨어진 병판 대감도 살고 구설 장하여 낯이 말이 아닌 남씨 처자도 살 것이며 하물며 열정으로 분별 못하시는 대군마마 그 병이 나으실 것입니다. 대군마마께서는 우리 사이를 한 번 크게 도움 주신 터이니 우리가 이번엔 도와야지요."

"딱하여 나도 도와주고 싶으나 방법이 없질 않소? 병판 고집이 보통 아니라 아바마마도 이기지 못한다 하였소이다."

"방법은 찾으면 있는 법이지요! 천하에 영명하신 세자저하와 꾀주머니라 이름난 이 연돌이가 만났는데 그깟 중매 한 번 서지 못하리오? 홋호호. 이 빈궁이 방법을 찾아볼 것입니다."

빈궁마마 연희 아씨 자신만만하니 웃었다. 주변머리도 좋지. 오지랖도 넓어서 날쌔게 나서서 일을 처리하려고 하는 것이다.

"스스로 꾀주머니다 자처하며 제 낯에 금칠을 이토록 태연하게 하는 이는 오직 빈궁 그대뿐일 것이오. 도대체 얼마나 대단한 꾀를 내는지 두고 봐야지."

"이 연돌이만 믿으시라니까요."

"흥, 그렇게 까불다가 언제고 나무에서 떨어질 날이 있다 내가 경계하였소. 어, 곤타. 침수하오. 내일도 이른 새벽에 일어나야 할 것이오."

나인이 들어와 침수 준비를 시작하였다. 세자저하 마루 건너 동온돌로 나가시어 내관의 시중을 받으며 의대 갈아입었다. 그동안 빈궁마마도 뒷방에서 자리옷 갈아입었다. 연돌이 손은 재빠르기도 하지. 나인이 귀밑머리 푸는 동안에 벌써 서간을 써서 교전비에게 들려 내어 보냈다. 누구에게 가는 서찰인지는 아모도 모르는 일. 시침 뚝 떼고 침전에 드니 세자저하 이미 금침 벌려놓고 어여쁜 이 기다리고 계시었다. 요염한 미소 흘리며 품 안에 다가드는 빈궁마마의 낭창한 허리 휘어감아 이부자리 안에 밀어 넣었다.

"내일은 무엇을 할 작정이오?"

"어마마마 하명따라 하여지이다. 공주마마께서 낮것 같이 하잡셨는데 아마도 오후서는 게에 있을 것입니다. 마마는요?"

"세물을 보러 호조와 나가오. 아마도 내일은 밤이 이슥하여야 올 것이니 곤하면 홀로 침수 먼저 하오."

갈증에 찬 이가 샘물을 찾듯이 급하게 정인의 입술부터 물어 삼키었다. 자리옷 함부로 열어 내팽개치고 맹수처럼 타고 오르시는구나. 평상시 점잖고 어질고 순후한 모습은 찾아보기 힘들고 오직 격한 열정과 사내의 욕심만이 가득 찬 모습이다. 세자저하의 이런 모습을 다른 이가 보면은 틀림없이 기절할 것이다. 날씬한 두 다리를 무릎으로 슬쩍 벌리었다.

그 이후는 오직 격한 숨소리와 앙탈과 교성이며 신음 소리만 낭자하였다. 한참 지난 연후에 세자저하, 땀에 젖은 빈궁마마 얼굴을 부드럽게 쓰다듬으며 회임하였소? 하고 물었다. 빈궁마마 하얗게 눈을 흘기며 세자저하 굵은 팔뚝을 아프게 꼬집었다.

"망측하여라! 이제 혼인한 지 겨우 열흘도 아니 된 터라. 그를 어찌 안답니까? 또 설사 안다 하여도 흉이어요. 다른 사람 앞에서는 제발 그런 말씀일랑 하지 마시어요."

"그것이 어찌 흉인가? 자랑이지. 흠흠흠."

"아이고. 밤낮으로 세자저하와 빈궁마마께서 금침 안에만 있더니 한삭 만에 회임하였다 소문이 장할 것이다. 어찌 이리 이 연희를 우세시키려 하시느뇨?"

"아침에 부왕마마 말씀 못 들었는가? 열 달 기다리면 세손을 안느냐 이리하셨어. 내가 오직 두 분 마마께 자랑이라 하면은 단 한 번도 두 분 말씀을 어긴 적 없고 하명하심에 순응치 못한 적이 없는 것이라. 반드시 열 달 후엔 아기를 안겨 드릴 것이니 빈궁도 그리 알라."

"회임은 천명이라 하는데 어찌 인간 마음대로 할 것인가? 그는 참으로 어려운 하명이시니이다. 저는 몰라요!"

"모르긴, 노력은 하여야지! 이리 오소. 한 번 더 내가 씨를 뿌릴 것이니 필히 잘 가꾸어 회임하여야 할 것이다. 아, 어서 오라니까!"

킥킥대며 빈궁마마가 지분거리는 지아비의 손길을 피하여 멀찍하니 도망쳤다. 허나 그래 봤자 금침 안이다. 품 안으로 오라 하였는데 감히 도망침이라. 그를 절대로 용납하지 않으리라 위협하며 세자저하 뒤에서부터 빈궁마마 잡아 눌렀다. 하얗게 드러난 목덜미에 뜨거운 입술을 가져다 댔다. 바닥에 눌린 풍염한 젖가슴을 찾아 헤매던 손길이 문득 툭 떨어졌다. 동궁마마 한숨을 푹하니 내쉬었다.

"내가 갈수록 병이 깊어지니 큰일이도다."

"무슨 병이 깊어지셨는데요?"

"우리 연희 은애하는 병. 이 어여쁜 옥체를 마냥 그리워하는 병. 이토록 귀여운 너를 혹시라도 잃어버리면은 내가 어찌 살지? 부대 백년해로하여야 할 것이다. 혹여라도 너에게 탈이 나면은 나는 못 살 것이야."

"나는 절대로 저하 두고 아니 죽을 것이야! 흥, 나는 그 꼴 못 보지! 내가 죽으면은 다른 계집 빈궁 삼아 이리 사랑하실 것인데 나는 절대로 그 꼴 싫어서라도 아니 죽을 것이야! 저하, 허지만은…… 만일 내가 죽으면은요. 빨리 잊으셔야 하오. 응?"

어쩐지 빈궁마마 얼굴이 처연하였다. 몸을 돌이켜 세자저하 얼굴을 가슴에 끌어안고 속삭였다.

"나는 절대로 마마 떠나서 죽기는 싫은데……. 하지만 천명이라 그는 아무도 모르는 일이어요. 혹여 내가 먼저 죽으면, 못 잊고 상심하시어 오래 슬퍼하시면은 아니 되오. 다시 어질고 어여쁜 이, 빈궁 삼아 사랑하시어 세손도 보시고 즐겁게 살으셔야지. 나는 마마 속에 박힌 못은 되기 싫어요. 항시 마마 기쁨이 되고 싶거든요."

"이미 못이니라. 그 옛적부터 연희는 내 못이야. 이리도 내가 한 사람을 깊이 사모하고 은애할 줄은 몰랐도다. 그래서 나는 두렵느니. 우리 연희를 잃어버리면은 나는 필시 허수아비가 될 것이다."

"어찌 이러시오, 저하? 오늘따라 참으로 어찌 이런 슬프고 울적한 말씀을 하시오? 눈물이 나오."

빈궁마마 슬프고 목이 메었다. 작은 새처럼 든든한 품에 파고들며 소리쳤다. 세자저하, 어여쁜 얼굴을 가만히 쓰다듬다가 향기로운 머리타래에 얼굴을 묻었다.

"자꾸만 오늘따라 아바마마 말씀이 떠올라. 이 험하고 거친 세상을 의지하고 살아가라고 하늘이 부부지연을 맺어주었다 하는데…… 다른 날 태어나도 함께 살다 죽기는 같은 날 죽기를 서원(誓願)하신다는 그 말씀. 실상 두 분 전하 소원이 그것이야. 어마마마께서도 항시 말씀하시기를 절대로 아바마마를 두고서는 떠나지 못하리라 하시고, 아바마마 역시 어마마마를 홀로 두고는 훙서하지 못하리라 이러시니……. 실상 두 분의 은애함과 그리움이 너무도 깊고 첩첩하시어 어느 누구도 그 정을 끊지 못할 참이지. 그분들 정에 비하자면 어쩔지 모르나 연희에 대한 이 범이의 정도 그러할지라. 제발 같은 날, 우리 죽어지면 좋겠구나."

"마마, 그것이 꼭 올바른 서원은 아니오. 같은 날 우리가 죽어지면 자식은 누가 보살필 것이며 이 나라 사직은 누가 감당하오? 마마께선 한갓 여인을 은애하는 지아비이시나 또한 이 나라 보위를 맡으실 분이라 그런 사사로운 정에 얽매이시면은 아니 되오. 나는 어떨지 모르나 마마께선 그런 심약한 마음 가지시면 절대로 아니 되오이다."

빈궁마마는 속이 애잔하였다. 허나 가만가만 단호하게 속삭였다. 짐짓 명랑하니 웃음소리를 내었다.

"아이고. 이런 처연한 말씀은 마옵시오. 울고 싶어집니다. 저가 울면은 아시다시피 코가 딸기같이 통통해지는지라 내일 큰일이 나오. 적의 입은 빈궁이 사직에 뫼를 올리는데 코가 빨갛더라 말 듣게 하실 것이오? 에그, 꼭 이리 연돌이를 우세시켜야 할 것인가?"

재치있게 말꼬리를 돌리었다. 세자저하도 어쩔 수 없이 헛허 웃으신다.

"도대체 시장하여 못 살 것이다."

이 밤도 어김없이 빈궁마마, 지아비 귀에 대고 어리광 부렸다. 하는 수 없어 나인더러 야다소반과 가져오너라 하시었다. 금침 속에 엎드리어 두 분이 어린애마냥 파초실과 까먹고 곶감 드시고 능금 한입 베어 드신다.

"나는 궐서 들어와 제일 기다려지는 것이 바로 이 야다소반과라. 히힛, 마마. 이는 물려줄 상이 아니라 남김없이 먹어도 되니 참 좋아요. 앙, 나는 파초실과 더 먹고 싶은데. 꼭 이리 혼자서 다 드시더라! 뭐."

"이런 억지 보소. 분명 내가 두 개, 네가 세 개 먹었다? 이리 와, 내가 능금 주께. 능금 싫으냐?"

"나는 신 것이 싫어. 유밀과나 하나 주시오. 히잇. 예에 오니 이것 마음껏 먹어 참 좋아. 사가에 있을 적엔 유밀과 하나 주시면은 내가 아까워서 사흘을 아니 먹고 가지고 다녔소이다. 오라버니 가지신 것 다 뺏어 먹고서야 내 것 꺼내 먹었지. 음, 나는 얌체야요."

"그래, 연희는 얌체니라. 그런 유밀과를 그런데 어찌 그때는 나 주었더냐?"

연희 아씨가 깔깔거렸다. 자랑스레 떠벌렸다.

"범이 도련님 드리면은 나랑 혼인하여 줄 것 같아서지요. 그때 이미 저하께서는 유밀과 하나에 팔리신 몸이라. 히힛! 보시오, 그때 하나 드린 유밀과가 이제는 밤마다 한 소쿠리씩 들어오지를 않사옵니까? 나는 절대로 손해 보는 장사는 아니 하지! 하나 더 먹을라오. 응?"

"밤마다 이리 먹으면은 살이 쪄서 움직이지도 못할 것이다. 연희가 돗이 되면은 나는 아니 데리고 살 것이다!"

"뉘가 돗이 되오? 끔찍한 소리라. 나, 아니 먹을 테야!"

빈궁마마 눈꼬리가 휙 치켜 올라갔다. 들고 있던 유밀과 툭 내던지고 홱 돌아누웠다. 토라진 이유가 맛있는 유밀과 못 먹어서인지, 돗이 된다 놀리어 토라진 것인지……. 그도 저도 아니면 살찌면 아니 데리고 산다 하신 말씀에 섭섭하여 그런 것인지. 세자저하는 어리둥절하였다.

"요, 요것. 또 어리광 부리지? 아 돌아 누어봐. 내가 잘못하였어. 돗이 되든 곰이 되든 내가 평생 데리고 살으께. 응? 우리 연희, 감주 주랴? 너 이것 좋아하지를 않았더냐?"

"흥. 감주 싫어요. 살이 찐단 말이라. 능금 주어요."

"변덕은? 방금 전에는 아니 먹는다 하여놓고서……. 그래, 예 있다."

"누가 그리 주라 하였나? 저하 입으로 주시어야지."

슬며시 돌아누우며 빈궁마마 종알거렸다. 요것이 은근히 흥겨운 논다니 수작이었다. 세자저하 못 이기는 척 입으로 머금은 능금 한

쪽을 빈궁마마 입안에 넣어주시었다. 어느 사이 두근거리는 가슴이 또 뜨거워지고 있었다.
"에라, 모르겠다!"
금침 자락 내팽개치고 냅다 새색시를 올라탔다. 고 달큰한 앵도 따시며 살못을 박아버렸다. 찰싹 감겨드는 야들탱탱한 몸을 꼼짝도 못하게 눌러두고 옥기둥 같은 두 다리를 어깨에 걸치었다. 씩씩하게 공격하시어 달짝지근한 재미를 다시 시작하시었다. 그 밤도 깊어지니 벌써 삼경이라. 사랑 놀음질도 좋고 정다운 사연도 좋은데 말야. 내일 신새벽에 어찌 일어나실지 그것이 심히 걱정이구나.

그 다음날 오후에 빈궁마마. 사가에서 들어온 교전비로부터 서간을 받았다.
줄줄이 꿰어 읽고 흠, 하면서 사내처럼 턱을 쓰다듬었다. 빙그레 짓궂은 웃음이 입가에 맺혔다. 나이는 저보다 많되 하는 양은 철없는 어린애라. 시동생 용원대군이 궐 안의 법도나 상궤를 깡그리 무시하고 갑자기 나서서 혼인시켜 다오, 다오! 하고 난리를 치는 전말을 확실하게 알게 되었다. 올케언니에게 부탁하여 남씨 처자의 일을 수소문한 결과, 남씨 처자가 오늘 아침 일찍 강주의 외가댁으로 출발하였다는 것이다.
'그 처자를 잃을까 봐 그 난리를 부리시는구먼. 형제라 하면서 어찌 그리 저하와 성격이 다를꼬? 저하께서는 겉으로는 눅고 답답한 듯 보이되 항시 하시는 일이 치밀하고 빈틈이 없어 은근히 무서운데 말야. 대군께서는 겉으로만 난리치지, 실속은 하나도 없음이

야. 둘러보아도 대부분의 일이 구멍투성이로구나. 저하께서 아우님을 걱정할 만도 하구먼.'

빈궁마마 망설이지 않고 자리차고 일어났다. 급한 불을 끄게 도와주어야지. 그래도 빈궁마마가 세자저하라는 용(龍)을 사냥할 적에, 가장 큰 공을 세운 이는 대군이 아니었던가. 요날 그녀가 대군의 일을 잘 도와주어 목줄을 움켜쥐게 되면 훗날 반드시 어수룩한 대군을 휘어잡아 커다란 일을 도모할 수 있을 것이다. 상글상글 웃는 빈궁마마 눈에 영채가 흘렀다.

"양 상궁 있는가?"
"예, 빈궁마마."
"교태전에 들 것이네. 가마 대령하게."
"분부 받자옵나이다."

늦가을 햇살이 황금빛 은행나무 잎 위로 떨어지고 있었다. 잘 가꾸어진 후원에 핀 국화 향기가 한가한 마당에 가득히 서려 있었다. 빈궁마마, 상궁이 신겨주는 고운 당혜 신고 문이 올려진 꽃가마에 들어가 앉았다.

예전에는 어디를 가려도 잽싸게 조르르 걸어다녔건만, 지금은 가까운 공주궁으로 건너가려 하여도 가마를 타야 하니 여간 답답한 것이 아니었다. 혼인한 지 겨우 한 삭도 아니 되었는데 어느새 날쌘 새매처럼 날렵하던 몸이 뒤뚱뒤뚱 돗이 된 듯하였다. 돗이 되면은 지아비 저하께서 아니 데리고 산다 하였는데 큰일이로고.

'답답해서 미치겠고나. 아이고, 후원 언덕 나가 보라매나 날려 꿩 사냥이나 하고지고, 하지만 빈궁 체면에 그도 못하고 말야. 아이

답답해.'

이런 생각을 하는 사이 가마가 교태전에 멎었다.

"어마마마 계옵시는가? 알현하려 하니 아뢰어주시게."

후덕한 미소를 머금고 중궁 최 상궁이 허리를 조아렸다.

"중전마마, 빈궁마마께서 들었나이다."

"뫼시어라."

문안에서 고운 목소리가 화답을 하시었다. 중전마마께서는 금세 하가하실 숙정공주 마마를 앞에 앉히고 내훈을 일러주시던 참이었다. 빈궁마마가 두 손 모아 절하는 것에 고개를 끄덕였다.

"이리 가까이 앉거라. 아침에 보았기로 밤까정 동궁서 쉬거라 하였는데 어찌 다시 들었는고?"

"어마마마, 소인이 고변드릴 일이 있어 다시 들었나이다. 용원대군 마마 일이옵니다."

"뭐라? 용원에 대하여 빈궁이 고변할 일이 있다고? 그것이 무슨 말이냐?"

중전마마 어진 옥안에 설풋 그늘이 끼었다. 쳤다 하면 사고요. 일으켰다 하면 난리라. 허구한 날 물가에 내놓은 아이같이 위태로운 둘째 아들 일을 형수인 빈궁마마께서 아뢰겠다고 하니 또 무슨 사단이 났고나 하여 가슴이 털컥 떨어진 것이다.

빈궁마마. 시원시원한 어조로 자신이 용원대군에 대하여 세자저하께 들은 일과 사가에서 들어온 새 소식을 아뢰었다. 그분이 그러하여 막무가내로 혼사를 고집한다 전말을 설명하여 드렸다. 중전마마. 차마 제 입으로는 말하지 못한 대군의 숨겨진 속내 사연에 입을 쩍 벌렸다.

"뭐라? 그것이 참이더냐?"

"예, 어마마마. 소인이 그리 들었나이다. 세자저하께서 하신 말씀과 또 사가에서 들어온 소식을 함께 생각하여 보니 그것이 틀림이 없나이다."

"아이고, 이를 어쩌리. 용원 그 아이가 그토록 어리석어 그런 짓을 저질렀구나. 누가 그를 알았더뇨? 쯧쯧. 그것이 사실일진대 참으로 그 남씨 처자는 마른하늘에 날벼락이 아니더냐?"

저가 그토록 원하는 처자인 데다가, 가문 또한 나쁘지 않아. 소저의 인품까정도 어질다 하니 은근히 흡족하시었다. 허기는 벌써 스물둘이 아닌가. 대군의 혼사 역시 장형인 세자의 늦은 혼사 때문에 하냥 밀려서 늦어진 차라 할 것이었다. 저가 그리 급하다 하고, 또 연치 찬 셈이니 급히 서둔 혼사라 하여도 별로 흠은 아니라 싶었다.

하여 하루 조용히 병판 대감을 내전으로 청하여 용원의 짝으로 주시오, 하려 하시던 참이었다. 헌데 이런 무엄한 놈 좀 보시오? 저 혼자 미쳐 날뛰어 어질고 고운 처자 신상에 커다란 흠집 내어놓고 깡고집을 부려댄다니. 그 사실이 참일진대 이는 보통 일이 아니었다. 누가 있어 그런 구설을 장하게 듣고 망신당한 연후인데, 따님을 선선히 내어줄 것인가? 민망한 소문이 사실이라 인정함이었다. 아모리 용원대군과 수나 아씨가 혼인을 한다 하여도 이미 그 처자가 혼인 전에 정분났다 함은 두고두고 구설거리가 아닐 수 없었다.

"어찌하면 좋겠느냐? 어찌 그리 격하고 앞뒤 가리지 못하는고? 내가 용원을 그리 아니 보았는데 실망이 크도다."

막무가네 우격다짐 215

중전마마, 고운 아미를 치켜뜨며 약간은 골이 난 표정을 지으셨다. 나이가 그만하면 세상 물정을 다소 알아차려야지. 하여야 할 일, 아니 하여야 할 일을 가릴 줄 알았더니 어찌 그리 앞뒤 돌아보지 않고 제멋대로 해치우는 성정은 젊은 날 주상 판박이인가.
"쯧쯧쯧, 병판께서 강직하시고 고집있으신 분이니라. 절대로 이 혼인을 불가하다 하였다면 일은 끝이로다. 오직 주상전하 한 분이 그이를 달래실 수가 있을 것인데 주상께서도 용원의 일은 아예 생각조차 아니 하시니 어찌할 것이니? 허면 그 처자, 시골로 떠났다더냐?"
"어제 오정에 집을 떠났다 하옵는데 오늘내일로 강주에 도착할 것입니다. 그곳이 외가댁이라 아마 한참은 게서 있을 것이라."
"그것으로 일이 잠잠해지지 않을 게야. 내가 용원을 아느니, 그 아이는 제가 하여야 한다면 반드시 하는 아이라, 틀림없이 그 처자 찾아 게까지 갈 것이다."
"설마 대군께서 그런 무모한 일까정 하시지 않으실 겝니다."
"그렇지 않단다. 그 아이 성정에 어디 막힌 데를 참아낼 줄 알고 진득하니 돌려갈 줄 안다면 내가 무엇을 걱정하겠니? 강주가 아니라 저 삭주까정도 갈 게다. 아이고, 헛소문을 피하고자 그리로 간 처자를 따라서 제가 또 게까지 가면은 참으로 그 구설 더 장하여 질 터인데. 머리 자르고 절에 들어간다 하는 말까지 나오게 될 것이다. 헌데 도대체 그 처자는 용원을 어찌 보았다 하던고? 아니, 용원이 먼저였을 테지, 그 후원 깊은 곳의 처자를 그 아이가 언제 어떻게 보고 그리 상사병을 앓았던고?"

한마디 둘째 아드님의 성질머리를 탄식하다가 중전마마께서 빈궁을 바라보시었다. 벌써 끼고 사는 궁녀 아이가 셋이나 되는데, 병판댁 수나 아씨를 어찌 눈여기고 정실로 점 콕 찍어 상사병을 앓았단 말이더냐?

"듣잡기로 사냥길에서 대군마마께서 활을 잘못 쏘아 가마 타고 돌아가던 그 소저 유모를 상하게 하였다 하더이다. 그 소저가 꾸짖어 이르기를 죄없는 짐승을 상하게 하고 이토록 인명까지 상하게 하는 그 사냥꾼이 참으로 무도하다 일갈을 하였다 하옵니다. 아마 대군마마께서 뉘신 줄을 모르고 그리하였던 게지요. 그 이후부터 아마도 속에 담고 보신 듯하니이다."

중전마마, 딱하고 기막히나 그 말 듣고 상그레 웃으셨다. 격하고 자존심 강하며 도도하기로 이름난 용원대군이 아니냐. 심히 그 자존심 높아 하늘을 찌르는데 그런 대군을 엄히 한갓 처자가 꾸짖으니 이 아이가 틀림없이 오기로 시작하였던 일이라. 처음에는 그리 시작하였으되 두 해를 보았다 하니 갈수록 저도 모르게 빠져든 것이라. 이제 그 병은 저도 주체를 못하게 되었구나 싶으신 것이다.

숙정공주도 방그레 웃었다. 둘째 오라비 하는 양이라니. 허구한 날 잘나가는 한량답게 싸움질에 오입질에 하지 말라 하는 것은 다 하고 다닌다 하였다. 또 하지 말라 하는 일을 친 것이야? 하였다. 헌데 알고 보니 귀엽게스리 그 도도한 양반이 수줍게 외사랑이나 하고 있었다니.

"아무래도 내가 나서서 이 일을 풀어야 할 것 같구나. 그 처자 처지도 망극하고 용원의 처지도 딱하도다. 내가 오늘이라도 당장에 병판 대감 뫼시어 말을 넣어야겠구나."

"마마, 부친이신 병판 대감을 움직여서 허락을 받아내 가례 치르심도 옳지만은 실상 중요한 것은 따로 있나이다."

"무엇이냐?"

"혼인을 치르는 것은 무엇보다 당사자의 뜻이 중요한 것이 아닙니까? 소인이 생각하기로 남씨 처자 심정이 참으로 딱하옵니다. 억지로 붙잡히어 혼인한다 쳐도 그것이 무에가 즐거울 것이며 또 안해가 쌀쌀맞으면 대군마마 역시, 성품이 도도하시고 자존심이 많은지라 필시 노여울 터이니 분명 두 분이 혼인한 후에도 즐겁지 아니할 것입니다. 혼인의 결정은 윗전의 일이시니 알아서 하시지마는 꼬인 두 분 그 처자와 대군마마 속내 풀어 참으로 연분나게 하여야 순리라 할 것입니다."

중전마마 빙긋이 웃으며 빈궁마마를 건너다보았다. 네가 소문난 꾀주머니라 하는데 좋은 수가 있더냐? 하는 그런 표정이시다. 빈궁마마 연돌이. 자신만만 중전마마 앞에서 삭삭 잘라내고 정리하고 휘갑쳤다.

"세자저하께서 심히 대군 아우님을 아끼시니 몹시 이번 일을 안타깝게 생각하옵나이다. 이제 말씀드리거니와 이번 국혼의 금혼령 때 그 처자더러 용원의 안해 될 것이니 궐로 들이지 말라 직접 입내어 그 구설 사실로 만드신 이가 저하이시랍니다."

"뭐라? 이 일에 동궁까정 곁둘러 있다고?"

중전마마 깜짝 놀라시었다. 도무지 실수는 하지 않고 빈틈이 없는 세자가 우습고 황당한 이번 일에 연루가 되었다 하니 다소는 당황하신 것이었다.

"예, 마마. 본의는 아니되 일이 그렇게 되었다 하였나이다. 하여 이 일에 책임이 다소간 있나이다. 어마마마, 감히 청하옵니다. 병판 대감을 내전으로 뫼시어 혼인을 서두르시되 이후의 일은 세자저하와 이 빈궁이 맡을 것이니 대군마마 소원을 풀어주사이다. 연치 스물둘이시니 늦었다 할 것이라 서두르신다 하여도 흉은 아닐 것입니다."

"참으로 얼떨결에 한 해에 연거푸 대사 치르게 되었도다. 홋호호. 빈궁이 일 처리가 여간만 씩씩하고 시원시원하지 않구나? 허면 내가 어찌하면 되겠느냐?"

"무엇보다 주상전하를 설득하시어 대군마마 혼인을 윤허케 하여야지요. 대군께서 혼인하면은 이 궐 나가시어야 하나 저택이 지어질 때까지, 대군마마더러 처가살이를 시키면 어떨까요?"

"뭐라? 용원이 나가서 살 궁(宮)이 지어지기 전까정 처가살이를 시키라고?"

"애먼 처자 곤욕을 치르게 한 벌을 받으셔야지요. 홋호호. 어마마마께서 그런 말씀을 하시면은 병판 대감 역시 속으로 좋아하실 것입니다. 하옵고 그 처자와 대군마마 혼인 이후는 저하와 이 빈궁이 알아서 할 것이니 어마마마께선 오직 주상전하만 설득만 하여 주시옵소서."

어젯밤 금침 안에서 빈궁마마, 세자저하와 꿍꿍대며 생각하여 둔 방도였다.

지금 세자도 오정에 정사 보시는 부왕마마 곁에서 배행하는 내내, 낮것 수라 같이 하면서 주상전하를 설득하는 중이었다. 상감마마 수저를 탁 내려놓으며 앞에 대군이 앉아 있는 듯 눈을 부라렸다.

"용원 그놈이 그리 경우없고 격한 줄은 이제야 알았도다. 쯧쯧. 상사병이 나? 참으로 웃기는 놈이로다. 흥, 내전이고 대전이고 눈에 띄는 궁녀들 제 맘대로 손 끌어다 즐기고 뒷방 앉히어놓은 것이 몇 번이냐? 짐이 그리 경계하여도 그 방탕함과 격한 자존심을 죽일 줄을 모른 놈이 말야. 꼴같잖게 상사병이 나? 헛소문 퍼뜨리고 염직한 처자 혼사 애꿎이 작파내어 놓고 저는 헛수고라, 끙끙 앓아? 고약한! 이놈을 짐이 매우 혼구멍을 낼 것이다!"

듣고 보니 참으로 가관이었다.

가장 닮아 또 가장 못마땅한 점이다. 진중하고 점잖으며 헛투른 일 한 번도 아니 하는 큰아드님 세자와는 달리 항시 호탕하고 격하였다. 사냥이나 즐기고 풍류나 쫓는 용원대군에 대하여 젊었을 적 당신 모습과 너무 닮아 은근히 경계하고 주의 주기를 몇 번이었다. 헌데 이놈이 짐의 말을 허투이 듣고서 또 말썽 부렸구나 싶으니 원체 급한 성미가 울컥 불끈거리는 것이다.

"저도 이 일로 세상 일 저 마음대로 아니 되는 일 있다 함을 알 것이라. 좋은 교훈이 되었을 것이옵니다. 용원도 따지고 보면 벌써 연치가 스물둘이니 이미 가례가 늦은 것이 아니오니까? 아바마마께서 그를 잘 헤아리사 좋게 처분하여 주옵소서."

"저가 무엇이 모자라노? 나이가 차면 나아져야 할 것인데 그놈은 갈수록 더하니 참으로 걱정이로다. 헌데 그 남씨 처자는 어떠하냐? 아비의 인품이야 내가 알지만은 따님이야 또 모를 일인데. 얼마나 고운 처자면은 그 염태 밝히는 용원이 한눈에 홀딱 빠진 것인고?"

못마땅하게 이맛살을 찌푸리고 계시다. 어찌하였거나 둘째 며느님 이야기이니 그래도 슬며시 궁금증이 났다. 세자는 빙긋이 웃었다.

"보지 못하였으니 소자도 말씀 못 드리옵니다. 헌데 빈궁이 가까운 동무 있어 들은 바 있다 하더이다. 염태도 고우나 그 성품이 어질고 고우며 참으로 염직하여 딱 어마마마를 닮았다 하였사온데 그만하면 용원 그놈도 눈이 높다 할 것이옵니다. 그만 노화 푸시옵고 용원의 소원대로 하여주옵소서, 아바마마."

동궁마마와 빈궁마마께서 소매 걷고 나섰다. 어찌하든 일을 순리대로 풀어가고자 하며 애쓰시는 마당이다. 허면 당사자인 용원대군께서는 지금 무엇 하고 있는 것이냐? 융복 입고 날랜 말 타고는 남궁을 벗어났다. 급히 성문 밖으로 달려가는데 흡사 미친 사람인 양 급하다. 이게 어찌 된 일인고?

길을 떠난 지가 이틀. 하루는 노들나루께 있는 역사에서 잠시 묵었다. 새벽부터 길을 재촉하여 오정께는 할딱고개 아래에 다다랐다. 이 고개만 넘어가면 외가댁 강주였다. 아마도 저녁께는 도착할 것이다. 유모가 가마 문을 열었다.

"내리시어 요기하옵소서, 아씨."

치자빛 저고리에 홍색 치마, 엷은 농자색 장옷을 쓰고 가마에서 내리는 아가씨. 꽃신 신은 발이 작고 귀엽다.

수나 아씨. 고운 열아홉. 병조판서이자 금상 대왕마마의 총신으로 우러름받는 남준 대감의 큰따님이다. 일이 되었으면 벌써 파평 한씨 가문 종부가 되어 덩실하니 안방 차지하고 있을 터이다. 헌데 참으로 기막힌 날벼락이 떨어졌다. 다짜고짜 어느 날, 한 번도 뵈온 적 없는 궐 안 둘째 왕자이신 용원대군과 정분이 났다 한다. 서로 좋아 이태간 이러저러하다 소문이 장하게 퍼지기 시작하였다.

기막힌 헛소문에 휩싸인 지 벌써 두 해째. 아무리 아니다 하여도 소문은 높아만 간다. 오가던 혼삿말은 어그러지고 부친께 볼따귀까정 얻어맞는 기막힌 신세가 되었다. 이 모든 일이 도무지 이해가 아니 되고 억울하기만 한 수나 아씨였다.

한 번이라도 그분 모습을 눈으로나 뵈었으면. 말이나 나누었으면 억울하지도 않았다. 대체 어찌 생긴지도 모르는 분이 아니냐. 눈이 세 개 달렸는지, 다리가 하나인지도 모르는 분을 두고 어찌하여 정분이 났다는 소문이 장한가 이 말이다.

망신망신 상망신!

우세스럽기로 차마 말할 수가 없었다. 결국 아씨 스스로 시골에 가서 평생 혼인 아니 하고 홀로 살리라 작정하였다. 하물며 다른 이도 아니고 왕자마마와 정분났다 소문난 처자를 누가 겁이 나서 건드리나. 어느 가문에서 감히 며느리 달라 청할 것이더냐? 혼인이야 뜻이 없어 그만둔다 하더라도 수나 아씨, 정분이나 나고서 이렇다 할 것이면 억울하지도 않다 싶었다.

'도통 아무리 생각하여도 이해가 아니 된다. 언제 만나보았다고

소문이 났느냐 이 말이다. 기가 막히어서 넘어갈 일이구나.'
 주막 뒷방으로 개다리소반을 받쳐 든 주모가 들어왔다.
 "드십시오. 드셔야 견디실 것 아닙니까?"
 "……망신당하여 시골 쫓겨가는 처지로 무엇 입맛 찾을 것인가? 유모나 드소. 나는 이것으로 충분하오."
 간단한 소채찬 하여 낮것을 마쳤다. 가마꾼들이 점심 먹고 쉬는 동안 아씨는 잠시 주막 뒤 흐르는 개울가로 나갔다. 오래도록 가마를 탄지라 답답하여 잠시간 세족이나 즐기자 싶었다.
 옥 같은 맑은 물이 흐르는 개울. 붉은 단풍잎이 뚝뚝 떨어져 흐른다. 마음속까지 말갛게 비추일 듯한 청류(淸流)였다. 물끄러미 얼굴을 비추며 앉아 있는데 이 내 신세가 참으로 기가 막히고나 싶었다.
 '내가 언제 사내를 보았단 말이냐? 참으로 기막히다. 정분이나 나고서 이런 소문 돌면 억울치나 않지. 게다가 왕자마마라니? 구중심처 계시는 분이 언제 시정에 나올 일이 있을 것이냐? 나 역시 후원 초당 밖으로 나간 적이 없으니 도무지 모를 일이다. 있다면야 오직 한 번, 유모 팔 상한 무도한 사냥꾼 꾸짖어 가마문 열고 똑바로 본 적 있으나…….'
 갑자기 아씨 머리 위로 연보라빛 산국이 후드득 마구 떨어져 내렸다. 해연히 놀라 퍼뜩 고개를 돌렸다.
 에구머니, 망측하여라! 방금 뇌리에서 떠올렸던 그 사내. 밉살스럽고 오만 무도하기 이를 데 없던 그 사냥꾼 놈이 말을 탄 채 개울가 저편에 서 있는 게 아니냐? 이 무도한 놈 하는 양 좀 보소. 백주 대낮에 양가 처자를 희롱하여도 유분수이지. 히죽히죽 웃으며 보란 듯이 꽃비를 던지어 자신을 드러냈다.
"기가 막히는구나. 대낮에 양갓집 규수를 희롱함이 이토록 방자한고? 네놈이 누구이기에 이런 무엄한 짓을 하느냐? 사람 불러 경치기 전에 썩 물러나렷다?"
내외하는 터라, 수나 아씨는 고개 돌려 외면하였다. 분하여 앙칼지게 호령하였다. 고약한 사냥꾼 이놈 하는 짓 좀 보소. 손에 들고 있던 꽃을 쓰레기 던지듯이 수나 아씨 머리 위로 툭툭 털더니 다짜고짜 반말이었다.
"흥! 그 도도한 성미 조금도 줄지 않았구나? 너, 방금 무엇 먹었더냐? 분명히 국밥에 방자구이 먹었겠다? 손에 피 묻히어 싫다 하였더냐? 허면 니 먹은 그 소는 뉘가 잡은 것이냐? 백정 놈이 잡고 너는 먹기만 하니 상관없다 그 말이더냐? 도도하고 방자한 것 같으니라고! 흥, 내가 너 하도 괘씸하여 네 혼사 작파시키고, 도도한 너 데려갈라 하였던 파평 한씨 그 용렬한 인간 만나서 너하고 내가 이미 정분났다 하였다. 이제 속이 다 시원하니, 시골 도망가서 우세하며 살거라! 괘씸하고 건방진 것."
그 대목에서 수나 아씨 혼비백산하였다. 괘씸하고 무도한 저 사냥꾼 놈이 바로 저하고 정분났다 소문이 난 그 용원대군 마마가 아니냐?
용원대군이 말 등에서 훌쩍 뛰어내렸다 거침없이 철벅거리며 물을 건너왔다. 어쩔 줄 몰라 하며 입술만 깨무는 아씨 앞으로 서슴지 않고 다가왔다. 왈칵 여린 팔을 움켜쥐었다. 아이고머니나, 어머니! 담쑥 끌어안아 제 품에 담고는 딸기같이 무르녹은 입술을 냉큼 훔쳐 버렸다.

"이미 정분났다 소문 장하단다? 이래도 흥, 저래도 흥. 문을 잘 잠그고 살아야 할 것이다. 맘 내키면은 내가 밤에 달려들지 어찌 아느냐? 도도한 것이 꼴에 감히 나더러 호령을 해?"

"대체 어찌 이러시오니까! 한없이 소녀를 우세시키고 망신 주었으면은 되었을 터인데 어찌 또 이리 수모 주시느뇨? 이 소녀가 무엇을 그리 잘못하였소이까?"

몸부림치며 유모를 불러보나 헛일이다. 통통한 주삿빛 입술은 이미 대군의 입술에 눌려 있으니 말이다. 바둥이는 여린 몸은 억센 품에 잡혀 있어 도무지 빠져나갈 길이 없었다. 용원대군, 퍼런 빛이 형형한 시선 치뜨고 수나 아씨 달아오른 낯을 내려다보았다. 네가 이기니? 내가 이기니? 그저 오기만 남은 형상이었다.

"너는 나하고 혼인하지 다른 사내하고는 못할 것이다! 도망가 보아라. 내가 게까지 아니 갈 줄 아니? 혹여 머리 자르고 비구니 된다 할지면 그 절까정 불질러 버린다. 엉? 도도한 머리통에 털 날 때까지 가둬놓을 테다. 쓸데없는 생각 하였다간 네 집안 모다 풍비박산 낼 것이야. 네 누이들도 모다 너만치 망신 주고 수모 주어 혼삿길 막아버릴 작정이니라."

"너무하시오! 대장부가 어찌 그리 모지시오?"

"흥. 내가 대장부라 누가 말하더냐? 이 용원은 옹졸하여 소인배니라. 그 망신당하기 싫거든 한 이레 가만히 있다가 돌아오너라. 내가 너희 집에 매파 보내어 청혼할 것이다. 동짓달에 가례 치러주시오 하고 이미 어마마마께 말씀드리었다. 알겠느냐?"

"마, 망측하옵니다! 어, 어찌 소녀에게 이토록 큰 망신을 주심이뇨?"

달달 떨리는 목소리로 항의하였다. 허나 겁없는 용원대군 눈 하나 까딱하지 않았다. 오히려 목소리 낮추어 음산하게 위협하였다.

"니가 자꾸 내 말 거역하고 딴소리하면은 이대로 달랑 말에 태워 그대로 남궁 데리고 들어갈 것이야. 야합하고 뒷방 처자 만들어줄 것이니라. 어찌하련? 정식으로 첩지받고 국대부인으로 살 것이더냐? 아니면 이 밤에 나에게 업혀가서 하찮은 잉첩으로 살 것이더냐?"

"참으로 무서운 그 말씀이 사실이오?"

"사실이 아니면은? 내가 귀한 밥 먹고 헛소리를 할 것이더냐? 내가 너를 그날부터 두고 본 지가 두 해거늘, 감히 도도하게 나를 거부해?"

수나 아씨 예서 다소간 헷갈렸다. 용원대군이 두 해 전서부터 저를 보았다 함은 바로 두 사람이 눈 맞춘 그날부터인 듯하였다. 인제야 다소간 이해가 되었다. 헌데 그러한 후에 언제 한 번이라도 신호를 보내었나? 눈짓이나 제대로 한 번 하였던가? 그 사냥꾼이 용원대군 마마임도 이제 알았거늘 언제 저가 마마를 거부하였다는 말이더냐?

"소녀는 도통 그런 적이 없습니다. 그날의 사냥꾼이 마마인 줄 어찌 알 것이며 언제 나더러 신호라도 보내셨소?"

"댕기도 주었다! 게다가 네가 낀 고 옥지환, 누가 주었더냐? 내가 주는 것은 전부 다 받고서 저는 딴 놈하고 혼담이라? 흥, 기가 막히어서. 네가 참말 고약하다. 사내 마음을 가지고 희롱함이냐?"

"소, 소녀는 댕기 받은 적도 없사옵고 옥지환이라 있는 것도 사친께서 생일이다 하시며 주옵신 것이거늘 그는 참으로 애먼 덫이라. 어찌 이리도 억지하심이 심하십니까?"

수나 아씨 비명을 질렀다. 비로소 용원대군 문득 얼굴을 벌겋게 붉히었다. 씩씩대며 야속하다 무정하다 난리를 쳤다.

"이, 이런 발칙한 것을 보았나? 네가 아주 시침을 똑 따는구나? 내가 말을 하여보까? 병판 대감이 그 옥지환 줄 적에 내가 준 것이라 말 아니 하시더냐? 네가 육의전 가서 옷감 끊을 적에도 그러하였다. 대국에서 들어온 자주 댕기 하나 받았기로 그는 내가 슬쩍 값치른 것인데 의심도 않고 좋아라 가져갔잖느냐? 아니 그러하니? 대답하여라!"

"아이고머니나, 어머니."

듣자 하니 억지도 그런 상억지가 없었다. 용원대군 하는 말에 기가 차서 아씨는 펄썩 바닥에 주저앉을 뻔하였다.

"이 말 저 말 할 것 없다. 어찌하였건 지금까정 내가 준 댕기 매고 돌아다니었으니 너는 이미 내 정표를 받은 게다. 허니 넌 내 사람이다. 억울하다 말하지 말아라."

"댕기 가져가시오! 누가 달라 하였소?"

"이 건방진 계집 좀 보소? 내가 주면 저는 받을 일이지 무에 그런 잔말이 많은 게야? 입 다물고 듣기나 하여라. 내가 지금은 돌아가나 이레 후에 다시 네 집 앞 언덕에 나가 있을 게다. 필시 그때 나오너

라. 아니 나오면은 내가 곧장 병판 대감 댁 대문 차고 들어갈 것이다!"

이런 생떼, 무도한 억지는 참으로 머리털 나고 처음이었다. 너무나 기막히어 수나 아씨는 멍하니 대군의 얼굴만 올려다보았다. 마치 입맞춤을 바라듯이 반쯤 벌어진 발간 입술. 대군은 사양치 않고 다시 한 번 세차게 물어뜯어 흔적을 남기었다.

말에 올라타더니 씽긋이 웃었다. 석상처럼 선 수나 아씨를 남겨두고 말고삐 당겨서는 아까 나타난 것처럼 금세 바람처럼 사라져 버리었다.

'이게 다 한바탕 꿈인 게지?'

수나 아씨는 대군이 물어 삼킨 입술에 가만히 손을 가져다 댔다. 이제야 느껴지는 아픔이었다. 너무 세게 빨아 터진 아랫입술이 욱신거렸다. 유모가 말발굽 소리에 놀라 달려나왔다. 무슨 일인가? 아씨가 가만히 하늘만 바라보다가 빙긋이 웃었다. 유모를 돌아보는 얼굴이 의외로 침착하였다.

"외가댁에 아니 갈 것이오. 가마꾼더러 집으로 돌아가자 기별하오."

"아이고, 아씨, 갑자기 어찌 이리하시오? 헌데 얼굴이 어찌 이러오? 빨가니 변하였습니다."

"내가 이미 사내와 정분났다 소문 장한데 무얼 다시 물어보시오? 정분난 그 사내 오늘에서야 비로소 만났구먼. 참으로 밉살맞고 능글맞도다. 그 사내가 백주 대낮에 이리한 터라, 기가 막히어 말도 아니 나오지만은 어쩔 것인가? 내가 그 남정네를 보고 설레어 낯을 붉힘도 참말 더 웃기는 일이로구나. 올라가시오. 가마 돌리오."
 수나 아씨, 윽박만 지를 줄 아는 그 사내. 그저 밉살스럽고 무도하기 이를 데 없으며 제멋대로인 용원대군과 마침내 만났다.
 첫 만남인 터임에도 어찌 그리 당당할까? 협박하고 공갈하는 바는 참으로 기가 막히었다. 하지만은 기함할 헛소문의 주인공인 용원대군이 이 년 전의 그 사납고 방자하던 사냥꾼임을 비로소 깨달으니 답답함은 다소간 풀렸다. 오히려 홀가분하였다.
 '참말 기가 막히어 뒤로 넘어갈 일이다. 그 짧은 만남인데도 대군마마께서 나를 그리 눈여겨보았더란 말이더냐? 심히 호탕하시어 장안 이름난 명기라 하면은 모다 점고하여 열흘이고 보름이고 아예 눌러앉아 기물 세간 전부 바꿔주시며 데리고 노신다 소문 장하였다. 국대부인 첩지 받고 호의호식할지는 모르되 평생 그 안해 마음고생할 것이다 하였는데 그가 바로 나일 줄은 누가 알았더냐?'
 수나 아씨. 포스스 한숨을 내쉬었다. 아무리 거칠어도 진심은 통하는 법이다. 무도하고 거칠었으되 용원대군이 전하는 속내는 이글거리는 연정의 표출이었다. 막자 하니 이미 너무 세찬 파도였다.
 '겉보기로 호방한 사내가 의외로 순정에 약하다 하였다. 어차피 나와 연분났다 소문 장하고 참으로 격하시사 아까 말씀처럼 아우들 헛소문이며 집안 작살낸다 함이 거짓이 아닐 것 같아. 한다 하면 하시는 분이니 내가 에서 계속하여 도도하니 고개 흔들었다간 더 심한 일이 벌어질 것이다. 차라리 지금은 조용히 가납하되, 훗날 두고두고 호방함을 잡는 것이 더 나을 테지.'

영리한 수나 아씨, 금세 짐작하였다. 한 번 장난삼아 여염집 처자를 건드려 봄은 아니었다. 아까 그 벌겋게 붉힌 낯으로 알았다. 댕기 슬쩍 끼워주었다 하였고 정표로 옥지환 건네주었다 하니 어쩌랴? 모르고 하였다 하나 그 댕기 자주 하였고 옥지환 낀 이는 수나 아씨 자신이니 용원대군이 억지 쓰면 할 말이 없기는 없었다.

 얼떨결에 수나 아씨. 백주 대낮에 입술 뺏기고 말았다. 졸지에 참으로 정분이 나버렸구나. 가마 다시 돌려 도성으로 돌아가는구나. 기특한 모습을 용원대군은 언덕에서 지켜보고 있었다. 만족스럽게 웃는 중이었다.

 '조것. 영리하거든? 내 말을 재빨리도 알아들었구나. 암, 그래야지! 후후, 귀여운 것이 입술 한 번 장히 맛나다.'

 슬쩍 손을 들어 제 입술을 한 번 슥 만지었다. 씩 웃었다. 이레 후에 만나자 하였으니 아예 이참에 형님마마처럼 살도장을 찍어버려? 용원대군 욕심찬 입술을 지그시 물며 고개를 흔들었다.

 '아니야! 야합하고 잉첩으로 살 것이냐? 순순히 청혼 받아들여 국대부인으로 살 것이냐 선택하라 하였던 것은 나이니 혼인할 때까정은 손만 잡을 것이다. 사내 체면이 있지. 흠흠흠. 빈궁마마, 은근히 기가 막히도다. 여인네 몸으로 날더러 수나를 냉큼 채어가서 뒤로 넘어뜨리라 그런 충고를 하다니. 핫하. 도도하게 외면하였지만은 내가 저 입술 물어 삼키니 발가니 낯 붉히던 것 좀 보아? 내가 이리 나오니 저도 돌아가는 사정을 알아들은 것이야. 형님마마께서 아바마마를 설득하여 주신다 하였고 빈궁마마, 어마마마께 말씀 잘 올린다 하였으니 네가 아모리 용빼는 재주 있어도 아니 된다. 동짓

달엔 너도 국대부인이다. 수나야.'
 허나 용원대군, 아직 모르는 일이 있었다. 세자저하와 빈궁마마 두 분이 지금 용원대군더러 골탕 좀 먹어라 하며 장난질을 친 터이다. 혼인하여 이태나 처가살이시킬 작정인데 어찌하랴? 뚝뚝하기로 소문난 남준 대감이 아무리 왕자마마나 사위인 용원대군의 방탕하고 호방한 생활을 용납하기 만무하다. 혼인하여도 처가살이하는 팔자, 용원대군 제멋대로 하는 모든 것이 다 걸릴 터. 망신스럽고 낯 뜨거운 일도 못할 것이다. 부왕이신 주상전하의 낯을 우세시키는 일이라 심히 경계할 바. 그물에 딱 걸리어 두고두고 고생할 일만 남았구나.
 세자저하와 빈궁마마. 밤에 의기양양 동궁으로 찾아온 용원대군을 맞이하였다.
 "수나 고것이 스스로 알아듣고 제집으로 돌아갔소이다. 그럼 그래야지. 역시 영리하니 내 말을 잘 듣는 것이오."
 기고만장 다 잘되었다 잘난 척하는 것을 듣고만 있다. 모르는 척 미소 지으며 잘하였다 한마디 치하하였다. 빈궁마마 역시 조용히 입 다물고 있을 뿐. 허나 대군이 돌아가자마자 배를 쥐고 두 분 마마 똑같이 박장대소. 데굴데굴 방바닥을 굴렀다.
 "인제부터 고생문일 터인데, 저는 그것도 모르고 저토록 좋아 난리라니…… 지금은 제 뜻대로 되었다 좋아하지만은 내일 부왕마마 하명 받잡고 뒤로 넘어질 것이야? 흐흐흐. 아바마마께서 그놈 방탕한 버릇 단단히 고치겠노라 작정하신 터인지라, 한 이태나 처가살이시킬 것이라 하였소. 제 맘대로 살던 버릇은 이제 끝이야. 으하

핫하."
 동궁마마와 빈궁께서 배꼽 쥐고 뒹구는 것을 까마득히 모른다. 불쌍한 용원대군은 마냥 기분 좋아 남궁 돌아갔다. 뒷방에 앉혀둔 후실들 셋 한꺼번에 불러내어 술 한잔 따라라 하명하였다. 염태 서로 다투며 애교 부리는 여인들 사이에서 술잔 들고 거나하게 기분을 내시는구나.

제7장 그물에 걸렸구나

　　　　　어어어, 할 사이도 없이 예조판서를 내보내었다.
억억억! 이건 아니 되오! 고함지를 사이도 없었다. 대군의 생년월일
이 적힌 사주단자 보내어 납채라. 친영 날을 동짓달 열엿새로 정하
였다.
　말 그대로 번갯불에 콩 구워 먹는 형편이었다. 죽어도 그리는 답
답하게 살 수 없사옵니다, 감히 상감마마 뵙고 불퉁하게 고집부려
볼까 하였지만 아차차. 이미 늦었다.
　벌써 병판 대감 저택 외사랑에 대군마마 거처를 새로 꾸민다 하
네? 공조에서 대목들을 몰고 효동으로 나갑니다 고변하였다. 말도
못하고 끙끙 앓았다. 한숨을 수천 번 내쉬며 홀로 궁리하였다. 방바
닥에 딱 붙어 궁리궁리. 뾰족한 수가 생각나지 않으니 이리 데굴 저

리 데굴 굴렀다. 팔자에 없는 처가살이를 하며 답답하게 말라죽을 생각을 하니 눈앞이 캄캄하였다.

나는 죽어도 그리는 못 살 것이야. 마침내 용원대군은 아랫배에 딱 힘을 주었다. 감히 부왕마마를 대적하러 우원전으로 나갔다. 속으로야 끙끙 앓으면서도 일단은 잘 보여야 하지. 억지로 웃는 낯을 한 채 아바마마, 소자가…… 하고 운을 떼려 하였다.

"오냐, 잘 들어왔도다. 그렇지 아니하여도 너를 부르려 하였다. 게 앉거라."

신임하는 세자를 옆에 두고 전국에서 올라온 상소들을 읽어 내리고 있던 상감마마, 한량 둘째 아들을 바라보며 속으로 코웃음을 쳤다. 네놈이 어찌하든 처가살이 피하려고 술수 부리러 온 모양이다만, 맘대로 될 것 같으니? 사정하러 온 터겠지만 어림없다. 너 이놈 이참에 방탕하고 제멋대로 사는 그 버릇을 반드시 고치고야 말 것이다.

끝까지 모르는 척이시다. 야속한 부왕마마. 도통 저더러 항명할 짬을 주지 않았다. 대군더러 말할 기회도 주지 않았다. 억장을 무너지게 만드는 말씀만 좔좔좔 읊으시는구나.

"짐이 이미 네 모후더러 이야기를 하였다만, 이태 걸러 처가살이 할 것이면 혼인하고 그것을 가납하지 못하면 이 혼사, 짐은 도통 찬동할 수 없다. 관두라!"

"예? 예? 혼사를 관두라고요?"

"사내가 애먼 처자의 혼삿길 막고 장히 우세를 시키었으면 그에 대한 책임을 져야지, 이제 와서 뺄 것이더냐? 네가 끝까정 이 일이 싫다 하면 혼사는 없던 일로 하고 그 처자, 짐이 하명하여 산문에 들여보내어서 다시는 보지 못하게 할 것이니라. 어찌하련?"
"하, 하지만은……."
"하지만은?"
부릅뜬 눈이 무서웠다. 정색한 용안을 올려다보니 등에서 식은땀이 절로 흘렀다. 성정이 몹시 격하시다. 한 번 아니다 하면 도무지 말릴 사람이 없는 분이다. 제가 여기서 말 한마디를 잘못하면 다시는 수나 아씨를 보지 못하게 되겠고나 직감이 탁 들었다.
'청 잘 들어주는 어마마마께 죽도록 떼를 쓸 것을…….'
후회하였지만 이미 늦었다. 하지만 그 역시 제법 강골이고 대찬 성격이다. 죽을 때는 죽자 하여도 한 번 소리나 내지르자 싶어 어물어물 눈치 보며 항변하였다.
"하, 하지만은 소자가 생각하기로…… 음음음. 처가살이야 한다 하지만은요. 아바마마, 명색이 이 몸이 대군인데, 하냥 처가살이도 민망치 않겠나이까? 이 몸에 딸린 식솔이 만만치 않은 고로 수하 시중을 어찌 다 처가에 수발을 맡길 것입니까?"
"거처할 공간도 없는데 무슨 염치로 남궁의 식솔들을 다 끌고 간다더냐? 몇 해 걸러 사저가 완성될 터이면 그때서야 부를 일이지! 네 한 몸 시중에는 내관 두엇에다 호위 서넛이면 충분할 터. 새아기야 친가에서 부리던 아랫것들이 있을 터이고, 궐에서 보낸 궁녀들이 또 있을 테니 그만하면 되었지."
"내관 두엇만 데리고 나가라고요?"
듣다 보니 참으로 서러웠다. 왕자궁 수하라, 끌고 다니는 아랫것들만 해도 수십여 명. 뒷방 둔 고운 궁녀들에 가끔가다 눈요기할 나인 계집아이들. 활쏘기에 투전판에 도성 거리 쓸고 다니던 호위밀들 다 어쩌라고요? 재미난 그들을 버리고 내관 두엇만 데리고 나가라신다. 결국은 왕자궁 다 지어질 때까정 처가의 빈대 팔자, 꽥 소리도 말고 붙어 살아라 그 하명이었다.
"네 한 몸 시중에 내관 두엇이면 충분하지. 저 번동쯤 하여 용원너의 궁을 지어라 하명하였으니 사저가 완성될 때까정 너는 네 안해와 조촐한 식솔 거느리고 처가에서 지내거라."
꺼스래기 말 한마디도 붙이지도 못하게 하였다. 하명이 더없이 엄하였다. 기는 막히나 어찌하리. 일은 이미 끝장난 것을. 풀 죽은 용원대군, 그래도 지푸라기 잡는 심사였다. 나 좀 도와주시오 하고 형님 저하를 바라보았다. 헌데 이 얄밉고 야속한 분 좀 보시오? 곁도와주는 말 한마디 없다. 오히려 부왕 하시는 말씀이 다 옳소 하듯이 고개만 끄덕였다. 애타는 저의 시선은 하냥 외면하는구나. 무연하게 먼 데, 딴 곳만 바라보고 있었다. 그것도 빙긋이 웃음 물고!
'모다 한통속이구나.'
멍청한 대군은 모든 일이 저에게만 불리하게 되어가는 것이 바로 저 앞에 앉은 형님마마 머리에서 나왔음을 비로소 깨달았다. 이, 이런 얄밉고 교활하고 배은망덕한 분이 있나! 용원대군, 이를 갈았다. 주먹을 꽉 움켜쥐었다. 저는 있는 망신 없는 구설 가리지 않고 소매 걷어붙였다. 노총각 형님마마가 어린 신부 얻게 도와드렸건만 이분 하는 짓을 좀 보소. 아우를 도와주지는 못할망정 골탕을 먹여?
괘씸하기는 빈궁마마가 더하도다. 부부는 한 짝이라 하더니 똑같은 인간이로고! 살긋살긋 웃으며 은근히 도와주는 척하여 믿었거늘. 처음부터 끝까정 저를 속이고 기만하고 뒤통수 후려치는 속셈이었다.

허니 알았으면 무엇 해? 일은 벌써 다 파작이 났는데. 이제 와서 혼인하지 않겠다고 발을 뺄 수도 없는 노릇이 아닌가.

"그래, 어떠하니? 짐 말대로 하련? 처가살이도 좋으니 혼인하련?"

"하, 하지요! 사내가 일을 쳤으면 마땅히 책임짐이라. 합니다. 네. 합니다요. 그깟 처가살이 서너 해면 뭐…… 소자는 허구한 날 대대손손 게서 살아라 할까 봐 근심하였나이다. 흠흠흠."

도도한 자존심에 곧 죽어도 저가 잘났다. 아프다, 잘못하였다 말은 못하였다. 자신만만 큰소리를 치고 돌아서는 용원대군, 넓은 어깨가 축 처졌다. 허나 남아일언 중천금, 더 이상 무어라 항명할 도리가 없었다.

그날로부터 이레 후, 용원대군은 병판 대감 저택이 내려다보이는 언덕배기 나무 아래 서 있었다.

내관을 살그머니 내보내 수나 아씨더러 언덕에서 만나자 기별하였다. 미리 나가서 기다리는데 넓은 어깨가 축 처졌다. 전신에 힘이 빠졌다. 이 모든 일을 시작한 것은 그 자신이니 책임질 이도 자신이다. 조금만 더, 손톱 끝만큼만 더 신중할 것을…… 무작정 몰아붙이는 것이 아니라, 궐내 진정한 실세인 어마마마에게 떼를 써서 살살 풀어갈 것을…… 후회하였으나 이미 늦었다. 벌써 엎질러

진 물이었다.

노을이 서쪽 하늘을 물들일 즈음이다. 치자빛 장옷을 뒤집어쓰고 유모 딸린 채, 수나 아씨가 하기작하기작 걸어나오는구나. 내외하는 풍습이다. 정분났다 소문 장하고 입술까정 나눈 사이이되 수나 아씨와 용원대군 한동안은 서로 등 돌려 외면하고 새침 떼며 서 있기만 하였다.

호기심이다. 수나 아씨, 눈치채이지 않게 살짝 곁눈 돌렸다. 무작정 혼인하자 난리치고, 우리 서로 정분났다 억지 부린 그 사내를 몰래 바라보았다.

대군마마가 사냥복 아니 입고 있는 것은 처음이다. 아름답다 소문이 난 주상전하를 빼박아 닮은 모습이니 오죽하랴? 하얀하니 맑은 얼굴에 귀까지 뻗친 검미, 우뚝한 콧날이며 붉은 입술에 씩씩한 장부의 기상이 넘치었다. 청색 도포에 옥관자 두른 갓 쓰고 서 있는 모습이 참으로 왕자로서 타고난 위엄이 흐르는구나. 주상전하와 중전마마 슬하 형제분 중에 둘째 용원대군 마마가 그중 제일 잘났다 하는 소문이 당연하였다. 무엄히 협박하고 공갈치던 그 능글맞고 기막힌 모습은 온데간데없다. 어디 내어놓아도 빠지지 않을 영명하고 늠름한 기상 넘치는 대장부 한 명이 서 있었다.

"사흘 후에 납폐하오."

용원대군이 괜히 마른 이파리 한 주먹을 따서 바닥에 던지며 퉁명스레 한마디 내뱉었다. 수나 아씨가 작은 목소리로 아옵니다, 대답하였다. 대군이 또다시 발끝으로 돌멩이를 툭 걷어찼다.

'흥, 고개 돌려 얼굴 한 번 보아주면 어디 덧나니?'

홀로 앙앙불락. 입이 툭 튀어나온 채 대군이 다시 말을 이었다.
"형수님, 빈궁마마 하여주신 것만큼만 하여주시오, 하고 어마마마께 간청하긴 하였으되, 아무리 그러하여도 다소는 못할 것이오. 담에 내가 또 맞춰주리라."
"상관없소이다. 대군마마께옵서는 도성 명기들은 전부 점고하여 세간 기물 보통으로 장만하여 주시고는 내쳐 데리고 논다 소문 장하시더이다. 언제 보잘것없는 소녀 패물까정 하여주실 것이오?"
수나 아씨가 작으나 똑똑한 목소리로 되받아쳤다. 그리 방탕하게 살며 제멋대로 논 것으로 모자라 인제 조용히 사는 내 팔자까지 망치려 드니? 한마디 야물딱지게 쥐어박는 뜻이었다.
가만 듣자 하니 은근히 건방지다. 용원대군이 휙하니 고개 돌려 노려보았다. 신경 써 저의 패물을 장만하여 줄 것이다 비위 맞추는 이야기가 아니냐? 헌데 싫다 앙탈을 부려? 안즉 혼인도 아니 한 터로 요것이 벌써 투기더냐.
'이 대군이 젊은 혈기로 다소 방탕하였기로서니 말야. 잔재미 좀 볼 것이다 하며 두어 번 기생 끼고 놀아본 적은 있지만 말야. 그것은 시정의 다른 사내들 다 하는 짓이라. 무엇 그리 큰 흠이냐? 요것이 앙큼하고 소갈머리 좁아서 벌써 혼인 전부터 지아비를 잡으려 드는구먼?'
수나 아씨는 대군이 씩씩대며 노려보나마나, 모르는 척 해지는 하늘만 바라보고 있었다. 제멋대로 방탕하며 풍류잡이하시고 살 양이면 애초부터 꿈 깨시오. 내가 그것을 그냥 둘 줄 아시오? 오드득 모질게 이를 갈았다. 혼인 전부터 도도한 기(氣)싸움이었다. 어디 한 번 누가 이기나 해보자. 이런 뜻이었다. 대군이 눈을 부라리며 혀를 찼다.

"정실의 가례 꾸밈붙이 하여주는 것하고 그게 같은가? 별 희한한 소리를 다 하고 있도다. 이것 보시오. 다소 내가 풍류를 찾았다 하여 사내로서 그토록 큰 흠이던가? 뉘든 다 하는 일이라 그를 뒷말할 양이면 그대가 살기 괴로워."

"뉘든 다 하다니요? 우리 집안 아버님과 일가친척 오라비께서들 그리한 것을 한 번도 본 적 없나이다. 구구절절 정절을 지켜라 내전(內典)에 많이 적혀 있기로, 매사 성실하고 공경함이 부부지간 기본이라. 마마께서는 군자이시고 또 지엄하신 주상전하 아드님이시니 더더구나 삼가셔야 할 것이 아닙니까? 당신 방탕하신 것을 두고 남들 다 하니 그리한다 변명하실 것은 아니지요."

"하여서? 그래서 어찌하겠다는 것이니? 나더러 좁쌀 형님처럼 구구절절 글이나 읽고 점잖은 척 수염이나 쓰다듬으며 안방에서 네 치마꼬리 매달려 살라 그 말이니?"

"누가 그리 말하였습니까? 다만 당신 성실치 못한 것을 두고 남 탓을 하시면 아니 된다 그 말입니다."

"너 아주 잘났구나? 조용하게 눈 내리깔고 잘난 척하기에 요것이 요조숙녀로구나. 몹시 얌전하고 말 잘 듣겠구나 하였더니 말야. 말짱 거짓이로다. 너, 혼인하면 참 볼만하겠다?"

"알지도 못하는 사람 속을 찬찬히 헤아려 눈치채지는 못하고 껍질에 속은 어리석음 탓은 왜 안 하시노?"

성질 같아서는 저 종알거리는 얄미운 입술을 한 대 콱 패주고 싶었다. 저것이 파평 한씨 가문에서 종부로 탐내었다 하더니 그 이유가 있음이야. 은근슬쩍 뒤통수를 돌려치는 말들이 야무지고 당당하며 준엄하였다. 고요하니 눈 내리깔고 어진 척하였기에 말랑말랑할 줄 알았더니…… 저절로 한숨이 나왔다. 멍청한 용원대군 제 무덤을 제 손으로 판 것이다.

"하여서? 방탕하고 불한당 같은 터라 우리 혼사 물리자는 말이냐?"

"물리라고 하면 물리실 것입니까?"

"웃기는 소리. 그리는 못하지! 내가 온갖 체면 구겨가며 이런 짓을 한 것에는 끝장을 보자 함이라. 너, 네 아비더러 헛된 말하여 혼사 작파하자는 말만 하여라. 아주 콱!"

"아주 콱? 콱 어찌하실 것인데요?"

낼모레 혼인하자는 그 사내 하는 이야기를 듣고 있으려니 하도 같잖고 가당찮았다. 비로소 몸을 돌려 동그란 눈 올려뜨고 당차게 캐물었다. 황홀한 주홍빛 노을을 옆얼굴로 받아가며 영롱한 눈을 반짝이니 아씨의 모습이 너무 고와 순간적으로 순진한 용원대군. 받아치려던 말을 꿀꺽 삼켜먹었다. 장히도 고운 계집이로고. 게다가 도도하고 당차며 날 이겨먹으려 드는 성깔까정 있음이야. 이런 참이니 널 보고 내가 상사병이 난 것이 아니더냐?

"흠흠흠. 아, 아니, 어찌한다는 말이 아니라…… 음음음. 말이 그렇다는 것이지! 여하튼 우리 혼인은 하늘이 무너져도 그래도 갈 것이니 그리 알라. 허고 내, 그대 집안에 면구하니, 처가살이할 동안은 뒷방 것들은 아니 데리고 갈 것이야. 허니 그것들 방 꾸밀 걱정

그물에 걸렸구나 241

은 하지 마오."

"민망한 처가살이 살림 장만하면서, 뒷방 계집들 기물 세간까정 마련하라 그리 못하실 줄은 알았습니다. 염두에 두고 있지도 않으니 상관 마시지요."

처가살이하는 팔자에 감히 내 앞에서 후실들 끼고 희희덕거리게 그것들을 데려오라 할 줄 알았니? 네가 설사 데려온다 하여도 반드시 내가 못하게 막았을 것이다 이런 뜻이었다. 은근슬쩍 갈수록 더 밉살맞아 간다. 대군은 한마디도 지지 않는 수나 아씨를 노려보며 흥 하고 코웃음을 쳤다.

"내가 하잔다 하면 하는 것이지. 뭐라고 잘난 척이니?"

"무엇이긴 무엇인가요? 마마의 정실이라 이리합디다."

"흥. 제 자리를 알긴 아는구먼? 정실이면 정실답게 의젓한 위엄 갖추고 꼴사납게 투기 보여 내 발목 잡지 마시오. 부.인. 내 분명히 이야기하였소이다. 이만 들어가시오. 남 눈이 볼까 무섭도다."

남 눈이 무섭다면서 나오기는 왜 나오라고 하였노? 수나 아씨, 모르는 척 제멋대로에다 이기적이고 도무지 남 생각은 손톱만큼도 아니 하는 용원대군을 오끔하니 눈 세모꼴로 뜨고 노려보았다. 누가 엉덩이라도 걷어찼더냐? 훌쩍 말 등에 올라 말발굽아, 사람 살려라 하고 도망치던 대군이 다시 돌아왔다. 수나 아씨의 발치 끝에 툭 하고 분홍 꽃주머니 하나를 던졌다.

"그대 주려 이태 전에 장만한 것이로다. 가례 때에 하시오. 그 도도한 얼굴에 잘 어울릴 것이다."

히죽 웃고 사라지는 사내의 모습이 완전히 사라질 때까지 아씨는 마냥 그 자리에 서 있기만 하였다. 이윽고 다가온 유모가 아씨 대신 허리 굽혀 그 주머니를 주웠다.

"아이고, 아씨! 참으로 귀물이오. 오직 궐에서만 볼 수 있는 것이라 할 것입니다. 대군께서는 참 다정하십니다. 이런 귀한 패물도 선사하시고 말입니다."

주머니에서는 노리개가 나왔다. 황금 박쥐를 투각한 아래 색실 연연히 달리고 몇 개인 줄도 모르는 커다란 진주며 산호가지가 달린 향낭 노리개가 아니던가? 정분난 처자 주려 이태 전서부터 대군이 품속에 넣고 다닌 것이었다. 수선스럽게 유모가 저고리 고름에 한 번 걸어주는 노리개를 내려다보며 수나 아씨. 무슨 생각하고 있는지는 모르나 한참 후에 빙긋이 웃고 말았다. 아씨 속은 오직 미소 짓는 그 사람만이 아는 것. 이렇게 하여 한 곳에서 마침내 처녀 총각 정분이 나버렸구나.

한 사람은 말을 타고 가며 실성한 것만 양 히죽히죽 좋아 난리였다. 또 한 사람은 새침하게 돌아서서 아무 일도 없다는 이 집으로 돌아간다.

약속도 아니 한 터로 그 다음날 다시 그 언덕배기에서 용원대군, 수나 아씨 얼굴을 바라며 마냥 까치발이었다. 이리저리 서성이다가 갑갑증이 났다. 혼수인 저고리를 마르다가 갑자기 초당에 날아온 화살에 깜짝 놀랐다. 마루 끝으로 나선 수나 아씨. 언덕에 선 사내 그림자를 바라보며 이내 얼굴이 벌게졌다.

한편 동궁.

가례 후 한 달 남짓한 빈궁마마. 글 읽는 신랑 앞에 소반과 받쳐 들고 들어가 놀아달라 앙탈을 하였다. 살랑거리는 애교에다 달큰한 투정질에 못 이긴 새신랑, 마지못하여 책을 놓았다.

"알았으니 내궁에 들어가 있으라니까. 곧 들어갈 테야."

"곧 들어오시어야 하여요? 어제처럼 또 소첩을 홀로 두시고 야심하여 들어오시면은 정말 화낼 것이어요?"

"허구한 날 빈궁이 놀아달라, 심심하다 투정질이면 날더러 어찌하라고 이러니? 너를 두고 내가 대전에 나가도 마음이 편안치 않은 것이야. 어마마마 모시고 가르침받아라 하지 않았어?"

"모시려 나가면 어마마마께서 어려울 것이다 하며 동궁 돌아가거라 하신단 말여요. 공주궁으로 가보아도 대공주께서는 하가하시기 전까정 어마마마 곁에 계신다 하여 중궁전에 들어가시고 숙경공주께서는 홀로 적막하니 앉아 매일 침선이나 하며 서책이나 읽으시니 방정맞게 뛰어다니기 좋아하는 나는 못 끼어들 참이라. 히힝. 언제 매사냥 데려가실 것이오?"

"연돌이 요것. 내 그럴 줄 알았다. 남복하고 저잣거리 돌아다니던 버릇이 안즉 안 죽었지? 좀이 쑤셔 그런 게다."

세자는 짐짓 엄한 얼굴로 으름장을 놓았다. 허나 그의 마음은 편안치 않았다. 글도 좋고 아바마마 시킨 대로 정사 보는 일도 중요하였다. 허나 오직 그만 바라보고 궐로 들어온 여인이, 은애하는 지어미가 만날 심심하다 짜증내며 이맛살에 주름을 진 것도 도무지 못 볼 일이다. 조것을 대체 어찌 달래주어야 하노.

그리하여 세자는 일찌감치 서책을 접고 내궁으로 들어갔다. 산보나 할까 이러며 연당가 한 번 빙 돌고, 내친김에 금원 나가 빈궁 소원대로 활쏘기도 한 번 시켜주었다. 그러고서 내전 돌아와 욕간 한 후에 야다소반과를 받았다. 모처럼 기운 쏟은 후이니 빈궁마마, 냠냠냠 복스럽게 잘도 젓수시는구나. 그런데 갑자기 무슨 변이냐? 수저를 놓자마자 컥컥 숨이 막히는 얼굴을 하였다 이내 안색이 하얗게 변하기 시작했다. 데굴데굴 방바닥을 굴렀다.

"아이고, 나 죽소이다. 마마. 물, 물!"

"연희야, 어찌 이러느냐? 어디가 탈이 난 것이냐? 내가 그리하여서 조심조심 먹어라 하였거늘! 쯧쯧. 어떠하냐? 좀 나아졌느냐?"

몸 빠르고 민첩한 연돌이 태어나서 단 한 번도 드러나지 않던 체기였다. 급하여 이름을 부르며 등 쓸어주고 전의 불러들여라 소리치시는 세자를 향해 빈궁이 고개를 끄덕였다. 눈꼬리에 눈물이 대롱대롱 매달려 있었다. 어진 지아비 마음을 한없이 아프게 하는 줄도 모르고 어린 지어미는 무조건 응석이로다.

"참으로 미치겠소이다. 엊그제서부터 먹기만 하면은 체증이니 필시 소녀가 몹시도 탈이 난 것이야요. 답답한 방에 앉아만 있어서 그러하여요. 마마, 소녀를 언제 한번 바깥으로 데려갈 것이오? 응. 답답하여 미칠 것이다. 먹고 가만히 앉아만 있으니 탈이 나지, 아니 날 것인가? 마마, 제발 나를 매사냥 한번 데려가시오, 응?"

"그리하자구나. 소원이라면 내가 한번 기회 보아가며 데려갈 것이니라. 그리하고 좀 천천히 먹어. 어찌 너는 이리 급하니? 저녁 수라 한 지가 아까거늘, 보아라. 이리 상에 있는 것을 다 쓸어 먹으니 체증이 아니 생기겠던?"

빈궁마마가 하얗게 눈을 흘겼다. 야속하다 난리를 쳤다.

"소첩이 이 근래 배가 고파서 미치겠단 말이에요. 돌아서면 먹고 잡고 또 돌아서면 허기지니 기가 찰 일이로다. 누구는 이리 걸신 들게 먹고 싶은 줄 아시오? 저가 듯이 되면은 아니 데리고 살으신다 하셨으니 소첩도 먹을 것을 줄이려 노력하는데 식욕은 오히려 더 나고요. 이리 먹고 나면은 곧바로 체기가 오니 참으로 고민이오. 마마, 나 아무래도 죽을병에 걸린 것은 아닐까?"

"말을 하여도 항시 이리 험하니! 쯧쯧…… 입살이 보살이라 하였다. 항시 좋은 생각하고 좋은 말을 하며 좋은 것들을 행하려 하여야지. 그것이 좋은 날을 만드는 것이라 하였다. 빈궁은 그것을 조심하라! 앞으로 아기씨 가지면은 태교가 바로 그것이니 지금부터 몸과 마음 다스리는 연습을 하여야지."

세자는 낯빛을 엄히 하고 경계하였다. 빈궁마마, 순간적으로 긴장하였다. 민망하여 하얀 얼굴에 붉은빛이 설풋 들었다.

"잘못하였습니다. 앞으로 조심하겠습니다, 마마."

순식간에 얼음이 낀 듯 냉엄한 표정이 된 지아비 앞에서 찔끔하였다. 빈궁은 순순히 두 손을 모았다. 얌전하고 순후하게 반성하였다. 전의가 들어온 것은 그때였다.

"인제는 다 내려갔으니 진맥은 아니 하여도 될 것입니다. 물러라 하시어요, 마마."

"이왕 전의가 들어왔으니 헛걸음도 우습지요. 오늘만도 아니고 며칠 계속 체기라, 진맥하고 약이나 한 첩 달여 먹읍시다, 빈궁. 병이 있어서가 아니라 미리 예방함이니 이렇게 하여야 내 마음이 편할 것 같소이다."

　빈궁께서 금세 반성하심이라. 이내 낯이 풀어지시었다. 말 한마디 가지고 내가 너무 모질게 굴었구나. 그 역시 마음 편치 않았다. 부드럽게 손목 잡고 쓰다듬으며 발 바깥에 앉은 전의더러 진맥하라 하명하시었다. 의녀가 들어와 실을 묶고 바깥에 있는 전의에게 건네었다. 그 실을 잡고 진맥을 하는 의관이 의외로 한참 동안 눈을 감고 진중하게 생각에 잠겨 있다.

　빈궁은 순간적으로 겁이 더럭 났다. 세자 또한 역시 가볍게 생각하시었다. 헌데 전의가 말은 아니 하고 한참 동안 심각하게 뜸을 들이자 놀랐다. 어찌 이러오? 하고 하문하시는 목청에 다소간 불안한 기가 어렸다. 한결 옥음이 높아졌다. 전의가 고개를 조아렸다.

　"빈궁마마, 아뢰옵기 황송하오나 이번에 달손님을 하시었나이까? 필시 알아야 하겠나이다."

　"며칠이 지났소만은…… 나는 다소 늦어질 때도 있으니 이내 올 것이다 기다리고 있소. 그 일이 어찌 필요하오?"

　"마마, 태맥이옵니다. 신이 두 번 세 번 진맥하였으되, 분명 태맥이옵니다. 필시 회임하셨나이다. 이 근래 체중 자주 있으시고 역한 느낌이 드시지 않으셨는지요?"

　빈궁은 너무 기막히어 잠시 말을 잇지 못하였다. 얼떨떨하여 우물거렸다.

　"역하지는 않았으되 뭐든지 땡기어 자주 많이 먹고 잡은 것은 있었소이다. 허나 태맥이라니? 내가 혼인한 지 몇 달이라고? 아니오!"

　"분명 태맥이라니까요! 분명 초야나 그 이후 며칠간 사이에 회임

그물에 걸렸구나 247

하심이라. 이제 두 달 접어드셨나이다. 부대 옥체를 조심하옵소서. 신은 물러가서 탕제를 지어 올리겠나이다. 세자저하, 감축드리옵니다. 부대 빈궁마마 심신 편안하게 하여 무사히 산달 넘기실 수 있도록 보살펴 주옵소서. 헛허. 경사이옵니다."

이것이 꿈인가 생시인가? 참이냐, 거짓이냐? 얼떨떨하여 세자가 빈궁의 얼굴만 건너다보았다. 어린 빈궁마마 역시 기가 막히고 황당하여 마주 지아비 낯만 바라보았다.

분명 감축할 일인 줄 알고 있다. 빈궁이 빠른 시일로 회임하여야 할 것이다 소망하였다. 허나 이렇게 갑자기, 예상치도 못하였는데 회임하였다 하니 두 분 다 기가 막히고 놀라 어찌할 바를 모른다. 차마 말을 잇지 못하는 것이었다.

"연희야, 참으로 네가 회임하였니?"

"신첩도 모르는데 어찌 대답할 것입니까? 전의가 그러하다니 그러한 줄 아오."

갑자기 빈궁이 돌아앉았다. 두 손으로 폭신하게 낯을 가렸다. 손가락 사이 낯빛이 시뻘겋게 불고추였다.

"아이고, 아이고! 기가 막혀 뒤로 넘어갈 일이로다. 아이고, 부끄러워 이제 밖을 나가지 못하리라. 모다 참으로 급하였다 아니 할 것인가? 가례 치른 지 이제 겨우 한 삭 남짓인데…… 덜컥 회임하였다 하면은…… 아이고, 아이고, 어머니! 민망하도다. 면구스러워 못 살겠도다. 마마, 책임지시오! 날 이리 우세시키면은 좋으시오?"

쥐구멍이라도 있으면 들어가고 싶다는 듯 비명 질렀다. 연희 아씨는 한참 동안 얼굴 싸쥐고 어찌할 바를 몰라 하였다. 혼인한 지

한 삭 만에 냉큼 회임하였소이다. 아무리 당차고 대담하다 하여도 안즉은 어린 소녀인 빈궁마마. 자랑스럽고 기쁘기보다는 더없이 민망하고 부끄럽기 그지없었다.

무작정 원망은 곁에 앉은 서방님에게로 돌아갔다. 모두 다 저하 당신 탓이오. 입 뻬죽하게 내밀고 눈을 있는 대로 흘기다가 다시 두 손으로 얼굴을 가리며 우세스러워 못 살겠노라 난리, 난리를 쳤다.

"아니, 왜 애먼 나를 잡고 야단이냐? 무엇이 그리 우세함이라고 나를 못 잡아먹어 안달인 것이니?"

"흥, 몰라요. 저리 멀찍하니 물러가시오! 아이고. 징글맞아서 마마 보기도 싫소이다!"

"괜스리 요것이 나만 잡고 타박질이로다?"

세자가 비로소 갑자기 알게 된 회임 소식의 충격에서 깨어났다. 동궁마마 두 분은 어지간히 금슬도 좋지. 밤낮을 가리지 않고 손잡아 끌어 입 맞추고, 금침 안에서 날밤 새도록 질탕하게 희롱한다 소문이 장하였다. 역시나 그러더니 이것 보아? 한 달 만에 덩실하니 회임을 하셨구나. 점잖은 체면에 다소간 민망하고 면구하였던 것도 잠시. 마냥 기쁘고 반가워 빙긋이 웃음을 머금었다. 싫다 손사래를 치는 빈궁마마 손을 잡아 가슴 안으로 끌어당겼다.

"참으로 우리 빈궁께서는 기특한 일을 하였소. 종사 안위 책임질 사, 턱하니 책무 다하였단 말야. 빈궁께서 회임하였다 하면은 모다 한 입으로 칭찬하고 감축할 터란 말이지. 핫하하. 연희 네가 요 뱃속에 아기씨를 가졌다 이 말이라. 어이구, 요것! 요 어여쁜 것을 내가 어찌하노? 만날 저도 어린애라 싶더니 이리도 어엿하게 턱하니 회임을 하여? 이리 오너라. 우리 연희. 내가 한 번 꼭 안아볼 것이다."

세자저하, 빈궁마마 작은 몸을 끌어안고 세차게 볼을 비볐다. 좋아라 하며 벙긋벙긋 웃는 얼굴에 그저 환한 기쁨만 묻었다. 아직은 얼떨떨한 빈궁마마. 수줍고도 부끄러운 미소를 배시시 물고서 넓은 가슴에 붉게 물든 얼굴을 묻었다. 앙증맞은 채송화 꽃잎 같은 귓불에 대고 세자저하 믿음직하게 속삭였다.

"참으로 내가 고맙고 감사한 마음뿐이야. 빈궁, 그대가 세손 아기씨 낳아지면은 두 분 윗전마마 얼마나 기뻐하실 것이며 든든하시겠는가? 이제 비로소 연희가 완전히 내 사람이요 어엿한 빈궁 된 것 같아. 그저 흡족하고 행복하오."

"저, 저도 기쁘지만은…… 헤에. 그래도 어쩐지 자꾸만 민망하여요, 마마."

"민망하기는요. 자랑스럽고 당당하여야지. 내 참말 빈궁에게 감사하고 고마운 마음뿐이거늘! 밝은 날 되면은 당장 부왕전하께 알려 드릴 것이야. 빈궁도 알다시피 부왕마마께서는 천지간 홀홀단신 아니오? 그리하여 우리 형제들을 얻으시사 심히 사랑하심이 크시니, 외로우신 분이라 혈손에 대한 사랑이 그토록 깊은 터라 그러하오. 어마마마 역시 사친 한 분 이외엔 곁이 없으시어 항시 외로우신 터, 이미 그분 외조부 부원군께서도 돌아가신 후이니 쓸쓸하시기로 부왕마마 못지않소. 두 분이 서로 은애하시고 의지하심이 크신 이유가 거기에 있음이오."

"허기는 그렇지요."

"두 분 윗전마마께서 그토록 혈육지정이 크신 터로, 우리 빈궁이 손자 하나 낳아드린다 하면은 얼마나 기꺼워하실 것인가? 참으로 어여쁜 이가 어여쁜 일만 한다 칭찬, 칭찬하실 것이야. 암! 게다가 종사를 담당할 후손을 보아지는 것이니 이는 사직이 반석이 됨이라. 모다 빈궁 회임을 감축하고 기뻐할 것이오. 빈궁, 참으로 감사하오! 우리 연희 요것, 어찌 이리 이쁜 짓만 하는 것이야? 요렇게 어여쁘고 귀하여 내가 어찌하지? 업어라도 줄까? 응?"

부드러이 잔등 쓰다듬으며 칭찬. 다정한 옥음으로 말씀하여 주시는 지아비의 말에 빈궁마마. 생긋 웃음을 머금었다. 처음의 얼떨떨하던 마음과 수줍던 속내가 슬슬 사라지기 시작하였다. 울컥울컥 자랑스러움이 넘치기 시작하였다. 참으로 이 나라 보위 이으실 세손을 이 태 속에 담고 있음이 아니더냐? 신랑인 세자께서 이토록 좋아하시고 행복해하시며 사랑스러이 대하시니, 갑자기 배포가 커지기 시작하였다. 탁하니 연희 아씨 어깨에 힘이 들어갔다. 회임 이것, 참말 할 만하도다 싶은 것이었다.

'요 기회를 놓치지 말아야지.'

앙큼한 빈궁마마 염두를 굴렸다. 세자저하 턱밑에 고개를 발딱 들고 응석을 부렸다.

"허면 상급으로 연희에게 무엇 하여 주실 것이어요? 마마, 저가 장한 일을 감당하였으니 저에게 좋은 상급 주시오. 응?"

"무엇이든지 줄 것이야! 업어줄까? 아니면은 다리 주물러 줄 것이더냐? 입을 맞춰줄 수도 있는데."

"쳇. 그것은 당연히 저하께서 지아비이시니 항시 하심이 아니오?

저에게 이미 약조한 터이니 동소문 밖에 아담한 별저(別邸) 지어주시오. 답답하면은 게로 내려가게. 회임 중엔 신첩이 순후하게 산실서 태교할 터이니 마마, 그리하여 주실 것이지요? 네, 네?"

"아이고, 요 앙큼 좀 보시오?"

세자저하 빈궁마마 어린양에 헛허허 웃었다. 치켜 올린 매끈한 턱을 톡 건드리며 짐짓 으름장을 놓았다.

"내가 별저 지어준다 약조는 하였으되 그리하는 양이 아니 보이니 답답증이 생긴 게지? 요 기회 놓치지 않고 다짐하는 것 좀 보아라? 내가 이 해나 지나고 난 후, 날이 따뜻해지면은 우리 연희에게 덩실하니 별저 지어줄 것이다 하였소이다. 게다가 그대가 바라는 무술 수련장도 만들어주고 매 키우는 응방(鷹坊)도 만들어줄 것이다 하고 속으로 다 요량하고 있었으니 가만히 기다려 보시오. 허면 그것 말고는 청이 없으렷다?"

빈궁마마 눈을 오긋하게 뜨고 재빨리 고개 흔들었다. 괜히 입 열었다 손해만 본 것이 아니더냐? 어차피 별저는 가만히 있었어도 굴러 떨어지는 호박이었다. 딴 것을 달라 하여야지. 이 멍충아. 후회하며 머리를 쥐어박았다. 상글상글 애교 녹는 미소 지으며 괜히 세자저하 가슴패기에 손 집어넣고 장난질을 하였다. 딴 것 주시오! 하고 욕심을 부리었다.

"허면 저잣거리 나가서 이 빈궁 꽃신 사주시오. 응?"

"흠. 꽃신이라…… 신은 발에 맞아야지. 이것을 가만히 듣자 하니 하루 미행(微行) 나가자는 말이 아닌가? 다시는 날더러 미행 나가자 아니 할 것이라 맹세한 때가 언제더뇨? 빈궁은 내가 다시 악적 가랑이 사이로 기어……."

갑자기 빈궁마마 얼굴이 하얘졌다. 작은 손으로 세자저하 입을 냉큼 막았다. 킥킥 입이 막힌 신랑 앞에서 아니오, 아니오! 기를 쓰며 세차게 도리질을 하였다.

"아니오. 아니옵니다. 절대로 그것이 아니옵니다! 나 꽃신 아니 신을 것이야. 이미 장히 많소이다. 나 꽃신 싫어요. 마마, 참이야요. 참으로 꽃신 필요없소. 그깟것은 주신다 하여도 싫소이다. 다시는 그런 청 아니 할 것이어요. 내가 다시는 마마더러 망신 아니 당하게 하리라 단단히 결심하였구먼요."

말이 떨어지기가 무섭게 부인하는 빈궁을 바라보며 세자는 속으로 빙긋이 웃었다. 요것이 그날 이후 아주 단단히 잡혔도다. 득의양양한 눈빛으로 풀이 죽은 빈궁마마를 슬며시 바라보았다. 엷은 미소가 서리었다. 천행. 그 일이 없었다 할지면 연희가 그동안 얼마나 답답하다 그를 들들 볶았을 것인지 알 만하였다.

풀이 팍 죽어 빈궁마마, 금침에 먼저 들어가 홀짝 이불을 뒤집어 썼다. 등 뒤에 누워 은근히 끌어당기는 세자저하 품에 안기어 그냥 나, 금비녀나 하나 줍시오, 청하였다. 세자저하, 빙긋이 미소 지었다. 연희 아씨 끌어안고 작게 귀에 속삭여 주시었다.

"산실 들어가기 전에 내가 필시 한 번 저잣거리 데리고 나가줄 것이다. 게서 꽃신도 사주고 투호 놀이도 하고 수리치떡도 사주게. 댕기 필요없으나 이제 아기씨 배냇저고리 필요하니 아기 옷 마르게 옷감도 사줄 것이야. 금비녀도 물론 줄 것이고. 다만 남복(男服)을 할 수는 없음이니 밝은 날에 가마 타고 나가야 할 것이다. 여염집 처자가 지아비 따라 저잣거리 나왔다 함은 흉이 아니니 그리라도 바깥 공기 쐬어보도록 내가 하여줄게. 이것으로 그나마 위안 삼도록 하시오, 빈궁."

빈궁마마, 생긋 미소 지으며 돌아누웠다. 넓은 가슴에 얼굴을 기대고 마주 속삭였다.

"인제 참말 신첩은 바랄 게 아무것도 없사와요, 마마."

별처럼 반짝이는 눈빛에 진심이 서리서리 어렸다.

"이 연희 속내 다 헤아리시면서도 구설나지 않게 잘 가리시어 인도하여 주시니 이 철없는 것이 그나마 빈궁으로 부끄럼없이 지낼 수 있나이다. 참으로 소녀가 혼인은 잘 하였사와요, 마마."

"어찌 그게 나의 덕분인가? 우리 빈궁께서 태생부터 맑으시고 도리를 잘 아시는 덕분이지. 자, 주무십시다. 내일 두 분 마마께 큰 기쁨을 드릴 생각하니 내가 설레어서 잠이 잘 올 것 같지가 않소이다."

서로 흠은 가리어주고 모자란 것은 채워주었다. 넘치는 것은 적절하게 조절하여 서로에게 맞추어줌이 혼인한 부부의 근본이다. 세자저하, 빈궁마마의 발랄하나 다소 말괄량이인 그 기질을 이리도 조용히, 그리고 여린 자존심 상하지 않게 잘 가리어 인도하시었다. 그러니 빈궁마마가 세자저하께 느끼는 감사와 존경의 마음은 갈수록 깊어지는 것이다.

이리하여 뜻밖에도 얼떨결에 빈궁마마 회임한 일을 알게 되신 두 분 마마. 날이 밝으면 이 소식 지니고 중궁전에 나아가 윗전께 기쁜 소식을 알려 드릴 것이다 생각하며 설레는 가슴 안고 꼭 끌어안고 포근하니 주무시는 것이다.

다음날 아침에 참말 반가운 기별을 들으셨다. 상감마마, 입이 귀까지 걸렸다. 대전 나가시어 자랑자랑. 인제 짐도 원손을 얻게 되었거든 하며 좋아라 하신다. 중전마마께서는 기특하다 손 부여잡고 칭찬칭찬. 한나절도 되기 전에 빈궁마마께서 회임하였다는 소식은 궐 안팎으로 좍 퍼져 나갔다.

이렇듯이 온 궐을 기쁘게 만든 빈궁마마 회임 소식을 용원대군만은 오정이 넘어서야 들었다. 형님을 찾아온 막내 재원대군이 알려주었던 것이다.

몇 달 전에 중궁전 나인이었던 서씨. 중전마마 전갈을 가지고 남궁 문을 넘었다. 염태가 귀엽고 낭창하니 엉덩이 흔드는 꼴이 탐스러웠다. 그 자리에서 자빠뜨리고 냉큼 꽃을 따먹고 말았다. 후실로 들어앉은 지 어느덧 넉 달. 지난밤에 주홍 도도한 대군마마를 뫼시었다. 향기나는 금침 안에서 오정까지 내쳐 나오지 않고 이제 갓 열아홉의 탐스런 알가슴 더듬으며 별 희롱 다한 후라, 가슴 풀어헤친 대군마마 용체를 이불로 가려주면서 서씨는 얼굴을 붉히었다. 아우인 재원대군 마마를 뵙기 민망하여 얼굴 숙이고 저는 뒷방문 열고 자취를 감추었다. 늘어지게 하품하던 용원대군이 막내가 전한 말에 눈을 둥그렇게 떴다.

"무에야? 그것이 참이렷다?"

"참이라니까요. 난리가 났나이다. 내일부터는 사직 고변하고 수라상 배행하는 것 죄다 그만둔답니다. 오직 옥체 조심하여 덩실하니 세손 아기씨 낳아라 윗전께서 모다 치하하였답니다. 형님마마께서는 빈궁마마를 동궁까지 뫼시고 가는데 혹여 넘어질까 손 잡고 한 발 한 발 나가셨다 소문 장하였소이다."

"볼만했을 것이다. 어찌 아니 그러겠니? 종사 보존할 아기씨 담고 계신 태이니…… 지푸라기? 흠흠, 고놈이 틀림없이 지푸라기일 듯싶은데. 달수 못 채우고 나오면은 참으로 큰 망신이로고? 재원, 그 아기씨 달수가 어찌 된다더냐?"

용원대군, 그 머리는 빨리 돌아갔다. 혹여 헛간에서 형님마마가 빈궁마마를 강제로 누르실 때 잉태하였으면 어찌하지? 세손이 달수를 채우지 못하고 나오면은 이는 필시 엄청난 구설거리라. 슬며시 걱정이 된 것이다.

"두 달이라 하옵는데요? 필시 초야께서나 그 며칠 사이로 금방 회임하신 터라, 형님 저하다우신 일이라 할 것입니다. 조금만치도 시간 낭비를 아니 하였다 상원 형님이랑 배 잡고 굴렀나이다. 헌데 지푸라기라니요? 무슨 말씀입니까?"

"아니다. 그런 일이 있느니라. 다행이군. 아, 약 오른다! 형님 저하는 무슨 복이 그리도 많아 일 모두가 다 순조롭고 기막히게 잘 풀리는가?"

용원대군 곰곰이 생각하니 저절로 서글퍼졌다. 자꾸만 비교되고 울적하였다. 헌데 내 팔자는 이것이 무에냐? 한숨이 푹푹 나오고 눈앞이 아뜩하였다.

"도도하니 고 밉살스러운 것하고 혼인은 하되 팔자에도 없는 처가살이라. 장인이라 하는 이가 **빡빡하기** 이루 말할 수가 없는 남준

이며 산도적 같은 오라비가 넷. 내가 게에 가서 살면 딱 말라죽을 것이다. 계집아이 손목은 고사하고 어디 눈도 한 번 마음놓고 돌리겠더냐? 이게 모다 형님 저하와 빈궁 형수님 얄미운 꾀로다. 내가 언제고 이 분심을 반드시 풀 것이다. 그보다 너, 잘 왔느니라. 네 방 정리하는 고 계집아이, 몇 살이냐?"

"뉘 말이오? 계집아이라 하면은…… 아, 서재에서 잡일하는 나인 말이오?"

재원대군이 고개를 저었다.

"내가 그를 어찌 아오? 물어본 바 없는데. 형님, 또 손대실 양이면 그만 하시오, 응? 이미 입맛 다신 아이가 도대체 몇이요? 소문나지 않게 사가 내려보낸 아이만도 넷에다 뒷방으로 들여앉힌 이도 벌써 셋이라. 게다가 정씨는 이미 덩실하니 아기까지 낳은 터이니 새 형수님더러 낯도 없을 것이다? 게다가 빈궁 형수님이 그러시는데 새 형수님 되실 그 처자, 대단하여 형님이 바람피우면 맞바람피우는 성깔이 있다 합디다? 흥, 형님이 이러하시다가 큰코다치실 것이다."

"이 버릇없는 놈 보소? 너, 감히 이 형님더러 훈계하느냐? 그리고 무에야? 수나 고것이 내가 바람피우면 저도 맞바람을 핀다 하였다고?"

용원대군 목청이 갑자기 높아졌다.

"기가 막히다! 여염집 처자가 할 말이 아닌고로 그리 격한가? 도도한 것이 끝까지 아니 지고 한번 해보겠다 이 말이더냐? 하! 기가 막히어서. 내가 말이 아니 나온다! 허면 저 뉘랑 맞바람핀다 그 말이더냐? 설마 천한 불목하니랑 정분난다 이 말이더냐?"

"아이고, 누가 바람이 났다 하였소? 그런 깔깔한 성질이 있으시다 이 말이지! 형님마마, 혹여 투기하시오? 이런 모습 처음 보옵니다."

재원대군 어리되 끝까지 지지 않았다. 또렷한 눈 치켜뜨고 방탕한 중형을 바라보며 주절주절 되쏘았다.

"형님은 맘대로 어여쁜 꽃 꺾으시고 맘대로 정분나서 도성 기생 첫머리는 전부 다 얹어주시면서 형수님은 눈 하나 돌리지 말고 저만 쳐다보라 할 수 있소? 그는 아니 될 것이다! 이 재원이 어리되 사리분별은 하니 용원 형님 말씀 심히 옳지 않소. 어마마마께서 우리를 가르치기 경계하신 바 제일 큰 것이 잉첩 두고 가정사 복잡하여 여인네들 투기에 사내 발목잡는 일이었습니다. 이미 형님은 그 점에서 어마마마 심히 실망시킨 바가 많으니 고치시오!"

재원대군은 괄괄하고 곧은 소리 곧잘 하며 딱 부러지게 할 말하는 성질이었다. 그는 용원대군과 똑같이 부왕마마 닮은 모습이었다. 이 아침에 용원대군, 체모없이 어린 아우에게 한 방 보기 좋게 얻어맞고 말았다. 세자저하와 상원대군이 말수 적고 어질며 다소 온유하다 하면, 둘째와 넷째는 격하며 급하고 거침없어 부딪치기를 잘하였다.

"이, 이 버릇없는 놈을 보았나?"

"아무리 이 재원더러 버릇없다 하여도 할 말을 하여야겠나이다. 장성하여 성가(成家)하시고 조만간 종사의 큰일을 하실 분이 허구한 날 방탕하심이라, 두 분 마마 근심이 여간 아니라 함은 어린 저도 아나이다. 대체 왜 그러하시오?"

눈 똑바로 뜨고 거침없이 재원대군이 매섭게 중형(仲兄)을 닦달하였다.

"대군이라 하여 조정에 입시하지 못함을 한탄하심이오? 흥, 그는 아니지 않사옵니까? 형님마마께서 호위밀 수장(首將)이라 함은 천하가 다 아는 사실이오. 두 분 마마께서 항시 귀애하시고 어렸을 적부터 둥개둥개. 참말 사랑은 다 받은 터로 어찌 이리 실망만 주는 것입니까?"

"너 하는 말이 심히 웃기는구나? 장부가 되어 호방하게 제 뜻을 펼치며 산천을 말 달리고 호연지기(浩然之氣)라. 가끔씩 계집 재미 좀 보았기로서니 그게 무슨 큰 허물이냐?"

"계집들 투기질에 사직이 넘어간 것도 여러 번이며, 대장부 하는 일이 꺾인 것이 어디 한두 번이오? 어린 아우 보기에도 민망하오! 아바마마께서 엊그제 형님을 두고 어마마마께 하신 말이 있는데 전할까요? 말까요?"

"궁금치도 않단다? 흥!"

용원대군, 시답잖게 손에 잡히지도 않는 턱수염을 어루만지면 먼 산만 바라보았다. 그래 보았자 눈 하나 까딱하지 않는다. 성정이 급하여 부르르 노염내는 부왕의 성질머리. 하룻밤 지나면 눈 녹듯이 사라지겠지. 재원대군이 짓궂게 웃었다.

"동궁 형님께서도 배행하사, 계속하여 용원이 그러하면 소자가 맡아서 버릇을 단단히 고쳐 줄 것입니다 하였답니다?"

"뭐라? 형님마마도 그 자리에 계시었단 말이니?"

"암만이오."

재원대군이 훙 하고 비웃었다. 겉으로만 큰소리. 세자께서 배행하사 한마디 하였다는 대목에 이르자 당장 긴장하는 중형의 꼬락서니가 우습다는 뜻이었다.

"흥. 용원형님은 저하만 두려우시지요? 언제였더라? 버릇없이 군다고 동궁 형님께서 영회루 불러내어 한 주먹을 보여주시었다면서요? 그러고 보면 용원 형님께서 코피까정 나서는 저하의 바지자락 잡고 무릎 꿇고 사죄하며 질질 울었다는 소문이 참입니다요?"

"흠흠흠. 이놈이 별것을 다 기억하는구먼!"

면구하여 용원대군이 눈을 부라렸다. 그러면서도 은근히 신경이 쓰였다. 교활하고 명민하여 빈틈없는 이분이 또 무슨 일로 어수룩한 아우의 뒤통수를 칠 것인지 좀 걱정이 되었다.

"자꾸만 이리 형님께서 방탕하고 정신 못 차리면요."

"그러면?"

"장성 지켜라 하여 저 삭주로 병마사 제수하여 보내 버리신다는데요?"

"뭐, 뭐라고?"

"아바마마께서 그 말씀을 하자마자, 세자저하께서도 찬동하시었답니다. 한술 떠 뜨시니 아예 죽도의 해적이나 정벌하라 하며 전장터에 내보내 버리겠노라 합니다. 뒷방 둔 여인들은 사가로 내보내서 왕명으로 다 개가를 시키고요, 사저로 내려가는 내탕금도 다 잘라 버린다고 하였습지요."

"독하구나! 참으로 형님마마는 독하고 독하구나. 사람이 되어서 어찌 그리 인정이 없느냐? 에휴."

재원대군이 방바닥이 꺼져라 한숨을 내쉬는 중형을 바라보며 혀를 찼다. 한 번 한다 말을 입 밖으로 내면 반드시 하고야 마는 장형을 잘 아는지라 걱정이 되기는 되는 모양이지?

"형님 저하를 원망할 것이 아니라 방탕한 버릇을 고치시지요? 형님 저하야 한다면 하시는 분이라 참말 그리될지 뉘가 압니까?"

"꼴같잖다! 어린놈이 세상 물정을 무엇 그리 잘 안다고 형님 일에 감 놓아라 배 놓아라 하는 것이야? 나가라! 내 밥술이나 뜨고 동궁 가서 직접 뵈어야겠다. 따져 보겠다는 말이지."

"괜히 말 잘못하였다가 곤욕이나 당하지 마소서."

재원대군 나가면서 몰래 혀를 날름하였다. 어디 한번 깐깐하고 성질 은근히 더러운 장형에게서 혼 한번 나보시오. 홋흐흐.

심사 뒤집혀진 용원대군. 동저고리 바람으로 어기적어기적 사랑채로 나왔다. 늦은 아침 올려라 버럭 고함을 질렀다. 밥술을 뜨기는 뜨는데 말이지. 생각하면 할수록 괘씸하고 심란하였다. 참말 야속하도다. 형님 저하께서 내 버릇을 고치련다 하며 저 삭주로 내쫓는다는 말에 고개를 끄덕였다고? 처가살이시켜라 할 때부텀 알아보았지만, 이 배은망덕하고 괘씸한 분이 끝까정 나를 골탕먹일 심산이로다. 아드득 이를 갈았다.

'두고 보자. 세손이 달수 못 채우고 나오면은, 내 필시 온 동네방네 다 소문내고 다니리라!'

어질고 법도 어김 없다 소문만 장한 점잖은 세자저하가 말야. 실상은 참으로 음흉하고 징글맞더라. 정숙하여야 할 빈궁마마와 혼인 전에 연분나 간택도 되기 전에 동궁 헛간에서 지푸라기 깔고 살도 장을 찍었단다. 흥흥흥. 그리하여 세손이 망측하게 칠삭둥이로 나왔단다. 흥흥!

허나 생각하면 할수록 더욱더 그를 심란하게 만든 일은 다른 것이었다. 잘못하면 저 국경지대로 쫓겨가는 일이 아니었다. 재원대군에게서 들은 날카로운 가시 한 개 때문이었다.

'뭐라? 수나 요것이 내가 바람피우면 저도 맞바람을 피운다고? 아니, 양가 여인이 되어서 무엇 그리 입질이 방자하고 걸쭉한가? 참말 나 아닌 딴 놈하고 정분난 것이어서 감히 그런 말을 감추지 않고 입질하는 것은 아닌가? 눈으로 아니 보았으니 내가 어찌 알 것인가? 빈궁 형수님이 동무라 하는데, 혹시 무엇인가 알고 있으니 그런 말씀을 하신 게 아닌가?'

열 길 물속은 알아도 한 길 사람 속은 모른다 하였다. 하물며 조곤조곤 생각하자니 아연 불안불안. 초당에 들어앉아 새침을 떨고 있는 고 계집아이 속내를 그가 어찌 알리? 고것이 도도하게 왕자인 저를 상대로 끝까지 뻗댄 것이 이유가 있음에랴. 무엇인가 다른 꿍속이 있었기로 그러한 것은 아니던가? 병판 대감 사저는 항시 씩씩한 상급무사들이 드나들기 일쑤인 곳이다. 심지어 거처까지 같이하는 병정들이 많으니, 나며들며 곱다운 초당 아씨에게 눈독을 들인 놈이 어디 한두 놈일까?

한다 하는 명기(名妓)이며 염태 고운 궐내 여인들 하도 보아서 눈이 무한정 높은 용원대군이다. 춘정 동할 그 무렵부터 형님이신 세자저하와는 달리 거칠 것 없이 호방하게 이 꽃 저 꽃 날아다니면서 마음껏 꿀물을 따고 살았다. 그런 이가 첫눈에 빠져들 만큼 어여쁘고 고운 수나 아씨 용태였다. 사내 눈이야 다 똑같을 사. 다른 놈들이 아씨의 어여쁜 형용 보아지며 상사병이 아니 나는 것이 이상하지.

이런 생각이 달려나가니 갑자기 달던 밥맛이 뚝 떨어졌다. 용원대군은 수저를 탁 놓고 상 물려라! 고함을 벌컥 질렀다.

항시 요맘때쯤이면 인제 일곱 달 된 아들을 안고 대군마마를 뵈러 들어오는 후실 정씨. 마루에 막 들어서는데 냅다 터진 대군마마 고함 소리에 간이 탁 졸았다. 애초부터 얼굴이 하얗게 질려 달달 떨며 방으로 들어왔다.

이화(梨花)가 흩날리는 후원에서 형님마마와 더불어 주석을 벌였것다? 아들들이 격구하고 나서 후원 정자에서 재미나게 논다 하니 대전마마께서 궁녀더러 술병을 들려 보내시었다. 얼큰하게 치밀어 오른 술기운에 잠시 눈이 멀었다. 앞장서 등롱 들고 모퉁이 돌아가는 계집아이, 방에서도 아니고 후원 으슥한 정자. 손목 끌어당겨 치마만 들추고 춘정을 풀었다. 헌데 이것이 그만 덜렁 잉태를 할 줄이야! 운도 좋지? 게다가 낳자 하니 아들이었다. 기대도 아니 하였는데, 주상전하 첫 손자가 얼결에 탄생한 것이다.

어미는 애당초 취중(醉中)이 아니면은 눈 두 번 줄 생각도 없을 만큼 인물도 아니었다. 신분도 미천하며 하는 짓도 박속같이 덤덤하고 계집다운 애교도 없는 바, 용원대군, 딱 한 번 찾고는 영 마땅찮아 그 길로 발길 끊었다. 그런데도 아기씨를 낳았으니 어찌하랴. 그에 맞는 대접을 함이 마땅한 터. 중전마마, 사고만 치는 둘째 아들을 불러놓고 이 아이를 국대부인 삼아라! 하시었다. 그렇지만 마음은 이미 수나 아씨에게로 가 있는데 어찌 그런 장가를 들까? 싫소이다. 소자더러 죽어라 하소서! 하고 깡고집에다 골을 벅벅 부리었다. 울며 겨자 먹기로 하는 수 없어 뒷방에는 들이었지만 가뭄에 콩 나듯이 아들 보러나 잠시 드나드는 참이었다.

그렇게 정씨는 그러저러하여 용원대군의 후실이 된 여인이었다. 하지만 딱한 신세 망칠 뻔한 터로 대군께서 저를 버리지 아니하시고 뒷방에나마 들이어서 편안하게 살게 하여주고, 아들 끼고 살게 하여주시니 그것만으로도 황감하여라. 고개 조아리고 지성으로 중전마마 뫼시고 행복하게 살고 있는 중이었다.

아비의 고함 소리에 놀라 아가 헌이 앙 울었다. 또 아들 울음소리는 듣기 싫어 용원대군, 두 팔을 벌려 아들을 받아 안았다. 둥개둥개 하여주며 정씨를 바라보았다.

"추운데 아기 안고 나오면은 고뿔 들 것이야. 두텁게 옷을 입혀야지. 내일은 내가 처소로 갈 것이니 나오지 말아라."

"예, 마마. 명심 봉행할 것입니다. 금일 소첩이 문후드리옵니다."

"강녕하다. 중궁전에는 문안드렸더냐?"

"예, 아침 일찍 나아가 문후 여쭈었나이다."

"잘하였다. 허고 너도 들었겠지만, 빈궁마마께서 회임하시었단다. 너는 오늘 나랑 같이 빈궁마마 처소에 가서 감축한다 인사 올려야 할 것이다. 은숙궁 할마마마께서 헌이를 많이 보고 싶다 하시니 오늘 저녁에는 아기 안고 찾아뵙고."

"분부 받자올 것입니다."

순후하게 대답하는 정씨를 바라보며 시건방진 태도로 용원대군 혀를 찼다. 아기를 안고 볼을 비비며 마뜩찮게 한마디 하였다.

"너는 어찌하여 내가 시키지 아니하면 하나도 하는 것이 없는 것이야? 나중에 헌이가 어머니는 무엇이요? 하고 무시할 것이다. 그리되지 않으려면 너도 공부 좀 하여야 할 것이다! 쯧쯧."

"마, 망극하옵니다. 소첩이 공부가 많이 부족하와…… 노력할 것입니다."

"어미가 영리하여야 아기가 총명한 게다. 쯧쯧. 어이고 이놈 보소? 그새 많이 무거워지지 않았더냐? 이놈 통집이 장히도 장한 게다. 젖은 잘 먹는 게지?"

지금은 이리 지아비에게 구박 심한 정씨. 후에 국대부인 된 수나 아씨가 오직 따님만 내리 네 분을 낳으니, 유일한 아들 헌 도련님 생모가 되는 팔자인 게다. 당당히 백자당 차지하고 국대부인마님 아래 유일한 후실 자리 차지하니 타고난 제 복이다. 순후하며 착실하여 성심껏 정부인이신 수나 아씨를 보필하니, 국대부인 역시 정씨를 대접함이 남달랐다. 그는 후사를 둔 이유도 있지만은 그이가 욕심이 없고 진실로 도리를 지키며 겸손한 인품을 가진 덕분인 것이다.

정씨가 나가고 난 후, 용원대군, 주위의 이목이 무서워 마지못해 글방에 나갔다. 매일 모후께서 얼마나 학문이 진척되었니 하고 묻자오셨다. 그 대답은 해야 할 것 같았기 때문이다.

새벽부터 일어나서 의관정제하고 단정하게 앉아 글을 읽고 있는 셋째 상원대군. 학처럼 여윈 몸이나 꼿꼿하게 바로 앉아, 마냥 글 속에 심취하여 고개를 들지도 않았다. 그 옆에서 먹물 튀겨가며 몇 장 글씨 연습을 하였다. 아니, 하는 척하다가 슬쩍 일어섰다. 급하고 부산스럽고 진득하지 못하여 불뚝 성질을 내는 것이 꼭 선불 맞은 산돼지라. 상원대군이 비로소 고개 들고 중형의 그 꼬락서니에 미소 지었다.

"글방에 들어오신 지 이제 겨우 한 식경이올시다."

"너나 그 곰팡내 나는 서책 잡고 있으렴. 사내란 모름지기 말 달리고 활 쏘고 사냥이나 하는 게란다. 쫌생이같이 너는 허구한 날 이러니 좋으냐?"

"그래서 이 아우의 별명이 서귀(書鬼)가 아니오니까? 답답하시면 나가시어 볼일 보십시오. 어마마마께서 글방에 오신다 하였는데 형님께서 지금껏 글을 하다가 방금 나가셨노라 아뢰겠습니다."

"오냐. 그리하렴. 네가 좀 사는 꼴이 답답하다 하였는데 은근히 돌려치는 맛이 요령이 있구나? 핫하. 내 동궐에 갈란다. 밤에 너도 그리 오너라. 그 답답이 형님 저하, 만날 내 앞길이나 막고 말이다. 술이나 퍼 먹여야 내 속이 시원하겠다."

상원대군이 물처럼 담담한 눈을 들어 중형을 바라보았다. 또 무슨 일로 저리 성질내시고 애먼 세자저하를 상대로 골을 부리노?

"무슨 일이 있으십니까? 심기가 편안치 않아 보입니다, 형님."

"흥, 말이 나와서 하는 말이다만. 상원, 너는 형님 저하를 진정 군자라고 생각하느냐?"

입이 여간 근질근질하지 않았다. 한 번쯤은 저 교활하고 배은망덕하고 매사 앞길 가로막아 방해만 하는 형님더러 욕이라도 한바탕 퍼부어야 속이 시원할 것 같았다. 용원대군 말에 상원대군이 당연하다는 듯이 크게 고개를 끄덕였다.

"당연하옵지요. 이날 아국에 형님 저하 같은 분이 태어나시사, 보위를 이어받을 것이니, 참말 홍복입지요."

"흥, 모르는 소리 말아라. 그렇게 알려진 분이 얼마나 말짱하게 사람 눈을 속이고 소인배 노릇을 하는지 아느냐? 내 말을 하자만 한량없단다. 어디 보자. 그러하니까……."

"사람이 없는 자리에서 험담을 하실 양이면 그만두시옵소서. 옳지 않나이다. 형님, 군자란 매사 작은 데서부터 조심함이라. 보이지 않는 곳에서도 사람 많은 곳에 있는 듯 언행을 바로 가리는 것이 근본입니다."

신이 나서 지푸라기 세손 이야기를 하려던 참이다. 꿀꺽 반 토막이 되어 목구멍으로 넘어갔다. 나이 어린 아우 앞에서 또 한 번 망신을 당한 셈이었다. 항시 어질고 부드러운 상원대군이 정색을 하고 있었다.

"게다가 동기간이올시다. 남들이 옳지 않다 꾸짖어도 형제지간은 허물을 가려주고 덮어주어야 그게 도리입니다."

"후우, 어찌 이리 궐 안에 내 편은 한 명도 없는 것인가? 아이고."

용원대군은 풀이 죽어 글방 돌아나오면서 한탄을 하였다. 누구 말은 팥으로 메주를 쑨다 하여도 믿고 말이다. 그의 말은 일고의 가치도 없이 하찮게 밀어붙이니, 너무 슬펐다. 인제는 나이 어린 아우들까정 한몫으로 그더러 잘못하였다. 옳지 않다 은근히 무시

그물에 걸렸구나 267

하고 쥐어박는구나. 지금껏 망신스러운 제 처신은 생각하지도 않고 무작정 남들 원망만 하였다. 사는 것이 하릴없구나. 코가 석 자나 빠졌다. 동궁으로 털레털레 걸어가는 대군의 어깨가 축 처졌다.

대전에서 돌아온 세자가 서재에 돌아와 좌정하였다. 오랜만에 난(蘭)을 치리라 하시었다. 빈궁마마가 그 옆에서 시중들었다. 조신하게 앉아 정성껏 먹을 갈았다. 그때 바깥에서 대군마마께서 드시었다고 고하였다.

용원대군을 따라 정씨가 아기를 안고 동궁에 들었다. 이제 가례 치른 지 한 삭밖에 되지 않는 세자저하와 빈궁마마 앞에서 아기를 안고 서니 참으로 민망하고 부끄럽다. 감히 고개도 못 들고 회임을 감축하옵니다, 모깃소리만 하게 치사하였다.

"소생 아기씨가 있다 이야기는 들었소만, 보기는 처음이라. 한 번 안아보리라. 몇 달이나 지났소?"

"일곱 달 드옵니다. 다소간 몸이 장골이라 남들 보기 돌을 지났다 할 적도 있나이다."

대군이 취중 호기로 얼떨결에 나인 손목을 한 번, 장난으로 잡았다가 일이 이 지경까지 이르렀다. 억지로 마지못하여 후실로 올렸더란 말을 세자저하로부터 들었다. 빈궁마마 속으로 쯧쯧 혀를 찼다. 그래도 아들이라고 흐뭇하여 날 닮아서 장골이고 잘났소이다, 자랑하는 대군을 바라보며 진정 한심하도다. 살며시 뻔뻔한 안면을 향하여 눈을 흘겨주었다. 뒷방 두어둔 여인도 한둘 아니고, 게다가 이렇게 아기까지 낳은 여인도 있는데 그러고도 모자라서 장안 기생 점고란 것은 혼자서 다 하고 다닌단 말인가? 욕심은 끝이 없지. 그래 놓고 떡하니 정실은 병판 대감 따님으로 고이 자란 요조숙녀 수나 아씨 점찍어 억지로 밀어붙인다 이 말이었다. 참으로 이 사내, 염치도 없음이다! 흥.
 그럼에도 모진 소리를 할 수는 없다. 체면치레는 하여야지. 빈궁마마, 아기의 고사리 손을 어루만지며 좋은 말을 이어다.
 "들으시오. 이제 대군마마께서 가례를 치르면 새로이 국대부인마님 들어오실 것인데 그분이 요조숙녀이시며 성품이 정결하시어 도리를 잘 아는 분이오. 허니 그대는 대군마마 성총 믿고 방자히 굴어서는 아니 될 것이야."
 "명심하옵니다."
 "다른 후실들을 잘 가르치어 국대부인마님께 순후히 하고 그 하명 잘 받들어 뫼실 것이며 여인네 투기로 대군마마 심기 불편하게 하여서는 안 될 것이오. 게다가 이태간 대군께서 처가로 나가시어 생활하실사 조용히 기다리며 부덕을 쌓아야 할 것이야. 아기씨가 아주 어여쁜 터라, 그대가 복이 많소."
 용원대군, 제가 할 말을 빈궁마마께서 대신 시원하게 해주시니 좋기는 하였다. 하지만 다소간 면구스러움도 어찌할 수가 없었다. 제가 예를 설렁설렁 온 것이 빈궁마마 회임 축하 인사가 명목이되 실상은 수나 아씨 속내 엿들으러 온 것이기 때문이었다.
 정씨가 아기를 안고 먼저 물러났다. 문이 닫히자 동궁마마, 아우를 바라보며 쯧쯧 혀를 찼다. 밉살맞다 눈을 흘겼다.

"염치없는 놈이로고."

"저가 뭘 어찌하였다고요?"

"이놈. 너 헌이 보면은 잠시간 후회되지를 않느냐? 이런 말을 하면은 네 속이 다소간 껄끄러울 것이나 너는 참으로 실수가 너무 많으니라."

"흥, 살다 보면 실수 아니 하고 어찌 살 것인가?"

"남씨 처자, 부덕 높다 하나 여인이다. 한둘 아닌 뒷방 것들을 보고, 게다가 네 소생 헌이 아기까지 보면은 필시 뒤로 넘어질 것이야. 너는 평생 국대부인께 약점 잡힌 것이다."

"약점은 무슨……? 사내가 다 그런 것이지?"

세자저하, 끝까지 잘못하였다 아니 하고 뻔뻔스레 말을 받는 아우를 향하여 눈을 치떴다. 마치 무엇을 내던질 것처럼 손을 들었다 탁하고 서안을 쳤다.

"어마마마께서나 아바마마께서 너의 그 헛된 열정을 경계하시고, 방탕하니 노는 꼴을 두려워한 이유를 안즉 모르겠니? 지아비가 지어미에게 대접을 받으려면 스스로 먼저 그 마음을 한곳으로 모으는 일이 우선이어야 하는 법이다. 네 하명이 안에서 서려면 너부터 먼저 스스로를 다스리고 말의 위엄이 서야 하는 것인데 장성하였어도 너는 어찌 이러니? 후에 필시 두고두고 네 젊은 날 미혹과 방탕을 땅을 치고 후회할 것이다."

"이 용원은 형님 저하같이 성인이 아닌지라 그러하오? 그만 하소서."

"쯧쯧쯧. 어찌 그리 나 잘못하였소 하는 말이 그 입에서는 아니 나오니?"

"뭐, 후회는 하오! 내가 그날 저것 치마고를 풀지 말았어야 했는데. 에잇! 허나 그날 이 용원더러 술잔을 자꾸 주신 분은 형님마마시니 헌이 낳은 책임 반은 형님께 있소이다. 내가 술김이 아니면은 저 볼 것 없는 것을 왜 쳐다보았겠소?"

"듣자 하니 웃기옵니다, 대군마마. 아우님 방탕함을 잘못 가르쳤다 하면은 그는 형님이신 저하의 잘못이라 할 것이나 술잔 주어 나인 아이 치마고 풀게 하였으니 책임져라 하심은 너무 억지라. 그는 아닌 듯하옵니다."

연돌이 빈궁마마 가만히 듣고 있으니 하도 같잖았다. 어지간하면 입 다물고 가만히 있으려 하였는데 말야. 이 시동생 하는 말이란 것이 하도 가당찮아서 하품이 나오는 것이었다.

실수 하나 하지 않고 점잖은 형님이 말을 아끼시니 참으로 방자한 게 아닌가? 어이없이 후려쳐서 엉뚱한 탓을 하는 것도 유만부동. 가만히 들어주니 못하는 말이 없구나. 영민한 눈을 상큼하게 치켜뜨고 한 대 쥐어박듯 모질게 대차게 쏘았다.

인제야 내 궁금한 점을 물어보련다. 용원대군, 빈궁마마 쪽으로 은근히 고개 돌리어 물었다.

"빈궁마마, 소문이 하도 해괴하여서 말입니다. 듣자 하니 병판댁 고 도도한 것이 내가 바람피면 저도 맞바람핀다 하였다는데 그런 말을 들은 적 있습니까?"

"말씀이 참으로 망측하옵니다. 어찌 그 처자 속내를 궐 안의 저가 알 것이며 안다 하여도 부덕 높으신 그 처자가 그런 말을 감히 입 열어 하였을 리 만무하지요?"

"헌데 왜 그런 말을 재원이 하였을까요? 거 참! 크흠!"

고 어린놈이 엉큼하게 중형을 놀려? 감히 헛소문을 흘리었단 말이지? 내 가만두지 않으리라. 용원대군 주먹을 쥐었다. 빈궁마마 연돌이 슬쩍 눈을 흘기며 내쏘았다.

"남씨 처자가 일러 가로되 사내가 바람피면 저도 맞바람핀다 한 말을 재원대군께 들으셨다 하면 저가 할 말이 있나이다. 실상 그 말은 이 빈궁이 하였거든요?"

"예엣?"

헛기침을 하면서 재원 그놈을 어찌 혼내주나 궁리하였다. 빈궁마마 한마디가 뒤통수를 후려갈겼다. 뜻 아니 한 빈궁마마 말에 깜짝 놀란 사람은 대군뿐 아니다. 앞에 앉은 세자저하도 마찬가지였다.

"뭐라고요? 남씨 처자가 경솔하게 행동하련다는 말을 빈궁이 하였어요?"

"하였다는 게 아니라 이치가 그러하다 말하였습니다. 세상살이라는 것이 안이나 바깥이나 다 똑같은 것이 아닙니까? 정절로 치자면야 안이나 바깥에서나 같이 지키려 애써야 한다 재원대군 마마더러 말하였나이다. 바깥서 바람피고 속 썩히면은 안에서도 필 수 있는 것이라. 바깥에서 여인네보고 다니면은 안에 사는 사람은 목석(木石)입니까? 부처님 반 토막이라 하여도 시앗 보면 돌아앉는다 하였나이다. 생각이 있는 사람이라면 당연히 열불나서 못 살지요? 맞바람만 필까? 저 같으면 그 못난 사내를 냉큼 내쫓고야 말지! 훙."

 야무진 입담에 오직 사내 된 탓이라, 지은 죄도 없건만 세자저하가 민망해하였다. 빈궁마마 연돌이가 쏘아 날린 비난의 화살을 정통으로 맞은 용원대군은 숨이 컥하니 막히는 얼굴로 우두커니 앉아만 있었다. 나이 어린 형수에게 부왕에게도 당하지 않은 호통과 비난을 받은 셈이었다.

 무안하여 얼굴이 시뻘게져서는 큼큼 연신 헛기침만 하였다. 두 사내를 한 방에 날려 버린 빈궁마마, 좔좔좔 청산유수(靑山流水), 일장연설을 늘어놓았다.

 "아니 그러합니까? 여인네의 부덕 따질 것이면 마땅히 바깥에서도 그 부덕만큼 성실하고 존중함이 마땅하옵지요."

 "빈궁 말이 백번 지당하오."

 가만히 계시면 얼마나 좋아? 부부지간 척척 박자가 맞는구나. 용원대군은 끝까지 제 안해라고 빈궁마마 편만 드는 야속한 형님을 향하여 눈을 흘겼다. 그러거나 말거나 빈궁마마 내친김에 이 방탕한 분을 다잡아 다시는 헛소리를 못하게 만들어주리라 결심하였다. 한 번 더 비난의 예리한 화살을 날렸다.

 "대군마마께서 어찌 생각하실지 모르나 여기 계신 저하나 이 빈궁은 오직 그리 생각하나이다. 세상살이가 참으로 웃기니, 여인네더러만 참고 살고 부덕 쌓아라 강요하나 이는 분명 잘못된 일인 게지요. 뉘가 여인네로 태어나고 싶어서 태어났나이까? 오직 운명인데 무에가 남정네로 태어난 것이 그리 큰 유세입니까? 사내 저들은 활개 치며 세상 나돌아다니면서 별의별 짓 마음대로 하옵니다. 헌데 여인네더러는 무조건 입 다물고 사내들이 무슨 짓을 하든 꾹 참고 살아라 한다구요? 그는 심히 부당하옵니다! 이 빈궁이 생각키로 대군마마께서 앞으로 국대부인 맞아들인 연후에도 계속하여 뒷방 여인들 들이시고 이 꽃 저 꽃 돌아다니시면 그는 심히 부당한 일이지요. 하여 바깥주인으로 대접받지 못함이 있다 하여도 그는 절대로 불평할 것이 못 되는 일이라 보옵니다. 자업자득. 당연하옵지요."

"아바마마께서도 너를 지켜보고 계시지만 나 또한 너를 걱정하느니! 가정사 화락하지 못하고 안해 존중하지 못하여 분란 일으키면 가만두지 않을 것이다. 너도 알다시피 내가 말을 아끼기는 하되, 입 밖으로 한 번 뱉은 말은 기필코 지킴이라. 계속하여 정신 차리지 못하면 큰일 날 줄 알아라!"

혹 하나 떼러 갔다가 도리어 쌍혹을 더 붙인 셈이었다. 용원대군 매섭게 쏘아붙이는 빈궁마마 앞에서 유구무언. 민망한 콧김만 씩씩 불었다. 형님마마이신 저하 역시 도와주시기는커녕 옳도다! 하시며 고개 끄덕이는구나. 저들의 정분 잇도록 방패막음 되어주고 좋은 일 궂은일 가리지 않고 조력하였더니 돌아온 건 상급이 아니라 서러운 박대뿐이었다.

"아이고. 참으로 잘나시었소이다? 흥, 동궁 형님은 사내 아닌가? 형님은 한 번도 실수 아니 하셨소?"

"저하께서는 참으로 군자 중의 군자이십니다. 이 빈궁 말고는 안 즉 딴 곳 한 번 헛눈 아니 돌리신 줄 대군께서 더 잘 아시지 않나이까?"

"암만. 나는 하늘을 우러러보아 한 점 부끄러움 없단다? 허니 용원 너는 필히 조심하라."

부창부수, 이구동성 저들만이 잘났다 난리였다. 그러고서 저하는 나가라 대군을 모질게 축객하였다.

얼굴이 벌게진 용원대군, 형님마마야 실상 여적 빈궁마마 외에는 딴 여인을 본 적 없고 성실하게 오직 한 분만 존중함이시니 쏘아붙일 엄두도 내지 못하였다. 풀이 죽어 꼬리 말고 동궁 문을 나섰다. 두 분 마마, 뒤에서 기 꺾인 사내의 처량한 뒷모습을 바라보며 쿡쿡 웃었다.

"안즉 멀었어. 용원 저놈은 더 정신 들게 혼구멍을 내어야만 해."

이 기회를 놓치지 않고 어찌하든 용원대군의 방탕함과 호방함을 반드시 경계하여 고쳐 주고자 작정하신 터였다. 빈궁마마, 농밀한 먹물이 담긴 벼루를 세자저하 앞으로 놓아드리며 당차게 아뢰었다.

"참으로 말이 나왔으니 드리는 말씀입니다. 앞으론 여아들도 서당에 보내고 바깥일도 하게 하여야 할 세상이 되어야 할 것입니다. 저하께서 보위에 오르시면 반드시 여아들도 교육을 시켜라 이리 하명하심이 옳을 것이라 생각하나이다. 이 세상 반이 여인네인데 그를 집 안에서만 썩힘도 낭비이며 또한 어미 될 이가 여인이니 어미가 어리석으면 그 슬하 자식들도 어리석어짐이라. 나라가 따라 어리석어짐입니다. 반드시 여아들 교육은 시켜야 될 것입니다."

세자저하, 손끝에 기를 가득 담은 연후에 깊이 숨을 들이쉬고 치고 있던 난초 이파리, 일필로 휘어 돌리시어 끝을 맺으시었다. 옆에서 종알거리던 빈궁마마, 그 묵란(墨蘭) 한 포기 앞에서 저절로 탄성을 내질렀다. 부드러운 선(線)맺음이 외유내강. 결기있고 섬세하며 동시에 단호하였다. 세자저하의 속내와 똑같았다. 마치 진짜 난이 피어난 양 향기가 뭉클 피어나는 듯하였다. 기막힌 그 솜씨에 탄복하여 빈궁마마 저절로 소리쳤다.

"아이고, 마마. 참으로 신기(神技)옵니다."

오랜만에 마음에 드는 작품을 건졌다. 세자 또한 만족스럽게 손끝이 피워낸 난초를 내려다보다가 씩 웃었다. 그는 수침 능하고 민첩한 모후마마의 알뜰한 손내림을 이어 받아 타고난 화재(畵材)가 있었다.

"빈궁께서 정성으로 먹을 갈아주신 덕분이오. 다소간 마음 들게 되었소."

한마디도 나 잘났다 하지 않으신다. 오히려 곁에서 시립한 빈궁마마 덕분이라 겸손하시었다. 작은 것 하나에도 무작정 나만 잘났다 난리치는 아우가 제발 장형 손톱 끝만큼이라도 본받아지고. 연돌이 빈궁은 속으로 그리 생각하였다.

저하가 소리쳐 바깥에 있는 내관더러 그림 내어가서 갈무리하라 시키었다. 찻잔 올리는 빈궁을 바라보았다.

"가만히 듣고 헤아리니 빈궁의 말씀에 일리가 있소이다. 아까 용원더러 들으라 쏘아붙인 말씀과 함께 생각하자 하면 빈궁께서는 은근히 속으로 심히 혁명가라 할 것이오. 허나 지금까지 이어온 전통을 하루아침에 바꿀 수는 없는 법이지. 갑자기 바꿈은 필히 구설이 많고 무리가 따르는 법이오. 시일을 두고 차근차근 바꿔가야 할 것입니다."

"가늠하시고 심중에 담아두시어 훗날 이루어주심이라, 여한이 없나이다."

"헌데, 그보다, 빈궁. 나는 심히 궁금해. 이 뱃속 아기씨가 아드님일까, 따님일까? 아바마마께서 꿈에 금빛 황룡을 잡으셨다 하시었는데 세손일 것이다 하셨거든. 그대는 혹시 태몽 꾼 것이 없소이까?"

차 한 모금을 다신 후에 세자가 힐끗 빈궁마마 아랫배를 바라보았다. 실죽 웃으며 소곤거리었다. 난 치던 뒷마무리를 나인더러 하명하고는 돌아앉아 배시시 수줍게 웃었다.

"회임한 줄을 몰랐는데 그것이 태몽인 줄 어찌 알겠나이까? 하지만, 이는 비밀인데……."

말을 하자니 괜히 수줍어진다. 빈궁은 평소답지 않게 자그마한 목소리로 속삭였다.

"초야 치른 그 새벽에 말입니다. 그때에, 소첩이 꿈을 꾸었삽기로, 검은 잉어 한 마리가 눈을 부릅뜬 채 폭포 위로 솟구치는 것이어요. 이것이 태몽일까요? 잉어도 영물이니, 그것이 맞다 할지면은 태중의 이 아기씨는 필시 귀한 세손일 듯하옵니다. 마마의 헌칠한 기상과 어진 덕성을 내림한 아드님이면은 좋겠습니다."

수줍은 고백에 아비인 세자가 빙긋이 웃었다. 필시 세손이다 싶었다. 연돌이 조것, 참으로 타고난 복덩이인 게야.

곰곰이 생각하여도 빈궁마마만큼 기막힌 팔자도 없는 것이었다. 천둥벌거숭이 말괄량이에게 그 엄하고 법도 따지시는 세자저하 당신이 홀라당 빠진 터라. 냉큼 빈궁마마를 채어온 것에서부터, 윗전 사랑 듬뿍 받는 이 어여쁨은 도대체 어디서 오는 천복이냔 말이다. 게다가 한 달 만에 세손을 회임하는 요 복은 하늘이 주지 않으면 안 되는 것이었다. 이런 복은 인세에서 참말로 찾아보기 어려운 일이라 연희 요것은 어찌 이리도 면면이 복만 붙었을까 싶은 것이다.

병긋이 웃으시는 동궁마마 눈빛은 오직 어린 안해에 대하여 충만한 사랑스러움과 대견함뿐이었다. 지아비의 애틋한 시선을 받고 빈궁마마도 방긋이 미소 지었다.

한편 병판 댁 초당.

혼인 꾸밈거리라, 대군의 속의대를 짓고 있는 수나 아씨. 아무것도 모르고 그저 바느질에만 여념이 없다. 무슨 생각을 하는지, 진달래빛 저고리에 어린 얼굴이 다소간 울적한데. 문이 열리고 유모가 들어왔다.

"아씨, 대군마마께서 나오시었는데 잠시 초당에 드신다 합니다."

"그래? 모시게나."

실상 대군이 병판 댁으로 둘레둘레 나온 이유는 딱 한 가지. 혹여 제 지어미 될 곱다운 아씨와 더불어 눈정 들어 정분난 놈은 없는지 그것을 몰래 탐색하려는 철없는 염두였다. 괜스레 집 구경한다는 핑계를 대고 이리저리 쏘다니며, 집 안을 오가는 젊은 무장들이며 사내놈들 면면을 다 헤아린 후였다.

잠시 후 갓 쓰고 도포 입은 대군이 초당 문을 넘어 들어왔다. 마루 끝에 선 수나 아씨를 바라보며 좋으면 말야 순순히 좋다고 말이나 하지. 왜 핑 하니 콧방귀는 뀌는지 모를 일이다. 누굴 닮아 이렇게 엇질이 행보더냐?

"어인 일로 기별도 없이 나오신 것인지요?"

"인제 내 집이라 내 맘이지. 곧 돌아갈 참이오."

방으로 오르시라 권하여도 찬바람 부는 마루 끝에 앉았다. 초당 뜨락 연못만 바라보며 틱틱 치받았다. 방문 열고 나부시 옆얼굴 보이고 앉은 아씨더러 참말 얼토당토아니한 트집을 벅벅 부렸다. 참말 눈 뜨고는 못 보아줄 이 꼴은 대체 누굴 닮은 버릇이냐?

"게는 참 좋겠더라?"

"네에? 그게 무슨……?"

"집 안팎으로 들고나는 늘름한 무장들투성이에, 오며가며 면면 잘난 사내들이 많고도 많더라. 초당 담 넘어 사람 구경 한번 잘하였겠더라?"

"아니, 마마. 갑자기 그게 무슨 트집이십니까?"

수나 아씨 기막히다. 지금 이 사내가 무슨 말을 하는 것이냐? 다짜고짜 초당 차고 들어와 한다는 말 한 번 참 밉살스럽고나. 너 말야. 내 눈 속이고 잘난 딴 사내 보아 눈정 들었지? 요렇게 애먼 트집 잡아 후려치는 억지 소리가 아니냐?

"눈보신 장한 터로 은근히 눈짓도 많이 주고받았겠더라? 홍, 그런 터이니 날 보고 쌀쌀맞게, 잘난 척 도도하게 튕긴 것이지. 대체 뉜가? 장인어른 수행하는 임부장인가? 전령일 하는 홍가 놈인가? 아, 맞아. 외사랑 시중드는 권수란 놈도 만만찮더라. 다들 한가락씩 하는 옥골선풍(玉骨仙風)이더라. 흥."

아주 작정하고 아씨 속을 뒤집는다. 벌써 집 구경하는 척하면서 잘난 놈 다 눈 익혀두었구나. 가슴에 꽂아두고 어떤 놈하고 정분났니? 날벼락 같은 닦달을 하는구나. 도성 기방이란 기방은 쓸고 다니고, 장안 명기(名妓) 점고하여 부어라 마셔라 몇 날 며칠 잘 놀아난다고 소문 장하더니 말야. 저는 풍류하면서도 남부끄러운 줄 모르고, 안해 될 아씨더러는 저 아니라 딴 사내 보았니 어쩌니 하면서 혼인하기 전부터 쪼잔하게 투기질부터 하는구나.

수나 아씨 듣자 하니 하도 같잖아서 귀에서 연기가 날 것 같았다. 입 봉하고 듣고만 있었더니 하는 짓이 참말로 웃기는고나. 이참에 버릇 잡지 아니하면 다음번에 무슨 말로 트집 잡아 억지 광중 부려 댈거나. 감히 눈 똑바로 뜨고 야멸차게 대꾸하였다. 침착한 목청으로 증거대어라 맞받았다.

"아니. 날벼락도 유분수이지. 이 무슨 해괴망측한 누명인가? 무슨 연고로 소녀더러 천한 아랫것하고 연분났다 허물 씌우십니까? 대체 이런 법이 어디 있노? 억지로 협박하여 혼인하자 난리칠 때는 언제고, 혼인하마 허락하였더니 인제는 다른 사내 보았다 트집이라. 대체 왜 이러십니까? 소녀가 딴 사내 보았다는 증거 가져 보소서."

"증거? 증거어? 아주 눈 치켜뜨고 잘한다. 요것이 제법 무엄하고

나. 말대답도 잘하지."
 눈 부라리며 윽박질러도 어림없다. 수나 아씨 흥, 속으로 코웃음을 치며 나지막이 그러나 대차게 치받았다. 용원대군 허세라, 궐 안에서도 궐 바깥에서도 도무지 씨알이 먹히지 않는다.
 "지아비 대접이라, 존중받게 말씀하셔야하지요. 갑자기 초당 박차고 들어와 애먼 누명을 씌우시는 연유나 한번 들어보지요. 대체 원하는 것이 무엇인가요?"
 "참말, 참말…… 그 가슴에 아무도 없단 말이지? 맹세하여라."
 "맹세 이전에 소녀가 대군께 여쭙고 싶습니다. 그 가슴에는 다른 여인 있을지 누가 아나? 소녀더러만 맹세하라는 것은 또 무슨 심술스런 심보인가?"
 "어렵쇼? 되감아들기까정 해?"
 용원대군이 핫! 하고 콧방귀를 뀌었다. 발가락으로 툭하니 섬돌 걷어찼다. 그러거나 말거나. 수나 아씨 도도한 턱 치켜들고 허공만 바라본다.
 바람은 차고, 몸은 얼었다. 무정한 저것은 남의 속도 모르고 방에 들어오란 말 한마디, 다시 안 하는구나. 훌쩍 맑은 콧물이 벌써 흐른다. 곱은 손을 도포 소매 안에 집으넣으며 대군은 흠흠 헛기침을 다시 했다. 눈치를 보아하니 정분난 놈 따윈 없는 것은 확실하고. 내 이미 잘난 놈은 다 가내(家內)에서 몰아낼 생각이니 훗날도 걱정없을 것이고…… 슬슬 돌아갈까?
 "거 말야, 다오?"
 "네에?"

불쑥 손을 내밀었다. 의아하여 동그랗게 눈을 뜬 수나 아씨더러 눈을 부라렸다.

"정표 달란 말이다. 나는 너에게 노리개 주었거니. 가는 정이 있으면 말야. 오는 정도 있어야지. 귀물 노리개는 잘 챙기면서 저는 하나도 아니 내어놓네. 다오!"

무슨 이런 분이 다 있나? 기가 찬 수나 아씨 용원대군의 손바닥만 물끄러미 바라보았다. 정표야 맘이 돋아야 드리는 것이지. 무작정 내놓아라 떼쓰면 되는 일인가? 게다가 이어지는 뒷말에 더 넘어갈 뻔하였다.

"허고 말야. 네 속의대에는 다 내 이름 수놓아야 한다? 내 속의대에는 네 이름 수놓아라 상침더러 하명하였거니. 흠흠. 아 망신이라고 눈 흘기지 말란 말얏! 형님 저하랑 빈궁 형수님도 다 그런 걸 무어."

노총각 용원대군, 알콩달콩 둘이 좋아 죽는 정분이라. 형님 저하 부부지간 그 은애하는 살뜰한 모습에 그동안 부러워 배 아파 죽는 줄 알았다. 캬하! 좋을시고. 정인의 이름자 새긴 속의대를 입고 다니면 기분이 얼마나 좋을꼬? 섬섬옥수로 속의대마다 내 이름을 새겨주면 또 얼마나 행복할까?

"하여줄 것이지? 꼭 하란 말야. 그리고 당장 정표 없으면 고 맛난 입술이나 한 번 더 다오. 크흠!"

수나 아씨, 방탕한 그 말에 새하얗게 눈을 흘겼다. 요 뻔뻔한 면상을 칵 갈겨 버렸으면!

정분은 무슨……? 얼어죽을!

우격다짐, 협박하고 윽박질러 하는 강압적인 혼인이라. 정은 무슨 정? 없는 정도 떨어져 나갈 참에 어인 정표? 어인 이름자 새긴 속의대? 참말 꿈도 야무지시지. 매사 밉살맞기만 하구먼. 무조건 내어놓아라 채근하고 떼를 쓰는 사내 앞에서 기막힌 초당의 아씨 사정 그 누가 알리오? 허공에는 무심한 낮달만 하얗다. 핫하하 웃고 있다.

제8장 눈정 들어 속병 되니

　　대군의 가례치고는 어이없을 정도로 급하였다. 번갯불에 콩 구워 먹듯이 세자의 국혼 이후 겨우 석 달 만에 아우인 용원대군의 혼례가 끝났다.
　　초례청에 선 두 분 아름답고 잘 어울리는 짝이로구나. 백택의 자색포에 옥홀 들고 검은 태사혜 신은 대군은 늠름하였다. 화려한 원삼 활옷 차림의 수나 아씨 온화하고 어여뻤다. 참말 잘 만난 연분이로다. 용원대군께서 복록이 장하오. 주위에서 이구동성 치하하고 수군댔다. 참으로 이토록 화락하고 즐거운 광경은 또 없는 것이다.
　　허나 세자저하나 상원대군, 또 재원대군은 속으로 용용, 하며 웃고 있는 중이었다. 제멋대로 호탕함이 넘치던 둘째가 부왕마마 엄명에 의해 이 길로 처가살이 신세라니. 조롱 속의 새 신세가 되어 이태 동안 꼼짝도 못하고 얌전하게(?) 근신하여야 함이 더없이 재미있다. 은근히 고소한 것이다.
　이미 뒷방에 둔 여인만도 셋, 게다가 후실 정씨는 덩실하니 아들까지 낳아 낼모레면 돌이라 하였다. 중경 기생 첫머리는 전부 제가 올려준다 소문 장한 용원대군. 이태 동안 갑갑증 나고 기가 막혀 어찌 살까?
　하지만 훗일은 훗일. 어찌 되었건 두 해나 홀로 정분나서 죽자 살자 따라다니어 기어코 소원 이룬 터다. 대군 입에서도 벙싯 웃음이 만발하였다. 오직 한 분 억지로 미소 지으나 새침한 듯, 수줍은 듯 고개 들지 못하는 분은 수나 아씨 한 분이다. 방탕하고 거칠 것 없이 제 맘대로 산다 소문 장하였다. 헌데 실상은 짐작보다 더 심하였다. 내 팔자 앞으로 어찌 될까. 마냥 심란하고 아뜩하기만 하였다.
　"이해하오. 이미 저질러진 일을 어찌하겠소? 앞으로 그대가 잘하여 꽉 잡으면 될 것이오. 몹시나 호방한 것처럼은 보이나 순정에 약하시오. 국대부인께서 잘만 조절하면은 순진하게 잡힐 것이오. 이 빈궁도 많이 도와줄 터이니 너무 막막하다 생각지 마오."
　대례를 치르기 위해 창희궁에 들어와 있는 도중, 대군의 행적에 대하여 미주알고주알 귀띔을 받았다. 너무 기가 막히었다. 그만 도망을 갈까 보다 이러고 있던 참이다. 빈궁마마께서 망극하게 찾아오셨다.
　짙은 눈썹이 고집스럽기는 해 보이나 의젓하고 세련된 염태가 고웁다. 쾌활하면서도 조신하고, 밝고 영롱하나 넘치지 않는 애교와 사리분별 잘하는 품이 천상 앞으로의 중전마마 기상이다. 어질고 늠름한 세자저하와 가례 치른 지 한 달. 금세 덩실하니 회임하여 윗전 사랑을 한 몸에 받고 있다는 그런 분이다.

사가의 인연으로 치자면 맏동서. 나이는 비록 한 살이 어리나 도도하고 기품있으며 시원시원한 품이 당찬 사내보다 더 배포 당당하였다. 탁하니 든든하고 믿음직스러웠다. 수나 아씨, 첫눈에 빈궁마마와 눈이 맞아 곧이어 형님 아우 하며 타는 속을 많이 위로받았던 참이었다.

"인제는 그물에 걸린 고기 신세거든요. 홋호호. 다소간 속이 상하여도 참고 넘어가시오. 정씨는 순후하고 심약하여 시키면 시키는 대로 할 인물인 바, 가납하소서. 어찌 되었건 두 분 마마께는 첫 손주라, 헌이 아기를 귀애하십니다. 그는 어쩌지 못할 것이요. 다만 걸리는 것은 다른 궁인들인데, 총애 떨어지면 그뿐이니 무에 걱정이겠소? 어차피 사내들이야 여인네들 손아귀 안이오. 말로는 잘났다 소리치지만 실상 어리석은 것이거든요. 홋호호."

궐내 법도도 익히고 종묘에 고변하며, 윗전 수라상을 배행하여야 한다. 하여 두어 달포를 궐에서 거처하되, 그 이후로 곧바로 병판 자택으로 떠나거라 하명받았다. 신혼부부는 동뢰를 창희궁에서 치렀다.

증조할마마마이신 대왕대비마마 세상 버리시고 빈집이 되었다. 고생 모르고 제 하고 싶은 대로 살아온 둘째가 마음 상할까, 혹은 사돈댁에 폐만 끼치고 고생할까, 심약한 중전마마는 내내 걱정이시다. 차라리 용원을 창희궁에서 살리지요 상감마마께 청원하였다.

불감청이되 고소원. 숨을 죽이고 그리하라 하는 하명을 기다려

보았다. 허나 이놈의 방자한 성품을 이참에 반드시 고치리라 작정하신 전하, 윤허하지 않았다.

"법도가 있는데 성가한 대군을 살림 내어주되 윗전 사시던 궐에 살게 함은 도리가 아니오. 창희궁에는 당분간 상원을 보내시오. 성균관이 게서 가까우니 홀로 거처하며 학문하라 하시오. 학사들이 자유롭게 드나들기 편안하지 않겠소? 용원이 그리 마음이 쓰이면 두어 달포쯤은 게서 지내게 하구려."

중전마마께서 빈궁과 숙정, 숙경공주들을 불러 앉혔다. 너희가 신경 써 휘강전에 신방 꾸며주어라 분부하셨다.

"네 오라비가 풀이 많이 죽었다. 기운나게 잘하여주어라. 둘 다 심란할 것이야. 쯧쯧쯧."

어버이라, 중전마마 심정에 깨물어 안 아픈 손가락 어디 있을까. 팔자에 없는 처가살이에 기가 막힌 용원도 안타깝고, 호방한 지아비 모시고 평생 가슴앓이하고 살 것이다 싶은 국대부인 또한 마냥 안타까웠다. 중전마마께서 처음 가례 치러 궐에 들어왔을 적이다. 요망한 잉첩에게 홀린 주상전하께 소박당한 일이 몇 해던가? 그 고통과 수모를 차마 참기 힘들었다. 동병상련이다. 남의 귀한 딸 망신시키고 억지로 혼인하는 네 녀석이 얼마나 잘하나 두고 보자. 가례 치르기 전에 용원대군을 불러 앉히고는 엄히 경계하시었다.

"안해에게 대접받음은 바깥서 하기 나름이라 하였다. 이제 가례를 치르면 어엿한 지아비가 되고 일가를 꾸린 것이 아니냐. 허니 제발 예전마냥 바람처럼 돌지 마라. 어미가 너 때문에 명이 짧아질 지경이다. 부왕전하께서 눈여겨보시고 계신 줄은 네가 더 잘 알지? 조심하여 눈 밖에 더 이상 나지 말아야지. 대군으로서의 체통을 스스로 저버리는 일이 없도록 제발 거동에 신중하여라."

성품이 너무 닮아 항시 그 눈 밖에 난다. 평상시 사소한 일이라도 잘 부딪치는 주상전하와 용원대군이 중전마마로서는 평소에도 큰 근심이었다. 워낙에 어렸을 적부터 주상께서는 동궁만을 편애한 바가 컸다. 원체 세자가 영민하고 어질기는 하였다. 도무지 흠을 잡으려 하여도 빈틈이 없다. 그렇다고 하여 다른 소생들을 미워하신 것은 아니나 동궁에 대한 사랑에 비하자면 다소간 약한 것은 어쩔 수가 없었다.

세자는 심지어 두 분 마마 침전에서 직접 안고 키웠다. 원자의 울음소리가 나면 망극하게 주상전하께서 벌떡 일어나 손수 안고 둥개둥개 하며 달래주었다. 낮잠을 잠시 주무셔도 갓난 원자를 배 위에 얹어놓고 토닥토닥 얼러주며 주무실 정도였다. 그런 사랑을 감히 누가 견주랴?

헌데 둘째 용원대군은 타고난 성품이며 용모가 부왕이신 전하와 전부 흡사하다. 급하고 격하였다. 저가 하고 잡은 바가 있으면 아니하고는 못하는 그 도도한 자존심이 하늘을 찔렀다. 상대 가리지 않고 할 말 다 하며 덤비는 품새나, 거칠 것 없이 맺고 끊는 것이 분명하다. 안팎으로 다 전하의 판박이였다. 허나 부왕은 오히려 스스로의 그런 성품이 못마땅했다. 용원은 어찌 저리 짐의 못난 것만 빼박았을까? 한탄을 하시었다. 당연히 그런 둘째를 다소간 곁눈 뜨고 못마땅해하는 것이 심하였다.

이런 터이니 대군의 입에서 허구한 날 자연히 아바마마께오선 형님 저하만 사랑하신다 하는 불만이 아니 나올 것인가?
 이토록이나 근심 서린 모후마마 속내는 아랑곳없다. 남이야 뭐라든 난 새색시 끌어안고 급한 일이나 하련다. 용원대군 신방 들며 히죽히죽 좋아 죽는 낯빛이다.

 창희궁 휘강전.
 신방에 든 용원대군의 낯에는 이미 주홍이 자자하였다. 그림처럼 화려한 원삼 활옷 입고 화관 쓴 채 기다리고 있는 새각시 앞에 털썩 앉았다. 씨익 웃음기가 헌칠한 얼굴에 배였다.
 '이제 너는 내 손에 든 새란 말이지.'
 살풋 고개 숙인 국대부인은 도통 얼굴을 들지 않는다. 하지만 여인네 옷고름을 어디 한두 번 끌러본 터인가? 슬쩍 손만 댔는데 스르르 저고리 고름이 풀어졌다. 히히히 웃음소리는 분명 재원대군이다. 이놈아, 조용히 해라. 이러는 것은 상원이며 말은 아니 들리되 그 옆에는 분명 형님 저하도 계실 터이다.
 "다 몰고 가옵소서. 아니 가시면 내가 그날 헛간 일 불어버릴 것이오."
 한마디면 끝날 일이지. 발소리 어지러이 나고 이내 바깥이 조용하였다. 빈궁마마와 세자저하가 혼인 전에 지푸라기 깔고 응응응을 한 헛간 사건은 용원대군만 아는 일이다. 끝까지 붙어 앉아 이놈 골려줄 것이다 하신 세자도 이 일 앞에서만은 꼼짝 못하였다.
 "큰일 치르느라 수고가 많았소. 곤할 터인데 이만 침수합시다그려, 부인."

이미 벌려진 금침 속에 앙탈하거나 말거나 끌고 들어갔다. 담쑥 안고 누이며 용원대군 또 한 번 씨익 웃었다. 그 웃음이 심히 짓궂고 묘하였다. 어째서 이분이 이러시나 싶었다. 대군 생각에 이 밤이 지나면 당장에 말 태워 사냥터 데리고 나가 노루 생피 퍼 먹이겠다 하는 말은 허언이 아니었다. 내일 아침 일이 볼만하구나.

촛불 훅 끄고 치마고를 풀었다. 속의대까지 한달음에 냉큼 벗기는 것이 너무도 능숙하고 태연하다. 국대부인이 속으로 생각키에 이 바람둥이! 하는 생각이 어찌 아니 들 것이냐? 이런 천하의 난봉꾼 용원대군이 두 해나 멀리서 바라보고만 있으면서 침만 삼킨 처자와 나란히 금침에 누웠것다. 어찌 일이 보통일 것이더냐?

냉큼 부풀은 수밀도 두 손으로 움켜쥐고 희롱하며 붉은 입술 꽃 따먹었다. 도망만 치는 작은 혀를 날름 채어서는 쪽쪽 빨아대는고나. 달빛 어린 듯, 말간 배 속 같은 열아홉 소녀의 고운 살갗을 탐욕껏 삼키었다. 그런 다음 무작정 다리 벌려 저가 앙탈하든 말든 장대한 일물 밀어넣어 살도장부터 꾹 눌러버리었다. 천지간에 아득하다. 얼떨결에 열아홉 순결을 허무하게 바치고 수나 아씨 어쩐지 허전하고 기가 막혔다. 자신도 모르게 흐르는 눈물이라. 훌쩍훌쩍 우는데 용원대군 또 한 번 씨익 웃었다. 왜, 아프오? 능글맞게 물었다. 사내를 처음 맞이한 처녀의 몸이 빡빡하니 힘들고 고통스럽지, 그럼 말짱할까 봐? 알면서 왜 물어?

"원래 계집이 사내를 처음 맞이하면 이렇게 아픈 것이오. 그렇게 되어 있는 것이야. 이번엔 녹신하게 녹여줄 터이니 훌쩍거리고 그러지 마오. 조금만 참아보구려. 이내 극락에 간 듯 황홀할 것이야.

크흠."

이것으로 끝이구나 하였던 수나 아씨, 기가 막히었다. 범처럼 다시 덤비는 사내를 도무지 어찌해야 좋을지 모르겠구나. 가냘픈 팔들어 저항하듯이 밀어내 보지만은 어디 가만두어야지 말이야.

서두른 갈증을 한 번 풀었다. 숫처녀라 함도 확인하고 그 야들하며 향내나는 속살을 다 더듬어본 터라 용원대군, 이번에는 느긋하다. 고양이가 쥐를 어르듯이 쓰다듬고 쪽쪽 빨고 달금 보들한 그 일을 다시 시작하는구나. 서투르고 메말라 아프다 앙탈하던 새악시가 그만 넋이 나가고 말았다. 젖가슴이며 허벅지며 고 사이 계곡이며 아름다운 몸을 하나하나 짚어가고 더듬어가는데, 꿀물이 줄줄 흘러났다. 온몸 비틀며 저절로 고양이 앓는 소리라. 그러면서도 국대부인이 기가 막히었다. 이리 능하고 진진하게 뜨겁게 하여주니 그동안 계집들이 벌 떼처럼 꾀었겠지.

"에구머니."

가냘픈 교성 끝에 해연히 놀라 몸을 비틀었다. 그 방탕함이 어찌나 지독한지 첫일 치르는 숫처녀가 어찌 견디랴? 서슴지 않고 상대하여 별 치태 다 부린 후에 새신랑, 보무도 당당하게 야들한 꽃잎 안으로 또 한 번 파고들었다. 얼마나 장하고 거대한지 도무지 감당을 할 수가 없다. 저도 모르게 듬직한 어깨를 감싸며 달라붙는 형상이 나무를 넝쿨이 감아드는 품이다. 용원대군 득의만만하게 방아질이 장하였다. 그럼 네가 예서 아니 넘어가겠니? 속으로 중얼거리며 더 세차게 여체에 불을 붙이는 것이다.

이렇듯 신방서 신랑신부 진진한 재미 보는 동안 동궁 사정은 어떠한가? 빈궁마마는 세자의 무릎 베고 누워 온갖 어린양에 재롱을 떨고 있는 중이다.

혼인한 지 겨우 두 달. 회임하였다 하여 금세 산실로 들여보냄도 무정타하여 중전마마께서 빈궁마마더러 동궁 내전서 그냥 거처하거라 하셨다.

"너덧 달 더 있다가 몸이 무거워지고 용체 미령하면 산실로 옮기되 지금은 세자 곁에 있거라. 세자가 어질고 바르니 그 곁에서 순후하게 말씀 듣잡고 배움을 받으면 그것이 태교라 할 것이다."

지아비 세자께서 지금 낭랑한 목청으로 효경을 읽고 있다. 단단한 무릎을 베고 누운 빈궁마마 들어라 하는 것이다. 잔치 파하고 이슥해서야 동궁 돌아오니 곤하였다. 바른 태교라, 하루에 꼭 한 장씩 좋은 글을 읽으렴 하였는데 요것이 곤타 앙탈하는 것이었다. 허면 내가 읽어줄게 하였다.

은애하는 지아비 무릎에 턱하니 누웠다. 입으로는 맛난 것 냠냠 먹으며, 귀로는 낭랑하니 좋은 목청으로 읽어주시는 글 듣는구나. 손가락으로는 털이 부숭한 지아비 다리에 그림 그리며 장난질하는 중이라, 이야말로 세상에서 제일가는 팔자였다. 세자가 글 읽다 말고 빈궁마마 그 장난질하는 손을 툭 내쳤다.

"장난하지 말아. 헷갈린단 말야. 좋은 글 읽으면 잘 들을 생각을 하여야지 이리 딴전만 피고 있으니. 쯧쯧쯧. 연희가 요렇게 간질이면 회가 동해서 못 참는다는 것을 알지 않니?"

"참지 못하면 어쩔 것이오? 히힛, 저하, 우리도 신방에서처럼 그리 한 번 해볼까?"

눈웃음 살살 물고 빈궁마마가 슬금슬금 작은 손을 허벅지 위쪽으로 옮겨갔다. 동궁마마는 점잖게 그 손을 잡아 제자리로 다시 돌려놓았다.

"그만 하오. 흠흠. 아기씨에 해가 될 것이다. 나는 참을 것이니 괜히 유혹하지 마시오, 빈궁."

"흥, 무정하여라. 우리도 신혼이라, 밤마다 운우지락 즐길 때거늘 저하께서 이리 신첩 피하시면은 어찌하오? 나중에 어여쁜 계집 따로 보시곤, 빈궁이 너무 일찍 회임하여 내가 그 맛 못 잊고 참지 못한 고로 이 아이를 건드렸으니 가납하오 할 참이지욧? 나는 몰라요! 저하께서 신첩을 이리도 구박하시다니. 어찌 나만 믿고 궐에 들어오라 꼬시었더뇨? 엉엉엉."

"가짜로 울어도 소용없으니 그만 일어나. 아까 내가 읽은 바가 무엇인지 모를라 치면은 내일은 두 장을 외우게 할 것이야. 도대체 내가 무얼 읽었소?"

빈궁마마 어린양을 가볍게 내치었다. 낯빛 엄히 하고 묻지만은 눈에는 웃음이 물렸다. 영명한 빈궁마마. 장난결이나 그것 하나를 못 외우리? 좔좔 읊으시고 되었지요? 자랑하였다.

"인제 잘 테야요. 곤하여 못 살겠나이다. 회임하면 이토록이나 졸음이 장한가 보아요. 마마, 내일은 저가 늦잠 잘 터이야."

"어마마마께 문안 인사는 드리고 나서 낮잠 자지 그러나?"

"암만요. 문안 인사는 드려야지. 저가 유모더러 시각 맞춤하여 반드시 깨워라 하명하였소이다."

"잘하였군. 나는 빈궁이 이리도 법도 밝고 착하니 참말 좋더라. 수고하였소이다. 무거운 몸에 큰일 치렀으니 고생이거든. 팔베개 하여줄까?"

다정하게 다가오는 지아비 손길을 톡 걷어냈다. 새침하게 튕기었다.

"싫사옵니다. 마마께서 다가오시면은 신첩은 품에 안기고 싶단 말여요. 마마는 회임하였다 하여 신첩을 피하시니, 민망하여라. 그 부끄러움을 어찌 당하리요? 내일부터는 금침 두 채 펴라 할 것이야. 신첩을 꺼리심이 엄하니, 어찌 같은 베개 벨 것이던가?"

세자저하 빙긋 웃으신다. 훌훌 금침 걷고 빈궁마마 팔을 획 끌어당겼다. 살그머니 귀에다 속삭였다. 그대를 누르면 아기씨가 아프지 않을까?

"저가 어찌 아옵니까? 배운 것이 없는데요. 별것을 다 물으신다? 흥."

"나는 그리 생각되니, 빈궁이 만져 주어. 올라타서. 응?"

"맙소사. 싫사와요. 아기씨에게 나쁜 일이면 어찌하려고요? 절대 그리 못하여요."

"허면 내가 딴 궁녀 찾아가리? 빈궁이 이리 톡톡 내치면은 나도 생각이 있다이! 나중에 딴말 마오?"

눈에는 웃음기이지만은 짐짓 정색하고 호령하시었다. 이 말에 약한 것이 또 빈궁마마였다. 가냘프나 힘있는 팔로 세자저하 목을 냉큼 끌어당겨, 쪽 하고 입술을 맞춰주었다. 부드러운 귓밥을 살살 만지작거리며 눈웃음을 쳤다. 시정 논다니도 요렇게는 아양 떨지 못할 것이다. 지아비 자리옷 슬슬 풀어 날가슴 만들면서 다정하니 앙탈하였다. 음탕하기 짝이 없는 요부였다.
"지금 감히 오데를 가시려고 하시는 것이야요? 이 빈궁이 그러는 것은 도무지 못 참는 것 잘 아시면서? 그리하여 드릴 것이니 마옵소서. 시키는 대로 다 할 것이야. 허니 다른 데 보는 것은 마옵소서, 응?"
겉으로는 순후하고 어질되 속내로는 도도하시고 자존심 강한 세자의 성정이다. 누구보다 빈궁마마가 그를 잘 알고 있었다. 예서 만약 끝까지 약 올리고 거부하면은 동궁마마 스스로의 자존심 때문에라도 정말 마음에도 없는 다른 궁녀를 부를 분이라는 것이다. 세자는 또 속으로 낄낄대며 그럼 그렇지, 연희 너는 내 손바닥 안이니라, 이러는 것도 모른다.
"헌데요, 마마, 내일 대군께서 정말 국대부인을 곤혹스럽게 할 것 같사와요?"
"하고도 남지. 제 입으로 내뱉은 말이라, 용원 그놈이 한다면 하는 놈이오. 방비를 하여야 할 것이오."
"참말 우습다. 어린애도 아닌데 어찌 그러하실까요?"
"그놈 성질이 그러하오. 옳다 그르다 따지기 보담도 제멋대로 해야 직성이 풀리는 놈이거든. 내가 미리 생각해 둔 바가 있소. 걱정마시오. 주무십시다."
동궁의 침전도 이내 불이 꺼졌다. 가만가만 앙탈하고 희롱하는 웃음소리가 새어 나오다가 조용하여졌다.

초야 치르는 일이다. 욕심 많고 능숙하며 혈기방장한 지아비 품에 안기었는데 도무지 횟수도 셀 수 없을 만큼 무수히 밟히고 깨물리고 어루만짐 당하였다. 그러고서 지쳐 언제 잠이 든지도 몰랐다. 어여쁜 알몸으로 넓은 품에 안기어 잠이 들었는데 눈을 뜨니 어느 새 동창이 훤하였다.

무리죽을 받쳐 드리니 기막힌 이 사내 좀 보소. 금침 안에서는 새 신부 색색 잠들었는데, 저는 벌떡 일어나 날가슴 풀어헤친 그대로 상을 받았다. 싹싹 죽 그릇을 비우고는 물려라 명하였다.

"아침것 필요없다. 아니 먹을 것이다. 너는 남궁에 가서 내 말과 활을 가져오너라. 이사령 이리로 들어오라 이르고 부인의 사냥복도 챙기어 가져오라. 잠시 후 기침하시면은 욕간하실 터이니 나인더러 준비하라 일러라."

비몽사몽 잠결에 들으니 무엇인가 좀 이상한 분부이시다. 살며시 수나 아씨가 눈꺼풀을 떴다. 눈이 딱 마주쳤다. 아무리 허물없는 부부지간이 되었다 하여도 민망하고 어쩐지 부끄러워 고개를 푹 숙였다. 아이고머니나, 이 뻔뻔한 분 좀 보소. 날이 환하여 안팎으로 들며나는 아랫것들 이목이 부끄럽지도 않은가? 다시 금침 안으로 쏙 파고들었다.

"그대가 내 아침밥이니 반드시 먹고 말 참이야."

다짜고짜 다시 타고 오르는 것이 아닌가? 아무리 앙탈하고 반항해도 방문 바깥의 아랫것들 부끄러워 큰 소리 내지 못하니 그것은 반항이 아니고 교성이다. 피한다 도망쳐도 알몸으로 금침 안이니 어찌 그 억센 사내의 힘을 이길 것이던가? 이리하여 해가 훤한 밝은 아침에 국대부인 수나 아씨 아야, 소리도 못 내고 또 한 번 난폭하고 도무지 만족을 모르는 지아비에게 낚아채이어 와그작 밟히었다.
"싫은 척하지 말라. 이미 그대와 나는 끊을 수 없는 부부지연을 맺었고 지난 밤 좋다고 신음하며 안긴 이가 누구더뇨? 어차피 나야 방탕하고 거칠 것 없다 소문난 터이니 새삼스레 부끄러워할 필요 없소이다. 부인. 흐흠? 발가니 용색이 보기 좋소? 심히 즐거웠던 모양이군? 일어나시오. 이미 아랫것들이 욕간 준비하고 있다 하니 나가서 욕간하고 오시오. 그대를 위해 내가 아주 재미있는 것을 준비하였으니 기대해도 좋소이다."
도무지 종잡을 수 없는 위인이다. 빠져나가려 앙탈할 때는 놓아 주지 않더니 말야. 제 욕심 다 채우고 나니, 훨훨 금침 걷어 내쫓았다. 새색시의 아름다운 엉덩이를 철썩 치며 조롱하였다.
자리옷으로 간신히 몸 가리며 방문 나서는데 그 얼굴이 붉었다. 면구스러워 새각시가 도무지 고개를 들지 못하였다. 기다리고 있던 유모상궁이 아씨를 난짝 따스한 욕간 통에 모시었다. 살며시 옥체 닦아드리는데 군데군데 지난밤 지아비가 남긴 치태의 흔적이 적나라하였다. 아씨도 부끄럽고 옥체 닦아드리는 나인들도 부끄럽다.
대군이야 사람으로 여기지도 않는 나인이며 내관들이니 이 일이 심상할 터이지만 수나 아씨야 어디 그런가? 사가에서 욕간할 때는 유모만이 둘러서서 보일까 말까 숨어 하던 버릇이다. 예는 욕간하기 위해서 차비하는 이가 너덧이니 욕간이 끝날 때까정 고개를 들지 못하였다.
두드려 맞은 것마냥 아프고 지친 옥체 보드랍게 주물러 주었다.

그러면서 유모는 속으로 새신랑 대군마마가 기막히다 생각하고 있었다.

'처녀이신 국대부인마님을 처음부터 이리 심하게 다루시면은 어찌하노? 앞으로는 겁이 나서 침방에 들어가지도 못하겠구먼.'

욕간이 끝나고 의대가 들어왔다. 뜻밖에도 난생처음 입어보는 사냥복이 아닌가? 아씨가 해연히 놀라 이것이 무슨 일이오? 하고 항의하였다.

"대군마마께서 함께 지금 곧 사냥터로 떠나신다 하명하시었나이다. 마마더러 이 의대로 갈아입혀라 하셨사옵니다."

수나 아씨 기가 막혀 말을 잇지 못하였다. 초야 치른 후 지아비가 지어미 데리고 사냥터로 간다 하는 말은 머리털 나고 처음 들은 일이었다. 이는 필시 저를 골탕 먹이려는 수작이었다.

'예전에 내가 유모 팔 상한 후에 대군마마더러 심히 꾸짖어 피 묻은 손이 무섭고 무도하다 한 말을 아직도 속에 담고 계시었구나. 이를 복수하려 함이구나.'

수나 아씨 황당하고 기가 막히어 어쩔 줄을 몰랐다. 침궁의 용원대군, 홀로 스윽 웃고 있었다.

"오늘 너 요것, 아주 골탕 좀 먹을 것이다. 훗흐."

요깃에 묻은 선연한 핏자국을 들여다보며 씽긋씽긋 웃고 있었다. 지밀상궁 들어와 두 분 초야 치르신 금침 싸안고 나가고 내관 둘이 들어와 새신랑 모시었다. 욕간시키어 드리고 난 후 사냥복 갖다 입혀 드리면서 말이며 몰이군 수장이며 전부 대령하였다 아뢰었다.

"오냐, 알았다. 잠시 후에 곧 출발할 터이니 기다리고 있거라. 사령더러 오늘은 동문 밖으로 나갈 것이다 하여라. 너는 가서 국대부인의 차비가 끝났는지 알아보고, 뫼시고 나오거라."

마지못하여 사냥복으로 갈아입은 국대부인이 문을 나섰다. 이미 대군은 말 등에 올라타고 있었다. 헌데 이것이 무슨 속셈이냐? 국대부인이 탈 가마도 없다. 달랑 대군이 올라탄 말 한 마리뿐이었다.

"흠흠. 부부지간에 새삼스레 내외할 일이 어디 있소? 그대도 병판 대감께서 삭주 나가 있을 적에 함께 살았다 하니, 말 등에야 올라봤을 테지? 같이 탑시다그려? 여봐라. 국대부인마님을 말에 올려드려라!"

이런 상황에서 네가 어쩔 것이니? 얄밉게 바라보는 대군 앞에 뜻밖으로 아씨는 침착하였다. 수하의 시중을 뿌리치고 대군이 탄 말 앞에 다가가 손을 내밀었다.

"아무리 수하라 한들 사내 손은 마땅찮으니 마마께서 손잡아주십시오. 지아비 손을 잡는 것이 그나마 덜 우세스러울 것입니다."

용원대군이 속으로 햐, 요것 봐라? 은근히 놀랐다. 하지만은 어쩔 것이냐. 손을 내밀어 낭창한 팔을 끌어당겨 훌쩍 말 등에 태웠다. 한 팔로는 가느다란 허리를 휘어감고 가자! 하고 말배를 걷어찼다. 놀란 말이 후다닥 아래위로 솟구쳤다. 급하게 날뛰는데 일부러 그런 것이다. 허나 국대부인마님 꼿꼿이 앉아 앞만 바라보고 있다. 흔들림 하나 없었다. 오히려 빙긋이 속으로 웃고 있었다.

대군의 말대로 사친께서 병마절도사로 삭주에 계실 적이다. 그곳의 여인들은 도성의 계집들과는 달리 성정이 씩씩하고 요란족의 풍습을 많이 받아들여 말 타는 일을 즐겨하였다. 하여 아씨도 겉으로

눈정 들어 속병 되니 299

는 얌전하나 사나운 말 올라타고 들판을 달린 일이 한두 번이 아니었다.

아차차. 대군마마, 인제 큰일 났다! 속의 요량으로는 국대부인에게 노루 생피며 날고기를 먹이겠다 결심 장하되 글쎄요, 마음대로 되실까요?

초야 치른 대군마마 내외 두 분이 아침 수라도 사양하시고 곧장 한 말에 올라타고 사냥터에 나갔단다. 이 소식은 금세 대궐의 중전마마께 전하여졌다.

참으로 법도에 어긋나고 기함할 일이 아닐 수 없었다. 주상전하께서 아시면은 또 한 번 부르르 노하실 일이다. 모후이신 중전마마께서 근심하시기를 용원이 기어코 또 일을 저지르는구나 탄식하였다. 곁에 배행하던 빈궁마마께서 빙긋이 웃었다.

"근심 마옵소서, 어마마마. 어차피 초이레 동안은 무엇을 하든지 그것은 두 분 처분에 달린 것이고 그동안의 일은 아무도 입에 담지 않습니다. 간섭을 하지 못하니 상관없지요. 제가 전에 어마마마께 말씀 올렸기로 국대부인이 만만찮으니 볼만할 것입니다. 이미 저하께서 몰이군 사령더러 그 기별 들으시고 사냥터에 소채찬 하여 두리상 보내어 한 방 먹여라 하명하신 터입니다. 홋호호. 참으로 재미있지 않나이까?"

"기가 막히다. 용원도 짓궂고 세자도 짓궂으며 게서 웃으며 응원하는 빈궁 너도 짓궂도다. 홋호호. 새아기가 잘 요리할까?"

중전마마, 가만히 듣자 하다 웃으신다. 명민한 동궁이 제 아우가 제수씨 골탕 먹일 꿍꿍이 짜고 있음을 훤히 꿰뚫고 있구나. 이놈 내가 한번 두고 보자 하고 항시 주의 깊게 감시하고 있음을 안 터이니 모르는 척 두고 놓아두면은 두 형제간 머리싸움이 볼만하겠구나. 게다가 빈궁이 앉아서 조곤조곤 아뢰는 말씀인 바, 미리 새아기를 찾아가서 용원대군 성질머리며 격한 자존심이며 다 알려 대비케 하였다 한다. 저 혼자 잘난 용원대군이 오히려 안해와 형님 내외 사이에 끼여 완전히 그물 걸린 고기 신세. 저도 모르게 고운 웃음이 새어 나왔다.

남궁 사냥터. 용원대군이 씩씩거리며 애꿎은 동궁 내관더러 골을 벅벅 내고 있는 중이었다.
잘난 척 아씨를 앉혀두고 종횡무진 말 달리고 화살을 쏘았다. 토끼 두 마리, 꿩 세 마리, 마침내 노루 한 마리까지 잡았것다. 기분이 흡족하여 불 곁으로 달려오며 속으로 킬킬거렸다.
'너가 하루 종일 아무것도 먹지 못하였으니 심히 시장하여 죽을 참이겠다? 이제 불에 구운 고기 냄새를 맡고는 회가 동하여 못 살 터이니 어디 두고 보렴?'
새각시 보는 데서 노루 목을 찔러 버릴 작정이었다. 배고파 눈이 뒤집혀진 새악시에게 더운피를 한 대접 먹일까? 두 대접을 먹일까? 흐뭇하여 요량하고 있는데 이것이 무슨 황당한 일이냐? 동궁 내관 셋이 고리짝을 메고 들고, 아씨 앞에 서 있었다.
"무엇이냐?"
"황공하옵게도 세자저하와 빈궁마마 두 분께서 먹거리를 차비하여 보내신 참이라 치하하고 있습니다. 급히 사냥터로 떠난 고로 준비를 못하였을 것이다 하시며 골고루 모다 준비하시어 보내주셨군요. 신방 차린 후에 이 형님이 한턱 낸 것이니 가납하라 분부하셨답니다."

용원대군 그 말에 뒤로 넘어간다. 얄미운 형님 저하야, 두고 보자아! 항시 이리 내 일을 망칠 셈인가?

허나 장형께서 보낸 것을 감히 아우가 싫다 거절할 수도 없었다. 오늘 국대부인에게 생피 먹이리라 하였던 속셈은 딱 그른 것이었다. 고리짝 네 개 갖가지 소채 찬, 먹음직스러운 음식들이며 두견주에다 정갈한 안주거리가 벌려졌다. 소금 뿌려 구운 꿩고기는 탁주 곁두리도 안 되는 것이다. 하물며 노루 생피는 이미 물 건너가고야 말았다.

새침하게 앉은 수나 아씨 불 곁에 앉으소서 청하였다. 아무것도 모르는 척, 술병을 들어 대군께 따라 드리었다. 받아 마시기는 마시되 심히 입맛이 쓰다. 웃고는 있되 배가 살살 아팠다. 빈틈없고 손 빠른 형님 저하가 이미 휘강전 아랫것들에게 손을 써서 제 동정을 전부 살피고 있었을 줄이야! 이리 뛰어도 저리 뛰어도 저는 오직 그물 걸린 고기 신세였을 뿐이다. 내관이 돌아와 아뢰었다. 용원대군께서 심히 좀 골이 난 기색이었나이다. 말씀 들으시며 동궁마마 빙긋이 웃으신다.

두 이레가 지난 후 용원대군은 안해인 국대부인을 뫼시고 처가살이를 하러 출궁하였다.

"이태나 게서 얌전하게 잘 지내도록 하여라. 부왕이 아들 잘못 가르쳤다 망신시키지 말고 제대로 하렷다, 이놈."
 상감마마께서 둘째 아들을 경계하여 엄한 하교 말씀을 내리었다. 처음에는 앙앙불락, 입이 만 리나 튀어나온 채 궐을 나간 대군, 그 며칠 후에 두 분 마마께 문안 인사 드리러 입궐하였다. 동궁으로 와 형님 저하를 뵈옵는데 어쩐지 얼굴빛이 한결 환하여 있었다.
 "바깥 생활이 맘에 드는 것이다? 그사이 네 낯이 편안하여졌구나?"
 "아무래도 깐깐한 법도에서 벗어난 터라 숨 쉬기가 그만하오이다. 흐흐흐. 모레쯤 하여 진성 할아버님과 함께 재성으로 군사일 보러 가지? 날더러 골탕 먹어라 하면서 출궁시킨 형님 저하야. 약 좀 오르소서. 나는 하냥 즐겁소이다."
 "내가 언제 골탕 먹어라 하였는고? 이놈 말버릇 좀 보소? 네 혼사 첫째 공신이 나인 줄 벌써 잊었느냐?"
 바깥에서 흠흠 기침 소리가 났다. 중형이 들었다 하니 인사를 하러 남궁에서 셋째와 넷째가 건너온 터이다.
 "신혼 재미가 고소한 모양입니다. 여기까정 참기름 냄새가 진동하오."
 "핫하하. 그러하더냐? 흠흠흠. 그이가 아주 야들야들 내 말에 순종하고 귀여움을 떨어대거든. 내가 즐겁구나. 음핫하하. 역시 계집은 사내 하기 나름인 게야."
 "소문은 영 아니던뎁쇼? 용원 형님. 형수님에게 꽉 잡혀 수저 드는 것조차 눈치만 살핀다 합디다. 의대조차도 형수님이 입으셔요 하는 것만 걸치신다 하던데요? 낄낄낄."

대군을 따라 처가로 나간 내관에게서 들을 바가 많다. 막내 재원이 킬킬대며 한마디 툭 나섰다. 어린놈이 건방지게! 용원대군이 눈을 부라렸다. 보지 않았다고 짐작하지 못할까? 새침하니 얌전한 듯 보여도 은근히 성질 만만찮고 영리한 수나 아씨이다. 겉으로 큰소리만 칠 줄 알지 영 어수룩한 대군이 며칠 만에 손아귀에 단박 들어간 모양이다.

으핫하하하. 형제들의 웃음소리가 터졌다. 곧 죽어도 아니다 대군은 부인하였지만, 어디 그 사정을 모를까? 무안하고 할 말 없어 용원대군 얼굴만 홍시 먹은 듯 벌게졌다.

"참, 저하, 반우 선생이 글라시아 국에서 돌아왔습니다."

셋째 상원의 이야기에 세자가 반색하였다.

"아 그래? 선왕재의 서관들이 이맘쯤 하여 도성으로 돌아온다는 이야기는 들었단다. 벌써 돌아들 왔구나. 허면 반우를 만났느냐?"

"아침에 남궁에 듭시었나이다. 이 아우가 부탁한 서책을 전하여 주려 일부러 짐도 풀지 않고 듭시었더군요. 명일 정식으로 입조하여 부왕전하를 알현하리라 합니다."

그들이 말하는 반우 선생은 상원대군의 글 스승이다.

셋째 상원대군이 나이는 어려도 총명하며 학문에 뜻을 두어 열심히 노력한 끝에 그 경지가 심히 높았다. 위에서 보내주시는 진감들이며 스승에 도무지 만족지 못하였다. 대체 누가 있어 글에 대한 굶주림을 채워줄까, 이리저리 수소문하였다. 선왕재의 일급 서관인 강위겸 그가 심히 안목이 넓고 깊으며 학문 높고 어질다 소문 장하였다. 하여 상원대군은 그를 스승으로 뫼시게 해달라 부왕께 간청하였다.
 부왕마마께서 그의 이름을 듣더니 크게 한 번 웃으시었다. 마침 곁에 계신 모후마마를 돌아보시었다.
 "그가 그 까치두루마기인가?"
 어진 모후께서 돌연 낯빛을 발그레 물들였다. 민망하다 살짝 눈을 흘기었다.
 "벌써 이십여 년이 훌쩍 지나간 일입니다. 어찌 그리 기억도 또롱하시어 신첩을 우세시키십니까?"
 "짐이 무얼? 핫하하. 인연은 돌고 돌아 인제 그 아들이 우리 아들의 스승이 되는구먼."
 어찌하여 두 분께서는 모를 말씀을 하시나. 헌데 알고 보니 그 부친인 강두수가 이십여 년 전 모후마마 글 스승이었다. 그때, 스승의 어린 아들 돌이라 하여 어마마마께서 손수 까치두루마기를 지어 하사하였다. 그 옷을 입었던 돌배기 아들이 바로 강위겸 그였다. 상원대군의 글 스승이었지만, 세자저하하고도 친밀하여 곧잘 동궁으로 들어 넓은 세상 이야기를 하여드리곤 하였다.

 반우 강위겸.
 반드시 기억하여야만 하는 문제의 이름이다.
 약관의 나이에 과거에 장원급제. 상감마마의 개인서재인 선왕재의 일급 서관으로 일약 발탁되었다. 일 년에 너덧 달은 상감마마 밀명을 받아 명국 국경을 넘어 더 넓은 세상 각처를 돌아다니며 온갖 문물들을 보고 듣고 수집하여 오는 역할을 맡았다. 돌아와서는 비록 말직이되 상시 용체 옆에서 시립하며 여러 가지 조하의 일에 있어 참신한 생각들을 개진하며 사리분별을 조사하고 옳고 그름을 판단한다. 굳고 순결한 충심이 깊어 상감께서 몹시 아끼었다. 모다 앞으로 영의정감이라 칭송이 장하였다.

인품이나 학문이 높은 것도 그러하지만, 훤한 용모며 기골이 아름다운 미장부였다. 그가 걸어가기만 하면 궁녀들이 서로 한 번 더 보려고 발끝을 들고 고개를 빼든다는 소문이 있을 정도였다.

그야말로 인중지룡, 어디 한 곳도 빠진 데가 없다. 딸 가진 명문 대가에서 침을 삼키며 다투어 매파를 보낸다는 사내다. 헌데 불운하게도 그는 미혼망처를 둔 유부남이었다. 오 년 전, 정혼하여 대례날을 기다리는데 미혼 처인 안주 원씨 처자가 갑작스런 토사곽란으로 목숨을 버리고 말았다. 졸지에 혼인 전에 상처를 한 셈이다.

그 이후 다른 곳에서 좋은 혼처 숱하게 들어오는데 전부 다 거절이었다. 나이는 들어가되 성가(成家)에는 도통 뜻이 없다. 그 이유가 무엇일까? 강씨 가문 종손인 그가 서른이 다 되어가는 지금까지 홀몸이었다. 왜 저러는지, 평생 혼인 아니 하고 독신으로 살 것인지 그 영문을 알 수 없음이라. 일가 전부가 모두 답답해하고 있었다.

"내일 뫼시고 동궁 오너라. 짐도 그의 입에서 나올 이야기가 심히 궁금하단다. 아국에서 글라시아 국으로 나가 일 년이나 지내다 온 이들이다. 얼마나 보고 들은 것들이 많을까?"

"마마 눈을 보자 하니, 만약 용포 아니 입으시었으면 마마께서도 당장 글라시아 국이며 국경 넘어 명국에다 미앙국까정 나가실 참입니다. 아니 그러합니까?"

선천적으로 호기심이 많고 명민하시다. 새로운 것에 대하여 매사 관심이 많으며 열의를 지닌 분이다. 막내의 말에 세자가 웃었다.

"우리 막내가 눈치 한번 빠르구나. 오직 이 내 소원이 아바마마께서 허락하시면은 국경 넘어 미복하고 저 먼 세상을 한번 둘러보는 일이니라. 백문이 불여일견이라 하였는데 말야. 연돌이 놈 뒤에 달고 한 삼사 년, 멀리 유람이나 다녀올 수 있었으면."

"아바마마께서는 세자 형님 말이라면 무엇이든 아니 들어주시는 것이 없지 않습니까? 한 번 간청하여 보시옵소서. 훗날의 군왕이 되실 분이니 견문을 넓히고 여러 나라의 사정을 알아보심도 나쁘지 않을 것입니다."

"허나 내가 먼 길을 가면 두 분이 허구한 날 걱정을 하시지 않겠느냐? 게다가 나는 보위를 이을 몸이니 거동이 경망스러우면 아니 되지. 아들 된 도리로 두 분 마마께 근심을 끼쳐 드림은 불효이구 말야. 한결 홀가분한 용원 네가 막내를 데리고 내년쯤 하여 명국에 한 번 다녀오렴. 유리창 거리에 가서 구경 잘하고 서책이나 실컷 사오려무나."

"보내주실 참입니까? 아, 가지요! 아우가 당장 갑니다. 아니 보내주시니 못 가는 게지요. 크흠."

답답한 도성 안에만 있지 말고 멀리 유람 다녀오란 말에 용원대군이 반색하였다. 짓궂은 눈빛을 하고 재원이 곁두리로 중얼거렸다.

"단, 새 형수님께 허락을 맡아야지요. 혼인한 후, 한 삭도 아니 된 새신랑이 신부 버리고 멀리 유람 핑계 대고 도망간다 소문이 나

보십시오. 당장 이 밤에 뜯겨 죽을 것입니다."

다시 한 번 형제의 웃음소리가 동궁 지창(紙窓)을 뚫고 맑게 울렸다.

그 다음날, 대전에 입시한 후에 반우 강위겸이 상원대군과 더불어 동궁으로 들었다. 근 한 해 만에 뵙는 분이니, 서로를 마주 보는 시선에 흠뻑 웃음기가 묻고 정이 들었다.

"신이 못 뵌 그사이, 가례 치르시고 빈궁마마께서 회임까정 하시었다 들었나이다. 참말 감축하옵니다. 저하께서 나날이 원숙해지시고 글도 인품도 따라 높아지시니 심히 아국의 홍복이옵니다."

"누가 아니랍니까? 형님 저하야말로 군자 중의 군자이시니 이 아우는 도무지 어렵고 존경스러워 따르지 못합니다. 지난번 동궁 제강을 하시는데 진감들이 고개를 젓고 물러났답니다."

번갈아 강위겸과 상원대군이 칭찬하는 앞에서, 세자는 빙그레 웃으며 손을 저었다.

"두 분께서 이 동궁 낯에 대놓고 금칠하는 뜻은 무엇인가? 그런 세자가 되도록 더 노력하라 채찍질하는 교묘한 술수가 아닌가? 핫하하. 오랜 벗인 반우 그대를 모처럼 뵈오. 기쁨이 큽니다. 낯이 까칠하되 눈빛이 더 영명하여지고 즐거움에 번쩍이는 터라, 필시 타국에 나아가 별의별 문물을 다 습득하고 지혜를 얻어오신 것이오? 부럽구려."

"망극하옵니다. 성상의 은혜를 입어 신이 글라시아 국을 거쳐 곁의 에스파한이라는 나라까정 가보았나이다."

세자저하 눈을 빛내며 몸을 강위겸 쪽으로 기울였다.

"반우, 나는 거 글라시아 국에서 설치하였다는 쇠로 만든 수레가 제일 궁금하구려. 참말 그런 것이 있소이까?"

"그 물건을 일러 기차라 합니다. 커다란 수레를 길게 너덧 개를 이었거든요. 무쇠로 두 줄의 길을 만들고요, 바퀴에다 홈으로 파서 그 길을 따라 왔다 갔다 하는 것입니다."

"말이 끌지도 않는데 어찌 그 무쇠덩어리가 움직일까? 신기도 하지!"

"신이 그럴 줄 알고요, 기차가 움직이는 술수를 설명한 화첩을 가져왔습니다."

"잘하였군. 아바마마께서도 무척 흡족해하셨으리라."

세자의 칭찬에 강위겸이 빙그레 웃었다.

"다행히 성상께서 즐거워하셨나이다. 서책이 글라시아 어로 되어 있으되 신이 역관을 시켜 해설을 하게 만들었습니다. 금세 저하께도 바칠 것입니다. 신이 듣기로 제일 앞의 수레에 무쇠 화덕이 있어 탄부들이 토탄을 퍼넣어 불을 땐다는구먼요. 무쇠솥에 물이 끓어 세찬 김이 나오면은 그 기운으로 움직이는 힘을 만든다 합니다. 그것이 바로 증기기관이라 합니다."

"증기기관. 증기기관이라……."

"저하, 눈빛이 묘하십니다?"

"나의 기벽을 알지 않니? 궁금하고 신기한 것은 도무지 참지 못함이라. 반우, 그 기차란 물건을 우리나라에 설치하려면 금전이 많이 들까요?"

강위겸이 고개를 끄덕였다. 허나 금전과는 무관하게 반드시 수입하시어 아국에도 설치를 하셔야 합니다 열의있게 아뢰었다.
"금전이야 참말로 좀 들겠으나, 그 물건이 하나만 있으면은요. 인파와 물건을 옮기는 데 더없이 빠르고 편리할 것입니다. 신이 보았기로 수레 한 칸에 적어도 오륙십 명은 타더군요. 그런 수레가 적어도 한 번에 너덧 대가 움직이니 생각하여 보십시오. 만약 도성서 동래포로 군사를 보내는데 그런 수레에다 태워 보내면은 시각도 겨우 사나흘이며, 한꺼번에 수백 명이 움직입니다."
"하. 동래포까정 가는 데 겨우 사나흘만 걸린다구? 그는 믿지 못하겠다. 참말인가?"
"신이 기차를 타고 글라시아 도성서 국경까정 오는데 겨우 사흘 남짓 걸렸답니다. 철로가 없으니 게서는 말 타고 수레 타고 다시 명국을 오는 데 같은 거리이되 달포라니깐요. 그 얼마나 빠르고 편안합니까?"
"흠 그래요? 그것이 사실일진대, 아바마마께 간청드려 반드시 그 물건을 들여와야 하겠소!"
세자저하 단언하였다. 침착한 눈빛이 모처럼 번쩍번쩍 빛이 나고 열기에 가득 차 있었다. 셋째 아우를 돌아보며 동의를 구하였다.
"상원, 네가 듣기에도 참말 기이하고 편리한 물건 아니냐? 반드시 아국에도 그를 설치해야 할 것이다. 각처의 산물이 오가야 서로가 나누어 쓰고 효율적이 될 것이야. 그 기차란 물건이 들어오면 얼마나 효과가 크고 빠르겠니?"
세 분의 오랜 담소가 끝이 없다. 낮것 시각이라, 잠시 후 상이 들어왔다. 뜨거운 꿩 육수에 고기 완자를 볼품있게 올린 온면상이었다. 강위겸이 국수를 좋아한다 하여 세자께서 그가 들면 항시 면상(麵床)을 보라 명하신 때문이다. 세 분이 나란히 앉아 달게 비우시고, 이내 들어온 차 한 잔을 앞에 두었다. 두런두런 사내끼리 오가는 이야기며 심금을 터놓고 흉중의 이야기를 내비치며 홀가분하게 담소하였다. 바깥에서 아뢰었다.

"저하, 숙경공주 마마께서 듭시었나이다."

"숙경이 예전부텀 반우를 몹시 따랐던 고로, 원로를 마치고 듭시었다는 이야기에 애가 달아 금세 찾아왔구먼."

세자가 헛헛 웃었다. 문이 살며시 열렸다. 자색 깃을 두른 담녹색 저고리에 선명한 다홍빛 비단 치마. 등허리까지 곱게 늘여 땋은 머리에 화사한 금박댕기가 물렸다. 살며시 고개를 숙인 채 숙경공주 마마께서 듭시었다.

귀인이 듭시나니, 강위겸이 몸을 일으켜 옆얼굴 돌려 내외한 채 고개 숙였다. 공주께서 좌정하기를 기다리는 동안 방바닥만 내려다 보고 있는 사내의 낯빛이 서서히 가라앉고 있음을 그 방의 누구도 미처 알지 못하였다. 세자가 쾌활하게 누이더러 말하였다.

"너 또 반우에게 새 책 조르러 왔구나? 아니 그러하니?"

"스승께서 원로에 용체 상하지는 않으셨는지, 걱정도 되고요. 또 얼마나 기이한 것들을 가지고 오셨는지 궁금하여서요. 가만히 앉아 있을 수가 없었습니다."

"네가 수줍음 많고 정숙하기로 소문이 났되, 오직 스승 앞에서만 허물없어지는구나. 이는 스승께서 가져온 새 책에 욕심이 난 터겠다? 허나 나는 네가 스승의 잘난 모습을 훔쳐보려 온 터는 아닌지 의심하느니라."

덧붙인 한마디의, 흔치 않은 상원대군의 농담에 숙경공주 낯빛이 삽시간에 홍시처럼 붉어졌다. 원망스러운 듯, 부끄러운 듯 셋째 오라비를 향하여 살며시 눈을 흘기었다.

"오라버님도……? 어찌 저를 놀리시어 스승님을 난처하게 하시고 소녀를 우세시키시옵니까?"

"아니면 말고. 핫하하. 숙경이 어질되 너무 진지하니 농담 한마디도 못합니다. 형님."

두 따님 중 막내인 숙경공주는 중전마마께서 난산을 하였던 터로 까딱하였으면 잘못될 뻔한 아기였다. 그 두 해 전에 중전마마께서 상원대군과 숙정공주 두 분을 쌍태아로 낳으시사 몸이 완전히 회복되지 못한 터였다. 건강을 회복하기 전에 또 회임하시니 고생이 심하셨다. 다행히 잘 견디시어 곱게 생산하시었다. 끼끗한 따님이다. 어찌 그리도 중전마마를 그대로 닮은 아기씨일까? 주상께서도 심히 사랑하시어 첫눈에 보자마자 '작은 곤전이로고' 이러신 따님이다.

수줍고도 야리한 몸매와 영명한 눈동자가 마냥 고왔다. 한 포기 가냘프고도 세련된 수선화인지, 호젓한 옥잠화라 할지, 누가 보아도 우미하고 기품있었다. 성품도 정결하고 말이 없으며 반듯하였다. 자랄수록 외모며 품성이며 그 아름다운 덕까지 모후마마를 점점 더 닮아간다. 바로 내미지상의 처녀가 아닌가?

작년에는 명국 사신이 입조하였을 때다. 내궁에서 벌어진 사사로운 연희의 자리에서였다. 주흥이 거나해진 상감마마께서 문득 용봉(龍鳳) 같은 자제분을 자랑하고 싶었다. 주석으로 왕자와 공주들을 다 불러 소개시키었다. 그 자리에 나온 막내 공주마마를 우연히 보고는 사신이 갑자기 옷깃을 바로 하여 고두하였다.

"아아, 단국의 막내 공주마마께서는 참으로 성결한 관상이십니다. 진실로 아릿다운 내미지상에 고귀한 덕성이라. 참으로 이는 천하에 짝을 찾을 수 없는 황후마마 기품이라 할 것입니다."

지금껏 그 누구도 숙경공주 마마가 내미지상이라 함을 밝혀내지 못하였다. 헌데 첫눈에 알아본 명국의 사신이라는 자가 눈은 밝다 할 것이다. 듣기 좋은 인사치레라. 그만하면 될 것을, 이상타! 그 사신은 내내 공주마마만을 바라보며 감탄 또 감탄하였다.

"천기를 보는 태상감이 한날 이르기를 동방에 천미성이 떴다 하였나이다. 바로 그분이 예에 계시구먼요. 결례가 아니라 할 것이면 신이 돌아가 아국의 미혼이신 이(二)황자마마 짝으로 감히 공주마마를 천거하고 싶습니다."

멀리 명국에서까지 황비로 욕심낼 만큼 그 기품과 품성이며 미모가 돋보이는 숙경공주 마마. 과연 뉘가 공주의 짝이 될 것인가 심히 궁금하다. 명국의 사신 청은 웃어넘긴 농담이지만은, 나이가 차니 은밀히 부마도위를 수소문하고 있는 중이다. 허나 반눈에도 차지 않는 중전마마요 주상전하였다.

침선을 좋아하고 학문을 즐기는 공주는 오라버니인 상원대군에게 서책을 빌리러 자주 오곤 하였다. 혹여 강학할 때 마주치면은 상원대군이 서안 앞에 손잡아 끌어 앉히곤 하였다. 글 하는데 무슨 내

외가 있다더냐? 같이 앉아 듣자구나 하여 마주치기를 여러 번. 어느새 공주도 강위겸에게 스승으로서의 예를 다하여 모신 지가 두 해이다.

공주가 들자 갑자기 울적하니 말이 없어진 강위겸. 묵묵히 차만 마신다. 세자와 대군마마의 말에 응대를 하기는 하되 아까와는 달리 흔쾌한 웃음기가 어둡게 가라앉았다.

숙경공주와 강위겸, 강위겸과 숙경공주.
향기로운 열일곱과 군내 나는 스물아홉.
흠 하나 없는 옥덩이 같은 천금 공주마마와, 흠투성이 늙다리 유부남. 그 신분의 차이는 하늘과 땅이며 딛고 선 처지는 멀고도 멀다. 서로 우연인 듯 스쳐 가는 눈빛. 오가는 시선이 그냥 덤덤하고 무연한 빛이다. 허나 깊이 살펴보면 둘만 아는 애달픔이라. 쓸쓸하고 애틋하고 서러운 것이었다.

"너 잘 왔구나. 그렇지 아니하여도 내가 너에게 주려고 서책을 골라두었단다. 잠깐 기다리련?"

세자께서 잠시 일어나시었다. 어제 빈궁마마에게 읽어라 주신 서책을 찾아 잠시 내궁으로 들어가시었다.

공주께서 가만히 강위겸을 향하여 고개를 돌렸다. 고운 목청으로 예사로이 안부를 물었다. 옥구슬 같은 공주의 목소리가 다소 흔들리고 촉촉하게 물기 젖은 것이라 함은 착각이겠다?

"스승께서 다소 안색이 창백하여 보입니다. 혹여 원로에 탈이 나신 것은 아닙니까?"

"안즉 피로가 쌓여 그리 보일 것입니다. 성상의 은덕을 입사와 며칠 말미를 얻어 휴가를 내었나이다. 가벼운 고뿔이 겹치었으니 탕제를 먹고 있습니다. 곧 나을 것입니다. 공주마마께서도 별일이 없으신지요?"

"심처의 소녀에게 무슨 일이 있겠나이까? 그저 한결같나이다. 도성을 떠나실 때와는 달리 돌아오신 후 스승의 안색이 많이 편찮으심을 느꼈습니다. 부대 몸조심하옵소서."

나직하고 보드라운 목소리가 다정하였다. 맑고도 청아한 목소리. 얼마나 그리워하였던가? 반년 만에 다시 들은 목소리. 이국의 꿈에서까지 찾아와 쓸쓸한 잠자리를 어지럽히던 그 목소리. 감히 마음에 담고 외사랑 하는 정인(情人)의 맑은 음성이 가슴에 사무치었다.

자신도 모르게 강위겸이 슬며시 고개 들어 감히 공주를 바라보았다. 공주의 투명하고 까만 눈망울이 기다리고 있었다. 순후하면서도 영명한 빛이 전하는 순결한 마음.

찰나이면서도 억겁. 순간이면서도 영원이다.

말 한마디 아니 한 눈빛이되 그 시선을 타고 오가는 마음은 많고도 길었다. 첩첩하고 안타까웠다.

'근심하였습니다. 밤마다 안녕하신지, 타국에서 변을 당하지는 않으셨는지 근심하였습니다.'

'돌아올 날만 손꼽았습니다. 마마의 옥안을 뵈옵고 아름다운 목소리를 듣고 싶었습니다. 마냥 그리워하였습니다. 밤마다 마마의 자태만을 꿈꾸었습니다.'

어느덧 자신들이 지금 어디에 와 있는지, 누가 보고 있는지 잊어버렸다. 난생처음 보는 이들 마냥 빤히 서로의 눈을 들여다보며 말없이 아프다. 아뜩히 절망하였다.

아무것도 모르는 얼굴로 가운데 앉은 상원대군. 그저 차만 마신다. 곁으로 보이는 누이와 스승의 담담한 기색을 번갈아 지켜볼 뿐, 별말이 없었다. 이윽고 저하께서 친히 서책 보따리를 안고 들어왔다. 다시 좌정하시어 공주에게 건네주었다.

"참, 저하. 사나흘 후에 스승의 거처에서 벗들이 모여 금을 뜯는다 합니다."

"허, 그래? 반우, 율려의 붕우들이 다시 모인단 말인가?"

선왕재의 서관들 중에 음악에 특히 조예가 깊은 서관들이 한자리에 모인 예악의 회(會)가 있었다. 강위겸은 대금으로 이름이 높았다. 스승의 지도 아래 상원대군 역시 거문고와 소금을 익혀 경지가 상당하였다.

"진하가 새 금(琴)의 선율을 익혔다 합니다. 대군마마께서도 그 자리에서 피리를 부실 것입니다. 망극하오나 저하께서도 나오실 수 있으십니까?"

"당연하지! 나는 박을 쳐야겠다. 내 귀가 없으면 율려(律呂)의 기운들이 힘을 쓰지 못함이 아닌가? 핫하하."

"당연하옵니다. 제대로 들어주는 귀가 있어야 연주하는 악사들도 기운이 납지요. 신도 이번에 국경 근처에서 쌍골죽으로 하여 새 대금을 장만하였답니다."

"새 대금의 청을 구하러 이 며칠 상관으로 갈대밭으로 나가신다 하지 않았던가요?"

상원대군의 말에 강위겸이 반만 허리를 굽혀 동의하였다.

"명일부텀 신이 휴가인지라 내일 오후쯤 하여 도성 문 밖으로 나가볼까 합니다만."

"괘념치 않으신다면 저도 나가보고 싶습니다만은?"

"대군마마께서 동행하신다면 신은 영광이옵니다."

"숙경, 너도 같이 가련?"

갑작스런 대군의 말에 공주가 깜짝 놀랐다. 볼에 발그레 홍조가 돋았다.

"소녀가요? 궐문을 나가는 일인지라 조심스럽사옵니다. 어마마마께서 허락을 아니 하실 것입니다."

"나와 함께인데 무슨 상관이더냐? 답답하니 바늘만 잡고 있지 말고 너도 호연지기를 키워야 할 것이야. 형님 저하, 저가 숙경을 데리고 스승을 따라 한번 나갔다 올랍니다."

"별 잡스러운 일도 아니고 청 찾아 상원과 함께 가는 일임에랴. 아름다운 풍류로구나. 다녀오렴. 내가 어마마마께 잘 아뢰겠다. 대신 빈궁에게는 비밀이니라. 고것이 궐 밖 한번 나가자고 어찌나 나를 볶아대는지 말이야. 핫하하."

숙경공주께서 먼저 나부시 고개 숙여 예를 차리고는 물러났다. 가슴이 콩닥콩닥. 우연이되 마음껏 그분의 모습을 훔쳐볼 수 있는 기회가 생겼다. 마루 끝에 발 내밀어 꽃신 신는 공주마마 단아한 얼굴에 살그머니 청아한 미소 한 포기가 피어났다.

세자께서 연구하고 있는 세제 개편안에 대한 여러 가지 논의를 마친 후에 상원대군과 강위겸이 동궁을 물러 나왔다. 어린 정인의 고운 모습을 몰래 일별한 후, 심란함은 더하고 그리운 정은 천리만 리. 아니 보면 그립고, 보아도 안타까운 터. 강위겸이 천근만근 무거운 가슴 안고 동궁을 물러났다. 허나 그 역시 두근두근. 내일이면 그분의 청명한 옥안을 다시 볼 수 있으려니. 마냥 가슴이 풀무질치고 있었다. 집에 돌아가서 헌 도포나마 깨끗이 빨아야겠다. 저 먼 이국서 간직하여 온 고운 정표 한 점. 감히 바라보기도 아까운 섬섬옥수에 전하여 줄 수 있을까?

제9장 닿지 못하여······

　　　　　재포나루 근처. 번화한 나루터를 잠시 지나면 끝이 없는 갈대밭이 나타난다. 동절기이니 성근 눈이 자욱하게 깔린 들판. 반만 꺾인 채, 마른 잎새를 비비며 우우우 갈대 포기들이 바람에 쏠리고 있었다. 강위겸이 대금의 청을 구하고자 나타난 곳은 바로 이곳이었다.
　궐의 귀인들이 나타나기를 기다리며 서성였다. 이왕 나온 일을 하고지고. 허리를 굽혀 갈대의 얇고 여린 속잎을 잘 살피어 쓸 만한가 아닌가 꼼꼼하게 골랐다.
　대금에는 소리를 울리게 만드는 청공 하나가 있다. 그 구멍에다 갈대의 속껍질을 말려 만든 '청'을 한 겹 붙여 소리를 울리게 만들어야 한다. 청공에 청을 붙이지 않으면 어떤 지공을 막아도 같은 음이 나오기 때문이다. 말린 갈대잎 청을 통하여 울려 나오는 소리란 흐느끼는 듯, 우짖는 듯 더없이 그윽하고 향취 있었다. 하여 대금을 연주하는 사람이 가장 신경 쓰는 것이다. 새로 장만한 대금을 길들이기 전에 먼저 청공을 막을 청을 구하는 것이 순서. 반년이나 이국으로 싸돌아다닌 터에 서안 위의 궤 속에 그동안 장만하여 두었던 청들은 곰팡이가 피었다. 말라 부스러져 하나도 쓸모가 없었다.

'마음을 집중하여야 하거늘. 아무리 하찮은 사물이라 하여도 성심을 다하여야 하거늘, 어찌하여 오늘 이토록 심란한가?'

늘 즐겁고 설레는 그 일이 오늘따라 건성이다. 스스로에게 자문하다가 강위겸은 자신도 모르게 쓴웃음을 지었다.

잠시 후면 나타나실 그분 때문이다. 감히 정면으로 마주 바라보지도 못할 만큼 귀하고 사랑스럽고 고결한 그분의 옥안을 뵈올 수 있기 때문이다. 새벽부터 지금까지 이리저리 흩어지는 마음들. 자꾸만 흔들리는 그리움이 채워지는 순간이기 때문이다.

갈대밭 사이로 바람 소리 장하고, 써느런 눈발이 하늘하늘 날리었다. 바람을 가로지르며 너울을 쓴 두 명의 궁녀를 거느리고 고운 꽃가마 한 채가 다가왔다. 공주께서 타고 계시리라. 그러나 동행한다 하던 상원대군의 말은 보이지 않았다. 가마 문이 열리고 작은 꽃신을 신은 발이 나왔다. 다홍빛 치마귀를 부여잡고 궁녀의 부액을 받아 공주께서 바깥으로 나왔다.

"대군께서는……?"

의아하여, 다소는 당황스럽기도 하고 놀라 강위겸이 물었다. 숙경공주가 고운 목소리로 사정을 설명하였다.

"상원 오라버님께서는 갑자기 아바마마께 불려갔나이다. 아마도 대전에서 오라버님의 지혜를 필요로 하시는 모양입니다. 스승이 마냥 기다리는 것은 결례라, 하여 저더러 먼저 혼자라도 나가라 하시더군요."

"아아, 그렇습니까?"

비록 상원대군이 따라온다 하여도 이토록 지척에서, 가까이 마음껏 은애하는 분의 모습을 바라볼 수 있다면 그것으로 행복하다 만족한다 생각하였다. 헌데 일은 공교로워, 대군마저도 빠진 터. 이렇듯이 심처의 금지옥엽이신 공주와 단둘이 하기는 처음이었다. 강위겸도 그러하지만 공주인들 가슴 두근거리지 않으랴?

서로 어쩐지 수줍고 부끄럽다. 고개를 돌려 시선을 외면하지만은 가슴은 쿵덕쿵덕, 심장은 폴딱폴딱, 바깥으로 튀어나올 듯이 세차게 퍼득거렸다.

"청은 많이 고르셨습니까?"

"마음이, 어쩐지 안정되지 못하였습니다. 알맞은 것이 눈에 잘 보이지 않는군요."

"저 넓은 갈대밭이 찾는다 하면 다 청감인데, 무엇을 근심하십니까? 소녀가 눈은 어두우나 성심으로 돕겠습니다."

숙경공주, 내외하는 풍습이라 옆얼굴을 보인 채 나직하게 대답하였다. 살며시 허리 굽혀 갈대의 여린 속잎을 찾아 나서는 귀한 모습. 옆얼굴을 보인 공주의 속눈썹이 파르르 떨렸다. 그늘을 드리울 정도로 긴 속눈썹 아래 고요한 눈동자. 아름다운 호수인 듯, 잔잔한 바다인 듯. 공주의 맑은 눈동자에 텀벙 빠져든 강위겸의 혼백이 방향을 잃고 구천을 맴돌았다.

　손만 뻗으면 만질 수 있다. 그토록 가까이 있는 여인. 그러나 아뜩하게 멀고 먼 사이. 두 사람이 딛고 선 까마득한 그 거리. 신분과 처지와 나이가 만들어낸 무한의 간격이었다.

　강위겸은 자꾸만 용기 잃어 잦아드는 목청을 억지로 가다듬었다.

　"마마."

　"말씀하십시오."

　살짝 돌아서서 응대하는 목소리가 살포시 떨리는 기대에 차 있다고 느낀 것은 그만의 착각일까? 소매 춤에 품고 온 면경을 감히 꺼내어 바쳤다.

　"소신이 이번에 성상의 하명을 받잡고 글라시아를 거쳐 에스파한이라는 나라에까정 다녀왔사옵니다. 그곳은 아국에서는 무척 귀한 유리공예가 많이 발달한 나라랍니다."

　천리만리 긴 길을 돌아오면서도 한시도 떼놓지 않고 품에 넣고 다녔다. 그리운 그분의 사랑스러운 얼굴이 비춰지기를 기원하며.

　이것을 건네듯이 내 마음도 떳떳하게 건넬 수 있다면. 가늘게 떨리는 사내의 손이 정인의 섬섬옥수 앞에 가만히 내밀어졌다. 은(銀)으로 테를 두르고 섬세한 산나리 문양이 테와 뒤의 은판에 새겨져 있다. 손에 쥐는 작은 면경이었다.

　"맑은 심성 닦으시듯 옥안을 비추시옵소서. 신이 어리석어 이것 말고는 마마께 어울리는 것을 찾을 수가 없었습니다."

　그의 손만큼이나 바들거리는 갸름하고 하얀 손이 정표를 받아 들었다. 물기 머금은 듯, 혹은 기쁨과 감격에 젖어 별같이 반짝이는 눈동자가 똑바로 강위겸을 향하였다.
"······참으로 행복합니다. 이날 저가 더없이 기쁜 것은, 스승의 마음이 담겨 있기에 그러합니다. 금일 이 시간, 감히 소녀가 하문하옵니다. 민망합니다. 이를 소녀에게 주시는 정표라 생각하여도 되겠습니까?"

감히 들으리라 생각하지도, 기대하지도 않았던 공주의 한마디. 흠칫 강위겸의 낯빛이 굳어졌다. 그런 사내의 기색을 여인은 재빨리도 눈치챘다. 삽시간에 기쁨이 방글거리던 맑고 작은 얼굴에 어둔 그늘이 덮었다. 체념과 원망과 슬픔이 살얼음 일듯이 서렸다. 단호하게 그를 노려보았다.

"마음을, 스승의 마음을 제발 인제는 보여주십시오."

숙경공주의 목소리는 사뭇 야무지고 준엄하였다. 정결한 눈매, 긴 속눈썹을 적시는 눈물방울이 벌써 글썽하였다.

"네. 차라리 말씀드리고 난 후 깨끗하게 거절당하겠습니다. 그편이 낫습니다. 약조 하나 없이, 언질 한 번 없이······ 기약도 없었지요. 멀리멀리 떠난 분을 마냥 기다리고 가슴 졸이는 일은 이제 못하겠습니다. 스승께서 이국으로 떠나시면, 서간 한 장 없으시지요. 어찌 지내시는지, 몸은 곤치 않으신지 행여 노독에 병환이 드신 것은 아닌지······ 목이 타고 간이 졸았습니다. 기별 한 번 없는 분을 생각하며 달포도 좋고 해를 넘기기도 하였습니다. 높은 담 안에서 그저 발만 동동 구르며 기다리는 일이 벌써 몇 번이던가요? 인제는 못하겠습니다. 홀로 외로움 타며 허공을 맨발로 건너듯이 무정한 마음을 그저 바라는 일은 인제 슬퍼서 가슴이 타서 못하겠습니다."

눈물 젖은 시선 하나, 걱정되어 간이 졸았다는 한 마디. 차마 부끄러워 소녀가 말 못하는 깊은 속내는 그것이다. 그대를 은애하옵니다, 말하는 수줍은 고백.

'사모합니다. 이 마음 다 바쳐 그대를 바라고 또 바랍니다. 깊이 깊이 은애하옵니다. 평생 그대를 안고 더불어 해로하고 싶습니다.'

강위겸 역시 당당하게 정인의 손을 잡고 싶다. 이 마음 또한 그대와 똑같다고 소리치고 싶다. 그럴 수만 있다면 얼마나 좋으랴?

그러나 거리가 너무 멀다. 더없이 높은 곳에 자리한 아름다운 꽃 그대를 감히 욕심내기에 내가 너무 초라하구나. 입을 벌려 타박하는 목소리가 칼날을 삼킨 듯이 쓰라리다.

"신의 마음은 이미 빈 붓통이올시다. 어찌 감히 한창 피어나는 금지옥엽을 욕심낼 수 있을까요? 이 초라한 홀아비가 무엄하게 곁눈을 돌린다면 염치없어 능지처참을 당하리라. 공주마마께서도 어리석은 미혹에서 벗어나시옵소서. 신은 오직 이 말만 드리옵니다."

"소녀더러 미혹에서 벗어나라구요? 절더러 하실 말씀이 아니지요. 그 꿈에서 소녀가 깨지 못하도록 막으신 적은 없으신지 한 번 헤아려 주옵소서. 말씀으로 하여야만 약조이고 언약입니까?"

나직하나 또랑또랑하니 되받아치는 말이 가시인 양 날카롭고 뾰족하였다. 평상시 조용하고 단정한 공주의 태도가 아니었다. 작정하고 나온 것이 분명하였다.

고운 눈에는 금세라도 굴러 떨어질 것 같은 커다란 물방울이 위태롭게 맺혀 있었다. 강위겸은 바닥만 내려다보며 푸욱 탄식 어린 한숨을 내쉬었다.

"이내 소녀는 아바마마 뜻에 따라 하가하게 될 것입니다만은…… 이후의 긴긴 날들, 모든 심화며 속내는 스승께서 스스로 자르신 것이니 나중에 소녀를 원망치 마옵소서. 소녀도 인제는 무엇을 더하리오? 스승께서 이토록 모지시니 네, 소녀 역시 헛된 속내 모다 접겠습니다."

"신이, 신이…… 아주 잠시, 감히 언감생심 꾸어서는 아니 되는 꿈을 꾸었습니다. 모다 불충한 신의 죄입니다. 공주마마께서 이 염치없음을 용서하십시오. 용렬하고 미거한 신이 어찌 귀하디귀한 꽃봉오리를 욕심내겠나이까? 잠시간 꾼 봄꿈인지라, 이제 더 이상은…… 아파서…… 희망없이 바라는 그 일이 너무 겨워서…… 막막하옵니다. 마마께서도 못난 신을…… 그만…… 놓으십시오."

열일곱과 스물아홉, 그 나이 차도 막막한 벽이다. 신분도 그러하였으나 또한 강위겸 그는 이미 혼례를 한 번 치른 홀아비가 아니냐. 정혼한 후 대례 전에 그 처자를 잃었으되, 며느리라. 위패를 모시기를 강씨 문중에서 하고 있으며 미혼 지아비라 제사까지 강위겸이 절하여 지내고 있는 형편이다. 다시 혼인하면은 실제는 첫 혼사라도 명분은 재취라. 그런 자리인데, 주상께 지엄하신 공주마마를 어찌 하가시킬 것인가? 하늘이 무너져도 그렇게 될 리가 만무하다. 게다가 관명 떨치면서 앞으로 승승장구할 사람이라, 혹여 공주마마 연분 닿아 장가들면은 부마도위, 평생 허수아비 노릇이다. 이리 재고 저리 잣아보아도 아니 되는 연분이요, 맺을 수 없는 운명이구나.

숙경공주가 슬픈 눈을 들었다. 등 돌린 무정한 분의 뒷모습은 한없이 차고 딱딱하였다. 바닥만 내려다보는 눈에서 한 방울 눈물이 마침내 또르르 굴렀다.

 님이 주신 작은 선물, 유리 거울 하나 가슴에 꼭 품은 채, 마음은 주지 못한다 쌀쌀맞게 내친 사내에게 항의하였다. 귀 기울여 듣지 않으면 알아차릴 수도 없을 만큼 나지막한 목청. 그러나 강위겸의 귀에는 날카로운 비수처럼 찔러드는 또록한 힐난이었다.

 "그날, 소녀 앞에서 백화 편 읽으실 적에 어찌 말씀하셨는지요? 오늘은 다 잊으신 듯, 다시 한 번 무정하시니 그때 그 말씀이 모두 거짓이었습니까?"

 "……신을 두고 기만하였다 노염내시고 한 번 치십시오. 그리고 이 못난 사내를…… 마침내 버리십시오, 마마."

 "왜, 왜?"

 그래도 잘라낼 수 없음이다. 깊은 마음, 하나뿐인 첫사랑. 수줍음도 민망함도 무릅쓰고 공주가 애타게 물었다. 물기에 젖은 목소리이되 끝내 단아함을 잃지 않고 강하게 확인하였다.

 "어찌하여 소녀를 밀어내십니까? 어찌하여? 소녀의 마음은 벌써 이곳에 왔습니다. 그 자리에 항상 있다 말씀하신 스승의 마음 옆입니다."

 "한 번도, 한 번도 신의 마음은 마마 곁에 간 적 없었습니다. 어리석은 혼몽함에서 깨어나십시오."

 더 들으면 아니 된다. 강위겸은 이를 악물었다. 공주의 말을 차갑게 자르고 말았다. 움켜쥔 주먹이 도포 소맷자락 안에서 으깨어졌다.

 차마 더 이상은 드러내지 못하는 속마음. 말 못한 가슴앓이. 먼저 찢고 먼저 박살 내었으되, 공주께서 서러이 흐느끼며 그대 무정타 하는 말에 목이 메었다. 더없이 슬프고 아프다. 그분이 먼저 그를 버린 듯 서럽고 가슴 뭉개졌다.

'귀한 그대의 마음이 이곳에 있다 하였는가? 정결하고 단심뿐인 분이니 허언은 아니겠지. 처음부터 끝까지 진심이겠지.'

지그시 이를 악물었다. 이만하면 어찌해도 아니 되는 욕심을 접어야 하는 것이겠지. 어리석은 내 귀가 그대의 맹세를 한마디만 더 듣는다면 헛된 봄꿈에 사로잡혀 눈이 어두워지고 말거야. 아마도 그대의 손목 부여잡고 도망치자 말할지도 몰라. 비단신 신고 평생 금집에서 고운 꽃처럼 살아갈 그대인걸. 세상에서 제일 좋은 것만 가지시고 누리셔야 할 분인걸. 그대는 그렇게 귀하고 아름다운 분인걸. 나는 말하지 못해. 절대로 말하지 않을 거야. 금지옥엽 그대더러 도망가자 하는 말, 나를 위하여 다 버리란 말, 무명옷에 헝클어진 머리하고 평생 곰팡내 나는 누옥에서 숨어 살자 말 못해. 죽어도 그리 못해.

강위겸은 돌아섰다. 억지로 덤덤한 낯빛을 고르면서 저 멀리 떨어져 있는 상궁더러 손짓을 하였다.

"바람이 몹시 차구먼. 공주마마를 가마에 뫼시게. 한데서 오래 계시다가 옥체에 고약한 고뿔이나 들까 저어하네."

원망 어린 듯, 슬픔에 젖은 듯 입술을 깨물며 공주가 쓸쓸히 돌아섰다. 향그런 작은 몸이 가마 안으로 사라졌다. 그분을 태운 덩이 이내 멀어지기 시작하였다. 흐려진 눈 속에서 점점 멀어지고 있었다.

대금의 청으로 쓸 마른 갈대 속잎을 한 줌 가득히 쥔 채 강위겸은 오래도록 바람 부는 들판에 홀로 서 있었다. 멀어져 가는 정인의 가마를 바라보며, 자꾸만 달려가고 싶은 다리를 억지로 다잡으며 그렇게 그렇게…… 아주 오래도록 홀로 서 있었다.

써느런 진눈깨비가 얼굴에 부딪쳤다. 아리게, 아리게 부딪쳤다. 장성한 사내의 얼굴에 주르륵 물기 한줄기가 눈 아래로 흘렀다. 난생처음 발설하는 남자의 진심이 눈발 따라 허공으로 흩어졌다.

"사모, 하옵니다. 사모하오. 그대를, 공주만을 은애하오. 그대 마음 곁에 평생 이 마음이 머물러 있을지니, 못난 사내의 마음 밟고 모르는 척 그냥 지나가시오. 바람처럼 무연히 지나가오, 제발. 그대 울려 더 아린 이 마음을 절대로 돌아보지 마시오."

그로부터 사흘 후이다.

금원의 서경당 낙춘재에서 세자저하가 주최하는 율려의 연희가 벌어졌다. 거문고를 든 내관을 딸린 상원대군과 대금을 손에 든 강위겸이 나란히 걸어가고 있었다. 천천히 남궁 담을 넘어 금원으로 걸어가며 아침에 읽은 경서를 서로 논하고 있는 즈음이다. 마침 같은 자리에 초대를 받은 용원대군과 선왕재의 서관으로 해금을 연주하는 수옥 이징교를 만났다.

"모처럼 형님마마 덕분에 내 귀가 호사를 하겠구나. 나는 딱히 다루는 악기가 없을지니, 대신 흥겹게 활줄이나 튕겨야겠다."

"형님의 탄공은 심히 씩씩하고 활기 넘치니 검무(劍舞)가 따라붙어야 제격이지요. 그래서 저가 아바마마께 호위밀을 몇 청하였습

니다."
 재치있는 상원대군의 말에 용원대군이 껄껄 웃었다.
 "이놈이 보기보단 민첩하고 눈치가 빠르거든. 먼저 가마. 나는 성질이 급하여 너처럼 팔자걸음 하여 유유자적은 답답하구나. 서경당에서 보자구나."
 "마마께서는 가례 후에 한층 더 늠름하시고 용색이 빛나 보이시니, 감축할 일입니다."
 강위겸의 말에 용원대군이 씩 웃었다.
 "인생사 첫째 즐거움이 남녀상열지사라 합디다. 반우께서도 늙 다리라, 빨리 성가하시어야지요. 핫하하. 이따 보십시다."
 활달하게 팔을 휘두르며 용원대군이 앞장서 걸어간다. 이내 고개를 넘어 눈앞에서 멀어졌다. 성정 급한 사람이니 걸음조차 바람처럼 빠르고 넓다. 혼례를 치른 후에 즐겁다 하는 중형의 모습에 상원대군 빙긋이 웃으며 강위겸을 돌아보았다.
 "올해 참말 궐 안에 일이 많았습니다. 두 분 형님께서 얼떨결에 두어 달포 상관으로 가례를 끝내셨지요. 내년 봄에는 숙정 누이가 하가하십니다. 인제 급하게 혼사 일이 남은 터로 저와 숙경이지요."
 "아, 네에."
 강위겸은 상원대군이 갑자기 이런 말을 하는 이유를 알 수 없었다. 나지막이 한마디 대답을 하였을 뿐이다.
 "저는 책벌레라, 아예 혼사에 관심없어 서둘지 말아주십시오 하고 부왕전하께 부탁드리었습니다. 하여 저보다는 누이인 숙경이 더 빨리 하가할 듯싶습니다."

"고, 공주마마께서 하가하실 집안이 결정되었습니까?"

예사로이 묻는 듯하는 사내의 목청이 기어코 떨렸다. 애타고 갈기갈기 찢어지는 스승의 마음을 알지 못하는 상원대군, 무심하게 못 박는 소리를 잘도 하였다.

"글쎄요, 귀애하시는 막내라 부왕마마나 어마마마께서 많이도 고른다 들었습니다. 듣기로 우찬성 홍시민의 아드님이 숙경과 동갑인데 늠름하니 용색도 좋고 성품이 민첩하다 하고요, 좌상대감인 민우도의 막내 아드님께서 사헌부에 계시옵는데 그 양반이 또한 이름난 청년입니다. 듣잡기로 부왕마마께서 그이를 눈여기고 있다 합니다. 아마 숙경보다 한 살 아래라지요. 두 분 중에 한 분이 부마가 되실 듯싶습니다. 조만간 저가 누이를 앉혀놓고 글 가르치는 즐거움을 빼앗길 것 같습니다그려."

이미 아름다운 공주마마는 남의 사람이 된 바 진배없구나. 강위겸, 눈앞이 아득하였다. 막막한 시선을 들어 감히 다가갈 수 없는 서궁의 처마 끝만 바라보았다. 언감생심 꾸어서는 아니 되는 꿈에서 빨리 벗어나라 일갈하고, 공주의 보드라운 연심을 쌀쌀맞게 잘라 버린 이는 다름 아닌 자신이다. 허나 아프고도 달콤하며 쓸쓸하고 황홀한 꿈에서 깨고 싶지 않은 사람 또한 그 자신이다.

두 해 전, 상원대군 상대로 강학을 하다가 중전마마께서 내리신 다담상을 손수 안고 들어온 열다섯 공주마마. 귀하디귀한 금지옥엽, 순백의 초설(初雪) 같은 고운 소녀에게 첫눈을 주고 말았다. 차라리 대군의 스승이 아니었다면 좋았을 것을. 그 인연이 아니었다면 그가 어찌 구중심처 공주마마의 옥안을 볼 수 있었으랴. 만나지 않앉다면 마음 뺏길 이유도 없었을 것이며 이루지 못한 정염으로 가슴앓이하여 괴롭지도 않았을 터인데.
　노총각의 바다 같은 가슴을 활활 채우고 불타오른 첫 사모지정. 치열하며 서럽고 뜨겁게 아픈 속정이었다.
　정혼한 원씨 처자는 한 번도 만난 적이 없다. 어른들이 정해준 터이되 원래 반가의 혼사란 것이 당연히 그리한 것. 안해로 맞이하여 가납하여 아끼리요 하였을 뿐이다. 얼굴 한 번 본 적도 없는 여인을 두고 애틋한 정이니 사모지정을 논한다는 것조차 우스운 일이었다. 얼굴도 못 본 터이되 지어미이다, 영전에 상복 입고 지아비 자격으로 술 따라놓고 절은 하는데 기가 막히었다. 위패도 강씨 집안에서 모시고 있었다. 하지만 그 일만 생각하면 늘 기가 막히고 원망도 생기는 이상한 기분이었다.
　물론 후처이되, 전도양양하고 헌칠하며 명가인지라 여러 곳에서 혼담이 쇄도하였다. 허나 영 내키지 않아 차일피일 미룬 터였다. 묘하기도 하지. 애통하기도 하지. 하필이면 어찌하여 그 은애함의 화살이 지엄하신 공주마마에게로 꽂히고 말았더란 말인가?
　말없이 걷기만 하는 학사의 아득하고 막막한 심사와는 달리 참으로 이상하다. 과묵한 상원대군이 그날따라 계속하여 경솔하니 말이 많았다. 말 못하고 속만 끓이는 그 정이라. 아주 강위겸의 속을 뒤집어 짓밟으려 작정하였나 보다. 구구절절 공주마마 상대라는 두 사내의 칭찬을 늘어놓았다. 강위겸은 울적한 목청으로 마지못해 대군의 말에 맞장구를 치는 양 하였다.
　"두 분 다 명가의 자손이고 늠름하신 분이라. 금지옥엽의 상대로 아름답습니다."

걸음을 옮기던 상원대군이 문득 멈추어 섰다. 강위겸도 따라서 멈추어 설 수밖에 없었다. 상원대군이 슬쩍 미소 지으며 스승을 똑바로 바라보았다. 그대 참말로 엉큼하오. 여기까정 내가 말을 하였는데 속내를 아니 드러내시오? 묻는 눈빛이었다. 끝까지 의뭉스레 굴겠다 이 말이지요? 저가 한 번 더 돌려칠까요? 상원대군이 씩 웃었다.

"숙경이 모후마마를 꼭 닮아 영명하고 순후하며 무척 어집니다. 제 누이이나 곱습니다. 감히 묻습니다. 스승께서 혹여 제 누이를 다소간 마음에 두셨는지요?"

"네, 네엣?"

숨이 콱 막혔다. 대답을 하지 못하고 허둥대는 그를 바라보며 대군이 말을 이었다.

"만약 그러하시면은 제가 감히 부왕전하께 스승을 부마도위로 천거하려 합니다."

강위겸이 놀라 멍하니 서 있기만 하였다. 벌겋게 물든 낯빛을 보아하면 모를 일인가? 싱긋 웃으며 모르는 척 상원대군이 말을 이었다.

"스승께서는 조하에 이름을 떨치려는 뜻이 큰 줄 압니다. 그래서 무척 조심스럽습니다만 혈육지정이 우선이라. 아끼는 제 누이 일생이 달린 문제이지 않습니까?"

"저, 저어, 대군마마. 그 말씀은……?"

"이 대군이 어린 누이의 짝을 생각하며 여러 선비들을 몰래 보아왔습니다만, 스승만 한 인품을 아직 만나지 못했습니다. 부마도위 되면은 관직에 오를 수 없다 하나 그는 주상전하 처분에 달린 것이고 아까운 인재, 단지 공주와 혼인하였다 하여 등용치 못함이 오히려 웃기는 일이라 세자저하와 말씀을 나누었나이다. 스승께서 연치 다소 차이 지시고 또 미혼 망처 계시니 숙경이 재취라 하지만은 그는 흠이라 할 수 없지요. 오히려 공주가 그런 자리로 하가하심은 아름다운 일이라 할 것입니다."

"대, 대군마마. 너무 갑작스런 말씀이십니다. 잠시 생각할 말미를 주시겠나이까? 신은 도모지 정신이 없나이다. 저 같은 것이 감히 어찌 공주마마를……"

"스승께서 겸손하시나 심히 음흉하십니다? 이미 연전에 숙경더러 백화 편을 강학하시면서 은근히 속내 뜻을 보이신 것을 제가 눈치채지 못하신 줄 아십니까? 〈고목이 봄이 되니 꽃이 피고 싹이 돋네. 푸르른 빛이 좋으나 감히 머물라 못함은 이미 제 사정을 돌이킴이라〉 하하하. 고목은 스승이시니 꽃은 누구일까요? 그 이후는 제가 다소간 추리한 탓입니다. 핫하하."

갈대줄기같이 마른 몸을 흔들며 상원대군이 유쾌하게 웃었다. 강위겸을 슬쩍 일별하고는 발걸음을 빨리 하여 멀어져 간다. 멍하니 선 강위겸. 그 뒷모습을 바라보고 있는데 얼굴이 갈수록 낯술 먹은 양 시뻘게졌다. 망신망신, 참말 염치도 없지. 나이만 먹은 추한 홀아비가 어린 제자에게 제 속내를 말짱하게 들킨 꼴이었다. 면구스럽고 부끄럽고 황당하였다. 감히 금지옥엽, 어리고도 어여쁘게도 한창 피는 꽃봉오리 공주를 흠 많고 늙은 자신이 추하게 욕심낸 꼴이니 그 무안함을 어찌 이기랴.

"어서 듭십시오. 세자저하께서도 이미 도착하셨나이다."

대문을 들어서자 동궁 내관이 읍하여 맞이하였다. 서경당 사랑채 왼편에 위치한 건물이다. 평상시에는 공부방으로 쓰이는 낙춘재의 문이 반쯤 열려 있었다. 바깥에 난분분 백설이 흩뿌리는 날이다. 냉혹한 동장군의 기세를 막기 위하여 방 안에서는 백탄이 빨갛게 타고 있는 곱돌화로 두 개가 놓여 있다. 사방으로 훈훈한 기운을 퍼뜨리고 있었다.

정중앙 방석 위에 세자저하께서 좌정하였다. 용원대군과 재원대군 자리는 왼편. 특별히 초대를 받은 동궁제강을 함께하는 청년들이 연령별로 편안하게 방을 빙 둘러 자리 잡고는 흥나는 음악의 향연이 시작되기를 기다리고 있었다.

세자가 앉은 문 뒤로 반만 열려진 곁방. 두 사람의 상궁이 옹위한 가운데 옥주렴을 쳤다. 맨 가운데 방석을 빈궁마마가 당실하니 차지하였다. 숙정공주와 숙경공주도 빈궁마마의 꼬드김 따라 처음으로 악율의 연회에 참가한 터, 가슴이 설레었다.

하물며 문을 사이 두고 앉은 숙경공주, 주렴으로 가로막혔으되 그리운 분의 연주 솜씨를 보아질 참이다. 거절당하였고 아니다 부인당했으되 사모하고 그리운 정은 마찬가지. 아픈 만큼 애틋함은 더하였으니 원망은 짧고 사모함은 깊고 길구나. 냉엄하고 모진 그대. 나 또한 버리련다. 이를 악문 것은 잠시. 하룻밤 지나니 슬픔과 미움 대신 쓰라린 사모지정. 더 깊어지는 연정과 보고픔이 애달프다. 이런 터에 멀리서나마 그분의 연주를 들을 수 있다 하니 그 아니 좋을까? 얌전한 성정에 방 밖을 거의 나오지 않는 버릇인데 이날만큼은 냉큼 따라왔다.

아드님들이 즐거운 한때를 보낸다 하니 주상전하께서 가만히 계실 수가 없지. 상궁 나인을 시켜 거나한 주안상을 보내주시었다.

"이날, 후원의 정취도 좋을시고. 아름다운 풍류라, 너희는 부왕의 적적함을 생각이나 하느냐? 전하시었나이다."

벙싯 웃으며 대전의 차지상궁과 나인이 물러났다.

"시각이 맞춤하니 시작들을 하시게나. 이날 내 귀가 정녕 호사를 하겠구나."

세자의 재촉에 악기를 든 서관들이 웅성웅성. 싱긋이 웃음 머금고 자리에 조정하기 시작하였다. 어주 한잔 마시었것다. 음율을 들을 줄 알고 즐길 줄 아는 고귀한 분들의 귀가 기다리것다. 주흥은 도도하고 풍류는 치솟았다.

내관에게서 거문고를 받은 상원대군이 너덧 척(尺) 물러나 세자의 앞자리에 앉았다. 그것이 신호였다. 대군의 옆에 대금을 든 강위겸이 앉고, 피리를 부는 정준상, 하용중이 자리하였다. 두 사람 다 강위겸처럼 선왕재의 서관인데, 중인 출신에 게다가 서얼이다. 그럼에도 학문이 높고 풍류가 아름다우며 강직하여 주상의 신임을 톡톡히 받고 있었다. 정준상 앞에는 마주 보고 해금을 연주하는 이징교가 앉았으며 장구를 맡은 왕실악사 진보가 북을 든 고수 이탄과 나란히 앉았다. 그 옆으로 가곡을 부를 명창 문한남이 자리 잡으니, 이날 율려의 악회가 시작될 찰나이다.

거문고가 벗을 부르자 대금이 하답하고, 적(笛)이 물결을 이루자 북이 바람을 일으켰다. 호기로운 목청이 하늘을 뚫고 허공에 우레 치자 해금이 지잉지잉 사람의 연약함을 어루만지며 눈물을 떨구었다.

방 안의 모든 사람 선율에 취하여 때로는 눈을 감고 때로는 비스듬히 드러누워 손가락을 움직여 박자를 같이 맞추었다. 때로는 흥에 돋아 무릎을 두드리며 박장대소. 세자도 묵묵히 눈을 감고 몸을 가벼이 흔들며 음이 희열에 취하였다.

"참으로 즐거운 날이라. 조만간 다시 한 번 모입시다그려."

밤이 이슥하여 연희가 끝이 났다. 주섬주섬 하나둘 사람들이 자리에 일어나기 시작하였다. 등롱을 든 하인들을 앞장 세우고 싸락싸락 눈을 밟고 돌아가는 사람들 틈에서 상원대군이 강위겸의 소매를 잡았다.

"세심각에서 주무십시오. 어차피 5일이니 조참이라, 새벽에 입궐하셔야 할 터이니 저와 함께 궐서 주무시지요."

"감히 미신이 폐를 끼칠 수 없습니다."

"폐가 아니라 은혜를 주시는 것입니다. 저는 밤새워 책을 읽으며 스승을 괴롭힐 작정이거든요."

섬돌 아래 두 사람이 잠시 서서 강권하고 사양하는 중이었다. 마지막으로 세자와 여인들이 방을 나서 마루로 내려섰다. 내외하는 풍습이라, 강위겸은 고개 숙여 궐내의 귀인들이 나가시는 것을 기다렸다. 서너 발자국 떨어져 있어도 정인의 향기로움이 다가온다. 꽃신 신은 작은 발이 살짝 눈을 즈려밟고 떠나가는 것을 느낀다.

감히 바랄 수 없는 그대의 뒷모습이라도 한 번만 더 보고지고. 어찌할 수 없는 충동으로 고개를 들고 말았다. 막 대문을 나서던 공주 역시 자신에게는 일별도 아니 주는 쌀쌀한 그 사내 때문에 마음이 천 갈래 만 갈래로 찢어졌다.

어둔 원망과 슬픔은 천 장 만 장. 덧나기는 쉽지만 아물기는 더딘 것이 사랑의 상처가 아니던가? 아쉽고 서운한 맘 반, 한 번만 더 헌칠한 그 모습을 보고 싶다 하는 맘 반. 잠시 뒤돌아보고 말았다.

피할 수 없는 운명처럼 마주친 시선. 억겁처럼 긴 찰나. 눈빛으로 오간 짧고도 긴 이야기.

'이렇게 저의 뒷모습이나 훔쳐보시면서…… 그러고도 끝내 아니라 하십니까?'

'빨리 고개를 돌려주십시오. 더 이상 못난 이 몸의 추태를 보지 마시오.'

"왜 그러느냐? 잊은 것이라도 있느냐?"

의아한 터로 문밖까지 나가던 대공주가 묻는 소리가 들렸다. 숙경공주의 얼굴이 새빨갛게 달아올랐다. 화들짝 놀라 서둘러 문을 나가 버렸다. 향기로운 흔적은 자취도 없이 사라지고, 쓸쓸한 어둠만 남았다. 아니 본다, 아니 본다 하면서도 공주가 사라진 문 쪽에서 차마 시선을 떼지 못하는 강위겸. 상원대군이야 그 속내를 이미 아니 속으로 빙그레 웃고 말았다. 하지만 두 사람 다 눈치채지 못한 것이 하나 있었다.

눈치라면 천단만단. 척하면 삼척이요, 쿵 하면 담 넘어 호박 떨어지는 소리. 펄럭하면 처녀아이 치맛자락 펄럭이는 소리인 줄 아는 빈궁마마, 어쩐지 심상찮은 두 사람 간 눈짓을 못 보았다면 진짜 연돌이가 아니지.

'호오, 요것? 막내 공주마마 안색이 이 근래 영 침울하더니 말야. 아까 그 선비 앞에서 더 기이하더란 말이지. 이것 분명 무슨 사연이 있는 게다.'

가마 타고 동궁 돌아오며 빈궁마마 속으로 생각하였다.

그 다음날이다. 세심각에서 하룻밤을 유숙한 강위겸을 앞장 세우고 상원대군이 동궁으로 갔다. 쇠뿔은 단김에 뺄 일. 작정한 다음에야 해치우고 말지.

두 사람을 맞이한 세자는 내관더러 차를 내오라 시켰다.

"그렇지 않아도 내가 반우 그대를 부를라 하였소. 아바마마께서 이 몸더러 합리적인 세제 개편안에 대하여 새로이 알아보라 분부하시었거든. 자네가 문물에 대한 식견이 높고 이리저리 보고 들은 바가 많아서 조언을 받고자 함이었어."

세자가 내어놓는 세제 개편안 두루마리들을 죽 읽고 타국에서 보고 들은 바를 말씀드리고 조언하였다. 이런저런 일들이 끝났다.

"고생하였소. 자리를 옮겨, 술이나 한잔 더 합시다. 어젯밤 율려의 회가 너무 즐거워 한참 동안 빈궁과 더불어 여운을 음미하였거니. 이 밤도 반우 그대의 대금 한자락을 청하여야겠다."

연당가의 정자에 좌정하자 주안상이 올라왔다. 빈궁마마, 나인 따라 들어와 한잔 부어드리고 애교 가득히 담은 눈을 살포시 흘겼다.
"희임한 소첩을 두고 바깥 분들만 풍류라, 저가 샘이 납니다. 너무 많이는 말고 취함없이 듭시어요."
"실수는 아니 할 터이니 너무 닦달하지 마시구려. 들어가시오, 곧 들어가리다."
고개 숙여 예를 표하고 빈궁은 얌전하게 물러났다. 대군이 먼저 세자께 술잔을 올렸다. 그리고 은근히 심중의 말을 꺼냈다.
"저하, 실은 이 아우가 궁금하기로 숙경의 혼사입니다. 이 근래 혼처가 정해진다 하였는데 결정이 났습니까?"
"아직은 정해지지 않은 듯하다. 실상은 아바마마께서 전 좌상대감의 자제이신 민씨 청년을 속으로 낙점하신 듯하였지만 말야. 방해가 생겼구나. 심히 걱정이니라."
저하의 말에 상원대군이 깜짝 놀랐다. 자신의 일이라, 강위겸도 본능적으로 귀를 쫑긋 세웠다. 세자저하가 술잔을 들며 걱정 서린 표정을 지었다.
"우스갯소리가 사실이 되었구나. 동지사 가신 효성 할바마마께서 서찰을 급히 보내셨다. 그것이 오늘 오정에 도착하였는데, 너도 기억나지?"
"무엇을요?"
"그 말이다. 연전에 명국 사신이 와서 우연히 숙경을 본 바, 그때 심히 곱다 하며 미혼인 이황자가 계시기로 그분 짝으로 주옵시오 하였잖느냐?"

"아, 기억납니다. 우스개로 넘어갔지요."

"물론 아바마마께서도 농으로 여기고 들은 척도 아니 하였는데 말야. 그 사신이 참으로 엉뚱하였구나. 제 나라로 돌아가 황후에게 그 말을 하였다 한다."

지금 그들의 입에 오르내리는 명국 이황자. 진왕 봉작을 받은 인물이었다. 나이는 스물다섯. 유일한 정궁소생이니 시시하게 혼례를 치르지 않으리라 황후가 단언하였다 한다. 천하에 수소문을 하여 무엇 하나 빠지지 않는 아리따운 짝을 찾고 있다 하였다.

"숙경이 내미지상이며 심히 귀골스럽다 한 말만 경솔하게 믿고서 황후가 아들의 짝으로 하여주옵소서 하고 청하였단다. 효성군께서 귀국하실 적에 숙경을 선보러 사신을 보낼 것이다 명국 황제가 말하였다지. 그때까지는 부대 숙경의 혼사를 미루소서 적혀 있었다."

상원대군은 실상 이 자리에서 스승인 강위겸의 답답한 사연을 형님 저하께 먼저 말씀드리고 의논할 셈이었다. 전하께서 가장 신임하시는 형님 저하이시다. 형님께서 스승을 어여삐 보시고 부왕께 강하게 밀어붙인다면 일은 반(半) 성사라. 안타까워하면서도 감히 입은 벌리지 못하고 서로 멀게 서서 바라보기만 할 뿐. 애타게 바라는 두 정인의 그리움이라. 좋이좋이 풀어내서 부마도위로 천거할 작정이었다.

헌데 이런 날벼락이 있나. 예상치도 못한 복병이라. 이런 기막힌 말을 듣고 난 후인데 감히 입을 벌릴 수가 없다. 강위겸도 마찬가지였다. 아뜩하고 다리가 후들후들 떨렸다.

설상가상(雪上加霜). 공주마마를 온전한 가문의 흠없는 어린 청년들에게서 뺏어올 문제가 아니었다. 인제는 명국의 황제가 될지도 모르는 고귀한 사내와 겨루어야 된다는 말이었다. 앞에 앉은 두 사내의 심란함을 미처 읽지 못한 세자저하. 깊은 한숨을 털어냈다.

"걱정이구나. 그리될 리는 없다 생각하지만은 말야. 만에 하나 사신들의 눈에 숙경이 뜨이어 간택받으면 큰일이 아니냐? 대국의 왕비가 됨은 영광이라 할 것이나 그는 어불성설. 물설고 낯선 황경에 가서 그 아이 홀로 살아야 하지 않느냐. 또한 암투 심한 이국의 왕궁에서 어찌 홀로 견뎌낼 것이던가?"

"……견뎌내기 무척 힘들겠지요."

"이 일이 그 아이 일신의 문제만은 아니란다, 상원."

세자저하는 보통 분이 아니다. 이쪽저쪽으로 귀를 열어두고 국경 넘어서까지 각처에 사람을 내보내 온갖 정보를 수집하여 듣고 계시었다. 이번 혼사의 문제가 단순히 즉흥적인 호기심에서 빚어진 일만은 아니라는 것을 직감하였다.

"숙경의 짝이 될 그 이황자란 이가 보통이 아니라 한다. 황자이되 격식에서 벗어나고 호탕하며 심히 그 뜻이 광대하니 인중지룡이라 하더구나."

"그렇습니까?"

"더 흉악한 소문도 만만찮았다. 그가 감히 태자위를 뒤집어엎고 임금이 될 것이다 공공연히 호언장담. 지금껏 모반을 준비하고 있다는 뜻이지. 만에 하나 그것이 잘못되면 대역적이다. 권속 모다 죽임을 당할지니, 숙경이 그리 혼인하였다가 지아비 피바람에 같이 끌려 들어갈 일도 생기는 게야."
 세자의 말에 둘러앉은 상원대군과 강위겸의 얼굴에 동시에 짙은 그늘이 졌다. 두 오라비 가슴도 누이 걱정에 들먹들먹. 그러나 천하의 그 어떤 것보다 귀한 어린 정인의 구겨진 운명 앞에서 말 못하고 모르는 척해야만 하는 강위겸. 그의 기막히고 문드러진 심사만 할까? 눈을 들어 망연히 창밖을 바라보는 눈빛에 이미 빛이 꺼져 있다.

 숙경공주가 혹시 대국의 황자비로 간택될지 모르겠다. 내전에 들어오신 주상전하의 말씀으로 이내 중전마마께서도 알게 되었다. 그런 소문은 또 횡하니 잘 날아다니는 법이다. 공주가 그 기별을 들은 것은 이튿날 아침이었다.
 유모상궁으로부터 아연한 기별을 전하여 들은 공주는 입을 꼭 봉하였다. 하루 종일 울적하니 말이 없다. 그 말씀을 빈궁마마께 전해 들은 중전마마께서도 안타까이 혀를 찼다.
 "왜 아니 그러겠니? 당연히 그러하지. 허나 천명이라 하였다. 제 운명이 그러하면은 싫다 해도 될 것이고, 연분이 아니면은 저가 달라붙어도 아니 될 것이야. 굳이 미리 걱정할 필요는 없느니라."
 말씀은 의연하시고 담대하시었다. 허나 애지중지하는 따님의 일인데 말씀처럼 마음이 흔쾌할까? 중전마마 나지막이 한숨을 토해 냈다.
 "기가 막히는구나. 황자비라니? 그 사신은 어찌하여 남의 따님을 감히 눈여겨보고 그따위 일을 저지른 것이냐? 허기는 주상께서 실수하셨다. 그때 그 주석(酒席)에 무엇 하러 공주며 왕자며 다 불렀느냐 이 말이야."

시간만 나면 슬하 자녀분들을 곁에 두고 자랑질하는 것이 주상의 취미이기는 하였다. 그렇다고 해서 천금같이 간직한 따님들까정 남들 눈앞에 내어놓다니. 중전마마는 생각하면 할수록 경솔한 상감의 행동이 못마땅하여 아미를 찌푸렸다. 귀한 것일수록 감추고 소문내지 말라 하였는데. 결국 이렇게 험한 동티가 나느니. 빈궁마마께서 올린 찻잔을 받으며 고개를 갸웃하였다.

"그런데 기이한 일은 어찌 제일 어린 숙경이 하필이면 그 사신 눈에 뜨였을까? 모를 일이다. 남들은 오히려 숙정이 더 곱다 하였거늘."

"이 빈궁 눈에도 숙경 아기씨가 역시 제일 고웁습니다, 어마마마. 공주께서는 남과 달라 어진 덕성이며 내면의 아름다움이 배어나니 지상의 염태가 아닙니다. 오직 공주 아기씨만이 가지신 빼어난 기품인 듯싶사옵니다. 그러니 그 아름다움을 살핀 사신의 눈이 밝다 할 것입니다."

"……숙경이 제 언니보다는 품성이 다소 반듯하고 침착하느니. 허긴 인덕이 있긴 하구나."

"그런데요, 어마마마. 제가 알 수 없는 것이 하나 있습니다. 명국에도 귀한 집 여식 많고 염태 훌륭한 여아들 천지일 터인데 굳이 천리만리 격한 이곳의 공주마마를 황후께서 굳이 아들의 비로 맞으려 하는 이유가 무엇일까요?"

"이유가 있느니라. 아국이 오랑캐 영토를 사이 두고 명국과 맞닿

닿지 못하여…… 343

아 있으니, 거리는 멀되 서로 친선이 두텁고 선린이라 하지 않느냐. 실상 지금의 황후 모친이 아국 여인이니라. 어부태사인 사친의 눈에 띄어 그 모친이 혼인한 고로 따님을 낳으니 황후인데, 그 아비 위세가 워낙 높고 염태 빼어나 황제 눈에 뜨이었다지. 이황후로 간택받은 고로 이내 일황후가 목숨 버리고 오직 남은 한 분 정궁이라, 그 위세가 보통이 아니란다."

"그렇구먼요."

"황후가 평상시 친모 고향인 아국에 미인이 많다 하여 항시 소생인 황자에게 단국 처자와 혼인하렴 하였다는구나. 게다가 숙경을 혼인하여 데려가면 등 뒤로 아국이 든든한 지원 세력이 될 터이지. 그 황자가 속으로 은근히 태자 제치고 천자에 오르리라 일을 꾸민다 하였다. 필시 저가 역모 일으킬 적에 아국 도움 청할 꿍심이라. 기가 막힌 일이지."

만에 하나 잘되면은 황후가 된다 하나 그 자리도 기막히고 힘든 자리일 것이지. 중전마마, 입안으로 굴리는 달금한 차맛이 그저 쓰고 시다.

"실패하면은 그 자리서 삼족 멸할 피바람. 아국과 명국 사이가 심히 어색하여지니 혹여 전쟁이 벌어질지도 모르는 일. 휴우…… 날벼락, 날벼락! 이리하여도 근심, 저리하여도 근심이라. 듣자니 그 황자가 아국 말에도 능숙하고 심히 쾌활하여 미복하고 천지사방으로 유람을 다닌단다. 사신 틈에 끼여 제가 직접 올지도 모르는 일이라 효성군께서 귀띔하였다. 그가 직접 숙경을 보고 청하면은 전하께서 거절할 명분이 없으시단다. 이미 혼사 정하였다 하여도 파하라 하면은 거절할 수 없음인데 아직 혼사가 정해지지 않은 것 뻔히 알고 있으니 말야. 참으로 내가 오늘부터 잠을 편히 자지 못하겠구나."

중전은 주상전하께서 걱정하신 바를 빈궁에게 알려주었다. 생각하자 하면 참으로 보통 일이 아니긴 아니구나. 허나 이번 일은 도무지 빈궁마마 힘을 벗어난 것이라. 요량이 생기지 않는다.

여하튼, 궐 안팎 모든 사람이 걱정하고 기막혀하고 한숨 쉬고 있는 그즈음이다. 허나 속 문드러지고 가장 기막힌 이는 누구일까? 가슴 깊이 고운 정인 묻어두고, 천리만리 낯선 사내의 짝이 되어 끌려갈지도 모르는 공주마마이다. 또한 말 한마디 못하고 은애하는 그분의 혼사를 지켜보아야만 하는 강위겸만큼 절망스러운 이도 없다.

반듯하고 강직하며 허튼 눈 아니 돌리는 그가 제 발로 기생집을 찾아가는구나. 난생처음 죽도록 술 퍼먹고 조회도 아니 나온 일이 벌어지고 말았다. 허한 눈 들어 하늘만 우러러보며 자음자작. 거칠 것 없이 갈지자. 단 한 번도 전례가 없던 우격다짐 우왕좌왕. 스승의 거친 광태(狂態)와 파행의 이유를 짐작하는 이는 오직 상원대군뿐이다.

제10장 가슴앓이

　　　　대보름 하례 인사드리러 입궐한 용원대군 내외 두 분. 대궐에 들어가니 그 꼴이었다. 오랜만에 수라상을 배행하는데 두 분 마마 모다 울적하신 옥안이다. 곁에 있는 두 분인들 민망하고 망극하여 밥술이 뜨여질 리가 만무하였다.
　"되었다. 물러가거라."
　중전마마께서 힘없이 분부하였다. 새악시는 망극하여 어쩔 줄을 몰라 하였다. 곁에 서 있던 빈궁이 척 나섰다.
　"어마마마, 소인이 동서를 뫼시고 동궁으로 물러나렵니다."
　"그리하렴. 이 마음이 산란하여 괴롭구나. 나는 숙경을 볼 것이다. 너희는 동궁 가서 하루 보내거라."
　교태전을 물러나 건너온 두 며느리들 다담상 받고 앉아 이런저런 이야기. 결국은 온 궐의 근심인 숙경공주 이야기뿐이다. 소문은 들었지만 일이 이 지경으로 심각하게 돌아가는 줄 몰랐던 국대부인 수나 아씨 한숨을 푹 쉬었다.

"듣자 하니 일이 참으로 기막히옵니다. 어찌 그런 일이 생기는고? 허면 공주 아기씨께서는 어찌하고 계시는지요?"

"그저 두문불출, 수틀만 들여다보고 계시다 합니다. 무엇으로 달랠 수 있는 일이 아니지요. 명국 사신들이 들어와 어떻게든 결정이 되어야 숨을 쉴 수가 있을 것입니다. 미리 걱정한들 수가 없으니 어찌하겠소?"

"허기는 그렇지요."

"지금은 안타까우나 어찌할 도리가 없습니다. 담대하게 없는 일인 듯 잊어버리고 그때 되어서 방도를 구할 일이지요."

"그것이 사리에 맞는 일입니다. 그보다 빈궁 형님. 옥체는 어떠하십니까? 입덧은 그만하십니까?"

회임하신 터라, 옥체 사정을 묻는 일이다. 빈궁마마 생긋 웃으며 아랫배를 감쌌다.

"입덧은 별로 없으니 다행이지요. 모든 게 다 먹고 잡고 입에 당길 뿐이구려. 이 달포지간 몸이 한결 난 듯하여 걱정이외다."

"소인의 눈에는 별로 달라 보이지 않습니다. 많이 젓수시고 그러셔야 태중 아기씨도 강건할 것입니다. 종종 별찬도 올려 보낼 터이니 가납하시어요. 덩실하니 원손 아기를 낳아주셔야지요."

"그랬으면 좋으련만……. 하지만 세자저하나 나 아들이든 딸이든 그저 덩실하니 순산만 하면 좋을 것이다 이리 바랍니다. 그나

저나 보시오, 아우님. 초야 치른 후 신방 재미 어떠하셨소? 대군마마 기술이 어떠하더이까? 능글맞지만은 참말 능하실 터인지라 진진한 잠자리 재미 많이 보았겠소?"
수나 아씨 얼굴이 새빨개졌다. 살포시 눈을 흘기었다.
"아이고, 민망하여라. 빈궁 형님도 참말 짓궂으시다. 몰라욧!"
활달한 빈궁마마, 거침없이 묻잡는 말씀이 도무지 여인네 말태가 아니었다. 시정잡배 한량도 이 정도로 활개 치며 거침없이 말을 하지는 못할 것이다. 딴 것도 아니고 은밀한 잠자리 이야기를 부끄럽다 하지 않고 노골적으로 캐묻는 것이 아닌가. 하기야 이미 대군더러 아씨가 계속 말 아니 들으면은 난짝 안아다가 뒷방에 들이고 깔아뭉개라 충고하신 전력도 있는 빈궁마마 아니냐.
노골적이고 거침이 없는 윗동서의 캐물음에 얌전한 국대부인도 이내 말려들었다. 눈치 보며 소곤소곤 죄다 털어놓는구나. 둘이 마주 앉아 숨을 죽이며 낄낄거리고 훗훗거리며 여인네지간 오가는 앙큼한 술수를 나누었다. 화락하고 정다운 웃음소리가 방문을 넘었다.
안방서는 이리 정다운데 허면 사랑채 형편은 어떠한가?
용원대군 입이 불퉁하니 만발은 튀어나왔다. 씩씩대며 앞에 앉은 형님을 노려보고 있었다. 모르는 척 먼 산만 바라보며 딴전 피는 세자저하, 앞에 앉은 아우님 골난 기색을 영 모르는 척하였다. 빙긋이 웃다가 점잖게 한 말씀. 영 엉뚱맞은 선문답이다.
"오래도록 욕심낸 처자 데려다가 초이레 낮밤으로 진진한 재미 보았지. 네 맘대로 사냥터 끌고 가서 실컷 피 보이고, 짐승 죽이는 흉악한 꼴을 새신부에게 자랑질하였다면서? 헌데 어째 불만스럽냐? 일이 네 맘대로 아니 된 것이 있더냐? 아니면은 국대부인이 네 맘에 아니 차더냐? 그도 저도 아니면은, 오호라! 네가 나에게 불만이 있는 게로구나?"

"저하, 이러는 것이 아니오이다! 홍!"

"내가 어찌하였기에 무작정 골을 내는 것이야? 기기 막히는구나. 장가를 들었으면 좀 점잖아져야지 말야. 또 억지 부리느냐?"

"억지라니요? 휘강전 아랫것들 전부 다 심복으로 삼아 내 동정을 살피어 앞질러 일을 그르친 것을 끝까지 부인하시오? 홍."

"허 참! 이놈이 또 애먼 사람을 잡는고나."

생각하면 할수록 괘씸하였다. 그동안 쌓인 유감 다 풀러 나온 참이다. 용원대군이 산돼지만 양 씩씩 콧김을 불며 사납게 대들었다.

"사람이 참말 그러면 아니 되오. 한두 번이 아니지 않소? 홍, 나는 성심껏 형님마마 일을 도왔거늘 말야! 도도한 수나 성질 좀 잡자 하는데 같은 사내끼리 돕지는 못할망정 나서서 방해를 하시어? 참으로 배신감마저 느끼오. 대체 왜 이러시오?"

"내가 무엇을 방해하였니? 또 무슨 일을 그르쳤느냐? 그는 참으로 애먼 허물이라니까. 생각하여 보아라. 내가 무엇이 그리 한가하여 막 정분난 처자더러 장가든 아우의 신혼 재미를 방해하겠니? 좀 알아듣게 말을 해보아."

"정말 이러시기요? 방해하였다 함은 그것이……."

"그것이 무엇? 어디 말을 끝까정 해보지?"

용원대군 벌컥 골을 내었다. 눈을 치뜨며 버럭 고함치려다가 문

가슴앓이 349

득 입을 봉하였다.
'아이고, 이놈의 형님 저하. 참으로 교활하고 교묘하여라.'
살근살근 뒤통수 후려치고, 쪼잔쪼잔 제 앞일 잘도 미리 읽어 훼방 놓았다. 하지만 그를 속으로 짐작하지 누구 하나 대군의 말에 동조하는 이가 없다.
겉으로 얼마나 어질고 다정하신 척하는지 말야? 신혼 재미 빠진 아우님께 다담상 보내었고 아침저녁 불편한 것 없느냐 다정하게 물음하시는 노릇이다. 시시각각 아랫것들을 보내 인사드리게 하고 '네가 실수할까 봐 두렵도다' 하며 지밀상궁 시켜 법도는 이렇습니다, 저렇습니다 하고 가르치시는구나. 누가 보아도 방해질이 아니라 한없이 다정하고 자상한 배려였다. 용원대군의 둔한 머리통으로는 세자를 따라가기 한참 멀었다. 바닥이 꺼져라 한숨만 푸욱 내쉬었다.
"내가 형님마마와 형수님 때문에 말라죽소이다. 아이구, 내가 미쳤지! 그냥 도도한 저것을 팍 내쳤어야 했는데. 어찌 뜨거운 심사 하나 못 가누어 사서 고생인고? 처가살이라, 이태나 처가살이라아! 미치고 환장할 노릇이다. 그냥 콱 파작놓을까 보다."
"말조심하여라, 이놈!"
갑자기 벽력같은 고함 소리가 터졌다. 줄기줄기 치켜뜬 눈에 불이 가득하였다. 대군을 노려보며 금세 한 대 칠 것처럼 손을 치켜들었다가 대신 서안을 탁하고 내려쳤다.
"말이면 다인 줄을 아느냐? 겨우 두 달이라. 벌써 혼인한 것을 후회하며 안해 내칠 꿍속이라고? 참말로 그리할 양이면 내 다시는 너를 아니 볼 것이다. 듣자 듣자 해도 말야. 어느 정도껏 하여야지. 매사 스스로 몸을 낮추고 순후하게 하며 타고난 성정을 다스림이 첫째라. 네가 언제까지 이렇게 격하게 맘대로 살며 제멋대로 방탕할 것이냐? 숙경 일로도 망극하여 정신이 산란한 두 분 앞에서 위로는 하여드리지 못할망정 너까지 심란하게 만들 참이냐? 보기 싫다. 나가라!"

"이 아우가 말을 잘못하였습니다. 용서하십시오, 저하."

평소에는 순후하고 조용하나 은근히 깐깐하고 속이 깊다. 하지만 정색하고 한 번 노하면 도무지 용서도 없고 풀 길도 없다. 그를 누구보다 잘 알고 있었다.

정신이 번쩍 났다. 대뜸 무릎을 꿇고 용서를 빌었다. 자존심이 강하고 도도한 용원대군이 오직 겁내는 사람이 있다면 부왕전하도 아니었다. 오직 세자 형님이다. 도리가 아니면은 행하지 않고 매사 철저하며 한 치의 빈틈없는 거동으로 아우들의 귀감이다. 절로 존경하는 마음이 배기어 용원대군은 세자와 제일 친하면서도 제일 어려운 터였다.

"네 연치가 몇이더냐? 이제 제발 좀 어른이 될 수 없느냐? 말을 하고 잡다 하여 다 하고, 일을 하고 잡다 하여 다 할 수 없으며, 갖고 잡다 하여 다 가질 수 없음이다. 그것이 세상 이치이다."

"아우가 실언하였습니다. 잘못했습니다."

"너에게 내가 반드시 한마디 경계할 참이었다. 사내대장부가, 지금까지 꽁하여 반드시 복수하노라 이러는 것도 사실은 용렬한 일이지. 도도한 네 자존심이 심히 상한 바 알지만은 이제 흘러간 옛일이

라. 좀 너그러이 대범하게 넘기면 아니 되니? 네 일마저 쓸데없이 시끄러우면은 두 분 마마께서 속이 더 상하실 게다. 나이가 이만하면 너도 좀 아바마마 뜻을 헤아려 드려야지!"

"명심하겠습니다. 이 아우가 생각이 다소 짧았습니다. 앞으로는 반드시 신중할 것입니다."

치받아 괄괄하게 덤비면은 잔소리가 길어질 것이되 뜻밖에도 그 성미에 웬일? 순순히 곱다이 잘못하였다 빌었다. 장성한 아우가 어린애처럼 잘못을 비는 꼴 앞에서 그것도 민망하다. 이내 세자의 목청도 나직하게 잦아들었다. 한코 단단히 무안당한 대군, 흠흠 헛기침. 구겨진 얼굴을 억지로 가라앉히며 궁금하였던 것을 물었다.

"형님, 헌데 참말로 숙경이 대국 황비가 될지 모른다는 것이 사실입니까? 도무지 믿을 수가 없습니다."

"못 믿을 바는 모두 마찬가지겠지. 동지사가 돌아오면 그 내막을 자세하게 알 수 있겠지."

찻잔을 내려놓고 세자가 울적하게 말을 이었다.

"사신들이 숙경을 보러 온다고 정식으로 명국 임금의 서찰이 내려왔다. 사실이긴 한가 보다. 문제는 효성 할바마마께서 보내신 서간이니라. 행간을 읽자 하니, 어쩐지 할바마마께서 진왕이라는 인물을 본 듯한 느낌이 든다 이 말이다. 너도 알다시피 효성군께서 심히 숙경을 예뻐하시었다. 먼저 천거하신 민씨 청년을 물리치고 이 황자에게 반드시 선을 보여라 강권하심이 어쩐지 심상찮구나."

"듣잡기로 그이가 은근히 천자의 자리를 노리고 있다고 소문났습니다. 숙경이 그와 혼인하였다가 일이 뜻대로 아니 되어 역모일에 휘말리면은 운명이 참으로 기막히게 될 참이라. 절대로 불가하오!"

내뱉듯이 용원대군이 한마디 하였다. 세자가 영명한 얼굴에 그늘을 지운 채 휴우, 한숨을 쉬었다.

"그 아이 팔자만 망가진다 하더냐? 더 흉한 꼴도 일어날지 모른다."

앞에 놓여진 한 수를 보고는 열두 스무 수 앞까지 내다보는 명민한 안목이다. 세자와 상감마마께서는 진왕이라는 자가 공주를 욕심내는 음흉한 이유가 따로 있을 것이라고 의심하고 있었다. 필시 훗날 제 보위 찬탈하는 역모에 단국의 군사를 빌릴 속셈인 것은 아닌지. 말로는 황비이나 공주가 그리로 혼인하면 실상은 볼모가 되는 셈은 아닐까?

"그가 정말로 보위를 노려 일을 벌일지면 결국 아국의 군사를 등뒤에서 움직여 제 입지 유리한 쪽으로 이끌려 하겠지. 우리가 숙경의 목숨을 담보 잡히어 마지못해 오랑캐를 막는다 하면서 병력을 움직여 대국 등을 치면 국경군은 감히 수도로 병사를 움직일 수 없음이다."

"허면 오직 수도의 병력만으로 역모는 끝이 나겠군요."

"그렇지. 듣기로 황경의 군사권을 장악한 이는 이미 진왕이라 하였다. 실상 황태자는 말만 그럴듯하지 허수아비라 할 것이다. 일은 분명 그이에게 유리한 쪽으로 흘러갈 것이다."

"그렇게만 된다면야 숙경이 황후가 되는 것이 아닙니까? 나쁘지는 않습니다그려."

"세상 일이 늘 좋은 쪽으로만 흘러간다면 무엇을 걱정하겠니?"

눈에 보이는 이득만을 생각하여 성급히 찬동하였다. 생각 짧은 아우를 바라보며 세자가 쯧쯧 혀를 찼다.

"생각해 보렴. 만에 하나 잘못되는 날에는 아국 역시 그를 도운 죄라, 대국과 전쟁이다. 숙경의 운명 또한 파리 목숨이 따로 없음이라, 결국 실패한 지아비 따라 능지처참이 아니 되겠느냐? 혹여 숙경을 그리 혼인하여 보내면은, 따님이 대국의 황후가 되심이 아국의 입지를 강화하는 데 도움이 될 것이라 하실지도 모르나 그도 모르는 일이다."

명국의 풍습으로 정비만도 셋이다. 정식으로 첩지 받은 빈비(嬪妃)가 팔십이며 수풀같이 모아온 미녀들은 또 얼마나 많을까? 법도 따라 황제가 황후 곁으로 오는 데는 겨우 보름에 한 번이라 한다. 그것이 여인으로 얼마나 굴욕적인 일인 것이냐? 복잡한 조정의 일이나 국운의 일을 떠나 누이동생이 그리로 혼인하여 겪을 마음고생만 생각하여도 아찔하였다. 그 이유만으로도 세자는 절대로 그 혼인을 찬동할 수가 없었다.

"너도 알 것이다. 우리 형제 다 두 분 마마께서 한결같이 다정하시고 깊이 은애하심만을 보고 자랐거니. 숙경 또한 부부지간 그리하며 사는 것이라 배운 아이가 아니냐."

"그렇지요."

"그런 터로 말도 제대로 통하지 않는 곳으로 혼인하여 가, 명색은 황비라 한들 숙경이 무슨 힘이 있어 그 많은 여인들 사이에서 지아비 정을 독점할 수 있겠느냐? 독랄하게 성총 다투는 계집들 사이에서 어떤 수단으로 무사히 정처의 자리를 보존하겠든?"

"숙경이 심히 곱고 영리하고 야무집니다. 꼭 못 견딜 것이다 할 것은 아니지요."

"대국의 황실 일이 얼마나 복잡하고 어지러운지 너는 아직 몰라서 그런 말도 나오는 게다. 황제의 목숨도 지키지 못함이 여러 번이었고 자고 나면 아무도 모르게 죽어나가는 사람도 여럿이라. 혹여 왕자나 생산한다 할지면 나을지 모르나 그도 기약은 할 수 없는 일. 그 아이가 황태자 아니 되면 보위가 바뀐 후에 소생 다른 황자들은 모다 죽임을 당할 것이 뻔하다. 앞이 아니 보이는 일이다. 우리 뜻대로 할 수 있다면 당연히 불가하오 하고 거절할 것이되 대국 황제의 칙서라. 감히 거절도 못하고 최소한 선을 보이기는 하여야 할 것이다. 만약 사신들이 보고 정말로 진왕의 짝이다 하여 굳이 숙경을 줍시오 하면은 아국이 대국과 붙어 전쟁이라도 치를 각오가 없다 하면은 거절키가 어려울 것이다."

두 오라버니, 말을 하다 보니 더 아뜩하고 막막하다. 실마리가 풀리기는커녕 난마처럼 더 엉키는 기분. 사랑하는 누이의 운명이 달린 일이다. 근심걱정이 첩첩. 문득 말을 멈추고 멍하니 후원 뜨락만 바라다보았다. 고운 안해를 얻어 마냥 행복하고 즐거운 저들 처지가 불현듯이 미안해지고 편안치 못하였다. 대군이나 세자나 똑같은 마음이다.

이렇듯이 궐 안팎 부모형제 모다의 걱정인 바, 서궁의 숙경공주 마마. 영묘한 봉황이 새겨진 수틀만 들여다보고 있었다. 수침에 골몰한 듯 깊이 고개 숙이고 있지만은 손가락 끝은 가늘게 떨리고 있었다.

멍하니 고개 들어 허공을 응시하는 눈에는 빛이 꺼져 있었다. 어느 순간, 맑은 물이 차오르는가 싶더니 주르르 한 방울 투명한 볼을 타고 떨어졌다. 아무도 들이지 말라 하고 하루 종일 입 봉하고 바늘땀만 찔러보는데 도무지 진정되지 않는 마음. 기어코 참지 못한 눈물이 수틀 위로 하염없이 젖어들었다.

'헛되고 망령된 춘몽을 잠시간 꾸었습니다. 이미 신은 미혹서 벗어났사옵니다. 공주마마께서도 빨리 마음을 가다듬으십시오.'

무정한 님은 그리 말씀하셨다. 가슴에 침을 박듯이 한마디 한마디 뚜렷하게 그렇게 단언하셨다. 눈길 마주쳐도 아는 척도 아니 하셨다. 그리도 무정한 분이시다.

섬섬옥수로 이마를 짚은 채 아뜩한 시선을 들었다. 닦아도 닦아내어도 자꾸만 샘솟는 눈물. 새파랗게 돋아나는 원망과 슬픔을 억지로 갈무리하였다. 스승의 죄가 아닌 것을… 마음을 허락지 못함은 죄가 아닌 것을.

'이 몸이 어리석어 망녕되이 바란 일이었을 뿐이다. 홀로 사모하고 홀로 들떴다. 어찌 스승을 원망하느냐? 숙경아, 숙경아. 어쩌자고 마냥 사리분별 대쪽같이 밝으시며 앞날 양양한 그분을 은애하였더냐? 어찌 감히 부마도위 허수아비 오르시게 하여 허송세월하게 만들라 하였더냐?'

마음은 하나. 사모지정도 하나. 순결한 단심. 지조 굳은 그분은 아직도 미혼 망처를 그리워하시어, 잊지 못하심이겠지. 매파가 문

턱 닳도록 드나들어도 한눈 아니 파시는 염직한 선비이시다. 그런 분이 이 공주 속내쯤이야 무엇 중하게 여길 것이라고. 헛된 꿈에 젖었더란 말인가? 공주의 눈에 다시 한 방울 또르르 구르는 눈물. 미련과 아픔과 채워지지 못한 애정을 갈구하는 가난한 눈물이다.

'강학하실 때 문득문득 돌아보시는 그 눈길이 다정하셨다. 나지막이 미소 지으시는 그 모습이 너무도 아름다워 멍청한 이 공주가 사나운 애욕과 허된 미혹에 빠지고 말았도다. 이것은 나의 죄, 그럼에도 어찌하여 스승을 원망하는가? 그분은 아무런 책임도 없거늘.'

차라리 멀리멀리 떠나버리면 나을까? 치맛자락에 수틀을 내려놓고 망연히 생각하였다. 자포자기. 슬픔에 젖은 소녀의 마음이 마냥 어지러웠다.

'차라리 이 나라를 떠나면은 싶다. 그분을 다시는 아니 볼 것이니 심란함은 덜할까? 만 리나 격한 터이니 생각나도 오가지 못하면 단념하고 살 수 있을 게야.'

귀찮은 사람이 눈에 아니 뜨이면은 그분도 덜 괴로우실 테지. 오히려 다행이라 생각하실 게다. 말로 내어 약조한 바 없고, 아니 될 일이라 미리 근심하여 눈길부터 피하신 그분이다. 공주는 지그시 입술을 깨물었다. 수줍지만 깊은 연정을 스스로 자르랴 하는 순간이다. 피 배인 입슬이 해당화처럼 붉다.

'내가 시작한 매듭. 풀어야 할 사람도 역시 이 몸. 오직 운명이다. 인력으로 되는 것이 아니니 다가오는 일에 오직 순명할 따름이다.'

이러는데 밖에서 중전마마 드셨다 하는 고명이 들었다. 공주는 재빨리 눈물 씻고 조용히 일어났다. 손을 앞에 모으고 어마마마께서 듭시기를 기다렸다.

동지팥죽도 아니 잡수시고 두문불출. 새해가 낼모레인데 영 조용하다. 예전만 같으면 귀여운 애교를 부릴 터인데 말야. 새해맞이를 하자 하며 콩 넣은 복주머니를 손수 만들어 이리저리 선사하고, 새해 인사 서두를 막내 공주가 울적한 얼굴로 바깥을 나오지 않으니 중전마마께서도 상감마마께서도 도통 설 기분이 아니 난 참이었다.

"엄동설한 날이 춥습니다. 부르시면 제가 들어갔습니다."

"보고 싶어서 내가 왔느니라. 아이고, 수를 깔았더냐? 아름답구나."

번화한 수국 그림의 고운 침장이다. 새봄에 혼인할 숙정공주의 혼수였다. 이것은 반드시 내가 하여드릴 것이오 자청하였다. 좌정하신 중전마마, 그새 수척해진 공주의 얼굴을 건너다보며 쯧쯧 혀를 찼다.

"실상은 널 불러놓고 사정 이야기를 조곤조곤 할까도 하였다만, 그리 아니 하였다. 지금은 말만 무성할 뿐, 아무것도 결정된 바가 없지 않느냐? 괜시리 말 먼저 하였다가 네 속만 불편할까 입을 다문 터이니라. 허나 네가 이리 아무것도 알지 못하고 불안해하며 울적해한다니 빈궁이 차라리 모든 일을 네가 알고 있는 것이 낫다 하여 내가 이리로 왔느니라."

"심려 끼쳐 드리어 망극하옵니다."

"네가 연치 어리되 속이 깊고 의외로 담대한 면도 없다 말 못하니 내 솔직히 말하련다. 대국에서 뜻밖에도 널 진왕비 후보로 보아 사신들이 나온다 한다. 대국 사신을 만나 네가 선보임은 이제 움직일 수 없는 일이 되었다. 부왕마마께서는 어린 너를 어찌 그 먼 데 타국에 혼인시키느냐 근심이 많으시나 왕실의 혼사란 것은 사가의 일과는 또 다르니라. 복잡한 조하의 일까지 겹쳐 너를 사감(私感)만 가지고서 준다, 아니 준다, 말씀하실 처지가 아니다. 아마도 춘삼월 하여 대국 사절들이 널 보러 같이 올 것이다."

"대강은 짐작하였고 들었습니다."

"오직 운명이니라. 나 또한 너를 가까이 하가시켜 매일 보고 어루만지며 살고 싶다. 허나 공주 된 이로서의 책무가 있는 법. 홀로의 행복보다 종사의 안위에 도움이 되어야 하는 게다. 네가 진왕비가 아니 되면은 제일 좋을 것이나 혹여 만에 하나 선택된다면은……."

"제가 가옵니다, 어마마마."

나직하나 또렷하게 대답하였다. 영명한 눈동자를 들어 담담히 자신의 속내를 드러냈다. 솔직한 상원대군에게서 이미 이리저리 헤아리는 말을 들었다. 단순한 혼인 문제가 아니라 얽혀 있는 문제가 심히 복잡하다 하였다. 비록 볼모일지도 모르나, 어찌할 수 없지. 홀로의 연정을 고집하여 마다할 수는 없는 노릇이라고 하였다. 종사의 안위가 위협되고 혹여 국경이 시끄러워 백성들 고생이 자심하다 할 것이면 어찌 공주의 꿈자리가 편안할까?

"만에 하나 그런 일이 벌어지면 오직 순명할 것입니다. 소녀로 인하여 두 분 마마께서는 미리 심란해하지 마옵소서. 듣잡기로 진왕 그자가 심히 비범한 영웅의 풍모를 갖춘 인물이라 하니 설마 저

같은 어리석고 보잘것없는 소녀를 돌아나 보겠나이까? 아마도 별일 없이 거절당할 것입니다. 어마마마, 그러니 미리 근심하지 마십시오."

사리분별하는 공주의 목소리가 야무지고 대찼다. 중전마마께서 위로하러 갔다가 오히려 위로받은 셈이었다. 따님의 손을 잡고 어루만지며 미소를 지었다.

"네가 깊이 생각하고 단단히 마음먹고 있음이로다. 내가 무엇을 걱정할까? 그래, 우리 모두 그날이 될 때까정은 심기 편안하게 지내도록 하자구나. 우리 막내 따님이 만들어주시는 복주머니를 아니 받으니 설 기분이 도통 나지 않는 것이야? 부왕전하께서도 네가 만드는 복주머니를 몹시 기다리시더구나. 언제 만들어줄 것이냐?"

"당장 만들렵니다. 그렇지 않아도 아바마마 몫은 이미 시작하였습니다."

말씀은 다정하시고 밝다. 어진 미소 나누며 공주의 수를 들어 곱구나 칭찬하는 중전마마의 속내. 솔직하게 전부 다는 말 못한 사연이 있음이로다. 영리한 따님 머리통을 바라보며 갈기갈기 찢어지고 있었다. 실상 어젯밤 또다시 효성군의 서찰이 날아왔다.

"오직 중전만 알고 계시오."

상감께서 살짝 보여주셨다. 이것이 무슨 괴이한 일이냐? 진왕이란 자가 무엇 그리 잘났다고 미복한 채 사신을 따라온다 하였다. 법도에 없는 노릇이라, 야합도 아닐진대, 왕비가 될지도 모르는 숙경공주를 직접 보고야 말겠다 호언장담이라 하였다. 반드시 공주를 아내 삼아 데려가겠다는 결심이 없달지면 그런 일도 못하리라. 그만큼 공주에 대하여 호기심이 크다는 말이겠다. 반드시 아국을 제지원 세력으로 삼아 역모하겠다는 의지의 천명이라. 싫든 좋든 인제 공주의 운명은 참으로 거센 풍운에 휘말린 것만은 확실하였다.

"숙경이 참으로 그렇게 말하였습니까?"
"그렇단다. 어린 마음에도 뜻밖에 의연하고 담담하였다. 내 심히 걱정하였거니, 숙경의 처신을 보고 나니 오히려 근심이 덜하여지는구나. 그런 기품, 그런 결심이라면 어떤 일이 벌어져도 헤쳐 나갈 수 있음이겠지. 좋은 쪽으로 생각하자구나. 또 미리 근심한다 한들 소용없지 않느냐?"
"허기는 그렇지요. 좋은 일 반, 나쁜 일 반. 길은 어차피 두 갈래라, 호랑이에게 물려가도 정신만 차리면 된다 하였나이다."

묵은 해 보내고 새해맞이 인사였다. 스승을 뵈러 세자와 상원대군은 성균관으로 나갔다 돌아왔다. 밤문안 드리러 교태전에 들었더니 중전마마께서 공주가 그런 말을 하였다는 이야기를 전하였다. 조용히 아뢰는 세자의 말에 중전이 고개를 끄덕였다.
"암만, 제가 넋을 놓지 않는 다음에야 무슨 일이든 이기지 못하겠니."
"숙경이 속이 깊어 겉으로는 아닌 척하지만 솔직히 마음고생은 자심할 것입니다."

입 봉하고 듣고만 있던 상원대군이 조용히 한마디 덧붙였다. 은밀히 오간 눈길. 말 안 하고 말 못하는 마음 따라 그래도 막지 못하여 흘러가 버린 정연(情緣). 오직 대군만이 강위겸과 공주 간의 애틋한 정을 알고 있다. 이 순간, 알고 있음에도 입 벌려 말할 수 없는 답답함에 안타까움이라. 그만 홀로 한숨짓고 있는 중이었다.
기가 막히고 안타깝다. 하지만 이렇게 얽힌 일들이 복잡한 이때에 두 사람 간 묻어둔 인연을 까발릴 수도 없었다. 불속에 기름을 지고 들어가는 격이라 할 것이다. 차라리 모르면 속이나 편안하지, 알면서도 입도 벙긋 못하는 처지가 더 심란함인 것을.
'이레 만에 뵙는 스승 얼굴이 심히 괴롭고 수척하였다. 그 이유를 내 알고 있으니 차마 한마디 쌀쌀맞은 타박도 할 수 없었거니.'
하여 글도 읽는 둥 마는 둥, 아무 말도 아니 하고 금세 내보내어 드렸을 뿐이다. 늘 모후마마께서 끓여주시는 차 한 잔이 더없이 달았다. 하지만 이날따라 차맛은 어찌 이리 쓰기만 한지, 참으로 모를 일.
'숙경도 안타깝고 스승도 안타깝도다. 상대가 다른 청년이라 하면은 말야. 내가 덤비고 형님 저하께서 도와주시며 숙경의 뜻이 강하다 하면은 엔간히 성사될 것도 같았는데…… 입이 방정이라. 부마도위 되옵시오, 하자마자 얼토당토않은 진왕 비 이야기라니. 아무리 생각해도 참말 기가 막히는구나.'
문제는 갈수록 일이 심상치 않아 간다는 것이다. 조용조용 모후마마와 세자형님께서 나누시는 이야기를 듣자 하니 진왕이라는 자가 필시 숙경을 욕심낼 것 같다는 느낌이 들었다.
"볼모 겸 지원군 겸하여 데려간 이후에 제 뜻을 이루고 나면은 만리타국 일이니라. 그 아이를 뒷방에 버려두고 박대한다 하여도 명분은 허울 좋은 황후라. 우리로서는 아무 트집을 잡을 수 없구나.

그가 생각이 있달지면 좋은 기회를 왜 놓치겠니. 제위 꿈꾸어 별짓 다 한다는 야심만만한 이가 이런 떡을 왜 놓치겠어? 필시 백에 구십은 숙경이 황경으로 끌려갈 것 같아 괴롭구나."

교태전을 물러 나오면서 한마디. 진중한 세자의 예측은 그러했다. 상원대군 역시도 찬동할 수밖에 없는 안목이다. 돌아서는 두 오라비 시선이 연민과 불안을 담고 오래도록 공주궁의 처마에 걸려 있었다.

섣달 그믐밤. 마음으로는 괴롭고 어지러운 일이 많다 하나 어찌 되었건 새해를 맞이하는 날이다.

설 명절 앞에 두고 궐내가 번잡하고 소란하며 흥청거렸다. 중전은 밤에 교태전 듭신 상감마마 뫼시어 묵은 해 마지막 밤을 침수 같이하였다. 참으로 일도 많은 한 해였구나 홀로 생각하였다.

돌이켜 보자니 참으로 큰일이 줄줄이. 늦다 싶어 조바심나던 세자와 용원대군의 가례를 두 달 걸러 얼떨결이나마 끝내었다. 두 분 아릿다운 며느님을 맞아들이었다. 게다가 참으로 경사라. 요 귀여운 빈궁이 이내 덩실하니 회임하였구나. 숙정공주가 내년 삼월에 하가하면은 금세 빈궁이 출산할 일이 남았다.

막내의 일만 찜찜하지 않았다면은 참으로 희망차고 즐거운 한 해를 보내었구나 자축할 만하였다. 그만큼 즐겁고 기대에 찬 새해를 맞이할 것이다 싶었다. 헌데 어찌 귀여운 막내딸 일이 이리 탁하니 걸려 괴로운가?

옆에 누운 중전이 전전반측 이내 잠을 이루지 못하니, 상감께서도 신경이 못내 쓰인 듯하였다. 두툼한 팔로 다정하게 안아주며 어찌 침수하지 못하시고 심란해하오? 묻자오신다.

"돌이켜 한 해를 보자니 큰일을 얼떨결에 두 번이나 마치었나이다. 심회가 새롭습니다."

"허기는 그렇구먼. 짐도 생각하거니, 빈궁 그 아이가 의외로 시원시원해. 일 처리가 명민하고 민첩하여 사리 판단이 빨라. 용원을 장가보내라 서둘렀을 적에는 말도 아니 된다 하였거늘. 지금 생각하여보니 오히려 잘하였다 싶거든."

"그러게 말여요. 마마께서는 여전히 용체 강건하시며, 아이들은 모다 순후하니 제 할 일 다하였습니다. 조하 일도 그다지 어지러운 것이 없었으며 또 풍년도 들었지요. 참으로 새해도 이 해만 같아라 싶었습니다. 오직 숙경 그 아이 일만이 근심이라. 휴우, 어찌 운명이 그리 기가 막힌지요? 전하, 참으로 그 아이가 황자비로 간택될 것 같습니까?"

"앞일을 뉘가 알리오? 효성 숙부 서간으로 미루어볼진대 진왕 그 자의 속내를 모르겠소이다. 숙경을 욕심내는 것인지, 아국의 군사력을 탐내하는 것인지…… 분명 야심을 가지고 오는 것은 분명한 듯하오."

어여쁜 막내 공주 생각을 하니 상감마마 옥음도 울적하여졌다. 부드러이 중전마마 잔등을 토닥여 주면서 말을 이었다.

"짐이 듣기로 말야. 사내 일생에 큰 도움을 주는 여인이 있다 하오. 중전 그대처럼 말이요. 짐이 중전을 맞이하여 간신히 허물을 벗고 그나마 명군 소리 듣잡게 된 것 아니오? 중전처럼 우리 숙경이 그런 여인이라 하오. 또 인세에서 그런 여인을 찾기가 힘들답니다. 그렇게 보면 우리 공주를 눈여긴 대국 사신 눈이 날카롭다 할 것이야."

"궐 안에 아리따운 여인이 많고 많은데 하필이면 숙경이 눈에 뜨일 것은 무어람?"

중전마마, 속이 상하여 종알거렸다. 남들 눈에 귀하기만 한 따님을 내놓아 일을 이 지경으로 만든 지아비를 원망하는 잔소리였다. 여하튼 뒷일은 생각지 않으시고 무작정 하고 잡은 대로 하시는 것에는 어찌할 도리가 없단 말이다.

"그 사신이 말야. 각국을 숱해 다니면서 많은 여아들을 보았을 텐데 하필이면 숙경을 점찍은 것도 대단하지. 그가 그때 짐더러 말하기를, 숙경 그 아이가 내미지상이라오."

"내미지상이오?"

"응. 그런 관상을 타고난 여인은 실로 천하에 짝을 찾아보기 힘든 귀한 처자라는구먼. 오직 황제의 짝으로 태어나는 여인이라오."

"설마요. 허면 우리 숙경이 태생의 팔자 자체가 황후란 말입니까?"

중전의 목청이 저절로 한겹 높아졌다. 왕은 가벼이 투덜거렸다.

"짐인들 그를 어찌 아니? 말을 들었으니 전하는 게지. 내미지상의 여인은 그렇게 태어나 그렇게 살아야 할 팔자라 해. 다르게 살면은 일생에 화가 미친다는 게야. 그때는 흘려들었으되 지금 생각하는 바 좀 걸리는구먼. 곤전이 숙경을 낳았을 적에 짐이 '작은 곤전이로다' 농하였잖아."

가슴앓이

"그러셨지요."

"그 말이 씨가 된 것일까? 휴우, 사신의 말대로 그 아이 팔자가 황후라 하면은 할 수 없소. 그리 살아야지 무어."

"아이고, 말씀도 참 태평이셔요! 만 리 격한 황경 가서 황후의 관을 쓰고 있으면 무엇 합니까? 물설고 낯선 곳에 가서 그 아이가 당할 고생은 안중에도 없으시지요?"

수풀 같은 잉첩 사이, 날마다 계집들 간 시기질투 음모의 소용돌이. 시뻘겋고 시커먼 암투 속에서 어진 그 아이는 싸움도 못할지니, 만날 곪아드는 뒷방 신세. 그 수모 그 슬픔, 그 모욕을 어찌 견디랴? 중전은 자신도 모르게 팩하니 골을 내고 말았다. 어진 중전마마께서 내는 드문 짜증이었다. 딴 일도 아니고 자식 일이다. 아무리 다스리려 해도 명경지수(明鏡止水) 같은 마음이 될 수가 없었다. 휙하니 돌아누워 애꿎은 왕에게 비틀배틀 앙탈하였다.

"소첩은 내 딸아이가 그렇게 사는 꼴은 못 보아요. 차라리 병들어 죽었다 소문내고 야반도주를 시키고 말지!"

"요 사람 하는 말 좀 보시오? 이러면서 가례 초입 짐에게 당한 설움 다시 한 번 휘감아서 뒤통수를 치는고나."

엉뚱하니 상감마마에게 날아온 불덩이 한 개. 때 아닌 날벼락 자락에 다소간 뜨끔하였다. 지난날 지은 죄의 그림자가 늘 미안하여 가슴 한구석에 앙금인 것을. 어색하게 웃으며 모로 누운 중전의 어깨에 이부자락을 끌어다 덮어주었다. 곱다이 달래었다.

"그만 진정하고 침수하지. 엉? 짐인들 생각 아니 하는 줄 아는가? 이모저모 다 헤아리고 있으니 그만 좀 하란 말야."

"이게 다 마마 때문이야요. 그때 주석에 공주들은 왜 불러내시었대? 우리 집에 귀한 꽃이 있다 자랑하여 놓았으니 이곳저곳에서 엉뚱한 파리 떼들이 날아와 끓는 게지."

"허, 그 말 한 번 고약하도다. 진왕이 파리 떼란 말이냐?"

"원치 않은 사내라, 파리 떼라 하여도 할 말 없지요. 저가 무엇 그리 잘나서 숙경을 보러 직접 온다는 게야? 감히 일국의 공주 두고 야합도 아닐진대, 낮 보아 데려간단 말이냐? 기가 막혀서."

"오늘따라 중전답지 않게 왜 이리 박한 소리만 하는 게야? 이리 중전이 애면글면 속을 끓여도 다 소용없거늘. 그이가 와서 하는 꼴을 보아지면 대처할 방도도 생기겠지. 그만 하오."

다정하니 지아비께서 다 응석을 받아주는 말에 중전마마 노화가 한풀 꺾였다. 나지막한 목청으로 응답하였다.

"그만 한다고 해서 생각이 그만두어지나요, 무어?"

"생각하면 심란함만 깊어지는걸. 하여서 무엇 하나? 이리 오소. 짐이 안아줄게."

이렇듯이 우리만 속을 끓여보았자 소용없다. 운명은 정하여진 대로 흘러갈 것을. 왕은 중전의 작은 몸을 꼭 끌어안고 억지로 잠을 청하였다. 그래도 잔소리라. 종알거리는 입을 당신의 입술로 막아버렸다.

"짐이 내일 새벽에 사직에 나가 제사 지내러 나가야 하는걸. 늦으면 안 되야. 인제 고만 잡시다."

"여하튼 태평이시라니깐…… 침수하시어요."

교태전 처마 자락 위로 어느새 소복소복 하얀 눈이 쌓이고 있었다. 아마도 풍년이 들 모양이다. 이내 거세어지는 눈발이 어둠을 하얗게 물들이고 있었다.

"아이고, 또 윷이로구나!"
숙정공주의 환호작약. 와다그르 웃음이 터졌다. 시새움과 선망의 말이 뒤이었다.
"언니는 어찌하여 던지는 족족 이리 윷 아니면 모랍니까?"
"숙정 누이는 하가하시어 관장할 살림은 배울 생각은 아니 하고 말야. 만날 윷만 던졌구려."
"그러게 말이오. 아이고, 상원 형님도 한번 잘 던져 보시오! 여기 걸만 나오면은 이놈을 잡아먹거든. 따라붙을 수가 있소이다. 자, 윷가락 예 있소."
"이놈 좀 보소? 너나 잘 좀 던져 보아라. 던지는 족족 잡히는 주제에."
내리 두 동이를 졌다. 재원대군 한마디에 울컥 상원대군이 한마디 치받았다. 숙정공주가 쯧쯧 혀를 찼다.
"이러니 사내들은 아니 되는 게다. 잘하면 무조건 자기 덕분이오, 못하면 남 탓이라. 상원조차 하찮은 놀음질에 승부욕이 이리도 강한 줄은 인제 알았소."
"아바마마 내림인데 오죽할까? 내 탓이 아니라 핏줄 내력이오."
서궁, 숙정공주 마마 처소이다.
혼인한 세자와 궐 밖의 용원대군을 제외하고 궐에 남은 형제가 모처럼 모였다. 넓은 안방 기름장판 위에 융단 방석 깔아두고, 걸판

지게 윷놀이가 벌어졌다.
 침향나무를 산더미처럼 쌓아 불을 붙이고 폭죽을 터뜨려 악귀를 쫓는 풍습이라. 금원에 나가 실컷 장난질하고 돌아온 후이다. 울적해하는 숙경 누이를 위로하자. 말로는 아니 한 약조이되 하나같은 형제의 정이다. 재원대군과 상원대군이 공주궁에 침입하여 두 누이를 끌고 장난하자 금원으로 끌고 나간 것이다. 밤늦다이 돌아온 네 사람의 모습은 하나같이 볼이 빨갛게 얼고 귀가 시렸다. 공주 왕자 마마들이 좌정하자마자 유모상궁의 잔소리가 시작되었다. 고뿔들 터인데 나가 노셨다고 꾸중이다. 그러면서도 금세 뜨거운 차와 소반과를 차려 대접하였다.
 "누이는 어마마마께 산초쟁반을 선사하였습니까?"
 섣달 그믐에는 어른들께 산초쟁반과 더불어 안주와 약주를 차려 대접하는 것도 하나의 풍속. 그때는 반드시 꽃이 따르는 법이다. 추운 날이라 생화(生花)가 있을 리 만무하니, 비단으로 화려한 꽃을 만드는 것도 하나의 즐거움이었다.
 "숙경이 비단과 밀랍으로 매화를 만들지 않았겠니? 화병에 한가득 꽂아 소반과와 더불어 어마마마께 올려 드렸다."
 "기뻐하시지요?"
 "워낙에 매화를 좋아하시지 않니. 은숙궁 할마마마께는 진채 나리꽃을, 아바마마께는 창포를 만들어 드렸지."
 "잘하였다. 그 덕분이라. 나는 아바마마 곁에서 누이들이 선사한 약주 한 잔 얻어마셨거든."
 "윷가락은 아니 던지오? 빨리 하십시다그려. 이판에는 반드시 이기고 말라네."

성미 급한 재원대군이 채근하였다.

"이 밤은 어차피 잠도 아니 자는 날이라. 끝까정 한번 해보십시다."

원래 섣달 그믐밤은 장등하고 날밤 새는 풍습이다. 잠을 자면 눈썹이 하얗게 변한다 하였다. 이렇듯이 밤새도록 윷놀이 즐기면서 호호하하. 까르르 웃고 있지만 마음 한구석에는 은근히 다들 그늘이 끼어 있다. 겉으로는 의연하게 태연히 앉아 있는 막내 누이의 속을 알고 있음이다.

복삿빛 볼을 물들이며 화사하게 웃고 있는 숙경공주. 어찌 이리 고우시냐. 어쩐지 쓸쓸하기도 하고 아련하기도 하고 우수에 찬 눈망울이 웃음 지어도 어딘지 모르게 물기에 젖어 있다. 비에 젖은 홍도화(紅桃花)련가, 물가에 앉아 제 얼굴 바라보는 아담한 수선화련가. 그도 저도 아니면은 천 년에 한 번 핀다는 우담바라의 화신이련가. 내미지상의 여아는 진심으로 은애함이 있어야 미태의 꽃망울이 터진다 하였는데. 일별한 사신 눈에 뜨일 정도로 황홀한 공주의 염태는 대체 어인 영문이냐? 필시 아름다운 연정을 피워 올리고 터뜨린 사내가 있음이 아니겠는가?

그 사내 강위겸. 지금 말을 타고 본가로 내려가고 있는 중이었다.

"나리, 시장하신데 잠시 요기나 하고 갑시오. 저녁참이라, 예서 국밥이나 먹고 들어가지요."

"그리하자구나."

본가에 도착하기로 겨우 오 리 남짓. 밥 때 지나 들어가기도 무엇하여 주종 간은 주막에 이르렀다. 개다리소반 받아두고서도 영 먹을 기분이 아니다. 말구종 놈이 허겁지겁 국밥 들이키는 양을 바라보다 상을 밀어주었다.

"난 시장치 않느니라. 다 먹어라."

"나리, 어째 그러시오? 요 근래 도통 수저질 아니 하시고 평생 입에 대지도 아니 한 약주만 찾아 드시옵고, 용색이 한 달 사이로 참으로 기가 막히옵니다. 마님께서 근심하실 것입니다."

"살다 보면은 필 때도 있고 질 때도 있는 법이니라. 혼인 안 한 홀아비 처지가 무엇 그리 즐거워 웃고 다닐 것이며 용색이 피겠더냐?"

자포자기였다. 심란한 속은 첩첩만리. 길이 보이지 않는 막막함은 천장만장. 저절로 한숨이 다시 새어 나왔다.

'이번에도 집에 가면 필시 또 혼인하라 강권이 심하겠지. 그냥 아모나 받아들이어 혼인하여 버릴까?'

멍하니 쓸쓸한 눈빛이 성글게 흩날리는 눈발을 바라보았다. 성글은 까치집 하나, 말라비틀어진 홍시 한 개 달린 벌거벗은 감나무가 스산하고 천지간 아득한 제 처지와 같아 보였다.

'저 나무는 새 봄이 오면 새싹이 돋고 다시 피지만은 이 내 몸의 심화는 어찌하리오.'

되풀이되는 탄식. 말 못하고 덮어만 두는 심중의 괴로움이 인제는 육신의 병마로 나타날 지경이라. 공주 생각만 하면 그만 가슴이 아릿하고 막막해지다가 이내 눈앞이 캄캄해졌다. 정성한 사내 체면에 참으로 민망하되 그만 눈물이 난다. 첩첩한숨, 풀 길 없는 간절한 소원. 그러나 이룰 수 없기에 원한이 되고 마는 연심을 어이하리, 어이하리.

'괴로운 심사를 입 밖으로 내어 말할 수나 있다면. 답답이, 답답이.'

스스로 한참 모자란 제 처지를 너무도 잘 알았다. 죽을 용기내어 살며시 마음 먼저 드러낸 공주에게 딱 부러지게 한마디로 꿈에서 깨어나라 거절하였다.

헌데 그동안 모른 척하면서도 안타깝고 답답한 두 사람 지켜본 상원대군이 있었구나. 먼저 나서서 실마리를 풀어주마 나섰다. 명분은 재취나 미혼처 얼굴도 아니 보고 잃은 터니 그것은 아무 흠도 아니란다. 용기를 내십시오 격려하였다.

그 말을 꺼내려고 동궁 들었더니, 세상에 청천날벼락. 공주마마는 다른 사내도 아니고 고귀한 진왕이 탐내하시는 분이란다. 상원대군도 강위겸도 입 한 번 벙긋 못하였다. 쫓기듯이 궐을 나오고야 말았다. 죽도록 술만 퍼먹고 혼몽하게 누웠어도 잠은 아니 오고 아득한 절망만 오락가락.

'사신들이야 눈 밝은 바, 공주마마 그 어여쁘고 어진 덕성이며 월궁항아 같은 미색을 모를 것이냐? 보면은 모다 황후감이라 칭송할 터인데. 그분은 그리 귀하게 살 팔자다. 나 같은 모자라고 늙다리 홀아비에게는 아니 어울리는 분인 게다.'

그분을 두고 연정을 품어 감히 욕심냄도 불측한 일이지 허기는…… 쓰디쓴 자탄이 목젖을 타고 올랐다. 국밥 대신 강위겸은 꿀꺽 쓴 술잔 한 잔만 더 비우고 말았다. 빈속에 독한 술기운이라, 찌르르 골수를 타고 오르는 자포자기의 취기. 털썩 고개를 떨어뜨린 채 몇 번이고 되풀이한 혼잣말을 씹었다.

'차라리 내가 먼저 혼사 정하여 물러나면 공주마마 심화가 오히려 줄 것이다. 종손으로 가문을 이어야 하며 늙으신 부모님 봉양을 하여야 하는데, 내가 헛된 꿈에 젖어 쓸데없는 고집을 품고 있으면 아니 되지. 헛허. 공주마마라니…… 감히 천금 지존마마라니. 열일곱 그 고우나 고우시며 덕성 빼어난 분을 감히 은애하여 욕심내다니. 위겸아, 강위겸아. 너는 천벌을 받을 것이다.'

허나 속내의 정이 결심한다 하여 쉽게 사라질 양이면은 무슨 걱정을 하리오? 퍼내어도, 퍼내도 남는 미련과 안타까움과 그리운 정이여. 비단폭 가위로 자르듯이 단번에 끊어낼 수 있다면 이 세상 수많은 연인들의 눈물이 왜 흐르랴.

밤이 이슥할 무렵, 강위겸이 탄 말이 본가에 다다랐다. 새해맞이 차례 준비라. 온 집 안에 장등하여 대낮처럼 밝다. 지짐개들을 부치는 기름 냄새가 떠돌고 들며나는 사람들의 목소리가 웅성거렸다.

큰 서방님께서 오셨다. 집안 권속들 모다 나와 반갑게 맞이하고 수선 피우며 반기었다. 말로는 반갑다 응대하고 잘 지냈느냐 대꾸하는데 감추려 해도 울적한 우수, 덤덤하니 하나도 기쁜 기색이 없었다.

먼저 모친이 눈치채었고, 그 다음은 부친 강두수였다. 장손인 터로 곁에 붙어 서서 제사를 모시고, 두루두루 집안일을 아뢰고 처리하였다. 헌데 영 건성이다. 몸만 서 있지 넋은 오락가락. 대체 어디다 정신을 두고 있는가? 필시 이 아이에게 무슨 일이 있구나 대뜸 짐작하였다.

"나리, 용천부에서 지수 대감께서 오셨나이다."

그 사흘 후, 새해 과세한다 하여 지금 용천부사로 있는 원문옥 대감이 들었다는 기별이 사랑채로 들어왔다. 미혼 망처 원씨 처자의 부친이니, 강위겸에게는 빙장이 되는 분이다. 말로는 새해 인사차 왔다 하였다. 하지만 꼬박 이틀이나 걸려서까지 오시었다면 심상한 일은 아니다. 분명 특별한 이유가 있는 것이다.

두 분 아버님을 뫼시고 꿇어앉아 술을 따랐다. 그 술잔 비운 후에 원 부사가 크흠 헛기침을 했다.

"반우, 오늘은 자네에게 꼭 할 말이 있어 내가 굳이 왔네그려."

"말씀하십시오. 어찌 남인 듯 어려워하십니까? 허물없이 털어놓으십시오."

그러려니 했던 대로 강위겸 그의 혼사문제였다. 용천부사로서는 참으로 강씨 가문에 낯이 없고 망극하였다.

"다 제 복인 게지. 자네같이 훌륭한 사위감을 정하여 혼인시키려 하던 차에 갑자기 죽으니 어찌하겠나. 그건 누구 죄도 아닐세. 헌데 그렇게 일이 어그러지는 바람에 자네는 얼굴 한 번 보지 못한 미혼 망처 두게 되었고, 그 이후 혼인하라 아무리 말하여도 들은 척을 하지 않는구먼. 내 정말 답답하고 민망해서 인제는 못 참겠네."

이리 의젓하고 아름다운 지아비 두고 죽어버린 딸아이 박복한 것은 제 팔자. 하지만 남의 집 귀한 아들 인생 하나 버리게 만든 셈이 아닌가? 게다가 그는 종손이다. 다시 혼인을 서두른다 해도 조금치도 섭섭함이 없을 것이다 마음먹었다. 헌데 근 십 년 지난 지금도 이이가 여전히 홀몸이구나. 혼인하라는 말만 나오면 무조건 고개를 흔든다는 소문을 듣고 있었다. 이런 형편에 원 부사인들 어찌 마음이 편안할까?

아니 되겠다. 내가 먼저 나서서 그이의 연분 맺어주어야 하겠노라 작심하였다. 하여 이리저리 수소문하여 품속에 처자 하나 품고 보러 온 참이었다.

"들으시게. 내가 참으로 아버님 소리 들으며 이 술잔 받으나 실은 미안하고 낯이 없네그려. 예에 사진도 계시니 내가 말을 하겠네만은, 나는 자네가 여적 혼인 아니 하고 홀몸인 것이 너무 불편하이. 집안 비슷하고 연분 닿아 혼사 맺을 적에 설마 내 딸년이 그리 어이없게 세상 버릴 줄을 뉘가 알았는가?"

요절한 딸아이 이야기에 미치자 부사의 목청이 저절로 울적하여졌다. 초례도 치르지 않은 혼인이라, 원씨 집안에서는 그것으로 강씨 집안과는 인연이 끝이 났다 여겼다. 딸아이의 위패 또한 이 집에서 모시지 않는다 해도 사실 아무런 할 말도 없는 형편이다. 헌데 감사하도다. 사돈께서 자청하여 며느리 대접하여 주시어, 위패 모시고 제사 들여주시누나. 어엿한 종부 대접이었다. 참으로 황공한 일이었다.

"그것이 잘못이었네. 얼굴 한 번 못 본 그 아이 때문에 자네 팔자가 기가 막히는구먼. 새로 들어오시는 종부는 재취가 되시니 죽은 아이 때문에 산 사람이 이게 무슨 수모인가? 이리는 내가 못하겠네.

도무지 망극하여 고개를 못들 지경이란 말이지. 하여 내가 결심하여 왔네."

딸아이 위패를 다시 모셔가고 혼사는 작파하여 없던 일로 하러 온 것이다. 강하게 주장하였다.

"그리하면은 자네는 아무 흠도 없는 총각일 것이니 뉘든 떳떳하게 뫼셔올 수 있을 것이네. 옥산 송씨 가문에 곱고 부덕 높은 처자 하나 있음이야. 아무 말 말고 이리로 혼인하시게. 내가 이미 그 집안 사친과 말을 맞추어놓았어. 자네만 좋다 하면은 내달이라도 금세 혼인할 수 있을 것이네. 나는 학사가 우리 집안 딸년 때문에 터무니없는 굴레를 쓰고 살아감이 너무 편치 않아. 가문을 이어야 하며 늙어가는 사친을 뫼셔야 하는 분이 아니신가? 고집 풀고 내 말을 제발 들으시게."

늙으신 양반이 작정하고 먼길 오시었다. 얼마나 오래 결심하시고 벼른 일이었을까. 양가 노인들을 이렇게 불편하게 만드는 자신이 너무 싫어졌다. 게다가 그가 홀아비 굴레라, 그 때문에 어엿한 집안과 혼인 다시 못할까 두려워 망처 위패를 본가로 모셔간다 하는 말에 더 속이 아리었다. 대답을 채근하는 노인들의 눈빛 앞에서 마지못해 대꾸하였다.

"생각하여 보겠나이다. 사친께서도 인제는 혼인하여야 할 것이다 말씀하였나이다. 당장에 품고 온 송씨 처자와 혼인한다 말씀은 못 드리나, 만약에 결심하면은 빙장 어르신 말씀을 귀하게 여기겠습니다."

"그럼그럼. 그래야지 암, 그래야 하고말고!"

"하지만 빙장 어른, 망처의 위패를 다시 모셔감은 절대로 불가하옵니다. 어른들께서 맺어주신 연분이라 그 지엄한 약조는 하늘에 닿았습니다. 아무리 저가 얼굴 한 번 아니 보았으나 엄연히 안해라, 그 대접함이 어찌 소홀하겠는지요? 두고두고 그이의 제사는 저가 모실 것입니다. 아버님, 술 한 잔 더 받으십시오. 저가 이렇게 술을 따릅니다만은 이 속도 편치 않음을 알아주십시오. 얼마나 불편하셨으면 이리 노구 이끌고 오셨을까요? 제가 그저 불효입니다."

　순순히 혼인하마 대답하는 아들을 바라보는 석전 강두수, 어쩐지 자포자기한 듯 맥없는 말에 눈꼬리가 치켜 올라갔다. 슬며시 기색을 살피었다. 넋을 놓고 간간이 이유없는 한숨만 쉬는 아들을 살펴보는 눈이 어쩐지 심상찮다.

　그 이틀 후, 강위겸은 먼저 떠나는 빙장 어른을 배웅하였다. 인제 저도 도성으로 올라간다 행장을 꾸리기 시작하였다. 그때 마당쇠가 아뢰기를 큰사랑에서 부르신다 기별하였다.

　"대체 뉘냐?"

　"예엣?"

　절하고 방석에 앉자마자 대뜸 하문하시는 말에 뜨끔하였다. 강위겸이 무엇이오? 하고 되묻자 사친이 쯧쯧 하였다.

　"네가 더 잘 알 것이다. 속에 담고 있는 처자가 있구나. 어떤 집안의 처자더냐?"

　"무슨 말씀을 하시는 것입니까?"

　"말 아니 하면 모를 줄 알았더냐? 너의 안색이 예전만 같지 않아 두고 보았거니. 혼인말 나오자마자 하는 짓이며 이 며칠 하는 것이 영판 넋 놓은 허수아비라. 너 지금 뉘랑 정분난 게냐?"
"……묻지 마십시오. 아셔보았자 소용없을 것입니다."
강위겸은 씹어뱉듯이 대꾸하였다. 억지로 모질게 잘라 버리려는 단심. 들추어서 무엇 하랴. 부친께서 아신다 하여도 무슨 도움을 줄 수 있을까? 향리의 처사로서 학문만 하시는 분이 무슨 권세 있고 무슨 힘이 있어 천금 공주마마를 데려오시겠는가?
"말 못할 사연이 있는 처자로구나."
"그 사연 짐작하시니 그만 하십시오. 소자 역시도 아니 되는 줄 알아 억지로 단념하려 애를 쓰고 있습니다. 이루지도 못할 일 들추어서 무엇 합니까?"
"내 너를 알거니, 감히 남의 집 안해를 탐낼 만큼 무도한 이도 아니오, 천한 창기 바라여 이리 갈팡질팡할 아이도 아니다. 말하여라. 그런 여아만 아니라면 이 아비가 천리만리 맨발로 걸어가, 삼고초려 땅바닥에 엎드려 청하여서 연분 맺어주마."
"아무리 아버님께서 그리하셔도 아니 된단 말입니다! 어찌 이리 소자를 귀찮게 하십니까? 그냥 덮어주십시오!"
자기도 모르게 큰 소리가 터졌다. 지금껏 이렇게 불손한 행동을 한 바 없는 아들 강위겸. 제 심중의 괴로움에 노염타 감히 아비에게 대드는 아들을 본 적 없는 강두수. 부자지간 두 사람 다 그만 깜짝 놀라 입이 막혀 버렸다. 이윽고 부친이 쯧쯧 혀를 찼다. 무안하고 안타까워 장죽을 탁탁 털었다.
"허어, 이놈의 병이 골수에 사무쳤구나."
"골수에 사무치든, 심장이 찢어지든 소자의 일이올시다. 나이 서른 된 아들더러 뉘랑 정분났느냐 하문하시면 어찌 대답하리이까? 제발 그냥 가만히 놓아두소서. 아니 되는 줄 알아 이미 마음 접었나이다. 누랑 혼인하든지 혼인만 하면 되는 것 아닙니까? 자손만 낳아드리면 되지 않사옵니까? 소원대로 하여드릴 것입니다. 하니 제발 모른 척 덮어주십시오."

"네가 자포자기, 캄캄하여 어리석은 짓을 도맡아하는 것이 눈에 보이는데 어찌 가만히 두어두니? 하여 아비가 네 소원을 들어주겠다는 것이다. 네가 소원하는 그 처자를 모셔온다는 것이다. 헌데 어찌 이러느냐?"

"아버님께서 나서시어도 소용없음이라! 대체 어찌 모셔온다는 것입니까? 금지옥엽 천금 공주마마를 이런 누옥으로 어찌 하가시켜 오신다는 것입니까?"

"뭐, 뭐라?"

아비의 경악을 비웃기라도 하듯이, 아니 어리석은 자신을 자조하듯이 강위겸이 우는 듯 웃는 듯 지절거렸다. 넋 놓고 문드러진 심사를 격하게 내터뜨렸다.

"소자의 속내를 하문하시는데 네에. 대답하렵니다. 이 마음속에는 정인이 있습니다만, 그분은 그렇게 손닿지 못할 곳의 꽃송이라. 대체 무슨 수로 그런 분을 모셔오리오? 열일곱 곱디고운 분. 대국의 황비가 되실 것이라는 귀한 분을 두고 소자처럼 흠 많은 늙다리 홀아비가 어찌 욕심을 낼 수 있을까? 평생 그리워만 할 것이지 차마 그 이름 한 번 부르지 못할지니…… 다 잊자 하였는데, 자르자 하였는데! 어쩌자고 소자더러 굳이 이 속을 드러내게 하십니까? 아프고 아파 꼭 죽을 것 같은데 어찌하여 이리도 몰아붙이어 더 아프게만 하십니까? 이제 어찌하라…… 고. 어찌…… 하라…… 고. 어흐흑흑."

말을 하다 보니 너무 기막히고 아뜩하다. 한 손을 들어 소맷자락으로 얼굴을 가린 채 격하게 소리쳤다. 마지막에는 기어코 참지 못한 울음소리가 말 대신 말라붙은 입술 사이로 새어 나왔다. 참고 참은 속앓이가 마침내 애끓는 피눈물로 터져 버린 것이다.

어찌 이리 운명이 기가 막인가? 아비가 잇지 못한 연분이 대를 이어 넘어왔구나. 처사 강두수는 아연한 얼굴로 가만히 앉아 있기만 했다. 두 손으로 얼굴을 묻고 어깨 들먹이는 아들을 침묵으로 응시하며 망연자실, 우두커니 허공만 바라보고 있다.

'필시 보아둔 처자가 있으나 뜻대로 아니 되어 저놈이 방황하는구나 하였으되…… 설마하니 공주마마라니? 감히 우러러볼 수도 없음이라, 나이도 너무 차이지고 재취에다 집안 또한 가난하니 어찌 금지옥엽을 하가시켜 모셔올 것이던가? 저도 이 사정을 다 알고 알고 있으니 저리 괴로워하는 게지.'

하물며 아비인 강 처사가 말 못하는 또 하나의 사연이 있구나.

참으로 얄궂다. 옛날 옛적, 글 스승이었던 강두수 그와 중전마마께서 정분이 났다고 망측한 소문이 나고야 말았구나. 물론 정궁을 모해하는 사악한 잉첩의 모해였다. 그 일로 중전마마를 폐비하라 난리가 났으며, 결국 그 당사자인 강두수 자신도 억울하게 망신당한 연후에 대전 앞에서 석고대죄도 하였고, 결국은 귀양까지 갔었다.

그런저런 구설 이후, 주상께서 심히 강 처사를 곁눈 뜨고 보는 것이 역력하였다. 지금은 옛일이라 웃기는 하시겠지만은…….

그렇다 해도 만에 하나 아들과 공주 사이 연분이 소문날지면, 아무 흠이 없는 청년이라 하여도 면구하여 따님을 이 집안으로 하가시키시지는 않을 것이다 싶었다. 게다가 그 아들의 처지야 심란하기는 말할 수도 없는 노릇인 것을. 어찌 천금을 가난한 집안의 재취자리로 혼인시키시랴. 헤쳐 보고 되짚어보아도 아들의 연분은 도통 말이 되지 않았다. 이런 생각 저런 생각을 하면 할수록 참으로 캄캄한 벼랑이라. 늙은 아비 말 못하는 속만 미어터진다.

얼마 후, 강위겸이 진정하여 고개 들었다. 젖어서 축 처진 소맷자락에 묻은 것은 벌겋게 피눈물 자국이었다. 인력으로서는 도저히 끊지 못할 단심을 억지로 자르는 아픔의 표식. 그 꼴을 멀거니 보고 있는 늙고 힘없는 아비 또한 함께 속이 문드러졌다.

"……소자가…… 잠시 추태를 보였습니다. 다, 다시는…… 아버님 앞에서 이런 꼴을 아니 보일 것입니다. 안심하십시오."

성정을 가다듬고 억지로 자위(自慰)하는 목청이 떨렸다. 그래도 덤덤하려 애를 쓰며 아비에게 약조하였다.

"상경한 후, 잠시간 마음 다스리어 정리한 연후에 아버님이나 빙장 어르신께서 천거한 처자 아무나 맞이하여 이내 성가하렵니다. 헛된 욕심 부리어보았자, 아니 되는 것은 아니 되는 것. 구중심처의 귀한 공주마마를 모시고 내려와도 가난한 집안이라 평생 고생만 시킬 것이며, 또 소자가 부마도위 되면은 평생 놀고먹는 허수아비라 그는 저도 바라지 않는 일입니다. 몇 달만 더 말미 주시면은 반드시 복잡한 이 속내 말끔히 씻고 정리하겠나이다. 성가한 연후에 그 안해를 아끼고 존중하여 바른길을 걷겠습니다. 허니 이번만은 모른 척해주십시오. 말로 하면 더 아픕니다. 되새기면 더 괴롭습니다. 허니 덮어주십시오."

이렇게 맹세하고 물러나는 아들의 등이 마냥 아프고 쓸쓸하였다. 축 처진 발걸음이 사박사박 섬돌을 넘어 문밖으로 사라져 갔다. 그렇게 아들을 내보낸 아비 역시 길이 보이지 않기는 마찬가지. 강두수는 멍하니 앉아서 허공만 응시하고 있다.

휴우, 한마디 깊은 탄식. 곧은 선비의 입에서 흘러나오는 한숨은 대체 무슨 뜻인가? 아들의 애달픈 연심이 안타까워서인가?

아뜩한 그 옛날, 언감생심 감히 바랄 수조차 없는 분의 옥안을 마지막으로 뵌 후, 돌아서 나오다가 몸을 돌이켜 보았지. 중궁전 처마 끝에 날리는 차가운 눈발을 되새김인가? 그분의 따님이니 얼마나 고우실까? 얼마나 정결하고 어지실까?

'네가 눈은 높구나. 역시 내 아들이라 할 것이냐? 그래. 잊어버리거라. 어찌할 수가 없다. 원한다고 해서 다 이룰 수는 없는 것. 그것이 세상 이치. 그리워도 아니 뵙고, 은애하여도 못 이룰 정분이 있는 법이다. 그래. 아파도 잊어버리거라. 놓아버리거라. 그래야 한다. 그래야 네가 산다.'

이렇게 하여 강위겸은 인제 참으로 슬픈 단심을 잘라 버리기로 작정하였다. 마음속에 가둬둔 공주마마를 훨훨 놓아주리오 결심하였다. 힘없이 말을 타고 귀경하는데 늙은 아비가 그 등을 배웅하고 섰다. 사랑채 누루에 서서 아드님의 힘없는 모습이 까맣게 작은 점으로 사라지는 것을 바라보는 강두수. 내내 한숨을 참지 못하였다.
 똑같은 한숨 소리가 강씨 집안 사내들 입에서만 장한 것이 아니로다. 홀로 앉아 하가할 언니의 속의대를 짓는 숙경공주 입에서도 포스스 흘러나오고 있구나.
 더없이 사모하되, 시작도 하기 전에 끝장부터 보는 운명이라. 열일곱 꿈 많은 소녀의 가슴이 팔자 사나운 뒷방 퇴기보다 더 장하게 꺼멓게 멍들었다.

제11장 스침

　　　세월은 설렁설렁 잘도 흐른다. 눈발 따라 추위 따라 바람 따라 햇살 따라 밤낮이 변하였다.
　이렁저렁 대보름이 지나고, 입춘 지나 꽃샘추위가 잠시 맵싸하게 후려치는가 싶더니 이내 우수, 경칩이라. 천지만물에 연초록빛 물이 돌고 산수유 꽃이 노란 봉오리를 틔었다. 멀리 바라보이는 산자락에 봄기운이 완완하였다.
　온화하게 날이 풀리니 사람들 얼굴도 따라서 풀려간다. 삼월 스물 닷샛날로 대공주의 친영 날이 결정되었다. 공주마마 혼인 준비로 궐 안팎이 바쁘다. 낼모레 이월 보름쯤이면 동지사 배행하여 가셨던 새신랑 서원위가 돌아오신다 하였다. 이미 효성군마마 이하 동지사 일행이 장성문을 넘었다 기별이 왔다. 도성 중경으로 들어오기까지 넉넉잡아 이십여 일이면 충분할 것이다.

그렇듯이 천지간 화창한 봄날이요, 따스한 기운 속에서 활개 치는 사람들 사이. 아직도 꽁꽁 얼어붙은 겨울 안에서 지내는 분은 오직 숙경공주 한 사람이다.

그날도 그녀는 단정하게 앉아 하가하는 언니의 속의대를 마르느라 여념이 없었다. 평소부터 숙정공주는 침선이 좋은 아우에게 속살 닿는 의대는 전부 네가 하여주어? 청하였다. 고운 무명 피륙 몇 꾸리 앞에 놓고서 낮밤을 앉아 언니의 속의대를 짓는구나. 속 모르는 남들은 참으로 우애 깊어 떠나시는 언니에게 정표를 주신다 칭송하지만은 공주의 속이 영 그것만인가?

겉보기로는 바느질에 골몰한 모습이다. 허나 실상은 안간힘을 다해 대국 사신들이 저를 선보러 온다 하는 기막힌 사실을 잊어버리고자 함이다. 쌀쌀맞고 멀기만 한 그분에 대한 연모지정을 싹둑 잘라 버려야만 하는 공주의 안타까운 노력이기도 하였다.

'간택되면은 대국 가서 살 것이니 인연이 다할 것이고, 간택 아니 되어도 이미 아바마마께서 나를 민씨 집안에 하가시킬 작정이셨다 하니 역시나 그분과 인연은 끝이구나.'

아니 되는 인연에 연연하지 말아야 한다, 수십 번 다짐하였다. 한 사람에게 정을 주어 이토록이나 마음을 잡지 못하면 이미 속내로 간음함이라. 도리에 벗어난 일이다. 빨리 마음을 잡아 지아비 되실 분을 진정으로 은애하고 모시어야 그것이 참된 부덕이니. 애달픈 마음을 다시 한 번 억지로 갈고 다잡아보았다.

'아, 뵌 지 달포가 넘는데 무정한 분은 기별 한 번 없으시구나.

내 팔자가 어찌되든 상관하지 않음이니, 허기는. 내 홀로 그리워 속 타 하면은 무슨 소용이 있노?'

그때였다. 문밖에서 상궁의 고변이 들었다.

"공주마마, 빈궁마마께서 듭시었나이다."

회임하시었다 하나 워낙에 활발한 성품이며 몸이 재빠르다. 조용히 방구석에만 틀어박혀 있음이 오히려 이상하지. 이리저리 참견하며 내쳐 궐 안팎을 활개 치며 오가고 있는 중이었다.

사실 법도로 치면 산실에 들어가 근신하고 태교하셔야 한다. 허나 빈궁마마 연돌이 활발하고 씩씩한 성품을 잘 아는 지아비 세자께서 턱하니 가로막았다. 법도를 앞세워 금세 빈궁을 산실 들여보내야 한다는 중신들과 대적하는 중이었다. 좁은 방구석에 들어가 나오지 말라 하면 그렇지 않아도 조롱 속의 새라. 답답한 터로 연희를 죽일 것이다 하며 강하게 비호하였다. 조금만 더 동궁에서 계시게 할 것이다 뻗대는 중이라 안즉은 평상시와 다름없이 싸돌아다니는 중이었다.

오늘도 어김없이 부지런하구나. 새벽에 중궁전 들어가 문후 인사하옵고, 동궁 후원에 있는 응방 한 번 돌아보고 매사냥 그리워하다가, 쪼르르 대공주 거처로 침입하였다. 몰래 사가에서 숨겨온 그것. 보따리에 꽁꽁 싼 요상한 서첩을 전하였다.

거, 무슨 서첩이냐고요? 크흠! 다 알면서 그러오? 시집가는 처자 베갯머리 안에 넣어주는 바로 그 서첩 말이오! 에잉, 그 선비 눈치가 영 없구만.

여하튼둥, 각설하고!

그런 연후에 계속 두문불출인 막내 공주의 동정도 살펴야지. 모르는 척 듭신 것이다.
　숙경공주와 빈궁은 성품은 다르되 친하였다. 공주는 올케인 빈궁을 몹시 좋아하였다. 눈치 빠르나 영악하지 않고 사내처럼 활발하나 때와 장소 잘 가리며 거침없이 잘 쏘되 거짓없고 사리분별 뛰어나니 여군자라. 진정 군자이신 세자 오라버님을 존경하듯 그 짝인 빈궁마마도 함께 사모하였다.
　"전에 이 몸 댕기풀이 할 적에 공주마마께서 속의대를 선사하셨기로 말야요. 하가하실 참에 속의대 열 벌을 하여 드리겠노라 작정하였거든요? 공주께서 지으신 의대가 무엇인지 보아하여 가감할까 합니다."
　좌정한 빈궁이 의대를 싼 보따리를 내밀었다. 공주가 보자기를 풀어보니, 고운 비단 속적삼에 속고의, 속치마, 버선들이 참으로 정갈하다. 보스스 웃음 머금으며 빈궁을 바라보았다.
　"참으로 바느질이 곱습니다, 마마. 손수 하셨습니까?"
　"이 빈궁이 검술은 능하나 침선은 젬병이라 그리는 못하였습니다. 대신 동궁에서 제일 침선 좋은 나인더러 지어라 한 것이오. 홋호호. 하지만은 이 버선만큼은 이 빈궁이 손수 마른 것이오. 비록 모양은 비뚤지만은, 전부 다 내가 한 것이야."
　자랑하는 그 버선 꼴이 심히 우습다. 허나 이 맹랑한 빈궁 형님. 버젓이 그것을 밀어놓으며 자랑하기를 마냥 웃겼다.
　"요것이 말야요. 세상에 태어나서 이 빈궁이 처음 만든 버선이거든요, 공주마마께서도 알다시피 이 빈궁이 복 많기로 소문 장하오.

그 복을 담아 만든 버선인지라 필시 가보로 물리라 할 것이오. 이 버선을 신으시면은 모든 일이 승승장구. 물 흐르듯이 수월할지니, 공주마마의 앞날이 무척 편안할 것이오. 하하."

"그런 버선일지면, 언니 말고 저를 줍시오, 빈궁마마."

숙경공주는 저도 모르게 혼잣말처럼 중얼거렸다. 그 말을 들으신 빈궁이 영민한 눈을 들어 해쓱하니 여윈 얼굴을 바라보았다.

"답답하시오, 마마?"

"예. 꼭 판결 기다리는 죄수 심정이라 할 것입니다. 아무것도 결정된 바 없으나 실상 전부 정해진 듯하니 답답하여 기함할 것 같습니다. 두 분 마마께서 근심하실 것이라 차마 내비치지는 못하되 솔직히 몹시 괴롭습니다."

차라리 모든 것이 결정나 버렸으면 좋겠다 싶을 적도 있었다. 내 팔자에 무슨 대국 황자비인가 싶다가도 팔자려니, 하고 다독였다. 나를 탐내한다는 그 인간이 도대체 어떤 자인지 낯 한 번 보고 싶다 하는 생각까지 하는 참이었다.

"혼인이야 윗전께서 결정하시는 바, 시키는 대로 순명할 것입니다. 허나 저도 일국의 공주인데, 그 진왕이라는 자의 선택만을 그저 받아들여야 하나 싶으니 속이 상하고 약이 오릅니다. 만나면은 얼굴을 할퀴고 팔목이라도 물어뜯어 놓고 싶습니다."

빈궁이 워낙에 솔직하고 시원시원하다. 스스로의 속내 말씀도 잘 하며 또한 상대방 말도 잘 들어주었다. 동시에 절대로 그 말을 사사로이 옮기는 법이 없으니 믿음직하였다. 하여 내성적이고 말수 적은 공주라도 빈궁마마만을 상대로 하면 원하지 않아도 술술 속내

이야기가 잘 털려 나오는 것이다.
 약이 오른 터라, 어진 공주마마답지 않게 새파랗게 독이 돋았다. 빈궁이 잠시 망설이다가 입을 열었다. 전혀 예기치 못하였으니 뒤로 넘어가고 기함할 이야기였다.
 "이는 공주께서도 알고 계셔야 할 소식인 듯싶습니다. 세자저하께서 슬쩍 소인에게만 귀띔하시었나이다. 이번에 나오는 사절 틈에 진왕 그분이 미복하고 직접 나온다는 기별이 왔다 합니다."
 "네에? 그게 참말이어요?"
 "이미 국경을 넘어 장성문을 넘었다는구먼요."
 이어지는 빈궁의 말은 더 놀라웠다. 그렇지 않아도 바들거리는 공주의 가슴이 바닥으로 턱 소리를 내며 떨어졌다. 오매불망 잊지 못하고, 잊혀지지 않아 고통스러운 그분. 가장 깊은 곳에 감추어든 정인의 이름이 불현듯 예상치 못하게 튀어나왔기 때문이다.
 "주상전하의 곁에서 시립하는 서관 중에 강씨 성을 쓰는 분이 있다지요. 반우 선생이라 하옵는데, 그 왜 지난번 율려의 소회(小會) 때에 대금을 연주하신 분 말야요. 마마께서도 기억나시지요?"
 "아, 네에……."
 "그분이 영명하여 대국 말에 능하답니다. 사리분별 빠르며 조하 돌아가는 사정을 보는 안목이 날카로워서 성상의 신임이 몹시 두텁다는군요. 저하의 천거도 있고 하여, 상께서 어제 그분더러 진왕전하를 수행하여 아국에 머무르는 동안 늘상 배행하여 시중들라 분부하셨다 합니다. 듣잡기로 금일 진왕전하를 맞이하러 그분이 청도로 떠난다는 이야기를 들었습니다. 그런 이야기까정 오가는 터라, 공주마마께서 진왕을 직접 만나는 일은 움직일 수 없는 사실인 듯합니다."
 아무리 태연자약, 감추려 해도 심중의 동요를 막을 길 없구나. 아니 듣는 척, 아무런 상관도 없다는 듯, 괜히 필요도 없는 바느질거리 들어 찌르는 시늉을 하는 섬섬옥수가 달달 떨렸다. 똑, 하고는 바늘을 부러뜨리고 말았다.
 진왕 그자가 공주를 직접 보러 오는 일도 기막히지만, 더구나 그를 배행하여 공주마마 뵙는 자리에 역관이 되실 분이 강씨 성 가진 선왕재의 서관이라. 창백하게 질린 얼굴이 차마 움직이지 못하였다. 꺼멓게 죽은 공주의 시선이 뚝 부러진 바늘 끝만 바라보고 있었다.
 '아아, 이를 어쩔거나. 어떻게 이런 변이 있나? 스승께서 나를 진왕에게 선보이는 일을 하여야만 하는구나.'
 움켜쥔 손이 치맛자락 위에서 바들바들 떨렸다. 뜨물처럼 허옇게 질려 말을 잇지 못하는 공주의 모습이라. 빈궁은 속으로 슬슬 일의 추이를 맞추고 헤아렸다.
 '이제야 찾았구먼. 상원대군마마께서 지나가는 말처럼 숙경이 눈이 높아 군자를 골랐으니 후일 이 상원이 부마도위로 천거할 시, 빈궁 형수님께서도 적극 도와주십시오 청하였던지라, 대체 누구인가 싶었다.'
 대군께서 아끼는 누이의 짝으로 미리 보아두신 청년이 있는데, 공주께서도 내밀히 마음에 둔 사람이다 하는 뜻이었다. 영민한 연돌이 빈궁마마. 또 호기심 나는 것은 풀고야 말지, 그냥은 못 참는 성질머리 아니냐? 분명 그 사내란 상원대군 마마 주변의 인물일 게다. 하여 세자저하께 이내 여쭈었다.

"저하, 상원대군 마마 곁에 있는 분 중 가장 뛰어난 군자라 일컬을 수 있는 사람이 대체 뉘옵니까?"

"아무래도 반우겠지. 그이가 참말로 충심 깊고 학덕 높으며 또한 풍류도 아름답거든. 게다가 헌칠한 미장부라오. 하여 아바마마께서도 못내 아끼시거든. 상원 주변에 그이만 한 인물은 달리 없소이다. 대군의 글 스승을 맡을 만하오."

낙춘재에서 벌어진 음악회의 날. 수줍은 공주께서 잠시 발길 멈추고 눈여긴 사람이라. 바로 강위겸 그였다. 그 사내 역시 아니 보는 척하면서도 공주마마 사라진 그 자취를 쫓는 눈빛이 애달프고 정감 어렸다. 공주마마께서 꽃신 신고 걸어나간 발자국에까정 입맞추고 싶어하는 눈빛이었다. 딱 걸렸다. 분명히 남몰래 정분난 연인이로다.

호오, 요것? 일은 이렇게 얽히고 저렇게 맞추어지니, 빈궁은 세자의 말을 듣자마자 딱 눈치채었다. 하여 지금 공주의 마음이 얼마나 산란하고 아득할지 보지 않아도 알 만하였다.

세상에 이런 망극하고 참담한 일이 있을까? 몰래 마음 두고 사모하는 여인을 다른 사내에게 선보이여야 하는 강위겸. 뻔히 정인이 보고 있는 그 앞에서 다른 사내와 혼약을 이야기해야 하는 공주. 얼마나 기막히고 막막할거나. 헝클어진 그 심사를 어찌 표현할까? 딱하도다, 딱하도다, 이 일을 어찌할꼬?

빈궁은 조용히 공주의 떨리는 손을 꼭 잡았다. 나지막이 위로하였다.

"공주마마, 안색이 심히 나쁘니 오래 침선에 힘이 드신지라 이만 쉬어야 할 듯싶습니다. 이만 저는 물러가렵니다."

"……어떻게, 어떻게 하여야 할까요? 저는 어찌해야 할까요?"

답을 기다리는 것이 아니었다. 너무 억장이 막히고 기가 차서 자신도 모르게 흘러나온 탄식이었다. 그 말 한마디가 확실한 증명. 강위겸에게 꽂힌 공주의 연심을 그대로 드러내고 말았다. 빈궁은 담대하게 속삭였다.

"진인사대천명(盡人事待天命)이라 하였습니다. 마마, 혹여 이 빈궁이 같은 처지였다면 어찌하였을까요?"

"가르쳐 주십시오! 소녀가 어찌 처신해야 하는지 제발 가르쳐 주십시오."

"……전, 아마도 진왕과 직접 만나 담판을 짓고야 말 것입니다. 은애하는 이 따로 있으며, 낯선 이국땅에서는 도무지 못 살지니, 저를 포기하라고 말입니다. 또한 오직 사모함으로 혼인함이 아니라 공주를 이용하여 자신의 속셈을 차릴라 작정한 일이다 하면 그는 절대로 가납지 못할 것이다. 목숨으로 항거하겠다고 말입니다. 그이가 명색이 보위를 노리는 이라 하였습니다. 필시 범인(凡人)은 아닐 터, 공주마마의 진심을 영 읽지 못하는 이는 아닐 것입니다. 공주마마, 부대 신중히 생각하십시오. 미리 포기하지 맙시오."

"저에게 그런 힘이 있을까요? 벗어날 수 있을까요?"

"뜻이 있는 곳에 길이 있다 하였습니다. 마마, 이 빈궁을 보시구려. 열다섯 지엄하신 세자저하 곁에서 풀각시 놀음하던 아홉 살 계집아이가 이 빈궁이었습니다. 저더러 연치 어리고 부덕이 없어 도모지 세자저하 상대가 아니 된다 사친께서 종아리를 때렸삽지요. 허나 그토록 은애하는 분을 잃고서는 내가 살지는 못할 것이다 싶었습니다. 하여 이 빈궁이 저하께 먼저 청혼하였음은 처음 들으시는 이야기이지요?"

빈궁은 생긋 웃으며 차갑고 떨리는 손을 토닥토닥 다독여 주었다.

"진심으로 간청하였답니다. 그대 범이 도련님하고 혼인하고 싶다 하였습니다. 그랬더니 저하께서도 그리하자구나 허락하셨습니다. 진심은 하늘도 움직인다 하는데 그의 증명이 바로 이 빈궁이 아닐 것인가? 마마, 한 번뿐인 인생입니다. 진심으로 스스로를 아끼시고 자존심을 가지시며 당차게 부딪치시옵소서. 마마 운명이 황후로 정해져 있다 한다면은 어찌하여도 대국 가실 것입니다. 그는 아무도 모르는 일. 결과가 그리되어 기어코 대국으로 가신다 하여도 마마 진심을 당당하게 드러내시어 최선을 다하여 부딪쳐 보신 후이니 나중에도 후회나 회한은 없을 겁니다. 오직 진왕 그자를 감당하실 분은 공주마마뿐입니다. 운명은 저 하기 나름이라 이 빈궁은 믿고 있습니다."

찬찬히 위로하고 격려하는 빈궁의 이야기에 공주의 얼굴에 내려앉은 수심의 그늘이 서서히 한 겹 풀렸다. 호랑이에게 물려가도 정신만 차리면 생로(生路)가 있다 하였거늘. 뜻이 있는 곳에 길이 있으니 운명은 제가 개척하는 것이라 하였던가.

"빈궁마마 말씀 듣자오니, 소녀의 마음이 한결 굳건해집니다.

예, 그리하겠습니다. 미리 걱정 따윈 아니 할 것입니다. 최선을 다할 터입니다."

동궁 돌아온 빈궁은 세자에게 심히 공주의 안색이 해쓱하여 보기 안타까웠다 전하였다.

"그래서 저가 용기를 잃지 마시라 격려하여 드렸지요. 그런데요, 마마. 공주께서 진왕의 밉살스런 면상을 물어뜯어 버리고 싶답니다."

평상시 온유한 공주의 입에서 앙칼진 한마디라. 손톱 들어 면상을 할퀴어 버리련다 말하였다고 하니 세자가 피식 웃었다.

"숙경이 무척도 약이 올랐다 하는 말이겠지. 알고 보면은 그 아이가 오히려 조용하나 도도한 자존심이 심히 높으니 오히려 숙정보다 더하였소이다. 참으로 고귀한 윗전 되실 이라 말한 바가 그리 보면은 맞소이다."

"공주마마 인품도 만만치는 않지요, 허기는."

"나 또한 진왕 그자가 심히 궁금하오. 감히 귀한 내 누이를 탐내는 불한당으로서도 궁금하고, 대국 천하 호령할 영웅 풍도가 장하다 하니 그 기상도 궁금하오. 그가 왕자 신분으로 아국 말도 능숙하다 함도 신기하고, 소탈하게 미복하여 제 안해 될 처자를 미리 보러 나온다 함도 전례에 없는 일. 저가 마음에 아니 들면은 윗전이 시킨다 해도 혼담을 파작하리라 함이니 군왕의 혼사를 그리하였다 하는 이야기도 처음 듣소. 그가 분명 범인(凡人)은 아닐 것이야."

궐내 식구들이 모두 다 궁금해하는 그 사내 진왕 자윤. 그는 지금

홍천강을 넘어오고 있었다.
　절세가인, 내미지상이라 알려진 단국의 공주를 선보러 미복하고 국경선을 넘은 터. 서원위 심온복과 나란히 뱃전에 서서 도도하게 흐르는 강물을 내려다보고 있었다. 아직은 잠룡(潛龍), 이제 막 스물다섯으로 접어든 풍운아는 싱긋이 웃으며 상대의 이야기에 고개를 끄덕이고 있다.
　명국 황제 정비 안의황후 소생으로 성은 조, 이름은 자윤. 열여섯에 진왕으로 봉하여져 명국 서남부 세 개 성(城)을 다스리고 있는 그 사내. 십오 년 후에 열세 살 조카 영제 담문을 베고 보위 찬탈하여 황위에 오르니, 건숭제가 될 바로 그 남자이다.
　건장한 체격에 훤한 이마, 짙은 눈썹 아래 길게 찢어진 호목은 번갯불인 양 신광이 번득였다. 입꼬리를 말아올려 가볍게 웃는 모양이 다소는 교만하고 매사 심드렁해 보이기도 하다. 허나 문득문득 고개 들어 수하들을 쏘아보며 척척 명령을 내리는 품은 민첩하고 빈틈이 없었다. 고귀한 기상과 도도한 기품은 천상 타고나기 천하를 휘두를 영웅의 기상이었다.
　진왕 자윤이 낀 일행은 이월 중순에 성양에 다다랐다. 그곳에서 며칠 유숙한 일행이 뱃길을 이용하여 중경으로 들어가는 길목인 청도에 도착하니 이월 하고도 스무 이튿날.
　명국과 다른 여러 나라의 무역선들이 서로 오가는 번화한 무역도시 청도의 옥란나루터에는 이미 그들을 환영하기 위하여 주상께서 보내신 사람들이 나와 있었다.
　아아, 슬프구나. 그중에는 강위겸이 끼여 있었다. 가슴 깊이 저리도록 사모하는 공주마마를 선보러 온 진왕을 수행하는 역관이자 수하로 발탁된 기막힌 신세가 아닐 것인가?

쌍돛을 단 커다란 배 예닐곱 척이 한꺼번에 포구에 멎었다. 배 위의 사람들, 다수 말을 타고도 있고, 삼삼오오 서 있기도 하는 명국 사람들 틈에 미복하고 서 있었다. 어느 누구도 저이가 진왕전하이시오, 알려준 바 없다. 오히려 육지에 내려, 타고 갈 말의 고삐를 직접 끌고 내려서는 자윤, 겉모습이랑은 평범하고 지체 낮은 말구종쯤이나 되어 보이기도 하였다. 헌데 뜻밖에도 그 앞으로 다가와 고개를 숙이는 선비 한 사람이 있었다. 키가 훌쩍하니 크고, 덤덤하고 어진 미소 머금은 아름다운 사내, 바로 강위겸이었다.

"천세, 천세, 천세. 진왕전하를 뵈옵니다. 조그만 불편함도 없도록 아국의 주상전하께서 신을 보내신 터입니다. 인제부터 소신이 전하 곁을 배행할 것입니다."

두 사내 눈이 마주쳤다. 순간 불꽃이 튕기었다.

강위겸 속내로는 연적(戀敵)인 바 저도 모르게 그를 꼼꼼하게 눈여겨보게 되었다.

진왕 자윤, 고귀한 태생의 엄연한 기상과 도도한 기품이 높았다. 건장하고 헌칠한 사내이니, 첫눈에도 녹록치 않다. 신광(神光) 가득한 호목(虎目)부터 시작하여 굳게 다물린 입술. 우뚝한 이마와 콧날까지 한 시대를 호령할 영웅의 풍모가 역력하였다. 단순히 대국의 황자여서가 아니라, 진정한 한 사내로서도 빠질 것이 없음에랴. 이런 사내이니 효성군께서 공주마마더러 선을 보여라 하셨구나. 그렇지 않아도 무거운 가슴, 답답한 심사가 정작 진왕을 보고 난 후에 더더욱이나 무거워지고 있었다. 눈앞이 아뜩하였다.
　자윤 역시 강위겸을 대하고 속으로 무척 놀란 참이었다.
　누구도 어떤 언질도, 눈치도 준 바 없는데 저를 단번에 찾아낸 날카로운 눈을 가졌다. 그 역시 이런 사내는 처음이었다. 비록 담담한 무명 도포 입고 갓을 쓴 소탈한 선비이나 보기 드물게 아름다운 미장부였다. 전설적인 미남인 반악이 살아왔다 할 것이며 지혜롭고 속 깊은 눈이 맑고 빛이 났다. 총명과 맑은 인품이 돋보이는 고고한 학 같은 느낌을 주는 이 사내가 도대체 누구인가?
　첫눈에 서로에게 감탄하여 유심히 살피는 두 사내. 아직은 공주마마를 사이에 둔 연적이라 함은 모르는데. 흠 이것 재미있구나. 훗날 과연 누가 아릿다운 숙경공주 마마의 지아비가 될 것이냐?
　먼저 황자가 빙그레 웃었다. 호탕한 듯하면서도 약간은 당황한 빛이 스며 있었다.
　"귀국의 사람들은 경처럼 다들 그리도 눈이 밝소? 내가 진왕인 줄 어찌 알았소?"
　"아무리 미복하고 몸을 낮추신다 한들 귀인의 타고난 기품과 당당한 기상을 어찌 감출 수 있겠는지요? 전하께서 잡으신 말이 더없이 아름답고 날래어 보였습니다. 뿐만 아니라 전하께서 배에서 내리실 적에 대국 사람들 모두가 옆으로 피하니, 미거한 신이 그를 보고 전하라 짐작하였습니다."
　"핫하하. 사람들더러 티를 내지 말라 하였는데 말야. 어쩔 수 없군. 하지만 사소한 그것을 보고 나를 알아차린 그대라니. 참말 총명이 밝은 사람이구려."

"신더러 눈이 밝다 하셨지만은 실상 신은 어둡고 어리석은 터입니다. 중경에는 저 같은 선비가 하나둘이 아니랍니다. 또한 아국의 세자저하께서 심히 어질고 지혜가 깊으시사 그 깊이를 측량하기 힘든 분입니다. 만나시면 전하의 좋은 벗이 될 것입니다. 부대 아국에 머무르실 동안 편안하시기를 기원하옵니다. 신이 성심으로 뫼실 것입니다."

듣자 하니 혀가 내둘러졌다. 명철하고 침착한 목소리며, 물 흐르듯이 유창한 명국 말이 보통이 아니었다. 이 사내가 말은 겸손하되 만만히 볼 사람은 아니구나 금세 느꼈다. 이때 두 사람 앞에 다가온 이는 동지사 임무를 무사히 마치고는 원로에서 돌아오시는 효성군이었다.

"아이고, 반우께서 나왔구먼. 글라시아의 일을 잘 보고 돌아온 모양이구먼. 허허허. 주상께서 진왕전하 배행하라 경을 보냈구려. 참 잘 택하신 바라, 아마 세자저하의 천거에 의한 것일 터이지."

효성군께서 만면에 미소를 지으며 진왕에게 강위겸을 자랑하였다.

"전하, 이이가 선왕재의 수좌로 연치 어려서부터 지혜가 뛰어나고, 과거만 보았다 하면 장원급제 하는 실력이라. 별칭이 무불통지라 하옵지요. 몇 해나 황경에 가서 담제 선생의 한 분뿐인 제자로 선진의 학문을 닦고 돌아온 바, 아국의 주상전하의 하명을 받잡고 세계 곳곳 아니 다녀온 곳이 없을 정도랍니다. 앞으로 아국과 명국의 가교가 될 참된 인재올시다."

"아, 그러합니까? 그 이야기는 나도 들었습니다."

진왕 자윤이 새삼 감탄하여 강위겸을 바라보았다.
"천하에서 가장 지혜로우시되, 기벽이 심하며 깐깐하고 까다로우신 담제 선생이라 합니다. 생애 처음으로 멀리 동국에서 오신 분을 오직 한 분 제자로 받아들여 세 해나 곁에 두신 후 결국은 떠나보내시고 심히 상심하여 병까지 났다 하였습니다. 당대 태어난 후학 중 최고라, 학문의 빛은 인제 단국으로 건너갔으니 어찌할까 통곡하였다 하더니, 이이가 바로 그이란 말입니까?"
"민망하고 부끄러운 허명(虛名)입니다. 담제 스승님께서 이 몸을 지나치게 아끼시어 과찬하시는 것에 불과합니다."
면전에서 과분한 칭찬이라, 낯빛이 벌게져서 강위겸이 읍하였다. 겸손하여 사양하고, 돌아서서 낯익은 다른 사신들과 인사를 나누러 잠시 그곳을 벗어났다. 진왕 자윤, 강위겸의 등을 바라보며 싱긋 웃었다.
"단국의 미래가 밝습니다. 저런 인재들이 수풀처럼 많고 또한 젊은 세자저하가 영명하다 천하에 이름 높으니 말입니다. 인재가 어찌하여 단국에서만 태어나는지 모를 일입니다."
진왕의 목소리에는 아쉬움이 잔뜩 서려 있었다.
제왕의 기상이라, 웅비의 뜻을 펼칠 자신의 흉중을 읽어내 그 시위가 되어 날개를 달아줄 인재에 대한 욕심이 첫째였다. 처음 본 강위겸, 흙에 묻힌 화씨 벽이라, 어찌하면 저 인재를 내 품 안에 거둬들일 수 있을까?
"핫하하. 저이에 대하여서는 이미 귀가 따갑도록 말을 들었습니다. 내 이참에 반드시 만나보리라 한 터입니다. 담제 선생이 제자

되는 이를 떠나보내고 상심하사 다시는 후학을 아니 기른다 하여 문 닫고 두문불출할 정도로 아끼시었다 합니다. 저토록 아름답고 민첩하면서 눈빛이 맑고 날카로운 예기가 번득이는 이는 난생처음입니다."

서로가 똑같은 생각. 참말 만만치 않다, 진정 호감이 생기는 사내로고. 첫 상견례를 치른 진왕 자윤과 강위겸. 내심으로 서로에 대한 기이한 호기심과 관심을 묻어두었다. 아직 눈앞의 강위겸이 조만간 만나게 될 숙경공주를 두어두고 연적이 되리라 하는 것을 모른다. 어찌하든 저 영리한 사내를 내 수하로 만들고 싶단 말야. 속으로 입맛을 다시고 있는 중이니 훗날 일을 두고 볼 일이다.

청도에서 하룻밤을 유숙하고 다시 길을 재촉하여 일행이 중경으로 입성한 것을 이월 스무닷새. 강위겸과 진왕은 사흘 그 짧은 시간 동안 나란히 말을 타고 가며 항시 행동을 같이하는 친밀한 사이로 변하였다.

늘 곁에서 진왕이 묻는 말에 대답하고, 매사 호기심 어린 터로 모든 것을 궁금해하고 꼬치꼬치 캐묻는 자윤에게 친절하게 설명을 하여주는 강위겸, 그의 속내는 아무도 모른다.

도성으로 오는 사흘 동안 안즉 아무것도 모르는 자윤은 그를 담제 선생이 준 호인 서여라 칭하며 그저 친밀하게 대하였다. 수하가 아니라 벗인 양 대접함이 극진하다.

"나의 외조모께서 단국 여인인 것을 들었을지니, 산천의 풍광이 참으로 아름답고 기이하오. 아마 기묘한 지세의 흐름 따라 걸출한 인재와 가인이 탄생하나 보오."
　도성으로 들어서는 고개 마루에 서서 자윤이 말하였다. 저물녘 도성 풍광. 뒤로는 북암산과 백악산을 부챗살처럼 두르고 앞으로는 도도한 아리수의 흐름 따라 곱다이 위치한 중경. 변화하고 안온하며 평화스러운 도성의 모습에 취한 듯이 한마디 하였다.
　사신들 일행은 배오개 고개 아래 영은사에 행장을 풀고, 따라온 상인들은 그날로 종로통 장시로 나아가 거간들을 알아보느라 분주하다. 하룻밤 휴식을 취하고. 이튿날, 사신들은 성덕궁으로 입궐하여 주상전하를 알현하였다. 진왕은 입궐을 사양하고 영은사에 그대로 머물렀다. 신분은 지엄하고 사신 일행을 지휘하는 우두머리이기는 하나, 그의 도성 출입은 비공식적인 것이다. 정식 사절이 아니라 미복하여 정체 숨기고 슬며시 스며든 터라, 진왕이 도성에 들어온 것은 다 알아도 모르는 척, 그가 아니 온 양 짐짓 덮어둔 탓이다.
　오정까지 늘어지게 늦잠을 자고 낮것 받은 후에 이국의 풍취라 굳이 단국의 복식을 가져오라 하였다. 짐짓 단국의 여염집 청년인 양 도포 입고 갓을 쓴 모습이 한가롭게 풍류스러웠다.
　능청맞게 단국의 사내인 양 시침을 딱 떼고 뒷짐 진 채 후원을 오락가락. 그날도 조용한 얼굴로 곁을 배행하는 강위겸을 문득 돌아보았다. 그 표정은 짓궂기도 하고 날카롭기도 하고 음흉하기도 하였다.
　"이보시오, 서여. 내가 인제서야 비로소 탁 까놓고 말하는데 말이오. 실상 나는 단국의 막내 공주 선을 보러 온 것이오. 이미 내가 장성한 터로 부황 폐하께서 혼인하라 몇 년 동안 계속 서둘렀지만은 실상 내가 성가하는 것이 그다지 내키지가 않았거든. 손만 뻗으면 마음껏 꺾을 수 있는 꽃들이 만발하였는데 내가 무엇 하러 한 꽃에만 매달릴까? 핫하하."

방탕하고 오만하며 그저 태연하였다. 그 말을 듣고 있는 강위겸의 주먹이 소매 안에서 꾸욱 힘주어졌다. 그러거나 말거나 연못 앞에 등을 보이고 서서 수면 안의 금린어들을 바라보며 진왕은 제 할 말만 하였다.

"천자는 황후 이하 비(妃)만도 셋이며 공식적으로 첩지를 받는 여인만도 수백 명. 나의 부황께서도 후궁에 거느린 계집만 천여 명을 헤아릴 참이오. 내가 혼인하기를 꺼린 것은 이유가 있음에랴. 미리 혼인하여 왕비를 맞이하면은 꼴에 가문 들먹이며 세도나 부리는 것이 다반사라. 심히 그 꼴이 같잖았거든. 헌데 연전에 돌아온 사신이 나의 권속 중 한 명인 고로, 단국의 막내 공주가 관상이 심히 기이하며 봉황의 자태라. 황후의 관을 쓰셔야 할 분입니다 하는 말을 들었소."

강위겸이 무엇이라 토를 달 것인가? 그저 침묵할 도리밖에. 진왕이 어깨를 으쓱하였다.

"그이가 참으로 노회하고 눈이 밝아 천하 각지를 이리저리 다니면서 본 바가 많은 사람이거든. 웬만해서는 무엇에 감탄하여 스스로 말 꺼낸 적이 없는 사람이오. 헌데 그런 이가 스스로 나서서 천거하는 여인이라, 나의 모후께서 심히 호기심을 느끼시어 진왕더러 단국의 공주와 혼인하게 하여줍시오 황제께 주청을 한 터란 말이지. 모후 폐하의 모친이 단국 여인인 고로 모후께서는 심히 단국의 여인들에게 호감을 느낀 것에도 이유가 있을 것이오."

"아, 네……."

"헌데 말야, 서여. 나는 이미 꽃다운 여인만도 수십을 거느렸소. 안즉 공식적인 것은 아니지만 천하제일미라는 어사대부의 딸과 혼사를 진행 중이거든. 난 그이를 정비로 맞이할 생각이오."

그래 놓고 우리 공주마마까지 욕심내어 여기로 왔단 말인가? 이런 모욕이 어디 있는가? 감히 우러러보지도 못할 귀한 그분을 정비도 아닌 하찮은 후궁으로 데려가겠단 말인가? 강위겸의 이가 악물어졌다. 그러나 대놓고 드러낼 수 없는 참담함과 울분. 애꿎이 힘을 준 주먹 안에서 손톱이 살을 파고들어 피가 날 것만 같았다.

"자식 된 도리로 모후께서 고집 피우시는 바를 내쳐 거역하기는 어렵지만은 말야. 그렇다고 얼굴 한 번 보지 않은 계집을 무작정 받아들임도 웃기는 일이지. 그래서 내가 굳이 단국으로 나온 것이요. 내 눈으로 보암직하여 그럭저럭 하면 데려가되, 나의 첫 번째 왕비가 될 어사대부 딸만큼 도움을 줄 수 있어야 한단 말이지? 결국은 단국의 조정이 나의 뒷곁이 되어줄 의향이 있는지 그것을 알고 싶단 말야. 핫하하."

결국은 공주마마를 제 역모하는 뒷곁 힘을 빌리는 볼모로 데려가겠단 말이었다. 버젓이 역모하겠다는 말을 감추지도 않았다. 진왕이 힐끗 그를 돌아보았다. 사내끼리 하는 이야기라 너무 허물거리라고 꾸짖지 마오 하는 짓궂은 눈빛이었다.

"그래 어차피 정략혼사이지만은 말야, 궁금하오. 그 공주는 대체 어떠한 여인이요? 내 지금껏 수없이 많은 미인을 보아왔거니, 사실다 별 볼일이 없었소. 계집이라, 다 거기서 거기. 핫하하. 나는 앞으로 황제가 될 것이니 내가 가지지 못할 것은 하나도 없음이라. 정략적으로 만나 이름뿐인 황후가 될 여인보다 오직 내가 사모하고 은애할 여인을 소유하기를 원하오. 공주가 그 정도쯤은 되는 처자요?"

강위겸 듣자 하니 기가 찬 일이다. 이리 황자가 대놓고 공주마마 볼모 삼아 정략적으로 데려가겠다 하면서 또 한편으로는 그런 저의 야심 접을 만큼 여인으로 가치가 있는 여인인지 묻는 것인데 그를 어찌 답하랴?

몰래 사모하는 어여쁜 공주마마께서 오만하고 음흉한 진왕의 눈에 뜨여 왕비가 되면 어떤 팔자일까? 만 리나 떨어진 황경으로 끌려가 평생 눈물과 한숨의 일생이 되겠지. 공주의 아름다움을 입 모아 칭찬하여 진왕의 호기심을 불러일으키면, 제 입으로 연인인 공주를 데려가시오, 하는 말이었다. 도저히 나오지 않는 목소리. 그렇다고 묻는 말에 답을 아니 함도 이상타 할 일. 마지못해 적당하게 둘러쳤다.

"심처의 공주께서야 바깥에 나오시지 않으며 내외가 지엄한데 신이 어찌 보고 어떠하다 말씀 올리겠는지요? 다만 모후 되시는 중전마마께서 심히 어진 덕성과 영명함이 소문나시고 그 옥안이 심히 기이한 고로, 아국의 주상전하께서 은애하심이 한결같은데, 막내 공주마마께서 그분을 꼭 닮으셨다 한 말은 들었나이다. 그 이외는 신이 들은 바도 본 바도 없습니다. 아녀자가 타인의 입에 오르내림이 오히려 망신이라, 그는 아국과 명국 풍습의 차이라 할 것입

니다."

"처자를 볼지면 그 어미를 보라 하였으니 그 공주, 그러하면은 미색이 제법 볼만은 하겠소?"

이 대목에서 그만 열불이 터지고 말았다. 저가 대국 황자이면 다인가? 금지옥엽을 대함에 있어 지나치다가 한 번 툭 건드려 보는 노류장화를 대하기와 다름이 없구나. 아무리 정략적으로 맺어질 터이며 명목뿐인 정실이라 하나 그래도 반려이다. 혼인할 처자를 고를 적에 그 덕성과 어진 품성을 보아야지 애초부터 염태부터 따지는 이 작태라니. 심히 한심하다 싶었다. 부드러운 말태로 한마디만 하였다.

"신이 본 바 없으니 잘 모르옵니다."

"숨겨두어도 향기는 바람결에 날려 머나먼 황경까정도 오는 터, 서여 그대만 듣지 못하였다 하니 좀 이상하구려. 핫하하."

듣자 듣자 하니 참으로 참지 못할 바라. 네 이놈, 내가 한마디 단단히 하여야겠다. 강위겸은 이를 악물었다. 고운 그분을 지칭함에 있어 이토록이나 하찮게 대함이라. 매섭게 한마디 하여야겠다. 진왕 네가 대수롭지 않게 여기는 그분을 나는 천하보다 더 소중하게 여기느니라. 이 사내 일생보다 더 귀한 분이다. 그런 분을 떨어지는 꽃 이파리만도 여기지 않는 진왕의 수작질에 속이 미어터지고 말았다. 또한 진왕의 이런 오만방자한 언행을 가로막지 않는다면 단국의 수치라. 신료 된 이로 도무지 그냥 듣고 있을 수 없다 싶었다. 강위겸은 죽을 각오를 하고 정색하여 옷깃 가다듬어 진중하고 엄하게 아뢰었다.

"전하, 감히 아뢰옵니다. 안해는 그 덕성이며 어진 심성을 보아 고르는 것이라 배웠습니다. 혼인은 대사라, 신중 또 신중하여야 하옵지요. 아무리 보시는 뜻이 하찮다 하더라도 우리 공주마마, 아국의 지엄하신 소주인 중 한 분이십니다. 전하의 담대한 말씀을 듣잡기가 심히 괴로운 터입니다. 후에 연분이 어찌라도 닿아서 인연이 맺어질지 또 아니 맺어질지는 아모도 모르지요. 허나 이렇게 전하께서 애초부터 우리 공주마마를 생각함에 하찮으시면은 신은 그 말씀을 윗전에 올려야 하옵니다. 통촉하시옵소서."

"은근히 나더러 경고하는 것 같소? 핫하하. 그 공주는 좋겠구려. 이토록 열심히 가로막아 좋이 돌려주는 신하를 거느렸으니 말야."

진왕 자윤 또한 눈치 빠르니 내쏘아붙이는 말을 못 알아들을 것도 아니다. 속으로 뜨끔. 그러나 모르는 척 은근히 되돌려 강위겸의 성미를 긁었다.

참으로 기이한 일이다. 항시 침착하고 매사 철저한 그가 존경스러우나 자꾸만 불편하였다. 이상하게 신경을 긁어내리는 느낌. 항시 공손하고 예절 바르게 행동하며 털끝만큼의 빈틈이 없다. 헌데 왜 그럴까? 자신을 조용히 응시하는 눈동자 속에 어쩐지 비웃는 기색이 어렸다. 바늘 끝처럼 날카롭게 헤아리고 관찰하는 눈빛이다. 차갑고 독한 것은 아니나 냉엄하고 깐깐하였다. 그것이 돌이켜 생각하면 늘 불편하였던지라 대놓고 한 번 튕겨보았다.

"전하, 신이 미천하고 배운 바는 없으나 어린 시절부터 책을 가까이하고 성현들의 말씀을 열심히 배운 바는 있사옵니다. 전하께서 천하를 움켜쥐겠노라 하는 포부를 이미 신께 밝히었으나 그는 미거한 신이 감당할 말씀이 아닌 고로 그만두렵니다. 허나 전하께서 혹여 잊어버리신지도 모를 기본을 하나 말씀 올릴까 합니다. 태산은 시작이 나무 한 그루이며 대해의 근본은 빗방울 하나만큼의 물이옵니다. 그토록 사사롭고도 작은 일 하나가 모여 대사가 되는 법입니다. 천하의 일은 인사라, 천하 백성을 움직이시려면은 먼저 곁에 계신 심복들의 마음을 움직임에서부터 비롯되는 것이 아닐지요. 폭압이 아니라 인의로써 이루어져야만 스스로 목숨 내어놓고 주인을 위해 일하는 것일지니 오직 전하의 순후하고 인자한 덕이며 성심으로 대하는 진실에서 그것이 커질 것입니다."

"하여서? 그대가 진정 내게 말하고자 하는 뜻은 무엇인가?"

"어찌 되었건, 좋은 연분으로 공주마마를 보러 오신 터입니다. 훗날의 결과는 두고서라도 지금은 성심으로 다정하게 대하심이 처자 보러 오신 사내대장부의 덕이 아니겠는지요? 귀하신 분을 두어 두고 말씀을 그리 농조로 하시며 예사롭게 천기(賤妓)만 양 대하심은 심히 통탄할 일이옵니다. 하여 신이 전하를 배행하되 심히 앙앙불락입니다. 이는 결국 전하께서 우리 단국을 하찮게 여김이신 바, 이 나라 녹을 먹고 있는 몸으로 듣고는 있잡되 심히 망극하고 괴롭습니다. 도저히 견딜 수가 없습니다. 불민하고 버릇없는 신을 꾸짖고 내치신다 하여도 달은 한 터이니 그저 용서하십시오."

나직하나 단호하고 조리정연하였다. 매섭게 한마디 쥐어박은 이야기. 진왕이 별것 아닌 선비에게 보기 좋게 한 방 먹은 셈이었다. 울그락불그락하였다. 지금껏 이토록 매섭고 야무지며 또록또록한 꾸짖음은 처음이었다. 도포 소매 안의 주먹이 꾹 움켜쥐어졌다. 잠시 강위겸의 눈을 노려보던 자윤이 쓰게 웃었다. 검붉었던 얼굴이 이내 다시 제 색을 회복하였다. 그 또한 과연 보통 인물은 아니었던지라 아무렇지도 않은 듯 빙긋 웃었다.

"담제 선생께서 앞으로도 없고 뒤로도 없을 군자 중의 군자라 그대를 일컬을 이유를 알겠소. 핫하. 내가 입을 너무 가볍게 놀린 듯하오. 사과하리다. 그대의 충고는 깊이 새길지니 내가 또다시 그러한 말을 하거든 다시 매섭게 쏘아주시오."

"망극하옵니다."

"이날의 충고를 평생 금과옥조로 여기고 살 터요. 단국이 영토는 작으나 힘이 꿋꿋하고 풍요로우며 문물이 융성한 고로 황제께서 해동성국이다 하였기로, 그런 힘은 바로 경과 같은 인재의 기개에서 오는 듯하오. 천하를 가져야만 황제가 아니라 이렇게 스스로의 마음을 다스리고 그 주인이 된다 할지면은 바로 천하의 주인이리니, 서여 그대를 존경하오. 또한 이런 충신을 수하로 두신 단국의 주상전하가 심히 부럽소이다."

강위겸 듣자 하니 진왕의 사람됨이라. 은근히 짓궂되 통이 크고 대범하였다. 태생부터가 군림하는 윗전의 풍모인지라 천상 황제로 태어난 이로다 싶었다. 저같이 보잘것없는 선비 나부랭이는 평생 가도 따라가지 못할 것이다, 아득하였다.

저녁놀이 발갛게 물들 즈음, 바깥에서 떠들썩하니 인기척이 나기 시작하였다. 단국의 국왕을 배알하고 사신들이 돌아오는 소리였다. 진왕을 배행하여 온 태사 황보가영이 다가와 한 무릎을 꿇고 공손히 아뢰었다.

"전하, 신등이 단국의 주상을 뵈옵고 돌아왔나이다. 사사로운 행보라 직접 청하지는 못하나, 손님 대접이라. 세자저하께서 전하를 주석에 청하셨나이다. 행보하실 요량이시면, 신이 하답을 보내야 합니다만."

"주인이 객을 청하는데 어찌 아니 갈 것인가? 허고 너는 그 공주를 보았느냐?"

"구중심처의 금지옥엽인지라, 함부로 외간 사내가 옥안을 뵈올 수는 없는 노릇이지요. 수좌인 태부와 따라온 사사밀령이 낼 모레 서궁에 들어가서 뵈오리라 결정났습니다."

"그래?"

진왕은 걸음을 옮겨 연당의 정자로 올라갔다. 탁자 앞에 놓인 의자에 앉았다. 오만하게 턱을 치켜들고 하명하였다.

"행보가 급하니 오래 지체하지 못하리라. 이미 내가 북군 도독에게 삼월이면 볼 수 있거니 말하였다. 아무리 늦어도 삼월 중순쯤에는 중경을 출발해야 하느니라. 그동안 일을 대강 마무리하라!"

"명심 봉행하올 것입니다."

실상 진왕이 미복하여 여기까지 내려온 것은 오직 공주를 보고자 함이 전부가 아니었다. 그것은 핑계일 뿐 그 이유로 원행을 떠나 국경을 지키는 북군 도독을 만나 회유하려는 참이었다. 슬슬 보이지 않게 보위 찬탈할 준비를 착착 하고 있는 중이다.

곁에 서서 진왕의 말을 가만히 듣고 있는 강위겸. 속으로 수없이 깊은 한숨이다. 그가 일을 서두르면 서두를수록, 공주마마와의 혼담은 그만큼 더 빨리, 일사천리로 진행된다 함이었다. 어찌 더 캄캄한 절망이 아니랴?

우연의 장난인가? 아니면 하늘이 정한 운명인가?
그날 밤이다. 하필이면 숙경공주가 궐 밖으로 나들이를 나갔구나. 하도 심란하니 늘 귀애하시는 의릉저의 명온공주를 뵈옵고, 응석 받아주는 할마마마께 어리광이나 부리러 간 것이다.
금원 뒤 일근문을 통하여 아무도 모르게 유모상궁만 딸리고 외가마 타고 떠나셨다. 밤 깊어 도착하였다. 할마마마 곁에 주무시면서 아무에게도 말 못한 속내 이야기를 미주알고주알 풀었다. 그러면서 세상 오래 사신 분의 이야기를 들으며 잠시 위로를 받았다.
"몇 날 더 있다가 가면 좋을 터인데."
아침것 하고 유모상궁의 재촉받아 섬돌 내려서는 공주더러 명온공주께서 아쉬운 빛을 보이며 한마디 하였다.
"명일 소녀가 명국 사신들을 보아야 하니 일찌감치 환궁하여라 어마마마께서 분부하시었습니다. 오래 놀지 못하겠습니다."
"섭섭하여 그러하지. 나온 김에 후련하게 마음이나 풀다 가지, 원. 어멈 있는가?"
"예, 마마."
공주마마 하가할 때 따라 나온 교전비가 벌써 백발이 성성하다. 섬돌 아래서 고개를 조아렸다.
"오랜만에 육의전 나가 비단 치맛감이나 끊으려 하지. 가마 대령하게. 명국 상인들이 들어왔다 하니 새 물건들이 많을 게야. 공주도 나랑 같이 장시나 들러서 궐로 돌아가거라. 기분이 한결 나아질

게다."

"허면은 그리하렵니다."

명국 상인들이 들어와 신기하고 변화한 새 물건들 그득히 벌려놓았지. 사고파는 사람들로 인하여 장시가 변화하였다. 귀부인들이 드나드는 비단전만 해도 새 옷감 만져 보는 기생이며 양반가 부녀자들이며 성황이라, 오랜만에 윤기가 철철 흘렀다. 싫다 하는데도 어여쁜 댕기도 사주시고, 고운 비단도 끊어주신다. 해가 산마루에 걸리었다. 명온공주를 배웅하고 돌아서다가 공주는 나인 아이가 입을 헤벌리고 넋을 잃은 채 옷감전 좌판 앞에 서 있는 것을 보았다.

"너 게서 무엇 하는 게니?"

"아, 아니옵니다. 마마. 가마 대령하올까요?"

나인이 화들짝 놀라하였다. 죄지은 듯 눈을 피하였다. 엉거주춤 선 나인의 손이 지츳지츳 치마 뒤로 숨겨졌다. 손에 들린 것은 조그만 종이봉지였다.

"무엇이냐?"

"저, 저어기……."

"말을 하렴."

다정한 주인의 시선 앞에서 용기가 난 듯 하였다.

"조오기 청계 너머 쇤네의 사가가 있사온데, 어머님께서 병이 나시어서……. 약첩이옵니다. 고운 옷감을 보아하니 동생도 생각나서 댕기나 하나 사야 하나 말아야 하나 이러고 있었나이다."

"어미가 많이 아픈 게로구먼?"

"허구한 날 그러하옵니다. 그래도 쇤네가 궐 안에 있으니 약방

상궁마마님께서 다리고 남은 허드레 약첩이나마 챙겨 쥐어주시어서 많이 나앗나이다."

"사가가 많이 먼 게냐?"

"아닙니다. 조오기인 걸요. 모퉁이 돌아 청계 쪽이라, 겨우 한 식경이랍니다. 아는 사람이나 있으면 전하려고, 목 빼고 장시 걷는 사람을 살피고 있었습니다."

집을 지척에 두고도 가지 못하는 신세라. 안타까운 사가의 처지를 생각하는 눈망울이 흔들렸다. 공주는 잠시 생각하다가 비단전 바깥에 서 있는 호위밀을 불러라 하였다.

"자네는 이 아이 데리고 잠시 사가에 다녀오게. 내 이곳에서 기다릴 터이니. 한 식경이면 된다 하거든."

"마마, 아니옵니다. 천부당만부당한 일입니다. 감히 어찌 쇤네가 마마를 한데서 홀로 계시게 할 것입니까?"

"되었다. 비단전에 앉아 있으련다. 한 식경이라 하는데 무슨 일이 있을려구? 빨리 다녀오너라."

아니다 손사래를 치며 사양하는 나인을 보내었다. 그리고 공주는 잠시 비단전 차일 그늘 아래 서 있었다. 장옷으로 얼굴을 가리고 눈만 빼꼼. 홀로 나인이 볼일을 보고 돌아오기를 기다리며 장시 거리를 구경하고 있었다. 난생처음 아무도 배행하지 않고 적막하게 홀로 선 터로, 소저 홀로 거리에 서 있는 모양이 영 우세스럽다. 힐끗거리는 눈길이 잦았다. 저절로 목이 움츠러들었다. 공주는 유모상궁이라도 한 사람 더 데리고 나올 것을 하며 후회하였다.

그때였다. 문득 눈앞의 풍광이 소란하여졌다. 저절로 눈길이 갈

수밖에 없는 노릇이었다. 솟을대문이 날렵하게 선 번화한 기와집. 홍등이 걸린 것을 보아하니 기방(妓房)일세라. 기세등등한 모습으로 이마 질끈 묶은 불한당 서넛이 한 선비를 달랑 들어다가 대문 밖으로 내동댕이치고 있었다. 둘러싸고 험상궂은 얼굴을 한 채 당장 짓밟아 요절을 낼 듯 심히 무도하고 살벌하였다. 염소수염을 한 집사가 몸을 떨며 오두방정. 바가지에 담아온 소금을 나동그라진 선비 몸 위로 휙 뿌리며 대갈일성하였다.

"에잇, 재수 옴 붙었느니! 이놈을 당장 몽둥이찜질 하여 내쫓아라!"

"보아하니 명국 놈이라, 감히 우리 산홍 아씨를 탐내어 오데서 꼴같잖게 수작질인 게야?"

"꼴에 엽전꿰미나 쥐고 있다 이 말이지. 떼놈이 비단필 짊어지고 와서 돈냥이나 만졌다고 말야. 눈에 보이는 것이 없는 게지. 오데서 행패야? 행패기는?"

나동그라졌던 선비가 훌쩍 일어났다. 둘러싼 사내보다 한 뼘은 더 컸다. 뒷모습이되 기골장대하였다. 도포 소매를 탈탈 털며 뜻밖에도 유유자적. 서투른 단국 말이되 꼬박꼬박 할 말을 다 하였다. 작살을 내려고 작정하여 기세등등한 불한당들의 노화를 모락모락 돋우는 것이었다.

"어허, 이 사람들 하곤! 꽃이 피어 있으니 나비가 날아드는 게지. 오는 사내 가는 한량 다 엿보는 노류장화. 돈냥 있으면 옷고름이야 쉽게 풀어주는 창기를 내 좀 욕심내었기로서니, 이것 너무 심한 것 아닌가 말야?"

"뭐, 뭐라? 우리 산홍 아씨더러 창기라?"

"기생이 아니면 무엇이던고? 사대부집 처자도 아니지 않는가? 뜻 맞으면 웃음 짓고 금전 앞에 교태질이라. 무엇 그리 잘못하였다고 이리 나를 핍박하는가? 크흠! 단국 인심 한번 고약하도다!"

말하는 품새라니 어찌 그리 얄미운지. 공주는 자신도 모르게 혀를 쯧쯧 찼다. 미움을 받으려 작정한 것이 아닌 다음에야 저렇듯이 성나서 울락불락하는 사내들 앞에서 입바른 소리를 할 수는 없는 노릇이었다. 아니나 다를까.

"이놈이 아주 죽으려고 작정을 하였고나. 여보게들!"

씨근거리며 사내 하나가 목청을 높였다. 소매를 둥둥 걷어 올리며 동무들을 선동하였다.

"이놈을 아예 작살을 내버리세! 명국 놈 주제에 어디서 감히 행패야, 행패기는? 매운맛을 보지 못한 게다. 에잇!"

모지락스럽게 발길을 들어 사내를 걷어차는 것이 신호였다. 다시 우르르 달려들어 비위를 상하게 하는 명국 사내를 한꺼번에 패주기 시작하였다. 에구머니. 저러다가 사람 하나 죽는 노릇이다. 둥그렇게 모여들어 목을 빼고 구경하는 사람들. 누구 하나 그 광경을 말리려들거나 개입하려 하지 않았다. 세상에서 제일 재미있는 것은 불구경하고 쌈구경이 아니냔 말이다.

저러다가 사람 하나 죽이고 말지. 본 다음에야 그냥 있을 수 없는 일이었다. 인정상 차마 그리는 못할 것이었다. 참다참다 못하여 공주는 그만 나서고 말았다. 아무리 그러하여도 그렇지, 이 나라를 찾은 명국인을 수모 준다는 것은 예의지국이라는 단국의 망신이요 창

피한 노릇이라 싶었던 것이다.
"장정들 너덧이 한 분을 욕보임도 망신이라 그만들 하옵시오! 이내 순라군이 나타날 시각이라, 서로가 화를 면치 못할 것이오."
어디서 파리가 앵앵거리느냐? 명국 사내를 후려패던 사내들이 시답잖은 듯이 고개를 돌렸다. 장옷으로 얼굴을 가리고 눈만 빼꼼 내놓은 계집아이가 당차게 저들을 꾸짖고 있는 것이 아니냐. 이것이 대체 무엇이더냐? 크핫하하 비웃기 시작하였다.
"왜, 이자가 너의 정인이라도 된다더냐? 계집아이 주제에 감히 시정거리에 나섬도 우습거니와, 남의 시비사에 간섭함도 당돌하다. 물러서지 못할까?"
"아국 사람도 아니요, 타국 사람인데, 이렇게 욕을 보임은 단국의 망신이라. 잘한 것은 아무것도 없소이다. 그만들 하시오! 댁들이 계속하여 이러시면 내가 당장 관아에 고발을 할 것이오!"
"요 맹랑한 것! 보암직하니 끝까지 요놈 편을 들어? 참으로 이놈이 너의 정인이 아니더냐? 타관 사내를 마음 두어 꼴같잖게 나섬이라. 너도 한 번 욕을 보아야 정신을 차리겠니?"
이 무도한 놈 좀 보시오! 다짜고짜 공주의 얼굴을 가리고 있던 장옷을 훌러덩 벗기어 버렸다. 휙 허공으로 날려 버린 후에 삿대질을 하며 욕을 보이려 하였다.
"네 이놈들! 무슨 짓이냐? 감히 우리 아씨를 욕보임이라. 너들이 정녕 죽고 잡은 모양이로구나!"
천만다행한 일이었다. 그때 마침 나인과 더불어 돌아오던 호위밀이 그 광경을 딱 보았것다. 다다다 달려들어 공주마마를 후려갈기려던 왈패의 손을 억세게 잡아 사정없이 비틀어 버렸다. 우두둑 뼈가 부러지는 소리가 들렸다. 획하니 사내를 밀어 넘어뜨려 버린 후에 등에 지고 있던 검을 빼들었다. 왁하고 한꺼번에 달려들려던 사내들의 발길이 주춤하여졌다.

"감히 어디서 천한 놈이 귀인 앞을 가로막느냐? 하물며 타국인을 상대로 억지 행패라. 너들이 정녕 국법을 어긴 죄를 받고 싶은 게다! 어서 아기씨를 모시오!"

일당백인 궐 안의 정예무사라 기세가 다르다. 단번에 행패 부리는 사내들을 제압한 안광이 형형하였다. 호위밀이 나인더러 공주마마를 뫼셔라 눈짓하였다. 나인이 조르르 달려들어 공주마마의 장옷을 집었…… 아니, 집으려 하였다.

"덕분에 변을 피하였습니다. 대신 소저가 욕을 보시었소."

공주와 사내들 간의 실랑이질을 마치 남일인 양 뒷짐 지고 유유자적 바라보고 있던 그 사내. 얄밉기도 하여라, 능글맞기도 하여라. 싱긋 웃으며 재빨리 바닥에 떨어진 장옷을 집어들었다. 탁탁 먼지를 털고는 나인의 손을 지나 공주에게 직접 내밀었다.

두 사람의 눈이 마주쳤다. 짙은 눈썹 아래 길게 찢어진 호목(虎目). 그는 누구인가. 당연히 하룻밤 이국의 풍류와 난만한 정취를 만끽하고자 홀로 나선 진왕 자윤이었다.

스물다섯의 젊으나 젊은 사내. 강렬한 눈빛이 공주의 고결하고도 사랑스러운 자태를 단번에 일별하였다. 여염집 조촐한 초당의 소녀인 듯, 연한 노랑색 저고리에 다홍빛 치마, 금박 물린 댕기에 꽃신을 신었다. 가녀린 자태이되 반듯한 이마가 아름답고 영명한 눈동자가 별빛이었다. 당차게 나서서 앙칼지게 불한당더러 호령질할 때부터 눈여겼다. 은근히 곱고 참한 계집이로고 가슴에 담은 터이다.

중경의 명기 중에서도 더없이 도도하고 곱다 유명한 산홍이의 명성을 들었구나. 호기롭게 하룻밤 놀러 나왔다가 사나운 왈자들에게 된통 걸린 것이다.

"민망합니다. 다음부터는 조심하십시오. 자네는 가마를 부르게."

뜻 아니 한 일이라 할지라도, 외간 사내들 앞에 얼굴을 드러낸 수치심이 자심하였다. 공주의 하얀 얼굴이 저절로 발갛게 달아올랐다. 호위밀더러 가마를 부르라 분부하고 장옷을 둘러썼다. 헌데 이 명국 사내 하는 양을 보시오? 무엄하구나. 가마를 기다리는 공주 옆으로 겁없이 다가왔다. 호오, 이것 보시오. 은근슬쩍 수작질까정 부리는구나.

"나는 하나를 빚지면 반드시 갚고서야 직성이 풀리는 바라. 오데 사는 소저인지는 모르되 큰 욕을 면하게 하여주었으니 은혜를 갚을까 하오. 잠시 발길을 멈춰주시오."

나인이 눈을 흘기는 것도 아랑곳 않고, 공주가 한 발 물러서는 것도 아랑곳 않고 자꾸만 가까이 다가왔다.

"옷깃만 스쳐도 인연이라 합디다. 내가 황경에서 중경까지 만 리 길 격하여 온 것이 이렇게 소저를 만나기 위함인 것 같소이다그려. 방명(芳名)이나 알고자 하오."

"아니, 이분이 감히 엇다 대고 같잖은 수작질인 게야? 우리 아씨가 어떤 분인 줄 알고?"

"핫하하. 나는 사내요 아기씨는 계집이라. 눈맞춤 한 번 한 터로 이미 외간 사내라 말하기는 어렵게 되었구려. 내 이름은 조형이라 하오만."

"단국의 처자들은 외간 사내 이름 따위를 귀에 담지 않습니다. 물러서십시오. 무례합니다."

공주의 이마에 꼿꼿이 주름살이 졌다. 행패를 모면하게 하여주었더니 말야, 고마운 줄 알고 사라지면 좋으련만. 또 한 번 말로 매를 벌고 있었다. 사내가 히죽 웃었다.

"이것도 연(緣) 아니오? 한번 잘하여 보시십다그려. 핫하하. 군자가 구하는 바는 요조숙녀라. 천금으로라도 소저의 방명을 알아내고 싶소."

"무엄하오! 썩 물러서시오. 현옥아, 가마는 아니 온 것이니?"

"저기 옵니다요! 에그, 발도 굼뜨지 무에야. 이보시오. 더 큰 봉변 당하기 전에 썩 물러서시오!"

나인이 진왕과 공주마마 사이를 가로막았다. 천금 지존으로 사내와 이런 수작질을 해보았어야지. 부끄럽기도 하고 분하기도 하고 황당하기도 하였다, 공주의 가슴이 새큰새큰 떨렸다. 부끄럽지도 않은가. 처음 보는 여염집 처자를 마치 논다니 창기(娼妓)로 오해하여 마냥 귀찮게 굴어대다니. 이내 다행스럽게도 가마가 달려왔다. 공주는 냉큼 가마에 올라탔다. 뒤도 돌아보지 않고 횡하니 내뺐다.

허나 어찌 알리오? 진왕 또한 주변에 몸을 숨기고 있던 호위들을 시켜 그 가마를 따르게 한 줄은.

풍류 도저한 진왕이 한 번 눈에 담은 고운 처자를 고이 놓칠 리 만무한 법. 기어코 알아내어 내 너를 수레에 싣고 황경으로 가리라 작심한 것이다. 후궁에 앉혀두고 책봉하여 간간이 희롱하리라. 힐쭉 미소가 머금어졌다.

 허나 실망스럽게도 두어 식경 후에 호위들이 털레털레 되돌아왔다. 부복하여 송구한 얼굴로 아뢰었다.

 "망극하옵니다. 북문 넘어 금세 사라진 터라 종적을 찾지 못하였나이다. 그 가마꾼들이 예사롭지 않았나이다. 검을 맨 사내가 앞을 가로막아 실랑이질을 하는 사이 가마가 종적을 감춘 것이니, 필시 범상한 집안의 처자는 아닌 듯하옵니다."

 "……흠. 그래? 허나 내가 눈여긴 계집을 그대로 놓침도 웃기는 소리. 찾아내라. 왕부의 수레에 싣고 갈 것이다. 모후께서 단국의 계집을 좋아하시니 효도하였다 하실 게다."

 매사가 제 맘대로, 뜻한 것을 못 이룬 바 없는 진왕이었다. 태평스럽게 공주를 찾아내라 수하에게 다시 분부하였다. 내일 밤이면 그 여인을 다시 만날 줄을 꿈에도 모르고 말이다.

제12장 연분은 어디에?

　　　　　명국 사절이 입궐하여 주상을 알현할 때에도 대전에 나가지 않았다. 동궁에 앉아 무슨 생각인지 몰라도 골똘히 하고 있다. 문득 고개를 번쩍 들고 빈궁을 불러오너라 하명하였다. 갑작스레 왜 부르시나. 놀란 빈궁이 서재에 들었다. 다짜고짜 세자는 서둘렀다.

"빈궁은 이 길로 서궁 가서 숙정과 숙경을 모다 불러오시오. 허고 궐 안에서 심히 염태 빼어나다 소문난 궁녀 너덧을 골라서 역시 동궁으로 데려오시오. 내가 진왕 그자를 한 번 시험해 보려 하오."

"그것이 무슨 말씀이신지요? 마마, 진왕을 시험하다니요?"

"진왕더러 밤에 동궁에 들어오소서 청한 터라, 쾌활하고 격식 아니 따지는 이라 하니 반드시 들어올 것이오. 내가 탄연각서 주석을 베풀 것이니, 그 아이들 전부 다 똑같은 활옷 입혀 보일 것이오. 그가 숙경을 찾아낸다 하면은 의외로 눈이 밝은 인물이라 제법 볼만할 것이고, 염태만 밝히는 한량이면은 외용에만 눈이 어두워 실수를 하겠지. 내가 반우를 만나서 말을 한 번 들어볼 것인데, 진왕 그자가 방탕하고 눈이 어두우며 단지 정략만으로 숙경을 이용하려 데려간단 하는 야심간이라면은……."

"그러하다면요?"

"아니 보낼 것입니다! 그가 무어라 하여도 나는 숙경을 그리 아니 보낼 것이오."

"명국 조정과 많이 불편하여질 것입니다."

"아국도 실상 군사력이 만만찮소. 전면전 아니면은 지지 않소. 어차피 명국 역시 지금 우리와 전면전은 치를 능력이 없음이니 붙어볼 것이오. 이 문제로 국경이 시끄러워질 참이면 나는 명국과 겨루기 위해 요란과 화친하고 아래로 달단과 힘을 모아보자고 아바마마께 주청할 것입니다."

빈궁은 세자의 엄하고 단호한 모습을 다시 한 번 보았다. 주상전하의 강한 기상과 엄한 기풍보다 더한지라 문득 무섬증까지 들 참이었다. 어질고 유한 면모 속에 이토록 무섭도록 강한 기상을 숨겨 두고 있음을 비로소 뼈저리게 느꼈다.

"저하, 한 가지만 이 빈궁이 여쭈어 올리겠습니다."

"무엇이오?"

"이번 일은 최악이 될지 모르는 후일의 대비를 한다 칩니다만, 만약에 진왕 그자가 비범하여 숙경 아기씨를 충분히 맡길 만하다 싶으신 터면 어찌하실 작정이십니까?"

"그가 숙경의 아름다움을 볼 줄 알고 귀이 여길 사내라 하면 당연히 보낼 것입니다. 숙경이 슬기롭고도 은근히 대차니 제 운명을 충분히 개척할 것이다 싶습니다. 그것은 나중 문제이니 어서 빈궁은 내가 시킨 대로 어김없이 이행하시오."

"순명하옵니다. 걱정 마십시오."

빈궁은 속으로 세자의 지혜로움이 높으니 필시 일을 좋은 쪽으로 만들 것이다 생각하였다. 방을 나서 지밀상궁을 불러들였다.

"조 상궁, 궐내에서 염태 빼어나기로 소문난 아이들이 누구인가?"

"글쎄올시다. 자색이라 하면 중궁의 나리며 대전의 민갑이 하며……."

조 상궁이 남궁의 무수리며 숙정공주를 모시는 아이도 하나 있삽고…… 하며 손을 꼽았다. 빈궁은 조 상궁이 꼽은 아이들 서넛을 추렸다. 급히 향물 목욕시키고 분단장시킨 연후 아랫방에 앉혀두니 경국지색, 화용월태가 따로 없구나. 그들 전부를 똑같이 공주가 입는 다홍빛 대란치마, 위에 당의 입히어 금박 자주댕기 물려 꾸며두니 옷이 날개로구나. 전부 다 기품 엄연하고 아릿다운 자색이라, 대체 누가 진정한 공주인지 아무도 알 수가 없다.

이내 숙정공주와 숙경공주가 혜원궁으로 들어섰다. 빈궁은 세자의 말을 전하였다. 오라버님께서 가로되, 진왕 그자가 시원찮으면, 대국과 전쟁을 하여서라도 아니 보낸다 하였다. 숙경공주 얼굴에 갑자기 화색이 돋았다. 문득 없던 용기가 솟구치기 시작하였다. 빠져나갈 구멍이 보이는 느낌이었다.
 "훗호호, 아주 교묘한 계교입니다. 이 보아라, 숙경아. 내가 너의 옷을 입고 나섰다가 그가 나를 너로 착각한달지면 내가 너 대신 혼인하랴? 이 이야기를 서원위께서 들으시면 뒤로 넘어가실 것이다."
 짐짓 밝은 티를 내려고 숙정공주가 농하여 웃음이었다. 빈궁도 우스개를 받았다.
 "그리되면 눈이 어두운 진왕 그자가 단단히 무안당한 셈이라. 아마 꽁지 빼고 도망칠 것입니다. 훗호호."
 "공짜는 없음이야. 내가 그리하여 주면 숙경 너는 내게 진주 가락지 주어야 할 것이다. 응?"
 "진주 가락지 드리고말고요! 언니가 정혼한 처지에 욕을 보는 것이 불편하고 미안한 터입니다. 진주 가락지도 주고 탐내시던 비단 치마도 드릴게."
 이렇듯이 빈궁이 수단 부려 공주의 형용으로 꾸며 앉은 여섯 처자의 자태를 보자구나. 그중 눈에 뜨이는 이는 역시 한 포기 장미화만 양 화사하고 단아한 숙정공주이다. 또 중궁전 나인 묘연이라 하는 아이가 또 그중 염태가 눈부시다. 마치 한 가지 버들인 듯 또는 은실 비 내리는 듯 호리낭창하고 날씬하며 휘감기는 모양이며 눈웃음 살살거리는 모양이 고사에 나오는 비연을 견줄거나.
 다섯 번째 앉은 숙경공주는 정작 그동안의 속내 고생으로 다소간 해쓱하며 야위었다. 그나마 날씬한 몸이 더 가늘고 투명하였다. 엷은 살쩍에 어린 티가 졸졸 났다. 눈빛이 순후하고 영명한 것 하나 빼면 그중서 염태는 제일 모자라다. 고운 계집 싫다 하는 사내 못

보았다. 호탕하다는 진왕이니 애당초 보잘것없어 보이는 나를 눈여 기기라도 할까? 숙경공주는 속으로 생각하여 다소간 안심한 기색 이 되었다. 하지만 빈궁만은 돌아서며 오히려 더 찜찜하였다.

'진왕이라는 이가 제법 녹록치 않다 하는데 말야. 저하께서 너무 가벼이 생각하사 당신이 만든 덫에 오히려 걸리는 것은 아닌지 모 르겠다. 게다가 진왕을 배행하는 이가 반우 선생이라 하니, 서로 얼 마나 기막히고 안타깝고 절절할까. 사람으로 도통 못할 일이로다. 나로서도 도무지 요량이 아니 서는구나.'

이리하여 세자가 시험 하나 마련하여 두고 주석 시각을 기다린 다. 설핏 산그늘이 내릴 무렵 강위겸만을 대동하고 진왕 자윤이 동 궁으로 들어섰다.

"저자입니까? 은근히 녹록치 않습니다."

문 뒤에 몸을 숨기고 선 재원대군이 상원대군에게 속삭였다. 말 에서 내리어 마치 제집인 양 활달하게 앞장서는 진왕을 따르는 강 위겸. 상원대군의 눈은 그에게로 고정되어 있었다. 심히 안타깝고 기가 막히는 답답한 심정이다.

'스승의 속내가 어떠할지 내 짐작은 만분지 일도 아니 될 것이 야. 사모하는 처자 선뵈려 다른 사내를 모시고 앞장서는 꼴이 대체 무엇이란 말이냐? 숙경 그 아이 속은 또 어떻고? 휴우, 걱정이다. 진왕 저자가 이외로 기상이 세고 눈빛이 날카로우며 도도한 기상이 로다. 천상 제왕의 풍모라, 형님 저하와 흡사하니 한바탕 불꽃이 튕 길 것이다. 만만찮단 말야? 하긴 천하를 욕심낸다는 이이니 오죽할 까?'

동궁 후원 탄연각에 주석이 마련되었다. 세자와 진왕이 마주 앉아 주안상을 받았고, 따로이 곁에 마련된 소반 앞에 강위겸이 홀로 이 앉았다. 상이야 받았지만 술맛이 소태같이 쓰다. 허나 그 속내를 감히 겉으로 드러낼 수는 없었다. 참으로 쓸쓸하고 스산한 마음이 어떠한 것인지를 비로소 절절하게 깨닫고 있는 중이었다.
　연치도 비슷하였다. 영명하다, 보통 사람은 아니다 이미 들었다. 흐르는 대화는 막힘이 없고 분위기가 그다지 어둡지는 않았다. 진왕이 제법 단국 말이 능하였으며 세자 또한 명국 말을 알아들을 정도는 되는 터라, 대화하는 데에 그다지 불편함이 없었다. 또 중간중간 강위겸이 대화를 잘 인도하니 서로가 의외로 통한다 싶은 구석이 없잖아 있었다. 마음 안에 감추어둔 그늘 같은 속셈을 한 겹 깔아두고 서로를 탐색하는 도중이었다. 빈궁이 사르르 비단 치맛자락을 끌고 탄연각으로 나타났다. 계단 아래 잠시 서서 올라오라는 말씀을 기다리는 시늉을 하니 세자가 반쯤 몸을 일으켰다.
　"어찌 나오셨습니까, 빈궁?"
　"대국에서 귀한 손님이 오시었다 하여 소첩이 심히 호기심이 나서요. 마침 감춰둔 귀한 술이 한 병 있삽기로 주석을 흥겹게 하여드림도 지어미 된 도리인 듯합니다. 부끄러움을 이기지 못하나 이렇게 감히 왔으니 가납하소서."
　세자가 어질게 미소 지으며 손짓하였다. 내관더러 자신의 옆자리에 방석 놓아드려라 분부하였다. 빈궁은 모르는 척 고개 반쯤 돌리고 세자의 옆자리에 앉았다.
　"내외함이 도리이나 이미 우리는 혼인한 고로 지아비와 나란히 손님 맞음은 흉이 아닐 것이야. 이쪽으로 앉으시오. 대국서 오신 진왕전하이십니다. 인사를 하십시오. 전하, 제 안해인 빈궁이올시다."

진왕이 눈을 들어 빈궁을 보아하니 짙은 눈썹이 다소 고집은 있으나 발랄하며 생기 가득한 여인이다. 기품 도도하고 애교 넘치는 눈빛이 천상 왕실 여인이다. 어질며 헌칠한 터나 꿋꿋한 기상이 그 단정한 이마에 박힌 세자와 참으로 잘 어울리는 짝이다 싶었다. 이미 회임한 지 몇 달 되시니 다소간 용체나신 고로 복사빛 뺨에 어리는 훈김이 따스하고도 귀여웠다.

"참으로 아름다운 분이십니다. 세자저하의 복입니다. 이 자윤은 쓸쓸한 노총각이니 다정한 두 분 모습이 그저 부럽습니다."

"그리하여 만 리 길 넘으시어 장가들자고 우리 공주마마 보러 오신 것입니까?"

빈궁이 당돌하니 망설이지 않고 곧장 물었다. 진왕이 술잔을 들다 목이 걸려 캑캑거렸다. 이토록 대차게 정면으로 찔러오는 기상이라니. 사내인 세자도 아니고 여인인 빈궁의 말이었다. 놀란 기색을 보이는 진왕 앞에서 빈궁이 당돌하니 뻗은 눈썹을 약간 찌푸리며 살며시 웃었다.

"어찌 놀라십니까? 모다 그리 알고 있는데요?"

"이미 알고 계시니, 감히 부인하지 못하겠습니다."

"우리 공주 아기씨께서 혼기 꽉 차시니 좋은 짝을 만나 연분을 이어야지요. 여기 계신 진왕전하께서도 심히 호탕하시어 영웅의 풍모라, 격식 아니 따지시는 소탈함이 아름답사오나, 우리 공주 아기씨도 여군자라 일컬을 정도랍니다. 아름답고 고결한 성품이 여타 여인과 몹시 다른 터입니다. 하여, 이 빈궁이 감히 말씀드리기로, 전하. 내기를 하나 할까요?"

"내기라 하심은?"

빈궁이 살며시 웃었다. 의아해하는 진왕더러 조목조목 따져 내렸다.

"전하께서 이미 권세 높으시고 그 영화(榮華)가 극에 달한지라 무엇이 아쉽겠나이까? 헌데 뜻밖으로 고적하니 허탈하신 모습이 눈에 보입니다. 아직 아름다운 짝을 못 만난 탓이라 생각되나이다. 이 빈궁이 생각기로 우리 공주마마는 아름다움이 심히 기이하고 깊으며 성품이 유별나게 어질어 아마 천하의 주인이 되실 전하 짝으로 알맞을 듯합니다. 허나 돼지 목에 진주라 하였습니다. 신하는 저를 알아주는 군주를 위해 목숨을 버리고 지어미는 은애하는 지아비를 위해 일생을 바치니 오직 여인은 그 지아비를 잘 만나야 하는 터이라, 이 빈궁은 전하께서 우리 공주마마를 욕심내실 자격이 있는 분인지 먼저 알아야 한다 생각합니다. 어떠하신지요? 이 빈궁의 말에 무슨 보탤 말이 있으십니까?"

슬며시 진왕이 술잔을 놓았다. 안주거리 집던 강위겸의 손도 딱 허공에서 멈추었다. 세자 또한 입으로는 웃고는 있으나 눈빛은 냉정하였다. 이 순간, 자윤은 이것이 바로 나를 시험하는 것이고나 눈치를 챘다. 말없이 녹록치 않은 시선이 허공에서 한 번 맞부딪쳤다.

'감히 나를 시험하시겠다?'

'네가 내 누이를 데려가고 천하의 주인이 될 자격이 있는 자인지

먼저 보겠노라.'

"민망합니다. 빈궁마마 말씀이 하나도 어김이 없습니다. 대체 이 몸이 공주마마의 짝으로 부족함이 없다는 것을 어찌 증명하여야 하겠습니까?"

"처녀 총각이 혼인 전에 서로 본다 함은 명국에서는 흠이 아니라지요? 하여 이 빈궁이 세자저하의 반대를 무릅쓰고 공주마마 모셔왔습니다."

강위겸의 손에 들린 젓가락이 마침내 툭하고 떨어졌다. 이상하도다, 지금껏 한 잔 술도 채 비우지 않고 내내 조심하던 선비가 무엇에 쫓기는 사람처럼 급히 술병을 기울였다. 철철 채워 자음자작 서너 잔을 연거푸 비웠다. 허나 옆 상 앞의 두 사내는 그를 눈치채지 못하였다.

"내기를 한 번 해보시지요, 전하."

"내기요?"

"지금 석계 아래 똑같은 복식을 한 처자가 여럿 서 있습니다. 게서 우리 공주마마를 골라내십시오. 제대로 맞추시면 빈궁이 책임지고, 두 분께서 말씀을 나누도록 주선하겠습니다."

진왕 또한 굳이 그 내기를 피할 것은 아니다. 도도한 자존심이 하늘을 찌르는 터, 꼬리 말고 도망칠 수도 없다. 겨우 너덧의 처자 중에서 진짜 공주를 골라내는 안목도 없으면서 어찌 인재를 등용하고 천하를 경영하려 한다더냐? 세자의 받아치는 힐난이 아니냐. 진왕이 망설이지 않고 싱긋 웃으며 고개를 끄덕였다.

"좋습니다. 그리 하지요. 허나 내기는 상급이 있어야 맛이 아닐까요? 내기에 임하되 이긴 상은 이 몸이 정하여도 좋겠습니까?"

"그리하시지요."

"내가 공주를 골라내지 못하면 사람을 알아보는 눈이 없는 터이니 망신이라, 부끄러워 이 혼담을 없던 일로 하겠나이다. 허나 만약에 내가 공주를 찾아내면은……."

진왕이 싱긋 웃으며 어깨를 으쓱했다. 세자를 똑바로 바라보며 맹세하라 다짐하였다.

"공주를 비(妃)로 모셔갈 뿐만 아니라, 세자께서 내가 바라는 청을 하나 들어주십시오."

"그러하지요."

세자 또한 망설이지 않고 단호하게 대답하였다. 한 번도 본 적 없는 공주를 네가 어찌 찾아낼 것이냐. 찾아낸다면 너의 눈이 밝고 지혜로운 터. 천하와 누이를 맡길 만하다 판단한 때문이었다.

잠시 후 나란히 공주의 복식을 한 여섯 처자가 나타났다. 나란히 석계 아래 고개를 외로 꼬고 수줍게 섰다. 밝게 타오르는 횃불 아래 그들의 아름다움이 빛이 나는구나. 화려한 자색이 다투는 꽃과 같을지니 과연 단국 처자들의 아름다움이 유명한 이유를 알 만하다 비로소 실감하였다.

'음? 저 소녀는?'

겉으로야 시답잖다는 듯 한 번 일별하고 술잔을 들려 하던 진왕. 문득 매서운 눈 속에 화들짝 놀란 기색이 어렸다. 다시 한 번 고개 돌려 확인하였다. 왼쪽에서 두 번째, 가녀린 몸을 하고 무심한 낯빛을 한 처자에게 눈길이 한동안 박혔다. 어제 저잣거리에서 봉변을 당하고 있을 때 준엄한 낯빛을 하고 불한당을 물리쳐 준 바로 그 소녀가 아닌가? 치하를 하려고 하였으나 이내 가마 타고 종적을 감추어 버렸다. 그런데 이렇게 다시 만나다니. 공주의 복색을 하고 서 있으니 어제 시정의 소박하고 조촐한 소저인 양 하던 기색은 사라지고 고귀한 기품이 역력하였다.

'하, 인제야 알겠거니. 그렇단 말이지?'

문득 진왕의 입술 끝에 야릇한 미소가 달랑달랑 매달렸다.

"아아, 난감하구먼. 한결같이 기품 역력하고 아릿다운 미색이라. 누가 막내 공주인지 도통 알아낼 수 없읍입니다. 저가 잠시 무례함을 무릅쓰렵니다."

이러더니 말릴 사이도 없이 성큼 일어났다. 바람처럼 석계를 내려가 옆얼굴을 보이고 선 처자들 곁으로 무례하게 다가갔다. 휙 하니 고개 돌려 주르르 훑어보고는 다시 누마루에 올랐다. 몸을 돌이켜 힐끗 다시 한 번 눈을 주는 진왕의 얼굴에 버릇처럼 싱긋 웃음이 머금어졌다. 무엇을 믿는 것인지 몰라도 마냥 자신만만하였다.

"고귀하고 아름다우신 용태라 뉘가 참말 공주인지 참으로 난감합니다그려. 허나 나는 하명하는 군주인지라, 이럴 때는 이런 방법을 쓰지요."

진왕이 갑자기 정색을 하고 강위겸을 불렀다. 멀거니 넋 놓고 고개를 숙이고 있던 그가 깜짝 놀라 일어났다. 읍하여 분부를 기다렸다.

"서여, 그대는 공주의 모후이신 중전마마를 뵈온 적은 있다 하였소. 자식은 어미 닮은 터이라 그대가 보면은 저 처자들 중에 가장 닮은 이가 뉜지 알겠지? 하명하노니, 제서 숙경공주를 찾아내어라. 틀리면은 나를 감히 망신시킨 터, 목을 벨 것이다!"
찌렁찌렁 일갈하는 목청이 단호하고 독하였다. 순간 세자와 빈궁 마마, 속으로 아뿔싸, 큰일 났다, 그만 일이 끝났고나 눈을 감아버렸다. 참으로 날벼락은 강위겸 그였다. 기가 막히다 못해 눈앞이 하얗게 변하였다. 윗전이 하명하니 봉명은 해야 한다. 비틀거리며 계단을 내려가는데 발길도 그러하거니와 마음도 갈피를 잡지 못하였다. 제대로 지목하면 정인인 공주를 잃는 것이요, 찾지 않으면 제 목숨이 날아갈 터. 도대체 어떤 선택을 하여야 하는 것이냐? 옆얼굴을 보이고 선 여섯 처자는 그림처럼 미동없이 서 있었다. 그 앞을 지나치는 강위겸의 속이라니, 찢어지고 미여진 심장이 아뜩하고 막막하였다. 어찌할까? 참으로 어찌해야 할까?
돌아서는 그에게 진왕이 쌀쌀맞게 물었다.
"찾았소?"
"……예, 전하."
"누구요? 몇 번째 처자인 게요?"
나의 목이 떨어져도 그대 공주를 만 리나 격한 황경으로는 보내지는 않으련다. 평생 마음고생하며 음모와 암투 속에서 눈물로 시들게 할 수는 없지. 강위겸은 똑바로 진왕의 눈을 쏘아보며 입을 열었다. 덤덤하려 애를 쓰나 어쩔 수 없이 목청이 흔들림은 착각이겠다?
"……신이…… 보기로, 가장 닮으신 바, 그는…… 그는, 두 번…… 째."

어차피 그대를 잃은 후에 내 평생 껍데기로 살 팔자, 이 목숨 하나 바쳐 그대의 인생이나 편하게 하여지고. 이런 결심으로 엉뚱한 숙정공주를 지목하려 하던 참이다. 그의 말이 채 끝나기도 전이었다. 다섯 번째 서 있던 숙경공주가 먼저 자진하여 한 발자국 앞으로 나섰다.

"진왕께서는 애먼 스승을 난처하게 하지 마십시오. 제 목숨 살리려고 이 공주를 곤경에 빠트리는 불충을 저지를 수도 없음이며, 또한 이 몸을 위해 감히 고귀한 분께 거짓을 아뢰는 죄를 지을 수도 없음이지요. 소녀가 숙경입니다."

진왕의 입술 위로 그럼 그렇지 하는 득의양양한 미소가 짙어졌다. 똑바로 시선을 마주하며 공주는 또렷한 목청으로 말을 이었다.

"대국의 귀인을 맞이하여 좁은 소견으로 나섰습니다. 이렇게 일을 희롱한 것은 모다 소녀의 죄입니다. 꾸짖고 가르침을 주십시오. 스승께서는 물러나십시오. 이 공주의 일입니다."

참혹한 얼굴로 강위겸이 어깨를 떨어뜨렸다. 그대 어찌 이러하오? 고래고래 고함이라도 속 시원하게 칠 수 있다면. 결국 그대, 이 못난 사람이 혹시 위해라도 당할까 봐 스스로 나선 게지. 말 못하는 두 연인이 서로를 생각하기 이토록 간절함이었다. 오호 통재라. 목숨도 두려워하지 않고 서로를 위하는 지극함은 하늘을 닿으리라.

스스로 공주가 정체를 밝히고 나선 터라, 일은 이미 파작이 났다. 추이야 어찌 되었건 그가 공주를 찾아낸 것이다. 승부는 진왕의 승리로 끝이 난 셈이다. 얼굴을 딱딱하게 굳힌 세자의 기색은 아랑곳 않고 진왕이 의기양양 너털웃음을 지었다. 보아라 하는 듯이 자신만만 뇌까렸다.
"보셨습니까? 내가 수수께끼를 푸는 방법은 이렇습니다. 수하가 대체 무엇 때문에 필요하겠습니까? 핫하하, 서여는 다시 오르시오. 그대가 이 자윤더러 일러준 것이니 천하 경영은 인사(人事)라. 주변의 수하를 잘 이용함이 치세의 근본이라 하였던가요?"
진왕은 훌쩍 일어나 공주 앞으로 걸어 내려갔다. 짓궂은 눈빛이 은근하고 열기에 차 있었다. 이미 너는 내 것이다 말하는 듯이 은밀하고 뜨거운 시선이었다.
"이리 다시 뵙게 되어 심히 기껍구려, 공주."
공주만 알아들을 수 있는 나지막한 한마디였다. 까딱했으면 손목을 잡힐 뻔한 망신이라. 공주의 볼이 어제처럼 분노로 붉게 타오르기 시작하였다. 모른 척 진왕은 몸을 쓱 돌이켰다. 목청을 돋우어 큰 소리로 다른 사람더러 들어라 뇌까렸다.
"실은 나는 이미 알고 있었소. 내미지상의 여아는 그 염태가 오히려 볼 것 없고 연약하며 그 몸에서 기이한 향기가 풍긴다 하였거든. 내가 그대 곁을 지나칠 적에 한 번도 맡은 적 없는 향내가 옥체에서 흐릅디다. 필시 그대가 막내 공주로구나 짐작하였소이다."
무도하기까지 한 진왕의 말을 가만히 듣고 있는 지금, 숙경공주의 내심이라 하는 것은 당황하기 이를 데 없는 것이었다. 어떤 우연의 장난인가. 진왕이라는 작자를 보아하니, 어제 비단전 앞에서 만난 그 사내로다. 이게 무슨 망신이람?
은혜 갚음을 하마 짐짓 짓궂게 굴기에 능글맞다 미욱스럽다 눈

연분은 어디에? 433

한 번 흘겨주었다. 물에 빠진 사람더러 건져 놓았더니 보따리 내놓으라는 바로 그 짝이었지. 곤경에서 구해놓았더니 말야. 구중심처 공주더러 대하기를 오다가다 누구나 희롱할 수 있는 노류장화로 알아 은근슬쩍 노골적으로 수작질을 하였다. 줄줄줄 끝까지 따라오며 이것도 연(緣)인데, 한 번 잘하여보자. 내 귀이 여겨 천금으로 널 살터이니 내 사람이 됨이 어떠한가. 부끄럽지도 않은가. 처음 보는 처자를 창기(娼妓)로 오해하여 마냥 귀찮게 굴었다. 취중의 호기로 여겨 노염을 꾹 참았다. 혼구멍을 내줄까 하다가 그냥 놓아두고 돌아섰다.

헌데 이것이 무슨 일이냐. 이자가 바로 공주를 욕심내어 만 리 길을 온 진왕이라니. 징글맞게도 이날 역시 노골적인 분탕질을 멈추지 않는구나.

"단국의 법도로는 혼인 전까지는 서로 얼굴도 못 본다 하였으나 아국은 다르거든. 내기에 이기면 그대를 내 짝으로 준다 세자께서 약조하였고 빈궁마마도 단언하신 바라, 우리 둘만 있게 해준다 하였습니다. 허면은 여러분, 잠시간 내가 공주와 더불어 말씀을 나눈다 하여도 흠이 되지는 않을 것입니다? 크흠."

대답하고 말고도 없다. 어둠 속으로 먼저 앞장서서 사라졌다. 공주는 입술을 질끈 깨물었다. 고개 숙인 채 망연한 얼굴로 서 있는 강위겸을 한 번 돌아보더니 진왕을 따라 사라졌다. 탄연각의 모든 사람 동시에 입을 봉하고 망연자실. 제 목숨 버려서라도 공주의 인생을 보호하리라 작정하여 거짓을 말하려 하였던 강위겸 그만이 참으로 하릴없구나. 억장이 무너져 문득 울컥 피를 토하였다. 그만 앞으로 꼬꾸라지며 정신을 잃어버리었다.

가산(假山)을 사이 두고 반대편 우심연 가에 세워진 아취헌에 올라섰다. 앞 난간에 기대어 달빛에 흔들리는 수면을 바라보고 짐짓 모르는 척이다. 수양버들을 스치고 지나가는 훈풍. 옷고름을 날리며 공주가 계단을 따라 올라왔다. 진왕이 고개를 돌렸다. 내외하여 옆으로 선 채 고개 돌리고 선 공주를 흘깃 바라보는 눈이 매섭고도 날카로웠다.

"공주였구려?"

"……그렇다고 하여 달라질 일도 없지요."

사뭇 야무진 목청이었다. 오히려 한층 더 쌀쌀맞고 차디찼다. 진왕이 입꼬리를 비틀며 껄껄 웃었다. 공주에게 한 방 맞은 셈인데 별로 개의치 않는 듯하였다.

"허기는 달라질 일도 없지. 오히려 잘되었구려. 이러고 보면 우리는 결국 이렇게 만날 인연이었어. 천연(天然)이었던 게지."

"천연이라 하심은 가당치도 않습니다. 솔직히 말하건대, 백주대낮에 취하여 불량배한테 희롱당하심이라, 그는 귀인의 위엄으로 민망한 일이지요. 오다가다 만난 여인더러 첫 참부터 반말딱지에 농하여 희롱하시더니, 인제 소녀가 공주임을 아시고는 정중히 대접하심이라. 참으로 황공하구먼요."

"호위도 없이 계집아이가 홀로 저잣거리에 서 있음도 망신이지."

눈을 흘기는 공주더러 진왕 역시 마주 눈을 부라렸다. 이왕 당한 망신, 조금도 거리낄 것이 없다는 듯이 툭하니 내뱉었다.

"낯선 사내가 봉변을 당함에 있어서도 그래. 나서서 편들어주는 일도 정숙한 소저가 할 일은 아닌 게지. 하여 나는 그녀가 늠름한 나에게 흑심을 품어 한 번 유혹하여 동품하는 재미를 좀 보려고 그러는 줄 알았소이다."

곧 죽어도 제가 잘못하였다 하는 말은 아니 하였다 능글능글 느물느물. 깐죽이는 것이 한마디도 지지 않았다. 턱하니 난간에 손을 짚고 공주를 바라보며 좔좔좔 유혹하였다.

"지금 혼인하면 진왕비이되, 후에 내가 천자가 되면 일황후가 될 것이오. 왕자를 생산하면 황태자가 될 수도 있지. 훗날 영화가 극(極)한 황태후라. 황경 가서 사는 것이 그다지 억울하지는 않을 것이오. 내가 그대를 처음 본 때부터 눈에 익힌 바라, 뭐 미태야 의외로 심히 보잘것없으되, 그대는 앞으로 내 앞날에 많은 도움을 줄 사람이라. 이 말 저 말 필요없소. 혼사 가납하오. 이미 내게 많은 후궁이 있고 앞으로 비를 둘은 더 뽑을 것이니 그대가 내 침상을 데워주지 않아도 상관없소. 어차피 내가 정략적인 이유로 그대 모셔가려 함이니 이미 알고 시작하면은 그다지 억울하지 않겠지. 그대 뜻은 어떠하오?"

"소녀의 뜻이 무에가 필요합니까? 이미 그런 이유로 소녀를 보러 오신 터가 아닙니까? 아국이 약하고 대국의 힘이 강할지니, 공주 된 몸으로 백성들이며 조하 사정을 생각하여야 함은 책무, 어찌 한 몸 안위만을 중히 여기겠습니까?"

숙경공주는 조용히 대답하였다. 어차피 님과 살지 못할 팔자. 이리해도 그만, 저래도 그만이라 하는 생각뿐이었다. 빈궁이 말한 대로 그녀의 인생은 스스로가 개척하기 나름이었다. 무도한 진왕을 감당할 수 있는 이는 혼사의 당사자인 자신뿐임을 직감하였다. 정갈하게 감정을 다스리며 당차게 대답하였다. 요것 봐라? 하는 눈빛으로 진왕이 똑바로 바라보았다.

"그렇게 황경 가면 그대 팔자야 뻔하데 이리 쉽게 뜻을 꺾나? 명목은 황후이니 총애없고 답답한 고로, 평생 뒷방 신세일 것이야. 심히 괴로울 것이오."

"어째서 미리 소녀더러 뒷방 신세라 하시며, 총애없을 것이라 단정하십니까? 혼인한 후면, 전하께서는 이미 제 사내입니다. 무슨 수를 쓰든 반드시 소녀의 것으로 만들 것인데요? 아국의 여인들은 그러합니다. 뜻을 한 번 정하기 어려우나 한 번 그 속을 정하면은 평생 정절을 지키옵고 반드시 지아비의 은애함을 차지하려 합니다. 무슨 수단이든 다 부리어도 반드시 그 뜻을 관철합니다. 또한 제 사내를 다른 여인과 나누기 싫어하니 절대로 그런 꼴을 보지 못합지요."

공주가 말갛게 웃으며 진왕의 눈을 똑바로 바라보았다. 조용하나 나지막한 음성이 구슬 빛처럼 맑고 찼다.

"저가 황후가 되면, 어떤 계집이 들어온다 하여도 총애를 절대로 빼앗기지 않을 것입니다. 손에 피를 묻혀도 용납하지 못합니다. 호언장담하신 대로 보위 찬탈을 꿈꾸신다 하니, 한 말씀을 더 드리옵니다. 잘하면 천하를 호령하는 황후이고 못하면 삼족이 능지처참이라. 두려워하여 덜덜 떠는 여인네들 수십보다 소녀처럼 먼저 갑옷 받쳐 들고 장부 뜻을 펼치시오 격려하는 안해가 전하께서는 귀하지 않겠습니까? 영웅은 호색(好色)이며 삼처사첩은 기본이라 하니, 하물며 전하는 군왕이시니 삼천 궁녀는 거느리시겠지요. 그는 팔자려니 하여 가납하나 반드시 전하께서는 마지막은 소녀를 찾으시게 될 것입니다. 총애 독차지하는 후실 있다 한들 황후는 소녀이니 그 천 것 측실 목을 소녀가 베고야 말 테니까요. 소녀 소생더러 황태자로 삼는다 약조하신 후이니 망설이지 말고 저를 데려가십시오. 당차게 황후 노릇 한번 하렵니다."

진왕이 깜짝 놀랐다. 공주를 다시 돌아본 것은 그때였다. 야리하고 볼품없던 소녀가 정색하고 짐짓 허세를 부리는데, 심히 기막히도다. 혼인하면 별 수단 다 써서 총애 독차지한다느니, 저를 한 번만 돌아보면은 평생 진왕이 스스로 그물에 걸린 고기가 된다느니, 능지처참 각오하고 모 아니면 도라, 함께 역모하겠다니. 성총 차지하는 측실들 목을 벤다느니, 이는 도저히 여리고 얌전한 처자가 할 말이 아니었다.

달빛 아래 선 숙경공주의 자태라니. 한 포기 수줍은 백란이로다. 숨어 있던 기품이 드러나며 화사한 미태가 번득이니 참으로 곱구나. 기이한 매혹이로구나. 공주가 드러낸 아름다움이란 도무지 견줄 데가 없었다.

달빛의 조화인지 아니면 진왕의 눈이 잘못된 것인지 모를 일이었다. 게다가 아까부터 기이하게 스며나는 체향이 싱숭생숭하였다. 심히 사내 춘정을 동하게 하는구나. 내미지상의 여인에게 한 번 마음이 가면 그 사내는 평생 정해의 그물에서 벗어나지 못한다 하였지. 그 소리가 허언이 아니었다. 무서운 충동이로다. 이 소녀의 의대 벗기고 양지옥 같은 속살에 파고들어 꿀물을 따면은 그 기분이 어떨까. 참으로 무서운 요염이요, 유혹이었다. 방탕한 욕정을 채우고 즐기려 여인들을 마음대로 희롱한 적은 다반사이되 스스로를 가눌 수 없을 만치 빨려들어가는 기분은 난생처음이었다. 진왕은 무척 당황하였다.

하물며 당차고 보통내기가 아니로구나. 열여덟밖에 아니 먹은 계집아이 기상이 만만찮았다. 서릿발처럼 차고 맑았다. 진정 황후의 기품이었다. 여적 만난 어떤 여인보다 더 아름답고 당차며 색다른 매력이 물결쳤다. 필시 사신이 이를 보고 이 소녀가 황후마마입니다 하였던 터로구나, 진왕은 바로 그 순간 깨달았다. 멈춤없이 빨려 들어 가는 듯한 그 기분이 낯설고 당황스러웠다. 하여 그는 일부러 쌀쌀맞게 되받아쳤다.

"심히 당돌하도다! 여인의 몸으로 손에 피를 묻힌다 하는 소리를 태연히 하니 말야."

"어차피 전하께서도 혈육지정 자르시고 보위 찬탈하실 꿈을 꾸시는 바가 아닙니까? 소녀의 그 사소한 잔인함을 어찌 비웃는지요? 천하를 다스리는 자리란 어차피 피로 만들어지는 것. 이미 소녀의 운명은 전하의 것이니 결정하시면은 순명하옵니다. 다만……."

진왕은 히죽 웃었다. 공주가 망설이는 말끄트머리가 무엇인지 금세 눈치를 챈 탓이리라. 명민한 직감은 재빠르고 도도한 자존심은 심히 높으니 분노에 찬 반말을 사납게 내뱉었다.

"다만, 그대의 단심은 요구하지 말라? 내미지상 여아가 그 요염을 드러낸 것은 이미 연분난 사내가 있다 함이지."

그가 사나운 눈길을 돌려 노려보았다. 난간을 잡은 섬섬옥수가 파르르 떨리었다. 꽃잎 한 자락처럼 가늘게 흔들리는 얇은 어깨가 수심 어린 달빛에 젖었다. 공주와 진왕 사이의 거리는 겨우 두어 발짝쯤. 적요한 바람을 뚫고 비웃는 듯, 분노에 찬 진왕의 목청이 서서히 높아졌다.

"이미 짐작하였거늘! 필시 그 괘씸한 강가 놈이겠지. 뻔히 공주를 알면서도 딴 계집을 지목한 바 내가 모를 줄을 아는가? 홍. 내가 그의 목을 벤다 하니 그대 또한 정인의 목숨이 아까워 스스로 나섬이었겠지. 그 정분이라 참 눈물겹고나."

"……다른 사내 사모하는 이 마음을 아실진대, 어찌하여 저를 원하십니까?"

공주의 반문에 대답하지 않았다. 험상궂은 얼굴을 한 채 제 할 말만 계속하였다.

"딴 사내와 정분난 저를 가납하여 일황후로 삼고 그로도 모자라서 그 소생더러 태자 삼아달라 요구해? 참으로 당돌하고 기가 막히는구먼. 천하의 주인이 될 내가 그대 어린 계집의 뜻 하나를 꺾지 못함은 참말 수치겠다. 열흘 후에 내가 황경 돌아가 적에 널 데리고 갈 것이다. 이미 사신들이 그대 데려가기 위해 납폐거리로 가져온 짐만도 수십이니, 널 내 왕저로 데려가 한 몇 년 가둬놓으면은 다소간 정신을 차리겠지! 날 진심으로 받아들일 때까지, 혼인은 하되 아니 건드릴 것이다. 나는 속으로 딴 사내 생각하는 계집 안을 생각이 없어! 돌아가시오, 공주. 오늘 심히 대화가 즐겁고도 유익하도다. 핫하하."

"몸으로는 소녀가 갇힌 볼모이나 속으로는 전하가 소녀의 포로일 것입니다. 평생 어떤 것도 마음대로 아니 될 것이 없는 전하께서 오직 하나, 이 몸의 단심은 못 가지실 것이니까요."

"뭐라고?"

한마디도 지지 않았다. 속 깊고 조용하나 당차고 냉엄하였다. 한 번 벌린 공주의 입술에서 흘러나오는 속내는 봇물 같았다. 내 할 말은 다 하리라. 네가 만정 떨어지든 말든 무엇 상관하랴? 공주도 어쩌면 자포자기, 대적(對敵)하는 심정으로 망설이지 않고 되받았다.

"평생 소녀를 곁에 두시되 이 마음을 바라 안달하게 되실 겝니다. 아마 저를 평생 미워하시고 또한 한편으로는 갈망하시겠지요. 그래서 전하께서는 소녀를 평생 버리시지는 못할 것이고요. 먼저 돌아가나이다. 전하의 뜻이 그러하실진대, 감히 누가 막으리오? 원행 떠날 짐을 꾸리겠습니다."

무도하고 살 떨리는 협박에도 눈 하나 깜짝 않았다. 오히려 당당하게 응대한 후, 곱게 허리 굽혀 절하고 먼저 돌아서는구나. 진왕은 기가 차고 황당하여 멀어지는 공주의 뒷태만 바라보고 서 있었다. 이것 참으로 큰일이로다. 조 방자하고 거침없이 내쏘는 자신만만한 말까지도 하나 밉지 않았다. 마냥 어여쁘며 무서운 매혹이니 어쩌란 말이냐?

진정 그물에 걸린 것은 공주가 아니라, 자윤 자신이었다. 늘 호언장담하기로 모든 야심을 접어두고 그저 은애함 하나로 원하게 될 여인이 천하에 어디 있는가? 있다 하면은 내가 무릎 꿇고라도 얻을 것이니 그녀에게 천하를, 이 자윤의 단심을, 황후의 관을 주겠노라 떠벌려 왔던 터였다. 헌데 이 밤에 그 오만한 진왕, 이토록 짧은 시간에 어린 공주에게 홀딱 빠지고 말았구나. 작은 단국의 도도한 숙경공주. 허나 이미 그녀는 다른 사내를 은애함이 깊었다. 혹여 정인이 위해를 당할까 두려워 제 목숨이며 운명 돌아보지 않고 먼저 진왕 자신과 혼인하여 만 리 떨어진 황경 가겠노라. 답답한 볼모 노릇을 하겠다 나서는 형편이로구나. 난생처음 맛보는 쓸쓸하고 지독한 패배감에 치를 떨었다.

탄생부터 천자의 정통이었다. 네 살 위인 배다른 황태자를 제외하고는 그를 능가하는 자가 황실 내에 없다. 하물며 그 황태자 또한 병약하고 유순하며 측실 소생이었다. 그가 눈 아래로 깔고 볼 만하였다. 그깟것을 베고 내 조만간 천하의 주인이 될 것이다 작심한 지는 애당초 오래되었다.

다만 부황 폐하의 옹고집 때문에 잠시 참고 있을 뿐, 붕어하는 바로 그 순간, 천하는 오직 내 것이다 알고 사는 진왕 그가 아니던가?

게다가 홀몸이다. 수만 리 넓은 대국의 별처럼 많은 미인들이 서로 다투어 추파를 보내고 그 품에 안기려 애를 쓰는 중이었다. 후궁에 둔 측실만도 이미 수십이며 그들의 아름다움으로 치자면야 양귀비, 서시보다 오히려 더하다 알려졌다. 천하의 미녀들은 모다 진왕궁에 모였더라 하는 소문은 허언이 아니었다. 천하에서 가장 호탕하고 당당한 사내대장부로 알려진 사내가 바로 진왕 자신이거늘! 심지어 지금 대국서 가장 당당한 권세를 지닌 어사대부 일민호조차도 스스로 고개 숙이며 복속하였다. 천하제일미(天下第一美)로 방명 떨치는 외동딸을 오직 전하께 바치옵니다 나섰다. 못 이기는 척, 한 번 혼사를 하여볼까 이러는 중이었다.

헌데 미리 예상치도 못한 칼날이 꽂혔다. 반쪽도 아니 될 작은 나라 어린 공주 하나가 진왕 그의 오만하고 당당한 자부심을 산산조각 내고 말았구나.

난생처음 자윤은 스스로 무릎 꿇어 얻어서 평생 곁에 두고 사랑하고픈 여인을 만났다. 신분도 정체도 알 수 없었지만, 곱구나, 사랑스럽구나 돌 같은 심장이 말랑말랑 녹았다. 솔직히 진왕으로서는 어제, 공주를 처음 보았던 때부터 반한 셈이었다. 어찌할 수 없는 정연의 그물에 걸려들고 말았다. 아까 곱게 선 공주를 보았을 때 심장이 두근두근하였다. 이렇게 재회한 것도 운명이거니 하였다. 무슨 일이 있어도 내 여인으로 만들리라 결심하였다.

그의 결심이 굳으면 무엇 하나. 문제는 그녀에게 이미 정인이 있는 것을. 금석(金石) 같은 연모지정이라, 절대로 마음이 움직여질 수 없다 확언하였던 것을.

얼마나 도도하고 당당하던가? 천하를 얻으려는 바, 곁에서 목숨 바쳐 도울 테니 소생을 황태자 삼아주시오, 애초부터 속내를 확 까고 덤비는구나. 사내로서 무엇 하나 빠질 것 없다 자신만만한 그에게 보기 좋게 찬물을 확 끼얹었다. 몸은 주되 붉은 마음은 절대로 주지 못하노라. 금세 그대가 나를 사모하게 될 것이되 나는 그대를 보지 아니할 것입니다. 그것을 감수할 양이면 저를 데려가십시오 쏘아붙이었다. 표표히 사라지니 진왕 평생 이런 수모는 처음이었다. 이렇듯이 시커멓고 쓰디쓴 패배감도 당연 처음이었다.

'공주의 정인이란 놈은 당연 반우 그자겠지.'

진왕은 쓰디쓴 입맛을 다셨다. 생각하면 할수록 일이 어찌 궂게 꼬이는가 싶었다. 어린 공주의 연인이라 짐작되는 강위겸의 사람됨을 알기에, 그에게서 느꼈던 기이한 존경심 때문에 심란함은 더하였다. 실상 한갓 선비에 불과한 그를 서여라 정답게 칭하며 대접한 것은 탐나는 인재였기 때문이다.

그런 인재란 대국서도 찾아보기 힘들었다. 반듯하고 사리분별 밝고 총명하며 강직하였다. 주(周) 문왕을 보필한 강태공이 그러할까. 촉왕 유비가 모셔온 제갈공명이 그러할까? 만고의 충신이로다. 저가 황제 되면은 필히 곁에 두고, 보좌하는 밀령 수좌로 삼으리라. 천하 경영하는 데에 도움을 줄 이이니, 반드시 모셔가리 속으로 욕심을 부리고 있는 중이다. 반드시 단국 주상께 청하여 이 사내를 내게 줍시오 하려던 참이었다.

그런데 이것이 얼토당토아니한 사단이냐?

진왕이 첫눈에 매혹당한 두 사람이 알고 보니 한 짝이었다. 이미 속내로 연분 맺어 사모하는 사이로구나. 제 목숨 버릴 각오로 서로를 감싸고 희생하려 하는구나. 진왕 자윤은 바로 거기서 도저히 회복하지 못할 상처를 입은 것이었다. 훼손된 자존심이며 분노의 상처도 심하였지만은, 깊은 존경심 또한 느끼었다. 밝게 불이 켜진 탄연각을 바라보며 문득 탄식했다.

"후에 단국이 혹여라도 아국과 적대하면은 어지간해서는 그 기세를 감당치 못할 것이다. 이토록 사람들 하나하나가 뜻이 굳고 순결하며 당당하고 반듯하도다. 일당백이라. 어찌 넓은 대국서도 찾아보기 힘든 인재가 작은 단국에 이토록 많은가?"
 진왕은 혀를 쩟쩟 찼다. 뒷짐 지고 하늘의 달을 바라보는데 속 깊은 한숨이 절로 새어 나왔다.
 '공주의 오라비 그 세자라는 이도 속이 깊고 만만찮았다. 비록 겉으로는 유순하고 어질어 보이나 지금의 국왕보다 오히려 기상이 더 세고 괄괄한 눈치였다. 만약 내가 예서 헛된 고집을 마냥 부리면은 그는 분명 군사 일으키어 국경 넘을 인물이다.'
 인물은 인물을 알아보는가? 진왕은 조용하나 준엄한, 만만찮게 명민한 세자의 눈빛을 떠올리며 혼잣말을 하였다. 북도 어림군이 단국과 적대하여 국경에서 움직이지 못하면 나중에 거사를 치를 적에 황경의 군사만으로 일을 성사시켜야 한다. 황태자 편인 중도 어림군이 황경으로 움직여 오면은 막기란 쉬운 일이 아니었다.
 '그를 막으려면 어찌할 것인가? 결국 동도 어림군까지 포섭해야 한다는 말이다. 꼴도 보기 싫은 주장청 그자에게 고개 숙여야 한다는 말이다.'
 어찌 되었건, 내가 이겼으니 약조는 지키겠지. 향기 그윽한 복사꽃을 멀거니 바라보았다. 뜻한 바대로 일을 성사시켰는데도 이상한 일이다. 마음에 부는 바람이 스산하고 공허하였다. 내기에 이겼는데도 꼭 패한 것 같으니 참으로 기이하구나.
 '공주도, 단국의 군사도 포기하고 싶지 않은데 문제는 내 마음이로구나. 껍데기뿐인 여인을 데려다가 황후의 관을 준다 하여도 무슨 소용이 있을까? 평생 내 사람이 아닌 줄은 뻔히 알고 있는데, 그 참담함을 견딜 수 있을까? 천하의 주인이 될 내가 이날 마냥 초라하고 부끄럽고 민망하도다. 그 공주, 인물이긴 인물이로군. 명일 태부가 그녀를 본다 했으니 그들이 보고 나서 하는 말을 들은 연후에 마음을 결정할 것이다.'

진왕 자윤, 역시 한 인물 하는 터라 금세 내심을 능숙하게 감추었다. 용색을 회복하고 냉철함을 되찾을 주석으로 돌아갔다. 세자가 일어나서 자리를 권하였다.

"숙경이 돌아와 뜻을 밝힌 고로, 이제 진왕께서는 백년손님과 진배없습니다. 귀한 분께서 시험당한 셈이라, 앙앙불락한 면이 없지는 않을 터이되 한 번 한 약조는 반드시 지킬 것입니다. 모다 잊어버리시고 술잔을 받으십시오."

비굴하지 않고 당당하였다. 세자가 조용히 말하는 뜻이 심히 깊다. 돌려치는 말이되 너란 인간, 도통 마음에 아니 드나 어찌 되었건 내기에서 이긴 터라, 너 또한 걸물이로다. 하나를 보면 열을 아는 바라, 천하의 주인이 될 만하다. 고로 너를 도우마, 하는 뜻이었다.

"핫하하. 세자께서 심히 마음이 굳으시니, 가장 큰 벗이자 든든한 뒷곁이 되었습니다. 충심으로 제게 힘을 주신다 약조함이라, 이 몸이 심히 기껍습니다."

냉큼 맞받아치는 말 한마디. 반드시 약조를 지키거라 못 박는 소리였다. 진왕이 고개를 두리번거렸다.

"헌데 예 있던 반우 그 친구는 어디로 갔습니까?"

"피를 토하고 엎어졌나이다. 지금 전의감이 모시고 갔습니다. 그동안 전하를 뫼시고 정성을 다한지라 심히 과로하신 듯합니다. 몸이 많이 상한 모양입니다. 대신 저하께서 전하를 배행하실 분을 따로 수소문하였으니 금세 오실 것입니다."

"아, 그렇습니까? 걱정이니 그 후일 용태를 반드시 제게도 알려주십시오. 핫하하. 귀국의 주상께서는 심히 충신을 두셨습니다? 금지옥엽 공주께서 만 리 격한 황경으로 볼모 잡히어 가시기 안타까운지라 스스로 목숨을 버릴 각오하고 그 강직한 이가 거짓을 아뢸 참이니 이 사람은 그런 이를 처음 보았습니다. 심히 욕심나는 인재인지라, 혹여 제가 그를 청하면은 내어주실 것입니까?"

"반우가 가고 아니 가고는 오직 그에게 달린 것이지, 제가 명할 것이 아닙니다."

"귀하신 공주 곁에 목숨 내어놓고 보살펴 드릴 분이 계심은 오라버니 되시는 저하께서도 안심이 되실 일인데요?"

이 인간이 약을 올리는 것이냐, 아니면 사람을 떠보는 것이냐. 은근히 울분이 차고 약이 올랐다. 하지만 세자는 꾹 참고 잠자코 진왕의 떠벌거리는 이야기를 듣고만 있었다.

"암투 심한 황궁에서 제자리 잡고 살아가려면은 슬기로운 곁붙이가 있어 도와주어야 유리하지요. 공주를 비로 모셔갈 때, 반우 그를 반드시 청하여 비의 호위밀로 주겠습니다. 그러하면은 공주도 다소간 덜 쓸쓸하고 덜 외롭겠지요? 핫하하. 이미 제 마음이 공주에게 심히 기운 고로 벌써부터 어떤 전각을 드려야 할까 생각 중입니다. 새로 아름다운 가산을 하나 만들어야 할까요? 단국의 풍물을 그대로 옮겨놓으면 만 리 격한 황경에서도 다소간 향수병이 덜하리라 생각합니다."

연분은 어디에? *447*

이러면서 진왕 자윤, 세자와 빈궁의 속을 뒤집었다. 이때 걸어 들어온 이는 상원대군이었다. 저하께서 대국 말 능숙하게 잘하고 지혜로운 아우님을 곁에 붙여 이놈 음흉한 속내 좀 알아보자 이런 뜻으로 급히 부른 것이다.

탄연각에서는 이런 일이 벌어지고 있는 참인데, 서궁으로 돌아가신 숙경공주는 어떠하며, 또 피를 토하고 쓰러진 강위겸은 어찌하고 있는지 그것을 다음 장에서 볼 일이다.

제13장 서러운 절연(絶緣)

　　　　　　공주가 서궁으로 돌아와 제일 먼저 물은 것은 당연히 강위겸의 안부였다. 검은 피를 토하고 쓰러진 그를 내관이 업고 의약소로 나갔다 하였다. 가만히 듣고 있는 얼굴이 몹시 해쓱하였다. 문드러진 속을 억지로 가누며 의외로 침착하게 유모상궁을 불러들였다.

"아지는 지금 당장 나가 스승의 용태가 어떠하신지 알아오시오. 허고 내일은 내가 명국 말에 능한 이 하나를 만나볼 것이니 수소문하여 데려오구. 이 공주가 대국 황자비로 간택된 듯하니 말부터 배워야 할 것이다."

작정한 터이면은 빨리 끝내야 하지. 운명이면 받아들이고 새로이 시작하여야 할 일이다.

진왕을 만난 후에 깨달았다. 이 사내가 심히 녹록치 않으며 필시 제 뜻 모다 관철할 인물임을 한눈에 알아보았다. 천하의 주인이 될 저가 어린 여인 하나 못 꺾어서야 어디 사내겠냐고 대놓고 깐죽거리는 품이 만만찮았다. 절대로 괘씸한 너를 놓치지 않을 것이다 하는 뜻이겠지. 천자를 꿈꾸는 이라 하니 인물은 인물이라, 둘째 오라버니 용원대군을 연상케 하는 도도한 기상이며 음흉하니 돌려치는 말품새가 어디 하나 틈이 없었다.

공주는 밤 내내 불도 켜지 않고 서안 앞에 단정히 앉아 있기만 하였다. 작은 주먹을 질끈 쥐고 피나도록 입술만 깨물고 있다. 허나 말을 아니 하니 그 속내는 아무도 모를지라. 아침에 욕간통 대령하라 하더니 이내 고운 의대를 찾으신다. 평소 감추었던 염태 드러내고 반듯한 이마에 깊은 생각 담으신 눈을 빛내시니 시중들던 궁녀들 모다 어찌 공주마마께서 오늘 이리 고우실까? 하였다.

"너는 남궁 가서 재원을 데려오너라."

나인더러 하명하고 목단꽃 그려진 자주 댕기 드리어라 하였다. 요모조모 면경 안의 단장한 얼굴을 살피었다. 그때 바깥에서 고변 들었다.

"마마, 아지옵니다."

"들어오게."

학사가 심히 속이 아파 새벽에 정신 차려 퇴궐을 하였는데 속병이 깊었다. 집에 자리보전하고 누웠다 하였다. 세자께서 전의를 보내 약재와 시중들 하인으로 문병하시었다는 전갈을 들었다.

"그렇구면. 아지는 내 장옷 내오시오."

"어디로 출궁하시렵니까? 윗전에서 근심하시옵니다."

"아주 잠시 나갔다 오려 하지. 의릉저에 다녀올라오."

안에 붉은 비단 댄 담황빛 장옷을 막 들고 마루에 나가는데, 막내 재원대군이 누이 부름을 받자와 월동문을 들어섰다. 유모가 신겨주는 꽃신 앞에 작은 버선발을 내미는 누이더러 물었다.

"누이, 어찌하여 저를 부르셨소?"

"내가 갈 데가 있는데 홀로는 못 가니 너랑 가야겠다. 가마 타고 갈 것이니 말을 타고 따라오너라."

구중심처의 공주가 윗전의 허락 없이는 아무 데도 가지 못함을 뻔히 알고 있었다. 허락도 받지 않고 몰래 궐을 나감도 만고에 없는 일. 일언지하 반대를 하고 싶었다. 하지만 누이의 어젯밤 기막힌 사정을 모다 들은 후였다. 재원대군은 그만두오 하고 말을 감히 하지 못하였다.

"아지는 앞장서구. 혹여 어마마마께서 노하여 꾸짖으시면 내가 전부 허물을 뒤집어쓸 것이다. 허나 나의 마음이 심란함을 아실 터라, 큰 허물은 아니 하실 게야."

재원대군이 말을 타고 앞장섰다. 유모상궁과 나인 하나만 딸리고 가마를 탄 공주는 어디로 가는 것이냐? 궐문이 아니 보일쯤 되어 가마를 세워라 분부하였다. 어찌 이러시나? 하며 놀라 다가온 대군을 바라보았다. 목청은 나직하였으나 단호하였다.

"너는 알 것이다. 예전에 상원 오라버니 따라 스승의 사저로 한번 놀러 갔다 한 말을 들었다. 글로 갈 것이다. 앞장서거라."

"누이, 어찌 이러하시오? 반듯하고 평생 법도 어김 없던 분이 어째서 하셔서는 아니 되는 일을 겁도 없이 하려 하오?"
 "해서는 아니 되는 일이 무엇이더냐? 이 몸 생각하시어 목 베임도 아랑곳 않고 강직하신 그분이 진왕더러 거짓을 고하려 하시었다. 은인이라 할 것이다. 일이 비록 어그러져서 내가 그 고약한 인간과 혼인하게 될 터이지만은 스승의 충심은 감사하여야 할 일이다. 마땅한 일이니라. 한 번 문밖서 뵙고 인사하련다. 앞장서거라."
 "참으로 문밖에서 안부만 물으실 것이지요?"
 "그러하겠다. 약조하마. 이미 혼사 정하신 처지, 비록 스승이며 은인이라 하여도 외간 사내를 봄은 부당한 일이겠지. 아니 뵐 것이다. 그러하니 같이 가자."
 재원대군 생각하니 누이의 결심이 보통이 아니었다. 어차피 대국으로 떠나시면은 평생 아니 보실 분, 소원이나 풀어들이고. 이내 공주마마 가마가 강위겸이 거처하는 사저로 들어섰다.
 "나리, 재원대군 마마께서 찾아오시었나이다. 나리를 뵙자 하십니다."
 아침에도 약사발을 들이키고 이불 속에 누워 멀거니 허공만 바라보고 있었다. 약 한 사발로 다스려질 일이면 얼마나 좋으랴. 하인놈의 고변에 몸을 억지로 일으켰다. 문이 열리고 대군이 듭시었다.
 "스승께서는 그냥 누워 계십시오. 곤고함이 겹치고 큰일 맡으시어 심히 긴장하신 게지요. 하여 병환이 깊어지신 듯합니다."
 "황공하옵니다, 마마. 어찌 이 누거까지 직접 나오신 것인지요? 도모지 몸 둘 바를 모르겠습니다."
 "실은 문밖에 숙경 누이께서 계십니다. 어제의 일을 모다 자신의 탓이라 자책하십니다. 반드시 스승을 뵈옵고 문안하시며 병세 직접 보시어야 안심되겠노라 하신 터여서요. 하여 제가 뫼시고 나온 참입니다."

 재원대군이 흠흠 헛기침을 하였다. 사랑채 아랫방 문이 살포시 열리고 닫혔다. 그림자로만 보이는 그리운 분을 보아지니 또 한 번 억장이 무너지고 기가 막히었다. 강위겸의 고개가 저절로 털썩 떨어졌다.

 "저는 잠시 나가 있을까 합니다. 말씀 나누십시오."

 재원대군, 아무리 어리고 눈치 없다 한들 심상치 않게 오가는 분위기를 모를 것이냐? 훌쩍 일어나 나갔다. 저벅저벅 발소리가 멀어졌다. 문 하나를 사이 두었지만은 둘만 호젓이 남은 셈이다. 가슴 떨리고 기가 막히며 아뜩하였다. 누가 먼저 할 말이 있으랴. 먹먹한 침묵을 깨고 먼저 입을 연 사람은 강위겸이었다.

 "마마, 어찌 어려운 발길을 하셨는지요? 구설이 날까 신은 몹시 두렵습니다."

 "구설 나도 상관없습니다. 이미 이 공주는 대국 황자비가 된 바나 다름없는데 감히 뉘가 입을 벌려 허물을 말할 것입니까? 괜찮습니다. 헌데 몸은 좀 어떠하십니까?"

 "며칠 쉬면은 나을 터입니다. 너무 근심 마옵소서. 곤함이 겹치어 탈이 났을 뿐입니다."

 "이 공주가 예에 온 것은…… 스승을 꼭 뵙고 싶었기 때문입니다. 어젯밤 이 공주의 망극한 처지를 가려주시느라 감히 진왕께 거짓을 아뢸 참이었음을 압니다. 은혜를 입은 터입니다."

"어찌 은혜라 하십니까? 이 학사 목숨이 무에가 중하다고 그리 나서신 것입니까? 저는 죽어도 마마 일생이 편안할진대 어찌 그러하신 것입니까? 만 리나 격한 황경에 홀로이 가시어 볼모로 갇혀 평생 뒷방 신세라 함은 모다 아는 터에 어찌 그리 나서신 터입니까? 이 한 목숨 죽어지면 될 것인데 마마, 어찌 그리하셨습니까?"

저절로 목청이 격앙되었다. 격한 말에 공주가 쓸쓸한 목청으로 대답하였다. 서러운 체념. 눈물 어린 듯한 가냘픈 목소리였다.

"그리 산다 하여도 상관없습니다. 님의 목숨이 사라질지도 모르는데, 그를 뻔히 알면서 제가 편하겠다고 가만히 있을 수는 없음이지요. 이 공주가 감히 스승더러 님이라 함을 용서하십시오."

"마마!"

"그냥 들어나 주십시오. 이미 보잘것없는 마음을 스승께만 드린 것이되, 그를 가납하고 말고는 스승의 뜻입니다. 이미 한 번 거절하시었으니, 이 공주는 더 이상 스승을 어리석은 정해로 괴롭히지 않겠다 작심하였습니다. 대강 소녀의 운명이 결정난 터. 남은 것은 오직 스승의 일인데…… 부대 좋은 처자 가리시어 혼사하시고 가문 이으시며 관명 떨치어 후세에 빛나는 명정승 되옵시기를 빕니다. 미혼 망처 여적 못 잊으시고 정조 지킨 바 알고 있는 이 공주가…… 감히 스승의 아름다운 은애지정을 욕심내어 헛되이 번민케 하여 드렸나이다. 이 허물을 용서하십시오."

조용조용한 공주의 이야기가 오히려 큰 몽질이다. 망극하고 기막히어 강위겸은 한숨을 푹 쉬었다. 그리도 눈 어두우신가요? 이 마음을 못 보셨나이까? 저의 속내 읽지 못하게 먼저 자르고 물러나 가린

이가 저이니 무정할 손, 공주더러 원망도 못하였다. 허망하고 기가 막혀 절로 원통하였다.
"이 내 속을 어찌 그리 잘 아시어, 그런 무정한 말씀을 하십니까? 예, 마마. 이제 이 학사도 미혹서 벗어났습니다. 미련이 없습니다."
더없이 쌀쌀맞았다. 푸른빛이 돌 정도로 냉혹하고 차디찼다. 얇은 종이를 뚫고 들려오는 님의 목청을 들었다. 차마 울음을 참을 수 없을 것 같아 입술을 세차게 깨물었다. 울지 않아. 울지 않아. 미련을 털어버리게, 끝을 내러 온 것이야. 더 이상 저분을 번민케 하고 싶지 않아. 피나도록 소녀의 단아한 입술이 깨물어졌다.
문밖에 앉아 미동없는 그림자를 바라보며 강위겸의 눈이 설핏 붉어졌다. 이것이 그대와 나의 거리이지. 그대 내 곁에 있어도 천리만리 먼 분이지. 그대의 손을 한 번이라도 잡을 수 있다면, 이 목숨 다를 내어놓고 싶었다. 당당하고 떳떳하게 은애한다 말 한마디를 할 수 있을 것이면 붉은 생심장을 내 손으로 뜯어낼 수도 있었다.
"지켜 드리고 싶었는데. 이 보잘것없는 목숨으로 지키고자 하였는데…… 그것조차 뜻대로 아니 된 터였지요. 살 희망이 없습니다. 이 사람더러 그리 먼저 원망하시면 속내가 시원하시지요? 그리하십시오. 전부 다 제 허물이올시다. 신분이 미천하고 홀아비며 나이만 헛되이 먹었나이다. 감히 금지옥엽의 방명(芳名)을 속내에 담은 것만으로도 능지처참당할 불충이었지요. 두려워 말 한마디 못하고 그저 바라보기만 하였지요. 아름답고 곱고 귀한 그 꽃을 말 못하고 내내 그리워만 하였지요. 그것이 벌써 세 해라. 헛허허. 이제 와서 말하면은 무엇 하리오? 운명은 이미 그대를 빼앗아갔는데……."

강위겸이 가슴을 쥐어뜯으며 기침을 쿨럭였다. 막막하고 기막힌 속이 또 터져 핏물을 흘렸다. 그 모습을 그림자로 보던 공주, 놀랍고 기가 막히어 저도 모르게 문을 열고 뛰어들어 왔다. 얼굴 받쳐 드리고 옷고름을 들어 피 묻은 입술을 닦아주었다.
  운명인 양, 본능인 양, 두 연인의 눈물 어린 간절한 눈빛이 서로 마주쳤다. 말릴 사이도 없이 듬직한 팔이 가냘픈 몸을 휘감았다.
  "못 보내오. 못 보내옵니다."
  향그러운 머리타래에 얼굴을 비비며 부르짖는 목청이 절절하고 애끓었다. 볼 아래 흐르는 것은 붉은 피눈물이었다.
  "밤마다, 밤마다 그대를 안는 꿈을 꾸었거니. 눈을 뜨면 언제나 허망한 일장춘몽. 평생 홀로 살아도, 그대를 바라보기만 할 수 있다면 행복하다 믿었거늘…… 마음에 담은 이, 오직 그대 한 분이니 이 목숨을 드리고 내 전부를 드리어서 얻을 수만 있다 하면은 무엇을 못하리오? 이제 그대를 잃고 내가 어찌 살 것인가? 어찌 날더러 살라 그리 먼 곳으로 가시려 하오?"
  사내가 운다. 서른이 넘은 장성한 그 사내. 노스승으로부터 단국의 공자라는 칭찬까지 받았던 그 사내. 앞날 창창하며 만인지상 영의정감은 맡아놓았다 하는 강위겸 그가, 단국 사람 모다의 귀감이 되는 염직한 아름다운 선비가 울고 있다. 마침내 그 팔 안에 귀하고 귀하여 차마 바라보지도 못하였던 어린 연인을 안고 피눈물을 흘리고 있구나.
  "나를 죽이고 가오! 차라리 나더러 죽으라 하오. 그대 가는 꼴 아니 보게 그만 죽으시오 하고 가오. 혼백의 주인이니 그대 잃은 연후에는 나는 살아도 사람 꼴이 아니오. 그러니 아예 깨끗하게 날 죽이고 가시오."

공주의 긴 속눈썹을 타고 구슬 같은 눈물이 뚝뚝 떨어졌다. 하얀 볼을 적셨다. 그것을 닦을 생각도 하지 않고 소매 들어 피눈물 흐르는 정인의 얼굴부터 훔쳐주는구나. 공주의 볼을 적시는 옥루를 보자 하니 강위겸의 억장이 더 무너져 내렸다. 마침내 그 역시도 떨리는 손을 들어 어여쁜 볼에 흐르는 맑은 이슬을 닦아주었다. 두 손으로 감히 건드릴 염도 내보지 못한 옥안을 감싸 안고서 짐승처럼 헉헉거리며 오열하였다.

"공주마마 아니라면 덥석 안고 도망가고 싶었소이다. 그냥 같이 살자고, 평생 그대하고만 같이 살 수 있다면은 가진 모든 것 다 버릴 것이다 하였거늘. 이 마음 남김없이 모다 줄 것이니 날 따라 도망가자 말하고 싶었소이다. 마마, 마마. 나는 절대로 못 보내오. 그대 잃은 후에 평생 폐인이라. 이 일을 어찌하오? 나더러 어찌 살라 이러시오?"

헛소리 하듯이 속내에 감춰두었던 애끓는 그 심사를 마침내 토로하였다. 피눈물 흘리며 속내 까뒤집는 님의 품에 안겨 공주 또한 하염없이 눈물 흘리누나. 허나 어찌하리오? 운명은 두 사람의 길을 이토록 기막히게 엇갈려 놓았으니······ 쯧쯧쯧 아무리 헤아려 보아도 길이 보이지 않는구나.

"어찌 먼저 그런 말씀을 아니 하였나이까?"

무정하고 야속하고 참담하여라! 숙경공주가 간신히 얼굴을 들었다. 님의 수척한 볼을 만지며 한마디 겨우 하였다. 억장이 무너져 말을 채 잇지 못하였다.

"미리 말하시지 그러하였어요? 그랬다 할지면, 그대 숙경은 내 사람이니 아무도 못 줄 것이다, 그러니 같이 도망가자 그리하셨으면…… 따라나섰을 것이오! 맨발로, 무명 홑저고리 입고 따라나섰을 것입니다! 어찌 그런 말 한마디도 그동안 아니 하시고 일을 이리 만드셨소? 벌써 모든 일은 끝장이 났습니다. 이제 와서 말을 그리하시면은 나더러 어찌하라고 이러십니까? 이 몸이 그냥 목을 찔러 자진하여 죽을까요? 흑흑흑."

그리는 못하옵니다. 갈기갈기 찢어진 님의 마음을 보면서도 공주는 단언하였다. 가녀린 심장이 문드러져 너덜거리면서도, 섬약한 마음 아래 핏물 흘리면서도 아니 된다 거절하였다.

"그리하면 아니 되는 것입니다. 이미 세자 오라버님께서 진왕과 약조하였나이다. 우리가 도망치면 나라 간 신의가 깨어지는 고로 아국의 망신입니다. 하물며 진왕 그자가 심히 고집 세고 자존심 도도하니 가만있을 사람이던가요? 이 공주가 스승을 따라 도망치면은 필시 그대의 집안 삼족을 멸하라 나설 것이며 아바마마 또한 그를 거절할 수가 없을 것입니다. 그뿐이던가요? 대국과 아국 사이에 전쟁이 벌어질지 뉘가 아옵니까? 이 공주 한 사람 때문에 엄청난 일이 일어날지도 모릅니다. 그리는 못하지요. 네, 안 되는 일입니다. 절대로 그럴 수는 없습니다."

아니 된다, 아니 된다. 스스로를 아프게 다잡고 다짐하는 목소리가 애처롭고 뼈아팠다. 적막한 침묵 속에 눈물 흐르는 소리만 가득하구나. 억장이 무너지고 절망에 빠져 어찌할 바를 모르는 두 연인은 서로의 품 안에서 마냥 춥다. 마냥 절망스럽고 쓸쓸할 뿐이다.

얼마나 시간이 흘렀을까? 공주가 먼저 님의 품 안에서 벗어났다. 먼저 눈물 씻은 이도 역시 공주였다. 돌아앉은 옆얼굴이 단호한 빛을 머금고 있었다. 눈을 들어 강위겸을 바라보는 얼굴이 이미 서늘하고 백지인 양 무표정하다. 피눈물을 머금고 심란하고 흔들리는 속내를 정리하였다 함을 보여주고 있었다. 그 앞에서 강위겸은 무정하오, 감히 원망도 할 수 없었다. 마냥 아리고 아득하여 멍하니 바닥만 내려다보며 어깨를 들먹이고 있었을 뿐이다. 입술을 질끈 깨물고 나붓하게 허리 굽혀 절하였다.

"시간이 많이 지체하여, 더 이상 예서 머물 수가 없습니다. 이만 떠나려 합니다. 평생 다시는 만날 수 없을 것이되, 오직 하나 스승께 부탁하노니 부디 강녕하옵소서. 절대로 자포자기하지 마옵소서. 어차피 연분없다 단념하셨던 고로 반드시 어진 안해를 맞이하시사 늘 행복하시기를 비옵니다. 이날 이 당부를 드리러 온 것입니다. 이 마음 감추고 그냥 헤어진다 할지면 평생 후회할 것이다 싶어 무례히 찾아와 추태를 부렸습니다. 그럼 이만."

"마마, 잠시만······."

등 뒤에서 들려오는 간절한 부름. 문을 열고 나가려던 공주의 발길이 딱 멈추었다. 문고리를 잡은 하얀 손이 바들바들 떨렸다. 돌아보지 않아. 나는 듣지 않으련다. 지금 와서 나를 사모한다는 말 따윈, 같이 도망가자는 말 따윈 절대로 들을 수 없어. 그대 한 사람을 갖고자 하여, 두 분 마마를 배신하고 나라를 어지럽히고 백성을 힘들게 하는 엄청난 일 따윈 절대로 아니 하려다. 눈물 젖은 눈빛이

서러운 절연(絶緣)

비수처럼 파랗다.

"마, 말씀하십시오."

강인하자 마음먹었건만, 의연하자 결심하였건만 목소리는 떨리고 눈앞은 아뜩하였다.

"연약하신 몸으로 백성과 조하 사정 생각하시어 스스로를 희생하심이 지극히 아름답고도 애처로운 터라, 신이 그저 망극합니다. 이제 만 리나 격한 구중심처로 혼인하여 가시면 다시는 뵙지 못할 터. 신이 그나마 불쌍하고 가엾다 생각되시면은, 옥체에 걸치셨던 작은 정표를 하나 주십시오. 평생 그대인 양 바라보고 어루만지며 사모할 것입니다. 그것을 보며 마마께서 행복하게 사실 것이다 생각하렵니다. 이 몸이 억지로 살아갈 희망을 가질 것입니다."

숙경공주는 입술을 질끈 깨물었다. 잠시 망설이다가 손가락에 낀 칠보 황금지환을 빼어 등 뒤로 던졌다. 변치 않는 붉은 단심이 담긴 것이었다. 이는 학사에게 자신의 피와 살을 빼어준 것이나 다름없었다. 그런 연후에 공주는 문을 나서 기다리던 재원대군을 재촉하여 곧장 그 집을 나갔다.

적막한 빈방, 아름다운 향기만이 남아 있구나. 아주 잠시, 안기었던 향기로운 옥체가 아직도 품 안에 있는 듯이 강위겸이 나지막이 '마마, 마마?' 하고 불러보았다. 하지만 돌아온 것은 공허한 침묵. 이미 떠난 님의 대답이 있을 리 만무하다. 다시 주르르 피눈물이 턱을 타고 흘러 옷자락을 적셨다.

세자와 빈궁이 나란히 공주를 찾아온 것은 그 다음날 오후 무렵이었다. 어찌 보면 일을 이 지경으로 만든 장본인이었다. 무척 괴롭고 미안하여 도통 잠을 이루지 못하였다. 진왕 그자가 그리도 임기응변이 능하고 음흉할 줄이야. 설마 학사를 이용하여 공주를 찾아내라 명할 줄 뉘가 알았던가? 그 순간에 세자는 아차차, 직접 찾아내어야 한다 하는 단서를 달았어야 했거늘! 하고 혀를 깨물었다. 하지만 물은 쏟아진 후였다.
"인물은 인물이오. 의외로 제법 쓸 만한 사내인지도 모르겠소."
처소로 돌아와 곰곰이 생각한 연후에 한마디. 범이 도령 세자가 남에게 한 방 뒤통수를 맞은 것은 처음이었다. 당황하고 분한 마음을 진정하고 공주를 보러 온 것이다.
"내가 심히 미안한 줄을 알 것이다."
"괜찮습니다. 마음 쓰지 마십시오, 오라버님. 운명이 그러할진대 어찌할 것입니까?"
세자가 다소간 망설이다가 입을 열었다. 진왕이 내일 밤에 공주 마마를 한 번만 더 보게 하여주십시오 기별이 온 터다.
"명국 사신들이 길이 바쁜 고로 이레 후면은 출발한다 하는구나. 금일 기별이 온 터로, 너를 반드시 다시 한 번만 더 만났으면 하였다. 상관치 않겠느냐?"
"상관없습니다. 오라버니. 헌데 그가 말하기를 자신이 귀국할 적에 저를 데리고 간다고 하였는데 그것이 사실인지요?"
"어림없는 소리. 국혼이니라. 그토록 쉽사리 야합하듯이 너만 달랑 끌고 갈 수는 없는 일이지! 일단 정식으로 칙서가 내려와야 한다. 네 혼인 준비는 아국의 위엄을 드러내는 일인지라 만만찮겠지.

저가 다시 한 번 나와서 이곳에서 대례를 올리고 너를 데리고 가야 할 것이니라. 적어도 일이 년은 족히 걸릴 일이지. 그는 아마 그런 이야기를 부왕마마께 주청하기 전에 너와 만나 매듭지으려는 듯하다."

세자는 당장에 대국에 끌려가야 할 것처럼 불안해하는 누이의 속내를 부드럽게 어루만졌다. 진왕이 내일 밤에 동궁에 들어올 것이니 내일 밤은 동궁에서 함께 밤것을 하자구나 이르고는 일어섰다. 교자 내버려 두고 빈궁더러 잠시 걸읍시다, 하였다. 돌아서서 심란한 누이가 앉은 서궁의 처마 끝을 바라보며 한숨이었다.

"휴우, 참으로 불편하오. 숙경이 의연한 것이 더 마음이 아프구려."

"공주마마께서 의외로 의연하시고 당차십니다. 어떤 일이 닥치어도 이겨내실 것 같아 든든합니다. 좋은 쪽으로 생각하십시오. 뜻이 간절하면 하늘을 움직인다 하였습니다. 아직은 실상 아무것도 결정된 바 없으니 그저 절망할 것만은 아니지요. 뉘가 압니까? 진왕 그가 공주마마, 감당키 어려워 스스로 혼사 작파할지도요."

"그래 주면 오죽 좋겠소만······."

한편 진왕은 무엇을 하고 있는가?

뜻밖에도 상원대군을 앞장세워 강위겸의 초옥으로 찾아가고 있는 중이었다. 말을 타고 앞서 가면서도 상원대군은 속으로 도통 이해할 수가 없다.

'도대체 왜 굳이 스승을 보자 하는지 모를 일이다. 혹시 숙경과 오간 연정을 눈치챈 것일까?'

가자 하니 앞장은 서되, 심히 의아하면서도 불안하였다. 가까이에서 며칠 보게 된 진왕 그이의 모습이라니. 호탕한 듯하나 치밀하고, 활달하고 진솔한 듯하나 음흉하며, 겸손한 듯하나 심히 도도한 이 사내. 가까이에서 알면 알수록 모를 인물이로구나. 과연 이 인간이 영웅인가. 효웅인가. 참으로 모르겠다 내심 속으로 중얼거리고 있는 참이었다.

그때에 강위겸은 미음상을 앞에 놓고 있었다. 마지못해 수저질을 하기는 하나 도무지 먹을 재미가 없다.

천금 같은 아들이 병이 났다 기별이 내려왔다. 득달같이 올라오신 안방마님이 앞에서 안타까이 다소간 더 하여라! 잔소리를 하였다. 허나 뼈아픈 실연의 이 마당에 무슨 입맛이 있을 것이며 무슨 살 희망이 있는 것인가?

"네가 너무 과로하였다. 쯧쯧. 안에서 뉘가 보살펴 주는 이가 있어야 안정되어 바깥일을 할 수 있음이지. 홀로이 견디니 탈이 아니 나겠느냐? 몸 추스르고 나면은 반드시 혼인을 서둘러야 할 것이야."

"그리하겠습니다, 어머님. 이만 물리렵니다."

모친이 아무리 채근하여도 입이 소태같이 쓰니 미음 몇 수저가 쉽게 아니 넘어간다. 물 한 사발만 다시 들이키고 말았다. 그만 돌아앉으니 어찌하랴? 근심으로 혀만 쯧쯧 차다가 상을 들고 나갔다.

야윈 팔을 들어 강위겸은 후원으로 면한 창을 스르르 열었다. 님을 잃은 설움이라. 차디찬 바람이 흐르는 이 내속은 삼동 얼음짱이로구나. 그의 속도 모르고 꾀꼬리는 말갛게 우짖는다. 난만한 백화는 다투어 피어나고 수양버들은 산들산들 꽃구경 가자 꾀는구나. 천지사방 봄바람. 꽃 피고 새 우는데 멍하니 후원의 화사한 춘색(春色)을 바라보며 하염없이 아득한 마음. 꽁꽁 얼어붙은 심장은 죽어 버린 돌덩이. 오직 그만 딱 죽고만 싶을 뿐이다.

병들어 조하에 아니 나간 지가 열흘이 넘었다. 대국 사신이며 진왕은 하루 이틀 새로 떠나겠구나. 공주마마와의 혼사는 이미 결정 난 것으로 아는데, 이번에 같이 떠나는 것은 아니겠지? 국혼이니 그렇게 가벼이 할 수는 없을 것인데. 그러다가 풀 죽어 고개를 저었다. 뇌리를 오가는 어지러운 상념을 억지로 꾹꾹 눌렀다.

'위겸아, 위겸아. 이제 와서 따지면은 무엇 하고 지금에서야 애끓으면 어찌한다더냐?'

이럴 줄 알았으면 단 하루를 살아도 함께 살자 무릎 꿇어 간청하였을 것을. 아름다운 손을 부여잡고 도망가자 감히 청하였을 것을.

'공주마마께서 그토록 간절하게 말씀하신 뜻이라, 자포자기 말라 당부하시었지. 내가 행복하면은 마마께서도 행복하다 하심이니…… 아아, 야속하구려. 무정하구려. 그대 없이 어찌 내 행복이 있을 것이라고 그런 말씀을 하신 것입니까?'

금세 기운 차리고 일어서야지. 그는 새삼스레 헛된 다짐을 씹었다. 아니 되는 운명을 고집하여 스스로를 자포자기할 수는 없는 노릇이지.

'이 병을 이겨내야지. 암암. 이겨낼 수 있을 게야. 할 일 제대로 하고 이내 혼인하여 혈손을 이어야 할 것이다. 내가 그리 산다 의연하게 살 것이면 오히려 공주마마의 속이 편하실 게야. 이미 내 손에

서 놓은 분이거늘. 내 손에서는 이미 떠난 일인 것을 어찌하리오.'

그러는데 담 너머 대문간이 수런수런하였다. 이윽고 하인 놈의 안내를 받아 중문 들어서는 분이 상원대군이 아닌가? 이내 진왕까지 뒤따라 들어섰다. 경악하여 벌떡 일어섰다. 아직도 회복지 못한 몸이라 핑그르르 현기증 일어나 강위겸은 다시 풀썩 쓰러졌다.

"어찌 몸을 아끼지 않으십니까? 부대 스스로를 아끼어주십시오! 스승께서는 한 몸이시지만은 이후에 그 영명 떨치시면 온 백성의 스승이 되실 분이 아닙니까? 이리 스스로를 홀대하시면 어찌합니까?"

상원대군이 깜짝 놀라 부르짖었다. 급히 달려들어 와 몸을 부축하며 나무랐다. 꾸짖음이 아니라 지극한 근심이며 염려였다. 그 며칠 보지 못한 짧은 시간 동안 심히 사람이 달라졌구나. 용색이 창백하고 수척하게 변하였으니 도통 사람 꼴이 아니다.

관옥 같던 얼굴을 반쪽이요, 늘 힘이 넘치고 빛이 나던 눈동자는 흐릿하였다. 사람이 하나 맥이 없으며 이미 희망은 사라졌음이라, 웃음기 하나 없으니 바로 걸어다니는 시신이 진배없었다.

"꼴이 심히 보기 안타깝소. 이 동안 그리도 병이 깊었더란 말인가? 허어 참으로 기가 막히다. 이는 모다 내가 그대를 곁에 두고 배행할 사 일을 너무 많이 시킨 때문이 아니오? 이토록 사람이 변한 것마냥 달라진 터이니 심히 민망하오."

올라오란 말도 없는데 진왕이 먼저 스윽 마루로 올랐다. 쯧쯧 안타까운 한마디를 내뱉었다. 강위겸은 억지로 몸을 가누었다. 두 손으로 방바닥을 짚고 고개 숙여 두 분에게 예를 차렸다.

"대군마마와 진왕전하를 뵈옵니다. 병이 있어 의관을 정제치 못하고 귀인을 맞이함을 용서하십시오. 어찌 이 누거, 보잘것없는 병자에게 옥보를 옮기셨는지요? 망극하고 두려워 고개를 들지 못하겠습니다."

"핫하. 서여 그대는 단국에서 만난 제일 귀한 벗이 아니오? 떠나기 전에 반드시 한 번 더 보고 가려 작정한 터요. 그대가 계속 곁에 있어주면은 좋았을 텐데 말야. 몸이 이리 상한 터라 내가 고집을 부리기도 뭣하고 하여 대군께 폐를 끼치고 있소이다."

"망극하옵니다. 좌정하십시오, 차를 내오라 시키겠습니다."

"집이 정결하고 아취가 있으니 과연 단국의 선비다운 기품이요. 핫하하. 심히 그대가 병약하여 보이는 고로 오래 있지 못하리라. 잠시 몇 마디 말만 나누고 갈 것이오."

하인이 급히 방석을 내려 귀인을 모시었다. 두 분이 향기로운 인삼차 한 잔을 드실 동안에 강위겸은 얼굴을 씻고 의관 정제하여 정신을 차린 후에 방으로 다시 들어섰다.

"회자정리에 거자필반. 서여 그대와의 짧은 인연이되 향기가 깊구려. 만나고 헤어짐이 심히 짐을 괴롭게 하니 아마도 그대의 맑은 인품에 홀딱 빠진 듯하오. 핫하하. 이레 후면 나는 돌아갑니다."

"진왕전하를 배행하며 신의 안목이 넓어지고 배운 것이 많았는데, 이리 급히 귀국하신다니 망극합니다."

"나도 마찬가지로 섭섭하오. 그래서 묻는데 말야, 서여. 혹시 나를 따라 대국에 가실 생각이 없소?"

너를 반드시 데려가리라. 그러한 결심이 깊다 함을 대놓고 말에 깔고 있었다. 참으로 너무 뜻밖이라 강위겸은 눈을 크게 뜨고 진왕을 건너다보았다. 아연 놀란 기색에 그가 핫하 웃었다.

"내가 다른 것에는 욕심은 없는데 말야. 인재에 대한 욕심만은 유별나오. 천하가 이미 내 것인즉, 다만 그 천하를 다스림에 있어 나를 시위하여 도움될 인재는 천하에서 찾기 힘들지. 이제 내가 단국 와서 그대를 보아하니 참으로 사리분별 밝고 학문이 깊어 첫눈에 감탄하였소. 또한 항시 진실되고 강직하며 뜻이 곧은 바 겉과 속이 한결같으니 이런 인품 가진 이는 내 평생 그대가 처음이요. 내가 그대를 수하로 두면 수백만 어림군보다 더 큰 힘을 얻을 것 같아 이리 왔소이다. 서여, 나와 함께 대국에 가서 큰 뜻을 펼칠 생각 없소?"

"망극하옵니다. 허나 신은 아국 주상전하의 수하인 고로 매인 몸입니다. 신의 마음대로 결정할 일이 아닌 듯합니다."

"내가 단국의 세자에게 이미 그대를 달라 청하였소. 그랬더니 세자께서 가로되, 뜻이 굳은 선비라 그 행보는 스스로가 결정할 일이지 윗전서 하명한다 들을 이가 아니라 하였소. 만약에 내가 그대를 단국의 주상전하께 수하로 청한다 할지면은 그대, 나를 따르겠소?"

"아아, 잠시 생각할 말미를 주시겠나이까? 심히 갑작스러운 이야기인고로 정신을 못 차리겠습니다."

단 한 번도 생각하지 못하였다. 너무나 갑작스런 제안이었다. 등에서 진땀이 흘렀다.

사내로 태어나 대국 가서 큰 뜻 펼친다. 사내로서 한번 펴볼 기상이다. 솔깃하였다.

허나 공주께서 그곳으로 혼인하여 가신다 할지면은, 평생 곁에서 다른 이의 왕비 된 그분을 바라보는 그 고통을 어찌 감당할 것이더냐? 또한 늙으신 부모님을 뫼시고 사당을 지켜야 하는 가문의 종손이라. 멀리 타국으로 떠나기는 걸리는 것이 너무 많았다. 망설이는 그에게 진왕이 더 은근한 목소리로 꾀었다. 기가 막힌 사탕발림이었다. 후에 제가 천하를 휘어잡으면 심지어 제후로 봉해주겠다는 대담한 말도 턱턱 하였다. 반드시 그를 제 수하로 만들겠다는 결심이 분명하였다.
 "나를 따른다면 어떤 청이라도 들어주겠소. 그대가 나를 도와 대사를 일으키어 성공할진대 내가 못 들어줄 청이 어디 있을까? 일인지상 만인지하의 자리를 주겠소. 제후로 봉작하고 평생 존중할 것이오. 허니 말해보구려. 무엇이든 그대 원하는 대로 다 줄 것이니."
 참으로 앞날 창창한 화려한 약속이었다. 수척하게 여윈 강위겸의 얼굴이 문득 바닥 쪽으로 기울었다. 차 한 잔 마실 시각이나 흘렀을까? 깊이 생각에 잠기었던 그가 고개를 들었다. 초췌한 얼굴이 무척 상기되어 있다.
 "제가 참으로 전하를 심신 다하여 따를진대, 제 청은 무엇이든 다 들어주신다 약조하실 터입니까?"
 "남아일언 중천금. 맹세하오!"
 "허면, 우리 공주마마와의 혼사를 없던 일로 하여주십시오!"
 "뭐, 뭐라고?"
 진왕도 놀라고 상원대군도 놀랐다. 강위겸의 입에서 설마 그런 청이 감히 나오리라곤 생각도 못하였기 때문이다. 황당해진 진왕이, 해연히 놀라 그를 바라보았다. 시선을 맞받는 강위겸의 어질고 맑은 눈이 이글거렸다.

"그리하여 주십시오. 전하를 뫼시고 대국에 가서 무슨 일이든 할 것입니다. 전하의 흉중 뜻을 펼치기 위하여 소신은 어떤 수단을 쓰더라도 복속할 것이며, 견마지로할 것입니다. 보잘것없는 제 목숨 하나, 바치어 우리 공주마마께서 부왕전하 슬하, 편안하게 행복하게 편안히 사신다 할지면은 무엇이 두려울까? 그를 약조하시겠는지요? 소신은 오직 충정으로 전하를 뫼시겠나이다."

그 밤이다. 세자의 서재인 광성재 안에서 아연 놀란 목소리가 새어 나왔다. 여간해서는 놀라지 않는 침착한 분이었다. 헌데 경악한 터로 항시 담담하고 잔잔하던 목소리가 흔들리고 있었다.

"뭐라? 참으로 반우 그가 그런 말을 하였느냐?"
"이 아우가 분명히 들었나이다. 간곡하게 청원하신 바, 자신의 거취는 어찌 되어도 상관없는 터라, 숙경과의 혼사만 파작하여 주면은 당장에 따라가겠노라 이리 말하였습니다."

강위겸의 집으로 따라간 상원대군. 그가 진왕에게 당당히 요구하였다는 이야기를 전하여 듣고는 세자는 참으로 기막히도다 탄식하였다. 저절로 감격하고 가슴 뭉클하여 고개를 끄덕였다.

"충신이로고! 참으로 반우 그이가 충신이다! 아바마마께서 숙경을 두어두고 심란해하시는 속내 생각하여, 대신 제 몸을 희생하려 나설 줄이야. 그가 진정 단심뿐인 충신이라 할 것이다."

세자는 아직도 강위겸과 공주 사이에 오가는 아릿하고 애틋한 정분을 모르고 있었다. 하여 강위겸의 행동이 다만 신하 된 도리, 깊은 충성심에서 비롯된 것이라고만 생각하여 칭찬하였다. 하지만 그의 사정을 다 아는 상원대군만은 침묵한 채 심란한 표정이었다. 입 밖으로 발설할 수도 없고, 그렇다고 눈뜨고 그 일을 바라볼 수도 없는 난처한 처지. 이 순간만큼 상원대군은 자신이 아무런 힘이 없음을 슬프게 생각한 적이 없다.

'실상 스승의 결정은 참으로 피 터지는 일입니다, 형님.'

저의 한목숨 바닥에 깔아 대가로 치러, 대신 정인인 공주의 일생을 편안케 하여드리겠다는 뜻이 아닌가? 평생 그리워하지만은 그분의 행복이 더 중요함이라. 자신이 호굴로 들어감이라, 평생 아니 볼 데로 스스로 떠나겠다 하는 스승의 뜻이었다. 어찌 그리도 순결하고 진실된 애정이던가? 참으로 상원대군은 만약에 자신에게 힘이 있다 할지면은 누이와 스승을 몰래 말 태워 도망가게 하고 싶다 생각하고 있었다.

"그가 그런 말을 할 줄은 아무도 몰랐던 일이다. 진정 기가 막히는구나. 허면은 상원, 그 말을 듣고 진왕이 무엇이라고 말하더냐?"

"문득 얼굴을 굳히더니 스승을 한참 쏘아보더이다. 그러더니 아무 말 없이 소매를 떨치고 일어나더군요."

"흠, 어지간히 경악한 게로군."

"문을 나서면서 딱 한마디만 하더군요. '서로를 희생함은 아름답되 오히려 어리석은 일이라. 하잘것없는 네깟 학사의 힘 하나로 대세를 어찌 돌이키려 하느뇨?' 이리 일갈하더니 먼저 말 타고 나가 버립디다. 하여 그냥 저도 따라 나왔습니다."

"참으로 묘하구나. 그이가 반우의 청을 받아들여 숙경을 단념하겠다는 말이냐, 아니면 끝내 고집을 피우고 혼사를 마무리하겠다는 뜻이냐?"

"전들 어찌 알겠습니까? 남에게 흉중을 절대로 읽히지 않는 것은 형님 저하와 사뭇 마찬가지였습니다."

"참으로 가늠하기 힘들구먼. 여하튼 인물이긴 인물인 게다. 숙경을 제 비(妃)로 데리고 가야 아국의 군사력을 이용할 수 있음이라. 그런 좋은 볼모를 포기하긴 힘들겠지. 머리가 있달지면 그런 기회를 놓치지 않을 것이다. 또 반우의 인물됨을 알아본 눈이 아니냐? 인재 욕심은 무릇 모든 군주의 소망. 그를 제 심복으로 삼으면 말 그대로 호랑이가 날개를 다는 격이니 그이를 쉽사리 단념하기도 힘들게다."

"형님 저하, 이런 경우에 형님이시라면 어떤 패를 택하시겠습니까?"

갑작스런 상원더군의 물음에 세자는 잠시 말이 없었다. 대답 대신 이미 식어버린 찻잔을 집어 들어 입으로 가져갔다. 속내로 대답할 말을 갈무리하는 것이 분명하였다. 내려놓은 빈 찻잔을 응시하며 나지막이 속삭였다.

"선택의 기로에서 섰을 때 욕심을 버리기란 쉽지 않지. 하나라도 갖고 싶어할지니, 대개 사람들은 하나를 버리고 하나라도 얻기를 소원한다. 허나 나는 남과 달리 욕심이 많은 사람이니라. 어찌하든 둘 다 얻을 생각을 하겠지."

"둘 다 얻을 방도가 있사옵니까?"

"글쎄, 죽고자 하면 살고, 살고자 하면 죽는다는 말이 있거니."

세자는 맑은 눈을 들어 어린 아우를 바라보았다. 천천히 나지막이 단언하였다.

"세상 이치가 그러하다 들었다. 성인들이 이르시기를, 주면 얻고 빼앗으면 잃는다 하였지. 나 역시 다 버려 다 얻을 것이다."

"무슨 뜻입니까?"

"내가 진왕이라면……."

다시 잠시의 침묵. 세자는 빙긋이 웃었다. 눈빛이 호수처럼 맑았다. 상원대군을 바라보며 조용히, 그러나 단호하게 확언하였다.

"상원, 진왕 그자가 진정 천하를 얻을 천룡인지, 겨우 이무기에 불과한 효웅인지 금세 알게 될 것이다. 그가 이무기에 불과한 사내라면 숙경을 절대로 보내지 못하리라. 단국의 명운을 걸고 국경으로 군사를 보낼 것이다. 허나 내 짐작대로 참된 해법을 찾아낸다면, 그는 참으로 천하를 오시할 영웅의 재목이다. 숙경을 자진하여 그에게 보냄뿐 아니라 나 역시 형제의 의를 맺어 분골쇄신 그를 도우리라!"

깊이 생각하며 지혜 높다 하는 상원대군조차 세자의 심중에 든 뜻을 다 알지 못한다. 허면은 세자저하께서 찾아내신 해법은 대체 무엇일까?

같은 시각. 진왕의 청을 받아 빈궁마마가 자리를 비켜준 내궁.

마주 앉은 진왕과 숙경공주 마마. 이미 시간은 오래인데 한마디 말도 없다. 시선을 엇갈린 채, 침묵만 지키고 있었다.

담황색 비단 저고리, 그 위로 금박 물린 붉은 댕기. 잇꽃으로 물들인 다홍빛 치맛자락이 기름진 장판에 고이 쓸렸다. 대황촉불이 눈물을 떨구며 남실거리는데, 인제는 오랜 침묵마저 서로가 힘겨웁다.

한 무릎을 단정하게 세우고 앉아 방바닥만 내려다보는 숙경공주의 단아한 옆얼굴은 옥으로 깎아 만든 것만 양 곱기도 하다. 저절로 손을 대어 어루만져 보고 싶을 만큼 말간 매혹이었다. 너무나 아름다운 공주의 자태를 바라보는 진왕 자윤. 늠름한 얼굴에 어린 갈등은 갈수록 깊어만 가고…….

겉으로는 태연해도 속으로 지금 몹시 복잡하고 괴로운 심사였다. 그는 주먹을 꾹 움켜쥔 채 어깨 너머로 한숨을 토해냈다.

'대체 내가 어찌 해야 하는가?'

커다란 바윗돌 하나가 거칠 것 없던 행보 앞에 턱하니 굴러와 버텨선 셈이었다.

강위겸 그가 그런 식으로 진왕 자신의 뜻을 가로막을 줄이야. 진퇴양난. 욕심은 둘 다 놓치기 싫다. 전부 가지고 싶은 터, 허나 하나를 얻기 위해서 반드시 하나를 버려야 한다.

'공주와의 혼사를 작파하여 주면은 저가 즐거이 기쁘게 따라갈 것이라? 하, 기가 막혀서. 도대체 이를 어찌해야 할 것인가.'

그의 흔들림없는 지혜와 충심은 절대로 바꾸지 못할 귀한 보물이었다. 더없이 탐이 나되, 이토록 아름다운 여인도 절대로 놓칠 수 없음이라. 사내로서, 제왕으로서 자윤 그가 탐나는 둘 다를 가지지 못할 이유가 어디 있단 말인가?

갈등 서려 어둡게 빛나는 진왕의 눈빛이 다시 한 번 숙경공주에게로 다가갔다. 보면 볼수록 탐이 나고 안타까웠다. 저 고운 눈빛이 그를 향한다면, 붉은 입술이 살포시 웃음 머금고 그의 이름을 불러 준다며, 사모한다 말하여준다면…….

'그렇다면 난 천하를 얻는 것보다 더 행복할 테지. 진왕부에 숨어 평생 은일자중. 금(琴)을 뜯으며 살아도 모자라다 하지 않을 테지.'

도도하게 흐르던 물결이 바위에 부딪쳐, 거센 소용돌이가 되듯이 오만하고 거칠 것 없이 천하를 오시하던 진왕이 처음 만난 저항. 감히 어떤 여인이 그를 거부하던가? 감히 그를 놓아두고 다른 사내에게 박힌 연심을 포기치 못하리라, 서러운 제 마음 잘라내고 희생하여 먼저 먼 이국으로 가리라 말하던가?

보면 볼수록 아름답고 고운 자태. 지혜롭고 영명하며 고귀한 기상이 천상 황후의 관을 써야 할 여인이다. 저 곱다이 붉은 단심에 꽂힌 사내가 바로 자신이라면, 얼마나 좋을까?

원하지 않았는데 덫에 걸려 버렸다. 난생처음 알아버린 연정의 달콤하고 쓰라린 사슬. 자윤 그가 바닥까지 맛보게 된 붉은 금단의 불꽃은 뜨겁고도 아프고 고통스러웠다. 하필이면 왜 다른 사내를 사모하는 여인을 원하게 되었던가?

이렇듯 열애의 겁화(劫火)는 이성을 잃게 하였다. 심지어 철들 시절부터 심중에 감춰둔 야심마저 접을 수 있겠다 아우성치며, 불길을 넘실대며 그의 전부를 태우고 있었다. 심장이 묶여 버렸다. 아아, 볼모는 공주가 아니라 바로 진왕 자신이었다. 여인을 깊이 사모하여 마냥 애타이 바라는 정에 빠져 버린 한갓 초라한 사내가 되어 버렸다.
"아까 내가 놀랐거니, 명국 말을 언제 배웠소, 공주?"
"진왕전하께서 오라버님과 한 내기에서 이긴 그 다음날부터입니다. 이미 이 공주의 운명은 전하께 복속된 터라 하였나이다. 황경으로 가서 살아야 하니 명국 말을 배워야 할 것이다 싶었습니다. 역관을 불러 공부 중입니다."
"하, 실로 동작도 빠르구려."
"소녀가 전하의 비(妃)로서, 어리석고 멍청하여 하명하나 못한다 아랫것들에게 비웃음당하면 아니 되지요. 이 공주가 우세를 당하면 은 저를 안해 삼으신 지아비께서도 낯이 깎이는 것입니다. 그리는 할 수 없는 게지요. 열심히 할 것입니다. 고로 후에 저가 말이 아니 통할 것이다 이런 것은 그다지 염려 마시옵소서."
영리하였다. 당차며 슬기로웠다. 은근히 대차고 온화한 도도함이 보면 볼수록 매혹이다. 타고나기 진정 황제의 옆에 서야 할 황후의 기품이라. 사실 진왕은 강위겸의 집에서 나오며 어떤 결심을 하나 하였다. 그것을 다짐하러 공주를 만난 터이다. 헌데 잘못하였구나! 공주를 만나면서 오히려 더 흔들리고 있었다.
이토록 고운 여인을, 내가 처음으로 진실로 사모하고 원하게 된 여인을 놓아줄 수는 없다. 그는 어금니를 사려 물었다. 불끈 두 주먹을 움켜쥐었다.
'저 여인을 온전히 내 것으로 가질 수만 있다면 나는 진정 천하에서 제일가는 행복한 사내가 될 수 있을 게다.'

슬쩍 빙글거리며 공주를 바라보았다. 짐짓 능글맞게 수작하였다.
"내일 내가 단국의 주상전하를 뵙고 혼인을 주청할 테요. 인제 온전히 내 사람이라. 당장 모셔감은 불가하되 내 것으로 만들어놓고 갈 수는 있겠지. 이리 가까이 오시오, 공주. 정혼한 사내로 한 번 안아보려 하오."
한 무릎 다가가며 밉살맞게 굴기 시작하니 숙경공주, 노염에 꼿꼿이 선 아미를 치켜떴다. 노려보는 영롱한 눈빛이 심히 엄하였다.
"부왕마마께서 전하께 하답을 아니 하신 것으로 알고 있습니다. 아직은 이 공주, 전하의 짝이 아니니 무례한 손길은 거두시지요. 어찌 지엄하신 일국의 전하께서 시정의 야합하는 자들이 하는 속된 짓을 할 수 있습니까? 그럴 수는 없습니다."
"내가 정식으로 청혼하면은 단국의 주상께서는 그를 거절할 수 없음을 그대가 더 잘 알 터인데?"
참말 징글맞고 무례하구나, 이 사내. 빠각빠각 한마디, 한마디 받아치는 말이 능글맞았다. 망측하게도 치맛자락 앞에 모아진 섬섬옥수를 망설이지 않고 덥석 잡아챘다. 세차게 그 손을 뿌리치며 공주가 한마디 쌀쌀맞고 준엄하게 꾸짖었다.
"대장부의 일언은 중천금이라 배웠습니다. 이미 진왕께서 약조하신 바라, 이 공주가 진심으로 복속 아니 하면 손끝 하나 대지 않으신다 하신 터가 아닙니까? 한데 어찌 이리 갑자기 무례하십니까? 물러나소서!"
"공주, 천하를 주겠소! 후궁의 측실들은 전부 내어쫓을 것이오. 오직 그대만을 모셔와 황후로 만들어주리라. 내가 왕부에다 별궁을 지어드릴 터인데, 통째로 공주궁 전부를 옮겨 드리겠소. 향수병 걸리지 않게 하여줄 것이오."

"여인을 유혹하기 위한 허언으로서는 지나치게 과하시군요. 손 놓으시어요!"

뿌리치려고만 하는 손을 놓지 않는 힘은 거셌다. 얼굴이 새빨갛게 변하면서까지 뿌리치는 공주. 허나 섬약한 여인의 힘이 사내를 이길 수는 없다. 공주의 숨이 어느새 새큰거리고 있었다. 노염 서린 눈을 동그랗게 치켜뜨고 노려보는 공주를 바라보며 꼬드기는 말을 계속 이었다.

"뿐만 아니거든. 단국과 아국 사이 선린 우호 심히 깊은 터이나 이즈음은 다소간 국경 근처가 긴장되었던 것을 공주도 알 것이오. 내가 주선하여 예전만 양 화친하고 풀 것이오. 혹시 또 아오? 내가 천자 되면 그대의 부왕께서 원하시는 북도 땅을 내어드릴지?"

"무엄하십니다!"

"그대의 소생을 황태자 삼아 훗날에도 황태후로 만들어 부귀영화 극(極)하게 하여줄 것이야. 이 자윤, 사내로서 약조하되, 비록 지난날은 호탕하였으나 인제 모다 없던 일로 하고 개과천선할 작정이오. 오직 그대만을 은애하고 귀하게 대접할 터이니 붉은 마음을 나에게로 옮김이 어떠하오?"

"마음이 둘일지면 그러하지요. 이미 공주 속내 전부 드러내었고 전하께서도 그를 아시면서도 굳이 이 혼사 일을 추진하신 터인데 어찌 이러십니까? 부귀영화로 돌려질 마음이었다면 이런 말씀도 못 드리옵니다."

서러운 절연(絶緣) 477

서릿발처럼 차고 매서운 거절. 차분하고 나직하였으나 바늘 끝도 들어갈 틈이 없었다.

자존심이 심히 다치었다. 그의 평생을 두고 계집에게 이토록 저 자세로 애원하고 사정한 적 있나? 천하를 주마. 인세의 모든 부귀영화를 줄 것이다 약조하여도 모자란 터라. 그 먹물 냄새 나는 서생 하나 이기지 못하여 진왕인 내가 계집에게 거절당하는 수모를 당한단 말인가? 자윤은 공주를 노려보며 심히 골이 난 표정으로 쏘아붙였다.

"그대와 정분난 강가 놈 목을 자른다면은 그대, 내 여인이 될 것인가?"

"어찌하여 애먼 그분을 핍박하시려 합니까? 대국의 전하답지 않게 편협하십니다그려."

"감히 날 상대로 거짓을 고한 고로, 이미 큰 죄를 지은 참이지. 내가 그를 목 베겠다 하여도 큰 잘못은 아닐 터인데?"

"스승께서는 아국 신하로서의 불충함과 진실 사이에서 갈등을 하신 것입니다. 오히려 녹을 먹는 선비로서 도리를 다함이니 칭찬을 하셔야 할 일이지요. 내기에 이기신 터이며, 원하시는 바를 다 이루신 후인데 새삼스레 그분의 죄를 묻겠다 하는 이유를 알 수가 없습니다. 심히 어리석어 보이십니다."

차분하게 사리를 분별하는 목소리가 이내 촉촉해졌다. 아무리 담대하게 서릿발처럼 대하자 하여도 어쩔 수가 없었다. 뼈아픈 슬픔이라. 서러운 정인의 이야기에 다다름이니, 심중의 서글픈 괴로움을 견딜 수가 없었던 것이리라. 긴 속눈썹에 이내 굵은 눈물이 맺혔다. 그러나 끝내 떨어뜨리지는 못하는 속 아픈 설움, 절망이었다.

"이미 원하신 바를 다 얻으셨나이다. 가엾은 분을 더 이상 핍박하지 마십시오. 전하께서는 사내대장부라. 어진 덕을 보이심이 아름다운 도리이실 것입니다."

"말은 그럴듯하되 끝내 하는 말 전부가 결국은 그 사내 편드는 것이로군!"

자윤은 골이 나서 쏘아붙였다. 투기와 질투를 굳이 감추고 싶지 않았다. 섬섬옥수 잡은 손에 꾹 힘이 더 주어졌다. 놓지 못해. 이 손의 주인은 이미 나의 것이거늘! 확언하는 동작이었다.

"말은 바로 하잔 말이다. 정인이 이미 세상 사람이 아니면은 연분은 다한 바라 하였거늘! 그대가 마음 단념하여 내게로 올 수 있지 않냐 말야. 천하의 주인이 될 내가 그깟 학사 나부랑이에게 밀리어 처음으로 욕심난 여인을 차지하지 못한다는 것을 인정할 수가 없어."

"결국은 소녀에 대한 연심이 문제가 아니군요. 스승에 대한 경쟁심이 전하를 이렇게 모질게 만든 것입니다."

공주가 차분하게 가려 되짚어 헤아렸다. 진왕은 세차게 고개를 저었다. 차라리 그것만이 전부라면 결단을 내리기가 더 쉬울 것을. 마음이 없는 야심만이라면, 애절한 눈물 따위에 흔들리지 않고 오직 내 앞날만을 생각하는 이였으면 이리 괴롭지도 갈등하지도 않을 것을.

"아아, 어찌 그대가 왜 이리 늦게 내 눈에 뜨인 것일까? 내가 먼저 알았다면 반드시 이 마음을 차지하고 내 여인으로 만들었을 것을. 그대 또한 나를 진심으로 사모하여 주었을지 어찌 알까?"
　한마디 탄식. 사내의 절절한 목소리에 담긴 진심이었다. 아무리 부인한다고 해도 그마저 모른 척할 수는 없는 법이다. 공주가 촉촉이 젖은 눈동자를 들었다. 자윤을 똑바로 바라보았다.
　"사람마다 다 격이 있는 법입니다. 전하께서 소녀를 귀엽게 보시고 어여뻐 보아주심은 감사한 일이나, 마음은 스스로도 가누지 못함을 잘 아실 것입니다."
　"인간이 하는 일인데 어찌 못할 것인가? 돌리려 노력을 하여보시오. 깊이 그대를 은애하여 내 모든 것을 다 드릴 것인즉!"
　"연분이 이리 기막힙니다. 다른 분을 은애함으로 속이 문드러진 채, 전하 곁에서 살 제 팔자도 기막히고, 그런 소녀 보아지며 늘상 자존심 상하고 참담하실 전하도 기막히지요. 제가 어찌하여야 좋을지 모르겠습니다. 전하, 감히 용기를 내어 청하옵기, 그냥 저를 놓아주시고, 대국 미인을 취하여 왕비로 삼으소서 하면은 들어주실 것인지요?"
　이미 눈동자에는 물기가 촉촉했다. 간절한 빛이 서린 검은 눈이 보내는 슬픈 소원. 가슴이 아릿하였다. 호방한 사내인 그가 여인의 눈물에 가슴이 이토록 흔들리고 스산한 기분이 드는 것은 난생처음이었다.
　이미 공주에게 홀딱 빠진 터. 공주의 아픔이 바로 그 자신의 아픔이었다. 이 사람의 웃는 낯을 볼 수 있다 하면은 무슨 짓이든지 다 할 수 있을 것이다 싶었다. 허나 놓아달라니, 저를 딴 사내에게 가도록 하여달라니. 그는 도저히 참지 못할 일이었다. 그는 세차게 고개를 흔들었다.
 "그리는 못하오. 그는 절대로 싫어!"
 "왜 하필이면은 소녀입니까?"
 "그대가 아름답기 때문이야! 난 그대 같은 미색을 본 적이 없소. 허나 그 미색보다 더 탐나는 것은 굳은 단심이며 슬기로운 뜻이며 도도한 윗전으로서의 기품이야. 난 그대가 황후로 태어난 여인이라 확신하오. 반드시 내가 천자의 관을 쓸 적에 곁에서 함께 황후의 관을 받아야 할 여인이야. 그대는 그리 살아야 해! 나는 그대에게 천하를 줄 것이오."
 "황후로 살지 않아도 상관없나이다. 은애하는 사람 곁에서 그분 진지 지어드리고 의대 손질하며 밤이면 품에 안겨 속삭이면은, 그것이 바로 여인에게는 천하를 가진 바나 진배없습니다. 여인이 가는 길이 무엇이 크게 다를까요? 결국 고운 지아비를 섬기어 그분 은애함 받으며 서로 존중하고 살며 화락하는 것일지니, 그는 위로는 황후서부터 아래로는 천한 노비에 이르기까지 동일한 것입니다. 전하께서는 소녀에게 천하를 주마 하셨는데 그 천하 무에 필요합니까?"
 공주의 물음은 준엄하였다. 정 황후만도 셋이며 정식 첩지 받은 비빈이 팔십이며 수천 명 궁녀들이 염태 다투는 황실이었다. 황제와 황후가 같이 침수함도 보름에 겨우 한 번. 그녀의 소생더러 황태자 삼는다 하는 약조도 허언인 것. 날마다 검붉은 음모가 소용돌이치고 암투 심한 황실에서 뉘의 손이 다가와 아기 목줄을 누를지 어찌 알까?

"전하께서 강요하시는 것이 바로 그 일입니다. 말씀으로는 소녀를 심히 귀하게 여기고 존중한다 하시지만 실은 소녀의 꿈을 짓밟고 깊이 수모를 줌이 그토록 심한 것입니다. 용서하십시오. 생각하다 보니 제가 눈물이 나옵니다."

말하다 보니 다시 기가 막히고 그저 서러웠다. 기어코 하얀 볼에 주르르 눈물방울이 흘러내렸다. 옷고름을 들어 곱게 눈물 닦은 작은 손을 진왕이 덥석 잡아버렸다.

"그대가 원한다 하면은 귀찮은 법도 따윈 다 쓸어버릴 것이오! 오직 그대만을 황후로 삼고 그대만을 은애하고 존중하겠소! 항시 밤마다 그대만 찾아갈 것이오. 평생 다정하게 대하여주리라 맹세하오."

"그러기에는 전하께서 너무 야심이 강하시지요. 황경 군사를 움직이기 위해 이미 어사대부 따님과 혼담 중이라 들었나이다. 북군도독을 움직이려 그분 누이분과도 혼인을 약조하셨음을 들었나이다. 전하께서 소녀만 총애하신다 할지면은 결국 내전의 분란이니 그 여인들이 가진 뒷결이 전하의 호위가 아니라 적이 되면은 어찌할 것입니까? 그러하면은 절대로 천하의 주인이 되지 못하실 것입니다. 그를 참으실 수 있겠습니까? 소녀 하나 때문에 천하를 포기하실 수 있으십니까?"

공주의 야무진 반격에 말이 막히었다. 진왕은 우두커니 공주의 볼에 흐르는 눈물방울만 바라보았다.

주마등처럼 스치는 지난 세월. 그 야심. 절대로 포기할 수 없음이지. 철든 이후부터 천하를 움켜쥐기 위해 절치부심 무슨 짓이든 다

하여왔다. 천하를 움켜쥘 순간에 와 있었다. 하지만 만약 그가 예서 공주를 위해 약조한 그대로 행한다면 당연히 가장 큰 지원 세력인 황경 군사와 북도 어림군을 놓칠 것이다. 예정된 파멸이었다.

　게다가 공주가 지적한 대로 후대의 제위를 놓고 소생더러 옹립하고자 세 황후 간에 암투가 벌어질 것은 당연한 일이었다. 가장 약한 이는 먼먼 이국으로 혼인하여 온 외로운 공주일 것이다. 음모에 휘말려 들면 제일 먼저 희생될 것은 불에 보듯이 뻔하였다. 이토록 어여쁘고 귀한 여인을 데려다 놓고서도, 혹시 억울하게 생명을 버리게 하면은 어찌할까?

　그로서는 처음으로 은애하게 된 귀한 여인을 잃어버린 일이요, 천하를 주마 약조하였던 그 맹세는 바람에 날리는 먼지가 아닌가. 죽은 연후에 황후의 관을 올려준다 해도 무슨 소용이 있을까? 싫다는 공주를 억지로 데려와 슬프게 희생시킨 참이니, 그의 평생 괴롭고도 회한에 잠길 일이 아닐 것인가?

　가장 소중한 것을 기필코 소유하였다가 참혹하게 잃어버리고 나서 두고두고 회한에 잠겨 살 것인가. 아니면은 그저 놓아두고 멀리 바라보며, 그나마 그이가 행복하게 살 것이다 이리 생각하며 가끔 그리워할 것인가?

　자윤의 얼굴에 검은 갈등이 넘치었다. 문득 제가 대국 갈 터이니 공주마마를 놓아줍시오 한 강위겸을 이해할 것만도 같았다.

　"공주, 그대는 아마 짐이 평생 그리워하고 은애할 여인일 것이오. 어째서 우리는 이렇게 늦게 만난 것일까? 내 평생 처음으로 진심을 열어 원하는 단 한 사람이거늘! 어째서 우리는 이제야 만나,

마음이 엇갈리어 이리 서로가 기막히고 괴로운 것인가? 그대에게 정인이 없었다면, 그래서 나를 만났더라면 틀림없이 나를 사모하였을 텐데…… 어여쁜 이 웃음을 내게만 주고 붉은 단심을 내게 열어 평생을 헌신하여 주었을 테데…… 말하여보시오. 공주. 그대, 마음에 다른 사내가 없었다 할지면 나를 조금이라도 은애하여 주었을까? 나를 그리워하여 주었을까?"

열렬한 목소리. 사내답고 진심이 넘치는 눈빛에 저도 모르게 공주는 고개를 끄덕이고 말았다.

"전하께서는 천하의 주인이 되실 분이니 보잘것없는 소녀가 어찌 감탄하지 않을 것이며 어찌 순명치 않을 것입니까? 전하께서는 기상이 당당하고 사내다우신 대장부라, 어떤 여인이 보아도 절로 사모하는 정이 생길 것이며 일생을 의탁하고 싶은 마음이 들 분이십니다. 이 보잘것없는 공주가 전하를 감히 상심케 하여 드림이 참으로 가슴 아프고 망극합니다. 부디 소녀를 용서하십시오."

공주의 별빛같이 영롱한 눈매와 꽃잎 같은 붉은 입술을 바라보는 진왕의 입귀가 기묘하게 비틀어졌다. 치열한 갈등 끝에 문득 한줄기 벼락같은 깨달음. 마침내 어떤 결심이 굳어진 것이다.

"약조하지. 그대는 평생 행복한 황후로 살게 될 것이야. 내가 그리 만들겠소! 내기에 이긴바, 그대는 내가 얻은 상급이다. 내가 무엇을 요구하여도 그를 가납하여야 하오! 그대는 평생 짐을 기억하게 될걸? 내가 그러하게 만들어줄 것이니까!"

무례하도다! 아직까지도 잡고 있던 공주의 옥수를 힘주어 잡아당겼다. 방심한 공주의 몸이 파르르 떨며 진왕의 품 안으로 끌려들어왔다. 망설이지 않고 공주의 붉은 입술을 눈 깜짝할 사이에 훔쳐 버리었다. 육중한 몸으로 눌린 작은 몸이 방바닥에 묻혀 바둥거렸다. 씨익 음흉한 웃음을 흘리었다.

"느끼거라. 이것이 나의 정표니라!"

"소녀를 놓아주십시오!"

나직하나 서릿칼처럼 차가왔다. 고함질러 사람을 부르리라, 너를 망신 주겠다 앙탈하는 공주의 말에도 아랑곳하지 않았다. 어디 해 보렴? 커다란 손이 감히 단 한 번도 사내 손이 닿은 적 없는 봉긋한 가슴골 위로 다가왔다. 순결한 처녀의 젖봉오리를 감히 더듬어 움켜잡았다. 널 얻기 위해서라면 무엇인들 못할까? 당장 이 자리에서 겁탈이라도 하련다. 열기 어린 사내의 눈동자와 겁에 질린 소녀의 눈빛이 허공에 맞부딪쳤다.

너무 강한 사내의 체취가 가녀린 혼백을 억눌렀다. 감히 반항조차 할 수 없는 거센 기운 앞에서 공주의 새파란 앙탈이 딱 멈추었다. 사모한 그분은 늘 점잖고 멀고 서늘하기만 하였지. 그러나 진왕 이 사내, 마치 이글거리는 태양처럼 격하고 거칠고 열정적이다. 강렬한 의지가 참으로 사나워 감히 저항할 수가 없었다. 아니, 저항을 용서하지 않았다.

너무나 모욕스럽지만 또 한편으로는 짜릿하고 야릇한 호기심. 사내의 열정이 불러일으킨 본연의 복종. 얇은 천 사이로 맞붙은 두 가슴이 똑같이 세차게 뛰놀았다. 무언의 강요. 복속하고 항복하기를 바라는 강한 폭풍이 여린 꽃송이의 의지를 단번에 꺾었다.

"넌 내 것이다! 알겠느냐? 평생 내 곁에서 황후로 살아야 해! 너를 놓아준다면 일생 동안 그리워하고 안타까워할 것이니, 나는 그리 못해! 원하여 가지지 못한 것이 하나도 없었다. 너 또한 마찬가지니라."

거칠고 뜨거운 입술이 단번에 내려앉았다.

내어다오, 너의 마음 아주 작은 조각이라도 좋으니 나에게도 내어다오! 평생 동안 향기로운 흔적으로 안고 살 것이다. 내어다오! 마지못한 듯, 아니 절로 쫓겨서, 아니아니, 사실은 공주 또한 진왕이 일으킨 열기에 휘말려 얼결에 나부시 입술을 열고 말았다.

농밀하고 거칠고 격하고 뜨거웠다. 수줍고 슬프고 안타깝고 서러웠다. 무엇이 그리 서러운지 감은 눈, 긴 속눈썹을 타고 흐르는 눈물 한 방울. 사내는 그 물기마저도 용서할 수 없다는 듯 흡입하였다. 아픈 입맞춤은 그렇게 길었고 애잔하였고 깊었다.

말하지 않는 무언의 갈구. 낙인의 운명. 무도하게 공주의 순결한 입술을 훔쳐 버린 진왕의 눈빛은 사뭇 사나웠다. 넌 내 여인이로다. 그리고 훌쩍 공주를 버려두고 일어나서 문을 열고 나가 버렸다. 섬돌 내려서서 방 안을 돌아보는 눈매가 심히 착잡하고 우울하였다. 검고 깊은 정염. 끄지 못할 애정의 불길이여. 상처 입은 맹수의 모습을 한 그를 감히 아무도 건드릴 염을 내지 못할 정도였다. 슬픈 바람 한줄기가 눈발을 타고 혜원궁의 지붕에 내려앉는구나.

성덕궁.

천지일월도 그려진 넓은 편전, 도도한 기품 엄연하신 주상전하, 익선관에 용포 차림으로 용상에 앉으셨다. 용상 옆, 옥주렴 친 뒤의 방석에는 중전마마께서 자리하였다. 용상 한단 아래에는 세자가 앉았으며 그 아래 좌우에 승지들 서안 놓고 벌려 있다. 단국 중신 십여 명이 엄숙한 얼굴을 하고 좌우측으로 앉았다. 방 건너편, 정면으로 방석 두 개가 놓였다. 명국 황제의 명을 대신하는 태사태부와 진왕을 위한 것이었다.

이내 사신의 우두머리인 태사밀령과 진왕이 듭신다는 고변이 들었다. 주상께서 권하신 고로 두 사람은 몇 번 사양하다가 마침내 방석 위에 좌정하였다. 명국의 자색 관복을 입은 태사도 그러하나, 황색 용포 입고 앉은 진왕 자윤의 늠름한 모습도 볼만하였다. 과연 명국 조정을 쥐락펴락, 천하를 호령할 만한 기상을 가진 걸물(傑物)이다. 두 사람 뒤로 조복을 제대로 갖춰입은 사신들이 십여 명 뒷곁으로 벌려 앉았으니 심히 그 분위기가 엄숙하였다.

두근두근 아연 긴장. 진왕이 상감마마께 막내따님을 달라 정식으로 청혼하려는 순간이다. 사랑하는 공주의 운명이 걸린 일이니, 중전마마께서도 실례함을 무릅쓰고 이렇게 나오신 것. 먼저 전하께서 말씀을 시작하였다. 속이야 비록 심란하시나 겉으로는 몹시 의젓하고 정중하시다. 명국 사절을 맞이하여 정중한 예절이 하나도 빈틈이 없었다.

"반가운 태사와 진왕의 옥안을 뵙자 하니 기분이 기껍소이다. 이날 진왕께서 짐을 뵙자 하심은 그 뜻에 담은 깊은 속을 드러내실 참이라. 명국과 아국 간 친선이 깊고 형제국이라 해도 진배없으니, 허물없이 대하시구려. 이날 원하는 바가 있으면 말씀하시오. 짐이 반드시 들어드릴 것이오."

"단국 주상전하께 심히 감읍하옵이다."

먼저 태사가 고두하고 하례하였다. 읍하여 감히 청하였다.

"저희가 어렵사리 만 리 길을 넘어온 것은 귀국 막내 공주마마께서 심히 그 덕성이 빛나시고 어질며 기품이 도저하사 태생이 황후마마라 소문 장하였나이다. 황경까지 아름다운 방명이 흘러들어 온 터입니다. 하여 아국의 황제 폐하께서 신을 보내서 공주마마의 아름다움을 살피어 황이자(皇二子)시며 진왕으로 봉작받으신 분의 짝으로 맞아 가납하여 모셔오라 하셨습니다."

"모자란 공주를 황상께서 어여삐 여겨주시었으니 감읍하오."

"하여 신이 먼저 전하께 그 뜻을 아뢰고 공주마마를 감히 선보았나이다. 심히 온후하시고 영명하시어 기품 고우신 분이라 눈이 멀 정도였나이다. 헌데 감히 아뢰옵기, 곁에 계신 진왕전하께서는 심히 소탈하시고 담대하십니다. 혼인은 당사간의 일생이 달린 일이라 직접 혼사를 진행하시겠다 하시어 신은 이제 물러나렵니다. 진왕전하께서 직접 주청하실 참입니다. 전하, 단국의 주상전하이시옵이다."

다 아는 처지이나 또 공식적으로 인사를 드리는 것은 처음이다. 예절을 차려야 함이라, 사신의 소개말에 진왕 자윤, 몸을 일으키어 절하였다. 기골이 장대하고 헌칠하였다.

"단국 성상의 용안을 처음 뵙사옵니다."

상감께서는 처음 보는 진왕의 모습. 길게 찢어진 호목에 신광이 번득이고 풍신이 늠름하였다. 첫눈에도 영웅의 풍모가 여실한 고로 과연 천하를 노릴 인재로구나 생각하였다. 짐작보다 훨씬 더 담대하고 호방하다. 사내다운 기상이 넘치는 모습이라, 아국 사내라 할 지면 말야. 모르는 척, 몇 번 튕기다가 숙경을 내주어도 좋을 텐데…… 쯧쯧 속으로 은근히 입맛을 다시었다.

"미거한 제가 감히 귀한 공주마마를 짝으로 탐내어 국경을 넘은 고로, 그 격식 벗어남을 나무라지 않으시고 환대하여 주시니 그저 황공합니다."

"아국과 명국이 선린하기 오래인지라 그 친밀함이 심히 두텁고 문물이 오감이 장하지요. 이날 아름다운 인연을 찾아 진왕께서 나오시니 아국의 복록이오."

"감은합니다. 단국의 공주마마께서 심히 아름답다는 방명(芳名)이 천하를 울렸습니다. 어찌어찌하여 그 아름다운 이름이 이 몸 귀에까지 닿았습니다. 누가 보든 공주께서 이 몸의 짝이라 하였기로, 궁금증을 참을 수가 없었나이다. 단국 풍습은 혼인 전에 내외하여 서로 그 얼굴도 아니 보고 심사도 헤아리지 않고 무조건 윗전 하명 따라 이루어지는 것이라 들었습니다. 허나 아국 풍습은 다소 달라 혼사 문제는 당사간의 의사도 중히 여기지요."

"일평생을 같이하는 반려를 고르는 일입니다. 인륜지대사이니, 이해합니다."

"하물며 저와 혼인하는 처자는 작으나마 일국의 왕비(王妃)인지라 그 가품이 또렷하고 덕성이 높지 않으면 안 되는 일, 함부로 택함은 절대로 불가한 터라 생각하였나이다. 그리하여 감히 무례를 무릅쓰고 세자저하께 부탁하여 멀리서나마 공주마마를 보았사옵니다. 태사가 말한 대로 더없이 곱고 아름다운 분이라 저의 마음이 심히 동요하였습니다."
 결국 제 맘에 드니 공주를 모셔가겠노라는 말 아닌가? 편전 안이 조용하였다. 공주를 제 짝으로 주십시오. 그가 하면 주상께서 하답하시기를 가납하오 하셔야 하고, 그러면 모든 일이 결정날지니. 주렴 뒤의 중전마마 옥안에 그늘이 설풋 졌다. 진왕이 싱긋 웃으며 문득 세자를 바라보았다.
 "제가 미복하여 온 터인데도, 세자께서 눈이 밝으시사 저를 알아보고 황공하게도 동궁에 청하여 주석을 베푸셨나이다. 게서 저와 저하 사이에 내기가 하나 벌어진 터였습니다. 주석 흥을 도우려 가벼이 시작한 일이나 이미 약조함이 굳어 내기에 이긴 자가 청을 하나 할 것인즉 반드시 그를 들어준다 하였나이다. 이긴 이가 바로 이 몸이라. 저하, 실은 제가 이 자리에서 그 청을 하여도 허락하실 것입니까?"
 내가 무슨 청을 하여도 약조를 지켜라 하는 말이다. 세자는 속으로 이 모든 일이 하늘의 뜻이다 생각하였다. 담담하게 대답하였다.
 "그러하세요. 아국인들은 아무리 사소한 일이라 하여도 약조함에 그 신의가 두터우니 무슨 청을 하셔도 들어드리겠습니다."
 세자는 일어서서 두 손을 모으고 고두하였다. 곡진하게 부왕전하에게 아뢰었다.
 "마마, 감히 미리 아뢰지 못한 불찰이 있사옵니다. 들으신 바대로 진왕전하께서 소자와 내기를 한 바, 비록 우스개로 시작한 터이나 이겼습니다. 반드시 전하의 청을 하나 들어드리겠다 약조하였습니다. 불민한 소자의 부끄러움을 헤아리사 부디 신의없는 이가 되지 않도록 윤허하여 주옵소서."

"동궁이 속이 깊고 실수가 없음을 짐이 잘 알고 있느니라. 그리 일을 처리하였다면 반드시 온당한 연유가 있었을 터이지. 그리하라. 비록 약조는 너하고 하였으되 세자는 아국의 소지존이다. 너의 약조는 짐이 한 것과 진배없다. 진왕께서는 말씀하오. 무슨 청이든지 들어드리겠습니다."

주상전하께서 두 번 생각하지도 않고 곧바로 윤허하시어 하답하시었다. 그만큼 동궁마마를 신임함이 지극하다는 뜻이었다. 진왕이 빙긋이 웃으며 읍하여 가볍게 감사의 뜻을 표하였다.

"저하의 지엄하신 약조, 이 자리에 계신 분은 다 들은 터라. 금석지약(金石之約)일 것입니다. 반드시 지켜주시리라 믿습니다. 하여 이 날, 이 몸이 감히 단국 전하께 청하옵니다."

대전 안은 물 끼얹듯이 조용하였다. 그사이로 낭랑한 진왕의 목청만이 크게 울려 퍼졌다.

제14장 아름다운 이별

"감히 청하옵기 막내 공주마마와 혼약하게 하여 주옵사이다, 하고 싶으나……."

하고 싶으나? 아니, 〈하고 싶으나〉라니?
하지만, 그런 청을 하지 않겠다는 뜻이냐?
갑자기 대전의 적막한 침묵이 더 깊어졌다. 주상전하의 용안에도, 세자의 얼굴에도 긴장이 서렸다. 진왕 뒤에 앉은 사신들 또한 마찬가지로 아연한 기색이었다. 아침만 하더라도 반드시 공주를 데려갈 것이니 납폐거리 잘 챙기거라 몇 번이고 다짐하였다.
수군수군 웅성웅성. 대전 안의 모든 사람들 얼굴에 놀람이 잔뜩 묻었다. 그러나 진왕은 하나도 듣지 못하고 알지 못한 듯 태연한 기색으로 말을 이었다.
"망극합니다, 전하. 허나 이번 혼담의 모든 일을 없던 일로 하고 싶습니다."
"허어. 갑자기 뜻을 바꾼 이유를 들어봅시다."
다행이다 싶으면서도 한편으로는 자존심이 제법 상하였다. 네가 아무리 대국의 왕일진대, 감히 내 딸을 거절하느냐 은근히 고까웠다. 왕이 침착하게 되물었다.
"저가 정작 공주를 뵙고 보니 마음이 변하였습니다. 심히 옥체 연약하시고 또한 연치 어린 소녀라. 타향 만 리 대국으로 가시면은 필시 병환 나시어 견디지 못할 것으로 보여졌습니다. 또한 제 삶이 조만간 평탄치 못하게 될 것입니다. 안해의 일생은 지아비의 삶에 따라 달라지는 법. 제 삶이 순탄하지 못할진대, 내전의 여인 역시 고생이 자심할 것. 천금을 모셔다가 그런 욕을 보일 수는 없지요. 그는 사내가 할 노릇이 아닙니다."

'내가 지금 잘하는 짓일까?'
혼담을 파작 내는 이 순간, 태연하게 말을 이으면서도 진왕은 그 말을 하는 자신의 입을 찢고 싶었다. 혼담을 거절하는 스스로를 믿을 수가 없었다.
오직 한 여인인 것을…… 마음에 담아버린 단 한 사람을 내가 왜? 내가 어찌하여?
탁자 아래 떨어진 손이 꾹 움켜쥐어졌다. 허나 가시덤불 감긴 듯 아프고 쓰라린 목청을 억지로 가누며 진왕은 쾌활하게, 의연한 어조로 말을 끝맺었다. 낭랑한 자윤의 목청이 너른 대전을 울렸다.
"무작정 제가 욕심난다 하여 귀하신 공주마마를 억지로 모셔감은 심히 부당한 일이지요. 하여 단국의 전하께서 용서하신다면, 혼약의 그 청을 감히 거두고자 합니다."
이것으로 그대 또한 내 마음을 알 테지. 진왕은 겉으로는 싱글거리면서도 속으로는 이를 악물었다.
'그대를 생각하는 내 마음은 오다가다 미색에 눈이 어두워진 풋정이 아니다. 고운 꽃 따고야 마는 사내의 더러운 욕정도 아니다. 오직 그대가 행복하기를 바라는 것. 내가 아프고 힘들어도 그대만은 웃고 살기를 바라는 것. 그대 또한 이런 내 마음을 모른다 하지는 않을 테지.'
주렴 뒤에 앉아 말 못하고 가슴만 바작바작 졸이던 중전마마께서 포스스 안도의 한숨을 내쉬었다. 상감마마 용안에도 요놈 제법이로고 하는 만족한 미소가 떠올랐다. 세자가 벌떡 일어나 두 손 잡고 읍하였다. 진심으로 감사함을 표하였다.
"전하, 감히 이 세자가 감읍함을 이기지 못합니다. 두 분 윗전께서 막내 숙경을 귀애하심이 심히 크십니다. 전하께서 혼사를 굳이 청하시면은 거절치는 못하실 것이되, 만리타향으로 혼인하여 갈 그 아이 걱정을 많이 하셨습니다. 대국의 왕비로 오름은 견줄 데 없는 영광인 줄 알고는 있습니다만은, 지존께서도 어버이십니다. 자식이 그리 멀리 가시는 것은 바라지 않은 터입니다. 사정을 먼저 이해하시어 스스로 그 일을 가려주시니 오라비로서 감사함을 전할 뿐입니다."

세자의 인사는 당당하나 진정이 스며 있었다. 비굴하지 않으면서도 진심으로 감사하는 뜻이 담기었다.

"금일 이 시간부터 진왕전하께서는 더 이상 저에게 있어 외인이 아니십니다. 앞으로 반드시 미력하나 전하의 도움이 되어드릴 것입니다. 진심에서 스며 나오는 맹세입니다. 전하, 그저 감읍합니다."

진왕도 흐뭇하게 웃었다. 마찬가지로 일어나 읍하여 하답하였다.

"심히 기껍습니다. 단국 사람들은 뜻이 굳고 신의가 두터우니 이 날의 말씀은 천금지약이라. 이 자윤, 천군만마를 얻은 듯싶습니다."

상감마마께서도 근심이 사라진 터이라 만면에 미소 지었다.

"진왕께서는 짐에게 어려워 말고 하나라도 청을 하시오. 감사하여 무엇이든 들어드리고 싶구려."

공주를 아니 데려간다는 말로도 그저 흡족하시었다. 무슨 말을 하더라도 다 들어주고 싶은 심정이었다. 진왕이 몸을 돌이켰다. 다소간 짓궂은 표정이었다.

"허면은 감히 저가 단국 주상전하께 한 가지 청을 할까 합니다."

"사양치 말고 말씀하세요."

"제가 단국에 들어와서 무척 아름다운 인재 하나를 만났습니다. 심히 강직하고 미더우며 충심 두터운 터로, 바로 저를 배행하라 보내주신 학사 강 공이라. 그이가 공주마마를 생각하는 뜻이 장한 고로 제 목숨 버려서도 지키려는 뜻이 아름다웠습니다. 이 자윤은 충심 깊은 그에게 큰 상급을 주고 싶습니다. 전하, 감히 청하건대, 강씨 학사 위겸과 막내 공주마마를 혼인시켜 주십시오."

대전에 모인 사람들 입이 딱 벌어졌다. 세자 또한 놀란 눈으로 진왕을 바라보았다. 인물은 인물이로고! 세자 자신이 심중으로 담아 둔 해법이 그의 입에서 술술 흘러나오고 있었기 때문이다.

"강 공이 비록 연치 많되 어질고 전도양양한 선비인 고로 흠이 될 수 없으리라 봅니다. 집안이 다소 가난하다 하지만은, 이 자윤이 공주마마 납폐를 그 집안 대신하여 올릴 참입니다. 금지옥엽을 모셔감에 부끄럽지 않을 것입니다. 후에 반드시 저가 한 번 강 공을 청하여 대국에서 일을 할 기회를 줄 터입니다. 그때에 한 번 강 공의 지혜와 인품을 제게 빌려주신다면 그로서 족하니 가납하여 주시겠는지요?"

주상전하께서 벙긋 미소 지었다. 듣자 하니 다행이다 안심하신 터였다.

강위겸이라 하면은 상원대군 글 스승이지. 당신께서 몹시 아끼는 신하로 비록 숙경에 비하여 나이가 많고 미혼 망처 두었다 하나 그 인품이며 관옥 같은 인물이 적이나 탐이 난 처지. 두말도 않고 가납하오 하시었다.

"감사합니다. 허면은 저가 학사를 대신하여 공주마마 혼사를 납폐하렵니다. 만 리 길 싣고 온 짐을 가납하여 주십시오. 태사는 단국 정승께 물목을 받쳐 드리라!"

뒤에 앉아 있던 명국 사신 우두머리가 비단 두루마리를 상에 올렸다. 무릎걸음으로 다가온 내관 손에 내주었다. 영의정이 앞에 나서서 그 상을 받아 들었다.

이리하여 단 한순간에 운명이 뒤바뀌어졌다. 진왕의 비가 되시어 황경으로 끌려갈 것이다 근심이었던 숙경공주 마마, 뜻밖에도 학사 강위겸의 안해가 되었구나. 말도 못하고 숨어서 속앓이만 하던 두 연인이 연적이라 하는 진왕 덕분으로 천생연분을 맺었구나. 이렇듯 이 일은 기막히게 결정되었다.

숨죽이며 대전의 동정 살피던 유모상궁이 다다다 한달음으로 서궁을 차고 들어갔다. 숙경공주는 너무 기막히고 갑작스럽게 달라진 운명의 길인지라 놀라서 까무라칠 지경이었다. 전날 밤, 진왕이 무도하게 어르고 협박함이 지독하였으니 인제 내 운명은 정하여진 게 다 믿었다. 헌데 이리 제 속내를 손바닥 뒤집듯이 바꾸어서 놓아준다 하였다. 게다가 정인을 얻게 먼저 나셨다니 그를 어찌 믿을 것인가?

그러나 누구보다 놀라고 망극한 이는 따로 있었다. 다름 아닌 강위겸이었다.

망연자실 자포자기. 우울한 낯빛을 한 채 저무는 서녘 하늘만 바라보며 그날도 자음자작 중이었다. 공주의 따스한 체온이 스민 듯한 가락지를 어루만지고 또 어루만지고…… 짓나니 한숨이요 떨어지나니 눈물이라.

그만 콱 죽어버릴까?

이판사판이다. 비수를 품고 궐에 들어가 공주도 죽이고 나도 죽고…… 저승길이나 같이 갈까?

그도 저도 아니면 밉살스런 진왕 그자의 목줄이나 따버릴까? 그러면 공주는 무사하실지니.

어질고 바르다 소문난 선비의 뇌리 속에, 명경지수 같아야 할 심중에 오가는 생각이란 이렇듯이 흉악하고 무도한 것들이었다. 허나 그것들은 다 부질없는 일장춘몽. 힘없는 백면서생이 지존을 맞상대하여 무엇을 어쩌란 말이냐. 그때였다.

"어명이오! 강위겸은 당장 나서 어명을 받들라!"

청천날벼락 같은 고함 소리가 대문 바깥에서 울려 퍼졌다.

어명이라? 비틀비틀 일어서며 강위겸은 자조의 웃음을 지었다. 진왕 따라 명국 가라는 하명이려나. 평생 마음의 꽃 그분이 노랗게 시들어가며 천덕꾸러기로 사는 것을 지켜보라는 분부이시냐. 그도 저도 아니면 감히 천금을 욕심낸 가당찮은 마음을 경계하여 멀리 귀양 보내란 어지더냐.

북쪽을 향하여 사배(四拜)하고 땅바닥에 부복하였다. 엎드린 그에게 전령이 큰 소리로 상감마마의 분부를 전하였다.

"금일 강씨 위겸으로 하여금 금성위로 봉하고 숙경공주와 정혼 맺어 하가시키노라. 지금 당장 입궐하여 지존을 배알하라시는 분부이시오!"

꿈이냐 생시냐. 듣고서도 믿을 수가 없었다. 멍하니 고개 들어 승지를 바라보는 강위겸의 얼굴은 그야말로 볼만하였다. 하얗게 질려 얼빠진 듯하였다.

"대, 대감. 지금 무, 무엇이라 하시었나이까?"

"진왕전하께서 특별히 주상전하께 청하신 일일세. 자네가 목숨 버릴 각오로 공주마마의 안위를 먼저 생각한 그 충심이 무척 아름답고 칭찬할 바라. 의젓한 인품이 부마도위감이라 하시었지. 좋은 연분을 이렇게 맺어주시었네. 어서 일어나시게. 당장 입궐하라는 분부이시네."
 부승지 한석재가 강위겸의 몸을 안아 일으키었다. 즐겁고 좋은 기별을 전하러 온 길이다. 그의 만면에도 흐뭇한 미소가 가득하였다. 연하여 전하는 말은 강위겸을 더 감격시키기에 충분하였다. 황감하여라, 감사하여라. 학사의 집안이 청빈하여 공주마마를 위한 납폐꺼리가 부담이 될세라. 그 예물까지도 진왕전하께서 대신하여 주시노라 하였다.
 "진왕전하께서 혼사를 위하여 지고 온 패물이며 예물꾸러미가 아니던가? 전부 다 자네를 위해 내어놓으신 것이네. 낼모레 대공주마마의 가례가 끝난 연후에 한 서너 달 후 곧바로 공주마마를 하가시킬 터라 하시었네."
 "전하, 전하! 망극하고 망극하옵니다. 감사하고 감사하옵니다."
 차마 감당하기 어려운 과분한 어명 앞에서 그저 눈물만 뚝뚝 떨어졌다. 마냥 감사하고 감격하여 전하! 하고 울먹이며 소리쳤다. 말려도 말려도 북쪽을 향하여 꿇어 엎드려 절하고, 또 절하는 강위겸의 옷자락 위로 눈물이 계속하여 얼룩졌다.
 눈물은 같은 눈물이되 흘리는 뜻은 다를지니. 단 한 다경 상관으로 그의 운명은 지옥에서 극락으로 수직 상승하였도다.

 행장을 꾸려 중경을 떠나는 진왕 일행을 배웅하려 세자는 하루 거리 용천강까지 따라 나갔다. 결의형제를 맺은 터라, 두 사내는 서로 손을 마주 잡고 헤어짐을 아쉬워하였다.
 "부디 용체 조심하십시오. 먼 길이라 이 아우가 심히 걱정입니다."

"길이 있고 뜻이 있으면 어디를 못 가겠나? 이제 그만 돌아가시게."

"늘 소식 보내주십시오. 항시 귀를 열고 형님의 행적을 뒤쫓을 것입니다."

"훗날 큰일을 도모할 적에 아우님의 도움을 기필코 받을 참이야. 그 약조나 잊지 마시게! 핫하하. 출발하자."

배들이 닻줄을 감아 올리기 시작하였다. 두런두런 사람들이 짐을 이고지고 말을 끌고 배에 올랐다.

"저하."

몸을 돌이키니 말을 타고 급히 달려온 서궁의 유모상궁이었다.

"무엇이냐?"

"심히 아뢰기 힘든 일이나 막내 공주마마께서 진왕전하께 전하라 서찰을 주시어서 가지고 달려나왔나이다."

"이리 다오. 이미 진왕께서 나와 의형제를 맺은 고로, 숙경은 전하의 누이이다. 내외할 것 없다. 전하여 드릴 것이다."

세자는 맨 마지막에 말고삐 당기어 배에 오르려는 진왕에게 봉을 한 서찰을 내밀었다.

"후일 펴보소서. 아마도 숙경이 못다 한 말을 담은 듯합니다."

진왕이 손을 뻗어 그것을 받았다. 갈등 어린 표정으로 한참 생각하더니 다시 돌려주었다. 피식 웃으며 고개를 흔들었다.

"아니 보겠노라. 이미 마음을 돌린 고로, 어여쁜 사연을 다시 보면은 또다시 헛된 욕심이 생길까 두려워. 원보(세자의 아호) 그대에게 진심을 말하겠네. 연분만 닿았다면 반드시 숙경을 황후로 만들고 싶었음이니, 미련은 평생 갈 것이야. 숙경처럼 아름다운 여인을 아마 다시 보기 힘들 것인 바, 그런 여인을 담쑥 차지한 학사가 행운이지. 핫하하, 한 이십 년 후에 그 딸이 있거든 황태자에게 보내라. 어미에게 못 준 황후의 관을 줄 것이다."

농담 같은 그 말이 훗날 사실이 될지니!

십여 년 후에 진왕을 도와 천하를 놓고 거사를 일으킬 적에 강위겸이 책사의 노릇으로 큰 공을 세웠다. 논공행상할 적에 예부상서 직책을 맡았고 동호후로 봉작도 받았다. 오랜 동안 황경에서 생활하였는데, 그들의 첫 따님 아라 아씨가 결국은 후대 제위를 잇는 영륭제의 황후가 되기 때문이다.

그분이 바로 명국 역사상 가장 뛰어난 절세미인이자 여걸로 알려진 효명황후 아라 아씨이다. 슬하에 세 아들 두시어 둘째 아들이 대통을 이었다(흠명제로 즉위). 숙경공주 자신은 황후가 되지 못하였으나 그 따님이 기필코 황후 되고 황태후 되니, 결국 그리될 수밖에 없는 고귀한 운명이라 할 것이다.

각설하고, 이렇듯이 한편으로는 아쉽고 섭섭하지만은 또 한편으로는 잘하였다 스스로 위로하며 진왕은 홀가분한 얼굴로 배에 올랐다. 막 뭍을 떠나려 하는데 저 멀리서 부옇게 흙먼지가 날렸다. 질풍노도처럼 말 달려오는 이가 하나 있었다. 떠나는 배를 바라보고는 풀쩍 뛰어내려 도포자락을 휘날리며 가지 말라 소리치고 뛰었다. 강위겸이었다. 강기슭 흙바닥에 엎드리니 진왕 또한 놀라 배에서 뛰어내렸다. 그를 안아 일으켰다.

아름다운 이별

"서여, 그대가 어찌 예까지 왔소? 몸이 아직도 허하실 텐데 이리 하면은 탈이 더할 것이오. 언제고 불러들여 그대의 경륜과 지혜를 빌릴 것인지라, 부대 몸을 아끼고 훗날을 기다리오."

"전하, 은혜가 하해 같나이다! 감히 입을 열어 그 은혜를 말로 할 수 없습니다. 어찌하여 이리 감당하실 수 없는 처분을 하시어 이 보잘것없는 학사를 얼굴도 못 들게 하시니까? 감읍하고 또 황공할 뿐입니다."

잠시 말이 없던 진왕이 강위겸 귀에 대고 나지막이 한마디 쏘아 붙였다. 단 한 번 그의 진실한 속내를 표출하였다.

"실은 너를 죽이고 숙경을 말 등에 태워 대국으로 데려가려 하였다."

이내 몸을 일으켜 너털웃음을 웃었다. 진왕은 뼈아픈 질투심과 패배감을 강위겸 앞에서만은 굳이 감추지 않았다. 허나 역시 큰 인물의 도량은 다른 법. 금세 툭툭 털고는 망극하여 고개를 조아린 그의 어깨를 툭 쳤다.

"솔직히 말하는데 심히 쾌씸해. 감히 둘 중에 하나를 고르라 나에게 강요하다니! 문제는 내가 숙경만치 그대도 아끼고 욕심내었다 이 말이지. 심히 고민한 바가 컸어. 결국 두 사람 다 내 사람으로 얻으려면 그 수밖에 없더군. 숙경은 누이가 되었고 그대는 나에게 씻지 못할 빚을 진 터인지라 언제고 부르면은 달려와야 할 거야. 진심으로 견마지로(犬馬之勞)할 것이니 나는 두 사람을 다 얻은 셈이야, 안 그런가?"

"망극하옵니다, 전하."

"숙경이 그리 말하더군. 여인에게 있어 천하를 얻는다 함은 은애하는 사내와 한평생 해로하며 서로를 아끼고 존중하며 사는 것이지 천자의 옆에서 허울뿐인 황후로 사는 것이 아니라고 말이야. 곰곰이 생각하여 보니 차라리 그대에게 보내어 그녀라도 행복하게 살게 함이 내게도 좋은 일이라. 흠, 진실로 아끼고 진심으로 은애하였음을 그것으로 짐작할 거야. 자, 돌아가오. 금성위 나리. 핫하하. 그대는 내게 큰 빚을 진 것이니 반드시 갚아야 할 것이오! 나는 절대로 손해 보는 짓을 하지 않거든. 내가 그대에게 생명 같은 여인을 주었으니 그대는 내게 천하를 주어야 해! 몇 년 후에 그대를 부를 터이니 반드시 와주시오."

"하명 받잡나이다! 전하, 부르시면 언제고 달려갈 것입니다. 미천한 신을 그토록 중히 여기사 귀이 대접하시니 신이 몸이 으스러져도 거사를 도울 것입니다. 부대 먼 길 조심하시어 돌아갑시오."

"혼인하면은 기별이나 한 번 하여주시오. 이미 내가 세자와 의형제를 맺었기로 그러고 보면 그대와 나는 처남매부지간이 된 셈이야. 핫하하. 훗날 보오."

하나도 얻지 못한 것처럼 보이나 실상 다 얻은 이가 진왕이로구나. 공주마마 한 분을 포기함으로써 꿋꿋한 세자의 진심을 얻었다. 든든한 뒷결이로다. 학사에게 공주를 보내줌으로 하여 슬기롭고 영명한 능력을 손에 넣은 것이며 공주 또한 평생 은공으로 그를 생각하며 존경할지니 하나를 포기함으로써 셋을 얻었다. 과연 천하를 욕심낼 만한 자의 수완이라 할 것이다.

'이 넓은 천하에 진심으로 은애할 여인 하나 있어, 그녀를 만났다 함이 이번 행보의 가장 큰 수확이겠지. 내가 공주의 입술을 빼앗았다 함을 알면 저 점잖은 이가 어떤 얼굴이 될지 궁금하군. 두고두고 그 여인의 첫 사내가 바로 나이니 그걸로 아쉬움을 약간 덜어볼까? 핫하하. 그녀가 말하기를 이 세상에서 마음대로 아니 되는 것이 바로 스스로의 마음이라 하더니 참으로 그 말이 옳도다! 죽는 날까지 그리워하고 아쉬워할 여인이 바로 숙경이라. 후생에는 부대 그녀가 내 것이기를.'

진왕은 그런 생각을 하며 멀어지는 단국의 풍광을 바라보았다.

용천강을 건너 멀리 사라지는 명국인들의 모습을 바라보며 강위겸은 오래도록 서 있었다. 멀어지는 진왕 그 사내의 등이 무척 넓고도 고독하다 생각하였다.

이러저러하여 숙경공주와 강위겸의 혼사가 기막히게 매듭지어졌다.

묶인 매듭 다 풀리고, 근심거리란 다 해결된 이후라. 며칠 상관으로 숙정공주의 대례가 화려하고 장엄하게 거행되었다. 초례청에 마주 선 서원위 심온복은 늠름하고 씩씩하였고 대공주는 얌전하고 상냥하며 고왔다. 경덕궁 영곤전에 신방 꾸미어 신부가 들어갔다. 세자며 대군들에 의해 누이 뺏어간 괘씸한 놈이라 하여 새신랑이 한바탕 매달렸다. 발바닥을 북어로 실컷 두드려 맞았다. 얼굴 벌겋게 붉히며 신방에 들어가설랑은 뒷발로 걷어차 문을 닫았다. 벙싯 웃으며 유모상궁이 병풍을 둘러치고 물러났다.

"신방의 불이 꺼졌나이다."

체기만 양 가라앉아 마냥 속을 앓게 하였던 큰 시름도 큰 부담도 전부 사라진 후였다. 오랜만에 중전마마 용색이 화사하였다.

게다가 그날 저녁에 금성위 강위겸이 공주와 나란히 중궁에 들어왔다. 처음으로 사위 자격하여 문후를 여쭈었다.

반듯하고 어질며 총기롭다. 참으로 미장부이며 헌칠한 기골이라. 다만 나이가 좀 차이진다 함이 흠일 뿐, 어디서 맞춰와도 이런 사내는 고르지 못할 것이다 내심 흡족하였다. 하물며 그 사위 용모가 옛날 중전마마 글 스승이었던 강두수와 몹시 흡사하였다. 그가 다시 젊어 돌아온 듯 어쩐지 그립고도 이상한 기분이 들었다.

생글생글 웃으며 빈궁이 두 분더러 동궁으로 나갑시다 하였다. 이때 상감께서 교태전으로 들어서시었다. 무릎 꿇어 절한 연후에, 물러가라 하는 하명받았다. 뒷걸음으로 천천히 나가는 강위겸을 바라보던 왕이 중전을 돌아보았다. 짐짓 입을 삐죽였다.

"두루마기라서 더 곱지야? 흥."

"인제 막내 사위옵니다. 금성위 듣는 데서는 그런 말 마옵소서."

"지금에서야 말하지만은 말야. 짐이 그 아기를 심히 투기하였다? 금일도 보아하니 중전께서 금성위 보는 눈이 더 정답거든? 필시 옛날 강학사 그이 생각하고 그리한 것이야? 응?"

"또 애먼 심술부리신다? 보는 눈이 무에가 다르다고 괜스리 다그치십니까? 몰라요!"

우원전에서 사돈인 우상 황이와 병판 남준. 새 사돈 되신 심돈의와 나란히 약주 한잔 하시었다. 얼근히 주흥도 올랐것다, 왕은 짐짓 중전을 놀리어 트집을 잡았다.

"흥, 이것 좀 보아? 시침을 똑 떼는구먼! 짐이 한 번 더 말을 하여 봐? 중전이 짐 도포 지어주기 전에 먼저 그 집 아기 두루마기 지어준 터이잖어? 짐더러는 겨우 손수건 하나 하여주고선 말야. 그 집 아기는 색동 두루마기를 지어주어 놓고선. 짐보다 학사가 더 중하였음이 그리 증명이 되는 것이지? 아니라 말을 못할 것이다."

"그때 말을 하자면은 이 중전도 할 말이 많사옵니다, 무어? 가례 첫날부터 소박주시고 중궁전으로 발길조차 아니 하신 분이 대체 누구인고? 그래 놓고 도포 아니 말라주신다 투정하십니까? 신첩은 항시 전하만 바라보는 해바라기였음을 더 잘 아시면서? 숙정을 보내고 심란한데, 전하께서조차 이리 속을 뒤집으시니 못 살 것이다!"

새초롬하게 돌아앉으며 중전이 어깨 너머로 눈을 흘겼다. 이미 사십 넘은 터이되 여전히 소녀같이 고운 자태. 주상의 눈에는 항시 어린 새만 양 작고 어여쁘고 애처로운 여인일 뿐이다.

"중전 곁에는 항시 짐이 있는데 무엇이 심란하단 말야? 이 말로만 보아도 중전이 짐을 중히 여기지 않음이다. 오직 짐에게는 중전뿐이거늘! 좋은 집안의 늠름한 사위를 얻어 하가시킨 터이니 오히려 즐거워하여야지. 이리 오시오. 짐이 안아줄 것이다."

든든한 팔로 작은 몸을 담쑥 안고 위로하여 주었다.

"슬하의 아이들 다 떠나가도 그대 곁에는 항시 짐이 있지 않소? 게다가 금세 빈궁 아기가 세손 낳아지면 다시 품에 끼고 귀여워할 아기가 생기는 고로 너무 허탈해 마오. 응?"

중전은 지아비 왕의 다정하고 넓은 품에 얼굴을 묻었다. 며느리 얻어 들이는 것과 딸아이 하가시키는 것이 어찌 이리 다른 것인지. 마음이 스산하고 섭섭하고 안타까웠다.

"매일 보던 그 아이, 초이레나 잠시간 머물다 하가하면 일부러 부르지 않으면은 얼굴도 보지 못할지니…… 휴우, 마음 한구석이 텅 빈 듯, 바람 소리가 휑하니 들리는 듯하옵니다. 숙정 이 아이를 하가시키니 비로소 돌아가신 사친의 속내가 더 절실하게 짐작되어지니. 얼마나 쓸쓸하고 허전하였을까요?"

처음에는 담담하였으나 기어코 목청에 물기가 끼였다. 세상을 버린 지 이미 십여 년이 훌쩍 넘은 부원군 생각에 새삼 가슴이 미어졌다.

"여섯이나 되는 아이들 중에 겨우 하나 바깥으로 보내는데도 이토록 쓸쓸하고 허전한데…… 하물며 늦게 얻은 외동딸 하나 담 높은 궐 안에 들여보내고서 사친께서 어찌 견디어 지내셨을까요?"

왕이 가만히 손을 들어 중전의 볼을 살며시 쓸어내렸다. 촉촉이 젖어드는 눈 밑을 손가락 끝으로 훔쳐 주었다. 민망하고 미안한 감정이 새록새록 되새겨졌다.

그리도 연약하고 서러운 가슴을 헤집고 앓게 만든 이야, 바로 왕 자신임을. 젊은 날, 방탕한 혈기로 잉첩 두고 제멋대로 살 때였다. 교태전의 어린 꽃 같은 안해를 놓아두고도 나날이 쌀쌀맞게 소박 주었다. 늙은 사친 홀로 두고 들어온 어린 중전의 나날은 뼈아픈 눈물투성이였으리라.

"너무 속 아파하지 마오. 숙정 고 괘씸한 녀석은 지금 중전 속도 모르고 그저 제 신랑 품에서 좋아하고 있을 것이오. 이리 오시오,

오늘 그대 안고 새신랑 흉내를 낼 것이다. 짐 눈에는 중전 그대가 항시 곱고 여린 열다섯 그때만 같아."

서온돌의 불이 꺼졌다. 깊은 밤까지 호호하하, 밝은 불 아래 즐거운 웃음소리가 나는 곳은 세자저하를 위시하여 모처럼 형제들이 모인 동궁 쪽이다.

밤이 이슥하였다. 소복이 밤이슬이 내리는 자정 무렵. 늦다이 형제지간 주석을 끝내고 세자가 내궁으로 들었다. 막 문을 여니 연돌이 빈궁마마, 자리옷 차림으로 금침 안에 앉아 있었다. 무엇에 골몰하다가 화들짝 놀라 손을 뒤로 감추어 버렸다. 빈궁이 세자 몰래 무엇을 하는 것을 본 적 없다. 더럭 호기심이 아니 날 수가 없었다.

"밤도 깊은데 침수하지 않고 무엇 하는 것이야. 그것이 무어관대 뒤로 감추는 것이니?"

빈궁이 부끄런 빛을 지으며 고개를 저었다. 여간해서는 보여주지 않았다. 그러하니 세자는 더 궁금증이 생겼다.

"우리 연희가 나 몰래 혼자 하는 것을 본 적 없거늘. 아 이리 내어봐. 보자니깐."

억지 고집을 부려 기어코 빼앗고 말았다. 빈궁이 치마 뒤로 감춘 것은 만들다 만 아기 배냇저고리였다.

연희 아씨, 검술 장하고 활이야 잘 쏘지만, 병서는 많이 읽고 글씨 연습이야 많았지만은 여인의 공규랑은 한참 거리가 멀었다. 끙끙대며 기억을 더듬어 아기 옷 꼴이라고 만들기는 만들었다. 어디다 물어볼 데도 없고 제멋대로 마름질이라. 바늘땀은 비틀배틀. 찔렸던 자리 또 찌르고 돌아가는 것이 술 취한 사내 걸음 같고, 옷끈은 앞뒤가 바뀌었으며 소매는 길고 짧아 같은 옷 짝이라고 할 수도 없구나. 망신당하리라 각오한 터, 하얀 얼굴이 시뻘겋다.

"아이고, 우리 아기 배냇저고리 지었구나. 연희가 직접 한 것이니?"

"……어미가 되어 하나는 지어야 할 것 같아서요. 히힝. 몰래 하려는데 그만 들켜 버렸다."

민망하고 부끄러워 혀를 쏘옥 내밀었다. 세자는 아기 옷을 한 번 보고 빈궁 얼굴 한 번 보고 손가락으로 쓰다듬었다. 그만 덥석 빈궁 손을 잡아보았다.

"우리 아기는 참말 좋겠구나. 침선이라면 십 리부터 도망치던 우리 연희가 스스로 바늘 들고 마르는 옷이니 어찌 귀하지 않을 것이던가? 비록 서투르나 그 노력이 심히 아름답도다. 밤마다 고생하였어? 우리 연희 실로 대견하다. 가엾어라. 바늘에 손가락이나 찔리지 않았는고?"

"너무 서툴고 흉하지요? 누가 보면 참말 망신이라, 볼까 알까 두렵소이다."

"처음부터 잘하는 이가 누가 있다고? 서투르더라도 열심히 노력하면 되는 게지. 빈궁이 영명하고 사리분별 잘하는 사람이라고는 알고 있었는데 말야. 인제는 부덕까지 나날이 높아가니 바랄 것이 없구먼. 진정 내가 장가를 잘 들었거든."

서툴다 타박을 할 줄 알았다. 허나 세자는 비아냥 대신 큰소리로 격려하였다. 만면에 미소 지으며 빈궁의 손을 잡고는 호오 따스한 입김을 불어주었다.

"고생하였소. 빈궁, 계속 연습하여 내 용포도 하여주고 버선도 만들어주고 그리하오. 응? 빈궁은 영리하고 민첩하니 바느질 솜씨도 이내 자랑할 만하게 변할 것이야."

빈궁이 손가락 끝으로 배배 옷고름을 꼬았다. 저도 눈이 있어, 엉터리인 그 솜씨 보이지 않을 것인가? 우세스러워서 온몸을 꼬았다. 헌데 어진 지아비께서 못났다 하지 않고 칭찬부터 하여주는구나. 고생하였다고 안타까워하는구나. 더 수줍어지고 부끄러워졌다.

"창피하여요, 마마. 이런 것도 아니 배우고 혼인하였다고 흉볼 것이다."

"누가 감히 빈궁더러 흉을 볼 것인가? 오히려 나날이 덕성이 높아진다 칭송을 할 테지. 참말 내가 멋진 안해를 맞았거든. 우리 연희를 맞아들여 부러울 것이 없도다."

머루알처럼 영롱한 눈동자가 긴가민가 세자의 얼굴을 빤히 바라보았다. 거짓 하나 없는 낯빛에 배싯 웃음이 물렸다.

"고생시키려 연희를 데려온 것이 아니야. 알고 있지야? 내키지 않으면 억지로 마오. 상침들 여럿인데 빈궁이 아니 하여도 흉볼 사람 없구먼."

"저가 하고 싶어요, 마마. 우리 아기 첫 옷인데 저가 하여야지요."

"참말 어질도다. 곱도다. 허면은 내가 조만간 빈궁 뫼시고 저잣거리 한번 나가주게. 아기옷 마르랴, 무명필도 사주고 색실도 사줄게. 우리 둘이 잠시 부원군 사저에도 다녀옵시다그려."

다정한 지아비 말씀 앞에서 갑자기 연희 빈궁마마, 고개를 푹 숙였다. 이내 눈물방울이 자리옷 자락 위로 툭툭 떨어졌다. 깜짝 놀라 세자가 부르짖었다.

"연희야, 너 어찌 이러니? 내가 섭섭한 말이라도 한 게야? 아니면 어디 불편한 게야?"

"저, 저가…… 너무, 훌쩍. 마마. 너, 너무 행복하여서요."

와락 넓은 품을 파고들었다. 감격에 젖어 훌쩍이며 영원한 사모지정을 맹세하였다.

"어엉엉엉. 마마, 저는요. 흑흑. 후생에는 꼭 소로 태어나고 싶어요. 마마의 수레를 끌고 다닐 거여요. 훌쩍. 저는 무슨 복이 이리도 많아 마마처럼 좋은 지아비 만나 가없는 복록을 누리는지, 흑흑. 마마, 참말 신첩은 마마만 사모하여요."

"온, 사람도…… 당연한 일을 두고 왜 그러는 것이야? 나에게 우리 연희는 바로 심장과도 같거니. 연희가 덩실하니 내궁을 채우고 웃고 있으니 내 일도 전부 다 순조로운 것이거늘. 쭉!"

세자는 손을 들어 다정하게 빈궁의 등을 어루만져 주었다.

"웃고 살라 내 너를 데리고 온 것이야. 울리려 혼인한 것은 아니지 않니. 연희 너의 행복이 바로 이 범이의 행복이거니. 평생 우리 둘이 이렇게 사모하며 해로하고지고."

"마마, 신첩이 잘할 것이어요. 앞으로 더 잘하려고 노력할 것이어요. 훌쩍."

"암만. 나도 더 잘하여볼게. 우리 빈궁이 혼인을 잘하였구나 말할 수 있게 잘할 것이야. 허니 마음 편안히 가지고 태교하오."

봄바람은 선들선들. 정분일랑 채곡채곡. 알콩달콩 사모지정은 나날이 붉어질세라. 타고난 복록은 이리도 무궁무진. 연돌이 빈궁마마. 참말 행복하구나.

아이고, 부럽도다. 부럽고도 부럽도다. 이런 천복, 저런 인덕. 대체 어찌하면 한 몸에 얻을 수 있는 건가? 부럽다 못해 배 아파 못 살겠소!

가랑비가 속살속살 내리는 날이다.

빈궁마마의 아랫배가 봉실봉실. 어느덧 일곱 달이라. 마침내 산실 들어가거라 분부가 내렸다.

들어가기는 가는데, 마지막까정 싸돌아다니면서 온갖 참견이란다 하고, 야무지게 인사하고 가야지. 시누이들 보러 공주궁에 들었더니, 마침 윗전에 문안 인사하러 입궐한 대공주도 있었다. 얌전한 아우를 앞에 두고 첫날밤 그 일에 대하여 소곤소곤 수다 중이었다.

"그리하여서, 옷고름을 풀고 자리옷 벗기었지 뭐."

이 대목에서 처녀인 숙경공주 얼굴이 붉어졌다. 그러면서도 호기심이 나니 언니의 옆구리를 손가락으로 폭폭 찔렀다.

"그리하여서? 옷고름 풀고 금침에 들어간 고로…… 그 다음은? 응? 말하여주오, 제발! 내가 이런 이야기를 어디서 들을 것인가?"

"으, 으음…… 그, 그리하여 의대를 다 벗었지 무에야."

"뉘가 벗었소? 언니가 벗은 것이오? 서원위께서 벗기신 것이요? 그것도 말하여주어야지. 제발!"

"처자인 내가 어찌 먼저 벗니? 사내가 벗기어주어야지. 둘이 다 그리하고 금침에 들었는데, 그가 입을 쪽 맞추는데 나는 그때에 얼이 다 나갔지 무에야."

"저, 그 그것 할 때에, 심히 아프다 하는데 언니도 많이 아팠소? 응 나는 그 말을 들으면 딱 죽을 것 같아. 겁이 나서."

숙정공주가 활달한 성정답게 핫하 웃었다. 시원시원 대답하여 주었다.

"너는 그래서 바보다! 숙경, 아프기야 하지만은 내가 멀쩡히 신방에서 나와 활개 치고 다니는 것을 보아라. 음, 음 나는 좀 아팠는데 말야, 그가 금세 아프지 않게 하여주었단다. 그것이 사내가 참 이상한 것이란 말야. 처음에 할 때는 무슨 불 몽둥이가 내 아래를 지져대는 것같이 아프고 찔리어 비명이 절로 나오는데, 어떻게 다시 하는데 이상하고 둥둥 구름 탄 것 같기도 하고…… 여하튼 좀 간지럽기도 하고 녹신녹신 몸이 녹는 것도 같고 참말 이상하였어. 그것이 사내와 여인 사이에서 일어나는 기이한 일이거든. 할 때는 무서운데 정작 하고 나면은 또 하고 싶고 다시 안기고 싶은 것이니 참 요상하단 말이다."

"첫날밤에 몇 번 하였소? 솔직히 말하여야 할 것이다!"

소곤소곤 몇 마디 하고 나니 제법 사뭇 대담하여졌다. 숙정공주가 얼굴 붉히며 손가락을 꼽아 보였다. 숙경공주가 그 대목에서 입을 막고 슬그머니 웃었다.

"애개, 겨우 두 번?"

"무어라? 너 그게 무슨 소리냐?"

그 두 번에 딱 죽는 줄 알았다. 둥둥 하늘로 올랐다가 땅바닥에 내동댕이친 듯 까무라치기를 번갈아하니, 누구보다 내 즐거웠노라 자신만만해하던 숙정공주 눈이 동그래졌다. 행여 누가 들을세라, 숙경공주가 언니의 귀에 대고 살그머니 소곤거렸다.

"저가요, 은근슬쩍 언니하고 빈궁 형님하고 효동 새언니하고 이야기를 다 들었거든. 초야에 누가 제일 장하게 즐기었는지 헤아렸더니, 언니가 제일 약하오."

"뭐라고? 그 말이 참이렷다?"

"그럼요. 훗후, 기운차다 뽐내던 용원 오라버니도 사실 허풍입디다. 새벽까정 하여서 겨우 세 번이래요. 제일 실속이 있는 것은 빈궁 형님이던걸요. 세자 오라버니께서 은근히 방탕하여서 세상에, 그 밤에 다섯 번을 눌렀다 하지를 않소? 그 말 듣고 내가 기절을 하였지 무에야? 세자 오라버니, 겉보기는 심히 점잖고 군자시라 도무지 그러할 줄은 몰랐거늘 속으로는 꽤나 여인네를 밝히시는 것이야? 하긴 그 밤에 원손을 잉태하였다 하니, 그리 엄청나게 힘을 쓰신 고로, 결국 성공하였지. 아니 그런가요?"

말을 하여놓고 보니 유쾌하였다. 허리가 부러지게 쿡쿡쿡 웃어대는 아우를 바라보며 숙정공주는 기가 찼다.

세상에, 세상에!

그것이 사실일진대 그 밤에 빈궁마마께서는 그 일을 어찌 무사히 견뎠을까? 저는 서원위가 한 번 건드린 것으로도 아득하고 정신이 오락가락, 천지분간을 할 수 없음이며 혼백이 빠져나간 듯하였는데. 세상에, 다섯 번이라니. 그것도 한밤에 다섯 번이라니.

"참이냐? 참으로 빈궁 형님이 초야에 다섯 번이나 하였다더냐?"

"아이고, 오늘 서원위 형부께서 큰일이 났도다. 은근히 분하신 빛인걸요? 필시 오늘 밤에 그리하여 달라고 조르실 참이지요? 훗호호. 나는 그리 들었습니다. 오직 빈궁마마만 알 것인지라 언니께서 한 번 다시 물어보시오?"

숙정공주가 새빨갛게 낯을 붉혔다.

"요것, 또 놀림하면 가만두지 않을 것이다!"

고함을 꽥 질렀다. 앞에 놓인 휘건을 집어 아우의 얼굴을 향해 던지며 부끄러움과 괘씸함을 풀었다.

"사람도 없는 자리에서 감히 뉘 욕을 하오? 필시 예에 모여 진진한 이야기를 하고 있을 것이다 생각하였지. 누가 어찌하였다고요?"

바로 그때 싱긋싱긋 웃으며 빈궁이 들어섰다. 숙경공주가 제 편 들어달라고 반색하였다.

"아, 마마. 참 잘 오시었습니다. 분명히 그때 소녀에게 말씀하신 고로, 초야에 다섯 번이나 하였다 하셨지요? 네에?"

"그랬지요. 헌데 어찌하여 눈을 말똥말똥 뜨고 내 입만 지켜보시오? 대공주께서는 그리 못하셨나 보오?"

활달하게 되받아치며 빈궁은 다담상 앞에 파고들었다.

"형님, 그것이 정말 참이오?"

"참이 아니면은요? 원래 정분 좋은 사내와 여인이 부딪치면 그리하는 것이 아닌가요? 나는 항시 그러한 줄 알고 살지."

"옴마, 옴마! 밤이면 밤마다 그러하시오? 참으로 세자 오라버니가 만날 그러하신단 말이요? 도무지 못 믿을 일이로다."

"저하께서 심히 강건하시고 이 빈궁을 깊이 은애하시며 기력이 넘치시니 어찌 아니 그러하시겠소? 헌데 실상 나가 거짓을 조금 말한 것이 있거든요. 다섯 번은 맞는데, 내 솔직히 말하리다. 저하께서 하신 건, 세 번이오."

"허면은 남은 두 번은 무엇이오?"

"내가 하였지 뭐! 저하 눕혀놓고 내가 수단 부려 깜박 새신랑을 죽였소이다."

에구머니. 옴마옴마! 더 자지러지는 비명 소리가 공주들 입에서 새어 나왔다. 허겁지겁 숙정공주가 또 물었다. 눈이 반짝반짝 빛이 나고 있었다.

"그, 그리하니 좋아하시던가요?"

"연희가 어찌 이리 나를 죽이니? 하며 좋아서 어쩔 줄을 모르데? 이 빈궁이 결심한 것이, 저하가 절대로 딴 계집에게 한눈 아니 팔게 하겠노라 작정하였습니다. 그 일이 바로 잠자리 재미에서부터 시작되는 것이 아니겠소?"

빈궁이 음흉하게 눈을 끔쩍끔쩍하였다. 두 공주가 침을 꼴깍꼴깍 삼키었다. 가슴이 동당동당. 부러움은 몽클몽클. 자연스레 한무릎 더 다가앉아 두 시누이가 올케더러 그렇게 놀아대는 수단을 말하여라 졸라댔다.

"저하께서 좋아하시면은 무슨 짓이든 다 할 것이지요. 애초부텀 나는 요렇게 결심하였소이다. 대공주께서도 괜히 빼지 말고 금침 안에서 수단을 잘 부리시오? 사내는 게서 끔뻑 죽는 터이야. 혼백을 아예 빼어놓아야 절대로 딴 눈 안 팔고 내가 하잡는 대로 다하여주거든요. 왜 궁금하오? 내가 그 수단 부리는 것을 가르쳐 주오?"

끄덕끄덕, 자동적으로 두 공주의 고개가 아래위로 흔들렸다. 머리 맞대고 속닥속닥. 끄덕끄덕. 순진한 공주들을 앞혀두고, 빈궁마마 밤마다 사내 혼백 빼는 일장연설을 좔좔좔 읊기 시작하였다.

그날 오후이다. 그렇듯이 빈궁이 공주들과 더불어 여인들끼리만 하는 이야기를 하여가며 깔깔거리며 놀고 있는 그 무렵. 세자는 천천히 교태전에 접어들었다. 문 앞에서 지밀 박 상궁이 병싯 웃으며 맞이하였다.

"어마마마를 뵈려 하네. 아뢰어주게."

"예, 저하. 중전마마, 세자저하께서 듭시었나이다."

"뫼시어라."

큰아들이 방에 들자 중전마마께서 미소 지으며 자리를 권하였다. 무릎 꿇어 절을 하고 좌정한 후에 세자는 공손하게 아뢰었다.

"어마마마, 소자가 감히 주청할 일이 있어 어려운 발길을 하였나이다."

"그래요? 우리 세자께서 무슨 부탁을 하려는 것인지. 말이나 한 번 들어봅시다."

"아뢰옵기 황송하오나 빈궁이 낼모레로 산실에 드옵니다."

"그렇지요. 인제 몸이 많이 나신 고로, 조용히 산실에 머물며 출산을 대비하심이 법도이지요. 헌데 왜요? 그리 못하시겠다는 말입니까?"

"그것이 아니옵고……."

무슨 말인지 잠시 미적거렸다. 필시 또 제 안해의 역성을 들려 하는 말이겠구나. 중전마마는 속으로 빙긋 웃음을 물고 말았다. 어지간히 곱다이 위하여주고 보살펴 주는구나. 암, 부부지간은 저리 은애하며 사모하고 아끼며 살아야 하는 게지. 세자가 가벼이 고개를 숙였다.

"망극하옵니다. 감히 소자가 주청하옵니다. 빈궁이 산실 들어가기 전에 이 며칠 상관으로 하여 한 번만 사가로 다녀오너라 분부하여 주시면 아니 되시겠습니까?"

"다소 당황스럽습니다. 우리 세자께서 군자시라, 한 번도 무리한 청을 하신 적 없고 법도를 어김이 없으셨는데 어찌 이런 청을 하시는지요?"

"천성이 자유롭고 활달한 빈궁이옵니다. 어마마마. 출산 전부터 하여 백 일 될 때까정 근 대여섯 달을 좁은 정심각에서만 거처할 터인지라, 영 마음에 걸립니다. 잠시 사가로 뫼시고 나가 두루두루 일가친척도 뵙게 하여주고, 세암정 별저도 다 되었다 하니 잠시 둘러보고 오려 하옵니다. 그리라도 해주어야 소자의 마음이 편안할 듯싶습니다. 윤허하여 주시기를 바라옵니다."

"빈궁의 몸이 무겁지 않습니까? 잉태한 몸으로 사가로 나가도 별일이 없겠습니까?"

"소자가 같이 나가려 하옵니다. 겨우 하룻밤 유하고자 하옵니다. 비록 법도에는 어긋난 일임을 알고 있으되, 그렇게 하여주고 싶습니다. 소자의 이 뜻을 부대 거절치 말아주십시오."

공손하고 어질되 속고집도 많고 자존심 꺾는 일도 절대 않는 우리 세자가 결국 빈궁 때문에 입 간지러운 청까지 하는구나. 중전마마는 결국 미소 짓고 말았다.
 "어김없고 빈틈없으신 우리 세자께서 간곡히 청하시는데야 이 어미가 어찌 끝까지 거절하겠습니까? 허나 회임한 빈궁께서 설사 사가 나들이라 하여도 궐 밖을 나돌아다님은 구설수에 오르기 십상입니다. 묵인할 터인즉, 몰래 미행 다녀오십시오. 괜스레 크게 알려 안팎으로 걱정을 들음은 오히려 빈궁에게 기쁨보다는 부담스럽고 폐가 될 것입니다."
 "성은이 망극하옵니다. 어마마마. 빈궁의 처지를 가리시어 처지를 이해하여 주시니 그저 소자는 감읍할 따름입니다."
 성큼성큼 동궁으로 돌아가는 세자의 발길에 힘이 넘쳤다. 연돌이 요것이 이 말을 들으면 얼마나 기뻐할까? 좋아라 파르르 뛰며 천장을 넘으려 할 게다. 아니나 다를까? 빈궁은 좋아서 어쩔 줄을 몰랐다.
 "참이지요?"
 "암만. 참이지. 내가 언제 허언(虛言)하는 것 보았어? 낼 모레로 어마마마께서 교지 내리시어 빈궁을 사가로 내보내 주실 게다. 우리 둘이 모처럼 선유락도 하고 세암정 별저에 나가 꽃놀이도 하고 그러자구나. 새 산진이가 들어왔다 하니 응방도 가보고 말야."
 "헷헤. 마마가 최고시오. 이러하니 마마를 진정 사모하지."
 "흠. 그 말 한번 묘하구먼. 내가 잘하지 않으면 사모 아니 한다 그 말이냐? 나는 빈궁이 어떤 짓을 하여도 어떤 모습을 하여도 무조건 사모하고 은애하는구먼."
 세자는 짐짓 삐친 척 쏘아붙였다.

아름다운 이별

"또또, 어린애처럼 떼를 부리신다? 말 아니 하면 그것을 모르나? 마냥 좋아 죽는 것을!"

연돌이가 눈꼬리에 말랑말랑 애교를 담고 되쏘았다. 담쑥 두 팔로 지아비 목을 끌어안고 살긋살긋 웃어주었다. 비길 데 없이 깊은 사모지정 다시 한 번 맹세하고, 후생에도 다시 연분 맺어 세세년년 정답게 살아보자 꼭꼭 다짐하였다. 이내 달착지근한 금침 안 희롱질. 쪽쪽 달금한 입맞춤 뒤에, 자리옷 슥슥 풀어냈다. 해당화처럼 짙어진 젖꼭지를 빨며 은근히 더듬는 지아비 손길 아래 지지 않고 단단한 가슴을 어루만지던 빈궁이 문득 홀로 중얼거렸다. 어찌하면 좋아? 하는 눈빛이었다. 세자로 하여금 발라당 뒤로 넘어가게 한 말을 서슴지 않고 쫑알거렸다.

"마마, 헌데 소녀가 지금 걱정이 하나 있거든요."

"무슨 근심이오? 내가 풀어줄 것이다. 말을 하여보시오."

"그것이, 음음음. 저하가 노력하실 일이 아닌 것이니 문제지요."

"그게 무슨 말인고? 자세히 이야기 좀 해보아."

"저가요, 서궁에서 공주 아기씨들 모셔두고 잠시 수다를 떨었거든요 음음. 초야에 몇 번 하였냐 하여서⋯⋯ 음음. 이 빈궁이 다소간 잘난 척을 떨었거든요. 대공주가 오늘 서원위를 심히 괴롭힐 것이야. 아마 내일 그분이 죽는다 벌벌 기고 나올 것인데 어찌하면 좋아?"

"핫하하, 그가 아직 신혼이며 더없이 씩씩하고 강건하기로 그 정도를 감당 못하겠소? 놓아두시오."

대수롭지 않게 대꾸하였다. 빈궁이 몸을 일으켜 말끄러미 세자를 바라보았다.
"저하께서 첫날밤에 다섯 번이나 하셨다 솔직히 말하였는데요?"
"뭐, 뭣이라? 우리가 다섯 번이나 같이하였다는 것을 다 말하였다고?"
기겁을 한 세자가 벌떡 몸을 일으켰다. 빈궁은 손가락을 입에 물고 고개를 끄덕였다.
"숙경 아기씨께서 이 빈궁이랑 효동 동서랑 대공주마마 셋 중에서 뉘가 제일 진진한 재미 보았느냐고 묻더구만요. 하여서 내가 솔직히 말하였지. 마마는 세 번이되, 이 빈궁이 또 두 번 올라탄 것까지 하여서 다 말하였지 뭐."
"아이고, 기가 막혀서! 날더러 괴물이라 하지 않겠나? 어쩌 그대는 그런 말을 입 밖으로 내고 다니오? 처자들이 부끄러운 줄을 알아야지 말야. 기가 막혀 참으로 말이 아니 나온다!"
면구하고 민망하여 저절로 얼굴이 시뻘게졌다. 기가 막혀 세자는 버럭버럭 고함질렀다. 허나 빈궁은 눈 하나 까딱하지 않았다. 오히려 저 잘났다 하여 눈을 흘기며 콧방귀를 핑 뀌었다.
"하면은, 겨우 한 번 하였다 할 것이오? 그는 저하께서 사내로서 수치다!"
"차라리 한 번이라 할 것이지. 모다 날더러 군자라 하는데 금침 안에서 내가 그리 격하고 욕심 많다 소문 퍼져 봐, 내 낯이 무엇이 될 것이던가?"
"모다 기가 막히어 부러워하지요. 공주마마들 모다 이 빈궁이 부러워 숨이 깔딱깔딱 넘어갑디다요 뭐. 나는 그래서 이 궐 안에서 가장 행복한 여인이 된 거야요. 그는 모다 저하 능력이라. 나는 솔직히 한 번 하는 마마보다 다섯 번 하여주는 마마가 더 좋아."

"쯧쯧쯧. 여인의 몸으로 어찌 이리 부끄럼이 없는 게야?"

한심하여 혀를 찼다. 저 방정맞은 조동아리를 한 번 쥐어박을까 말까? 갈등 중인 세자가 뒤로 다시 넘어간 것은 바로 그때였다.

"필시 새암 많은 터라, 대공주께서 오늘 밤 기필코 서원위더러 동궁 오라버니만큼 하라 다그칠 거야요. 날 원망하시면 어찌하지?"

당연히 원망하지. 저저 방정!

기가 막히다 못해 귓구멍에서 연기가 날 것 같다. 세자는 휴우 한숨을 내쉬었다. 하룻밤에 너덧 번이나 사내 노릇을 하기가 쉬운 줄 아나? 숙정의 터무니없는 시샘 등쌀에 애먼 서원위만 죽어나겠고나. 오늘 밤 지나면 벌벌 안방을 기어나올 것이 뻔한 새신랑에게 맞아 죽을까 두려웠다. 새벽에 어디 사냥터에라도 도망을 쳐야 하는 것은 아닌지 홀로 고민하였다. 밉살스런 빈궁의 머리통을 쥐어박기는 하되, 앞으로 서원위에게 당할 일이 그저 두려운 세자였다.

동궁마마 내외가 윗전의 허락을 받아 성동 부원군 댁으로 잠시 나간 것은 그 밤 지나 이레 후였다. 몰래 나가는 길이라 세자는 여염집 선비처럼 갓 쓰고 옥색 무명 도포 입고 말을 탔다. 빈궁은 새 색시라, 낭자머리에 칠보단장 매죽잠을 찔렀다. 쑥빛 저고리에 진다홍 치마 조촐하게 차려입고 외가마를 타시었다. 두 분을 배행한 이는 말고삐 잡는 구종 하나, 가마꾼 넷에 장옷 걸친 유모상궁 한 명. 그리고 멀찌감치 동궁의 시위별감 한 사람만 따라왔다.

천천히 말을 몰아 제일 먼저 북문 바깥 별각 공사가 되어가는 모양을 확인하시었다. 별저 근처에다 지은 동궁 응방에 날렵하고 늠름한 산진이들이 새로 들어왔다. 용원대군이 빌려가서는 곧 돌려주마 해놓고는 영 종무소식인 마루(세자의 매 이름) 대신, 새로 봉 받은 산진이 한 마리를 손가락질하였다.

"조놈이 마루 대신이라니깐."

"눈매가 만만찮고 힘깨나 쓸 듯합니다."

"동궁의 수할치가 대전 사람보다 윗길이라고 하지 않아? 꿩 사냥을 나가면은 수십 마리는 금세 잡아챌 게다."

"꿩 통구이가 또 맛나지요. 거기다가 막걸리 한 잔 곁들이면, 카햐! 내년에는 반드시 소첩도 데리고 매사냥 나가주셔야 하오."

"허어, 요것! 아기씨 잉태한 터로 말조심하라 하였지? 어미 닮아 요놈이 어려서부터 방탕하면 어쩌려고 그러는 것이야?"

"저하께서 요 아이의 성정을 꽉 잡아 가르치실 터인데 무엇을 근심하리오? 인제 저잣거리로 가옵소서. 나 어머님 드리게 신도 한 켤레 사고, 일가친척 선사하게 치맛감도 다 끊을 것이야."

토닥토닥 정겨운 입씨름. 혀를 날름 해 보이는 빈궁을 향하여 세자가 쯧쯧 혀를 찼다. 아무래도 궐 담 밖을 나오니 마음이 한가해지고 한결 편안하여진 게다. 한층 생기발랄하여 보이는 빈궁을 바라보며 세자는 잠시 속이 짠하였다.

원래대로 하면야 사가로 떠나기 전에 궐에서 예물을 내보내야 했다. 허나 이번 나들이는 쉬쉬하며 몰래 나온 길이었다. 본때있게 내놓을 선물치레가 모자랐다. 그래서 부원군 댁에 들어가기 전에 저잣거리 나가서 비단이나 끊자구나 의논을 미리 하였던 것이다.

두 분이 번화한 저잣거리 들어가 제일 먼저 간 곳은 신집이다. 늙은 신기료 아범이 고개를 들었다. 들어서는 귀한 선비의 헌칠한 용색을 보고는 황공하여 읍하였다. 어찌 오셨소? 하며 먼지 나는 가죽 앞치마를 탈탈 털었다.

"점잖은 부인께서 신을 것이오. 제일 어여쁜 것을 내놓아보시오."

어머님께 드릴 신이라, 빈궁마마 장옷 사이로 눈을 들어 생긋 웃으며 이리저리 돌아보았다. 마음에 쏙 드는 꽃신 한 켤레를 손가락으로 가리켰다. 남빛 비단에 하얀 테두리를 두르고 화려한 모란꽃이며 해당화를 수놓은 신이었다. 누가 보아도 귀물(貴物)이라. 과연 대갓집 마나님만이 신을 법한 신이었다.

"장모님 발을 맞출 수 있소?"

"저보다 다소간 더 크옵니다. 겨냥하기에 제 신보다 한 치수 더 있는 것으로 하면 되옵니다. 지금 신은 제 신보다 조금 더 낙낙하면 되지요."

"그렇구나. 허면 이것으로 정하지?"

"그리하렵니다. 어머님께서도 좋아하실 것이야요."

정다웁게 말씀을 주고받는 두 분 모습이 어찌 그리 아름다운지. 신기료장수가 뒤편에 서서 보아하며 어찌 저리 어여쁘고 조신한 안해와 늠름하며 잘난 지아비가 만났을까, 감탄하는 중이었다. 세자가 뒤를 돌아보았다.

"그럼 이것으로 하는 것이 좋겠구먼. 이보시오, 신기료 아범. 값이 얼마나 하오?"

"에, 또 이것이 말입지요. 이 중에서 제일 값이 장하옵니다, 나리. 가죽도 제일 좋은 것이고 제 딸년이 몇 날을 앉아 수놓은 것입니다. 아무래도 열 냥은 주셔야 합니다."

"열 냥이라니? 아이고, 너무하오. 너덧 냥 에누리하여 주오."

연돌이 빈궁마마, 저잣거리에서 물건 흥정하는 데는 이골이 난 터 대뜸 턱하니 신 값을 반동강 내버렸다. 점방 주인이 깜짝 놀라 손사래를 쳤다.

"아이고 마님. 그리는 힘드옵니다. 한 냥도 힘든데, 너덧 냥이나 에누리하여 달라니요. 그리는 못하옵니다."

"싸움은 말리고 흥정은 붙이랬소. 보아하니 아범도 낙낙하니 값을 부른 것 아니오? 두어 냥만 붙이시오. 요것 말고도 또 사려 하니 값을 잘 좀 내어보시오."

"마님, 이 신이 말입지요. 원체 비단 값이 비싸굽쇼, 가죽질이 좋사옵니다. 우리 집 딸년 수도 정묘하여 〈홍견이 신〉하면 도성서는 다 알아주는 귀물이올시다. 한 냥까정은 모르겠으되 더 이상 낮추기는 힘드옵니다."

"곱게 보이는 신이구려. 고생한 턱이라 에누리하기도 무엇 하구먼. 한 냥이나 에누리하였으니 되었소이다. 부인은 그만 하오. 아범은 이것을 싸주시오."

세자가 끝까지 값을 깎자 나서는 빈궁을 가로막았다. 쳇, 조금만 더 하면 두어 냥은 더 에누리할 수 있는 것인데, 빈궁마마 입을 삐죽였다. 순진한 세자의 등을 노려보았다. 어수룩하기는⋯⋯.

'장사치가 애초부터 부르는 값이란 턱없이 높은 것인 줄 알아야지 말야. 순진한 이 양반이 어디 흥정을 해보셨어야지. 그저 장사치 말을 다 믿으시는고나. 석 냥이 어디인데? 쌀이 세 말이거늘.'

바로 그때였다. 채단으로 겉을 바른 쓰개치마를 두른 여인네 둘이 불쑥 문전에 들어섰다. 분단장 곱게 하고 어여머리 곱게 올려 화려한 떨잠에다 맵시있게 차려입은 비단 옷차림이 물 찬 제비가 따로 없었다.

이렇듯이 눈에 뜨이게 화려한 행색이라, 필시 이름난 노류장화들이었다. 그중 한 여인 또한 유난히 염태가 뛰어났다. 말 그대로 한 포기 활짝 핀 장미화였다. 반듯한 아미. 그린 듯한 콧날. 붉은 입술은 마치 연지빛을 문 듯하고 살포시 그늘을 드리운 긴 속눈썹에 잠긴 눈동자가 별빛인 양 아련하였다.

"참말 고운 꽃신이었거늘. 어제만 하여도 예 있었소!"

"열 냥이나 한다면서? 아무리 청도 거부(巨富)라 한들 그가 너에게 한 석 지기 신을 선뜻 사준다더냐?"

"홋호호. 주었으니 내가 예로 왔지. 그 신이…… 옴마야! 어디로 간 것이냐?"

신바람이 나 꽃신을 사러 나온 터였다. 수다를 떨며 찾는데 저들이 점찍어 찾던 신이 좌판에 없었다. 깜짝 놀라, 신집 주인에게 예 있던 남빛 꽃신 어디 갔소? 하고 캐물었다.

"아이코 늦었소이다. 그것은 이미 저기 서 계시는 선비께서 흥정을 끝내셨지요. 이리 싸고 있습지요."

여간 탐이 난 것이 아니다. 며칠이나 눈독을 들인 신이었다. 한참 정분나서 한 재산 퍼다 주고 있는 청도의 한량 하나를 녹신하게 녹였다. 아양 떨다 새침 떨다, 노했다가 살살거리며 신을 사다오, 사다오 졸랐다. 그리하여 묵직한 돈푼 후려내어 냉큼 신을 사러 나온 길이었다.

헌데 닭 쫓던 개로구나. 이미 그 신의 주인은 다른 사람이라 한다. 여인이 며칠이나 탐내하던 고운 물건을 그대로 단념할 수는 없는 노릇. 살긋살긋 웃으며 점방 주인을 꾀었다.

"보시오, 아범. 내가 그 꽃신이 반드시 갖고 싶소이다. 저이들이 산 데다 두 냥 더 얹어주리오. 양보하여 달라 말이나 한 번 넣어보소서."

한구석에서 이런 수군거림이 오가는 줄도 모르고 세자와 빈궁은 할머니 꽃신도 살까 말까 의논 중이었다. 점잖은 당혜 하나 골라 겨냥을 하고 있었다. 헌데 다가온 신집 주인이 전하는 말이라니. 참으로 경우가 없고 무례한 청이 아닌가 말이다. 도대체 누가 이런 무리한 청을 하는가 싶어 세자는 다소 노한 눈빛을 하고 고개를 돌렸다.

허공에서 만난 눈길.

다소곳이 선 여인이 무심히 고개를 돌리다가 세자와 눈이 딱 마주쳤다. 순간 두 사람 다 해연히 놀랐다.

의도한 바는 아니되, 세자가 처음으로 눈 들어 유심히 살핀 그 여인. 심히 요염하고 미태가 화려하였다. 궐 안에도 고운 궁녀들 많다 하지만, 그 여인만큼 세련되고 화사하며 하늘거리는 추파를 담은 존재는 드물었다. 아무리 점잖고 정도를 걸으시는 분이라 하여도 세자 또한 젊으나 젊은 사내. 순간적으로 눈앞이 황홀한 것은 어찌

할 수 없는 자연스런 반응이었다.

그 여인 또한 깜짝 놀란 기색이었다가 이내 꿈꾸듯이 바라보는 눈빛이 은근하여졌다. 대담하게 슬며시 미소마저 흘리는 것이 아닌가.

아주 잠시 눈길 마주친 그 선비여, 참으로 인중지룡이로다! 시정에서는 찾아보기 힘든 훤칠한 용색이며 반듯한 기품이니, 눈 박힌 여인이라면 딱 반할 만하였다. 평생 찾아다녀 몸 의탁하고픈 느낌이 들 만큼 아름답고, 영명한 사내로다.

그러나 먼저 시선을 돌려 버린 사람은 세자였다. 낯빛을 굳힌 채 다소간 차가운 어조로 말을 잘랐다.

"아무리 값을 더 쳐준다 하여도 이미 흥정이 끝난 고로 부당하오. 차라리 내가 그 값을 더 줄 것이니 그런 말을 하지 마오. 장사는 신의가 아니오? 내가 작정하고 장모님께 선사하려는 것인데, 심히 불쾌하고 경우가 없음이다. 부인, 다 고르시었소?"

"예, 나리. 아범은 이것이랑 이것도 싸주시오. 사는 김에 을민이 신까정 골랐지?"

"잘하였군. 가십시다."

전낭 꺼내어 꽃신 세 켤레 값을 치르고 돌아섰다. 무시하려 하였지만 그가 하는 양을 지켜보는 그 여인네 눈빛이 등 뒤로 느껴졌다. 아무것도 모르는 빈궁은 화사하게 웃으며 신을 싼 보따리를 손수 안고 먼저 문을 나섰다. 즐거워하는 어린 안해의 모습을 보아지며 세자는 이내 등 뒤의 여인 따위는 잊어버렸다.

지아비 어깨를 조금 넘어서는 빈궁마마 곱고도 기품 도도한 자태며, 그 뒤를 천천히 따라가며 은근히 어깨 감싸듯 보호하며 같이 발걸음 맞추는 저하의 모습이여. 참으로 천생연분. 잘 어울리는 다정함이여. 멀어지는 두 사람의 뒷모습을 한동안 지켜보던 여인이 문득 한숨을 내쉬었다.

"참으로 그 선비, 기막히도다. 이래 뵈도 내가 미색에는 자신이 있었고, 다른 건 몰라도 작정하면 사내 눈길 잡는 데 한 번도 어긋남이 없었다. 헌데 덤덤하게 스치고 지나가는 이는 저이가 처음이로구나."

게다가 첫눈에 그녀 마음을 끌어당기는 사내도 처음이었다. 저에게 쌀쌀맞고 무정한 사내에게 끌리는 것은 이상야릇한 여인의 내심. 첫눈으로 반해 여전히 세자의 뒷모습에서 눈길을 떼지 못하는 그 여인은 누구인가?

중경에서 가장 이름난 명기(名技) 산홍이었다.

스물다섯. 한참 무르녹은 나이였다. 풍류를 논하는 선비들의 좋은 벗으로 방방곡곡 이름을 날리고 있었다. 시문(詩文) 능하고 창(唱)에도 일가견 있으며 너울너울 춤추는 그 자태가 나비보다 가볍고 고우니 별명이 호접화(胡蝶華)였다.

워낙에 빼어난 염태에다 기품이 도도한 여인이었다. 수많은 시인 묵객들이 다투어 청하고 풍류가객들이 벗으로 여기었다. 그녀가 자리한다 할지면 그날의 주석(酒席)이 미어터지곤 했다. 오죽하였으면 잠시 단국으로 유람 나온 진왕조차도 그녀의 얼굴을 한 번 보잔다고 하였을까? 중경 땅에 사는 사내들뿐만 아니라 팔도 한량들, 갑부 자제들이 오직 그녀의 집에서 유숙하며 하룻밤 풍류를 즐김이 소원이라 말할 정도로 유명하였다. 그녀가 발 디딘 땅조차도 입을 맞추겠다는 건달패거리, 왈자들도 만만찮을 정도였다.

"몸은 주되 마음은 아니 드립니다. 어디 한번 나를 감탄케 하여보시오. 그런 사내가 나타나면 머리칼을 베어 짚신을 삼더라도 따라나설 것이오. 싫다 하시어도 내 평생을 바쳐 건즐을 받들 것이며 일생을 의탁하려 하오."

도도한 산홍은 항시 그렇게 호언하였다. 수없는 명문대가 선비이며 만석꾼 갑부집 자제들이며 늠름하니 빼어난 무장들이 애끓는 사모의 손짓을 하였다. 허나 지금까지 어느 누구도 천하절색 쌀쌀맞은 여인의 마음을 사로잡을 수가 없었다.
아아, 이 단국 땅에 그토록 잘난 사내란 없음이더냐? 한잔 술에 한탄하며 사내들을 조롱하던 그녀였다. 그런데 이 무슨 운명의 장난이냐. 우연히 가슴에 박힌 선비를 만났으니 바로 꽃신 사러 나온 세자저하가 아닌가.
"도대체 뉘인가? 중경 땅의 귀문(貴門) 선비라 하면 이 산홍이 모르는 이가 없음이다. 헌데 저 선비는 진정 처음 보는 분이다. 집의 안해 또한 인물이구나. 기품있고 명랑하며 정결한 인상이라. 참으로 잘 어울리는 한 쌍이로다. 덤덤할 손, 집의 안해에게 저리도 다정할 사. 필시 다른 여인에게도 정을 주시면 그만큼 다정하실 게다. 여인이 되어 한 번 일생을 의탁할 만해 보이는 인품이었다."
산홍이 두말 않고 쓱 점방을 나섰다. 종종걸음으로 두 사람이 걸어가는 골목을 향하여 따라가기 시작하였다. 야무지게 입술을 꼭 깨물었다.

"따라가 볼 것이다. 뉘 집인 줄 알아야 후에 한 번 더 기회를 잡을 것이 아니냐? 눈앞이 어지럽도록 이 마음을 사로잡은 사내를 만났는데 이렇듯 허무하게 놓칠 수는 없지. 반드시 따라가서 어느 가문 자제인지 꼭 알아낼 테다."

당돌하고 적극적인 산홍이 잰걸음으로 따라오는 것을 어찌 알랴. 만만찮은 연적(戀敵)이 나타난 줄 꿈에도 모르는 두 사람. 마냥 즐겁다. 빈궁이 연돌이로 자처하며 늘상 사먹던 노파의 떡판은 여전하고 그 맛도 여전하다. 그 후에는 무명전 들어갔다. 세자는 빈궁에게 아기 배냇저고리 하여보시오, 하며 고운 무명필도 두어 필 사주었다.

"침선하는 이를 앞에 두고 스승 삼아 열심히 배우면은 필시 어여쁜 의대를 마를 것이다."

값을 치른 연후에 옆에서 알짱거리는 심부름꾼 동자 하나를 불렀다. 신을 싼 보따리와 옷감을 들려 보내며 일렀다.

"성동 부원군 댁에 가는 물건이다. 연희가 보내었소, 하면 알 것이다. 허고, 이제 그만 돌아가십시다. 많이 걸은 고로, 아기씨에게 안 좋을 것 같아 걱정이라. 유모는 가마꾼 부르게."

가마 대령하고 구종이 말을 끌어오기를 기다리며 두 사람은 정자나무 아래에서 잠시 쉬었다.

그런데 또 만났구나. 아까 신집에서 본 그 여인이 천천히 지나쳐 간다. 문득 돌아보며 세자더러 방긋이 웃었다.

순진한 만큼 한편으로 맹한 터. 세자는 자기 등 뒤에 그 여인이 아는 사람이 있구나 이리만 생각하였다. 설마 자신에게 보내는 노골적인 추파라고는 꿈에도 생각 못하였다. 하여 무심히 흘려버렸다. 생긋이 웃고 있는 빈궁의 옆얼굴만 바라보며 미소 지었다. 낼모레면 이 귀여운 것을 산실에 들여보내고 내가 적적하고 쓸쓸하여 어찌 살지 그 걱정만 하였다.
　이내 구종이 말을 끌고 돌아왔다. 빈궁이 탄 가마도 세자가 탄 말을 따라갔다. 멈추어 서서 바라보는 산홍 따윈 무심히 스치고 멀어져 갔다. 그녀의 존재란 먼지 한 톨만 양 스쳐 간 그 사내 참으로 무정하구나. 참으로 허무하구나.
　더없이 무연한 뒷모양을 보며 산홍은 입술을 잘근잘근 씹었다. 섭섭함과 민망함도 그러하지만 투기심과 자존심 상한 분심도 만만찮았다.
　'저런 목석도 없을 게다! 오직 안해만 바라보는구나. 그만큼 사모지정이 깊다 이 말이지? 허나 저는 사내 아닌가? 이 산홍이 목숨 걸고 유혹하여 볼 것이다. 수소문하면 내가 제 정체쯤 찾지 못하랴? 나 또한 여인으로 자존심이 있는 터. 이 산홍이 작정하여서 안즉 함락시키지 못한 사내는 없었다. 반드시 갖은 수단 부려 내 치마폭 아래 무릎 꿇게 하고야 말 것이다.'
　산홍, 지금껏 유혹 못할 사내 없다 자부하였다. 뉘든 그녀를 한번 보아지면 넘어가지 않은 사내도 없었다. 아무리 도도한 선비라도 그녀의 매혹에는 불가항력이었으니. 노류장화 십여 년 경력에 이미 사내 잡는 재미를 상실한 지도 오래였다.

헌데 이날, 단단히 임자를 만났구나.
처음 본 사내에게 저가 먼저 홀딱 반한 것은 처음이요, 미소 지으며 제가 먼저 추파를 던짐도 처음이었다. 그럼에도 무정하고 도도하게 모르는 척 넘어가는 선비를 만난 것도 난생처음이라. 무슨 수단 다 부리어도 꺾어보리라 다짐하게 된 사내 또한 처음이었다. 산홍은 작은 주먹을 꼭 움켜쥐었다. 붉은 입술을 다시 한 번 지그시 깨물었다.
"얘, 너 이리 와보아. 한 냥 줄게."
돈푼이나 벌 일 없을까 알짱거리는 아이 하나를 샀다. 먼저 선금까정 주며 당부하였다.
"저기 모퉁이 돌아가는 선비님 말 있지? 가마 따라가는 저이들 말이다. 일행이 어디로 들어가는지 반드시 알아오너라. 알아오면 한 냥 더 줄 것이다."
생각지도 않은 큰 돈벌이가 생겼다. 말도 채 끝나기 전에 놈이 냅다 쪼르르 달려가기 시작하였다. 족제비처럼 재빠르게, 눈치채이지 않게 살금살금 말을 뒤따라 가보니…….
아이쿠, 이를 어찌하리오? 성동거리. 번듯한 대갓집 즐비한 골목을 지나가더니 제일 덩실한 집 대문 앞에 멈추었다.
고삐를 잡은 구종이 이리 오너라 호령하였다. 대문이 활짝 열리고 버선발로 뛰쳐나와 흙바닥에 엎드리는 분을 보자 하니 어럽쇼? 분명 안면이 있었다. 심부름꾼 놈 저가 알랑대며 살아가는 저잣거리 길을 매일마다 초헌 타고 오가시는 우의정 대감이겠다?
아쿠쿠, 말을 타신 분은 바로 세자저하이시로구나. 빈궁마마를 뫼시고 처갓집 나들이를 나오셨구나.

가히 대어볼 사람한테 견주어야지. 딸 수 있는 별을 바라야지. 천한 기생 따위가 감히 어디서 지엄한 세자저하를 눈여겨 욕심을 낸다더냐.

따라온 심부름꾼 이놈 야윈 다리가 달달 떨렸다. 아무 생각도 없고 오직 두려웠다. 그저 한시바삐 이 자리를 벗어나야지 싶었다. 하물며 말을 따라가던 무서운 무장 나리. 등에다 검을 지고 주변을 방비하며 가는데, 저가 따라오는 것을 눈치챈 듯하였다. 수상쩍게 여기며 슬깃 노려보는 품이 당장에라도 뒷덜미를 잡아챌 것만 같아 더없이 무서웠다.

터덜터덜 걸어오는 거간아이를 마냥 기다리고 서 있었다. 산홍이 반색하며 재우쳐 물었다.

"그래, 집을 찾았던? 뉘 집이더냐? 어디로 들어가시더냐?"

"가마꾼 걸음이 심히 빠른 고로 금세 놓쳤소이다. 못 알아왔소."

이놈 약은 생각에 거짓부렁이 술술 흘러나왔다. 혼인하신 세자저하, 빈궁마마와 정분 좋기로 이미 소문이 파다하였다. 지엄하신 세자저하인데 시정의 노류장화에 한눈파실 분이 아닌 고로, 산홍이 어떤 수단을 부리어도 하늘의 별이요, 그림 속의 떡이 아닐 것이냐. 아예 난 모르오! 대답함이 나을 것이다 싶었다. 하여 의뭉하게 시침을 뚝 뗀 것이다.

한 가지 기대가 어그러졌다. 바닥이 꺼질세라 산홍이 한숨을 쉬었다. 허나 눈과 마음에 담은 선비가 사라진 길 끝을 바라보며 중얼거리는 말이 뜻밖에도 야무졌다.

"하릴없구나. 마음 동하는 선비를 마침내 만난 고로 연분이 아니 되어 종적을 찾지 못하다니. 허나 단념하지 않으리! 내 귀와 발도 제법 넓지 않으냐? 그 선비 모습을 눈여겨두었으니 두루두루 사방에 수소문을 하여볼 것이다. 여인이 한을 품으면 오뉴월에 서리가 내리거늘 이 산홍 또한 여적까지 마음먹어 못 이룬 뜻이 없었다. 하물며 예삿일도 아니고 내 일생이 달린 일인데 물렁하게 예서 말 수는 없지!"

크흠! 이것 참 흥미진진해지는구나.

여인으로서의 매혹이며 명성이 만만찮은 산홍이 아니냐. 첫눈에 세자저하에게 반하였다. 목숨 떼 걸어놓고 따라잡아, 일생을 의탁하리라 결심하며 입술을 깨물고 있구나.

이런 일은 꿈에도 모르는 빈궁마마. 지금 태평하게 금침에 드러누워 발가락을 들까불고 있는 것이냐? 지아비 세자저하가 망극하게도 손수 다리를 주물러 주고 있는 참이었다. 별 걸음 아니다 싶었는데도 저잣거리 거닌 것만으로도 힘겨운 터. 어느새 다리가 부었던 것이다.

이 세상 팔자로 치면 더 이상 좋은 수가 없는 빈궁마마여, 앞으로 성총 다툴 강력한 적수가 나타났구먼요. 그것도 모르고 마냥 생긋생긋 웃고만 있구나.

두 손을 아랫배에 대고 아기씨가 꼼질꼼질 노는 것을 지키고 있다. 아래로는 고귀한 지아비가 마당쇠인 양 다리를 주물러 주지, 입에는 맛난 것이 냠냠 들어오지. 편안한 친정집에 드러누워 그저 행복하였다. 그런 빈궁의 얼굴을 바라보며 세자도 좋아 따라 웃었다.

이날의 행복이 얼마나 갈 것이냐. 원치 않은 암운(暗雲)일랑 무심히 밀려오네.

헌데 세자나 빈궁이 또 하나 모르는 것이 있었다. 아우인 용원대군과 서원위 둘이 만나, 지금 세자저하를 성토하며 시간 가는 줄을 모르고 있다는 것이다.

『화홍花紅 2부』 제2권에 계속…